Richard Sternfeld

Karl von Anjou als Graf der Provence, 1245-1265

Richard Sternfeld

Karl von Anjou als Graf der Provence, 1245-1265

ISBN/EAN: 9783744633000

Hergestellt in Europa, USA, Kanada, Australien, Japan

Cover: Foto ©Raphael Reischuk / pixelio.de

Weitere Bücher finden Sie auf **www.hansebooks.com**

HISTORISCHE UNTERSUCHUNGEN.

HERAUSGEGEBEN

VON

J. JASTROW.

Heft X.

Karl von Anjou

als

Graf der Provence

(1245—1265).

Von

Richard Sternfeld.

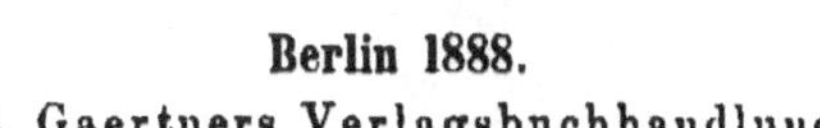

Berlin 1888.

R. Gaertners Verlagsbuchhandlung

Hermann Heyfelder.

Karl von Anjou

als

Graf der Provence

(1245—1265).

Von

Richard Sternfeld.

Mit zwei Karten.

Berlin 1888.
R. Gaertners Verlagsbuchhandlung
Hermann Heyfelder.

Vorwort.

Die Anfänge einer gewaltigen, welthistorischen Unternehmung, der Eroberung des Königreichs Sizilien durch Karl von Anjou, zu schildern, die Wurzeln frei zu legen, aus denen sie erwuchs, die Förderungen und Widerstände zu ermitteln, welche ihr Entstehen begünstigten und hemmten, die Bedingungen zu untersuchen, unter denen ihr Gedeihen und Gelingen möglich war, — davon ist die vorliegende Arbeit ausgegangen. Denn so vielfach auch der grofse Kampf selbst dargestellt ist, welcher in Italien zwischen den letzten Staufern und dem französischen Prinzen ausgefochten wurde, die Vorgeschichte desselben, die Regierung Karls in der Provence, ist bisher fast ganz unbeachtet geblieben. Und doch sind die Ereignisse in diesem Lande von höchster Wichtigkeit für das Verständnis alles Folgenden: der Eroberung Italiens mufste die der Provence vorausgehn. Hier hatten sich schon vorher jene drei Mächte gemessen — Papsttum, Kaisertum, Franzosentum — deren Zusammenstofs in Italien dann das weitere Schicksal Europas entschied; hier erwarb sich der junge Karl in zwanzigjähriger mühevoller Thätigkeit Erfahrung und Ruhm; hier fand er die Kraft und die Mittel zu seiner gefahrvollen Heerfahrt; hier traf er die diplomatischen und militärischen Vorbereitungen zu ihrer Ausführung. Alle Geschichtsschreiber, welche diese Wirksamkeit des Grafen und damit die Kontinuität seiner provençalischen und sizilischen Politik übersahen, mufsten deshalb zu einer schiefen Auffassung der grofsen Begebenheiten geführt werden, denen ihre Forschung galt; sie konnten der historischen Bedeutung Karls von Anjou nicht gerecht werden, da ihnen sein Leben nur zum Teil bekannt war.

Aber nicht nur als Vorspiel bedeutenderer und bekannterer Ereignisse ist die provençalische Zeit Karls aufzufassen: sie selbst bietet eine Reihe bemerkenswerter Momente, welche für die Geschichte des 13. Jahrhunderts charakteristisch und für die Beurteilung jener Epoche, in welcher die Hegemonie in Europa von den Deutschen auf die Franzosen überging, von hoher Bedeutung sind. Denn die Lage des neuen Besitzes, welcher dem jüngsten Bruder Ludwigs IX. durch Heirat zufiel, jene centrale Stellung der Provence inmitten des alten Kulturgebiets am Mittelmeer, deren Wichtigkeit von den früheren Besitzern, den deutschen Kaisern, niemals ganz ausgenutzt war, brachte es mit sich, daſs die Mehrzahl der Vorfälle und Bewegungen in diesem Lande sich sogleich aus dem engen Bereich der Lokalgeschichte erhob und zur groſsen europäischen Politik in Beziehung trat. Diese Zusammenhänge zu beobachten, zu zeigen, wie sich der Machtbezirk Karls von Anjou erweitert, sein Einfluſs aus den beschränkten Grenzen der Grafschaft herauswächst, nachdem er diese selbst gebändigt hat, war nicht am wenigsten die Aufgabe dieser Abhandlung. Es stellte sich dabei heraus, daſs bei einer Darlegung der Politik des ehrgeizigen, kraftvoll vorschreitenden Grafen kein Nachbarland, keine der gröſseren Mächte unbeachtet bleiben durfte: auf seinem Wege trifft er mit allen zusammen, alle zieht sein Wirken in Mitleidenschaft. Frankreich, Aragon, Kastilien, Lombardei, Sizilien, aber auch Deutschland, England, der Orient und besonders das Papsttum kommen mit ihm in Berührung und müssen sich mit ihm freundlich oder feindlich auseinandersetzen, lange noch, bevor er dann als König die europäischen Geschäfte völlig zu beherrschen berufen ist.

Um so merkwürdiger ist es dann, daſs, gegenüber solchen weiten Beziehungen der Regierung Karls, auf der andern Seite die wichtigsten Ereignisse derselben räumlich aufs engste begrenzt sind, weil sie sich an die Unterwerfung einer einzigen Stadt knüpfen, einer Stadt allerdings, deren Besitz bei ihrer unvergleichlichen Lage, bei ihrem Verkehr und Reichtum schwerer wog, als bedeutender Ländererwerb. Marseille war es, dessen Geschick, neben dem der Nachbar-Kommunen Arles und Avignon, hier ausführlich zu schildern versucht werden muſste, dessen Freiheitskampf in seinen verschiedenen Phasen auf Grund unbenutzter Dokumente im einzelnen zu verfolgen, aus doppelten Gründen geboten erschien: einmal konnte man dadurch einen Einblick in die

Verfassung und das Getriebe einer grofsen alten Stadtrepublik gewinnen, sodann erklärten sich aus dem Verhältnis des Grafen zu
der Stadt allein seine weiteren Bestrebungen und Erfolge. In
den unausgesetzten Bemühungen, das wichtige Emporium zu gewinnen, zeigt er sich als der zielbewufste Verfechter eines ein-
heitlichen Staatsgedankens, welchen er den unabhängigen Ständen
gegenüber fest und streng zur Geltung bringt, als der umsichtige
Vertreter einer nüchternen Wirtschaftspolitik, welche an den
Einkünften der grofsen Verkehrsstätten des Landes ihren Teil
haben will. Die freie Verfügung über die Kräfte und Mittel von
Marseille wird dann die Grundlage, auf der er seine weitaus-
schauenden Pläne verwirklichen kann. Erst allmählich, nachdem
er die letzten oppositionellen Regungen in der Stadt und damit
die der Provence überhaupt erstickt hatte, denkt er an weitere
Eroberungen; das erste Angebot Siziliens lehnt er ab; dann sehen
wir, wie er fast unbemerkt in Piemont festen Fufs fafst, von dort
seinen Einflufs in der Lombardei ausbreitet; endlich tritt er den
sizilischen Dingen wieder näher, um nach langwierigen Verhandlungen mit dem Papst und den Römern zuerst vorsichtig von der
Stadt Rom Besitz zu ergreifen und ein Jahr darauf selbst dorthin
zu ziehn. Indem dieses besonnene Vorgehn, diese behutsame Entwicklung der Politik Karls so zum erstenmal genau festgestellt
wurde, war damit die übliche Ansicht von der Abenteuerlichkeit
seiner italischen Heerfahrt beseitigt; nicht verwegen und unbe-
dacht, sondern wohl vorbereitet und überlegt wurde die Unternehmung eingeleitet und ausgeführt, welche den Namen Karls
von Anjou dem Gedächtnis der Nachwelt eingeprägt hat.

Die Tage von Benevent und Tagliacozzo selbst lagen nicht
im Bereiche dieser Arbeit; daher hatte sie keine Gelegenheit, den
Charakter Karls, wie ihn jene für alle Zeit fixiert zu haben
scheinen, in anderm Lichte zu zeigen. Aber die Hinrichtung Konradins durfte auch keinen Schatten auf die Vergangenheit werfen,
sondern es galt, ohne Voreingenommenheit die Ergebnisse der
Untersuchungen über die Zeit von 1245 bis 1265 zusammen-
zustellen und für ein Gesamturteil zu verwerten. Dieses erwies
sich dann wenigstens in zwei Momenten als ein günstiges: erstens
hat Karl in der langen Zeit bis zu der Verschwörung von 1264
trotz stets aufs neue versuchter Aufstände seiner Unterthanen
keine Hinrichtungen vollziehen, sondern über den Besiegten Milde
und Gnade walten lassen; sodann hat er es verstanden, eine grofse

Reihe von Jahren immer dieselben erprobten Berater und Beamten ihrer treuen Dienste wegen an sich zu fesseln und seiner Regierung zu erhalten. Ist die erstere Thatsache geeignet, an der verbreiteten Ansicht von seiner angeborenen Grausamkeit Zweifel zu erwecken, so wird die andre gewifs einen Beweis dafür liefern, dafs er keine mifstrauische, unzugängliche Tyrannen-Natur war. Wenn der grofse Florentiner Ghibelline — dessen Geburt merkwürdigerweise genau in die Zeit fällt, wo Karl sich auf der verhängnisvollen Überfahrt nach Rom befand — den „Henker Konradins" nicht ins Inferno, sondern ins Purgatorio versetzt hat, so werden wir dies als einen bedeutsamen Akt der Gerechtigkeit dem politischen Feinde gegenüber aufzufassen haben, einer Gerechtigkeit, welche zu üben den späteren ghibellinischen Darstellungen nicht immer gelungen ist.

Eine Fülle ungedruckten Materials für die Erkenntnis der provençalischen Geschichte und besonders für Diplomatie und Verwaltung Karls bot das Departemental-Archiv zu Marseille dar. Bei der Benutzung der reichen Schätze desselben hatte ich so oft Gelegenheit, die Freundlichkeit und Zuvorkommenheit des dortigen Archivdirektors Herrn Louis Blancard kennen zu lernen, dafs ich mir nicht versagen kann, ihm — der auch in seinem „Essai sur les monnaies de Charles Iᵉʳ, comte de Provence", die einzige kritische Vorarbeit für meine Aufgabe geliefert hat — an dieser Stelle meinen ergebensten und herzlichsten Dank auszusprechen.

Berlin, im Februar 1888.

Dr. Richard Sternfeld.

Inhalt.

Anhang.

I. Die Erwerbung der Provence durch Karl von Anjou.

Der Süden Frankreichs bietet in der ersten Hälfte des
13. Jahrhunderts einen merkwürdigen und fesselnden Anblick dar,
ein Bild unruhiger, rastloser Bewegung. Religiöse, nationale,
politische und sociale Bestrebungen gehen hier Hand in Hand und
greifen ineinander; kaiserliche und päpstliche, französische und
englische, tolosanische und aragonische, provençalische und italienische Interessen und Einflüsse bekämpfen und durchdringen sich auf
diesem engen Gebiete; alle Gegensätze der Zeit, Orthodoxe und
Ketzer, Guelfen und Ghibellinen, Adel und Geistlichkeit, Fürsten
und Kommunen, treten hier scharf hervor und suchen sich geltend
zu machen. So entsteht auf dem blühenden und reichen Boden
dieser alten Kulturländer ein Zustand steter Gährung und leidenschaftlichen Streites; Verwüstung und Verwilderung bezeichnen
die Spur der entsetzlichen Kämpfe.

Im Kern der Sache aber handelt es sich bald um die Frage:
wer wird in den Besitz des Südens gelangen, werden die alten
nationalen Herrschaften sich erhalten und zusammenschließen, oder
wird das Nordfranzosentum seine Macht über Languedoc bis zum
Mittelmeer und zu den Pyrenäen ausdehnen? Man erkennt leicht
die ungeheure Bedeutung dieser Frage: die ganze Entwicklung
der späteren französischen Geschichte hängt von ihrer Entscheidung ab; die politische Einigung Frankreichs auf verschiedenem
nationalem Untergrunde durch die centralisierende Monarchie —
jener weltgeschichtliche Prozeß, der erst unter Ludwig XIV. seinen
Abschluß findet — er beginnt im 13. Jahrhundert und wird sogleich in seinen Anfängen durch erstaunliche Erfolge des Nordens
bezeichnet. Denn um die Mitte des Jahrhunderts ist die Hegemonie desselben im wesentlichen festgestellt; die alten Rivalitäten
sind verschwunden, die blutigen Kämpfe der Ruhe gewichen, und
die Niederlage der südlichen Nationalität nicht mehr zu bezweifeln. Ähnlich wie in unsern Tagen Piemont und Preußen, so

hat auch hier die nördliche, rauhere und zähere Macht über die südliche, begabtere und beweglichere den Sieg errungen.

Das ist mithin die eminente Bedeutung des Ereignisses, welches wir nun schildern wollen, der Okkupation der Provence durch Karl von Anjou, dafs es — in Verbindung mit der fast gleichzeitigen Erwerbung der Languedoc durch Karls Bruder, Alfons von Poitou, — als Schlufsstein rühriger Unternehmungen der französischen Könige, den alten Gegensätzen mit einem Male ein Ende macht und neue, Jahrhunderte geltende Zustände schafft; denn wie es die Basis der italienischen Politik Karls wurde, welche den Sieg des Papsttums über das Kaisertum zur Folge hatte, verhalf es auch dem Fürstentum über Adel und Kommunen, sowie dem Franzosentum über die südlichen Nationen zur Übermacht: und dies sind doch die Momente, welche das weitere Schicksal von West-Europa bestimmt haben. —

In drei Epochen vollzieht sich die Annexion der Languedoc, überhaupt die Ausbreitung der capetingischen Königsgewalt über fast ganz Frankreich: man kann sie bezeichnen durch die Schlacht bei Bouvines (1214), durch den Pariser Frieden von 1229, und durch die erwähnte Festsetzung zweier französischer Prinzen im Süden (1246 und 1249).

Wie Rufsland vor der Zeit Peters des Grofsen jeder Aussicht auf Gedeihen entsagen mufste, da es von seinen Grenzmeeren abgeschnitten war, so war auch Frankreich um 1200 beinahe zu einer Binnenmacht verurteilt, indem ihm die Mittelmeerküste ganz, die atlantische durch England grofsenteils entzogen war. Zu den Küsten vorzudringen, war hier wie dort das Hauptziel.

Philipp II. August begründete Frankreichs Weltstellung; er zeichnete seinen Nachfolgern die Bahnen ihrer Politik vor: keine Demütigung, wohl aber gutes Einvernehmen im Verhältnis zum Papsttum, behufs Erlangung territorialen Gewinns. Daher stellte er sich auf die Seite der Kirche sowohl gegen die Albigenser, als auch gegen Kaiser Otto IV. und erhielt dadurch die Gelegenheit, über Languedoc wie über England bedeutende Vorteile zu erringen. Die Schlacht bei Bouvines besiegelte die Erfolge einer schlauen und ränkevollen Politik, durch welche Frankreich den Norden und Nordwesten, Normandie, Bretagne und einen Teil von Poitou gewann.

Unter dem nächsten Capetinger wurde es schon deutlich, dafs Frankreich schliefslich auch die Früchte der furchtbaren Albigenser-

Verfolgung ernten würde. Ludwig VIII. liefs sich endlich vom Papste bewegen, gegen den Süden zu ziehen (1226). Furchtsam unterwarfen sich die Grofsen; nach langer Belagerung mufste sich auch die mächtige Ketzerstadt Avignon übergeben; damit griff Frankreich schon auf das linksrhônische Reichsgebiet über, ohne dafs Kaiser Friedrich II. anders, als mit unfruchtbaren Protesten, dagegen ankämpfte.

Der neue König, Ludwig IX., verfolgte zwar diese gewaltthätige Politik nicht weiter, wohl aber liefs er — oder besser seine Mutter Blanca — die Aussichten auf den Süden nicht aus den Augen: im Pariser Vertrag von 1229[1]) vollzog sich der zweite gewaltige Schritt zu Frankreichs Gröfse. Der Graf von Toulouse mufste den besten Teil seines Besitzes abtreten; was ihm rechts vom Rhône verblieb, sollte, wenn er ohne männliche Erben stürbe, ebenfalls an die Capetinger kommen, indem seine Erbtochter Johanna einem Bruder Ludwigs zur Gattin bestimmt wurde.

Damit war der Untergang der einzigen nationalen Herrschaft, welche eine Einigung des Südens hatte erwarten lassen, angebrochen; das alte Geschlecht von St. Gilles, einst so mächtig aufstrebend, sollte einem widrigen Geschick unterliegen. Der letzte Kampf gegen dasselbe dauerte noch 20 Jahre; ihn zu verfolgen, ist für die Kenntnis der Zeit von höchstem Interesse, aber schwierig bei den merkwürdigen Charaktereigenschaften der Hauptperson, des Grafen Raimund VII.

Raimund ist ein echter Repräsentant seiner Zeit und seines Landes. Tapfer, rührig, voll Unternehmungslust, aber leicht ermattend und ohne Zähigkeit, immer in Thätigkeit und doch nichts zu Ende führend, — so schwankt er zwischen den feindlichen Gewalten, die auf seinem Gebiete streiten. Nur von dem Gedanken beherrscht, seine Macht wieder zu erlangen, entwirft er einen Plan nach dem andern zu diesem Zweck, ohne doch auch nur einen energisch durchzuführen. Ist sein Schicksal ein trauriges, so können wir ihn doch nicht beklagen, denn sein Charakter erweckt keine Sympathie. Durch seinen Wankelmut, mit dem er den kaum gewählten Bundesgenossen verläfst, um zum Feinde überzugehn, durch seine Gewissenlosigkeit, mit der er der Politik wegen — freilich nach der Unsitte seiner Zeit — eine Gattin nach der andern heiratet und wieder verstöfst, durch seine Un-

---

[1]) Layettes de trésor des chartes II, 147.

klugheit, in welcher er, trotz vielfacher Wiederholung, das Spiel
der Kurie nicht durchschaut und sich immer wieder nutzlos
demütigt, hat er unser Mitgefühl verscherzt. Obwohl bei seinen
Landsleuten durch Reichtum und Kriegslust beliebt, genofs er
doch kein Ansehn; seine Alliirten fürchteten seine Untreue, seine
Gegner rechneten mit seiner Thorheit; bei seinem Schaden blieb
ihm auch der Spott nicht erspart.

Raimund sah sich durch den Pariser Frieden des gröfseren
Teils seines Besitzes beraubt. War es, wenn nicht durch Waffengewalt, kaum möglich, dem französischen Könige diese Beute
wieder abzunehmen, so blieb dem Grafen nur ein Ziel für weitere
Thätigkeit: das Land, worüber er noch disponieren durfte, nämlich, aufser einem Teile von Toulouse, auch das linksrhônische
Venaissin, welches 1229 der Kirche zugefallen, bald darauf ihm
aber restituiert war,[1]) nicht ebenfalls an den französischen Gemahl seiner Erbtochter kommen zu lassen. Er durfte also die
Hoffnung auf einen männlichen Erben nicht aufgeben und mufste
zugleich darauf sehn, bei einer dadurch nötig gewordenen
neuen Heirat durch reiche Mitgift oder günstige Aussichten auf
späteres Erbe seine Hausmacht wieder zu vergröfsern. Beides
nun schien eine Ehe mit der Tochter des Grafen von Provence zu
verheifsen.

Es war ein merkwürdiges Geschick, dafs auch der zweite bedeutende Staat, der in Süd-Frankreich emporgekommen war,
einem andern Herrscherhause zufallen sollte: denn Raimund
Berengar, der Nachbar und Rival Raimunds von Toulouse, hatte
ebenfalls keinen Sohn, sondern vier Töchter; wer nach seinem
Tode in den Besitz der Provence kommen sollte — das mufste
nun eine der wichtigsten Fragen der westeuropäischen Politik
werden.

Raimund Berengar V., aus dem Hause der Grafen von
Barcelona, die zugleich in der älteren Linie Könige von
Aragon waren, beherrschte seit 1209 Provence und Forcalquier,
jene reichen Gebiete, welche, von Rhône, Mittelmeer und den
Alpen begrenzt, sich nördlich über die Durance bis an die süd-
lichen Zuflüsse der Isère erstreckten. In diesen Ländern seine
Macht zu befestigen, seine Souveränetät gegenüber den unmittel-

---

[1]) Über die Restitution des Venaissin vgl. Sternfeld, Das Verhältnis
des Arelats zu Kaiser u. Reich S. 81 ff. 131 f.

baren Herren und Kommunen zur Geltung zu bringen, war immerfort sein Bestreben gewesen. Ganz unähnlich dem Grafen von Toulouse, wufste er sich geschickt inmitten der streitenden grofsen Mächte zu behaupten; nicht so tüchtig im Felde, wie jener, dabei oft in Geldverlegenheit, war er stets bemüht, durch sorgfältige Verwaltung seine Einnahmen zu vergröfsern, und suchte seinen Vorteil mehr in klugem Verhandeln, in glänzenden Familienverbindungen; 1234 hatte seine ülteste Tochter, Margarethe, Ludwig von Frankreich, 1236 die zweite, Eleonore, Heinrich III. von England geheiratet.

Dafs zwischen ihm und Raimund VII. von jeher Feindschaft herrschte, ist erklärlich. Nicht nur war sie seit Generationen zwischen den eifersüchtigen Nachbarn erblich, sondern auch gerade in dieser Zeit fand sie reichliche Nahrung. War Raimund VII. als Genosse der Albigenser von der Kirche bedrängt, so mufste er sich in dem grofsen Streite zwischen Papst und Kaiser dem letzteren anschliefsen; und Friedrich II., eifrig bemüht, den Einflufs des Reiches in der Provence zu erneuern, trieb den Herrn derselben zum Bund mit der Kurie. Besonders waren sie Rivalen in ihrer Bewerbung um die Gunst der grofsen Kommunen Arles, Avignon und Marseille. Diese sahen in Raimund Berengar sehr bald den gefährlichen Feind ihrer Freiheit und stellten sich daher auf die Seite seines Gegners, der ihre Verteidigung gern übernahm. So standen sich bald zwei Koalitionen in der Provence gegenüber: Raimund Berengar, im Bunde mit dem Papste und der Geistlichkeit, war in immer wieder erneutem Kampfe mit dem Grafen von Toulouse, der sich auf den Kaiser, auf den Laienadel und die unabhängigen Städte stützte.

Diese Kämpfe, obwohl nur von lokaler Bedeutung, spiegeln in ihren Wechselfällen doch genau die Veränderungen der grofsen europäischen Politik ab. Mit dem Jahre 1239 indes gewinnen sie an allgemeinem Interesse. Das Gleichgewicht der Parteien beginnt sich zu verschieben, und zwar durch die Niederlage, welche Friedrich II. in Italien erlitten hatte. Durch langjährige staatsmännische Bemühungen war es ihm gelungen, im südlichen Teile des Arelats sein Ansehn wieder geltend zu machen, Vikare und Podestaten in diesem Reichsgebiete, wie in Italien, einzusetzen, vom Adel und Klerus den schuldigen Treueid zu erlangen und ihre Kontingente für seine Unternehmungen heranzuziehen. Wie so oft in der staufischen Geschichte vereitelte ein militärischer

Mifserfolg die Erfolge der Staatskunst. Als die burgundischen Hilfstruppen 1238 Zeugen der Niederlage Friedrichs vor Brescia waren, als der Papst ihn darauf excommunizierte, erhob sich auch die kirchliche Partei des Arelats gegen ihn; Raimund Berengar, im Bunde mit dem Erzbischof, verjagte den kaiserlichen Vikar aus Arles und machte sich zum Herrn der Stadt. Friedrich that ihn Ende 1239 in die Reichsacht, aber der Kaiser war mit seinen eignen Angelegenheiten zu sehr beschäftigt, als dafs er selbst noch weiter in der Provence hätte wirken können; es blieb ihm nur übrig, sich auf Raimund VII. und die Stadt Avignon zu stützen, welche allein das Interesse des Reichs vertraten. Aber auch sie wankten bald in ihrer Treue. Raimund griff zwar auf Befehl des Kaisers den geächteten Gegner an und errang bedeutende Vorteile, sah sich jedoch durch den Widerspruch der Kirche und der Westmächte genötigt, von der Verteidigung des Kaisers abzustehn. Der Legat Jakob von Präneste und sein Vikar Zoën von Bologna gingen sogleich mit erneuten Sentenzen gegen ihn vor, und — wie so oft vorher — die Aussicht, wieder zum Frieden mit der Kirche zu kommen, bewog ihn, vom Kaiser abzufallen; ringsum von Feinden umgeben, war es Pflicht der Selbsterhaltung für ihn, einen Vergleich anzubahnen. Im März 1241 kam dieser zu Stande, sowohl mit der Kirche, der er Hilfe gegen Friedrich, als auch mit Ludwig IX., dem er strikte Befolgung des Pariser Friedens versprach. Wie wenig ernst er es aber mit diesen Verträgen meinte, ersieht man deutlich aus einer genau in denselben Tagen erfolgten Abmachung [1]), in welcher er sein linksrhônisches Land „in imperio" seiner Grofsnichte Cäcilie von Baux versprach, im Falle, dafs er ohne männlichen Erben stürbe. So wollte er die Markgrafschaft Provence und das Venaissin seiner Tochter entziehn und, damit sich Frankreich hier nicht festsetze, der Enkelin seiner Schwester Konstanze vermachen, der obengenannten Cäcilie, deren Vater Barral de Baux zu einer hochbedeutenden Rolle in der Provence berufen war. Aber auch die Hoffnung auf einen Sohn hatte er noch nicht verloren. Er beschlofs, sich von seiner alternden Gattin Sancia zu trennen, um sich mit der dritten Tochter des Grafen von Provence zu vermählen, und wufste für diesen Gedanken selbst den Neffen Sancias, König Jacme von Aragon, zu gewinnen.

---

[1]) 26. Februar 1241. Tourtoulon, Jacme d'Aragon II, 547.

Jacme „il conquistador“, der glorreiche Besieger der Sarazenen, war nicht so glücklich in der Languedoc, bei deren Geschick er doch in hohem Grade interessiert war. Ihm gehörten dort grofse Gebiete mit der Hauptstadt Montpellier; er sah daher mit Besorgnis, wie das Haus der Capetinger, jenen Streit der Grafen benutzend, immer kühner gegen den Süden vordrang und die der aragonesischen nah verwandte Nationalität zu unterdrücken drohte. Schon 1239 war er bemüht gewesen, die Grafen zu versöhnen; jetzt im April und Juni 1241 gelang es ihm, eine Heiratsverbindung anzubahnen. In der Hoffnung, durch eine solche eine Einigung des Südens zu erreichen, liefs er es zu, dafs Raimund VII. die Scheidung von Sancia von Aragon beim Papste beantragte, unter dem Vorwande, er sei mit ihr geistig verwandt, da sein Vater sie über die Taufe gehalten hätte. Trotz ihres Protestes wurde dies ungerechte Verlangen durch geistliche Richter gutgeheifsen, und im August 1241 bestimmte Jacme in Aix Sancia von Provence zur Gattin Raimunds, unter der Bedingung, dafs der Papst den bei der nahen Verwandtschaft beider nötigen Dispens geben würde.

Die Heirat sollte jedoch nicht zu stande kommen, nicht nur, weil der Tod Gregors IX. den Dispens verzögerte, sondern auch noch mehr, weil Raimund schon wieder von andrer Seite neue und günstigere Aussichten eröffnet wurden, sein Ziel zu erreichen. Trotz aller Versuche hatte er die päpstliche Absolution nicht erlangt; die Erfolge Friedrichs, besonders die Gefangennahme des Legaten Jacob und zahlreicher Kirchenfürsten auf der Überfahrt nach Italien, liefsen eine neue Verbindung mit dem Kaiser empfehlenswert erscheinen. Sodann aber schien eine andere Ehe in dieser Zeit nicht nur Ländererwerb im Herzen Frankreichs, sondern auch Wiedergewinnung der an Ludwig IX. abgetretenen Gebiete zu verheifsen. Noch einmal verbanden sich nämlich die Gegner der französischen Monarchie zu einer Koalition wider sie; Heinrich III. von England, gekränkt durch die Einsetzung des Prinzen Alfons in Poitou und durch Hugo von Marche, den zweiten Gemahl seiner Mutter Isabella, aufgestachelt, stellte sich an die Spitze, und es wurde ihm nicht schwer, seinen Vetter Raimund von Toulouse zum Bunde heranzuziehn: eine Ehe mit der Tochter Hugos, Margaretha von Marche, sollte ihn mit neuen Hoffnungen ködern. Die Heirat wurde diesmal auch perfekt, da aber wiederum eine nahe Verwandtschaft konstatiert wurde [1]), so machte Raimund die Bedingung, daß innerhalb eines Jahres der päpstliche Dispens eingeholt würde; damit hielt er sich einen Ausweg offen, beim Scheitern der Unternehmung auch diese Ehe wieder scheiden zu lassen.

Im Frühjahr 1242 brach der Kampf los; aber die schwächliche und mittellose Koalition konnte gegen die schlagfertige Macht Ludwigs nichts ausrichten. Zwar flammte noch einmal im Süden die fast erloschene Glut der Ketzerei auf; in Avignonet, südlich von Toulouse, wurden die Diener der Inquisition ermordet; die Grafen von Foix und Commingues vereinigten sich mit dem geächteten Trencavel von Béziers; im Juni 1242 nahm Raimund das französische Narbonne ein, ungeschreckt durch erneute Exkommunikation. Als aber im Juli an der Charente die entscheidenden Schläge gegen Heinrich III. und Hugo von Marche fielen, als der letztere sogleich feige den Bund verließ, um sich Frankreich zu unterwerfen, da fühlte auch Raimund die Gefahr eines längeren Widerstands; im Oktober knüpfte er mit Ludwig IX. Unterhandlungen an, im Januar 1243 wurden in Lorris die alten Verträge von 1229 erneuert; von allen verlassen, mußte auch Heinrich III. im März Frieden machen und ganz Poitou bis zur Gironde an Ludwig abtreten. Noch ein Jahr hielten sich die Überreste der Albigenser in der Pyrenäen-Feste Montségur, bis auch sie, vom Erzbischof von Narbonne bedrängt, im März 1244 ihren Heldentod im Feuer fanden. So endete die furchtbare Bewegung, welche fast vier Jahrzehnte hindurch Süd-Frankreich verheert und verfeindet hatte; triumphirend ging die Kirche aus dem Ketzerkrieg hervor, aber kein Segen erblühte ihr aus demselben; die Opposition gegen ihre Tyrannei kam nun nicht mehr zur Ruhe, sondern verbreitete sich in immer weitere Kreise; der politische Vorteil aber war auf seiten des capetingischen Königtums; der Papst hatte sich hier eine Macht großgezogen, die ihm bei einem weniger frommen Nachfolger Ludwigs verhängnisvoll werden konnte und es unter Philipp dem Schönen dann auch, 50 Jahre später, in hohem Maße geworden ist.

Auch in der Provence machten sich die Folgen der Niederlage Raimunds bemerkbar; die großen Städte, welche noch einzig

---

[1]) Die Großmutter Raimunds, Konstanze, und der Urgroßvater Margarethens, Peter, waren Geschwister. S. Layettes II, 573.

auf seiner Seite verharrt hatten. Avignon[1]) und Marseille, waren zu seinen Gegnern übergegangen; um die Mitte 1243 wurde zwischen den beiden Grafen durch Vermittlung Zoëns, der jetzt Bischof von Avignon war, ein Vergleich zu stande gebracht. Im Herbst ging Raimund VII. nach Italien; sowohl der Kaiser, als auch der neue Papst Innocenz IV. kamen ihm aufs freundlichste entgegen; er wurde vom Banne absolviert und erhielt endgiltig das Venaissin zurück. Während aber Friedrich II. von der Freundschaft Raimunds weiter keinen Nutzen hatte, da das Arelat nun auf päpstlicher Seite stand, gedachte sich Innocenz des Grafen noch ferner vorteilhaft zu bedienen.

Denn bei dem gewaltigen Schlage, den er nun gegen den Kaiser plante, als er heimlich aus Italien nach Burgund floh und im Dezember 1244 Lyon zur Feier eines allgemeinen Konzils bestimmte, hatte er die Unterstützung der Nachbarfürsten sehr nötig. Seine Bemühungen, 1244 den Waffenstillstand zwischen den Grafen von Provence und Toulouse zu verlängern[2]), scheinen anfangs keinen Erfolg gehabt zu haben, denn am 1. Februar 1245[3]) schreibt er aus Lyon an den Abt von Saumur, er solle Raimund unter Androhung von Strafen auffordern, von allen Angriffen auf seinen Gegner und auf die Städte Arles und Avignon abzulassen; letztere nimmt er in seinen besonderen Schutz, belobt den Grafen von Provence wegen seines Eifers für die Kirche, erklärt die vom Kaiser gegen ihn ergangenen Sentenzen für nichtig und entbindet ihn aller diesem geleisteter Eide. Es kam ihm jetzt besonders darauf an, jede dem Reiche günstige Regung im Arelat zu unterdrücken; daher scheute er keine Kosten, die kaiserfreundliche Partei in den Städten auf seine Seite zu bringen.[4]) Sodann erhielt Zoën von Avignon Vollmacht, alle von Gregor IX. gebannten Anhänger Friedrichs II. zu absolvieren, wenn sie demütig darum bäten.[5]) Auch sonst bekam dieser tüchtigste Diener der Kirche umfassende Vollmachten für Burgund; er durfte nach Gut-

---

[1]) Durch eine Urkunde aus dem Arch. von Marseille wird erwiesen, dafs Avignon schon am 11. Juli 1241 ein Schutzbündnis mit Zoën und Raimund Berengar gegen die Feinde der Kirche geschlossen hatte. (S. Anhang n. II.)

[2]) Raynaldi annal. eccl. 1244 § 17.

[3]) 4 Urkunden, Or. in Mars.

[4]) Vgl. Mathaeus Par. (ed. Luard) V, 146.

[5]) Berger Régistres d'Innocent IV., I, n. 1109.

dünken Anordnuungen treffen und wurde auf 3 Jahre von der Gewalt des Erzbischofs von Arles eximiert[1]); bei letzterem vermifste Innocenz wohl mit Recht, wenn auch nicht die Ergebenheit, so doch die Energie, welche der kirchenfeindlichen Demokratie von Arles gegenüber erforderlich war.

Die Drohuug gegen Raimund VII. hatte bald gutou Erfolg. Derselbe mufs in jeder Weise den verlangten Schadenersatz geleistet haben, denn im Frühjahr 1245 nahm ihn der Papst iu seinen Schutz, erlaubte ihm, auch in Orten Messe zu hören, die mit dem Interdikt belegt waren, und verbot jedem Legaten, ohne spezielles Mandat gegen ihn mit dem Banne einzuschreiten.[2]) Zweimal erschien der Graf dann in Lyon; im Juli hatte Innocenz hier die Genugthuung, die Versöhnung mit dem gleichfalls anwesenden Raimund Berengar zu vollenden.

Und nun sollte noch ein wichtiges Ehebüudnis die Freundschaft besiegeln; deun Raimund VII. war auf diese nur eingegaugen, von dem Wunsche beseelt, Beatrix, die jüngste Tochter des Grafen von Provence, zu heiraten. Die Ehe mit Margaretha von Marche hatte ihm keinen Sohn, überhaupt keine Vorteile gebracht; wie so oft, war er schnell bereit, sie zu lösen, als ihm eine andere Verbindung Erfüllung seiner dynastischen Hoffnungen, die ihn vor allem bekümmerten, zu versprechen schien. Den Dispens zu seiner Ehe mit Margarethe zu erhalten, hatte er sich nicht sonderlich bemüht[3]); so konnte er das alte Spiel erneuern und wegen naher Verwandtschaft die Scheidung beantragen: war die Ehe für ungiltig erklärt, so spekulierte er nun auf die provençalische Verbindung. Da die dritte Tochter seit 1243 mit Richard von Cornwallis vermählt war, blieb ihm noch die jüngste übrig. Und gerade sie war im Testamente ihres Vaters am reichsten bedacht worden. Gehen wir auf dieses wichtige Dokument nun näher ein.

Am 20. Juni 1238[4]) hatte Raimund Berengar iu Sisteron im Beisein seiner intimsten Räte sein Testament gemacht; es war

---

[1]) 6. März 1245 ibidem 1084, 1100—1114.

[2]) Layettes l. c. II, 566 f. Berger l. c. I, n. 1283.

[3]) Er hatte zwar seineu Kanzler Ponce Astoaud 1241 dazu nach Rom gesaudt, aber bei dem neuen Papste keine ferneren Versuche gemacht. (Urk. 13. Juli 1245, Layettes l. c 574.)

[4]) Layettes II, 378.

kurz bevor er zur Unterstützung des Kaisers nach Italien in den Krieg zog. Der Inhalt war folgendermaßen:

Seinen beiden ältesten Töchtern, den Königinnen von Frankreich und England, vermachte er die 10 000 Mark Silber, welche er jeder als Mitgift versprochen hatte (jedoch hatte nur die Gemahlin Ludwigs IX. 2000 Mark erhalten), und überdies je 100 Mark. Seiner dritten Tochter, Sancia, damals noch unvermählt, hinterließ er 2000 Mark zur Mitgift und außerdem 3000 Mark. Damit sollten diese drei sich begnügen. Zur Generalerbin seines ganzen Besitzes bestimmte er die jüngste Tochter Beatrix — damals ungefähr 5 Jahre alt —[1] und in der Folge ihren Erstgeborenen; bei dessen Tode den nächsten Sohn, mit Ausschluß aller übrigen Kinder. Stürbe Beatrix ohne Söhne, so sollte der Sohn der Sancia Erbe sein. Hätte diese keinen Sohn, so trat die Tochter der Beatrix ein. Wenn Beatrix kinderlos und Sancia ohne Sohn wäre, sollte König Jacme von Aragon oder sein Sohn — bei mehreren der zweite — die Provence erhalten. Wenn aber dem Erblasser noch ein Sohn geboren würde, so sollte dieser der Haupterbe und Beatrix mit 5000 Mark entschädigt werden, letztere aber wieder einrücken, wenn jener ohne Söhne stürbe. — Seiner Gemahlin Beatrix von Savoyen vermachte er 5000 Mark und verpfändete ihr dafür die Grafschaft Forcalquier und eine Anzahl Burgen diesseits der Durance. — Zu Vizeregenten ernannte er seinen ersten Ratgeber Romeo von Villeneuve und Wilhelm von Cotignac. Sie sollten den Eid der Vassallen empfangen und mit Beihilfe der Witwe, sowie der Prälaten von Aix, Riez und Fréjus das Land verwalten, bis die Erbin einem Manne die Hand gereicht hätte, der die Regierung übernähme. Mit großer Sorgfalt ist die Bezahlung der Schulden, der Ersatz von Schäden und die Vergütung von Unrecht, das der Graf anderen zugefügt hatte, geordnet; die Einkünfte großer Besitzungen sind dazu bezeichnet und dem Nachfolger wird pünktliche Vollstreckung strenge befohlen.

Dies ist in kurzem Auszuge das Testament des letzten Grafen aus nationalem Stamme, welches der geringfügige Anlaß tief eingreifender europäischer Umwälzungen werden sollte. Alles ist

---

[1] 1252 ist sie 18 Jahre gewesen, wie aus dem Vertrag Karls mit Marseille hervorgeht (Or. in Marseille, s. Anh. n. X. falsch übersetzt bei Ruffi Hist. de Mars. S. 122.)

reiflich und vorsichtig überlegt. Was aber bezweckte Raimund
Berengar? Ohne Frage wollte er entweder die Unabhängigkeit
und den ungeteilten Bestand der Provence sichern oder doch dieselbe nicht an einen der grofsen Herrscher des Nordens, sondern
an ein südfranzösisches Haus kommen lassen. Frankreich und
England waren ausgeschlossen, dagegen Aragon bevorzugt, im
Falle, dafs die Selbständigkeit der Provence nicht zu ermöglichen
war. Nicht zum Untergange der provençalischen Eigenart, nicht
zur Zerstücklung des alten Besitzes sollte der Mangel eines männlichen Erben führen, sondern womöglich zu einer neuen Vereinigung der stammverwandten Völker des Südens.

Über die rechtliche Seite des Testaments haben wir eine
Notiz in der sogenannten anonymen Chronik von Reims[1]), wo es
heifst: „So war die Gewohnheit des Landes, dafs die jüngste
Tochter alles erhält, wenn kein Sohn da ist." Der Herausgeber
der Chronik meint, dies sei nur eine vorgeschobene Sitte, mafsgebend sei das Testament; aber es bleibt eben die Frage, ob
dieses sich nicht an einen alten Gebrauch anlehnt.' Henri Martin[2])
spricht von dem „loi celtique du juveigneur, exagérée jusqu'à la
suppression du principe celtique de partage." Die Rechtsform der
Minorate findet sich ja auch im deutschen Rechte. Aber es ist
nicht ersichtlich, wie eine Sitte aus celtischer Zeit damals plötzlich
wieder aufgenommen ist, da sie doch in den letzten Jahrhunderten
völlig aus dem Gebrauch und in der damaligen ganzen Zeit sonst
niemals zur Anwendung gekommen war. Es scheint doch eher,
als wenn Raimund Berengar ohne ein bestimmtes, rechtliches
Prinzip einzig dem Bedürfnis seines Landes entsprochen hat.

Eine zweite Frage ist die, ob das Testament angefochten
werden konnte. Es ist dies von den älteren Schwestern der
Beatrix, welche sich ihres Anteils beraubt sahen, später geschehen;
aber da die Verfügungen betreffs der Erbfolge formell durchaus
giltig waren, so hatten sie keine Berechtigung zum Protest, wenn
nicht andere Thatsachen hinzu kamen, z. B. die Vernachlässigung
der Bestimmungen, welche von den Legaten der drei Töchter
handelten.

Endlich drängt sich eine Frage auf, die bisher noch nie erörtert ist. Ist der Inhalt des Testaments vor dem Tode des Erb-

---

[1]) Bouquet, Recueil XXII, 309.
[2]) Hist. de France IV, 204.

lassers bekannt gewesen, ist er nur Einigen oder garnicht mitgeteilt worden? Die Beantwortung ist für die Verhandlungen vor dem Tode Raimund Berengars von grofser Wichtigkeit. Bisher hat man angenommen, dafs mindestens der Papst, Raimund von Toulouse und die übrigen Verwandten des Grafen, welche in Lyon die Heirat seiner Tochter vermittelten, darum gewufst haben. Aber Wilhelm von Puy-Laurent, der als Kaplan Raimunds VII. wohl einigen Anspruch auf Glaubwürdigkeit machen darf, spricht in seinem Bericht[1]) nur von der geplanten Heirat und nicht von dem Inhalt des Testaments, das den Grafen zu derselben bewogen hätte: letzterer konnte ja eine Ehe mit Beatrix an und für sich für ebenso erstrebenswert halten, wie vier Jahre vorher die mit Sancia, ohne zu wissen, dafs jene die ganze Provence erben sollte. Man mufs jedenfalls annehmen, dafs der letzte Wille Raimund Berengars von ihm selbst und den Zeugen des Testaments durchaus geheim gehalten ist; die Nachbarmächte kannten ihn nicht, sonst hätten sich schon damals mehr Bewerber um die Hand der jüngsten Tochter gefunden. Wohl aber wird der Papst um das Geheimnis gewufst haben: Raimund Berengar war viel zu sehr der Kirche ergeben, als dafs er nicht die Zustimmung derselben eingeholt hätte.[2]) Wie weit nun Innocenz es für nötig hielt, den Grafen von Toulouse aufzuklären, ist ungewifs; wahrscheinlich ist es immerhin, dafs er weitere Vorteile durchblicken liefs, um Raimunds Verlangen nach der Erbtochter zu reizen, und dafs er den Wunsch nach einer Verbindung, deren Verwirklichung allein von seinem Dispens abhing, bei beiden Grafen bestärkte, um sie auf diese Weise recht fest an sich zu ketten. Ob es ihm mit der Erfüllung des Versprechens ernst war, ist sehr zu bezweifeln; nur ein Optimist, wie Raimund VII., konnte glauben, dafs die Kirche, die ihn so lange verfolgt hatte, nun plötzlich einen so grofsen Zuwachs seiner Macht anstreben oder gutheifsen mochte. —

Zuerst wurde jedoch eine Kommission unter dem Vorsitz des Kardinals Octavian eingesetzt, um die Verwandtschaft Raimunds mit seiner Frau zu prüfen, und es stellte sich in der That eine solche im dritten Grade heraus; daher wurde die Ehe am 3. August

---

[1]) M. G. S. XXVI, 600.

[2]) Man darf das auch aus einer Urkunde von 1244 schliefsen (Or. in Mars.), in welcher der Papst die von Raimund Berengar erneuten Bestimmungen über die Legate für seine Gemahlin bestätigt.

1245 für ungiltig erklärt. [1]) Der Papst versprach zugleich Bestätigung dieser Entscheidung und so verliefsen die beiden Grafen
mit den besten Hoffnungen Lyon. Aber kaum war Raimund
Berengar iu sein Land zurückgekehrt, als er ganz plötzlich am
19. August 1245 starb. [2])

Hiermit trat nun die provençalische Erbangelegenheit in ein
Stadium, wo rasche Entscheidung not that. [3]) Es war ein kritischer
Moment, als das Testament jetzt bekannt wurde: im Innern der
Provence erhoben sich die alten Gegensätze noch einmal zum
letzten Kampfe, und wiederum traten sich entgegen die Anhänger
der städtischen, adeligen und religiösen Freiheit auf der einen
Seite und die Freunde der orthodoxen Kirche, der alten Dynastie
und ihrer traditionellen papst- und franzosenfreundlichen Politik
auf der anderen; an den Grenzen standen erwartungsvoll die Prä-
tendenten, begierig, mit der Hand der Erbin das mächtige Erbe
selbst zu erlangen. Auf den Papst war ihr Auge gerichtet, und
er säumte nicht zu handeln. Einen Monat vorher hatte er den
Kaiser in Lyon feierlich seines Amtes entsetzt; ein Kampf auf
Leben und Tod stand ihm bevor; Gefahren umringten ihn auf
allen Seiten, zumal gerade damals die Unzufriedenheit mit den
Geldforderungen der Kirche und mit ihrem autokratischen Vorgehen überall drohend hervortrat; somit mufste er die Konkurrenz
um den Thron der Provence zu seinem Vorteil nützen.

Zuerst nun wollte er der Erbin, ihrer Mutter und Vormundschaft die Freiheit der Entschliefsung sichern; in einem Schreiben
vom 23. August[4]) tröstete er die Witwe und versprach ihr und

---

[1]) Layettes II, 578, s. o. S. 8.

[2]) Ann. S. Victoris (M. G. S. XXIII, 5.)

[3]) Für das Folgende haben wir, aufser wenigen Urkunden, nur die Be-.
richte dreier Geschichtsschreiber: Wilh. von Puy-Laurent (M. G. SS. XXVI,
600) Wilh. von Nangis (Bouquet XX, 352) und Math. Par. (ed. Luard IV,
404, 485, 505. 506, 545). Der erste ist allein glaubwürdig; zwar war er in
die diplomatischen Akte nicht eingeweiht, aber er berichtet als Zeitgenosse
die äufseren Ereignisse und stand als Kaplan Raimunds VII. den Vor-
gängen nahe. Nangis u. Mathaeus haben neben vielen Fabeln nur wenig
Sicheres; Nangis läfst z. B. Ludwig IX. nach Lyon statt nach Cluny zu
Innocenz kommen, Math. erzählt ausführlich von dem Raube der Beatrix
durch einen Edlen der Provence; nur einige seiner Angaben, welche auf die
Verbindung der englischen Königin mit der Provence zurückgehen, sind zu
benutzen.

[4]) Or. in Mars. Vgl. Wurstemberger, Peter von Savoyen IV, n. 185.

ihrer Tochter den Schutz der Kirche. So geschah auch in aller
Ordnung, was das Testament für den Fall des Ablebens bestimmt
hatte: die ordinatores terrae Romeo von Villeneuve und Albert
von Tarascon, — der für den verstorbenen Herrn von Cotignac
eingetreten war —, die erprobtesten Diener des Verstorbenen,
ergriffen die Zügel der Regierung für die unmündige Erbin mit
Zustimmung der Mutter und bemühten sich, den Huldigungseid
der Vassallen und Städte zu erhalten. So schwur der Bailli der
Residenz Aix am 12. September 1245, dafs die Bürgerschaft der
Witwe ihren Besitz in Forcalquier und Gap erhalten und nicht er-
lauben wolle, dafs die Tochter gegen den Willen der Mutter verheiratet würde.[1]) Auch Nizza leistete den Treueid, denn Beatrix —
„juvenis“, wie sie sich nannte — bestätigte am 14. Oktober der
Stadt, auf Anraten Romeos, ihre alten Freiheiten und will dies
auch bei ihrem zukünftigen Gatten auswirken.[2]) Die drei grofsen
Kommunen werden zunächst eine abwartende Haltung angenommen
haben.

Der Regentschaftsrat hatte aber auch sogleich der Frage nach
der Person des zukünftigen Herrschers näher zu treten. Der
nächste, an den man zu denken hatte, war Raimund von Toulouse;
er war von dem Vater der Erbin zum Gatten ausersehen, er
schien sich der Zustimmung des Papstes zu erfreuen, ihm gehörten die Sympathieen der grofsen nationalen Partei in der Provence. Aber auf der andern Seite mufste seine Bewerbung die
schwersten Bedenken hervorrufen. Einmal wird Innocenz sogleich
der Witwe insgeheim erklärt haben, dafs von einer Heirat mit
Raimund nicht die Rede sein dürfe. Wie konnte er es zulassen,
dafs der Graf, dem man mit so grofser Mühe Languedoc entrissen hatte, sich nun in der Provence festsetzte, wo er, auf dem
Gebiete des Kaisers, inmitten einer kirchenfeindlichen Bevölkerung,
einzig bestrebt, seine Dynastie zu erhalten und den alten Besitz
wieder zu erlangen, dem Papste höchst gefährlich werden konnte.
Ähnliche Gründe mufsten auch Frankreich eine Bewerbung Raimunds
unthunlich erscheinen lassen. Hier aber kam sogleich hinzu, dafs
man das Testament zuvörderst anfocht.

Königin Margarethe, so einflufslos und zurückhaltend sie uns
im übrigen im Vergleich zu der alles bestimmenden Blanca ge-

---

[1]) Or. in Mars; schlecht bei Papon II, preuves 69, s. Anh. n. III.
[2]) Monum. hist. patr. chart. II, 100, script. II, 564.

schildert wird, hat doch in einer Sache ihr Lebenlang die höchste
Energie gezeigt: in ihrem Zorn über den Verlust der Provence,
die ihr, der ältesten Tochter, von rechtswegen zuzukommen schien;
Jahrzehnte hindurch hat sie unermüdet um das Erbe gekämpft,
auf das sie Anspruch zu haben glaubte.

Jedenfalls hat sie, im Einverständnis mit den andren Schwestern,
sogleich gegen die Erbfolge der jüngsten protestiert.[1]) Durften
sie die Giltigkeit des Testaments nicht bestreiten, so bot doch die
Bezahlung der ihnen vermachten Summen stets eine Handhabe
zur Einmischung, denn die Geldverlegenheit des verstorbenen
Grafen, der seinen Schwiegersöhnen die Mitgift der Töchter schuldete, verpflanzte sich auch auf seinen Nachfolger.

Vor allem galt es jetzt, Zeit zu weiteren diplomatischen
Schritten zu gewinnen; daher mußte man Raimund noch in seinem
Wahne festhalten, aber verhindern, seine Absicht ganz durchzuführen. Zu diesem Ende schrieben die Verweser der Provence
an seinen Vertrauten, den Herrn von Lunel, er solle ihn veranlassen, in die Provence zu kommen, aber ohne Truppen, damit
er die Bewohner nicht durch kriegerische Maßnahmen kränke.
Raimund, sogleich benachrichtigt, erschien auch mit geringer Begleitung und versuchte nun durch Verhandlungen mit dem Papste,
mit Frankreich, mit den savoyischen Brüdern der Witwe, mit den
Baronen des Landes die Zustimmung zur Heirat zu erlangen. Am
25. September[2]) bestätigte Innocenz seine Scheidung von Margaretha von Marche und machte ihm somit weitere Hoffnung.

Zugleich kam ihm Unterstützung vom Süden her. Jacme von
Aragon hielt es für angemessen, in eine Sache, die ihn so nahe
anging, thätig einzugreifen; auch er fühlte, was für den Süden
jetzt auf dem Spiele stand, und begünstigte den Wunsch Raimunds
als letzte Rettung der bedrohten Nationalität. Man hat wohl
damals erzählt[3]), er hätte die Hand der Erbin für seinen Sohn
erstrebt; es ist dies aber unwahrscheinlich: seine früheren Akte
berechtigen nicht zu der Annahme, daß er jetzt so ehrgeizige
Pläne verfolgte; auch hätte der Papst kaum das Hindernis der
nahen Verwandtschaft beseitigt. Er wollte gewiß nur als Nächster

---

[1]) Wilh. v. Puy-Laurent l. c.

[2]) Layettes l. c. 585.

[3]) „dicitur“ W. von Nangis l. c.; dagegen weiß Puy-Laurent nichts
davon, ebensowenig, wie von einer Belagerung der Stadt Aix.

aus dem Geschlechte des Verstorbenen an den Verhandlungen teilnehmen, als er nun mit starker Begleitung nach Aix kam. Aber, getreu den Vorschriften des Testaments, versagten ihm die Reichsverweser jede Einmischung und hielten ihm die Erbin vollständig fern; sein Eintreten für Raimund durfte die Absichten der Vormundschaft nicht zerstören.

Dafs diese schon im Herbste dahin gingen, den jüngsten Bruder Ludwigs IX., Karl, zur Herrschaft zu berufen, ist nicht zu beweisen, aber durchaus wahrscheinlich. Ohne Zweifel ist diese Idee im Kopfe der Königin Blanca entstanden, und wenn Ludwig im September das Kapitel der Abtei Cisterz zum Gebete für Karl auffordert [1]), so mag man dies immerhin mit ihrem Plane in Verbindung bringen. Mit der Ausführung jedoch hatte es noch gute Wege. Es galt, den Widerstand der Königin Margaretha, die sich von ihrer Schwiegermutter durch das neue Projekt mit Recht gedemütigt sah, des Papstes, dem eine französische Secundogenitur in der Provence gefährlich scheinen mochte, Ludwigs IX., der ehrgeizigen Plänen abgeneigt und in dieser Zeit nur auf seinen Kreuzzug bedacht war, vor allem der Provençalen, denen jede nordfranzösische Herrschaft verhafst sein mufste, zu überwinden; man konnte daher nur sehr vorsichtig zu Werke gehen.

Da wurde der französischen Absicht durch eine neue Prätendentschaft unerwartete Förderung zu teil. Kaiser Friedrich, so wenig er sich auch in der letzten Zeit um das Arelat hatte kümmern können, durfte doch diesen wichtigen Moment nicht ohne den gröfsten Schaden des Reiches vorübergehen lassen; er sah mit vollkommener Sicherheit, was auf dem Spiele stand. Ein Genueser Bericht meldet uns, dafs Andreolus de Mari, der Admiral des Kaisers, anfangs Oktober mit 20 Galeeren aus Savona auslief, um nach der Provence zu segeln und hier durchzusetzen, dafs Beatrix den Sohn Friedrichs, Konrad, heirate; „doch konnte er nichts ausrichten." [2]) Diese Nachricht erscheint durchaus glaubwürdig; die Absicht, Konrad zu verheiraten, trat damals überhaupt hervor. [3]) Aber auch noch auf andere Weise wirkte der Kaiser für seine Interessen. Alfons, der Kronprinz von Kastilien, meldete ihm, er solle sich „pro

---

[1]) Nain de Tillemont. Vie de Saint Louis ed. de Gaulle III, 103.

[2]) Barthol. scribae Ann. genuenses M. G. S. XVIII, 218.

[3]) Am 1. Sept. 1246 Ehe mit Elisabeth v. Bayern, wonach Sternfeld Arelat S. 137 zu berichtigen.

comitissa Provinciae" an den Johannitermeister wenden; Friedrich antwortet, er werde an diesen, der ihm wohlwolle, einen Boten senden mit der Bitte um sein Entgegenkommen. [1]) Man wird diesen undatierten Brief mit Recht auf unsere Zeit beziehen müssen Kastilien versuchte die Fortschritte seines Feindes Aragon in der Provence zu hindern; auch wird die Witwe Raimund Berengars, die den Johanniter-Orden stets begünstigte, dem Ordensmeister nahe gestanden haben.

Leider konnten diese diplomatischen Schritte ebensowenig, wie jene Flottendemonstration, Erfolg haben, sondern nur ein Heer, das in die Provence rückte und die reichstreuen Elemente unter Raimunds Befehl an sich zog: der Kaiser aber brauchte seine Truppen notwendig in Italien. So mußte sein Vorgehen nur dazu führen, den Papst zu schleunigem Handeln zu bewegen: denn dieser durfte es nicht dahin kommen lassen, daß Friedrich, dessen Angriff auf Lyon er ohnehin zu fürchten hatte, sich in der Provence fest-setzte. Das Land für die Kirche zu occupieren, wie einst das Venaissin, war unmöglich, die Kandidatur Raimunds gefährlich; auch zu Aragon hatte die Kirche keine guten Beziehungen: hatte Jacme doch sein Land dem Papste als Zufluchtsort verweigert. So mußte der letztere sich mit dem Gedanken vertraut machen, Karl, dem jüngsten, damals neunzehnjährigen Bruder Ludwigs IX., die Provence zu übergeben. Es mochte ihm das nicht leicht werden; einmal war sein Verhältnis zum Könige nicht das beste, weil dieser nicht nur die Absetzung Friedrichs mißbilligte, sondern auch gegen die Auspressung des französischen Klerus durch die Kurie eine scharfe Note an Innocenz gerichtet hatte; [2]) sodann aber war ihm nicht bekannt, ob der Charakter Karls und seine Gesinnung gegen die Kirche genügende Garantieen bot für die Gefahr, welche doch bei einer so bedeutenden Machtausbreitung der Capetinger immerhin dem Einfluß der Kurie drohte. Daher war es ihm willkommen, daß Ludwig nebst seiner Mutter, seinen Brüdern und großem militärischen Gefolge Ende November nach Cluny kam, um sich über alle Differenzen zu einigen. Sieben Tage sollen die geheimen Konferenzen zwischen ihnen gedauert haben; und wir werden nicht in der Annahme irren, daß neben den Angelegenheiten des Kreuzzugs und des Kaisers auch die pro-

---

[1]) Winkelmann, Acta imp. inedita II, 54.
[2]) Math. ed. Luard VI, 99.

vençalische Erbfolge erörtert worden ist. Wie Blanca allmählich
ihren Sohn Ludwig für ihre weitgreifenden Pläne gewonnen hatte,
wußte sie ebenso den Papst, vielleicht durch das Versprechen,
gegen Friedrich II. zu helfen, zu überzeugen; auch wird sich
Innocenz im persönlichen Verkehr mit Karl über die Gesinnung
des jungen Prinzen beruhigt haben, der nun zum erstenmale den
Schauplatz der grofsen Politik betritt.

*　　*　　*

Gegen Ende des Monats März 1226 wurde dem König Ludwig VIII. von Frankreich von seiner Gattin Blanca von Kastilien
ein Sohn geboren.[1] Es geschah das in jenen Tagen, wo zum
erstenmale Frankreich seine Vasallen zum Kampfe gegen die Albigenser in Languedoc und ihren Schützer Raimund VII. von Toulouse berief, wo der päpstliche Legat, Kardinal Romanus von
St. Angelo, in Paris eine Versammlung des Klerus abhielt, um
den Kreuzzug gegen die Ketzer vorzubereiten. Er war es auch,
der den Neugebornen aus der Taufe hob, und so kann es als eine
eigentümliche Vorbedeutung erscheinen, dafs schon über der
Wiege des Kindes jene Mächte schwebten, welche das Leben und
Streben des Mannes erfüllen sollten: das zur Bekämpfung seiner
Feinde mahnende Papsttum und das zur Eroberung des Südens
sich rüstende Franzosentum.

Das Kind — von 7 Geschwistern das jüngste — erhielt zuerst
den Namen Stephanus; erst später wohl wurde es dann K a r o l u s
genannt,[2] ein sonst bei den Capetingern ungewöhnlicher, auf die
grofse Karolingerzeit hinweisender Name.[3]

Sieben Monate nach der Geburt Karls starb sein Vater nach
kurzer Regierung. In seinem Testamente vom Juni 1225[4] hatte
er seinen fünften Sohn Philipp Dagobert und die noch folgenden

---

[1] S. den Exkurs I.

[2] Ähnlich, wie sein Bruder, der bald Philipp, bald Dagobert hiefs.
Nain l. c. I, 420.

[3] Man wird nicht irren, wenn man den Namen in Zusammenhang bringt
mit der damals vielfach hervorgehobenen Abstammung Ludwigs VIII. von
dem letzten Karolinger Karl v. Lothringen durch seine Mutter, die Tochter
Balduins v. Hennegau. Vgl. Sismondi Hist. des Français IV, 129. Später
kamen dann andere karolingische Erinnerungen dazu, so, wenn Karl in Ansehung seiner Kriegsthaten „Martell" genannt wird. (M. G. S. 24, 137.)

[4] Layettes II, 54.

2*

zum geistlichen Berufe bestimmt. So hätte auch der zuletzt geborene Karl Kleriker werden müssen, wenn nicht 1232 zwei seiner älteren Brüder, Johann und Philipp Dagobert gestorben wären· Damit rückte Karl in die vierte Stelle ein und erhielt dem Testamente nach die Anwartschaft auf Poitou und Auvergne. Da aber für diese Länder schon sein um 6 Jahre älterer Bruder Alfons, bestimmt war, trat Karl in die Rechte des verstorbenen dritten Sohnes Johann ein, der im Nachlasse Anjou und Maine bekommen hatte[1]), und somit eröffneten sich dem Sechsjährigen die Aussichten auf diesen bedeutenden, im Herzen Frankreichs gelegenen Besitz.

Von der Jugendzeit Karls ist uns nichts berichtet, was über seine Anlage und Ausbildung Aufschlüsse von Belang geben könnte. Wir wissen nur, daſs seine Mutter Blanca von Kastilien — jene imposante, mit Recht von Mathaeus „dominarum saecularium domina“ genannte Frauengestalt,[2]) welche Frankreich fast drei Jahrzehnte in Wahrheit beherrscht und auf ihre Söhne eine unbeschränkte Gewalt ausgeübt hat — auch auf die Erziehung des jüngsten Sohnes von gröſstem Einfluſs gewesen ist. Sie hat den Knaben vermutlich bis zum 10. Jahre in ihrer unmittelbaren Umgebung gehabt.[3]) Im Jahre 1237 finden wir ihn am Hofe des ältesten Bruders nach dem Könige, Roberts von Artois, der damals majorenn wurde[4]). Zwei Jahre später scheint der dreizehnjährige Prinz schon seinen eigenen kleinen Hofstaat erhalten zu haben. Er hat mehrere Waffenröcke, ein Jagdpferd, in seinem Dienste stehen ein Kammerdiener und einige andere Personen, darunter ein Magister und ein Kleriker.[5]) Im Juli 1239 wurde er in der Umgegend von Paris von einer schweren Krankheit befallen und nach Vincennes getragen, wohin Anfang August seine Mutter eilte. Man unterlieſs nicht, die Armen von Paris durch

---

[1]) Auf diesen, und nicht, wie Luard (Annales monastici III, 103) annimmt, auf Karl muſs sich die Notiz der Annales de Dunstable (daselbst) beziehen, daſs Ludwig IX. 1227 die Tochter des Grafen von Bretagne zur Gattin für seinen jüngeren Bruder, dem er Anjou gab, empfing und der Graf den letzteren bis zur Groſsjährigkeit in Gewahrsam nahm. Da Johann 1232 starb, kam auch die geplante Heirat nicht zu stande.

[2]) Vgl. Primat: Blanche gouverna … et non pas par vertu feminine, mes vertueusement comme s'ele fust homme (Bouquet 23, 8).

[3]) Mai 1234, ibid. 21, 239.

[4]) ibid. 22, 582.

[5]) ibid. 601, 604, 606, 608, 611. f.

reichliche Almosen zur Bitte für seine Genesung aufzufordern.[1]
Johannis 1241 wurde der vorletzte Bruder Alfons zum Ritter
geschlagen und mit Poitou investiert. In seinem Gefolge finden
wir Karl, der nun als 15jähriger Jüngling schon seinen Marstall,
seine Pagen und Diener, überhaupt seinen Hofhalt hat und in
seiner Kleidung kriegsmäfsig gerüstet erscheint.[2] Im nächsten
Jahre war es ihm dann auch vergönnt, zum erstenmale in den
Krieg zu ziehen. Der König Ludwig IX. nahm ihn in den Feldzug gegen den rebellischen Grafen von Marche mit; Anfang Mai
sind die Brüder in Poitiers.[3] Karl hatte nun Gelegenheit, am
Waffenruhm der Franzosen, welche siegreich aus dem Kampfe
gegen England und Languedoc hervorgingen, seinen Anteil zu
nehmen.

In den nächsten drei Jahren hören wir nichts von ihm. Er
wird die Zeit bis zu seinem 20. Jahre, wo ihm, dem Brauche gemäfs, mit der Grofsjährigkeit auch die Übernahme seines Erbes
Anjou und Maine bevorstand, mit den ritterlichen Künsten und
Übungen, welche einem Königssohne vor allem geziemten, mit
Turnier und Gesang, ausgefüllt haben. Die Tugenden des französischen Rittertums, wie sie uns bei Joinville edel und liebens-
würdig entgegentreten, werden auch für seine Erziehung von Bedeutung gewesen sein. Ohne aus den Anekdoten und den an-
sprechenden, gewandten Dichtungen,[4] die ihm zugeschrieben
werden, Schlüsse zu ziehen, kann man doch behaupten, dafs jene
Eigenschaften, welche, mit geringer Berechtigung, dem Manne zugeschrieben sind — düstere Verschlossenheit und Bigoterie —
mindestens dem Jünglinge vollständig fehlten.

*　*　*

In der Provence hatten sich die mafsgebenden Personen schon
früher für Karl entschieden. Wohl war für die zarte Erbin der

---

[1] ibid. 586, 594, 597—600.
[2] ibid. 616, 621 f.
[3] ibid. 21, 765.
[4] S. Priest II, 11 f. und Anhang 299 f.; Bahlsen (Adam de la Halles
Dramen 1885) sagt, Karl habe sich gern mit Sängern und Dichtern umgeben
und sich nicht immer als Despoten, sondern auch als heiteren, kunstliebenden
Mäcen gezeigt, der nach den Sorgen des Herrscheramts sich am Schauspiel
und Festen ergötzt, ja selbst in der Kunst des Dichtens sich versucht und
an den Dichtungen anderer, die er veranlafste, selbst gebessert habe.

tapfere junge Prinz passender, als der 50jährige Raimund, aber
ihrer Mutter und den Ministern wird es nicht leicht geworden
sein, die französische Herrschaft an der Rhônemündung zu kon-
stituieren; sie mufsten sich auf die heftigste Opposition der nationalen Partei gefafst machen. Wichtigere Erwägungen liefsen sie
dennoch in der Wahl Karls das einzige Heil ihres Landes sehen;
der Friede war ihm auf keine andere Weise zu erhalten. Karls
Heirat allein konnte Ludwig IX. mit dem Gedanken versöhnen,
die Rechte seiner Gemahlin aufzugeben; gegen jeden andern hätte
er sie mit bewaffneter Hand durchgesetzt. Raimund VII. würde
die Kräfte des Landes zur Eroberung seiner tolosanischen Gebiete
gemifsbraucht haben; auch hätte seine Wahl, ebenso wie die Konrads,
die Provence in den grofsen Kampf gegen den Kaiser hinein-
gerissen. Schliefslich war doch die Absicht des verstorbenen
Grafen, die Selbständigkeit seines Landes zu bewahren, erreicht;
man hoffte, dafs Karl nach aufsen wie im Innern seine Souveränetät
im Sinne der früheren Grafen erhalten und befestigen würde.

So kam eine Einigung der mafsgebenden Mächte zu stande,
und man konnte jetzt offen vorgehen. Im Dezember schickte
Ludwig unter dem Vorwande, das Recht seiner Gattin zu vertreten,
eine Abteilung Truppen in die Provence, [1] um Jacme von Aragon,
der noch immer in Aix die Erbin zu beeinflussen drohte, aus dem
Lande zu entfernen. Dies gelang, und nun blieb der ungerüstete
Raimund allein übrig. Dieser hörte nicht auf, zu verhandeln, da
die Verweser des Landes, die Witwe und ihre Brüder, obwohl
längst für Karl gewonnen, ihm noch immer Hoffnung machten.
Aber um die Jahreswende wurde die Kandidatur Karls in der
Provence bekannt; davon haben wir mehrere Anzeichen. In Arles
regte sich damals die franzosenfeindliche Demokratie und setzte
in den Ende 1245 aufgezeichneten Statuten auf jeden Versuch, die
Stadt einem auswärtigen Herrn zu übergeben, die Todesstrafe. [2]
Am 28. Dezember gab Innocenz dem Prinzen Karl Dispens, eine

---

[1] Puy-Laurent hat diese Nachricht nicht, aber Nangis u. Mathaeus (c. 485)
stimmen darin überein; beide setzen diese erste Truppensendung in die Zeit
nach der Zusammenkunft in Cluny und unterscheiden sie von der zweiten,
welche Karl begleitete. Mathaeus sagt: Ludwig hätte das Testament für
ungiltig erklärt und ein Heer geschickt „ad accipiendam seisinam Provinciae“;
das ist nicht unwahrscheinlich: ohne rechtliche Gründe würde er nicht fremdes
Land occupiert haben.

[2] Anibert Hist. de la république d'Arles III, 185 f.

Gemahlin zu nehmen, mit der er im vierten Grade verwandt
wäre, [1] womit deutlich auf Beatrix gewiesen wurde: die Urgrofs-
eltern beider waren Geschwister, die Kinder des Alfons von Kastilien, gewesen. [2] Jetzt endlich schöpfte Raimund Verdacht; er
schickte einen Gesandten an Margaretha von Frankreich mit der
Bitte, seine Heirat, die doch im Wunsche ihres verstorbenen
Vaters gelegen, zu unterstützen; aber sein Bote traf, wie man
sich spottend erzählte, auf dem Wege schon den Prinzen Karl,
der mit stattlicher Heeresmacht in die Provence rückte. Raimund,
zu spät seineThorheit einsehend, mufste dem glücklicheren Gegner
weichen; „es gefiel Gott nicht, dafs der letzte Sprofs von St. Gilles
Nachkommen hätte“, sagt sein Biograph Puy-Laurent.

In Aix war der Hof der Provence, die Verwandten der
Witwe, französische und provençalische Edle vereinigt, um die
Braut dem jungen Karl zuzuführen; hier wurde am 31. Januar
1246 mit grofsem Gepränge die Hochzeit gefeiert. [3]

*   *   *

Es waren kaum vier Jahrzehnte vergangen, seit ein im Arelat
ansässiger Schriftsteller, Gervasius von Tilbury, den deutschen
Kaiser Otto IV. auf die unschätzbaren Vorteile, welche ihm der
Besitz eines nur zu wenig beachteten Reichsgebietes, der Provence,
gewähren könnte, aufmerksam gemacht hatte. Er zeigte, wie dies
reiche Land im Mittelpunkte aller Länder liege, wie es allen

---

[1]) Orig. in Mars. s. Anh. No. IV.

[2])

Alfons VII. von Kastilien.

Sancho von Kastilien	Sancia von Kastilien
	mit Alf. v. Aragon
Alfons VIII. v. Kastilien	Alfons v. Aragon u. Prov.
mit Eleon. v. England	mit Garsende v. Forcalquier
Blanche	Raimund Berengar V.
mit Ludwig VIII.	mit Beatrix von Savoyen
Karl	Beatrix

[3]) Ann. S. Victoris M. G. S. XXIII, 5. In dem Karl zu Ehren 1283
gedichteten chanson de geste des Adam de la Halle „Roi de Sézile“ findet
sich in romantisch-poetischer Verklärung, wie Karl Beatrix umwarb und
heimführte. (S. Priest II, Anhang, S. 304.)

Völkern leicht zugänglich, unentbehrlich uud zugleich gefährlich
sei, wie man von hier aus den bequemsten Seeweg nach Italien,
Spanien, Afrika, Palästina, die besten Strafsen nach Italien und
Gallien habe. Es bedürfe nur eines klugen und kräftigen Fürsten,
der die zerfahrene Nation zügele und wieder aufrichte; er könnte
von der Provence aus auf alle Länder den gröfsten Einflufs üben,
allen ebenso leicht schaden, wie helfen[1]).

Es war verhängnisvoll für die Geschichte Europas, dafs nicht
ein deutscher Kaiser, sondern ein französischer Prinz in die Lage
kommen sollte, im Geiste dieser Mahnungen handeln zu können.
Trotz seiner Bemühungen hatte Friedrich II. im Arelat nicht festen
Fufs gefafst; erst Karl von Anjou war der Fürst nach dem Sinne
des Gervasius: energisch, klug und von Anfang an darauf bedacht,
die Vorteile seiner Stellung als Graf von Provence, besonders nach
Italien hin, auszunutzen.

Wohl tönte nicht, wie sonst, der frohe Gesang der Troubadours bei seiner Hochzeit, — sie hatten für dies Ereignis nur
Lieder des Zorns und der Trauer — wohl mehrten sich die Anzeichen der drohenden Stimmung in den grofsen Kommunen, wohl
war der nationale Freiheitssinn noch nicht gewillt, sich ohne
Kampf zu unterwerfen: aber ein furchtbarer Feind stand ihnen
gegenüber, der bereit war, den Gewinn, den ihm das Glück in den
Schofs geworfen hatte, mit allen Mitteln seines Geistes und seiner
Macht zu verteidigen und festzuhalten.

---

[1]) M. G. S. 27, 376.

II. Karls erste Thätigkeit in der Provence bis zum Kreuzzug
(1246—1248).

Über die ersten politischen Akte Karls in der Provence
haben wir, aufser wenigen sogleich zu besprechenden Diplomen,
keine Nachrichten. Aber zwei Bemerkungen allgemeinen Inhalts
wollen wir sogleich erwähnen, welche uns einigen Anhalt für die
Erkenntnis seiner Thätigkeit bieten, wenn sie auch beide vom
parteiischen Standpunkte ausgehen.

Bonifaz, der tapfere und sangeskundige Herr von Castellane,
von dem wir noch oft hören werden, klagt[1], dafs Karl Beamte
in die Provence geschickt habe, um die Rechtstitel seiner Vorgänger auf die Städte und Herrschaften, welche unabhängig zu
sein vorgaben, zu prüfen; eine Menge von Rechtskundigen hätte
nun das Land überschwemmt mit der Befugnis, alles für Karl zu
beanspruchen,

Thomas Tuscus, der später Karl in Italien begleitete, sagt[2]
von dieser Zeit: Der Graf hätte eine starke Justiz in der Provence wiederhergestellt, Diebe und Raubritter gestraft, die Strafsen
gesichert; dazu mufste er sich aber der festen Burgen bemächtigen, bei deren Herren die Übelthäter Zuflucht und Hilfe fanden.

Die folgenden Kapitel werden es zu erweisen haben, was
hier tadelnd und rühmend von Karl behauptet wird, im Grunde
aber dasselbe bedeutet, nämlich Stärkung seiner Souveränetät auf
gewaltsame Weise zur Herstellung des Friedens und der Wohlfahrt.

*   *   *

Sogleich nach der Hochzeit durchzog das junge Paar die
Provence, um den Treueid seiner Vasallen zu empfangen und die
von den Vorgängern erteilten Privilegien zu bestätigen. Am

[1] Millot Troubadours II, 37.
[2] M. G. S. 22, 520.

1. Februar erneuerte Karl die Freiheiten der Stadt Aix[1]), am 16.
die von Grasse[2]), am 23. die von Nizza[3]), am 15. März die der
Kirche von Fréjus[4]), indem er sich jedesmal in den genannten
Orten aufhält. So zeigen uns die ersten Diplome[5]) schon den
festen Willen des jungen Grafen, sein neues Gut mit eigenen
Augen zu besichtigen und die gewohnten Verhältnisse zu befestigen. Viel wird er dabei seinen Räten zu danken gehabt haben.
Denn neben Romeo von Villeneuve, der Seele der früheren Regierung, finden wir bei ihm Philipp von Nemours und Humbert
von Beaujeu, zwei der hervorragendsten Edlen Frankreichs[6]); sorg-
lich hatte ihm seine Mutter die besten Berater in das fremde
Land mitgegeben.

Wichtiger noch ist es, dafs wir unter den Zeugen für Grasse
lesen: Amalrich von Tureyo[7]), Seneschall der Provence[8]). Es
war natürlich, dafs mit der Einsetzung eines französischen Prinzen,
der sehr bald auch in den Besitz seines Erbes von Anjou kommen
sollte, die Regierung der Provence sich vollständig ändern mufste.
Karl sah es voraus, dafs er seine Anwesenheit zwischen beiden
Ländern fortan würde teilen müssen, abgesehen von dem oft er-
forderlichen Aufenthalte am königlichen Hofe. So schuf er unmittelbar nach seiner Heirat ein für die Provence ganz neues

---

[1]) Monum. hist. patr. Script. II, 565.

[2]) ibidem. Vgl. Sardou, Archives de Grasse 1.

[3]) Mon. hist. patr. Leges II, 85.

[4]) Bouche, Hist. de Prov. II, 266.

[5]) Nostradamus, Hist. de Prov. (1614) 212 erwähnt aufserdem die
Huldigung der Herren von la Turbie und Monaco und des Fürsten Wilhelm
von Orange für seinen Besitz in Gap. Da die Angaben von Nostradamus
aber nur mit grofser Vorsicht aufgenommen werden dürfen, so geben wir
sie nur da als sicher, wo sie durch andere Quellen bestätigt werden. Louvet
(Abrégé de l'hist. de Prov. I, 100) und Gaufridi (Hist. de Prov. 140) haben
die 2. Urk. auch; doch schöpfen sie wohl aus Nostradamus. Im Archiv von
Mars. ist eine Urk. ähnlichen Inhalts für Wilhelm von Baux aus dem Jahre
1256 (s. Barthélemy, Inventaire des ch. des Baux n. 308).

[6]) Humbert von Beaujeu ist Connétable von Frankreich, kurz vorher
von Kaiser Friedrich II. hochgeehrt (s. u.), später im Kreuzzug das Muster
der christlichen Ritterschaft (Joinville, passim).

[7]) Im Texte steht Corregio; wir folgen aber der Schreibart besserer
Texte aus dem Archiv zu Mars., wo derselbe Name vorkommt.

[8]) Der neben ihm unterzeichnete judex Provinciae kommt schon unter
Raimund Berengar vor.

Amt, das des Seneschalls, mit der Befugnis, die Person des Grafen zu vertreten und als oberster Beamter die Regierung zu führen. Er hatte die Überwachung der Justiz, der Polizei, der Finanzen, war bei Abwesenheit des Grafen Statthalter und Heerführer, sonst der erste Minister [1]). Seine Macht ist aber dadurch beschränkt, daſs er nur auf kurze Zeit, meist auf 2 bis 4 Jahre, sein Amt hat, je nachdem er seine Brauchbarkeit bewährt. Links vom Rhône war das Seneschallat bis dahin nur im Venaissin bekannt [2]), wenn man von der ähnlichen Institution der von Friedrich II. in die Provence geschickten Vikare absieht; dagegen hatte es sich in Frankreich seit langer Zeit erprobt, und so ist es zu verstehen, wenn Karl seine Seneschalls stets aus Frankreich, wo sie schon im Dienste des Königs thätig waren, nicht aus den Edlen der Provence wählt [3]); über die alte Nobilität des Landes setzte er damit das moderne ganz im Dienste des Fürsten aufgehende nordfranzösische Beamtentum.

Im Frühjahr 1246 kehrte Karl nach Frankreich zurück, und am Pfingstfest (27. Mai) empfing er, eben 20 Jahre geworden, von seinem Bruder den Ritterschlag; in Melun hatte sich zu dieser Feier die Blüte des französischen Adels versammelt [4]). Karl aber, unzufrieden mit der geringen Prachtentfaltung, soll — wie

---

[1]) Vgl. Fabre, Hist. de Prov. II, 162.

[2]) So ist Barral de Banx 1232 von Raimund VII. zum Seneschall des Venaissin ernannt.

[3]) Die Namen der Seneschalls Karls sind bis 1265:
1. Amalrich de Tureyo 1246—1248.
2. Peter de Escantillis 1248, † Aug. 1248.
3. Johann de Cornillione 1248—1251.
4. Hugo de Arcissis 1251—1253.
5. Odo de Fontanis 1253—1257 Juli.
6. Girard de Saciaco Aug. 1257—1258.
7. Walter de Alneto Mai 1259—1262.
8. Wilhelm de Estendard Juli 1262—1263.
9. Peter de Vicinis Juli 1263—1266.

So ergiebt sich die Liste aus den Urkunden, während Nostradamus (210 ff.) und Papon (III, 413) ungenaue Angaben haben. Kein Name zeigt provençalische Herkunft. Peter de Escantillis 1248 Bailli von Aubemale (Laborde, Layettes de trésor des chartes III, 33), Hugo de Arcissis findet sich 1254 als Seneschall von Toulouse (ibid. 222), Girard de Saciaco 1251 miles (ibid. 119).

[4]) W. de Nangis, Bouquet 20, 354, Guill. Guiart, ibid. 22, 185.

Mathaeus in einer wenig glaubwürdigen, aber für den jungen Prinzen bezeichnenden Anekdote erzählt [1]) — sich beklagt haben, daſs er hinter seinem Bruder Ludwig zurückstehen müsse, obschon er doch als Sohn eines Königs mehr beanspruchen könne, als jener, dessen Geburt nicht in die Königszeit seines Vaters gefallen sei.

Als majorenner Sohn erhielt er nun seine Erbländer Anjou und Maine mit den Städten Saumur und Baugé. Jedoch ist das Diplom über diese Verleihung erst im August zu Orleans [2]) ausgestellt. Ludwig IX. behielt sich die Regalien, sowie Loudun und Fontevrault vor und empfing von Karl das Homagium. Da die Stadt Le Mans vorher für die Königin Margarete als Witwengut bestimmt war, so sollte Karl dafür Orleans nehmen, wenn jene in einen Tausch nicht willigen würde; nach ihrem Tode konnte er dann wieder Le Mans bekommen [3]).

So war Karl binnen kurzer Zeit in den Besitz weiter Gebiete gekommen. Freilich war ihm von Anfang an die Provence ungleich wichtiger, als Anjou: hier war er doch von seinem Bruder abhängig, dort aber souverän. Ob er sich in den folgenden zwei Jahren in der Provence aufgehalten hat, ist nicht zu ersehen; wohl aber haben wir eine Reihe von Dokumenten, welche uns zeigen, daſs er immerfort bemüht war, seine Stellung zu befestigen. Hatte er hierbei nicht immer die gewünschten Erfolge aufzuweisen, so lag dies an dem Widerstand, der ihm von zwei verschiedenen Seiten geleistet wurde, von seiner Schwiegermutter Beatrix und von den groſsen Kommunen.

In dem Zerwürfnis mit Beatrix, welches, trotz vielfacher Schiedsgerichte, 10 Jahre lang die Provence beunruhigte, zeigt sich gleich anfangs die eigenwillige Natur Karls, welche niemand neben sich dulden will und sich wenig an das Recht kehrt, wenn es gegen seine Absichten ist.

---

[1]) IV, 545.

[2]) Minieri Riccio, Genealogia di Carlo I. S. 124. Karl nahm nun in Anjou sein eigenes Wappen an, goldene Lilien in blauem Felde. S. Bodin, Recherches hist. sur l'Anjou I, 341. Man hat auch bis 1264 Denare mit seinem Namen und dem Monogramm des früheren Grafen Fulco geschlagen. Port, Diction. d'Anjou I, 267.

[3]) Die definitive Schenkung von Orleans an Margarete, statt des an Karl gegebenen Le Mans, fand erst 1260 statt (Paris, Juni, Layettes III, 535).

Raimund Berengar hatte in seinem Testamente seiner Gemahlin 5000 Mark hinterlassen, wovon 2000 zu ihrer Mitgift gehörten, und ihr dafür seinen ganzen Besitz in Forcalquier nebst 37 Burgen links von der Durance verpfändet. [1] Dann aber hatte er ihr noch die Nutzniefsung aller Einkünfte in seiner Gesamtherrschaft, auf beliebige Zeit, wenn sie nicht mehr heiratete, vermacht. [2] Was konnte es Drückenderes für die Erbin der Provence und ihren Gemahl geben, als diese Sonderstellung der verwitweten Gräfin? Es kam noch ein heikler Umstand hinzu. Der ewig geldbedürftige Graf hatte 1244 von seinem Schwiegersohne Heinrich von England, dem er überdies die Mitgift schuldete, 4000 Mark Sterling geliehen [3] und ihm dafür die Einkünfte von 5 Burgen verpfändet. [4] Vier davon wollte Karl, obwohl, ebenso wie seine Schwiegermutter, aufser stande, das Geld zurückzuzahlen, für sich in Anspruch nehmen, da sie auf seinem Gebiete lagen.

Es ist offenbar, dafs diese Verhältnisse sehr bald zu schweren Zerwürfnissen Anlafs geben mufsten. Vielleicht kann man schon aus dem Befehl, den Innocenz IV. an den Erzbischof von Vienne im März 1246 erliefs, die verwitwete Gräfin vor jeder Belästigung zu schützen, [5] schliefsen, dafs der junge Graf sogleich nach seinem Antritt eine feindselige Stellung zu Beatrix einnahm. Dem jungen, nach Thaten dürstenden Prinzen waren die Hände vollständig gebunden, da jene überall Ansprüche, wenn nicht auf den Besitz, so doch auf die Einkünfte erhob. Aber schon nach zwei Jahren hatte er es durchgesetzt, dafs die Gräfin sich zu einem für ihn

---

[1] Dies wird 1244 von ihm und auch vom Papste bestätigt. Blancard Invent. I, 103. f.

[2] volumus, quod B. sit usufructuaria de gausidis et proventibus super omnibus predictis totius terrae nostrae, quamdiu sibi placuerit.

[3] Rymer acta. I 1, 264. Blancard ibid.

[4] Forcalquier, les Mées, Volonne, Auzet (Oseda), le Lauzet. Von diesen liegen die 4 letzteren links von der Durance bei Sisteron und Digne. 1256, (Rymer I 1, 352 Layettes, III, 330) ist nur von 4 Burgen die Rede. — Mathaeus (IV, 505. f.) hat hier ganz verdrehte Nachrichten. In seinem Hasse gegen die savoyischen Brüder der Beatrix beschuldigt er sie, leichtsinnig die Burgen dem neuen Grafen übergeben zu haben, ohne die Rechte Englands zu betonen. Die Urkunden zeigen, dafs sie dies stets gethan hat. Wenn er dann die 4000 Mk. als Mitgift der Eleonore betrachtet, so ist dies auch falsch; denn deutlich ist 1244 von 4000 Mk. bar Geliehenem die Rede. Die Mitgift hatte Heinrich allerdings auch niemals empfangen. (Rymer I, 220.)

[5] Lyon, II Non. Mart. Pont. a. III. Or. in Mars.

sehr günstigen Vergleich bequemte. Am 9. März 1248 verkündete
er in Pontoise [1]), dafs man sich freundschaftlich geeinigt hatte, die
Einkünfte, nach Abzug der nötigen Ausgaben, in drei Teile zu
teilen, von denen Karl zwei, Beatrix einen erhalten sollte. Ausgeschlossen war die letztere überdies von der Steuer, die dem
Grafen in folgenden sechs Fällen zu erheben frei stand: Bei einem
Kreuzzug, bei seiner Erhebung zum Ritter, bei Verheiratung seiner
Tochter, bei einem Landkauf, der 1000 Mark Silber überstieg,
bei einer Fahrt zum Kaiser, beim Aufenthalt des Kaisers
in der Provence. Die Gräfin sollte sodann von Karl 2000 Vien-
nenser Pfund erhalten, dafür aber jeder Forderung von rückstän-
digen Einkünften entsagen. Ihre sonstigen Besitzungen und Witwen-
güter verblieben ihr ungeschmälert.

Leider war damit die Sache nicht abgemacht. Gerade über
das Eigentum der Streitenden im einzelnen konnte eine Einigung
nicht erzielt werden, so nachgiebig sich auch die Gräfin zeigte. [2])
Schon August 1248, kurz vor der Abfahrt Karls nach Palästina,
war ein neuer Vergleich nötig geworden, der diesmal in Beaucaire
durch den Schiedspruch zweier Kardinäle herbeigeführt wurde. [3])
Es war eine grofse Anzahl von streitigen Punkten, die hier zur
Sprache kamen. So wurde das Rhônedelta mit St. Marie und
Albaron der Gräfin zugesprochen, ebenso Brignoles und St. Genez,
wie auch die dem englischen Könige verpfändeten Burgen. [4]) Die
Bestimmungen des Testaments über die Zahlungen an die Gläubiger
Raimund Berengars, deren Befolgung Karl versäumt hatte, sollten
zur Ausführung kommen und die Rechte der Beatrix in jeder
Weise von den Beamten des Grafen respektiert werden.

In den ersten Jahren scheinen diese Entscheidungen auch be-
folgt worden zu sein. Aber es lag in der Natur der Sache, dafs
ein Vergleich nicht von langer Dauer sein konnte, welcher das
durch den Vorgänger Karls geschaffene mifsliche Condominium
aufrecht erhielt. Die Nachbarschaft der Besitzungen, die Teilung
der Einkünfte, die Reservatrechte der Gräfin mufsten bald wieder
zu Unzuträglichkeiten und Reibungen führen, welche · dann erst

---

[1]) anno domini 1247, Montag nach Invocavit. Or. in Mars., s. Anh. n. VI.

[2]) z. B. gehörte ihr der Palast in Aix, „tamen pro bono pacis habent
comes."

[3]) Sonnabend vor Laurentius (8. August 1248). Or. in Mars.

[4]) quae petit sibi liberari Beatrix cum sint de dotalicio suo et fuerint
obligata Regi Angliae pro 4000 marcharum per Raim. Ber.

8 Jahre später durch einschneidende Vorgänge zum Austrag gebracht wurden.

Von weit größerer Bedeutung und ungleich höherem politischen Interesse sind uns aber die Kämpfe Karls mit den großen Kommunen der Provence. Es kann hier nicht der Ort sein, darzulegen, wie sich im Laufe der letzten Jahrhunderte in den Städten der Provence ein freies Gemeinwesen ausgebildet hatte, welches sich in der mehr oder weniger unabhängigen Wahl seiner Magistrate bethätigte, wie diese Freiheit dann in den meisten Kommunen allmählich von der Grafengewalt gebrochen war und nur in den drei bedeutendsten Städten Arles, Avignon und Marseille bestehen blieb. Wie verschieden in den letzteren auch die munizipale Entwicklung gewesen war — je nachdem sich die Rechte des Kaisers, des Bischofs und anderer geistlicher und weltlicher Herren mit denen der Bürgerschaft gemischt hatten — im 13. Jahrhundert hat ihre innere Geschichte etwas Gemeinsames: fortschreitende Ausbildung einer republikanischen Verfassung unter immer erneuten Versuchen, die alten feudalen Gewalten abzuschütteln. Schon daß diese drei Städte vor allen anderen durch ihre Lage zu den wichtigsten Handelsplätzen des Südens berufen waren[1]), daß diese Bedeutung bei dem gewaltigen Aufschwung des Verkehrs im 13. Jahrhundert in ungeahnter Weise wuchs und mit ihr der Reichtum der Städte, mußte ihnen eine besondere Stellung inmitten der streitenden Mächte anweisen. Gleich den großen italienischen Kommunen, mit denen sie durch lebhafte Beziehungen verknüpft waren, hatten sie das Institut des aus der Fremde auf ein Jahr gewählten Podesta eingeführt; gleich ihnen erfuhren auch sie das immer stärkere Eindringen der niederen Klassen in die Stadtregierung; wie jene, hatten auch sie durch heftige Kämpfe sich von der Bischofsgewalt zu emanzipieren gesucht. Letzteres jedoch war nicht so vollständig gelungen: denn die weltliche Macht der Bischöfe war hier stärker als in Italien. Zwar in Marseille hatte sich die untere Stadt, welche nach den früheren Herren Vicekomital-Stadt hieß, von dem Bischof losgemacht und diesem nur die hafenlose obere Episcopal-Stadt gelassen; in Arles dagegen war doch der Erzbischof zu mächtig, um seine Gewalt ganz einzubüßen; als bedeutendster Metropolit

---

[1]) Damals konnte man noch mit größeren Schiffen auf dem Rhône bis Arles und Avignon fahren.

Burgunds war er zugleich der Vertreter der Reichsidee und des kaiserlichen Interesses. Ihn und seine Suffragane hatte der Kaiser gegenüber den aufstrebenden Kommunen stets geschützt. Als aber Friedrich II. im Kampfe mit der Kirche sich den letzteren genähert und ihre demokratische Verwaltung nun gebilligt hatte, suchten die bedrängten Bischöfe bei einem anderen Machthaber Hilfe, der ihnen als natürlicher Feind der Kommunen bekannt war: bei dem Grafen der Provence. Und wir haben schon gesehen, wie diese Koalition die Übermacht behauptet hatte; von Friedrich II. und Raimund von Toulouse nicht genügend unterstützt, hatten sich die drei Städte der Kirche und ihrem Verbündeten Raimund Berengar beugen müssen. Aber die Rechte, welche dieser nun erhielt, waren doch sehr geringe, nicht gröfser, als die Raimunds VII., in dessen Schutz sich die Städte nicht lange vorher freiwillig begeben hatten: man gewährte ihm eine beschränkte Jurisdiktion nebst den daraus abfallenden Einkünften, zu deren Ausübung er einige Beamte einsetzen durfte. Die freie Regierung unter selbstgewählten Magistraten blieb unangetastet. Vor allem war diese Signoria stets nur auf Lebenszeit verliehen, beim Tode des Grafen erloschen seine Ansprüche. Und die nun folgenden Bewegungen zeigten bald, dafs die Städte nicht geneigt waren, die alten Verträge mit dem neuen Herrscher zu erneuern, vielmehr die Zeit für gekommen erachteten, die frühere Unabhängigkeit wiederzuerlangen.

Zwar auf die Kriegsmacht ihres ehemaligen Capitano Raimunds VII. durften sie nicht mehr zählen. In seiner gewohnten Weise hatte er sich nach seinem Mifserfolg von den linksrhônischen Verhältnissen plötzlich zurückgezogen. Ein anderer war es, der nun als alter Parteigänger und naher Verwandter des Tolosaners zur Hauptrolle in der Provence berufen war, Barral de Baux — eine der merkwürdigsten Erscheinungen des Jahrhunderts. Es ist, als wenn die Nation am Ende ihrer grofsen Tage noch eine Gestalt hervorbringen wollte, die in jeder Hinsicht ihren Charakter, ihre Tugenden und Schwächen repräsentirt.

Das Haus der Herren von Baux[1]), vielleicht das älteste der Provence, hatte seinen Besitz im Laufe der Zeit aufserordentlich weit ausgebreitet. Besonders die ältere Linie, die „Fürsten von

---

[1]) Sagenhafter Ursprung vom germ. Geschlecht der Balthen; erster hist. Sprofs jedoch Pons le Jeune um 980. (Barthélémy l. c. No. 3.)

Orange“, hatte das höchste Ansehn; aus ihr stammte jener Wilhelm, den Friedrich II. 1215 zum König des Arelats zu machen versucht hatte. Die andere Linie hatte ihren Sitz in Les Baux. unweit Arles im Herzen der Provence gelegen; und noch heute geben die wunderbaren Ruinen dieses Schlosses den herrlichsten Beweis der Gröfse, des Reichtums und Geschmacks seiner Erbauer. Von seinen unnahbaren Felsen beherrschten die Herren von Baux die Umgebung; hier konzentrierte sich auch das ganze farbenreiche Leben der Provence. In den prächtigen Sälen, deren zierliche Architektur den Beschauer überrascht, erklangen die Lieder der Troubadours; kein Sänger bat hier jemals vergebens um Aufnahme und keiner ging unbeschenkt von dannen, wo der Hausherr selbst mit den Besten um den Lorbeer des Dichterruhms stritt.

Aus dieser Linie stammte Barral de Baux. Wie die meisten seiner Zeitgenossen ist er weniger der Mann des Schwertes, als der Verhandlungen. Von unglaublicher Rührigkeit, weifs er jeden Vorteil wahrzunehmen, um seinen Besitz überall in den Städten und Dörfern des Landes zu vergröfsern, ohne dabei Zwist und Prozesse zu scheuen; sein glühender Ehrgeiz wird doch stets von berechnender Klugheit geleitet, Irrtümer und Fehler macht er rasch wieder gut, ohne sich dann viel an Versprechungen zu kehren. Er versteht es, sich in allen Lagen zu behaupten und sich überall beliebt und unentbehrlich zu machen; so wurde er der einzige, der die Aussicht und den Willen hatte, damals die Provence zu beherrschen. Als er aber merkt, dafs gegen den gröfseren Rivalen seine Kunst nichts vermöge, bietet er ihm im entscheidenden Augenblick seine Dienste an und bleibt ihm treu bis an sein Ende, in höchster Stellung und im vollem Genufs seines grofsen Besitzes.

Noch im jugendlichsten Alter 1232 von Raimund VII. zum Seneschall des Venaissin ernannt [1]), hatte er den langen Kampf des Grafen gegen die Kirche mitgemacht. Seine Tochter hatte, als Grofsnichte Raimunds, von diesem die Anwartschaft auf Venaissin erhalten, 1244 war sie mit Amadeus von Savoyen verheiratet worden [2]). Barrals Beziehungen zu Raimund müssen sich indes gelockert haben; wir sehen nicht, dafs er ihn bei seinen

---

[1]) Sternfeld l. c. 86.

[2]) Toulouse, 22. Nov. Layettes II, 541. vgl. Guichenon hist. de Savoie IV, 1, 71.

Bemühungen um die Nachfolge in der Provence unterstützt. Dagegen mag ihm schon sogleich nach dem Tode Raimund Berengars der Gedanke nahe gelegen haben, die ihm wohlbekannten freiheitlichen Strömungen in den drei grofsen Städten zu benutzen, um mit ihrer Hilfe seine ehrgeizigen Pläne durchzusetzen. Es kam ihm hierbei zu statten, dafs er seit langen Jahren in intimen Beziehungen zu ihnen stand. In Avignon war er schon 1236 Bevollmächtigter Raimunds VII. gewesen[1]), in Arles besafs er aufser reichen Gütern in der Stadt die wichtige Vorstadt Trinquetaille auf der gegenüberliegenden Rhôneseite[2]), in Marseille und Umgebung hatte er ebenfalls dominierende Punkte inne. Ihm, als bewährtem Genossen Raimunds VII., gehörten die Sympathieen der nationalen Parteien in den Städten, auf ihn richteten sich bald die Augen der kirchenfeindlichen Demokratie, als diese sich nun zur Befreiung von verhafstem Joche erhob.

Dies geschah zuerst in Arles. Schon im August 1245 war hier die Volkspartei, die 10 Jahre vorher so furchtbare Unruhen veranlafst und ihren Erzbischof verjagt hatte, wieder ans Ruder gekommen; sie setzte noch vor dem Tode Raimund Berengars[3]) Konsuln ein, was gleichbedeutend war mit dem Bruche des Vertrags von 1239, durch den der Graf die Signorie der Stadt erhalten hatte. Als dann im Dezember die Kandidatur Karls Aussichten auf Erfolg hatte, nahm man in die damals aufgezeichneten Statuten einen Artikel auf, der bei Todesstrafe jede offene oder geheime Verhandlung verbietet, welche die Stadt für immer oder zeitweise in die Gewalt eines Machthabers geben will; daneben aber wurde der Obrigkeit befohlen, sich bei dem neuen Grafen der Provence um Bestätigung der von Raimund Berengar verliehenen Privilegien zu bemühen[4]). Zur selben Zeit schlofs die Kommune von Arles einen Vertrag mit Barral de Baux, wonach sie ihm seine Güter und Vasallen wieder zu eigen giebt[5]); offenbar hat die Volkspartei jetzt schon die Oberhand gewonnen und sucht sich nun der tolosanischen Macht zu nähern. Jedoch war Barral klug genug, mit der neuen Herrschaft ebenfalls zu pak-

---

[1]) Vaisséte Hist. de Languedoc III pr. 221.

[2]) Januar 1239 huldigte er noch dem Erzb. v. Arles dafür. Gall. christ. I. pr. p. 101.

[3]) Anibert hist. d'Arles III, 146.

[4]) Anibert III, 158.f.

[5]) 21. Dez. 1245. Anibert III, 146.

tieren, als die Sache Raimunds verloren war: noch vor der Hochzeit Karls, am 27. Januar 1246, leistete er in Aix der jungen
Braut den Treueid für seine Lehen in der Vicekomitalstadt Marseille und Umgegend, in Burg und Stadt Arles und im Rhône-
Delta (Camargue), wofür ihm Beatrix einige Burgen restituiert[1]).

Wie sich das Verhältnis des neuen Herrschers in dieser ersten
Zeit zu den drei Städten gestaltet hat, ist bei dem Mangel sicherer
Nachrichten nicht zu ersehen. Gewiſs wird Karl nicht unterlassen
haben, die Anbahnung freundschaftlicher Beziehungen zu versuchen, welche ihm die Rechte seines Vorgängers auswirken sollten. Für Marseille steht dies sogar fest. Am 19. März 1246[2])
schickte der Rat von Marseille 10 Gesandte an Karl; aus dem
Begleitschreiben geht hervor, daſs dieser vorher in Aix — also
wohl im Februar — über seine Rechte in der Stadt Marseille
sich Rats erholt und dann einen Unterhändler dorthin geschickt
hatte. Über die Wirksamkeit der Gesandtschaft, in der auch der
noch oft genannte Albert von Lavagna ist, wissen wir nichts;
einigen Anhalt giebt uns nur ein Brief des Papstes vom 1. Juni
1246, worin er auf Bitten Karls den Befehl giebt, Marseille von
dem Eid zu absolvieren, den es einst gegen das Recht des Grafen
einem andern geleistet hatte[3]). Es ist schwierig, dies unvollstän-
dige Regest zu verstehen. Denn man müſste annehmen, daſs die
Stadt nach dem Tode Raimund Berengars schon einem anderen
Herren den Treueid geschworen habe, und dieser kann doch nur
Raimund von Toulouse gewesen sein[4]). Sicheres ist jedenfalls aus
unsern kümmerlichen Nachrichten nicht zu schöpfen; nur eins
steht fest: daſs die Versuche Karls, die Rechte seines Vorgängers

---

[1]) Or. in Mars. Beatrix juvenis stellte die Urkunde aus „infra tur-
rem, in qua jacet comitissa“. Unter den Zeugen Humbert de Beaujeu.

[2]) Die ungedruckte Urkunde in Mars. (s. Anhg. n. V) hat kein Jahr,
nur XIV. Kal. Apr. Ohne Zweifel aber ist sie zu 1246 zu setzen; 1247 ist
eine persönliche Anwesenheit Karls in Aix nicht bekannt, wenn auch möglich; aber damals war die Stimmung in Marseille bereits viel feindlicher
gegen ihn, da April 1247 schon die Allianz der 3 Städte geschlossen wird.
Anfangs 1248 aber war Karl in Anjou.

[3]) Berger No. 1886: Innoc. ad preces K. Andegavensis comitis ignoto
mandat ut, si deceat, cives Massilienses absolvat a juramento, quod olim
contra jus ejusdem comitis cuidam praestiterunt.

[4]) Eine Bestätigung dieser Annahme wird uns durch den unten (S. 74)
besprochenen Brief an Alfons v. Poitou gegeben.

in den grofsen Städten anzutreten, 1246 zu keinem befriedigenden Resultat geführt haben können. Denn wir sehen, dafs er in der nächsten Zeit auf die Kommunen nicht den geringsten Einflufs ausübt, dafs sich im Gegenteil in ihnen eine dem neuen Grafen feindliche Stimmung geltend macht. Ehe wir aber zu der Schilderung ihrer Streitigkeiten übergehen, müssen wir die allgemeine Stellung der Rhôneländer in der europäischen Politik untersuchen, durch welche die Ereignisse in der Provence erst erklärt werden.

Zuerst nun sei hier der Ort, auf die Beziehungen einzugehen, welche der Kaiser Friedrich um diese Zeit zu Burgund hatte. Besonders wird sich die Frage aufdrängen, ob er nicht den Versuch gemacht habe, von dem neuen Grafen der Provence den Vasalleneid zu erhalten[1]). Konnte er seinem Sohne nicht die Erbfolge verschaffen, so mufste er doch seine Hoheitsrechte geltend machen bei einem für das Reich so wichtigen Ereignis, wie es die Einsetzung Karls war. Jedoch ist davon nichts zu sehn[2]). Karl war — seinem Charakter gemäfs — jeder Vasallenpflicht abgeneigt und hielt sie auch dem exkommunizierten Kaiser gegenüber für unnötig. Und Friedrich war wenig an einer Förmlichkeit gelegen, die ihm doch nichts half; auch die Reichsacht, in der Raimund Berengar seit 1239 gewesen war, mochte er nicht gegen Karl erneuern, um seine guten Beziehungen zu Ludwig IX. nicht zu stören. Er bedurfte dieser zu sehr, wenn er seine Absicht, persöulich nach Lyon zur Auseinandersetzung mit Innocenz zu ziehn, zur Ausführung bringen wollte.

Es ist bis jetzt noch nicht genug betont worden, dafs um die Mitte der vierziger Jahre, zur Zeit, als Innocenz auf dem Gipfel seiner Macht zu stehen schien, indem er um sich die Prälaten der Welt versammelte und den Kaiser absetzte, die Stellung des Papstes plötzlich in gefährlicher Weise erschüttert und seine Sicherheit aus nüchster Nähe bedroht wurde. Die püpstliche Omnipotenz, wie sie von Innocenz verwegener, als von irgend einem Vorgänger ausgeübt wurde, rief einen unerwarteten Rück-

---

[1]) Der verstorbene Raimund Berengar hatte zuletzt 1235 in Hagenau geschworen.

[2]) Nain (l. c. III, 106) erwähnt, dafs Belleforest eine Lehnshulde Karls an Friedrich II. für die Provence annimmt, weil ein gewisser Coccinius de Tubinga (??) von einer solchen für Anjou spricht. Doch verweist schon Nain diese Notiz ins Bereich der Fabel.

schlag hervor, so allgemein und heftig, wie noch nie vorher. Die geistige und materielle Knechtung der Christenheit hatte einen unerträglichen Grad erreicht; unersättliche Habgier plünderte Kleriker wie Laien mit immer neuen Kirchensteuern [1]), rücksichtslose Übergriffe zogen alles bestehende Recht zu Gunsten der Kirche in Zweifel [2]). So kam es, dafs eine grofse Unzufriedenheit durch die Völker ging, dafs der englische Mönch, der französische Edle, der deutsche Städter, der provençalische Sänger ihre Klagen vereinigten über den Despotismus und die Raubgier der Kurie. Wie weit hatte sie sich doch von ihrem Urzustande entfernt, von dem frommen und bedürfnislosen Leben der apostolischen Zeit; Reichtum und Genufs hatte die Demut und Entsagung verdrängt!

Friedrich II. war es, der 1246 diese einst von den so grausam vertilgten Sekten der Waldenser und Albigenser verfochtenen Gedanken aufs neue wider seinen Todfeind Innocenz vorbrachte [3]); und sie fanden überall Anklang. In Frankreich besonders erweckten sie eine ganz merkwürdige Bewegung, welche solche Vorwürfe wiederholte [4]) und in einer geschlossenen Opposition gegen die Kurie zum Ausdruck brachte: einen Adelsbund, der sich im November 1246 zu energischem Vorgehen organisierte. Alle Teilnehmer verpflichteten sich, zusammenzustehen und einander zu helfen gegen den Klerus; vier der vornehmsten Fürsten sollten die Führung und Sammlung der Geldbeiträge haben. Lebhaft sind die Klagen in dem Aufruf des Bundes, dafs die Geistlichen das weltliche Gericht an sich rissen und somit die Söhne

---

[1]) Vgl. die Beschwerden der englischen und französischen Geistlichen, Math. VI, 131, 144.

[2]) Vgl. die Klagen über die Formel „non obstante", welche alle Eide und Satzungen ungültig machte.

[3]) Huillard-Bréholles Hist. dipl. Frid. sec. VI, 301 f.

[4]) Schreiben Friedrichs (1246)

... quibus ex plurium depauperatione regnorum ditantur

ad illum statum reducere, ut tales perseverent in fine, quales fuerunt in Ecclesia primitiva, apostolicam vitam ducentes. Tales namque clerici solebant angelos intueri, miracula coruscare

Aufruf des Adels (1240).

et ipsi hactenus ex nostra depauperatione ditati, quibus Dominus propter eorum superbiam profanus voluit revelare contentiores, reducantur ad statum Ecclesiae primitivae, et, in contemplatione viventes, nobis sicut decet activam vitam ducentibus ostendunt miracula, quae dudum a seculo recesserunt.

von Knechten nach ihren Gesetzen die Freien aburteilten. Bei
Leibesstrafe untersagte man ihnen jede Jurisdiktion, aufser bei
Ketzerei, Wucher und Ehescheidung. Seinem allzu nachgiebigen
Könige rief der Adel zu, dafs die Monarchie nicht durch kleri-
kale Anmafsungen, nicht durch geschriebenes Recht, sondern
durch kriegerischen Schweifs befestigt sei [1]).

Bereits damals hat man angenommen, dafs Friedrich II. diesem Bunde nahe stehe. Jedenfalls trat er mit den kirchenfeindlichen Parteien in Frankreich und Burgund überall in Verbindung.
um mit imposanter Macht seinem Todfeinde in Lyon entgegentreten zu können. Schon aus dem Sommer 1245 haben wir Ver-
leihungen für zwei Edle aus der Umgegend von Lyon, nämlich
für den Herrn von La-Tour-du-Pin[2]), dessen Besitz nördlich von
der Dauphiné lag, und für den obenerwähnten Konnetable von
Frankreich, Humbert von Beaujeu, den der Kaiser seinen Getreuen
nennt[3]). Jedoch erst 1247 gewann sein Plan greifbare Gestalt.
Ende April gelang es ihm, Amadeus von Savoyen, der bis dahin
der Freund des Papstes gewesen war, für sich zu gewinnen; man
verabredete eine Heirat seiner Tochter mit dem jungen Manfred,
dem Friedrich das Reich Arelat versprach[4]). Im Juni folgte ein
Vertrag mit dem zu bedeutender Macht gelangten Dauphin von
Vienne[5]). Um dieselbe Zeit lassen sich Verbindungen mit den
Führern des obenerwähnten französischen Adelsbundes nachweisen.
mit dem Herzog von Burgund[6]) und dem Grafen von St-Paul[7]).
Letzteren fordert er sogar auf, mit Heeresmacht zu ihm zu stofsen.
wenn er sich nach Lyon begeben würde[8]). Es ist sehr merkwürdig, wie der Kaiser hier einen französischen Vasallen zum
Verbündeten begehrt und zwar in dem Momente, wo der König
von Frankreich auf der entgegengesetzten Seite zu finden ist.

---

[1]) 2 Urk. Huill.-Bréh. VI, 467, 468. Layettes II, 645, Mathaeus
IV, 591 f.

[2]) September 1245, Valbonnais, Hist. de Dauphiné I, 189.

[3]) Juli 1245 Winkelmann, Acta ined. I, 383.

[4]) Huill Bréh. VI, 527.

[5]) ibid. VI, 542.

[6]) Hüffer. Lyon 89, Anm. 6.

[7]) Huill. VI, 528. Der comes Sancti Pauli hat seinen Besitz in Artois.

[8]) ibid.: infaillibiliter Lugdunum disponimus nos transferre ... horta-
mus quod ... ad diem et locum ... occurras nobis ... cum decenti armatorum ac militum comitiva.

Ludwig IX. hatte in diesem Konflikt die allerschwierigste Stellung [1]). Beide Gegner bewarben sich um seine Gunst und riefen ihn zum Schiedsrichter an. Liefs ihn sein religiöser Sinn die Entschlüsse des Papstes mit Ehrerbietung betrachten, so verkannte seine praktische Staatsklugheit doch nicht die Gefahren, welche das rücksichtslose Vorgehen des Papsttums sowohl dem monarchischen Gedanken, als auch der materiellen Wohlfahrt seiner Unterthanen bereitete. Es war natürlich, dafs beide Gegner sich um die Gunst Ludwigs bewarben: der Papst bewilligte ihm, dafs kein Prälat ohne Genehmigung des Königs in Frankreich jemand exkommunizieren dürfe, Friedrich that alles, um den Kreuzzug, der dem König ganz besonders am Herzen lag, in seinem Gebiete zu fördern [2]). Ludwig, immer geneigt, zu vermitteln, war durch die Hartnäckigkeit des Papstes sehr betrübt; dennoch mochte er es nicht billigen, als nun, im Juni 1247, der Kaiser mit Waffengewalt der Grenze Burgunds nahte und somit ein friedlicher Ausgleich in Frage gestellt wurde. Er bot daher dem Papst eine militärische Unterstützung an, und seine Mutter, wie auch seine drei Brüder versprachen ebenfalls ihren Beistand. Indes lehnte Innocenz vorläufig das Anerbieten Frankreichs ab [3]), sei es, dafs er die Hilfe Ludwigs erst in der Gefahr herbeirufen wollte, sei es, dafs er das Ereignis, welches die ganze Sachlage änderte, schon sicher erwartete: am 15. Juni fiel Parma durch Verrat den Guelfen in die Hände, und der Kaiser war nun gezwungen, von Piemont schleunigst umzukehren und seinen Zug nach Lyon aufzugeben. Am 2. Juli zeigt Innocenz dies den italienischen Kardinälen an [4]) und wiederum verfehlt er nicht, sich des starken Schutzes Ludwigs und seiner Brüder zu rühmen.

Untersuchen wir nun, welchen Einflufs diese Dinge auf die Provence ausübten, so ist allerdings von einem direkten Einwirken des Kaisers jetzt wenig zu sehen. Zwar liefs er eine Flotte unter seinem Admiral Andreolo de Mari beständig an der Küste kreuzen, dieser aber beschränkte sich darauf, feindliche Schiffe zu

---

[1]) Vgl. Schwann, Ludw. d. H. von Frkr. u. s. Beziehungen zu Kaiser u. Papst (Zeitschr. für allg. Gesch. Cotta 1887).

[2]) 1246 Nov. Lucera, Befehl an die Sicilianer, Ludwig auf seinem Kreuzzug alle Hilfe zu leisten. Layettes II, 641 f.

[3]) Berger n. 3043, Lyon 17. Juni.

[4]) Winkelmann, Acta II, 722.

kapern [1]). Indes gab es doch eine grofse Partei im Arelat, welche
auf Erfolge des Kaisers hoffte: nicht ohne Grund liefs Innocenz
im Dezember 1246 nochmals den Bann über ihn und seine Anhänger in Burgund verkünden [2]). Er konnte es doch nicht verhindern, dafs die Stimmung in den Städten sich von der Kirche
und ihrem Schützling Karl immer mehr abwandte. Barral de
Baux war in Avignon zum Podesta gewählt [3]), und in dieser ein-
flufsreichen Stellung gelang es ihm nun, einen Bund zu organisieren, der für die folgenden Jahre von höchster Bedeutung wurde:
Ende April 1247 [4]) kam eine Defensivallianz zwischen ihm und
den Kommunen Avignon, Arles und Marseille zu stande, worin
sich jede Stadt auf 50 Jahre verpflichtete, 100 Reiter im Kriege
und 50 im Frieden [5]) zu stellen; Barral stellte 30 nur im Kriege;
aufserdem übernahm es Marseille, die Camargue, die Korn-
kammer von Arles, gegen feindliche Angriffe zu verteidigen. Hatte
dieser Bund auch keine aggressiven Tendenzen, so zeigten die
Städte doch ihren Willen, unter der Führung eines tüchtigen
Herrn vor jeder Gefahr auf der Hut zu sein; Karl wird sich
nicht verhehlt haben, dafs die Spitze der Beschlüsse sich gegen
ihn kehrte; auch die später zu besprechenden Umwälzungen im
Schofse der Kommunen, welche in dieser Zeit schon begannen,
mufsten ihm die Gesinnung der Bevölkerung gegen ihn offen-
baren. Indes war er froh, als die Niederlage des Kaisers Friedrich auch die Kampfeslust in den Städten fürs erste dämpfte; er
selbst war zu entscheidenden Schlägen, wie er sie gewifs schon
damals plante, noch zu schwach. So begnügte er sich damit,
seine Macht innerhalb der ihm gehörigen Städte und Besitzungen
zu stärken. Dafs er sein ganzes Gebiet bis zu der Grenze gegen

[1]) 1246 kapert er Schiffe der Stadt Béziers im Hafen von Marseille;
da Béziers die Marseiller im Einverständnis glaubt, entsteht Streit, der zu
Ungunsten Marseilles entschieden wird (Ruffi, Hist. de Marseille 116, vgl.
M. G. S. XVIII, 221). — Im August 1247 bringt der Admiral im Hafen von
Olivoli (Villefranche bei Nizza) ein genuesisches Schiff auf, welches hier als
Pfand für Karl liegt, und schickt es nach Pisa (ibid. 223).

[2]) Berger I n. 2344.

[3]) Er ist es April 1247 schon.

[4]) Der riesige Bundesbrief befindet sich im Arch. zu Mars., er ist am
29. April aufgesetzt, Arles stimmt am 1., Avignon am 9., Marseille am
20. Mai zu. Bei Papon II, 332 falsch der 17. April.

[5]) Anibert macht darauf aufmerksam, dafs hier zuerst eine Art von
stehendem Heer geschaffen wird.

Genua im Auge behielt, zeigt uns eine Urkunde vom 24. Juli 1246, nach welcher die Herren von Èze, welchen er la Turbie verliehen hatte, von den Einwohnern von Monaco anerkannt werden, und zwar in Gegenwart seines Richters in Nizza und zweier genuesischer Gesandten[1]). Ebenso erstreckte sich seine Fürsorge auf den Norden: um dieselbe Zeit[2]) giebt der Bailli von Digne im Namen Karls der Kommune von la Bréole das Konsulat und andere Rechte, vorbehaltlich der Kriminaljustiz und der Cavalcata.

Besonders aber lag es ihm von Anfang an am Herzen, ganz im Sinne seines Vorgängers die Verwaltung der Provence zu ordnen und ein geregeltes Beamten- und Finanzwesen zu organisieren. Die obenerwähnten Klagen des Bonifaz von Castellane über die drückenden Rechtsuntersuchungen[3]), die Beschwerden eines andern Troubadours[4]) über Prozesse und Gerichtstage werden uns durch die erhaltenen Dokumente, Rechnungsbücher und Enqueten vollauf bestätigt. Wir besitzen eine Aufstellung aller feudalen Rechte, Güter, Einkünfte, Zölle u. s. w., die uns noch beschäftigen wird. Sie ist Weihnachten 1246 — an dem Termin, wo Karl zum erstenmale die servicia, d. h. die Geldleistungen, in der Provence empfing — in Grasse und Fréjus angefangen und später fortgesetzt[5]). Aller Besitz wird scharf geprüft und die Berechtigung oftmals angezweifelt[6]). Auch andere Nachrichten über ähnliche Untersuchungen sind uns erhalten: so eine über Karls Rechte an dem Zoll des portus Gontarii an der Durance[7]). Überall ist die Bemühung des jungen Grafen um musterhafte Ordnung seines Einkommens ersichtlich[8]) und ebenso die thätige und kundige Unterstützung, die ihm in diesen schwierigen Dingen Romeo de Villeneuve zu teil werden liefs.

---

[1]) Mon. Hist. patr. Script. II, 506

[2]) 18. Juni 1246. Barcelonnette. Or. in Mars. La Bréole nördl. v. Seyne.

[3]) Bonifaz wird in der sogleich zu erwähnenden Aufstellung (s. Anm. 5) S. 89 selbst genannt.

[4]) Bertrand de Lamanon (s. u. S. 54).

[5]) Teilweise gedruckt in der Einleitung des Cartulaire de S. Victor Cap. XI (hier falsch bei Fréjus 1245 für 1246). Über die verschiedenen Codices und den Inhalt s. Excurs III.

[6]) „nescio causam", „sine causa".

[7]) Tarascon 5. Mai 1246. Or. in Mars.

[8]) Im Vertrag mit Beatrix (s. o. S. 30) heifst es: expensae . . . pro conservatione et defensione terrae seu recuperatione jurum terrae.

Neben Romeo war es der Seneschall Amalrich de Tureyo[1].
der die Geschäfte in der Provence führte. Denn Karl weilte in
diesen Jahren meist in Frankreich[2]: Vorbereitungen zum Kreuzzuge, Anordnungen für seine Erbländer und Verhandlungen der
Politik werden ihn hier zurückgehalten haben. Er ist am Hofe
des Königs und wird stets mit seinen Brüdern zusammen erwähnt.
so in den oben erwähnten Papstschreiben betreffs der französischen Hilfstruppen, so in den Anordnungen, welche Balduin.
der lateinische Kaiser, über seine Burg Namur traf[3]. Am 9. Oktober 1247 speiste er mit dem König und dem Grafen Raimund
von Toulouse in Saint-Dénis[4]. In selben Monat erhielt er von
Ludwig IX. in Pontoise eine Verleihung, welche ihm jährlich
5000 Pariser Pfund (ca. 90 000 Mark) auf Lebenszeit zusicherte.
Diese waren in 3 Terminen zahlbar[5], aber nur so lange, bis Karl
etwa neuen Zuwachs an Land, aufser Anjou und Provence, er-
hielte: dann sollte die Zahlung sich vermindern oder ganz aufhören. Dafür leistete er dem König nochmals das homagium[6].
Die grofse Bedeutung dieser Pension fällt in die Augen. Wie
sein Vorgänger, hatte Karl in der Provence von Anfang an mit
Geldverlegenheit zu kämpfen. Die reichen Städte brachten ihm
keine Einnahmen, wohl aber mufste die neue Verwaltung vorerst
grofse Kosten verursachen. Daher war ihm dieser jährliche Zuschufs des Königs sehr willkommen; gerade jetzt, vor dem Kreuzzuge, hatte er ihn gewifs nötig. Indes bemühte er sich auch um
Unterstützung von seiten des Papstes[7]; und endlich gelang es
ihm, Februar 1248, 60 000 Sous Royaux[8] — zu Ostern zahlbar — von der Stadt Arles auszuwirken, wofür sich Albert von

---

[1] Aufser in den oben genannten Urk. noch vorkommend 22. Juni 1247.
wo er dem Bailli von Aix befiehlt, dem Erzbischof von Aix seine Rechte
auf Burg Peyrolles zurückzugeben. Or. in Mars.

[2] Nach Bouquet XIX, 231 hat das Archiv von Nizza eine Nachricht.
dafs am 15. Oktober 1246 die Verbindung Karls mit Beatrix stattgefunden
hat. Hieraus wohl schliefst Nain (III, 102) auf einen Aufenthalt Karls im
Oktober in der Provence; dieser ist sonst durch nichts bestätigt.

[3] Laborde Layettes du trésor des chartes III, 11. 12. Juni 1247.

[4] Bouquet, 23, 144.

[5] Himmelfahrt, Allerheiligen. Lichtmefs.

[6] Del Giudice Reg. d. Carlo d'Angio S. 275, Anm. 1. (Or. in Mars.)

[7] S. u. S. 45.

[8] ca. 38 500 Mark.

Tarascon, Bertrand von Baux und Bertrand Porcellet, drei der angesehnsten Notablen, verbürgten[1]).

Im Januar 1248 finden wir Karl in Anjou mit den Angelegenheiten dieses Landes beschäftigt[2]); seine Differenzen mit Beatrix von Savoyen riefen ihn im März an den Hof[3]), wo er bis zum Juni verweilte[4]); dann brach er mit seinen Brüdern nach Palästina auf.

---

[1]) Aix, (IV. Kal. Marc. 1247 d. h. 27. Februar 1248).

[2]) Saumur, Januar: giebt dem Hospital von St. Jean d'Angers 100 quadrigata Holz aus seinem Forst. Marmoutier (bei Tours) Januar: giebt demselben freie Weide für seine Schweine auf seinem Grund in Anjou. (Port Arch. de l'hôp. de St Jean d'Angers S. 138 f.)

[3]) 9. März 1248 ist er in Pontoise (s. Anhg. No. VI).

[4]) Im Juni entscheidet er einen Streit zwischen dem Bisch. von Chartres und den Grafen von Vendôme und Châteaudun über den Besitz von Montdoubleau (nördl. v. Vendôme). Layettes III, 37.

Es war eine merkwürdige Fügung, daſs in der Mitte des 13. Jahrhunderts, — zu einer Zeit, wo der Geist, der die Kreuzzüge hervorgerufen hatte, schon beinahe erstorben war, wo der Ruf der Kirche zur Befreiung des heiligen Grabes auf taube Ohren traf, — noch einmal im Herzen des Frankenkönigs der Funke der ehemaligen Begeisterung aufflammte und das fast erloschene Feuer in der französischen Ritterschaft wiederanfachte. Kein Bedenken des Papstes, den jetzt mehr die Besiegung seines staufischen Gegners, als die Rettung Jerusalems kümmerte, keine Besorgnis seiner Mutter konnte Ludwig IX. von der Pflicht abbringen, die ihm sein durch fromme Askese gestählter Glaube als unabweisbar bezeichnete. Die heiligen Stätten waren 1244 in die Hände der wilden Charismier gefallen, und er fühlte sich durch göttlichen Willen berufen, sie zu befreien. In seinem Lande herrschte Friede, und er wuſste, daſs seine Mutter Blanca stark genug sei, seine Stelle zu vertreten und am rüstig fortschreitenden Werk der Konsolidierung des Thrones inmitten der Feudalität weiter zu arbeiten. Weniger willkommen muſste seiner Ritterschaft die Heerfahrt sein; ihre Stimmung, wie sie in dem oben erwähnten Bunde gegen den Klerus und die Kurie hervorgetreten war, mochte nicht eine Begeisterung aufkommen lassen, welche sie über die enormen Kosten des Zuges hinwegsehen lieſs. Willig machten viele von dem Anerbieten der Kirche Gebrauch, das sie gegen ein Lösegeld vom Kreuzzugs-Gelübde absolvierte.

Auch den Brüdern Ludwigs IX. kam der Aufruf des Königs nicht gelegen. Aber während Alfons von Poitou noch ein Jahr in Frankreich blieb, um dann mit Verstärkungen nachzufolgen, sollte Karl und seine Gemahlin zugleich mit dem Könige und Robert v. Artois nach Palästina aufbrechen.

Wir haben gesehen, wie er durch die Schwierigkeit der Verhältnisse in der Provence, wo alles von ihm geplante Neue erst

noch im Entstehen und doch schon in hartem Kampfe mit dem
Alten war, gefesselt wurde: dennoch trug er kein Bedenken, diese
wichtigen Geschäfte dem Kreuzzuge hintenanzusetzen. Es war
nicht allein die Autorität des Bruders und ein starkes religiöses
Gefühl, was ihn zur Teilnahme bestimmte, sondern wohl auch die
Begierde, sich kriegerischen Ruhm zu erwerben: er wollte zeigen,
dafs er das Glück, welches ihm durch eine Heirat mühelos zugefallen war, verdiene und festzuhalten vermöge; die Tapferkeit,
die der 22jährige bisher nur im Turniere bewiesen hatte, sollte
im Kampfe gegen die Ungläubigen vor aller Welt leuchtend zu
Tage treten.

Indes versäumte er nichts, um zu Hause alles Erreichte nach
Kräften zu sichern. Für Anjou und Maine genügte ihm die Aufsicht seiner Mutter Blanca; die Provence dagegen galt es umsichtig zu bewachen und alle Regungen der Opposition zu beobachten und zu hintertreiben. Was Karl hierfür that, werden
wir im nächsten Abschnitt kennen lernen. Jetzt wollen wir ihn
auf seinem Kreuzzug begleiten.

Schon 1245 ¹) hatte er mit seinen Brüdern, dem Beispiele
Ludwigs folgend, nebst vielen Edlen das Kreuz genommen; aber
es vergingen 3 Jahre, ehe die Rüstungen zur Heerfahrt beendigt
waren. Für Karl gewann dieselbe seit der Occupation der Provence um so gröfsere Bedeutung, als durch sein Land die Strafse
führte, auf der sich von jeher die französischen Pilgerscharen
gen Marseille gewälzt hatten; selbst jetzt, wo der König sich auf
eigenem Gebiete einen Hafen Aigues-Mortes gegründet hatte,
schiffte sich dennoch die Mehrzahl der Teilnehmer in der ersteren
Stadt ein; auf ihren Fahrzeugen wurden sie gröfstenteils nach Palästina befördert ²).

Über die hohen Ausgaben, welche der Kreuzzug erforderte,
half dem Grafen zum Teil die Fürsorge des Papstes, mit dem er
im besten Einvernehmen stand ³), hinweg. Am 16. März 1248 ⁴)
überwies ihm Innocenz durch seinen Legaten Odo von Tusculum
auf 3 Jahre den Zwanzigsten der kirchlichen Einkünfte der ganzen

---

¹) 16. Oktober. Parlament zu Paris.

²) S. den Vertrag Ludwigs mit Marseille 1246, 14. Aug. Layettes II. 632.

³) Am 28. März 1248 gewährte ihm der Papst Schutz vor jedem Banne
und Interdikt, das ohne seinen speziellen Befehl erlassen sei. Or. in Mars.

⁴) E. Berger. Rég. d'Innoc. I, No. 3719, ebenso an Mag. Philipp von
Orleans (Karls Kaplan?) No. 3755.

Provence [1]), die Lösegelder derjenigen, welche die Wallfahrt gelobt, dann aber Dispens erhalten hatten, endlich die sonstigen Schenkungen und Legate für den Kreuzzug; am 28. März [2]) ordnet er ähnliche Subsidien [3]) für Anjou und Maine an und bestimmt hier für Karl sogar Summen, welche er, bevor dieser das Kreuz genommen, schon andern bewilligt hatte. Auch hatte der Graf von dem alten Rechte seiner Vorgänger, bei Antritt einer Kreuzfahrt in der Provence eine Steuer aufzulegen, Gebrauch gemacht [4]). Wie grofs die Mannschaft des Grafen gewesen und wie sie sich zusammensetzte, entzieht sich leider ganz unserer Beurteilung; es scheint nicht, als ob der Süden nennenswerte Beteiligung gezeigt hätte [5]).

Am 13. Juni brach Ludwig von Paris auf, nachdem er am Tage vorher mit seinen Brüdern am Grabe des heiligen Dionys die Oriflamme entfaltet hatte.

In Sens trifft sie der Minoritenbruder Salimbene: demütig in Pilgertracht sieht er den König und die Prinzen, unter ihnen Karl, „qui fecit magna et laude dignissima.“ Im Verlaufe des Marsches ereignet es sich, dafs Ludwig und sein Gefolge nach frommem Gebete bei den Franziskanern vor der Kirchenthüre geduldig auf Karl warten müssen, denn dieser weilte noch in der Kirche, und Salimbene erblickt ihn hier lange am Altare knieend und inbrünstig zum Himmel flehend [6]). Im Juli kam man nach Lyon. Zum Zeichen seiner Gnade wiederholte der Papst hier das Privileg, worin er Karl vor jeder kirchlichen Strafe für die Zeit des Kreuzzuges sicher stellte [7]). Von Lyon zogen die Kreuzfahrer

---

[1]) Mit Ausnahme der Gebiete, deren Herren selbst das Kreuz genommen hatten.

[2]) Berger l. c. No. 3769.

[3]) d. h. nicht den Zwanzigsten. — Hierher gehört also auch die Notiz des Magn. Chron. Lemovicense (Bouquet XXI. 767), welche der Herausgeber, den das rex Siciliae täuschte, auf Karls italienische Expedition bezieht.

[4]) S. Vertrag mit Beatrix (Anhg. No. VI).

[5]) Joinville (§ 650) nennt aus der Provence nur Dragonet, riche homme; woher Fabre (Hist. de Prov. II, 162) die Nachricht hat, dafs die Barras, Castellane u. s. f. mitgezogen seien, ist nicht zu sehen.

[6]) Salimbene Monum. Parmens. III, 93—97. Mit Schirrmacher (Letzte Hohenstaufen 46) hieraus zu entnehmen, dafs Karl „seinen frommen Bruder noch in strenger Beobachtung des Ritus überbot“, dürfte unzutreffend sein; nichts läfst bei Karl auf diese streng kirchliche Denkungsart schliefsen.

[7]) Or. in Mars. 2 gleiche Urk. vom 25. u. 28. Juli 1248.

längs des Rhone dem Mittelmeer zu. Die Bewohner der grofsen Städte unterliefsen es nicht, die feindliche Gesinnung zu verraten, von der sie gegen die Nordfranzosen beseelt waren. Wenigstens erzählt uns Mathaeus [1]), dafs die Avignonesen, von den Soldaten Ludwigs durch höhnenden Zuruf gereizt, das Heer angegriffen und viele getötet hätten; nur mit Mühe sei es dem König gelungen, hier, wie auch später in Marseille, seine Ritter durch den Hinweis auf die Befreiung Christi von der Rache an den verhafsten Städten abzuhalten.

Am 28. August segelte der König und seine Brüder nebst ihren Gemahlinnen von Aigues-Mortes ab. Am 18. September landete man auf Cypern und bereitete sich vor, zu überwintern. Hier gebar Beatrix ihrem Gatten einen Sohn, den Robert von Artois in einem Briefe an seine Mutter Blanca „valde elegantem et bene formatum" nennt; um ihn nicht den Gefahren des Krieges auszusetzen, liefs man ihn auf der Iusel in Pflege zurück. Karl selbst erkrankte, wie viele der anderen Ritter, sehr heftig zu Nicosia und konnte nur durch sorgsame Behandlung gerettet werden. Er litt an einem bösen Fieber, das ihn alle 4 Tage befiel; noch im nächsten Sommer, in Ägypten, war er nicht ganz davon befreit [2]).

Dennoch griff er nun mutig in den Kampf ein, als man endlich gegen den Feind aufbrach und mit der mühelosen Eroberung von Damiette im Juni 1249 einen glückverheifsenden Anfang des Krieges gemacht hatte. Nachdem die erwartete Verstärkung unter Alfons von Poitou eingetroffen war, zog das Heer Ende November 1249 gegen Kairo. Am Kanal von Aschmum bei Mansurrah begannen die Operationen gegen die Türken, welche, durch das breite Wasser von dem Kreuzheere getrennt, demselben den Übergang verwehrten [3]). Der Hauptruhm der ersten heifsen Gefechtstage aber fiel Karl von Anjou zu. Er überfiel die ägyptische Abteilung, welche die Flufsgabelung überschritten hatte und das französische Lager angreifen wollte, und sprengte eine grofse Menge ins Wasser; dem Gros wirksam zu begegnen, hinderten ihn die Wurfgeschosse, die von jenseits her das ganze Feld bestrichen. Karl selbst wurde nur mit Not der Gefahr entrissen, und „er wurde viel gepriesen an diesem Tage" [4]).

---

[1]) Luard V, 24; diese Berichte mufs man sehr vorsichtig benutzen.
[2]) S. Math. Paris. Additamenta ed. Luard VI, 151.
[3]) S. Wilken, Gesch. der Kreuzzüge VII, 134.
[4]) Joinville § 201. (Grofse Ausgabe von de Wailly, Paris 1874.)

Das schwierigste Werk aber gab es an dem Damme, den der König im Kanal aufwerfen liefs, um ihn zu überschreiten. Zum Schutze für die Arbeiter wurden hier Wehrtürme errichtet, welche am Tage von den Brüdern des Königs, nachts von den anderen Rittern bewacht wurden.

Auf diese „Katzentürme" richteten die Sarazenen einen verheerenden Hagel von Geschossen, die um so furchtbarer wirkten, als man sich dabei zugleich des griechischen Feuers bediente, um die Befestigungen zu verbrennen. Gerade an dem Tage, wo Karl wieder die schwierige Hut der Dammarbeit hatte, gelang es den Feinden, die Türme anzustecken, ohne dafs man es bei dem unablässigen Anprall grofser Steine, welche die Türken aus nächster Nähe abschossen, wagen konnte, das Feuer zu ersticken. Aufser sich vor Zorn sah Karl die Türme verbrennen; mit Mühe hielt man den Grimmigen davon ab, sich ins Feuer zu stürzen, um zu löschen [1]).

Nun wurden eiligst neue Wehren aus Schiffsholz erbaut, und der König bestimmte, dafs sie nicht eher auf dem Dammwege vorgeschoben werden sollten, als bis aufs neue an Karl die Reihe der Wache wäre, damit er seine Scharte wieder auswetze. Aber der Erfolg war kein besserer: auch jetzt gingen die Türme durch das griechische Feuer in Flammen auf. So mufste der König von dem Übergange auf dem Damm abstehn und konnte froh sein, als ein Beduine ihm eine Furt zeigte, über die man aufs andere Ufer kam.

Hier bei Mansurrah kam es am 7. Februar zu ungeordnetem Gefechte, in dem gleich anfangs Robert von Artois, in tollkühnem Angriffe zu weit vorgegangen, nebst vielen Templern niedergemacht wurde. Joinville, der uns diese Kämpfe so ehrlich und fromm geschildert hat, erzählt, wie er mit vielen Rittern sich vor den Türken in ein verfallenes Haus zurückziehen mufste; als ihnen auch hier die Feinde auf den Leib rücken, kommt ihm der Gedanke, Karl, den er im Felde kämpfen sieht, zu Hilfe zu rufen. Der Graf zögert nicht; trotz des Abmahnens seiner Begleitung eilt er mit mehreren Knechten zum Entsatz herbei und vertreibt die Sarazenen [2]).

Als die Schlacht 3 Tage darauf in ausgedehnter Weise erneuert wurde, war es wieder Karl, der den ersten Angriff auszu-

---

[1]) Joinville, ibid. § 210.
[2]) Joinville, ibid. § 226 f.

halten hatte; denn er befehligte den südlichsten, dem Feinde zunächst stehenden Heerhaufen. Der Graf konnte der überlegenen Macht, die wiederum durch griechisches Feuer unterstützt wurde, nicht widerstehen; zu Fuſs, inmitten seiner Ritter kämpfend, wich er rückwärts; aber sein königlicher Bruder kam ihm tapfer zu Hilfe, drang tief in die feindlichen Haufen und machte so auch dem Grafen wieder möglich, vorzugehen und das Lager zu schützen [1]). —

Die nächsten Wochen, obwohl ohne Gefechte, brachten dem Kreuzheere dennoch schweres Unheil; der Sultan von Kairo überfiel im Rücken der Franzosen die Flotte, zerstörte sie und schnitt ihnen die Zufuhr ab. Von Hunger und Seuchen decimiert, muſste man sich entschlieſsen, wieder auf das nördliche Kanalufer zurückzugehen. Aber der Übergang war schwer, da die Feinde heftig nachdrängten, und die Verteidiger des diesseitigen Bollwerks hätten, nachdem sie tapfer den Rückzug gedeckt hatten, schlieſslich doch selbst den Tod gefunden, wäre nicht Karl von Anjou ihnen zur rechten Zeit zu Hilfe geeilt, um sie sicher über die Brücke auf das nördliche Ufer zu führen [2]).

Unterhandlungen, die nun eingeleitet wurden, führten nicht zum Ziele, da der Sultan als Geisel für die Räumung Damiettes nicht, wie Ludwig ihm anbot, Alfons oder Karl, sondern den König selbst forderte. So muſste man sich zu eiliger Flucht bequemen. Dieselbe vor den Türken geheim zu halten, miſslang leider; am Morgen des 6. April 1250 überfielen sie die traurigen Reste des Kreuzheeres; vergeblich stürzte sich der schwerkranke König in den Kampf; er geriet mit seinen Brüdern und allen Seinigen in Gefangenschaft.

In dieser weilten sie einen Monat; in Mansurrah hielt man sie in Gewahrsam. Am 6. Mai wurde Ludwig und Karl freigelassen, nur Alfons blieb noch zurück als Unterpfand für den geschlossenen Vertrag und die Zahlung des ungeheuren Lösegeldes.

Nach drei Tagen war alles geordnet und Alfons frei; so konnte der König mit den Brüdern am 9. Mai 1250 nach Akkon unter Segel gehen. Sechs Tage dauerte die Überfahrt, während welcher Ludwig sein Geschick und besonders den Tod Roberts von Artois betrauerte. Auf seinem Schiffe befand sich auch Karl

---

[1]) ibid. § 268 f.
[2]) ibid. § 206.

von Anjou, ohne indes dem Bruder Gesellschaft zu leisten. Den
König schmerzte diese Teilnahmlosigkeit, und als man ihm, auf
seine Frage, was der Graf mache, antwortete, er würfle gerade,
begab er sich, noch schwankend vor Kränklichkeit, zu diesem,
nahm die Würfel und warf sie samt den Brettern ins Meer, indem er dem Bruder Vorwürfe machte, daſs er so schnell angefangen hätte, sich durch Spiel zu zerstreuen [1]). Doch auch in
Akkon setzte Karl das Würfeln fort, und hier war es besonders
sein Bruder Alfons, mit dem er spielte und dem er bei Verlusten
Geld auf Zinsen lieh [2]). Es gab eben nichts Rühmliches zu thun,
und seine Zeit, wie der fromme Bruder es that, mit Gebet hin-
bringen, war nicht Karls Sache.

So zögerte er auch nicht, im Rate des Königs für Rückkehr
des ganzen Heeres nach Frankreich zu stimmen; seine nüchterne
Überlegung sagte ihm, daſs der Zustand der Dinge in Palästina
hoffnungslos sei und daſs den König die Pflicht nach Hause rufe;
von der Resultatlosigkeit des Zuges überzeugt und körperlich
sehr geschwächt [3]), fühlte er immer stärker in sich den Antrieb
zu neuer Thätigkeit in der Provence; mehrten sich doch die Nachrichten, welche ihm über gefährliche Unruhen daselbst be-
richteten.

Nach vielfachem Beraten entschloſs sich Ludwig IX. schlieſslich dennoch, in Palästina zu bleiben; seine Brüder aber schickte
er nach Frankreich zurück; „ob auf ihr Ansuchen oder nach dem
Willen des Königs“, blieb der Umgebung verborgen [4]). Er em-
pfand es als Schimpf, nun das heilige Grab schutzlos im Stiche
zu lassen; die Sorge für Frankreichs Wohl, das der alternden
Blanca allein anvertraut war, gebot ihm aber, sich von seinen
Brüdern zu trennen; sie sollten einen Teil der Geschäfte übernehmen, mit England Unterhandlungen führen, den Papst zum
Frieden mit dem Kaiser und zur Hilfeleistung ermahnen, endlich
Adel und Klerus zu neuer Kreuzfahrt und Nachsendung gröſserer
Subsidien an Geld und Truppen nach Syrien veranlassen, Alfons
vor allem die Occupation der nach Raimunds VII. Tode ihm zu-

---

[1]) Joinville l. c. § 405.
[2]) ibid. § 418.
[3]) S. Chron. anonyme, dite de Reims, Bouquet XXII, 315.
[4]) Joinville ibid. § 438.

gefallenen Languedoc sichern. Im August[1]) segelten die beiden
Brüder mit ihren Frauen von Akkon ab, nachdem sie den König
eindringlich der Obhut Joinvilles empfohlen hatten. Karl besonders ging der Abschied sehr nahe: allgemein wurde seine tiefe
Trauer bei der Trennung bemerkt[2]). — — —

So endete die erste gröfsere Heerfahrt des jungen Grafen der
Provence. Im mühseligen und selten günstigen Streite gegen die
Ungläubigen hat er, wie auch später, stets jene Vereinigung ritter-
licher Tapferkeit und ruhiger Überlegung gezeigt, die ihn cha-
rakterisiert. Gleich weit entfernt von der unklugen Tollkühnheit
Roberts von Artois, wie von der unkriegerischen Zurückhaltung
Alfons' von Poitou, thut er überall unverdrossen seine Schuldigkeit und erträgt, obwohl durch anhaltende Krankheit geschwächt,
alles Elend des Zuges mit Gleichmut; in der Schlacht der Erste,
auf dem Rückzug der Letzte — so ragt er, obwohl der Jüngste,
unter allen Heerführern hervor.

Aber wie ihm der Krieg selbst nie die Hauptsache ist, sondern die Früchte desselben, so ist er schnell bereit, nach Hause
zurückzukehren, als er sieht, dafs weiteres Verharren nur der
Ehre, nicht des Vorteils wegen geschehe, und dafs daheim ein
Kampf bevorstände, der dem Sieger lockende Beute und dauernden Gewinn verhiefs. Karl hatte seine Kraft erprobt und war
nun erfüllt vom Ehrgeiz, dieselbe zu Hause in jeder Art politischer Unternehmung, die ihm lohnend zu sein schien, anzuwenden
und zu verstärken.

---

[1]) S. Wilcken l. c. VII, 275, der den 10., und Ficker Reg. 3817 a,
der den 20. August angiebt.

[2]) Joinville l. c. § 442.

4*

IV. Die Provence während der Abwesenheit Karls und nach seiner Rückkehr, bis zur Unterwerfung der grofsen Kommunen 1248—1252.

So schlimm und unfruchtbar es auch mit der provençalischen Geschichtsschreibung bestellt ist, welche uns durchaus ohne Kenntnis der Begebenheiten dieser Zeit läfst[1]), so dankenswert und bedeutsam sind doch für die Stimmungen und Meinungen des Landes die politischen Kundgebungen, wie sie uns in den Sirventes der Troubadours entgegentreten. Ganz einzig steht diese historische Litteratur da, inmitten der zahmen und blassen Chroniken des Mittelalters, so beredt und furchtlos, ein untrügerischer Spiegel der Parteien, wie sie sich im Süden gegenüberstanden. Allerdings nur der Parteien; denn das darf man nie vergessen, dafs hier die subjektivste Auffassung der Vorgänge zur Geltung kommt, dafs Liebe und Hafs sich darin oft in leidenschaftlicher Übertreibung

---

[1]) Man mufs immer aufs neue erstaunen, dafs hier in Burgund, — inmitten Frankreichs und Italiens, wo die nie ganz verdorrte Historiographie damals neue, kräftige Sprossen trieb, — fast keine Spur von geschichtlichen Aufzeichnungen sich findet. Es ist, als wenn der Volkscharakter sich auch hier in Extremen bewegt; auf der einen Seite die unvergleichliche politische Dichtung, auf der anderen ein Urkundenwesen, so genau, umständlich, ausgeklügelt und umfassend, dass kein noch so unbedeutender Akt des öffentlichen Lebens ohne Dokumente verlief: was in der Mitte liegt, die Geschichtsschreibung fehlt, niemand in dieser aufgeregten, geschäftigen Nation fühlte den Antrieb, die wechselnden Begebenheiten und Thaten seiner Zeit der Nachwelt zu berichten. Für den Forscher ergiebt sich daraus die Art seiner Untersuchungen: ist er in der glücklichen Lage, viel mehr, als auf anderen Gebieten jener Periode, das Ende, die Resultate der Kämpfe, Verhandlungen, Bestrebungen und Bewegungen festzustellen, so fehlt ihm fast immer eine sichere Kunde der Anfänge, Motive, Veranlassungen und begleitenden Umstände. Da die letzteren meist nur aus den Schlufsverträgen, welche der Sieger verfafst, oder aus den nordfranzösischen Berichten, die ebenfalls die Partei des Siegers nehmen, zu gewinnen sind, kann es leicht geschehen, dafs bei dem Zurückschauenden die Sache der Besiegten zu kurz kommt.

ausspricht und keine Unparteilichkeit zuläfst. Und nun vollends bei der Beurteilung Karls von Anjou müssen wir die Antipathieen in Betracht ziehen, von denen die Troubadours diesem neuen Dynasten gegenüber beherrscht wurden. Was ihnen am höchsten stand, ihre Nationalität und ihre Freiheit, das wurde nun durch Karl bedroht und geschädigt; als Spröfslinge des kleinen Adels und städtischer Geschlechter betrachteten sie den nordfranzösischen Usurpator als gefährlichsten Feind ihrer Eigenart und Selbständigkeit [1]). Hören wir einige dieser Stimmen; zuerst die Klage Aimerics de Peguilain:

> „Weh' Provençalen, ach, in welchen Jammer,
> In welche grofse Schmach seid ihr versunken!
> Scherz, Freude, Fröhlichkeit habt ihr verloren
> Und Lust und Lachen, Ehre und Vergnügen:
> Ihr seid in des von Frankreich Hand geraten!
> Wohl besser frommt' es euch, ihr wär't gestorben.
> Weh', Glück und Ehre habt ihr preisgegeben;
> Was nützen euch nun Burgen, feste Schlösser,
> Wenn ihr französisch seid? für Recht und Unrecht
> Jetzt weder Schwert noch Lanze führen dürfet?“

Er steht ganz auf seiten des nationalen Lieblings, Raimunds VII. Ebenso auch Wilhelm Montagnagout, dem die Franzosen von der Zeit der Ketzerkriege her verhafst sind. Seit der Ankunft Karls heifse das Land nicht mehr Proenza (Wortspiel mit der zweiten Bedeutung „Tapferkeit“), sondern Faillenza (Feigheit). Nach der Niederlage Ludwigs IX. durch die Sarazenen, hofft er, dafs Jacme von Aragon, der diese besiegt hatte, auch leicht die Franzosen besiegen könne. Mit bittrem Hafs wendet er sich, gleich vielen der Genossen, gegen die Kirche, welche allen Glanz und Ruhm ausrotten wolle; der Klerus selbst aber sei prachtliebend und üppig, obwohl er arm leben sollte. Also auch hier die Gedanken, welche Friedrich II. und der obenerwähnte Adelsbund ausgesprochen hatten.

Bertrand de Lamanon kennzeichnet in dem grofsen Streite der Zeit kühn die kaiserfreundliche Gesinnung, die sich in der Nobilität des Südens von alters her erhalten hatte. „Der Papst

---

[1]) Über den nationalen Gegensatz zwischen Süden und Norden Frankreichs, besonders im Anfange des 13. Jahrhunderts, vergl. Guibal Le Poëme de la croisade, 239 ff.

herrscht im Reiche, denn er hat mehr Einkünfte davon, als der
Kaiser. Er bemüht sich, die Unruhen zu schüren, statt den Streit
zu schlichten. Ist der Kaiser mächtig, dann kriecht die Geistlichkeit, ist er im Unglück, so möchte sie ihn erdrücken." Bezeichnend für die neue Zeit, die nun anhub, ist eine andre seiner Sirventes. Er greift hier Karl an, weil jetzt die Salzzufuhr nicht
mehr eine Brücke passiere, die ihm gehöre. Die veränderte Ordnung der Dinge, welche zum besten des Ganzen schonungslos in
die Vorrechte der Einzelnen eingriff, mußte den Groll der Geschädigten erregen. Auf die romantischen Tage des Gesangs und
der ritterlichen Künste — der gaya scienza — folgte eine nüchterne Zeit, welche mit dem Alten aufräumte und der Überhebung
der Vasallen das harte Gesetz entgegenstellte. „Alles ist nun
anders, wie früher," sagt Lamanon; „früher ergab ich mich dem
Sang und der Minne, jetzt ist dies tadelnswert; jetzt muß ich mich
mit Prozessen und Advokaten abgeben und warten, ob nicht der
Gerichtsbote mich vor den Richter citiert."

So hoch lag der Zunder in diesem leidenschaftlichen, streit-
lustigen Volk gehäuft; wie mußte er aufflammen, als der neue
Herrscher mit seinem königlichen Bruder ins heilige Land zog
und die Provence nur schwach verteidigt zurückließ.

Wie zu erwarten, begann der Kampf im Schoße der großen
Städte, wo zum Franzosenhaß der Priesterhaß hinzukam und eine
demokratische Strömung der untern Stände von jeher zu den radi-
kalsten Unternehmungen geneigt gewesen war. Leider sind wir
über die inneren Vorgänge in Marseille und Avignon wenig unterrichtet; nur für Arles fließen unsere Quellen reichlicher, so daß
wir ausführlich die denkwürdigen Begebenheiten zu schildern im
stande sind, welche den Todeskampf dieser großen und alten
Republik begleiteten.

Alle Unruhen und Umwälzungen rührten hier davon her, daß
der Erzbischof Johann seit langer Zeit in unheilvoller Weise die
Geschicke von Arles beeinflußte. Weniger durch bösen Willen,
als durch Unentschlossenheit und Zaghaftigkeit, hatte er in der
Stadt seit 15 Jahren eine Reihe von Revolutionen veranlaßt und
dabei den hohen Rang, der seinem Sitze zukam, fast ganz preisgegeben, indem er sich stets demjenigen Herrn unterwarf, der
augenblicklich der mächtigste war. Obwohl der Kurie treu ergeben, konnte er ihre Gewalt nicht genügend vertreten, so daß
der Papst seinen tüchtigsten Diener in Burgund, den Bologneser

Zoën, Bischof von Avignon, mit ganzer Vollmacht betraute und auf 3 Jahre von der Jurisdiktion des Metropoliten eximierte[1]). Der Einfluſs des letzteren in der Stadt, nach der Revolution von 1235 durch Raimund Berengar wieder befestigt, war jetzt ganz im Sinken. Wie groſs der Haſs seiner Landsleute gegen ihn war, zeigen deutlich einige Verse Bertrands von Lamanon. „Der Erzbischof unterdrückt die Bürger, setzt sie gefangen, ächtet sie, spricht sie los: alles für Geld. Man lebte in Arles ruhig, bevor man die Beute dieses treulosen Hirten wurde, der die Bürger beraubt und Ablaſs verkündet für die Übel, die er selbst ihnen zugefügt. Man thäte gut, ihn lebendig zu begraben.“ Kaum war nun sein Beschützer, der Graf von Provence, tot, als auch seine Ohnmacht offen zu Tage trat. Der Wiedereinsetzung von Konsuln im August 1245 folgte im Mai 1246 die Berufung von Rektoren an die Spitze des Staats[2]): unter ihnen finden wir dann auch sehr bald den alten Unruhstifter von 1235, Pons Gaillard, ein deutlicher Beweis für die wachsende Macht der radikalen Elemente. Diese waren schon 1247 stark genug, eine weitere wichtige Verfassungsänderung im demokratischen Sinne durchzusetzen[3]): nach dem Beispiele Marseilles zog man die unteren Klassen des Volkes

---

[1]) s. o. S. 10, Juni 1247 diese Unabhängigkeit auf 2 Jahre verlängert, Berger 2772.

[2]) Anibert III, 256.

[3]) 8. Oktober 1247. Or. in Marseille, schlecht bei Papon III, 5. Die Zünfte heiſsen:

draperii (Tuchmacher)	peissonerii (Fischhändler)
cambiatores (Wechsler)	marinarii (Seeleute)
canabasserii (Seiler)	laboratores (Ackerbauer)
macellarii (Fleischer)	noiregnerii (Nuſshändler?)
sartores (Schneider)	sanhaderii (Binsensammler)
fabri (Schmiede)	banasterii (Böttcher)
sabaterii (Schuhmacher)	tabernarii (Budenkrämer)
pelliparii (Gerber)	furnerii (Bäcker)
magistri lapidum (Steinmetze)	ortolani (Gärtner)
fusterii (Holzhändler)	mercerii (Krämer)
curaterii (Schuster)	fructerii (Schiffslader)
ribairerii (Uferleute?)	pellerii (Kürschner)
corderii (Strickmacher)	tectores (Zimmerleute)
blanquerii (Bleicher)	molnerii (Müller)
piscatores maris (Meerfischer)	rasores (Barbiere)
piscatores paludum (Süſswasserfischer)	saluerii (Salzhändler)
calafatarii (Kalfaterer)	

zur Regierung heran, indem 33 Zünfte ihre Vertreter stellen (capita misteriorum) und sechs von diesen wöchentlich Gewählte an den Beratungen der Vertreter der oberen Stände (milites und probi homines) teilnehmen durften. Auch haben sie das Recht der Bewaffnung nach dem Willen des Erzbischofs, wogegen sie diesem schwören, seine Rechte, die der Rektoren und alles Bestehende zu schützen, auch die Satzungen jenes im April geschlossenen Vertrages der Stadt mit Avignon, Marseille und Barral de Baux zu halten.

Es bezeichnet dann das Bestreben der Bürger, die alte Republik ganz wiederherzustellen, dafs man Anfang 1248 beschlofs, einen Podesta zu ernennen. Die Wahl fiel auf Albert von Lavagna, bis dahin bischöflicher Richter in Marseille; er schien, als Verwandter des Papstes, besonders geeignet zur Vermittlung zwischen den Parteien. Leider zeigte er sich nicht als der Mann, den Bürgerkrieg durch energisches Auftreten zu verhindern. Am 5. März 1248 schwor er dem Erzbischof Treue [1]); man sieht aber, wie beide unter dem Einflufs der Aktionspartei stehen: der Podesta versprach, sowohl den grofsen Städtebund, als auch die Vorrechte der capita misteriorum stets zu schützen.

Der Papst war durch diese Vorgänge äufserst beunruhigt, zumal ein heftiger Zwist Johanns mit seiner Geistlichkeit die Stellung der Kirche noch mehr erschütterte. Am 28. März 1248 befahl er dem Erzbischof, er solle seine Kirche ohne Verzug reformieren, da sie in geistlicher, wie weltlicher Hinsicht vollständig in Verfall sei [2]); auch schickte er bald darauf den Kardinal Peter von Albano in die Provence, um durch diesen geschickten Diplomaten zwischen den Gegnern vermitteln zu lassen.

Doch was konnten Verhandlungen helfen gegen die Wut des Volkes, die jetzt in den Städten schrecklich zum Ausbruch kam? Der religiöse Fanatismus war durch den Kreuzzug aufs neue angefacht: wir sahen, wie es in Avignon und Marseille zu Zusammenstöfsen zwischen den Bürgern und den französischen Kreuzfahrern gekommen war.

Kaum aber waren diese abgesegelt, und mit ihnen der Herr der Provence, da erhob sich die Demokratie in Arles zu beispiel-

---

[1]) Papon III, pr. No. 5.
[2]) Berger No. 3776.

losen Gewaltthaten[1]). Da der Seneschall Amalrich von Tureyo, im Sinne Karls, sich auf die Defensive beschränkte, reizte man ihn, indem man sich der Rechte des Grafen bemächtigte, die er in der Burg und an der Zollstätte La Trouille ausübte, indem man Warenzüge plünderte, Kaufleute gefangen setzte und die Unterthanen Karls und Ludwigs nach Kräften belästigte. Auch in der Stadt übten die Führer der Radikalen einen furchtbaren Terrorismus aus. Die Vornehmen wurden bedroht, gefoltert und getötet, die Diener der Kirche, besonders die reichen Templer und Johanniter, beraubt und vertrieben. Jede Vermittlung des Erzbischofs, des Papstes, der Stadt Marseille wurde zurückgewiesen. Bald kam es auch zum Kampf mit dem Seneschall; im Herbst 1248[2]) überfiel eine Schar aus Arles seine Truppen, die er, wohl zur Beobachtung, in das Crau[3]) geschickt hatte. Amalrich forderte eine Entschädigung von 3000 Pfund, und man stellte auch Bürgen für die Bezahlung; vielleicht bangte den Volksführern einen Augenblick vor den Folgen ihrer That.

Sie zur Besinnung zu bringen und durch kirchliche Strafen zu schrecken, war auch der Zweck des Konzils, welches im Dezember 1248 unter dem Vorsitze des Kardinals Peter in Valence zusammentrat[4]). Alle Prälaten des Arelats waren geladen, um „pro fide, pace, libertate ecclesiae“ zu beschliefsen, und nur wenige fehlten bei den wichtigen Verhandlungen. Vor allem galt es hier, den erneuten Versuchen Kaiser Friedrichs entgegenzutreten, in Burgund festen Fufs zu fassen. Er hatte kurz vorher mit dem Dauphin von Vienne enge Verbindung angeknüpft[5]) und mehrere Konzilsbeschlüsse deuten darauf hin, dafs man seine oder seiner Vikare Ankunft im Arelat bestimmt erwartete. Man befürchtete ein Eingreifen der Reichsgewalt, welche an der Spitze aller kirchenfeindlichen Elemente die Autorität des Papstes in Burgund

---

[1]) Für das Folgende vergl. die Mahnbriefe Johanns an die Stadt (Januar 1250, Anibert III, Kap. 11—14) und den Vertrag Barrals mit Blanca (s. u. S. 62).

[2]) Man wird das Gefecht zu Ende 1248 setzen müssen, da der Nachfolger Amalrichs, Peter von Escantillis, schon im Januar 1249 fungierte. (S. u. S. 65, Anm. 3).

[3]) Die steinige Ebene, welche sich südöstlich von Arles an der linken Rhoneseite ausbreitet. Das Gefecht erwähnt im Frieden von 1251. (Anhang n. IX.)

[4]) Labbe, Concilia XI, 696 ff.

[5]) Nov. 1248, Vercelli. Huill.-Bréh. VI, 660, 665.

beseitigen und seine Sicherheit in Lyon gefährden mußte. Selbst der Geistlichkeit war man nicht sicher: denn mit schweren Strafen wurden die bedroht, welche den Kaiser nach Burgund rufen und ihm in seinen Unternehmungen helfen würden.

Daneben erging ein Verbot aller Vereinigungen und Verschwörungen der Städte, Bürger und Edlen. Mit der Exkommunikation gedachte man die drohende Bewegung in den Kommunen zu hemmen und das gefährliche Bündnis der drei größsten mit Barral de Baux aufzulösen. Letztere protestierten aber sogleich gegen diesen Beschluß beim Papste, und Innocenz hielt es für geraten, um die Städte nicht noch mehr zu erbittern, Ende Februar 1249 die Ausführung des Dekrets zu vertagen [1]).

Jedoch hatte diese Nachgiebigkeit durchaus nicht die gewünschten Erfolge. Gerade damals brach in Avignon eine Revolution aus, welche deutlich zeigte, daß in dieser alten Ketzerstadt die Wut des Volkes gegen die Geistlichen nicht geringer tobte, als in Arles: standen sich doch hier die Häupter der Parteien persönlich gegenüber, der Bischof Zoën und Barral de Baux.[2]) Der letztere fungierte hier wieder als Podesta, wobei ihm Raimund von Toulouse, der im Oktober 1248 zum letztenmale in Avignon anwesend war[3]), freie Hand ließ. Dagegen verhängte Zoën, den man bei der Wahl nicht gefragt und überdies durch eine „confratria“ gereizt hatte, über die Stadt und ihren Podesta den Bann. Es kam zu rohen Excessen des Pöbels gegen Geistliche; wiederum versuchte der Papst zu vermitteln; sein Kaplan eilte in die Stadt und entschied sich gegen die Gültigkeit der Wahl Barrals. Doch werden die Bußen, die er den Bürgern auferlegte, nichts gebessert haben, wenigstens sehen wir Barral auch noch ferner in Avignon dominieren, wenn wir auch bei der Dürftigkeit unserer Quellen nicht im stande sind, diese Ereignisse weiter zu verfolgen.

In Arles hatten die Dinge mittlerweile einen unheilvolleren Verlauf genommen. Es ist von hohem Interesse, hier die Revolution schon alle Stadien durchlaufen, alle Erscheinungen hervor-

---

[1]) Anibert III, 176.

[2]) Vom 24. Mai 1249 ist die Urk. datiert, welche der Kardinal Johann über diese Ereignisse ausfertigte, s. den Auszug bei de Maulde coutumes de la rép. d'Avignon 200. Übrigens war Barral schon 1242 auf 2 Jahre zum Podesta von Avignon gewählt (ibid. 130), das Bündnis der Stadt mit Zoën von 1241 (S. o. S. 9 Anm. 1) hatte also nicht lang gedauert.

[3]) Layettes III, 48.

bringen zu sehen, die sie in der Neuzeit so oft wiederholt hat. Die radikale Minderheit herrscht und übt ohne Schonung ihre Tyrannei aus; aber sie fühlt sich nicht sicher; sie weifs, dafs man ihrer Herrschaft im stillen überdrüssig ist und einen Retter herbeisehnt. Sie hat zum Schutze der Freiheit ihre Gewalt erhalten und zeigt sich bald als gröfster Feind der Freiheit; sie wollte die alten Lasten beseitigen und mufs nun selbst neue, schwerere auferlegen. Die Kosten, welche die Unterhaltung des Heeres verursachten, waren hoch; man mufste zu Erpressungen schreiten. Auch hier kam der Klerus am schlechtesten davon: hatte man ihm früher schon den Zehnten verweigert, so wurde er jetzt mit grofser Strenge zu den öffentlichen Abgaben herangezogen.

Es konnte nicht ausbleiben, dafs nun auch Anschuldigungen wegen Verrats in der Bürgerschaft gehört wurden und die Erbitterung steigerten. Nicht ohne Grund argwöhnten die Führer der Demokratie, dafs es eine Partei gäbe, welche heimlich die Übergabe der Stadt an Karl von Anjou herbeiwünschte, und es war leicht, den Nationalhafs gegen diese „Francigenae", wie man sie mit grimmigem Spott nannte[1]), zu erregen. Wie 1792 in Paris, wurde auch hier der Pöbel durch unheimliche Gerüchte von Konspirationen mit dem Feinde zu Morden und Hinrichtungen verleitet. Der gröfste Verdacht fiel — und nicht mit Unrecht — auf den Erzbischof; seinen Vertrauten, den Bruder Johannes, vertrieb man aus der Stadt, weil er für einen Frieden zwischen der französischen Partei und dem Seneschall Karls thätig gewesen sein sollte. Den Erzbischof selbst begann man Ende August 1249[2]) vollständig zu isolieren: man verbot bei Strafe jede Gemeinschaft mit ihm, niemand durfte ihm und den Seinen Lebensmittel darbieten. Dieser Akt offenbart zugleich die Ohnmacht Alberts von Lavagna: der Rat, von den Zunfthäuptern fortgerissen, liefs das Interdikt in des Podesta Namen publizieren, trotzdem Lavagna seine Zustimmung verweigerte. Nun erlebte Johann drei schmachvolle Wochen; er wurde in seinem Palaste, ohne jede Gemeinschaft, auf das Notdürftigste beschränkt, gefangen gehalten; wer mit ihm zu reden wagte, galt als Verräter. Am 20. September[3]) bat er endlich die Bürger um sicheres Geleit nach Fourques, jen-

---

[1]) Bei Alfons Daudet (Numa Roumestan) lesen wir, dafs noch heute die Nordfranzosen von den Provençalen „Franciots" genannt werden.

[2]) Anibert III, 183; Papon 11 preuves No. 70 hat fälschlich 1248.

[3]) Papon l. c. No. 71.

seits des Rhone; demütig gestand er, dafs es besser für die Stadt
sei, wenn er sie verliefse. Man willfahrte ihm, nachdem er
Kaution für seine Schulden gestellt, und er entwich auf französisches Gebiet. Gewifs hielten die Demagogen seine heimlichen
Umtriebe in der Stadt für gefährlicher, als die offene Agitation,
deren man nun gewürtig war; man hatte so besseren Vorwand,
sich an seinem Besitze schadlos zu halten.

Einige Tage darauf trat ein Ereignis ein, welches die Lage
des Südens mit einem Schlage veränderte: am 27. September 1249
beschlofs in Milhaud der Letzte von St. Gilles, Raimund von Toulouse, sein vielbewegtes Leben. Seit Karls Heirat war seine Kraft
gebrochen: sein lange beschlossener Kreuzzug unterblieb; nichts
mehr von der alten Beweglichkeit und Unternehmungslust zeigte
er; ergeben in das Unabänderliche, hatte er in seinem Testamente[1]) seinen Schwiegersohn Alfons von Poitou zum Erben aller
Besitzungen eingesetzt. Mit dem Papst war er versöhnt und hatte
sogar — wenn man Mathaeus glauben darf — in der letzten Zeit
von ihm Subsidien erhalten zum Kriege gegen die Feinde der
Kirche, besonders gegen Amadeus von Savoyen[2]).

Sein Tod bezeichnet einen wichtigen Einschnitt in der französischen Geschichte. Das kapetingische Haus that nun seinen
letzten Schritt gegen den Süden hin; mit ihm war die Macht
Englands und Aragons gebrochen. Ludwig IX. hatte seine Sene-
schallate bis zur Rhonemündung vorgeschoben und sich 1246 einen
eigenen Hafen am Mittelmeer, Aiguesmortes, gegründet; seine
Brüder flankierten diese mächtige Stellung jetzt vom Atlantischen
Meer bis zum Busen von Genua. Nunmehr galt es, diesen weiten
Besitz der drei durch die treffliche Verwaltung ihres Hauses zu
assimilieren. Denn nicht leicht vollzog sich im Süden der Übergang; der Hafs gegen die Nordfranzosen flammte an vielen Orten
der Languedoc noch einmal auf, und nur allmählich waren die
religiösen, nationalen und politischen Gegensätze auszugleichen.
Wie charakteristisch dafür ist doch ein Vorfall, der sich 1251 in
Najac (Rovergue) abspielte. Hier brach ein Aufstand gegen die
neue Herrschaft aus; einige Edle verschworen sich, indem sie es
für unmöglich erklärten, dafs Raimund VII. den Franzosen („Fran-

---

[1]) Layettes III, 78 f.

[2]) Die Thatsache wird durch das Kodizill (l. c. 70) erwiesen; hiernach
aber ist der Zweck der päpstlichen Gelder der Kreuzzug gewesen.

cigenae" auch hier!), die ihm stets so sehr verhafst gewesen, sein Land überlassen habe [1]). Noch später hören wir in Toulouse von der Verurteilung eines Mannes, der gesagt hatte, es gäbe unter der Herrschaft der Franzosen keine Gerechtigkeit mehr [2]).

Aber während hier in Languedoc die Erbfolge des Grafen von Poitou nicht weiter bestritten wurde, lagen die Besitzverhältnisse links vom Rhone weit schwieriger. Daher vollzog sich auch in Toulouse der Übergang rasch und ohne Hindernisse: in Stellvertretung des in Ägypten kämpfenden Alfons nahm eine Kommission, aus Bevollmächtigten der Königin Blanca und den alten Räten Raimunds bestehend, Ende 1249 die Huldigungen der Vasallen und Städte entgegen [3]). Jedoch nach Venaissin ging sie nicht, weil der Kardinal Peter bereits dabei war, dies Land im Namen der Kirche zu occupieren; nur der Herr von Lunel wurde abgesandt, die Rechte des Prinzen zu wahren, und entledigte sich geschickt dieses Auftrags [4]).

Indes widersetzte sich nicht nur der Papst dem neuen Herrscher in seinen Ansprüchen auf Venaissin, indem er die Rechte der Kirche den Bestimmungen des Pariser Friedens von 1229 genäfs wieder geltend machte [5]), auch Barral de Baux war nicht gewillt, gleich den anderen Vasallen und Räten des Verstorbenen, sich Alfons anzuschliefsen; als nächster Verwandter und langjähriger Parteigänger Raimunds, als Vater der Cäcilie, der dieser einst Venaissin verliehen hatte [6]), als populärster Mann der Provence glaubte der Ehrgeizige nun selbständig vorgehen zu sollen.

Kurz nach dem Abzug des Erzbischofs Johann erschien er plötzlich in Arles und stellte sich an die Spitze der Antiklerikalen

---

[1]) Molinier Najac en Rovergue Biblioth. de l'école des chartes 42 l. 363.

[2]) Boutaric Alfons 265.

[3]) Layettes III, 87 ff.

[4]) S. das Schreiben des Kaplans Philipp an Alfons (Boutaric l. c. 9 f.)

[5]) S. o. S. 4. Im März 1250 befiehlt Innocenz allen Bischöfen des Venaissin, nur von ihm allein über ihren Besitz Vorschriften zu empfangen. Muratori (Antiqu. Ital. VI, 142).

[6]) S. o. S. 0. Tourtoulon sagt, dafs Cäcilie, den Historikern der Provence zufolge, ihre Rechte geltend gemacht habe, führt aber keine Belege an; ihr Gemahl, Amadeus von Savoyen, beansprucht 1251 nur die noch nicht gezahlte Mitgift, nicht den linksrhonischen Besitz Raimunds. (Layettes III, 118.)

als „Freund aller Exkommunizierten". Auf seinen Rat bemächtigte man sich der noch vorhandenen Güter und Einnahmen des Metropoliten. Dieser richtete ein bewegliches Mahnschreiben nach dem andern von Beaucaire, wo er sich nun aufhielt, an die Bürger, indem er Versöhnung der Parteien und die Vermittlung des Kardinals Peter vorschlug. Die Antwort darauf war, dafs die Demokratie den schwachen Podesta Albert von Lavagna absetzte und Ende Dezember 1249 das Podestariat an Barral de Baux übertrug[1]). Wie so oft betraut auch hier die Revolution einen Diktator mit ihrer Verteidigung, welche die vielköpfige Menge allein nicht mehr übernehmen kann. Mit Recht protestierte der Erzbischof sogleich gegen ein Podestariat, welches allen Gesetzen widersprach: hatte doch Barral bedeutenden Besitz in der Stadt und war zugleich Podesta von Avignon. Aber seine Vorstellungen fruchteten nichts, die Aktionspartei lehnte jede Verhandlung ab und wurde durch die Drohungen Johanns nur immer mehr in ihren Taumel hineingetrieben.

Wie konnte sie ahnen, dafs der Mann, dem sie unbegrenztes Vertrauen schenkte, schon damit umging, die Stadt zu verraten. Nicht lange nach dem Antritt seines Amts begab sich Barral zur Königin Blanca, und am 1. März 1250 unterzeichnete er in Melun den Vertrag[2]), worin er versprach, alles daranzusetzen, dafs Avignon und Arles sich den Grafen Alfons und Karl unterwürfen.

Dieser rätselhafte Schritt läfst zweierlei Auffassung zu. Man hat gemeint, dafs Barral von Anfang an dies Ränkespiel geplant und nur deshalb sich um das Podestariat bemüht habe, um den Prinzen in die Hände zu arbeiten und sich ihren Dank zu verdienen. Jedoch scheint es doch wahrscheinlicher, dafs er jetzt erst, wo er das verblendete Treiben in den Städten mit ansah, überzeugt von der Hoffnungslosigkeit dieser republikanischen Anstrengungen, der Königin seine Dienste angeboten habe, teils um seine Zukunft sicherzustellen, teils um den Städten einen Rest von Freiheit zu retten. Letzteres geht daraus hervor, dafs er nur eine Unterwerfung auf Lebenszeit der Grafen herbeizuführen verspricht; nach ihrem Tode sollten die Städte wieder frei

---

[1]) **Anibert** 194 f.

[2]) **Layettes** III, 97, bei Barthélémy No. 345 falsch zu 1249; vgl. der Brief des Kaplans Philipp (s. o. S. 61, Anm. 4).

sein, ganz im Sinne der früheren Verträge mit Raimund Berengar. Wäre dies nicht zu erreichen, so wollte sich Barral wenigstens um die Restitution der Rechte Karls in Arles und um das Zustandekommen eines Vergleichs bis Ende April[1] bemühen; andernfalls sollte er das Podestariat niederlegen und die Städte mit Krieg überziehen. Er gab seinen Erben als Geisel und bat die Königin, ihm bei ihren Söhnen Verzeihung auszuwirken.

Um diese Zeit wurde die Niederlage und Gefangennahme der Prinzen in Ägypten bekannt; um das Lösegeld für Karl aufzubringen, wurden seine Unterthanen in der Provence zu einer Steuer herangezogen[2]. Die städtische Demokratie aber ward durch das Unglück Karls zum Ausharren angefeuert; daher gelang es Barral nicht, zur festgesetzten Zeit seine Versprechungen zu erfüllen. Es scheint jedoch, daſs er, uneingedenk seines Vertrages, sich doch nicht von der Revolution losgesagt hat; denn am 15. Mai verhängte der Erzbischof über die Bürger von Arles und zugleich über Barral das Anathem[3]. Auch der Papst sah sich nun zu scharfen Maſsregeln genötigt. Mehr noch als die inneren Wirren und die Niederlage des Klerus, bewog ihn dazu der Versuch des Kaisers Friedrich, um diese Zeit wieder mit den groſsen Kommunen in Verbindung zu treten.

Es konnte Friedrich II. nicht entgehen, daſs nach dem Tode Raimunds VII. der letzte Rest der kaiserlichen Autorität im Arelat auf dem Spiele stand. Durfte er von dem neuen Grafen keine freiwillige Erfüllung seiner Lehnspflichten erwarten, so blieb ihm nur die Bundesgenossenschaft der Städte Arles und Avignon für seine Zwecke übrig: jetzt, wo sie ihre Freiheit gegen die Kirche und die französischen Prinzen verfochten, muſste ihnen an Raimunds Stelle ein Schützer willkommen sein. Was sie früher nicht hatten thun wollen, bewirkte nun die Furcht vor der schlimmeren Gewalt: sie schickten Boten an den Kaiser und trugen ihm Huldigung und Hilfe gegen den Papst an. Friedrich, in Italien wieder siegreich[4], säumte nicht, die gute Gelegenheit zu benutzen;

---

[1] Einen Monat nach Ostern (27. März).

[2] dederunt VI solid. pro foco occasione captionis domini comitis. Abgabenbuch von 1249. (Or. in Mars.)

[3] Anibert 201.

[4] Am 18. Aug. waren die Parmesen geschlagen (Ficker, Reg. 3822b).

im Sommer 1250 sandte er Bevollmächtigte nach Arles und Avignon und liefs die Bürger den Treueid schwören[1]). Noch einmal tritt die burgundische Politik des deutschen Kaisers zu Tage: für lange Zeit zum letztenmale. Der Papst war über diese Wendung der Dinge sehr ungehalten, zumal er in den Städten durch bedeutende Geldmittel seinen Einflufs zu kräftigen versucht hatte[2]). Jetzt endlich that auch er die Städte[3]) in den Bann und schürfte September 1250 wiederum allen Kirchen der Provence ein[4]), jeden Sonntag die Exkommunikation des Kaisers und seiner Anhänger verkünden zu lassen, da er durch den Erzbischof Johann erfahren habe, dafs man die Gesandten Friedrichs empfinge und ihnen Unterstützung zu teil werden liefse.

So verworren lagen die Verhältnisse in der Provence vor der Rückkehr Karls aus dem Orient: die Entscheidung in dem Zwist aller dieser Ansprüche und Bestrebungen konnte nur eine militärische Macht bringen. Die der Seneschalle reichte nicht zur Offensive hin, aber sie waren doch in der Abwesenheit ihres Herrn nicht unthätig gewesen; die stille Arbeit friedlicher Occupation und administrativen Fortschritts war unter ihnen tüchtig gediehen. Aus uns erhaltenen Rechnungen und Urkunden können wir verfolgen, wie sie, gestützt auf alte und neue Beamte und Freunde des Grafen, besonders wieder auf Romeo von Villeneuve[5]). in lebhafter Verbindung mit Karl selbst, mit der Königin Blanca. mit dem Kardinallegaten von Alba, mit den benachbarten Seneschalls[6]) die Macht ihres Herrn zu befestigen bemüht waren. Es war dies nicht leicht, denn auch aufserhalb der grofsen Städte hatte die neue Dynastie viele offene und versteckte Feinde, deren

---

[1]) Mathaeus V, 146. Seine Nachricht scheint glaubwürdig, da sie durch Anibert 203, besonders aber durch die anderweitigen wiederholten Erwähnungen kaiserlicher Boten im Arelat bestätigt wird:

    a) durch die Beschlüsse des Konzils zu Valence 1248 (S. o. S. 57).

    b) durch die Erlasse des Papstes 1250 und 1252 (S. u. S. 78, Anm. 3).

    c) durch den Vertrag Johanns mit Karl von Anjou 1250 (S. u. S. 67).

[2]) Matheus l. c.

[3]) Anibert l. c. redet nur von Arles, über Avignon haben wir 1250 keine Kunde.

[4]) 2. September 1250, Lyon (Aus dem livre noir 69 in Mars.).

[5]) Er restituiert z. B. Juni 1249 dem Bonifaz v. Castellane die Burg de Verdière (Var) bis zur Rückkehr Karls (Urk. in Mars.).

[6]) In dem später zu besprechenden (s. Excurs V.) Rechnungsbuch des Schreibers Raimund finden wir aus dem 2. Halbjahr 1249 u. a. folgende Posten:

Widerstand an dem unseligen Streit Karls mit seiner Schwiegermutter Beatrix neue Nahrung fand. So nahm bei einer Fehde
zwischen Beatrix, welche mit der Burg Saignon (Vaucluse) vom
Bischof von Apt rechtmäfsig belehnt war[1]), und Raimbaud von
Simiane, der auf Saignon Ansprüche erhob, der Seneschall Peter
von Escantillis für den letzteren Partei; beide griffen die Burg
an und zerstörten sie[2]), trotz des Protestes des Bischofs und der
Bürgerschaft von Apt.

Escantillis starb bereits am 22. August 1249[3]); der Kaplan
Karls, Magister Philipp, meldete seinen Tod sogleich an Königin
Blanca[4]), welche Johann von Cornillon zum Nachfolger bestellte.
Sie übt auch auf die Thätigkeit dieses Seneschalls ihren Einfluſs
aus: so will er nicht, ohne ihren Rat vorher eingeholt zu haben,
eine Beschwerde der Stadt Nizza über die Gewaltthaten einiger
Vornehmen entscheiden[5]); die Bitte der Bürger, sich gegen Räu-
ber und Korsaren bewaffnen zu dürfen, überläfst er dem Bailli
von Nizza zur Beurteilung. Es spricht für seine Geschicklichkeit,
dafs es ihm gelang, bald nach seinem Antritt einen Vertrag mit
der Stadt Marseille zu stande zu bringen. Am 20. Dezember
1249[6]) bestätigte der grofse Rat der Kommune den Vergleich,
welchen der Kardinal Peter von Alba zwischen dem Seneschall
und der Stadt vermittelt hatte[7]). Über den Inhalt desselben ist

---

Magistro Rogero socio suo, quem misit ultra mare pro negociis Provinciae
    12 Pfd. Provençaux (ca. 180 Mr.).
Duobus nuntiis missis in Franciam pro morte Senescalli 4 Pfd. (60 Mr.).
Duobus nuntiis missis Lugdunum ad dominum Albanensem episc.
Fr. Laurentio misso in Franciam ad dominam reginam.

[1]) Sept. 1248, Januar 1249 (Or. in Mars.).

[2]) Für den Angriff nur eine Nachricht bei Nostradamus 212; dagegen
für die Besitzverhältnisse 5 Urk. in Mars.

[3]) Wir haben noch 1 Urk. von ihm (23. Jan. 1249. Or. Mars.), wonach
er durch seinen Bailli von Antevès (Rudolf von S. Quentin, also auch die
Balleien mit Nordfranzosen besetzt) die Huldigung der Vasallen Karls in
Boulbon (Bouch.-d.-Rh.) entgegennehmen liefs.

[4]) S. Rechnungsbuch Raimunds 1249.

[5]) 5. Juni 1250. Monum. hist. patr. Script. II, 572. Hier fälschlich
eine Anwesenheit Blancas in Aix behauptet.

[6]) S. die Urk. im Anhang n. VII.

[7]) Im Rechnungsbuch Raimunds von 1249 heifst es:
domino B. Porcelleto qui fuit cum eo (i. e. Mag. Philippo) apud Massiliam
et ad dom. legatum pro X dies 8 Pfd. (120 Mr.).

uns nichts bekannt; immerhin war es nicht zu unterschätzen, dafs
es jetzt, wo die mit Marseille verbündeten Städte in vollem Aufruhr waren, der Regierung Karls gelang, vorläufig zu der bedeutendsten Kommune der Provence in friedliche Beziehungen zu
treten.

Dafs auch die innere Verwaltung in der gewohnten spar-
samen und sorgfältigen Weise weitergeführt wurde, zeigen uns
die erhaltenen Rechnungsbücher und die auch in der Abwesenheit Karls fortgesetzte Registrierung des Besitzstandes der Provence in deutlicher Weise. Hervorheben wollen wir hier nur,
dafs im Jahre 1249 auch schon eine Münze erwähnt wird, welche
Karl unter dem Namen der Provinciales prägen liefs. Sie wurde
in Tarascon geschlagen und von hier nach Aix und Nizza gebracht [1]), bestand aus Kupfer und war gleichwertig mit den
in Frankreich geltenden Turnosen, also das Stück (1 Denar) ungefähr 6 Pfennig an Wert. Bis dahin galten in der Provence
die Regalen mit dem Bildnis des Alfons von Aragon (1 Reg. =
$^6/_7$ Prov.): so zeigte sich nun auch in der Änderung des Münz-
fulses, dafs der Einflufs des südlichen Souveräns dem nordfranzösischen Platz gemacht hatte. —

Im Oktober 1250 landeten die Grafen Alfons und Karl in
Aigues mortes [2]); doch war es ihnen noch nicht vergönnt, sich
ihren Ländern zu widmen; sie hatten vorerst dem Auftrage des
Königs gemäfs mit dem Papste und England zu verhandeln und
mit ihrer Mutter Blanca die französische Politik zu besprechen.
Daher erledigten sie auf der Reise längs des Rhone nur die
nötigsten Dinge. Alfons empfing in Beaucaire die Huldigung
mehrerer bedeutender Vasallen der Languedoc [3]); Karl ging nach
Aix, wo er die ganze Lage der Provence übersehen konnte [4]). Am
22. Oktober bewilligte er dem Bischof von Toulon einige Vorrechte in seiner Diöcese [5]), am 29. [6]) traf er dann mit dem Erz-

---

[1]) ibidem: pro loquerio domi, ubi fabricatur moneta 10 Pfd. pro condu-
cendo monetam de Tarascone Aquis et apud Niciam, vgl. Blancard, Les
monnaies de Charles I, 1—4.

[2]) Layettes III, 115 (in recessu de Aquis mortuis).

[3]) ibid. III, 109—111.

[4]) Vaissète, Hist. de Languedoc III, 471 ohne Quellenangabe.

[5]) Urk. in Mars. ohne Ort und Zeugen.

[6]) anno millesimo ducentesi quinquagesimo quarto Kal. Nov. Diese Datierung hat Gallia christ. (I pr. 102) [und ihr folgt Ficker (Reichsfürsten-

bischof von Arles in Tarascon zusammen, und hier gelang es ihm
sogleich, denselben zu wichtigen Konzessionen zu bewegen. Johann leistete den Treueid und nahm allen Besitz der Kirche
Arles in den festen Schlössern, welche die Stadt Arles dominier-
ten[1]), von Karl zu Lehen. Einige Tage darauf kam Karl nach
Nimes, und hier wurde ein Bündnis zwischen ihm und dem Erzbischof mit Zustimmung des Probstes und Archidiakonus verabredet[2]), demzufolge Johann dem Grafen und seinen Nachfolgern
den Besitz, die Rechte und Einkünfte der Kommune übergab, wofür
ihm Karl seinen Schutz und Restitution aller Rechte der Kirche
versprach, wenn er sich der Stadt bemächtigt hätte. Als Grund für
seinen bedeutungsvollen Schritt nennt Johann das Wohl der Kirche
und die Verteidigung gegen Kaiser Friedrich und seine Gesandten.

Bestätigt dies unsere Annahme von dem erneuten Eingreifen
des Kaisers in der Provence, so werden wir doch die wahre Veranlassung für diesen Vertrag, welcher die hohe Stellung des „caput Provinciae et principalis sedes imperii" für immer opferte, in
dem Begehren Johanns finden, den Aufruhr in Arles niederzu-
schlagen: nur Karl, der ihm seine Rückkehr zugesichert hatte,
konnte seinen Wünschen Nachdruck geben.

Und der Graf säumte nicht, sogleich auf sein Ziel loszugehen.
Um aber eine wirksame Einschliefsung der Stadt Arles auszuführen, mufste er vorher Herr der umliegenden Plätze sein, besonders der Camargue, die zum Teil seiner Schwiegermutter gehörte. Schon am 17. November glückte es ihm, nun in Alais[3])
mit dieser ein Abkommen zu treffen, durch welches ihm jenes
Gebiet nebst wichtigen Burgen, jedoch nur für die Dauer seines
Krieges mit Arles, übergeben wurde[4]). Nach diesen raschen Erfolgen konnte er Ende November 1250 die Feindseligkeiten gegen
die Stadt eröffnen lassen[5]).

---

stand 305)] zu dem Irrtum veranlafst, 1254, 1. Nov. eine zweite Huldigung
anzunehmen: man hat quarto zur Jahreszahl gezogen, statt zum Monat. (In
Mars. diese Urk. im Transsumpt von 1290.)

[1]) burgum Porcelletorum, castrum S. Mitrii, Vetus, S. Genesii etc.

[2]) 2 Urkunden aus Nimes (in Mars. nur eine) die lunae prox. post
festum omnium Sanctorum, mense Novembr. (Papon II, pr. n. 72 u. 73; hier
falsch mense Decembr., vgl. Gall. chr. I, 597.)

[3]) nördl. von Nimes.

[4]) Or. in Mars. (S. Anhang n. VIII.)

[5]) rapinas factas .... a festo S. Andreae citra. Vertrag mit Arles
(gegen Ende) s. Anhang n. IX.

Er selbst ging zunächst mit Alfons nach Lyon. Über ihre Verhandlungen dortselbst berichtet nur Mathaeus[1]). Sie baten den Papst dringend um Subsidien für Ludwig IX. und um Frieden mit dem Kaiser, damit dieser im Orient helfen könne. Als Innocenz sich weigert, werfen sie ihm seinen Wucher mit dem Gelübde der Kreuzfahrer vor und drohen, ihn an der Spitze ihrer Vasallen aus Lyon zu vertreiben. Er aber bleibt unerbittlich. Nun sollen die Grafen nach England gegangen sein, um Heinrich III. zur Ausführung des versprochenen Kreuzzugs anzutreiben[2]). Vorher kamen sie jedenfalls nach Paris, wo sie Blanca freudig empfing und mit ihnen darauf bedacht war, den König im heiligen Lande thatkräftig zu unterstützen.

Aber schon hatte sich die Weltlage vollständig geändert, da Friedrich II. plötzlich am 13. Dezember gestorben war. Karl hatte nun in der Provence für seine Pläne freie Hand; denn jeder Einfluss der Staufer im Arelat — Friedrich II. hatte es seinem Sohne Heinrich vermacht — hörte jetzt auf. Der Papst, welcher noch soeben den König von England um eine Zuflucht in Bordeaux gebeten hatte, sah einen unverhofften Ausweg in seiner Bedrängnis und bereitete sich vor, sofort nach Italien zurückzukehren. Vorher aber machte auch er noch einen Versuch, die feindlichen Mächte Süd-Burgunds zur Umkehr zu bewegen. Am 16. Februar 1251 bevollmächtigte er seinen Kaplan Stephan als Gesandten in der Provence und ermahnte in besonderen Schreiben die drei Kommunen und ihre geistlichen Herren, sowie auch den Seneschall und die Beamten Karls, seine Weisungen zu beachten und mit seinem Rate friedliche Zustände anzubahnen[3]).

*   *
*

In den ersten Monaten des Jahres 1251 war Karl mit den Angelegenheiten seines Erblandes Anjou beschäftigt. Hier hatte seine Mutter, ganz wie in der Provence, die Aufsicht geführt und

---

[1]) V, 174, 188.

[2]) Mathaeus sagt (Boutaric l. c. 79 folgt ihm), sie gingen versus Angliam; man kann jedoch zweifeln, ob sie in der That hingekommen sind; in diesem Falle hätte Mathaeus den Empfang und weitere Verhandlungen ausführlicher und, wie gewöhnlich, an mehreren Stellen berichtet: so scheint er nichts von ihrer Ankunft zu wissen.

[3]) Elie Berger l. c. 5294—99.

die Rechte ihres Sohnes wahrgenommen[1]). Nun begab sich der Graf selbst dorthin und erliefs in Saumur am 21. März 1251 ein Gesetz, worin die Pflichten und Gebühren der Advokaten in Anjou und Maine bestimmt wurden, im Sinne einer gerechten und unparteiischen Jurisdiktion[2]). Dafs er aber, ebenso wie sein Bruder, in dieser Zeit auch mit Rüstungen beschäftigt war, kann man daraus schliefsen, dafs sich später in ihrem Heere die Grafen von Soissons und Marche, der Bischof von Orleans und andere Grofse des Nordens befinden, die auf Ansuchen der Brüder und gewifs nicht ohne zahlreiches Gefolge mit ihnen in die Provence zogen.

Im April kam man hier an. Karl nahm sein Hauptquartier in Tarascon, das von nun an, neben Aix, seine Residenz wurde[3]). Damals werden die Anfänge des Schlosses entstanden sein, dessen gigantische Mauern uns heute in Staunen setzen. Die Lage war ausgezeichnet gewählt, zwar in flacher Gegend, aber an der grofsen Wasserstrafse des Rhone, genau in der Mitte zwischen Arles und Avignon, gegenüber Beaucaire, und durch eine Brücke mit diesem Sitze des französischen Seneschalls verbunden[4]).

In Arles war indessen der Zustand unerträglich geworden. Barral de Baux hatte die Stadt verlassen; nun regierten drei Führer der anarchischen Partei als Rektoren die Stadt. Aber ihre Macht ging zu Ende; die Bürger waren der Schreckensherrschaft müde; durch die fünfmonatliche Cernierung waren sie in ihren materiellen Interessen empfindlich geschädigt. Auch die geringe Unterstützung von Marseille aus konnte ihnen nichts helfen gegen die drohende Macht der beiden Grafen; der republikanische Sinn schwand vor der Hoffnung, durch freiwillige Übergabe bessere Bedingungen zu erhalten, wobei die franzosen- und kirchenfreundliche Partei in der Stadt das Ihrige gethan haben wird.

Am 29. April entschlofs sich endlich das versammelte Parlament, acht Gesandte mit absoluter Vollmacht zu Karl zu schicken;

---

[1]) Vgl. den Brief der Seneschallin von Anjou, Isabella von Craon, welche 3 Burgen von Blanca zur Bewachung erhalten hatte (Layettes III, 109). Sept. 1250.

[2]) ibid. III, 119.

[3]) „Tarascone, in solio novo“ sagen mehrere Urkunden 1251.

[4]) Gerade im Jahre 1251 ist sie neu geschlagen worden (s. die Aufstellung über die Rechte in der Provence. Or. in Mars. Reg. B. 270, s. Excurs III.).

diese entwarfen in Tarascon mit dem Grafen den Kapitulations-
vertrag; der Bischof von Orleans liefs denselben am 1. Mai in
Arles vorlesen; das Volk stimmte zu, und am nächsten Tage hielt
Karl seinen Einzug in die Stadt[1]).

Schon eine Woche darauf mufste auch Avignon sich beugen;
am 7. Mai wurden in Beaucaire, wo Karl mit seinem Bruder zusammentraf, die Bedingungen vereinbart, unter denen die Stadt
sich den beiden Grafen unterwarf; am 10. Mai wurden sie in
Avignon ratifiziert[2]).

So waren innerhalb weniger Tage die beiden Bollwerke der
alten städtischen Freiheit gefallen; und mit ihnen die Gewalten,
welche bis dahin die Provence beherrscht hatten. Das Eingreifen
des Kaisers hat mit Friedrichs Tode aufgehört, die alte Macht
des Metropoliten von Arles ist durch die Schuld des Erzbischofs
selbst verloren, die Selbständigkeit der Kommunen vernichtet.
Auch der Papst mufste auf seine Pläne verzichten; als er um
diese Zeit längs des Rhone nach Italien zurückkehrte, wurde er
Zeuge der kriegerischen Machtentfaltung der französischen Prinzen,
der gegenüber er wohl seinen Anspruch auf das Venaissin aufgegeben haben wird.

Sehen wir uns nun die Verträge mit den Städten an, so mufs
vorher betont werden, dafs die Grafen ja ursprünglich kein Recht
auf die Regierung der Kommunen besafsen. Und doch hatten
die letzteren falsch gehandelt, als sie das Verlangen der neuen
Herren nach Erneuerung der alten Verträge ablehnten. Denn ein
Anteil an der Stadtherrschaft und an den Einnahmen derselben
war für jene geradezu Lebensbedürfnis; sie mufsten sich denselben, wenn nötig, auch mit Gewalt erobern. Ein Vorwand dazu war in den Übergriffen der Demokratie während ihrer Abwesenheit bald gefunden. Jetzt aber war es sehr natürlich, dafs
die siegreichen Grafen sich nicht mehr mit den Rechten der Vorgänger begnügten, sondern ihren Einflufs in viel ausgedehnterem
Mafse konstituierten. Daher konnten sie auch nicht den Vertrag
Barrals mit ihrer Mutter billigen, der sie nur auf Lebenszeit zu
Herren der Städte machte; die Republiken mufsten, wenn auch
im Besitze vieler Vorrechte verbleibend, ihre Freiheit für immer

----

[1]) S. Anhang n. IX. Vgl. Anibert III, 114 f., 258.

[2]) Layettes III, 126—129. de Maulde l. c. 203. Fantoni-Castrucci
storia d'Avignone II, 107—113.

verlieren. Dies soll uns der Vertrag Karls mit Arles[1]) er-
läutern.

Die Stadt und alle Bürger unterwerfen sich der Herrschaft
des Grafen und seiner Erben für ewige Zeit, da er allein nach
all' den früheren Wirren und Greueln wieder Frieden und Ordnung herzustellen vermag; er hat volle Souveränetät[2]) und erhält
freiwillig alle Besitzungen und Rechte der Kommune geschenkt.
Die Paciscenten geloben sich gegenseitig Schutz; die Stadt will
alles thun, was Karl zur Anbahnung geregelter Zustände an Strafen und Entschädigungen anordnen wird; er verspricht eine Amnestie, von der er nur Mörder, Verräter und Barral de Baux aus-
schliefst. Ausdrücklich erklärt er, dafs die privaten Anrechte der
Bürger auf Landbesitz, Jagden und Weiden durch den Vertrag
nicht angetastet würden. Auch sonst behalten die Bürger viele
Privilegien: sie bleiben von jeder neuen Steuer verschont, dürfen
nicht als Geiseln gestellt werden, sind von den Wegezöllen im
Umkreis der Stadt eximiert, können beliebig Getreide exportieren,
brauchen nicht Waffen und Geschütze auszuliefern.

Der Graf läfst seine Rechte durch einen Vikar vertreten, der
ein Jahr funktioniert und nicht Bürger von Arles sein darf. Ihm
zur Seite stehen zwei Richter. Sie schwören, gerecht und unbe-
stechlich sein zu wollen. Die Gerichtseinkünfte dürfen nicht veräufsert werden. Der Vikar läfst jährlich einen Beirat wählen aus
gleich viel milites und probi homines[3]); sodann mehrere Beamte
zur Steuererhebung, Notare und andere mehr. Die Bürger sind
verpflichtet, ihr Kriegskontingent zu stellen, aber nur im Reiche,
jährlich einmal, 40 Tage, im Umkreis von 20 Meilen; hierfür
zahlt der Graf einen Sold; er hat nicht das Recht, statt der Soldaten Geld zu fordern.

Man sieht deutlich, wie Karl bestrebt ist, den Bürgern die
Bitterkeit der Unfreiheit zu versüfsen dadurch, dafs er alle materiellen Schäden heilt, auf drückende Steuern verzichtet, Ruhe und
Wohlstand in sichere Aussicht stellt; nach so viel Not und Kampf
konnte sich die Stadt wieder des Segens geordneter Zustände erfreuen.

---

[1]) Im Anhang n. IX zum erstenmale publiziert.
[2]) dominium, jurisdictio, merum et mixtum imperium.
[3]) Die capita misteriorum sind nicht mehr erwähnt; mit der Macht der
Demokratie war es zu Ende.

Der Vertrag mit Avignon[1]) ist in den meisten Punkten mit dem besprochenen übereinstimmend, nur dafs noch einige Fragen der Jurisdiktion, die sich auf die Appellation beziehen, bestimmter fixiert sind. Gemäfs dem alten Teilungsvertrag von 1125[2]) haben Alfons und Karl das Condominium der Stadt. Sie wird, unabhängig vom Seneschall des Venaissin, nur von den jährlich abwechselnd von den beiden Grafen eingesetzten Vikaren regiert; auch in den Einkünften, welche ihr Clavarius erhebt, alternieren sie von Jahr zu Jahr. —

*   *
*

Es war eine glänzende Versammlung, die nun am 10. Mai 1251 vor den Pforten der Marienkirche zu Avignon dem Abschlufs dieses Vertrages beiwohnte. Mit welchen Gefühlen mufste die stolze Bevölkerung, welche nach so vielen Unruhen das Ende ihrer ruhmvollen Freiheit gekommen sah, auf das Gefolge der französischen Prinzen blicken, in dem, neben einer Reihe mächtiger Herren aus Nordfrankreich[3]) und einer Schar neuer geistlicher und weltlicher Beamten[4]), die alten Freunde und Berater Raimunds von Toulouse, Pons Astoaudi, Gaucelm von Lunel, Guy Fulcodii[5]), dem endgültigen Siege des Nordens über den Süden, der Kirche über die Ketzer[6]) beiwohnten. Was König Ludwig VIII. genau vor 25 Jahren schon ergreifen, aber noch nicht festhalten konnte, hatten jetzt seine Söhne endgültig in ihren Händen. Der Vertreter des Papstes, der Bischof Zoën, sah nun seine zehnjährigen Anstrengungen belohnt. Alfons und Karl (der sich jetzt „dominus Arelatis" nennt) versprachen ihm Ausrottung der Ketzerei und Wahrung seiner bischöflichen Rechte; ihr Vikar

---

[1]) S. S. 70, Anm. 2.

[2]) S. Hüffer, Burgund 105.

[3]) Der Bischof von Orleans, die Grafen von Marche und Soissons.

[4]) Vicedominus, Kaplan des Papstes, Wilh. von Beaumont, Odo von Villars, Seneschall von Beaucaire.

[5]) Der nachmalige Papst Clemens IV., der in allen Geschäften des Südens eine wichtige und tüchtige Rolle spielt.

[6]) Dafs diese noch nicht ausgerottet sind, ergiebt der Brief des Kaplans Theobald an Alfons (s. u. S. 74), wonach 1251 eine Anzahl Waldenser im Venaissin mit den üblichen Qualen bestraft werden.

mufste seine Bestätigung haben und ihm schwören[1]); Zoën hatte
aus dem Schiffbruch mehr gerettet, als Johann von Arles.

*　　*　　*

Karls Art war es nicht, lange auszuruhen; kaum hatte er
Arles und Avignon unterworfen, als er auch schon an die Demütigung der dritten, gröfsten Republik, Marseille, dachte.

Was wir von den Versuchen des neuen Grafen, sich Marseille
zu nähern, wissen, ist im vorhergehenden bereits erwähnt worden; Verhandlungen waren 1246 eingeleitet worden[2]) und hatten
1249 zu einem Abkommen geführt[3]). Jedenfalls aber war die gewaltige Handelsstadt nicht gewillt, ihre Freiheit, welche nach dem
Tode Raimund Berengars ungeschmälert der Kommune wiederge-
geben war, durch Karl schädigen zu lassen. Gerade in dieser
Zeit nahm die Macht der Vicecomitalstadt einen höheren Aufschwung, vor allem durch die Kreuzfahrt, dann durch die Verträge mit Sardinien[4]), mit dem Papste[5]), mit der alten Rivalin
Montpellier[6]).

Zugleich aber spitzte sich nach der Rückkehr Karls ihr Gegensatz zu dem neuen Grafen schärfer zu. Dem Bundesvertrage
von 1247 gemäfs war sie zur Hilfeleistung verpflichtet, als Arles
und Avignon angegriffen wurden, und sie zögerte nicht, ihrem
Versprechen nachzukommen. Mufste sie sich deswegen nun auf
den Zorn Karls gefafst machen, so lag der Gedanke nahe, wie oftmals in der früheren Zeit, so auch jetzt einen Schutz gegen den
Grafen der Provence bei dem Grafen von Toulouse zu finden.
Und es ist interessant, zu sehen, dafs Alfons von Poitou in der
That nicht abgeneigt war, seinem Bruder Karl als Rival in dem
Verhältnis zu Marseille den Rang abzulaufen. Er gab Anfang
1251 seinem Kaplan Theobald d'Estamps den Auftrag, im gehei-
men in Marseille sondieren zu lassen, ob man geneigt wäre, ihn

---

[1]) Gallia christ. I pr. 144. Fantoni-Castrucci II, 114. Nougier, Hist.
chr. de l'église d'Avignon 163.

[2]) S. 35.

[3]) S. 65.

[4]) Saurel, Dictionnaire du dép. de Bouches-d.-Rh. I, 180; er behauptet
fälschlich, dafs Karl bis 1250 die Rechte seines Vorgängers in Marseille ausgeübt habe.

[5]) Berger n. 2417.

[6]) Germain, Commune de Montpellier II, 465; 10. Mai 1249 wird ein
Zwist über die Rechte in Akkon beigelegt.

als Nachfolger Raimunds VII. mit den Rechten desselben in der
Stadt zu betrauen. Theobald brachte dann durch eidliche Zeug-
nisse in Erfahrung, dafs damals[1]), als der letzte Tolosaner die
Herrschaft der Stadt erhalten hatte, in der That eine Übertra-
gung derselben an seine Erben vorgeschlagen und von allgemeiner
Zustimmung des Volks begrüfst worden sei[2]).

Ob Alfons nun von diesem einstigen Antrag — der jedenfalls
nicht zum Beschlufs erhoben und nicht in die Urkunde aufgenom-
men war — weiteren Nutzen gezogen hat, ist doch sehr fraglich.
Wir wissen von seinen Plänen betreffs Marseille nichts weiter.
Er war auch nicht der Mann dazu, sich seinem Bruder zu wider-
setzen, als dieser sich jetzt anschickte, die Stadt anzugreifen.
Allerdings hatte Karl ebensowenig formelle Rechte für sich, wie
Alfons; dennoch berief auch er sich auf die Verträge seines Vorgängers, welche ihm die Befugnis gäben, einen Richter in der
Stadt einzusetzen, da sie zur Grafschaft Provence gehöre. Um
andere Vorwände zum Angriff war er auch nicht verlegen; er

---

[1]) Wann aber war dies? Da die früheren Verträge Raimunds VII.
mit Marseille (1230) durch den Vertrag mit Raimund Berengar 1243 hin-
fällig geworden waren, kann man nur annehmen, dafs nach des letzteren
Tode (1245) ein neuer Vertrag zwischen Raimund VII. und der Stadt geschlossen war, von dem wir keine sichere Kunde haben, der aber durch den
oben S. 35 erwähnten Erlafs des Papstes von 1246 durchaus bestätigt wird.

[2]) Bibl. de l'école des chartes 1885, S. 589 f. Der betr. Abschnitt über
Marseille heifst: Item super negocio Massiliae, de quo mihi mandavistis ut
cum Rostanno de Alto Podio et Guillelmo de Castro Novo loquerer, dixit
mihi magister P. de Vicenobrio, quod locutus fuerat cum eisdem secreto; et
per juramentum suum dixerunt eidem magistro P, quod ipsi Marsilie interfuerunt, ubi praesente bone memorie R. quondam comite, predecessore vestro,
et maxima parte magnatum et plebium civitatis, surrexit unus de civitate et
dixit in parlamento vocato: „Nos dedidimus domino comiti civitatem nostram
Marsiliensem ad vitam suam et inde confecta sunt instrumenta". Et
post hoc surrexit unus alius, presentibus dicto comite et suis et populo et
dixit: „Comes fecit nobis maximum bonum et honorem; demus ei et heredibus suis civitatem nostram in perpetuum". Et tunc cepit populus clamare:
„sye, sye, sye", quod est dictum secundum vulgare terrae: „Fiat, volumus,
placet nobis". Et ita divulgabatur et clamabatur verbum illud, quod nullum
aliud verbum ibi publice audiebatur. — Datum des Briefs: Freitag post
mediam quadragesimam (24. März) ohne Jahr. Bei der Wahl zwischen den
möglichen Jahren 1250—1252 werden wir uns mit dem Herausgeber Langlois
für 1251 entscheiden. Denn 1250 war Raim. von Lunel noch nicht Seneschall
des Venaissin (Layettes III, 110), 1252 aber konnte sich Alfons auf Marseille
keine Hoffnungen mehr machen.

warf den Bürgern Begünstigung seiner Feinde, Beraubung seiner
Unterthanen, Occupation seiner Schlösser und Domänen bei Marseille und andere Vergehen vor[1]). Als die Stadt seine Klagen zu-
rückwies, erklärte er ihr den Krieg. Seine Aussichten gestalteten
sich sogleich sehr günstig, da es ihm gelang, am 19. Juni 1251
mit seinem gefürchteten Feind Barral de Baux einen Waffenstillstand auf fast ein Jahr zu schliefsen[2]).

Barral hatte wider Erwarten von seinem Verrat keine Vorteile gezogen; die Grafen hatten den gefährlichen Gegner allein
von der Amnestie ausgeschlossen. Aber er liefs die Hoffnung
nicht sinken, doch mit der neuen Dynastie zum Frieden zu kommen; seine Positionen und Verbindungen in der Provence machten
seine Freundschaft noch immer begehrenswert. Karl erklärte sich
vorläufig zufrieden mit dem Versprechen Barrals, während der
Treuga nichts gegen ihn zu unternehmen und ihn von jedem geheimen Angriff zu benachrichtigen; sein Schlofs les Baux gab er
dafür zum Unterpfand.

Auch der Beistand der Kirche fehlte dem Grafen jetzt nicht.
Der Papst, der sich Ende April im Kloster S. Victor in Marseille
aufhielt, hatte die Stadt in den Bann gethan[3]). Johann von
Arles versprach Anfang August[4]) die Übergabe der Festung Salon
— genau in der Mitte zwischen Avignon, Arles, Marseille und
Aix gelegen — und ihr Kontingent zur Unterstützung gegen alle
Feinde des Grafen. Wir sehen, wie der Erzbischof immer tiefer
in Abhängigkeit von Karl verfällt; „um jeden Argwohn desselben
zu verscheuchen“, übergiebt er ihm eine wichtige Festung, die
der Kirche Arles zu eigen war und überdies vom Reiche zu Lehen
ging[5]). Die Bewohner von Salon mufsten zustimmen[6]): sie wollen
Karl helfen, auch wenn der Erzbischof etwa in Zukunft ihnen die
Unterstützung des Grafen verbieten würde.

---

[1]) S. dies alles im Anfange des Vertrags von 1252 (Anhang n. X).

[2]) S. Rémy, die lunae proxima ante nativitatem Joh. Baptistae (Urk.
in Mars.). Bis Himmelfahrt (10. Mai) 1252. Barthélemy 357 hat 21. Juni.

[3]) Mathaeus Par. V, 256; es ist nicht klar, wen er mit Girardus Marsi-
liensis (cum civibus Marsiliae) meint.

[4]) III. Non. Aug. S. Rémy, Urk. in Mars. und Papon pr. n. 75.

[5]) 1225 (Huill.-Br. II, 476) hat Friedrich II. ganz besonders die Ent-
äufserung dieser reichslehnbaren Burg verboten. Somit ist die Ansicht
Fickers (Reichsfürstst. 305) zu berichtigen.

[6]) VI. Id. Aug. 1251. Salon. Ihre Reiter bezahlt Karl, nicht die Fufs-
truppen.

Sofort rückte derselbe nun mit starker Macht gegen Marseille vor; am 23. August begann die Verwüstung der Umgegend; alle Güter, Häuser und Weinberge des Klosters S. Victor fielen dem Zorn Karls zum Opfer [1]). Aber die Stadt setzte einen hartnäckigen Widerstand entgegen, und da der Graf zu einer förmlichen Belagerung der ausgedehnten Stadt zu schwach war, mußte er vorläufig auf die Eroberung verzichten und sich begnügen, durch Überfälle das Terrain zu gefährden und den Verkehr auf der Landseite zu schädigen.

So verging eine Reihe von Monaten, ehe er sein Ziel erreichte. Er benutzte sie zu weiterer Stärkung seiner Macht in der Provence. Er residierte jetzt in Aix [2]), hielt aber auch in Arles Gerichtstage ab, wobei ihm der Oberrichter der Provence, der Seneschall — jetzt Hugo de Arcissis — und der Erzbischof von Aix zur Seite standen [3]). Vor allem sind einige Akte hervorzuheben, die uns deutlich zeigen, wie der Graf sich nun in voller Absicht von der alten Oberhoheit des Reichs emanzipierte. König Wilhelm von Holland hatte in jener Zeit einige Privilegien für Prälaten der Provence erteilt. Es ist möglich, daß sie ihn bei Gelegenheit seines Aufenthalts bei Innocenz IV. in Lyon (April 1251) darum ersuchten; wahrscheinlicher aber, daß der Erzbischof von Embrun, der sich auf Geheiß des Papstes im Rate Wilhelms befand [4]), für die Bischöfe von Grasse und Sisteron die uns erhaltenen Diplome auswirkte. Der Kirche von Grasse wurde ihr gesamter Besitz bestätigt, in Ausdrücken, welche auf die Unabhängigkeit des Bischofs hinweisen [5]): die von Sisteron erhielt

---

[1]) Ann. S. Vict. Mass. M. G. S. XXIII, 5.

[2]) 8. Aug. 1251, im Palast zu Aix, tritt Romeo von Villeneuve an Karl einige Burgen ab, als Abzahlung seiner Schuld. (Urk. in Mars.) Dieser große Staatsmann tritt nun hinter den französischen Beamten ganz zurück.

[3]) Constitutis apud Arelatem in praesentia domini comitis etc. in der Strafandrohung des major judex in Provincia, Johann de Bonamena, an Bertrand von Boulbon. (Tarascon, IV. Non. Nov. 1251, Or. in Mars.)

[4]) Er selbst erhielt am 15. Dez. 1251 in Köln einen umfassenden Freibrief, u. a. auch das fragwürdige Privileg der Gerichtsbarkeit im ganzen Königreich Arles und Vienne. (Ficker n. 5054.) Er ist noch am 24. März 1252 in Deutschland, im Juli aber schon bei Karl in Aix.

[5]) Pleitzenhausen bei Simmern 21. August 1251. 3 Urkunden Ficker Reg. 5046—48.

besonders 2 Burgen, Lurs und Laduncelle, vom Reiche zu Lehn [1]).
Karl indes war nicht gewillt, diese Erlasse einer schattenhaften
Gewalt anzuerkennen, wenn sie auch von dem Günstling des
Papstes ausgingen. Wir hören nämlich, dafs die Beamten des
Grafen den Bischof von Sisteron sogleich im Besitz von Lurs gestört hätten, so dafs dieser bald gezwungen war, ausdrücklich auf
die Reichsunmittelbarkeit zu verzichten und Karl den Lehnseid zu
leisten [2]). Von ähnlicher Bedeutung ist der Akt, durch den der
Graf den alten Streit der Herren von Sabran — aus dem Geschlecht der früheren Grafen von Forcalquier — mit der Reichs-
abtei Montmajour bei Arles über den Besitz der Burg Pertuis [3])
beendigte. Im Juni 1251 hatte Wilhelm von Sabran, einem
Schiedsspruche folgend, dem Abte Hulde geleistet [4]), gleich darauf
aber zwang Karl beide, ihm den Treueid zu schwören [5]). Was
Kaiser und Päpste durch ihre Befehle so oft vergebens zu schlichten versuchten, entschied hier eine energische Territorialgewalt,
die entschlossen war, ihre Souverünetät in rücksichtsloser Weise
durchzusetzen.

Dem Grafen aber kam bei diesem Verfahren der Beistand der
Kirche und die unveränderte Gunst des Papstes trefflich zu statten.
Innocenz hatte allen Grund, sich Karl gefällig zu erweisen. Er
sah sich von Konrad IV. jetzt in Italien bedroht; sein Bestreben,
gegen ihn in Frankreich das Kreuz zu predigen, stiefs hier, wie
schon früher, auf den Widerstand der Grofsen und sogar der
Königin Blanca, welche die Unterstützung ihres Sohnes in Palästina von dem Papste über dem Streit mit dem Staufer gänzlich
vernachlässigt sah [6]). In seiner Bedrängnis erschien es Innocenz
ratsam, mit Karl gute Freundschaft zu halten. Im September
1251 gewährte er ihm wiederum Schutz vor allen Kirchenstrafen
und befahl dem Erzbischof von Aix, ihn vor jeder Belästigung

---

[1]) Oft erwähnt, aber ohne Datum, nach einigen nur Wiederholung eines
Privilegs Konrads IV. (?) Nostradamus 218, Fantoni II. 105, Bouche I,
838 f. Laplane Sisteron 98. Ficker (vgl. Reichsfürstenstand 304) übergeht
die Urkunde in den Regesten.

[2]) ibidem. Imbert von Sisteron war überdies der vertraute Rat der
Beatrix von Savoyen, in deren Besitz Forcalquier sein Sprengel lag. Gall.
chr. I, 433. Louvet II, 261.

[3]) S. Sternfeld, Arelat. 28, 54, 85, 120, 145.

[4]) Carranrais, l'abbaye de Montmajour 59.

[5]) Nostradamus 218 zu 1251, Bouche II, 270 zu 1252.

[6]) Math. Par. V, 259.

durch einen Legaten zu hüten[1]). Damals berief Johann von Arles ein Konzil nach Isle de Sorgues und liefs die früheren Verbote der städtischen Coufratrien erneuern[2]), womit er ohne Zweifel die Kommune Marseille treffen wollte[3]).

Einen tödlichen Streich aber versetzte Karl dieser Stadt, als ihm durch geschickte Verhandlungen Barral de Baux endgültig auf seine Seite zu ziehen glückte. Ende Oktober 1251 versprach Barral dem Grafen Beistand gegen Marseille: er wollte entweder einen Frieden auswirken oder mit Karl die Stadt angreifen[4]). Im November kam er dann nach Aix und leistete dem Grafen für all' seinen Besitz in der Provence[5]) mit geringen Ausnahmen[6]) den Treueid. Ausdrücklich verzichtet er darauf, jemals kaiserliche Privilegien anzurufen, welche ihn von seinen Pflichten gegen Karl befreien könnten[7]). Er sah sehr richtig ein, dafs es mit der Selbständigkeit der kleineren Herren vorbei war und dafs sie am besten thäten, sich freiwillig dem neuen Herrn zu unterwerfen, um in seinem Dienste zu Ehren zu kommen. Wir finden ihn von da an unter den thätigsten und treuesten Räten Karls, dessen späteren Glanz er noch als hoher Würdenträger zu schauen berufen war.

Es läfst sich denken, welchen Eindruck diese fast unbedingte Unterwerfung") des letzten bedeutenden nationalen Vorkämpfers in der Provence hervorrief. Die Aussichten Marseilles hatten sich dadurch wesentlich verschlechtert. Den Bemühungen Barrals mag es vor allem gelungen sein, die Unbesiegte zum Nachgeben

---

[1]) Mailand, Non. Sept. Pont. a. 9. (2 Urk. in Mars.)

[2]) Labbe Conc. XI, S. 2348. Anwesend sind die Bischöfe von Marseille, Toulon, Cavaillon, Carpentras, Orange, Tricastin u. a.

[3]) Die Exkommunikation der Stadt Arles, welche der Papst 1250 wegen Empfangs der Boten Friedrichs II. ausgesprochen hatte, hebt er erst am 19. Juli 1252 auf. Livre noir in Mars. S. 85.

[4]) Castelleto Montis majoris, Montag vor Allerheiligen (30. Oktober). (2 Urk. in Mars.) Barthélemy, 359, 360.

[5]) deren Grenzen so bezeichnet sind: von der Durance bis zum Meere und von den Alpen bis zum „alten Rhone" (antiquum Rhodanum, in einigen Abschriften und bei Louvet I, 165, falsch antianum").

[6]) nämlich seines Lehns vom Bischof von Marseille.

[7]) Dominica proxima ante festum B. Clementis. (19. November 1251.) 3 Urk. in Mars. Barthélemy, 361, 362.

[8]) Am 26. Dezember erschien Barral, von 3 Rittern Karls begleitet, vor dem Erzbischof von Arles und erbat Verzeihung und Lösung vom Banne. ibid. 363.

zu bewegen; und Karl kam ihr gern entgegen, zumal der Papst
— der wohl schon mit dem Plane umging, ihn gegen Konrad zu
Hilfe zu rufen — daran mahnte, mit der Stadt Frieden zu
schliefsen [1]). So entstand denn am 26. Juli 1252 nach manchen
Verhandlungen der erste Vertrag des Grafen mit Marseille,
der unter dem Namen der „chapîtres de paix" bekannt ist [2]). Wir
heben nur die Hauptpunkte desselben hervor:

Alle männlichen Bewohner schwören dem Grafen der Provence, seiner Gemahlin, seinen Beamten und seinen Nachfolgern
am Anfange ihrer Regierung, sie zu schützen und nie etwas gegen
sie zu unternehmen; dieser Eid wird alle 5 Jahre wiederholt.
Der Graf setzt 2 Beamte ein: einen Bailli, dem nur die Exe-
kution aller von den Marseiller Magistraten beschlossenen Urteile
und Strafen zusteht, und einen Richter, an den die Appellationen
in zweiter Instanz gehen müssen. Im übrigen aber haben sie
weder an der Regierung noch an der Jurisdiktion irgend einen
Anteil. Diese bleibt wie früher allein in Händen der Kommune,
ihres Parlaments und ihrer Beamten; letztere werden frei gewählt,
sofern sie nicht offene Feinde des Grafen sind. Die Gerichtseinkünfte werden zwischen ihm und der Kommune geteilt; Prozesse
zwischen Bürgern und seinen Unterthanen entscheidet sein Gerichtshof in Aix. Die Cavalcata ist von der Stadt nur 30 Tage
im Jahre, im Gebiete zwischen Rhone, Var und Durance, zu
leisten und zwar entweder 500 Fufssoldaten oder 50 bewaffnete
Reiter. Der Graf darf keine Befestigungen in der Stadt anlegen
oder alte zerstören, keine Steuern auferlegen, keine Geiseln
nehmen; alle Schäden werden vergütigt, alle Verkehrsbeschrän-
kungen aufgehoben.

So entstand eine ganz merkwürdige Art der Verfassung, ein
Nebeneinander zweier Gewalten, welches sich auch darin aussprach,
dafs alle öffentlichen Bekanntmachungen im Namen Karls und der
Kommune publiziert werden sollten. Es ist natürlich, dafs der
Graf hier nicht annähernd das erreichte, was er in Arles und
Avignon durchgesetzt hatte; die Stadt konnte sich rühmen, alle
ihre republikanischen Institutionen bewahrt zu haben, auch die
demokratischen, wie die Teilnahme der capita misteriorum am
consilium generale; sie konnte eine selbständige Politik nach

---

[1]) Perusium, IV Non. Marc. 1252. Or. in Mars.
[2]) Or. in Mars. (s. Anhang n. X.)

anfsen treiben und war auch im Innern in keiner Weize durch
die Beamten Karls gehindert. Der Graf mufste ja froh sein,
überhaupt zu der stolzen Stadt in ein erträgliches Verhültnis gekommen zu sein; ihre Feindschaft hatte die wirtschaftliche Stärkung seiner Macht schwer geschädigt. Und wenn auch seine
materiellen Vorteile nicht bedeutend waren, so waren es doch die
politischen: man hatte ihm das dominium auf ewige Zeiten übertragen, und damit war die Unabhängigkeit der Stadt geopfert;
Karl hatte sich nun in derselben eingenistet und für die Zukunft,
bei dem auf die Dauer unhaltbaren Dualismus der Regierung, eine
Handhabe zu weiterem Eingreifen. Wir haben eine Anzahl Dokumente aus jenen Tagen, in denen er hervorragenden Bürgern
lebenslängliche Pensionen aussetzte, nachdem sie ihm den Treueid
geschworen hatten[1]): so bereitet er sich den Boden vor für eine
künftige Unterwerfung.

Am 30. Juli 1252 zog der Graf mit grofsem Gefolge in Marseille ein; er liefs die Vertragsurkunde im Parlament vorlesen und
acceptieren, nachdem schon 3 Tage vorher seine Gesandten —
darunter Barral de Baux — den Eid der Bürger für ihn empfangen hatten. Wahrlich, er konnte auf ganz überraschende Erfolge blicken: innerhalb eines Zeitraums von anderthalb Jahren
hatte er die drei grofsen Kommunen gedemütigt und die bedeutendsten Repräsentanten des Adels und der Geistlichkeit unterworfen. Er hatte die Souveränetät des Grafen der Provence in
einer Realität, wie nie zuvor, festgestellt. Was ihm zu statten
kam, war der Tod Friedrichs II. und die Ohnmacht seiner Nachfolger, die Bedrängnis des Papstes, das Aussterben des tolosanischen Hauses; andererseits hatte er nur über geringe materielle
Mittel zu verfügen und war überall im Lande von offenen und
heimlichen Feinden umgeben, so dafs er doch seine Erfolge zumeist seiner Energie und dann wieder seiner klugen Politik zu
verdanken hat. Jene wunderbare Vereinigung von entschlossenem
Wagemut und nüchterner Berechnung, welche den Charakter
Karls kennzeichnet, hatte ihm den Sieg erfochten, einen Sieg, der
auf ganz Europa einen tiefen und bedeutenden Eindruck zu machen
nicht verfehlte.

---

[1]) 1252, III. Kal. Aug.: für Nicolaus Gantelmi. 50 Pfd. Roy. cor., für
Wilh. Umbertus 25. II. Kal. Aug.: für Joh. Vivaudus 25, für Joh. Blancus 10. IV. Non. Aug.: für Wilh. Chabertus 10. (Urk. in Mars.)

V. Erstes Angebot Siziliens (1252—1253).

Die Vereinigung der deutschen und sizilischen Krone auf
einem Haupte war von Heinrichs VI. Zeiten her die geheime
Sorge der Päpste gewesen. Es war natürlich, daſs nach dem un-
heilvollen Bruch der Kurie mit Friedrich II. die Abtrennung Siziliens das Ziel der päpstlichen Politik wurde. Auf dem Konzil
von Lyon hatte Innocenz 1245 verkündet, daſs er über das Schicksal dieses Landes mit den Kardinälen entscheiden werde. Aber
damals hat er wohl noch nicht versucht, dasselbe, nachdem er es
dem Kaiser abgesprochen hatte, einem andern der Kurie befreun-
deten Herrscher zu übertragen, sondern vielmehr geglaubt, selbst
die Regierung führen zu können. Durfte er doch nicht die Gefahren übersehen, welche von einem nach Italien berufenen ehrgeizigen Streiter für die Kirche selbst entstehen muſsten; und nur
ein ehrgeiziger und kühner mochte sich herbeilassen, den Kampf
gegen Friedrich II. aufzunehmen. Diese Bedenken scheinen jedoch
bei Innocenz allmählich geschwunden zu sein. Da mit der Zeit
die Aussicht, den Kaiser zu verderben, immer geringer wurde,
befreundete er sich mit einem Plane, dessen Ausführung allerdings der Kirche unheilvoll werden konnte, dafür aber die Möglichkeit bot, den ganz persönlich gehaſsten Staufer zu Boden zu
schmettern. Man wird nicht irren in der Annahme, daſs die
Schenkung Siziliens eine diesem Papste ganz eigentümliche Idee
war; nicht nur, weil sein Charakter überhaupt etwas Revolutionäres
hat und die Aussicht auf Befriedigung seiner Rache an dem Kaiser
ihn den wahren Vorteil der Kirche aufs Spiel setzen lieſs — sondern auch, weil nach seinem Tode 10 Jahre lang kein Gedanke
daran war, in seiner energischen Weise die sizilische Politik fort-
zuführen. Zwar hören wir, daſs bereits 1239 Gregor IX. die
Kaiserkrone dem Bruder Ludwigs IX., Robert von Artois, ange-

boten hatte [1]), und somit Innocenz nur dem Beispiele seines Vorgängers folgte, als er 1251 dieselbe mehreren Herrschern nacheinander antrug [2]), doch handelte es sich in diesen, einzig von
Mathaeus überlieferten Fällen nicht um Sizilien allein, sondern
um das Imperium. Zweifelhaft ist es auch noch, was Innocenz
im Sinne hatte, als Richard von Cornwallis ihn im März 1250 in
Lyon besuchte und mit ihm im geheimen eifrige Beratungen
pflog [3]). Man hat damals den Gegenstand derselben in England
und Frankreich [4]) vergebens zu erraten versucht; wir können heute
noch weniger beurteilen, ob der englische Prinz das römische
oder lateinische Kaisertum oder Sizilien annehmen sollte [5]). Auch
Karl von Anjou war bald darauf in Lyon; möglich immerhin,
dafs die Verhandlungen über Sizilien mit beiden schon damals
begonnen haben. Dafs sie dann auch weiter fortgesetzt sind,
werden wir noch aus den späteren Urkunden schliefsen. Zu bestimmten Anträgen aber kam es erst 1252. Wiederum sah der
Papst seine Stellung aufs schwerste gefährdet, als Konrad IV. im
Januar in Siponto landete und im Verein mit seinem Bruder Manfred das Gebiet der Kirche bedrohte. Da Innocenz' Hafs gegen
die Staufer ihm jede Aussöhnung mit dem friedfertigen Konrad
unmöglich machte, wufste er die Kardinäle zu neuen Angeboten
des von der Kirche verwalteten Reiches Sizilien [6]) zu bewegen.
Der Gedanke, den Sohn Friedrichs II. und Isabellens von England
als König aufzustellen [7]), wird kaum Anklang bei Innocenz gefunden haben; ein zwölfjähriger Knabe war ihm von keinem Nutzen.
So erhielt denn im Sommer 1252 der päpstliche Notar Albert
Vollmachten zur Unterhandlung zugleich mit Richard von Cornwallis und Karl von Anjou. Uns sind drei Briefe des Papstes

---

[1]) Mathaeus Par. III, 625. Felten (Gregor VII., 387) meint, er hätte
nicht officielle Anerbietungen gemacht, sondern nur sondiert.

[2]) ibid. V, 201.

[3]) ibid. V, 110 f., 159.

[4]) „mes je ne suis pas certeins, pour quoi“. Brief des Kaplans Philipp
an Alfons v. Poitou. (Boutaric l. c. 69 f.)

[5]) Ficker entscheidet sich für das Angebot Siziliens. (Reg. 5286 u.)

[6]) 18. Febr. 1252 Restitution der Grafschaft Lycia in regno nostro Sicilie an Ziano. (Potthast 14512.)

[7]) Math. Par. V, 274, 300.

an König Heinrich von England [1]), an Ludwig IX. [2]) und an Alfons von Poitou [3]), erhalten, alle drei aus den ersten August-tagen und in den gleichen Ausdrücken abgefafst, nur dafs in dem ersten von der Berufung Richards, in den anderen von der Karls die Rede ist.

Im Eingang des Schreibens bedauert der Papst, dafs manche Hindernisse die glückliche Vollendung der langwierigen sizilischen Verhandlungen bis jetzt vereitelt hätten; schwierige Dinge erfor-derten ja stets lange Vorbereitung. Jetzt aber sende er seinen Notar mit ganzer Vollmacht, und er wolle alles bestätigen, was dieser abmachen würde; der Empfänger möge ihn kräftig unter-stützen und seinen Bruder bewegen, Sizilien anzunehmen. Denn diesen habe er und alle Kardinäle einstimmig gewählt, er würde ersehnt, „veluti filius dexterae, pacis princeps et matutinus Luci-fer“, er könne die Kirche befreien, die Erschütterung des Erd-kreises beruhigen, auch für das heilige Land am besten sorgen, wenn er eine Herrschaft besitze, deren Reichtum von allen begehrt werde.

Aus diesem, äufserst geschickt gefafsten, Schreiben geht un-streitig hervor, dafs schon vorher längere Verhandlungen mit beiden Prinzen im Gange waren; denn sonst müfste man an-nehmen, dafs Albert selbst erst nach vielen Versuchen von den Briefen Gebrauch machen sollte, was kaum einzusehen ist. Und jene Verhandlungen sind vermutlich gleichzeitig mit beiden ge-führt worden, denn auch jetzt sind die Schreiben für England und für Frankreich am selben Tage ausgefertigt. Diese auf-fallende Thatsache hat Ficker [4]) so erklärt, „dafs dem zunächst nach England geschickten Boten sogleich auch die auf Frankreich berechneten Verbriefungen zu dem Zwecke mitgegeben wurden, um im Falle der Ablehnung durch Richard von ihnen Gebrauch zu machen, wie das denn auch wirklich im folgenden Jahre ge-schehen sein mufs.“ Dieser Ansicht indes wird man nicht ohne Bedenken beipflichten können. Denn den Brief an Ludwig IX. wird Albert gewifs nicht mitgenommen haben: war der König doch in Palästina und 1252 noch keine Aussicht, dafs er in den

---

[1]) 3. Aug. 1252 Perusium. Rymer, Acta I, 1, 284.
[2]) 5. Aug. Lünig. Cod. Ital. diplom. II, 914.
[3]) Leibniz. Cod. jur. gent. Mantissa 240, Layettes III, 165.
[4]) Mitteil. d. Inst. für öst. Gesch. IV, 355.

nächsten Jahren heimkehren würde[1]); warum sollte man den Brief an ihn nicht abgeschickt haben? Aber auch Alfons wird das für ihn bestimmte Schreiben sogleich erhalten haben; wenn Albert es erst nach seiner Rückkehr aus England verwenden sollte, war es doch natürlicher, dafs man dasselbe dann erst aus Rom abgehen liefs. Es scheint vielmehr die Annahme vorzuziehn, dafs alle drei Briefe sofort an die Adressaten gesandt sind. Denn dem Papste kam es auf eilige Hilfe an; daher scheute er nicht, mit beiden Kandidaten zugleich zu unterhandeln: wer zuerst auf die der Kirche vorteilhafteren Bedingungen einging, war ihm willkommen. Dies wird schon dadurch bestätigt, dafs in den Urkunden vom Juni des nächsten Jahres von vorausgegangenen Besprechungen und Gesandtschaften in betreff des Angebots Siziliens an Karl die Rede ist[2]). Vielleicht ist Albert auch gar nicht sogleich nach England gegangen, sondern hat schon auf seiner Reise durch Frankreich mit den Brüdern Karl und Alfons konferiert; denn wenn er Anfang August aus Rom abgereist ist, hätte er früher in England sein müssen als im November.

Erst in diesem Monat kam er in London an[3]), wo er schon vor zwei Jahren in diplomatischer Sendung geweilt hatte[4]), und begann seine Bemühungen um Richards Unterstützung. Dieser zeigte sich aber keineswegs geneigt, ohne genügende Garantieen auf das Anerbieten einzugehen und seine reichen Mittel, auf die es der Papst besonders abgesehen hatte, aufs Spiel zu setzen. Er

---

[1]) Selbst nach Blancas Tod konnte er erst 1254 zurückkehren.

[2]) Nicolaus de Curbio, der Biograph Innocenz' IV., stellt (Muratori. Rerum Ital. scriptores III, 1, 592) die Sache so dar: dafs Karl von den Verhandlungen Alberts mit Richard gehört und nun Gesandte nach Rom geschickt habe, um der Kirche seine Dienste anzubieten. Offenbar hat der Verfasser nur von den äufserlichen Thatsachen Kunde — von Alberts Sendung und Karls Gesandtschaft — nicht von dem wahrscheinlich geheimen diplomatischen Verkehr, der, unseren Urkunden zufolge, vorhergegangen war. In England selbst war es bekannt, dafs vor dem Angebot Siziliens an Richard, das Land schon oftmals den Brüdern Ludwigs IX. offeriert war. S. Ann. de Burton (Luard Ann. monastici I, 339): Innocentius... regnum Cicilie multoties... fratribus regis Franciae singulatim, aliisque diversarum terrarum magnatibus... obtulit; quod quidem universi... recusarunt... Postea vero... regnum... Ricardo... multoties fuit oblatum...

[3]) Um Martini. Math. Par. V, 361, 457.

[4]) Er sollte Heinrich III. von einem Angriff auf Frankreich in Abwesenheit Ludwigs abhalten.

verlangte Geiseln, Subsidien und einige feste Plätze; ohne diese Zugeständnisse schien ihm die Schenkung der Kirche so, als wenn jemand zu ihm sagte: „Ich schenke dir den Mond, steig' hinauf und nimm ihn dir." Richard mochte sich auch schämen, gegen seinen Neffen Heinrich, den Sohn Friedrichs II., zu kämpfen; überhaupt war er nicht kriegerisch genug gesinnt, um sich auf ein so gefährliches Unternehmen einzulassen. So zerschlug sich seine Kandidatur. Es muſs dies ungefähr im Februar 1253 gewesen sein, denn noch am 28. Januar dankt Heinrich, der allzeit von der Kurie gelenkte König, dem Papst für die seinem Bruder erwiesene Ehre und verspricht, ihm nach Kräften zu helfen[1]).

So muſste Albert unverrichteter Sache nach Frankreich zurückkehren. Hier aber war mittlerweile ein Ereignis eingetreten, welches seinen Verhandlungen mit Karl von Anjou eine günstige Wendung geben konnte. Am 27. November 1252 war die Königin Blanca gestorben[2]). Ihre Leiche wurde von den Söhnen und Baronen von S. Dénis nach der Abtei Maubuisson bei Pontoise getragen und dort bestattet. Ungebeugt durch lange Krankheit hatte ihr gewaltiger Geist bis zu ihrem Ende im Westen Europas maſsgebenden Einfluſs ausgeübt; es zeigte sich bald, daſs der Tod dieser Frau, die Mathaeus mit Recht sexu femina, consilio mascula nennt, wichtige Veränderungen in der Politik zur Folge hatte.

Ihr Bestreben war während der Abwesenheit Ludwigs IX. vor allem dahin gegangen, Frankreich den Frieden im Innern[3]) und Äuſsern zu erhalten und durch kluge Maſsregeln die königliche Macht zu stärken, um ihrem Sohn im heiligen Lande volle Freiheit der Aktion zu ermöglichen. Darum war sie allem, was die Christenheit in Europa verfeinden konnte, abgeneigt: die Kriegslust des Adels sollte sich nicht in der Fehde gegen England und nicht im Kreuzzuge des Papstes gegen die Staufer, sondern im Kampfe gegen die Ungläubigen bewähren. Wie ihr Einfluſs auf ihre Söhne stets ein bedeutender gewesen war[4]), so wird

---

[1]) Rymer l. c. I, 1, 288.

[2]) Nicht, wie Math. Par. V, 354 sagt, am 1. Dez.: siehe Eude Rigaud, Reg. Visit. Archiep. Rothomag. S. 150: III. Kal. Dez. ... interfuimus eius sepulturae.

[3]) Der Aufstand der Pastorellen hatte 1251 arge Unruhen hervorgerufen.

[4]) Ihr Eingreifen in Languedoc und Provence während der Abwesenheit Alfons' und Karls ist oben (S. 61, 62, 65) erwähnt. Noch 1252 überwacht sie die Interessen derselben eifrigst (s. Brief wegen der Erbschaft der Johanna von Boulogne, Layettes III, 150).

ihre energische Autorität auch den Ehrgeiz des Jüngsten, Karls von Anjou, gezügelt und seinem Verlangen nach der Krone Siziliens bestimmt widersprochen haben [1]).

Dies wurde nun anders. Der Kreuzzugsgedanke hatte sich überlebt, die französische Ritterschaft, welche schon 1250 ihrem König zur Rückkehr geraten hatte. war eines Kampfes müde, der ihr so wenig reelle Vorteile gewährte und die politische Macht ihres Landes gefährdete. Mit Unmut sprach man davon, daß Ludwig die Normandie an England gegen eine Unterstützung im Morgenlande geben wolle [2]); die enge Verbindung mit Simon von Montfort zeigte, daß man sehr geneigt zu einem kräftigen Vor-stoßs gegen den schwachen Heinrich III. war [3]).

Auch die Stellung der Prinzen Alfons und Karl veränderte sich wesentlich. Zwar der erstere, seit Jahren durch schwere Krankheit heimgesucht [4]), konnte seine Anlagen nicht frei entfalten: meist in Paris lebend [5]), begnügte er sich, die Verwaltung des Languedoc von dort aus zu überwachen. Karl von Anjou dagegen, jetzt im 27. Jahre stehend, offenbart nun, ungehemmt durch die mütterliche Bevormundung, die Vorzüge und Fehler seiner glänzenden und gefährlichen Eigenschaften. Man hat schon damals hierfür ein deutliches Verständnis gehabt. Primatus — in dessen Geschichtschreibung sich überhaupt das ganze Wohlgefallen des Nordfranzosen ausspricht, der nun den jungen Prinzen Karl so rühmlich und groß hervortreten sieht [6]) — erzählt den Tod Blancas und führt dann fort: „Karl, der bis dahin sein Licht unter den Scheffel gestellt hatte, zeigte jetzt seine herrlichen Tugenden und wurde bald im Turnier wie im Kriege ein von Frankreich und Europa vielbewunderter Held [7]).“ — —

Nach dem Frieden mit Marseille hatte er sich noch einige Zeit in der Provence aufgehalten, wie stets mit der Neuordnung

---

[1]) Math. V, 259: qui Papae militant . . . eant irredituri.

[2]) ibid. V, 275.

[3]) ibid. V, 366. 371.

[4]) S. Layettes III, 170, 183, und Math. Par. V, 311, 354. (Lähmung und Augenleiden.)

[5]) oder in Vincennes, Layettes III. 173, 213 etc.

[6]) Er geht so weit, den tapfern Karl dem friedlichen Ludwig gegenüberzustellen und unterscheidet sich hierin sehr von seinem Bearbeiter W. von Nangis, der solche Stellen wegläßt (vgl. 1270 die Belagerung von Cagliari).

[7]) Bouquet XXIII, 10.

der Verhältnisse beschäftigt [1]). Dann war er nach Paris geeilt, und hier wurde er nun fürs erste durch seine neuen Pflichten als Teilhaber an der Regierung des Landes festgehalten. Prüfen wir zunächst, welcher Art diese Stellung gewesen ist, so scheint es, als wenn er seinem Bruder Alfons ganz gleichgestellt war; dies geht aus dem Briefe hervor, worin Ludwig IX. beiden oder einem von ihnen, den der andere damit betraut hätte, Vollmacht giebt, mit England einen Stillstand einzugehen [2]). Man könnte nur noch fragen, ob die Prinzen von dem abwesenden König zu Viceregenten Frankreichs ernannt waren. Aus einigen Urkunden dürfte man beinahe darauf schliefsen. So wird Alfons in einem Briefe der Universität Paris „regni Franciae tunc rector“ angeredet und von den „proceres suae curiae“ gesprochen [3]); so nennt der Papst, als er sich im Februar 1253 für einige auf französischem Gebiete beraubte Kaufleute von Siena bei Karl verwendet, den Grafen Vikar des Königs [4]). Dennoch würde es falsch sein, eine officielle Regentschaft der Grafen anzunehmen. Diese wurde vielmehr nominell von dem Erstgebornen und dem Rate des Königs ausgeübt [5]); natürlich nahmen in dem letzteren die Oheime des jungen Ludwig die erste Stelle ein, aber den Titel eines Vikars haben sie nicht geführt. Es ist nun bezeichnend, dafs wir in den Urkunden über die Regierungsgeschäfte stets nur den Namen des Grafen von Poitou finden, dagegen niemals den Karls von Anjou. Ihm fehlte die Mufse und die Ruhe des Bruders, um sich selbstlos mit den Räten der Krone der Vertretung des Königs zu unterziehen; seine eigenen Angelegenheiten waren es, die ihm vor allem am Herzen lagen. Hatte seine Mutter gegen die Über-

----

[1]) Am 10. Aug. 1252 bestätigt er in Tarascon dem Propst von Grasse die diesem einst von R. Berengar verliehene Einnahme von jährlich 50 Pfd. bei der Salzsteuer von Nizza (Or. in Mars. Reg. Bd. 1065).

Am 15. Okt. schickt er zwei Ritter zur Grenzregulierung zwischen den Bistümern Nizza, Vence und Glandevès. (Gioffredo, Hist. mon. Patr. Script. II, 586.

[2]) Layettes III, 180; vgl. Bouquet 21, 169.

[3]) Februar 1253. Boulaeus Hist. univers. Parisiens. III, 257.

[4]) „qui es eiusdem regis vicarius“ Perusium, Idibus Febr. Pont. n. a. X. (Urk. in Mars.).

[5]) Boutaric (Alfons) 88 hat dies nicht genau unterschieden. Die Urkunden lassen keinen Zweifel zu; vgl. die Actes de parlement de Paris ed. Boutaric I, CCCXXIV, CCCXXVIII, Layettes III, 172, 184, 195 (der Papst schreibt an consilium regis cum ipsius primogenito commorantibus).

nahme des sizilischen Reichs schwerwiegende Bedenken erhoben, so fühlte er sich nun von diesem Druck befreit und entschlossen, dem lockenden Angebot näherzutreten. Es fehlte ihm in seiner Umgebung nicht an Beratern, welche ihm zuredeten[1], dem Papste zu willfahren; dieser bat dringender und zuvorkommender, als je, fühlte er sich doch durch die Erfolge Konrads IV., dem sich im Januar Capua und der Graf von Caserta unterworfen hätten[2], aufs furchtbarste bedroht. So schickte Karl denn im Frühjahr 1253 eine Gesandtschaft, an ihrer Spitze den Kanonikus Paul von Bayeux, nach Rom, um über die Bedingungen der Schenkung zu unterhandeln[3]. Mittlerweile hatte Albert die Überredungsversuche, die ihm bei Richard von Cornwallis mißlungen waren, bei Karl fortgesetzt. Am 7. Juni[4] ernannte ihn Innocenz zum Legaten für Frankreich, gab ihm Vollmacht, sogleich für die Kirche eine Anleihe aufzunehmen, gleich bei wem und zu welchem Zinsfufs[5], auch für diese Anleihe Kirchen und Klöster seiner Legation zu verpfänden. Damit beginnen nun die Anstrengungen, für „das sizilische Geschäft" zu borgen, welche dann in den kommenden 15 Jahren nicht mehr aufhörten und, obgleich dem Volk in Frankreich und England zum schwersten Druck gereichend, doch niemals genügende Resultate für das alles verschlingende Unternehmen ergaben.

Am 9. Juni[6] beauftragte der Papst den Legaten, auf Grund der unten angeführten Bedingungen Karl mit Sizilien zu belehnen. Er unterläfst nicht, in den Eingangsworten auf die Reichtümer dieses Landes, auf die Befreiung Palästinas, die nur von Italien ausgehen könne, auf Karls erprobte und unverdächtige Treue gegen die Kirche, die ihn zum „athleta Christi" besonders geeignet mache, hinzuweisen: in ihm wolle die Kirche zugleich Ludwig IX. ehren. So werde ihm nun Sizilien, Apulien, Calabrien, die Capitanata und das Fürstentum Capua mit Ausnahme von Benevent übertragen, unter folgenden Bedingungen:

---

[1] Winkelmann Acta n. 735, Anm.

[2] Ficker Reg. 4500a.

[3] Geht aus Winckelmann acta n. 735 hervor.

[4] Winkelmann acta n. 734, Anm. 1.

[5] etiamsi oportuerit sub gravibus usuris, quantumque et quibuscumque poteris invenire.

[6] Jetzt vollständig bei Winkelmann, l. c. n. 734, vgl. Raynaldi, Ann. eccl. 1253 § 2—4, Lünig, Cod. Ital. dipl. IV, 407, (nicht korrekt).

Karl soll Albert vorläufig den Treueid schwören, später dann dem Papste selbst das ligium homagium leisten. Erbe eine Frau Sizilien, so heirate sie ohne päpstliche Erlaubnis keinen Feind der Kirche, keinen römischen Kaiser oder den Sohn oder den Bruder desselben, keinen zum Kaiser Gewählten.

Sizilien soll niemals ans Reich kommen oder durch Personal-Union mit ihm verbunden werden.

Alle Gesetze Friedrichs II. und seiner Nachfolger gegen die Kirche sind zu widerrufen, die Privilegien und Besitzungen derselben zu schützen.

Die kirchlichen Wahlen sind frei; die Zustimmung des Königs vor oder nach der Wahl eines Prälaten unnötig.

Alle kirchlichen Beamten sind in ihre Ämter wieder einzusetzen.

Aller Besitz von Kirchen und Orden, den die Staufer occupiert haben, ist zu restituieren.

Allen Anhängern der Kirche soll die Gnade des Königs zu teil werden.

Die Beneventaner sollen wichtige Vorrechte erhalten: Material zum Wiederaufbau ihrer Stadt, Sicherheit im Königreich, Gleichstellung mit den Unterthanen des Königs.

Alle 5 Jahre giebt der König dem Papst zum Zeichen der Lehnspflicht einen weifsen Zelter.

Nur legitime Sprossen dürfen Erben des Landes sein.

Karl soll bis zum 1. November 1253 den Kriegszug nach Italien angetreten haben; stürbe er, so solle ein tapferer Führer an seiner Stelle das Heer befehligen.

Benevent nebst Gebiet bleibt der Kirche.

Unmündige Erben stehen unter der Obhut der Kirche; wer die Einkünfte während der Minderjährigkeit erhalten solle, wird weiterer Entscheidung vorbehalten.

Der König darf keinen Vertrag zum Schaden der Kirche schliefsen.

Die für die Kirche ins Exil Gegangenen erhalten ihr Eigentum wieder.

Alle Gefangenen und Geiseln aus Italien sind in Freiheit zu setzen. Was die Kirche ihren Getreuen gegeben hat, bleibe ihnen ungeschmälert.

Nun folgten einige Punkte, über welche eine Einigung noch zu erzielen war:

Alles Gericht über Geistliche steht der Kirche zu, aufser in Lehnssachen.

Die Geistlichen sind steuerfrei.

Der König hat in den vakanten Kirchen keine Regalien. (Dieses gestanden die Gesandten zu, nachdem sie die Privilegien-Diplome eingesehen hatten.)

Käme das Reich an einen andern Herrscher, so solle Karl der Kirche 1000 Unzen Gold zahlen (ca. 4000 Mark).

Der König giebt jährlich einen Zins von 2000 (oder wenigstens 1000) Mark Silber.

Er zahlt der Kirche den halbjährigen Sold für 500 Soldaten, die sie auf ihrem Gebiete anwerbe.

Oder auf Wunsch, bei einem Krieg in Sardinien, die Kosten für ein Schiff.

Zur Reparatur kirchlichen Besitzes giebt er nach der Annexion Siziliens 10 000 Unzen Gold.

Würde Karl wider Erwarten auf diese letzten Bedingungen nicht eingehen, so sollte Albert ihn dennoch belehnen gegen das Versprechen des gewöhnlichen Zinses.

Wichtige Erörterungen erhoben sich aber noch über eine Anleihe von 400 000 Pfd. Turnosen (an 6 Millionen Mark), welche Karl von der Kirche jährlich bis zur Besetzung Siziliens verlangte: davon sollte eine Hülfte bis zum 1. September aufgebracht werden, die andere später, wenn Karl sie nötig brauchte. In acht Punkten wurde nun noch näher stipuliert, wie diese Summe aufzubringen sei, wie man der Kirche, welche selbst ohne Mittel war, die Beschaffung derselben erleichtere und wer den Gläubigern dafür haften solle [1]).

Ausdrücklich nahm Karl seine französischen Länder von der Schuld aus: nur Sicilien sollte für dieselbe herangezogen werden.

Am 11. Juni [2]) wurde Albert bevollmächtigt, sich im Namen der Kirche zur Erfüllung aller ihrer Konzessionen zu verpflichten; wenn irgend möglich, sollte er noch durchsetzen, dafs die Obhut des Königreiches nach dem Tode des Königs und bei Minderjährigkeit des Erben der Kirche zustehe. Am selben Tage schrieb der Papst an Karl [3]) und dankte ihm für seine Bereitwilligkeit, auf die

---

[1]) Nur bei Winkelmann l. c. S. 581. 10. Juni.
[2]) Winkelmann n. 734, Anm. 4.
[3]) ibid. n. 735.

Absichten der Kirche einzugehen, wovon ihn der Magister Paul, des Grafen Gesandter, unterrichtet habe. Er solle auch ferner dem Papste vertrauen, über alles, was ihn noch bedenklich mache, mit Albert konferieren, damit der Vertrag perfekt werde; viele Bedingungen seien schon erleichtert; was ihm noch drückend scheine, könne ebenfalls beseitigt oder ermäfsigt werden. Endlich verspricht Innocenz, allen Teilnehmern an dem sizilischen Heereszuge den Ablafs und dieselben Gnaden, wie sonst den Kreuzfahrern, zu gewähren.

An den Erzbischof von Aix, die Bischöfe von Orleans und Angers und die Edlen von Beaumont und Solliac ergingen ähnliche Schreiben[1]), worin der Papst ihnen für ihre Bemühungen um die schwebenden Verhandlungen dankt und sie auffordert, Karl persönlich nach Italien zu begleiten. Es sind dieselben Herren, die wir auch in der Provence als Begleiter und Berater des Grafen gefunden haben; so bei der Einnahme von Arles.

Wie sehr gewifs der Papst in diesen Tagen seiner Sache war, zeigt ein Brief[2]), worin er den Bürgern von Hadria mitteilte, dafs er sich mit den Boten eines an Macht hervorragenden Fürsten über die Schenkung Siziliens geeinigt habe und dieser bald mit einem starken Heer erscheinen werde, um die Krone zu gewinnen.

Für die folgende Zeit fehlt uns jede Nachricht. Jedenfalls hat man im Sommer 1253 lebhaft verhandelt[3]); noch am 27. September gewährt Innocenz auf Bitten Karls dem Kinde, mit dem Beatrix schwanger ging, die Erlaubnis zu einer künftigen Ehe im dritten Grade der Verwandtschaft[4]). Also wird man annehmen können, dafs der Graf das Angebot Siziliens erst nachher, also ungefähr im Oktober, endgiltig zurückgewiesen hat. Und dies trifft genau mit den Unterhandlungen zusammen, welche Karl mit Margarethe von Flandern über die Schenkung des Hennegau führte. Sie fallen in die Zeit zwischen Juli und Oktober[5]), und so wird zweifellos die Aussicht, in Flandern festen Fufs zu fassen und ohne Verzug an die Occupation des neuen Gebiets zu gehen,

---

[1]) ibid. Anm.

[2]) 13. Juni 1253. Capasso Hist. dipl. regn. Sic. n. 84.

[3]) post multos et longos tractatus Nic. de Curbio l. c.

[4]) Winkelmann n. 736.

[5]) 4. Juli Schlacht bei Westcappel. 31. Oktober Übernahme des Hennegau.

vor allem der Beweggrund gewesen sein, der Karl das sizilische Geschäft plötzlich abbrechen liefs. Wenigstens wissen wir keinen andern. Möglich, dafs Ludwig IX. die Annahme des Königreichs verboten hat: in seinem Charakter lag aber solch' entschiedene Bevormundung des Bruders nicht. Was man sonst an Gründen für die Ablehnung eines so verlockenden Geschenkes anführt, ist auch wenig stichhaltig. Meistens folgt man dem Biographen des Papstes, der von dem Dazwischentreten Böswilliger und von der Abmahnung der Freunde spricht[1]): es war aber nicht Karls Sache, dem Rate anderer zu folgen, wenn er sich selbst seine Meinung gebildet hatte. Auch eine übergrofse Härte der Bedingungen[2]) wird man nicht in dem Vertrage[3]) erblicken können: die Kirche würde ihre Macht aufgegeben haben, wenn sie nicht auf gewissen Vorrechten bestanden hätte; auch 10 Jahre später ist sie hiervon nicht abgegangen. Zudem aber sprach Innocenz mehrmals seine Bereitwilligkeit zu mäfsigeren Anforderungen aus, und besonders im Oktober 1253, als er sich nach der Eroberung Neapels durch Konrad IV. aufs äufserste bedroht sah, wäre es ihm nicht darauf angekommen, noch weitere Konzessionen zu machen.

Will man indes noch andere Momente aufser der flandrischen Affaire heranziehen, welche Karl von der Einigung mit der Kurie zurücktreten liefsen, so darf man nicht die ruhige Überlegung unterschätzen, die den stets nüchtern und praktisch Denkenden einsehen liefs, dafs er der grofsen Aufgabe einer italienischen Heerfahrt noch nicht gewachsen sei. Der Papst konnte ihm wenig reelle Unterstützung bei einem Unternehmen geben, welches eine starke Kriegsmacht erforderte. Wie sollte er sich aber diese verschaffen in einer Zeit, wo die Blüte der französischen Ritterschaft noch im heiligen Lande oder aber eben ermüdet von dort zurückgekehrt, auch im allgemeinen der päpstlichen Idee abgeneigt war? Von der Provence konnte er keine Soldaten für auswärtige Kriege erhalten; auch der Aufbringung grofser Geldmittel war seine Verwaltung dort nicht gewachsen, war doch selbst seine Herrschaft noch nicht gesichert und die Unterwerfung von Marseille eben erst

---

[1]) Nic. de Curbio l. c.; Gregorovius (Stadt Rom V, 271) hat hier eine irrige Darstellung.

[2]) Raumer (Geschichte der Hohenstaufen IV. 189) verkehrt die Thatsachen vollständig.

[3]) Wir unterlassen absichtlich, denselben näher zu betrachten, da uns der spätere von 1264 länger beschäftigen wird.

begonnen. Sodann hatte er noch nichts in Italien gethan, um
dort Verbindungen mit der guelfischen Partei anzuknüpfen und
sich damit den Durchzug zu Lande zu sichern. Man braucht nur
die Lage Karls zehn Jahre darauf mit seiner damaligen zu vergleichen, um einzusehen, wie ganz anders er später gerüstet war,
in die Verhältnisse Italiens einzugreifen. Man spricht immer von
seiner Habgier und seinem grenzenlosen Ehrgeiz; man wird aber
doch zugeben müssen, dafs diese Eigenschaften ihn nicht blind gemacht haben: er war nicht tollkühn genug, um als Glücksritter
alles aufs Spiel zu setzen oder sich nur als Spielball des Papstes
brauchen zu lassen. Aber in seiner zähen Weise hat er nun den
Gedanken, der einmal in ihm angeregt war, nicht mehr aus seiner
Berechnung verloren; als fernes Ziel schwebte ihm von jetzt an
der Besitz Siziliens vor. Wir werden in der Folge sehen, wie be-
hutsam und rastlos er sich diesem Ziele zu nähern versuchte,
welche Schritte er that, um einstmals, in besserer Vorbereitung
als jetzt, und mit mehr Hoffnung auf Gelingen, die Heerfahrt nach
Italien zu unternehmen.

VI. Karl von Anjou als Graf von Hennegau.
1253—1256.

Am 4. Juli 1253 hatte bei Westcappel auf der Insel Walcheren eine Schlacht stattgefunden, welche mit Recht im nordwestlichen Europa eine weitgehende Bewegung hervorrief. Zwei gewaltige Heere von verschiedener Nation standen sich gegenüber: und das deutsche des Königs Wilhelm von Holland errang einen vollständigen Sieg über das französische, welches die Sache der Gräfin Margarethe von Flandern und ihrer Söhne aus zweiter Ehe, der Brüder Dampierre, verteidigte.

Doppelte Ursachen waren es, welche den langjährigen, nun so blutig verlaufenen Streit zwischen Wilhelm und Margarethe veranlaßt hatten: die Herrschaftsverhältnisse der Gegner in Westseeland und der Erbfolgestreit zwischen den Söhnen der Gräfin aus erster und zweiter Ehe [1]).

Westseeland, d. h. die Inseln an der Scheldemündung, war seit langer Zeit gemeinsamer Besitz der Grafen von Holland und von Flandern, und zwar so, daß die letzteren die Lehnshoheit hatten, die Hälfte der Einkünfte bezogen und durch einen Kastellan ihre Herrenrechte vertreten ließen. Als Wilhelm zur Re-

---

[1]) Es kann hier durchaus nicht unsere Absicht sein, eine Geschichte der verwickelten flandrischen Wirren zu geben. Wir verweisen für die Darstellung derselben auf

    Sattler, Flandr.-holl. Verwicklgn. unter W. v. H.

    Ulrich, König Wilh. v. Holland

    Hasse, Wilh. v. Holland (bis 1247)

    Hintze, Das Königtum Wilhelms v. Holland

    Ficker. Böhmers Regesten.

Nur die Beteiligung Karls von Anjou an diesen Händeln werden wir näher darlegen und versuchen, an der Hand der Urkunden — darunter einiger unbenutzter — die widersprechenden Berichte der Schriftsteller zu ergänzen, indem wir für diese auf Hintze (120—134) verweisen, der sie gewissenhaft zusammengestellt und geprüft hat.

gierung kam, versuchte er von dieser lästigen Abhängigkeit frei-
zukommen; vollends nach 1246 schien es ihm unerträglich, dafs
der deutsche König der Vasall einer französischen Gräfin sein
sollte. Es kam ihm bei seiner Auflehnung zu statten, dafs seine
Schwester die Gemahlin Johanns von Avesnes geworden war, der
mit seiner Mutter Margarethe von Flandern im Streite lag.

Die Gräfin war in erster Ehe mit Burchard von Avesnes verheiratet gewesen. Da dieser aber vor der Heirat die priester-
lichen Weihen erhalten hatte, sollten seine Söhne Johann und
Balduin für unecht und ihres Erbes verlustig erklärt werden.
Ihre Mutter Margarethe selbst betrieb die Enterbung eifrigst und
begünstigte allein die drei Söhne ihrer zweiten Ehe mit Wilhelm
von Dampierre. Im Januar 1246 hatte Ludwig IX. den Streit
so geschlichtet, dafs die Avesnes Hennegau, die Dampierres Flandern erhalten sollten, aber erst nach dem Tode ihrer Mutter.

Damit aber waren die Fehden nicht beendigt. Trotz mancher weiterer Verträge konnte weder Wilhelm von Holland noch
Johann von Avesnes eine Einigung mit der Gräfin erzielen. Den
gerechten Forderungen Margarethens begegnete Wilhelm mit
einem Hofgerichtsurteil, durch welches derselben zu Frankfurt am
11. Juli 1252 ihr Besitz im Reiche abgesprochen[1]) und an Johann
übertragen wurde. Der Papst bestätigte diesen Spruch erst im
Dezember. Es war ihm nicht genehm, dafs sein Schützling Wilhelm, statt im Reiche gegen die Staufer zu wirken, seine Kräfte
allein zur Stärkung seiner Territorialgewalt verbrauchte.

Nun brach der Krieg von neuem aus. Beide Parteien rüsteten
aufs eifrigste. Margaretha brachte ein stattliches Heer zusammen,
in dem eine grofse Anzahl französischer Ritter diente. Es liegt
die Vermutung nahe, dafs sich der französische Adel durch das
Unrecht, welches der Gräfin angethan war, persönlich verletzt
fühlte. In dem Frankfurter Urteil war ihr auch das Land Waas
links von der Schelde abgesprochen, und man behauptete in Frankreich, dafs dies Gebiet gar nicht von dem deutschen, sondern von
dem französischen Könige zu Lehen gehe[2]). Ohne Zweifel trug

---

[1]) Namar, Waas, Alost, 4 officia s. Hintze S. 114.

[2]) Dies schliefse ich aus dem Rechtsspruch Ludwigs IX. von 1246, dessen
Bestimmungen über Reichsflandern von den Avesnes nicht als bindend betrachtet wurden, dann aber aus der Urk. vom Februar 1255, wo Waas als
französisches Lehen bezeichnet ist (s. u. S. 108).

der Kampf von jetzt an das Gepräge nationaler Gegensätze. Es läfst sich daher denken, welche Bewegung es in Frankreich hervorrief, als nun das glänzende Heer der Gräfin am 4. Juli 1252 auf Walcheren eine furchtbare Niederlage erlitt und ein grofser Teil der Ritter erschlagen und gefangen wurde.

Margaretha sah sich in der traurigsten Lage [1]). Ihre Lieblingssöhne, die Dampierres, waren in Gefangenschaft; ihr Besitz dem nun zu erwartenden Angriffe Wilhelms und Johanns von Avesnes schutzlos preisgegeben. Ihre einzige Rettung konnte von Frankreich kommen, das sich durch den Sieg der deutschen Waffen in seiner Ehre gekränkt fühlte. Sie eilte nach Paris [2]), um Hilfe zu erlangen; aber Alfons und sein Hof war jeder kriegerischen Einmischung abgeneigt. Da bot sich ihr in der Not die starke Hand Karls von Anjou an. Nicht leicht wurde es, seine Unterstützung zu erhalten: befand er sich doch noch in den Verhandlungen über das Angebot Siziliens, dessen Ablehnung ihn um so mehr mit dem Papste verfeinden mufste, als er nun im Begriffe stand, gegen den Schützling der Kurie zu Felde zu ziehen.

---

[1]) Das Folgende erzählt einfach und gut die Einleitung des Vertrags von Péronne, Sept. 1256 (Layettes, III, 321): ... quod, cum ... Margaretha. ... captionis filiorum ... in Zelandia infortunio desolata, terrae suae formidans ac sentiens amissionis imminere discrimen ad .. Karolum.., nobis existentibus in partibus transmarinis, tanquam ad refugium singulare confugiens, ut pro ipsa ac terra sua se murum defensionis opponeret, comitatum Hanynyoie ... dedisset eidem, ut per hoc laboribus et sumptibus et expensis ipsius grata vicissitudine responderet ...

So nur werden wir den Hergang zu denken haben: alles, was die Quellen über frühere Verhandlungen und sonstige Einzelnheiten berichten, ist zweifelhaft; vor der Schlacht bei Westcappel hatte Marg. auch keinen Grund. sich an Karl zu wenden.

[2]) Der Bericht des Jacques de Guise über die Gesandtschaften der Gräfin nach der Schlacht ist von den neueren Darstellern zurückgewiesen, weil er im besondern ungenau ist. Dennoch wird ihm Wahres zu Grunde liegen: es ist sogar ganz natürlich, dafs nach einer solchen Niederlage der Besiegte mit dem Sieger unterhandelt. Auch die Zeit von fast 4 Monaten ist hierfür nicht zu kurz, wenn man annimmt, dafs Marg. sogleich zu Wilhelm geschickt hat und, nach der Rückkehr der Gesandten mit unannehmbaren Bedingungen (ungefähr im September), nach Paris gegangen ist. Die Ansicht Fickers (Reg. 5167a), dafs auch nach der Schenkung des Hennegau (31. Okt.) die Gräfin noch weiter mit Wilhelm verhandelt habe, scheint mir doch unwahrscheinlich: wenn sie sich erst dazu bequemte, ein so grofses Gebiet zu veräufsern, wollte sie auch kriegerische Erfolge über ihre Feinde und keinen Frieden mehr.

Anm. Die 6 im Stillstand von le Quesnoy (Juli 1254.
Karl von Anjou zugesprochenen Festungen sind
unterstrichen.

Nur ein bedeutender Machtzuwachs konnte ihn dazu bewegen, sich plötzlich den Gefahren, Mühen und Kosten einer so weitabführenden Heerfahrt zu unterziehen. So mußte sich Margarethe bequemen, ihm die Grafschaft Hennegau abzutreten. Aber man würde doch irren, wollte man annehmen, daß Karl allein aus Ländergier und Habsucht sich in dieses neue Unternehmen stürzte: gewiß hat ihn der Besitz eines reichen und fruchtbaren Gebiets gelockt, aber mehr noch wird sein leicht gereiztes Ehrgefühl einen so bedeutsamen Entschluß beeinflußt haben. Die Gräfin und ihre gefangenen Söhne waren französische Vasallen; indem er ihnen half, konnte er auch die Scharte seiner Ritterschaft wieder auswetzen. Sodann war Hennegau durch den Schiedsspruch Ludwigs IX. und des Papstes der Gräfin auf Lebenszeit zuerkannt worden; durfte er zugeben, daß ein ungerechtes Urteil sie dieses Besitzes beraubte? Auch verwandtschaftliche Bande verknüpften ihn mit Margarethe und dem Hennegau: seine Großmutter, die Gemahlin Philipp Augusts, war Elisabeth von Hennegau, die Tante der Gräfin, gewesen.

So kam denn am 31. Oktober 1253 die Cession des Hennegau zu stande[1]): Karl erhielt die Herrschaft für sich und seine Erben auf ewige Zeiten[2]). Margarethe versprach, die Kosten des Feldzuges, den Karl sofort gegen Wilhelm und Johann unternehmen sollte, zu tragen, leistete das Homagium und reservierte sich nur geringe Vorteile[3]).

Man beschloß diesen Vertrag vorläufig geheimzuhalten[4]) und die Gegner zu überraschen, wenn die Rüstungen beendigt wären; daher sollte die Gräfin jetzt noch die Einkünfte des Landes erheben.

Mit wahrem Feuereifer warf sich nun Karl auf die Vorbereitungen zum Kriege. Um ein größeres Heer aufzubringen,

---

[1]) Le Glay, Hist. de Flandre II, 124.

[2]) Die so bestimmt auftretende Nachricht des Jacques de Guise, daß sie nur für Lebzeiten der Gräfin an Karl übertragen sei und nachher an Johann kommen sollte, ist unrichtig, weil den Urk. (Okt. 1253, 12. Febr. 1254) zuwider.

[3]) 31. Oktober 1253, St. Génois, droits primitifs I, 578: 3—4 cens livrées de terre.

[4]) S. Urk. vom 24. Febr. 1258. Or. in Mars. (Anhang n. XIII.)... Necnon quicquid de proventibus comitatus Haynoie percepimus a die, quo eidem dictum contulimus comitatum usque ad diem, quo praedicta donatio apud Valencenas exstitit puplicata.

brauchte er vor allem bedentende Geldsummen; denn wenn anch
mancher Ritter geneigt sein mochte, mit seinen Knechten zn ihm
zu stofsen, so verlangte er doch meistens Zahlung der Unkosten;
besonders beanspruchten dies die nordfranzösischen Städte, welche
sich bereit zeigten, ihr Fufstruppenkontingent zu Hilfe zu schicken.
Da nun dem Grafen Geldmittel in solcher Höhe nicht zu Gebote standen, mufste er eine Anleihe aufnehmen und der Kredit
Margarethens kam ihm hierbei gut zu statten. Man borgte bei
den Bankiers [1]) und bei den Kommunen, wo und zu welchem Be-
trage man nur Geld auftreiben konnte. Interessant hierfür sind
die Rechnungen der Städte der Picardie aus dem Jahre 1260 [2]).
Da Karl seine Schuld damals noch nicht abgetragen hatte, ist sie
in allen Jahresaufstellungen angeführt, und wir sehen nun, dafs es
im nordöstlichen Frankreich wenig Städte gegeben hat, welche
sich an dem Feldzuge Karls nicht mit Geld oder mit Truppen
beteiligten. Und wenn die Kommunen ihre Beisteuer auch nur
— wie es eine von ihnen ausspricht — „zur Ehre ihres Königs"
hergaben [3]), so fühlten sie doch alle, dafs der Bruder des Königs
diese Ehre zu verfechten im Begriffe war; sie stellten ihm bereit-
willig ihre Mittel zur Verfügung, als er ihnen versicherte, dafs er
in Schande falle, wenn sie ihm nicht helfen würden [4]); alles, was
die Waffen tragen konnte, folgte seinen Befehlen [5]), allerdings in
der Erwartung, dafs die grofsen Ausgaben wiedererstattet würden.
Bedenkt man nun, dafs uns allein von 23 Städten Nachrichten
über ihre Mitwirkung an dem Kriege im Hennegau erhalten
sind [6]), dafs wir auch auf eine Beteiligung des weltlichen und
geistlichen Adels schliefsen dürfen [7]), so darf man behaupten, dafs

---

1) z. B. in Arras. Le Glay, l. c.

2) Layettes III, 507—569 passim.

3) Noyon, Layettes III, 515.

4) ibidem.

5) Roye, ibid. 531.

6) S. Richer, Crépy-en-Valois, Asnières, Pontoise, Amiens, Noyon, Bray-
sur-Somme, Chauny, Roye, Compiègne, Péronne, Mantes, Rouen, Beaumont-
sur-Oise, Montreuil-sur-Mer, Chambly, Beauquesne, Crépy-en-Laonnais, Vailly-
sur-Aisne, Crandelain, Montdidier, Cerny, Neuville-Roi. Die Schuld Karls
resp. Margarethens variiert zwischen 80 und 3000 Pfd. (Rouen).

7) Bei Bouquet XXIII, 730 f. haben wir ein Aufgebot im September
1253 zum Schutze des Westens gegen Angriffe Englands: dann aber folgt
(§ 7—8, carri abbatiarum) ein anderes, was nur Namen von Äbten etc. der
Picardie bis südlich nach Soissons enthält; dies ist jedenfalls auf Karls Zug

seit langen Jahren in Frankreich keine so imposante Machtentfaltung gesehen war, wie dieses Heer, womit der junge Fürst nun nach Flandern aufbrach. Er hatte es so eilig, dafs er die Winterszeit nicht scheute, um rasche Erfolge zu erringen. In Compiègne versammelte sich dies Heer und marschierte dann nordostwärts nach St. Quentin, indem es auf dem Wege die Kontingente von Neuville-Roi, Noyon, Roye, Chauny, Crandelain, Cerny und Montdidier an sich zog; dann weiter nördlich in das Scheldegebiet und über Crèvecœur in den Hennegau. Vier Jahrzehnte waren verflossen, seitdem in dieser selben Gegend die französischen Waffen in entscheidendem Kampfe über die norddeutschen gesiegt und die Machtstellung ihres Königshauses begründet hatten. Vielleicht mochte dem ehrgeizigen Enkel der glorreiche Erfolg seines Grofsvaters Philipp-August bei Bouviues lockend vorschweben, als auch er nun den Boden betrat, der so oft der Schauplatz blutigen Ringens zwischen den europäischen Nationen gewesen ist.

Zu den ersten Feindseligkeiten mit den Bewohnern, welche der Partei der Avesnes anhingen, kam es bei Hâpres und Haussi südlich von Valenciennes; letztere Stadt selbst, die bedeutendste des Landes, hatte sich auf eine ernste Verteidigung vorbereitet, und Ende des Jahres 1253 schickte sich Karl nun an, die Stadt zu belagern. Am 24. Dezember beglaubigte er bei Valenciennes zwei seiner Beamten bei den Bürgern von Gent, um die ihm gebührenden Eide zu empfangen, während er versprechen liefs, dafs er die Stadt nach Recht und Gesetz behandeln wolle, solange er die Obhut über die Grafschaft Flandern in Händen halten werde[1]). Da sich Karl hier noch nicht Graf von Hennegau nennt, so läfst sich annehmen, dafs er vorerst als Schützer der Gräfin und Flanderns aufgetreten ist und als solcher auch das Gebiet von Waas

---

zu beziehen, vielleicht auch das folgende Städteverzeichnis. Auch die genauen Angaben bei Jacques de Guise über die Beteiligung französischer Adliger beruhen ohne Zweifel auf richtigen Nachrichten. Primat erwähnt den Grafen von Vendôme und Hugo de Bauceln: ist die Beteiligung des ersteren ganz wahrscheinlich, so könnte auch der andere, Hugues de Baux, der Sohn Bertrands (s. Barthélemy n. 385), bei Karl gewesen sein; allerdings stand er noch in sehr jugendlichem Alter.

[1]) „quamdiu nobis placuerit habere custodiam comitatus Flandrensis". Vredius, Genealog. com. Flandr. I, 288 unvollst. aus d. fl. Arch. (Ficker 5158a).

und Gent an sich zu ziehen versuchte. Um Neujahr 1254 ist dann erst die Cession des Hennegau an ihn bei Valenciennes öffentlich bekannt gemacht worden [1]), denn in einer Urkunde vom 5. Januar, worin er dem Arnold von Cysoing gegen Leistung des Homagium eine jährliche Rente von 60 Pfd. gewährt, nennt er sich bereits „Haynoie comes" [2]). Da er sie in Valenciennes ausstellt, so fällt die Einnahme der Stadt also in die ersten Tage des Jahres 1254.

Vergleichen wir nun hiermit den Bericht des Jacques de Guise [3]), deu er aus einer ohne Frage gleichzeitigen Quelle, dem „liber Rotundorum societatis Hannoniensium" [4]) schöpft, so müssen wir dann die Ereignisse zwischen dem ersten Angriff auf Valenciennes und der Einnahme der Stadt in die zehn Tage vom ca. 24. Dezember bis ca. 5. Januar verlegen. Es ist dies nicht gerade unmöglich, unsere Quelle spricht auch nur von wenigen Tagen, aber für die Belagerung von Enghien und die Niederlage Karls durch den Ausfall der „Rotundi" würde nur eine ganz kurze Zeit übrigbleiben, besonders wenn man noch die Übergabe von Quesnoy, Mons und Soignies mitrechnet. Nun erzählt de Guise noch, dafs Karl eine Woche in Valenciennes geblieben ist und hier Urkunden für seine und der Gräfin Anhänger ausgestellt hat — was durch das obige Diplom vom 5. Januar bestätigt wird —, dann verläfst er auf die Kunde, dafs Wilhelm von Holland nahe, die Stadt.

Hiermit sind nun unsere Nachrichten von den kriegerischen Ereignissen erschöpft. Darin stimmen Quellen und Urkunden überein: Karl hat rasch einen grofsen Teil von Hennegau erobert, ist dann aber nach Frankreich zurückgekehrt [5]). Die Gründe dafür sind in der Art der damaligen Kriegführung zu suchen: ein Feldzug verschlang enorme Summen, man mufste versuchen, durch schnelle Schläge Erfolge zu erringen, denn sehr bald versiegten die Geldmittel. Einige Stadtrechnungen bestätigen dies: Als Karl im Hennegau ist, teilt er der Stadt Noyon mit, dafs er Wein brauche; sie schickt ihm 10 Tonnen; dann braucht er Sol-

---

¹) S. o. S. 97 A. 4 u. Anhang n. XIII.
²) Layettes III, 200. Cysoing ist Vertrauter Margarethens. (S. Génois l. c. 579 f.)
³) ed. Fortia d'Urban, Chroniques de Hainaut XV, 176.
⁴) Über diese und Karls Krieg im Hennegau vgl. die ausführl. Darst. von Wauters (Bull. de l'acad. de Bruxelles 1875, Bd. 39, S. 153).
⁵) Vergl. Hintze l. c. 124 f.

daten „pour son honneur garder“; man sendet ihm 500 nach Hâpres und nach Valenciennes [1]).

Dann befindet sich Karl in St. Quentin und sendet um Hilfe nach Noyon; die Kommune eilt sogleich dorthin „pour son cors garder“; endlich „au departir de l'ost“ ist der Graf in schmählicher Geldverlegenheit: die Stadt leiht ihm sogleich 1200 Pfd.[2]) Hieraus geht deutlich hervor, dafs nach dem ersten Zusammenstofs bei Valenciennes Karl nach St. Quentin[3]) zurückgegangen ist und zwar in bedrängten Umständen; davon ist wieder seine definitive Rückkehr aus dem Kriege zeitlich abgegrenzt. Spricht eine andere Rechnung[4]) von einer zweimaligen Teilnahme des städtischen Kontingents an der Heerfahrt nach Hennegau, so zeigt auch dies, dafs nach dem ersten Anlauf Karls, im Januar 1254, vermutlich ein Stillstand in den Operationen eingetreten ist, weil die Mittel des Grafen zur Besoldung nicht ausreichten und daher seine Armee sich auflöste. Wer die Kriegsgeschichte des 13. Jahrhunderts verfolgt hat, wird diese Thatsache nicht auffallend finden: niemals hat das Geld im Kriege eine gröfsere Rolle gespielt, als zu jenen Zeiten; die Kosten eines Feldzugs waren bei der damaligen Taktik fast unerschwinglich. Karl konnte mit seinen Erfolgen ja sehr wohl zufrieden sein; er hatte eine Reihe von festen Plätzen eingenommen, die ihm den Rücken deckten; so gewann er Zeit, in Frankreich neue Rüstungen zu betreiben.

Werden wir somit auf die bisher noch nicht so sicher ausgesprochene[5]) Ansicht geführt, dafs der hennegauische Krieg in zwei ganz getrennte Akte zerfällt, so berechtigt uns auch das Itinerar Wilhelms von Holland vollständig dazu. Zweimal — am Anfange des Jahres und im Juli — weilt er in Brabant — dazwischen, im Mai, liegt sein Feldzug gegen die Friesen.

Das erste Mal ist er Ende Dezember 1253 in Antwerpen in abwartender Stellung, wohl, weil er zu schwach war, dem grofsen Heere Karls zu begegnen. Am 8. Januar bestätigt er hier den

---

[1]) Sie kosten 500 Pfd., qu'en conduis, qu'en despens, ou plus.

[2]) Noyon l. c.

[3]) Hiermit würde die Nachricht der flandrischen Chronik (Ficker, Reg. 5195 b), dafs Karl in St. Quentin Stellung genommen habe, übereinstimmen.

[4]) Neuville-Roi, Layettes III, „prosequendo dictum exercitum duabus vicibus“.

[5]) Auch Ficker unterläfst dies in seinen Regesten; nur Ulrich nimmt sogar einen Waffenstillstand an.

Rechtsspruch des Erwählten Heinrich von Lüttich, wonach die Bürgerschaft von Lüttich verpflichtet wäre, den Hennegau, welcher ein Allod der Lütticher Kirche sei, dem Grafen Karl von Anjou, der das Land besetzt hätte, zu entreifsen [1]). Im Februar wohnt Wilhelm in Mecheln einem weiteren Urteil Heinrichs bei, welches seiner Sache günstig war. Die Gräfin Margarethe hatte sich nämlich an die Lütticher Kirche gewandt mit der Bitte, Karl als ihren Vasall für Hennegau anzuerkennen; ebenso hatte sie von dem Grafen von Luxemburg das Homagium für Karl verlangt. Johann von Avesnes bat nun Heinrich von Lüttich um Entscheidung, und dieser stellte sich ganz auf seine Seite, indem er — am 14. Februar, in Gegenwart König Wilhelms — ihn allein als den rechten Erben des Hennegau anerkannte [2]).

Zu einem Zusammenstofs zwischen Karl und Wilhelm ist es damals nicht gekommen: unsere Quellen hätten uns über eine so wichtige Thatsache Kunde gegeben. Aber eine Episode, die sie fast alle berühren und gewifs nicht ohne jeden Anhalt, ist die Herausforderung Wilhelms durch Karl zu einem Kampfe, welcher ihre Fehde entscheiden sollte [3]). Da dieses Duell nach den holländischen Berichten auf der Heide von Asche unweit Brüssel ausgefochten werden sollte, so hat man den Termin desselben in den Juli verlegt [4]), weil Wilhelm damals in Brüssel weilte. Richtiger aber scheint es doch, diese Verabredung in den ersten Abschnitt des Krieges zu verlegen, also in die Zeit, wo Wilhelm in Mecheln, ganz in der Nähe von Asche, sich aufhielt; eine so übermütige Provokation von seiten Karls, wenn anders wir sie glauben wollen, hat doch nur am Anfange des Krieges einen Sinn, wo er an der Spitze eines grofsen Heeres stand, nicht nach 6 Monaten einer zaudernden Defensive; das Nichterscheinen des Grafen wäre dann auch sehr gut mit unserer Ansicht zu vereinigen, dafs seine stolze Zuversicht, eine rasche Entscheidung herbeiführen zu können, sich sehr bald als trüglich erwies, und sein Mangel an Truppen und

---

[1]) Winkelmann, Acta 446.

[2]) Ficker, Reg. 5178, 5179. Wauters Table chron. V, 77. S. Génois l. c. 255 u. 578.

[3]) S. Hintze 129; ein solcher Kampf ist nicht ohne Analogie in der damaligen Zeit. Selbst Karl unterzog sich noch 1280 einem Duell gegen Peter von Aragonien. Bouquet 20, 522.

[4]) Ficker. Reg. 5195 a. führt auch im Juli die Belagerung von Valenciennes durch Karl nach Guise an, die wir in den Januar verlegen.

Geld ihm unmöglich machte, seinem Gegner in freiem Felde entgegenzutreten.

Gewifs hat er sich darauf beschränkt, die von ihm eroberten
Festungen durch Besatzungen zu sichern; mit dem Besitze von
Bouchain, Quesnoy, Valenciennes, Ath, Mons und Berlaimont hielt
er fast ganz Hennegau in seiner Hand[1]). Hieraus erklärt sich
auch, warum Wilhelm dem Abziehenden nicht folgte; auch seine
Offensivmacht wird nicht für gröfsere Operationen zwischen feindlichen Festungen ausgereicht haben.

Nun trat eine Pause im Kriege ein. Wilhelm ging im März
nach Holland zurück; vom April haben wir weder von ihm[2]) noch
von Karl irgendwelche Kunde. Wären aber bedeutende kriegerische
Ereignisse vorgefallen, so würden unsere Quellen gewifs davon zu
berichten wissen. Im Mai hat Wilhelm mit den Friesen zu thun[3]),
deren Gebiet er nach einem siegreichen Seetreffen verwüstete.
Wenn die Waffen im Hennegau jetzt ruhten, so war dies durch
die wieder beginnenden diplomatischen Verhandlungen veranlafst,
welche vom Papste ausgingen. Innocenz IV. hatte von jeher den
flandrischen Wirren gegenüber eine vermittelnde Stellung eingenommen; konnte er seinem Schützling Wilhelm auch nie ganz
Unrecht geben, so hatte er doch oft gezeigt, dafs er sein Vorgehen gegen Margarethe mifsbilligte. Immer wieder liefs er die
Prüfung nach der Legitimität der Avesnes erneuern[4]), um ein end-
giltiges Urteil zu verzögern: er wollte Friede zwischen den Gegnern, damit Wilhelm seine Kräfte im Reiche gegen den Staufer
entfalten konnte, statt sie im Norden zu verzetteln. Und als nun
durch Karls Eingreifen der Streit sich immer mehr zu verschärfen
drohte, war seine Vermittlung doppelt geboten; konnte er auch
nicht mehr auf die Hilfe des Grafen in Italien rechnen[5]), so durfte

---

[1]) Diese Plätze hält er Anfang Juli besetzt (s. u. S. 106 Anm. 5); nun
ist es ja möglich, dafs er einige in der Zwischenzeit eingenommen hat, da
gewifs der Krieg nie ganz aufhörte. aber es ist wahrscheinlicher, dafs er sie
beim ersten Anlaufe erobert und festgehalten hat.

[2]) Die Urk. Ficker 5185 u. 5186 können einen erneuten Aufenthalt Wilhelms in Brabant nicht beweisen. Warum mufste er bei den in 5186 genannten Verhandlungen durchaus in der Nähe sein?

[3]) Nach der Urk. vom 26. Juli (s. u. S. 106) kann man annehmen, dafs
sie von Karl zum Kriege gegen Wilhelm aufgereizt waren.

[4]) Vgl. Prud'Homme in Mem. de la soc. de Hainaut IV. 7, 116.

[5]) Hier irren alle Darstellungen, indem sie übersehen, dafs Karl Sizilien bereits abgelehnt und der Papst das Reich Anfang 1254 an Edmund,

er schon in Rücksicht auf Frankreich nicht für Wilhelm Partei nehmen. Daher befahl er am 14. März dem Archidiakon von Tournay, die im vergangenen Jahre über die Gräfin verhängte Exkommunikation aufzuheben, indem er eine neue Untersuchung der Streitpunkte versprach [1]); am 2. Mai beauftragt er hierzu den Legaten Peter Capoccio [2]), der sich in den Reichsgeschäften schon oft bewährt hatte. Auch die Entlassung der bei Westcappel Gefangenen — eine wegen des Lösegeldes sehr wichtige, oft verhandelte Angelegenheit [3]) — versuchte er bald darauf bei Wilhelm durchzusetzen [4]).

Dieser aber war jetzt nach seinem Siege über die Friesen am wenigsten gewillt, auf seine Lieblingspläne zu verzichten: noch einmal mufste er eine Demütigung Margarethens versuchen. Am 1. Juni versicherte er sich zu Nimwegen der Kriegshilfe des Grafen von Geldern bei einem Kampfe gegen Karl von Anjou, der das Reichsgebiet angegriffen hätte [5]). Vollends bestärkt in seinem Entschlusse wurde er dann durch die im Juni zu ihm gelangte Kunde von dem am 21. Mai in Italien erfolgten Tode Konrads IV. Nun stand seiner Anerkennung im Reiche nichts mehr im Wege; durch einen raschen Erfolg gegen Karl konnte er sein nach dem Verluste des Hennegau gesunkenes Ansehn heben und dann als Sieger nach Deutschland aufbrechen, um seinen Feinden, besonders den rheinischen Erzbischöfen, die heimlich gegen ihn konspirierten, entgegenzutreten. Anfang Juli ist er in Brüssel [6]); dann zieht er gegen Hennegau und in kühnem Anlaufe gelingt es ihm innerhalb

---

den Sohn Heinrichs von England, gegeben hatte, denn schon am 6. März vollzieht der päpstliche Gesandte Albert in Winchester die Übertragung. (Rymer l. c. I, 1, 297.)

[1]) Potthast n. 15276.

[2]) ibid. 15347.

[3]) Vergl. die Freilassung Raimunds von Bar. (S. Ficker 5186 und den Stillstand vom 26. Juli.)

[4]) Potthast 15418.

[5]) Ficker Reg. 5190.

[6]) ibid. 5195. Am 19. Juni (ibid. 5193) ist er in Strippi, einem Orte, der nicht zu bestimmen ist. Bei Thuin liegt allerdings ein Ort dieses Namens; hier kann Wilhelm aber im Juni nicht sein. Das Original ist sehr nachlässig geschrieben: daher ist vielleicht zu lesen: 19. Juli; an diesem Tage kann er wohl bei Thuin, östlich von Binche, das Johann von Avesnes gehörte, gewesen sein. Der letztere ist im Juli einmal in Roeulx (Wauters l. c. 161), 3 Meilen nördlich von Thuin gegen Mons hin.

dreier Wochen, bis vor Valenciennes vorzudringen [1]); aber bevor er die Stadt erobern kann, beendigt ein Waffenstillstand den Kampf und beraubt ihn aller seiner Erfolge, indem er den Zustand, wie er vor seinem Einrücken gewesen war, wiederherstellt.

Für diese merkwürdige Thatsache hat man manche Erklärung sich zu geben bemüht [2]); aber weder die Furcht vor den Friesen oder vor der Feindschaft des Kölner Erzbischofs, noch irgend eine Rücksicht auf die durch Konrads Tod veränderten Dinge im Reiche, oder sein Verlangen nach der Kaiserkrone, konnten Wilhelm verhindern, seinen Sieg zu verfolgen: so sehr drängten ihn diese Geschäfte nicht; geht er doch auch nachher nicht sogleich nach Deutschland. Eher wird ihn die Abmahnung des päpstlichen Legaten, der damals wahrscheinlich auf dem Kriegsschauplatz angelangt war [3]), zurückgeschreckt haben. Endlich aber und vor allem werden wir ein energisches Eingreifen Ludwigs IX. anzunehmen haben, wennschon dafür keine bestimmten Beweise vorliegen [4]).

Der König war am 17. Juli in Hyères gelandet [5]), nachdem er am 25. April von Akkon abgesegelt war. Bedenkt man, daſs ungefähr im März die Kunde von dem Ausbruch des Krieges im Hennegau zu ihm gelangt war, so scheint es wahrscheinlich, daſs seine Rückkehr hierdurch, wenn auch nicht veranlaſst, so doch beschleunigt worden ist. Ohne Frage hat er das Unternehmen seines Bruders Karl aufs höchste gemiſsbilligt: er durfte es nicht dulden, daſs in einer Zeit, wo die Christenheit im Morgenlande so schwer bedrängt, sein eigenes Land von England bedroht war, die Kräfte seiner Ritter und Städte in unnötigen und verwegenen Kämpfen geopfert wurden.

---

[1]) Darin stimmen wieder die Quellen überein, s. Hintze 130.

[2]) Ficker l. c. 5195 c.

[3]) ibidem.

[4]) Wohl aber eine Bestätigung bei Mathaeus (V, 433), der Ludwig von seinen Baronen wegen der flandrischen Wirren ersehnt werden und bald einen Vertrag schlieſsen läſst.

[5]) Joinville § 652. Nur durch widrige Winde konnte der König bewogen werden, auf dem Gebiete seines Bruders Karl statt auf seinem eigenen in Aigues mortes ans Land zu gehen. Math. (V, 453) läſst ihn am 11. Juli landen; bei Wilken (Kreuzzüge VII, 350) ist der 26. Juni angegeben.

Wo sich Karl bei der Landung des Königs befand, ist nicht festzustellen; nur dafs er mit neuen Rüstungen und Anleihen beschäftigt war, geht aus einigen Dokumenten hervor. Am 25. Juni[1]) bescheinigt er, als Graf des Hennegau, dem Kloster de Pietate[2]), den Empfang von 200 Pfd., welche auf den Märkten in Anjou zurückgezahlt werden sollten. Mehrere Quellen sagen uns, dafs er beim Heranzug Wilhelms sein Heer verstärkte, um Valenciennes zu entsetzen und dafs er sich damals in S. Quentin aufhielt[3]); dies würde durch die schon oben erwähnte Stelle[4]) in der Rechnung der Stadt Noyon bestätigt werden. Wenn er dann aber im Juli eine ganz defensive Stellung einnahm und nicht die Fortschritte seines Gegners zu hemmen versuchte, so handelte er vielleicht schon nach den Befehlen des Königs, die ihm am Anfang des Sommers aus Palästina zugegangen sein mochten. Und dasselbe Machtgebot, das den Bruder von fernerem Blutvergiefsen zurückhielt, wird auch gleich darauf dem weiteren Vordringen Wilhelms ein energisches Halt zugerufen haben.

Der Waffenstillstand wurde am 26. Juli bei Le Quesnoy, südöstlich von Valenciennes, unterzeichnet[5]). Wilhelm läfst ihn vollziehen durch seinen Notar und Nuntius Heinrich. Hieraus und da er schon 4 Tage später in Leyden anwesend ist, kann man mit Recht entnehmen, dafs er selbst nicht beim Abschlufs anwesend war; es ist aber auch nicht nötig, zu glauben, dafs er überhaupt vorher bis Le Quesnoy vorgerückt war; vielmehr hat er einen Gesandten geschickt, der in Le Quesnoy, zwischen den feindlichen Positionen, mit den Bevollmächtigten der anderen Partei zusammentraf[6]). Es wurde bestimmt, dafs bis zum 15. Oktober die Waffen ruhen sollten; der Besitzstand der Parteien sollte so wiederhergestellt werden, wie er v o r dem jüngst erfolgten Einmarsch Wilhelms gewesen war; Karl behielt die oben genannten 6 Hauptfestungen und mit ihnen fast ganz Hennegau: nur Binche blieb den Avesnes. Damit war jeder Erfolg Wilhelms rückgängig gemacht: seine persönliche Tapferkeit mufste den Geboten der

---

[1]) Del Giudice l. c. I, 276, 2. Leider ist der Ausstellungsort nicht angegeben.

[2]) l'Épau bei Le Mans.

[3]) Ficker, Reg. 5195b.

[4]) S o. S. 101.

[5]) Winkelmann 447.

[6]) Auch Ficker (ibid.) deutet darauf hin.

Mächtigeren weichen. Aber fest und eigensinnig hielt er an seiner Feindschaft gegen Margarethe fest; gelang es auch den eifrigen Bemühungen Ludwigs IX. und des päpstlichen Legaten [1], den Stillstand zu verlängern und weiteren Kampf zu verhindern, so kam es doch zu seinen Lebzeiten nicht zum Frieden und zur Herausgabe der gefangenen Dampierres. Und wie er, so blieb auch seine Gegnerin unnachgiebig. Rastlos dachte sie sogleich nach dem Vertrag von Le Quesnoy daran, sich für die Zukunft Allianzen zu verschaffen, wobei ihr das diplomatische Geschick ihres Genossen Karl von Anjou zu statten kam. Sie wendet sich an Ottokar von Böhmen, der damit umging, die deutsche Krone zu erlangen, und an den Erzbischof von Köln, der um diese Zeit der Führer der Opposition gegen König Wilhelm war [2]. Mit ihm kommt schon im August 1254 ein Bündnis zu stande: Karl als Graf von Hennegau, Margarethe und Konrad von Köln gelobten sich gegenseitige Kriegshilfe gegen ihre Feinde, die Brüder Avesnes und den Grafen von Jülich [3]; als der letztere mit dem Erzbischof am 15. Oktober Frieden schliefst, behält sich dieser ausdrücklich die Unterstützung Karls und der Gräfin vor [4].

Und während Margarethe so im Osten ein gewaltiges Bündnis gegen ihren Feind zu stande bringt, versäumt sie nicht, den Herrscher für sich zu gewinnen, auf den jetzt alles ankam. Ludwig IX. war im September in seine Hauptstadt zurückgekehrt; sogleich begann er, in seiner bewundernswerten Art, die friedliche Lösung der westeuropäischen Verwicklungen. Im November finden wir den König von England in Paris; die Königin von Frankreich sah ihre Mutter und ihre drei Schwestern bei sich [5]. Ob Karl seine Gemahlin [6] begleitete, wissen wir nicht [7]; aber seine Verbündete Margarethe wandte sich mit einem Bittgesuch an ihren Vetter und Lehnsherrn, worin sie alle ihre Beschwerden

---

[1] S. Ficker, Reg. 5197 b.

[2] S Hintze 151 f. 173 f.

[3] S. Génois l. c. 570, Wauters V, 89. Acht von jeder Seite sollen den Vertrag beschwören, darunter Karls treue Diener Beaumont und Solliac und sein Kaplan Heinrich (de Lusarchis).

[4] Lacomblet, niederrh. Urkd. II, 217.

[5] M. G. S. 27, 476. Mathaeus V, 477 f.

[6] Mathaeus spricht von den comitissis Andegaviae et Provinciae; da er nun weifs, dafs Karl Graf der Provence ist, so mufs ihm nicht klar sein, wer Graf von Anjou ist.

[7] Anfang Januar 1255 ist er in Nefflia (Neauphle w. v. Paris) s. S. 117.

über Wilhelm von Holland anführt: die Verletzung ihrer Rechte auf Seeland, den Frankfurter Spruch, die harte Haft ihrer Söhne[1]). Zwei Urkunden aus dem Februar 1255[2]) zeigen uns dann, daſs die Gräfin bei ihrer Anwesenheit in Paris keine Konzessionen scheute, um den Schutz Frankreichs zu erlangen. In der einen erlaubt ihr der König — entgegen einem früheren Vertrage mit ihrer Schwester Johanna, wonach in Flandern, diesseits der Schelde, keine neuen Festungen anzulegen gestattet wurde — die Stadt Rupelmonde zu ihrem Schutze zu befestigen. In der anderen erkennt Margarethe an, daſs sie das Land Waas und die Burg Rupelmonde mit der Grafschaft Flandern von Ludwig IX. zu Lehen habe. Diese Schriftstücke befremden im höchsten Grade. Wir finden das Land Waas vor- und nachher[3]) als Lehen des Deutschen Reiches aufgeführt: sollte Ludwig IX. hier zu unrechtmäſsigem Geschäfte seine Hand geboten haben? Es giebt nur eine Erklärung: der Besitz des Landes ist zweifelhaft gewesen, es hat in Frankreich eine berechtigte Ansicht geherrscht, daſs die Schelde die Grenze nach Deutschland zu bilde, abgesehen von den vier Officia südlich von der Mündung, welche noch zum Reiche gehörten. Alte Ansprüche Frankreichs mögen jetzt wieder geltend gemacht sein, als die Gräfin von Flandern selbst dieselben anzuerkennen sich sehr bereit zeigte; auch unter einem so gerechten Herrscher, wie Ludwig IX., lieſs sich die erbliche Neigung der Franzosen, sich nach Osten hin auf Kosten des Reiches zu vergröſsern, nicht ganz unterdrücken. Besonders wichtig aber war auch für Frankreich, die Gräfin im Besitze von Rupelmonde zu stärken, das bei seiner Lage gegenüber Antwerpen und Mecheln von der höchsten Bedeutung als Grenzfestung war[4]).

---

[1]) Mémoire présentée au Roi L. par Marg. de Fl. nennt S. Génois 580 dieses Dokument, welches er undatiert giebt und zu 1254 setzt. Wir stimmen ihm (mit Hintze 122) bei, wenn die Aufschrift richtig ist, was nicht festzustellen ist.

[2]) Diese, jetzt in Layettes III, 226 richtig zu 1255 abgedruckten Schriftstücke sind von allen Darstellern (auch von Hintze 123, der den Inhalt überdies falsch angiebt) zu 1254 gezogen, weil sie das französische Datum 1254, Februar nicht rektifiziert haben. Natürlich kommen alle zu falschen Schlüssen betreffs der Verträge Margarethens mit Karl v. Anjou.

[3]) S. Sattler S. 77 f.

[4]) 1247 hatte Johann seinen Kampf mit der Eroberung dieser Stadt begonnen (Hintze 94); war sie jetzt in den Händen der Gräfin, so kann man hieraus sehen, daſs auch hier im Norden die Waffen der Franzosen siegreich gewesen waren.

Weitere Folgen hatte diese Abmachung nicht; König Ludwigs Bestreben war nur auf den Frieden gerichtet. Aber es war ihm nicht möglich, den Haſs der Parteien zu überwinden; unbeugsam bestanden sie auf ihrem Rechte. Johann von Avesnes ging zur selben Zeit, als Margarethe in Paris verhandelte, nach England, um den König zu gewinnen; aber Heinrich III. wies ihn ab[1]). Im Mai 1255 hielt König Wilhelm einen Hoftag in Antwerpen ab, wo sich seine Anhänger aus den Niederlanden um ihn versammelten; hier nennt sich Johann zum erstenmale „Graf des Hennegau"[2]). Und im Juli schärft Wilhelm der Stadt Namur Befolgung des Frankfurter Spruchs und Anerkennung Johanns von Avesnes ein[3]). Von einer Erneuerung des Krieges hielten ihn nur die Geschäfte in Deutschland und die Einfälle der Friesen zurück. Gegen diese letzteren fand er dann im Januar 1256 seinen Tod.

Damit verler die Partei der Avesnes ihre Stütze. Da Johann überdies jetzt die Verhandlungen wegen der Wahl Richards von Cornwallis zum deutschen Könige führte[4]), mochte er auf ein Schiedsgericht Ludwigs einzugehen bereit sein. Schwerer lieſsen sich dazu des Königs Verwandte herbei. Wir haben eine Urkunde der Gräfin aus der ersten Hülfte des Jahres 1256, die im Lager von Enghien ausgestellt ist[5]); es ist nicht unwahrscheinlich, daſs sie noch einmal die Stadt, an deren Mauern sich ihre Macht einst gebrochen hatte, zu bezwingen versuchte; sie hatte ja in den Festungen Ath und Mons, welche ihr Verbündeter Karl von Anjou besetzt hielt, einen starken Rückhalt. Was diesen anbetrifft, so ist uns über seine weitere Beteiligung an diesen Streitigkeiten nichts überliefert; persönlich wird er nicht mehr im Hennegau gewesen sein. Aber er am wenigsten war zur Nachgiebigkeit geneigt in einer Sache, die ihn so viel Mühe und Geld gekostet, für die er seine Ehre verpfändet hatte. In allen seinen Urkunden aus der nächstfolgenden Zeit nennt er sich Graf des Hennegau[6]); noch im Juli 1256 unterzeichnet ein Schreiber in

---

[1]) Mathaeus V, 493.
[2]) Ficker Reg. 5258.
[3]) ibid. 5261.
[4]) ibid. 5288. 5289.
[5]) Vredius l. c. S. 45. Ein Waffenstillstand (Sattler 63) scheint nur zwischen Holland und Flandern, nicht mit den Avesnes geschlossen zu sein.
[6]) S. u. S. 117, 1; 122, 3.

der Provence sich als Notar des Grafen von Hennegau [1]). Neben manchen anderen Ursachen werden wir in seiner Abneigung, dem Könige bei seiner Friedensvermittlung entgegenzukommen [2]), den Grund zu dem Zerwürfnisse mit seinem Bruder finden, welches in dieser Zeit zu Tage tritt; auch an einer Reise in die Provence, so nötig sie wohl war, hinderten ihn die flandrischen Angelegenheiten.

Endlich, im September 1256 [3]), war es den Bemühungen Ludwigs gelungen, alle Beteiligten [4]) in Péronne an der Somme zu versammeln und dazu zu bewegen, seinen Schiedsspruch anzuerkennen [5]). Er bestimmte, dafs die Avesnes und der Herr von Enghien, wie auch die Dampierres nach ihrer Freilassung seinem Bruder Karl das Homagium leisten sollten. Der letztere mufste Hennegau der Gräfin zurückgeben, erhielt aber dafür von ihr die enorme Summe von 160 000 Pfd. Turnosen [6]). Alle Schäden sollten ersetzt werden, alle Anhänger der Parteien straflos sein; für die Erbfolge der Söhne Margarethens wurde die Entscheidung Ludwigs und des Papstes von 1246 wieder zur Geltung gebracht.

Karl konnte mit diesem Vertrage zufrieden sein, seiner Ehre war durch die Huldigung seiner Gegner, wenn sie auch übrigens ohne praktische Bedeutung war, Genüge geschehen, seine Un-

---

[1]) Or. in Mars. 1256, 17. Juli Baux., Streit über eine Mühle zwischen dem Prior von S. Michel de Frigoulet und den Baillis Karls durch Barral de Baux beigelegt.

[2]) Nach Wauters (39, 165) ist Ludwig im Dezember 1255 in Flandern gewesen, um den Streit zu schlichten.

[3]) 24. Sept. 1256. Layettes III, 320—325.

[4]) Für die gefangenen Brüder von Dampierre unterzeichneten ihre Gemahlinnen.

[5]) Die wichtige Einleitung der Urk. s. o. S. 96. Die Schwierigkeit, Karl zum Nachgeben zu bewegen, kommt auch hier zum Ausdruck: ut super dissensione ista vellemus ... ipsum fratrem nostrum nostris sollicitare et inducere precibus, ut super hiis se nostre subiceret ordinationi de alto et basso.

[6]) Ungefähr 2½ Mill. Mark; 40 000 Pfd. sollten in Jahresfrist, dann jedes Jahr 10 000 gezahlt werden; dafür erhielt Karl von der Gräfin und von Ludwig eine Reihe der sichersten Bürgschaften, aus deren Wortlaut man wieder Karls praktischen Sinn in Geldsachen sehen kann. In einer (bei Wauters l. c. 172 gedruckten) Urk. Margarethas vom selben Datum sind diese ausführlichen Bestimmungen wiederholt. Die weiteren Verträge, welche den Streit beendeten, s. bei Sattler (80 ff.).

kosten wurden ihm reichlich ersetzt; vielleicht hatte er auch schon eingesehen, daſs der Besitz eines Gebiets, welches von seinen anderen Ländern so weit entfernt war, auf die Dauer unbequem werden muſste, und war nun froh, so guten Kaufs von einer Sache loszukommen, welche ihn seinen eigentlichen Aufgaben entfremdet und in unerfreuliche Streitigkeiten nach allen Seiten hin verwickelt hatte.

VII. Die Provence von 1253 bis 1256.

Wenn Karl von Anjou seit seiner Rückkehr aus der Provence im Herbst 1252 über vier Jahre lang nicht mehr dort anwesend war, wenn er sich auch in seinem Erblande Anjou nur vorübergehend aufhielt, so liefs er doch diese Gebiete durchaus nicht aus den Augen; zwar nahm ihn das Angebot Siziliens und der Krieg im Hennegau vor allem in Anspruch, das folgende Kapitel aber soll uns zeigen, dafs er auch in diesen Jahren nicht versäumte, die Zustände in Anjou und Provence zu überwachen und zu ordnen, und nebenbei noch Zeit fand, neue Verbindungen nach aufsen hin anzuknüpfen und nicht unwichtige Geschäfte am Hofe von Paris zu erledigen.

Im Sommer 1254 war Ludwig IX. aus dem Orient heimgekehrt, im Dezember starb Papst Innocenz IV. Beide Ereignisse änderten die Stellung Karls von Anjou. Die lange Abwesenheit des Königs, das ungetrübte Wohlwollen des Papstes hatten ihm freien Spielraum für seinen Ehrgeiz gelassen; jetzt sah er sich von dem Bruder und dem neuen Papste Alexander IV. beobachtet und gehemmt. Zu beiden trat er bald in einen durch manche Übergriffe verschärften Gegensatz.

Die ungeheure Verschiedenheit des Charakters der beiden Brüder zeigte sich jetzt immer deutlicher[1]). Uns ist eine Erzählung überliefert[2]), wonach der König im Jahre nach seiner Heimkehr den Entschlufs gefafst hatte, Mönch zu werden; seine Gemahlin, bestürzt über diese Absicht, hatte sich an Karl gewandt,

---

[1]) Diesen Gegensatz zwischen den Brüdern Ludwig und Alfons einerseits und Robert und Karl andererseits ist schon damals nachdrücklich betont worden. (Thomas Tuscus M. G. XXII, 519.) Ludwig und Alfons: mansueti nimis fuerunt et plani, corpore debiles et armis imbelles. Robert und Karl: viri plurimum animosi, fortes corpore et robusti (?) armis strenui et nimium bellicosi.

[2]) Richeri gesta Senon. eccl. M. S. 26, 328.

und dieser, unter heftigen Vorwürfen gegen die Geistlichen, den
Bruder von seinem Vorhaben abgebracht. Was dem frommen und
friedliebenden Könige gottgefällig und erwünscht erschien, dünkte
den nüchternen und weltlichen Grafen unköniglich und unmänn-
lich; er war gesinnt, wie viele der französischen Ritterschaft,
welche die immer wachsende Autorität der Kirche und ihrer
Diener mit dem Wohle des Staates nicht für vereinbar hielten.
Innocenz IV. hatte sich dem Grafen stets nachsichtig erwiesen;
der Wunsch, durch ihn die staufische Herrschaft in der Provence
und in Italien ausgerottet zu sehen, überwog bei diesem Papste
alle anderen Rücksichten. Der neue indes war ganz anders ge-
artet. Jeden Übergriff Karls, jedes Unrecht gegen die Geistlichkeit rügte er nachdrücklich; und da der Graf, je mehr seine
Macht und sein Ansehn wuchs, desto häufiger Anlaſs zu Beschwerden gab, geriet er bald in ein gespanntes Verhältnis zu Alexander.
Dieser hielt Zeit seines Lebens an der Kandidatur des englischen
Prinzen Edmund für den sizilischen Thron mit groſser Zähigkeit
fest; niemals trat daher in den nächsten sieben Jahren das Angebot Siziliens an Karl heran; die enge Verbindung, in der er
zur Kurie gestanden, lockerte sich vollständig.

Zu Anfang zeigte sich der neue Papst noch dem Grafen geneigt: Ende April 1255 wiederholte er das Privileg seines Vorgängers, nach welchem Karl ohne besonderen Befehl des Papstes
nicht von einem Geistlichen mit Kirchenstrafen belegt werden
durfte [1]). Bald darauf aber muſste der Archidiakon von Maguelonne im Namen Alexanders dem Seneschall der Provence verbieten, sich in den Streit zwischen dem Erzbischof und der Stadt
Arles betreffs des Zehnten einzumischen [2]). Und schon im Oktober
1255 wandte der Papst selbst sich mit einer Beschwerde über
Karl an König Ludwig. Es handelte sich um eine Beeinträchtigung des Johanniterhauses in Angers durch Verlegung des daselbst dreimal im Jahre abgehaltenen Marktes an einen anderen
Ort; Ludwig sollte seinen Bruder dazu anhalten, dem Orden eine
Entschädigung zu zahlen [3]). Im folgenden Jahre ergeift Alexander
dann die Initiative zur Beilegung des Streites zwischen Karl und

---

[1]) 30. April 1255. (Orig. in Mars.)
[2]) 24. Juli 1255. (Orig. in Mars.)
[3]) 21. Oktober 1255. Potthast 16070.

seiner Schwiegermutter, der uns später ausführlicher beschäftigen soll. Beatrix hatte in ihrer Sache den Papst um Schutz gebeten, da sie bei der Vakanz des Kaisertums keinen weltlichen Richter habe[1]); er befiehlt dem Bischof von Belley am 5. April 1256, den Grafen — ohne Ansehung früherer Privilegien, die ihn vor der Exkommunikation schützen sollten — durch Kirchencensur zu zwingen, die Verträge mit Beatrix zu halten[2]). Wie verschieden ist diese Sprache von der Innocenz' IV., welcher immer gescheut hatte, sich in die provençalischen Angelegenheiten zu mischen. Der Konflikt mit seinem Nachfolger mußte sich aber allmählich zuspitzen, je mehr dieser der Politik Karls in der Provence hindernd entgegentrat.

Gehen wir nun auf die Verhältnisse der Provence, wie sie sich nach dem Vertrage mit Marseille in den Jahren 1252 bis 1257 gestalteten, näher ein, so gewahren wir fast durchweg einen erfreulichen Zustand der Ruhe und des Friedens, wie er vorher niemals an dem Rhone geherrscht hatte. Es ist ein rühmlicher Beweis für die Tüchtigkeit der Verwaltung und der Beamten Karls, daß, trotz der zahlreichen oppositionellen Elemente, die ihm später noch so viel zu schaffen machten, 5 Jahre der Ordnung und der ungestörten Entwicklung diesem so oft und so schwer heimgesuchten Lande zu teil wurden und daß, auch in Abwesenheit des Landesherrn, nichts versäumt wurde, um seine Herrschaft zu befestigen, eine Anzahl neuer Prälaten, Edler und Städte heranzuziehen und den Wohlstand durch Sicherheit des Handels und Verkehrs zu heben.

Es war dies zumeist das Verdienst des Seneschalls Odo de Fontanis, der 1253 auf Hugo de Arcissis gefolgt war. Daß er sein schwieriges Amt ausnahmsweise vier Jahre lang bis zum Sommer 1257 verwaltete, zeigt schon zur Genüge, wie gewandt und tüchtig er die Verwaltung leitete. Neben ihm bewährte sich Barral de Baux als ausgezeichneter Vertreter Karls. Anfangs 1253 hatte er auch mit Alfons von Poitou seinen Frieden gemacht[3])

---

[1]) Cum autem hoc tempore scilicet vacante imperio dicta comitissa non possit ad superiorem saecularem judicem recurrere pro justitia obtinenda.

[2]) Lateran, Non. Apr. Pont. n. a. II. (Orig. in Mars.) Verkündigung dieser Bulle durch den Bischof von Belley 1256, Id. Aug. (Blancard Inventaire I, 100, hat beidemale ein falsches Jahr.)

[3]) Januar, Vincennes, Layettes III, 173 f.

und befand sich nun in vollem Genufs seines Besitzes in Provence
und Venaissin, den er durch kluge Verträge fortwährend ver-
mehrte. Aber auf eine eigene Politik hatte er verzichtet; sein
grofser Einflufs kam jetzt nur noch seinem Souverän zu statten.

Stellen wir nun die wichtigsten Dokumente der Jahre 1253
bis 1256 zusammen, um uns die Fortschritte der neuen Regierung
in der Provence zu veranschaulichen, so erwähnen wir zuerst einige
Verträge mit geistlichen Herren. Noch aus der Zeit des Seneschalls Hugo de Arcissis [1]) liegt die Ratifikation des Abkommens
zwischen Karl und dem Bischof von Digne vor, wodurch dem
Grafen die ganze Jurisdiktion in der Burg Digne übergeben wird.
Bedeutsamer ist die Erklärung des Abtes von St. Victor in Marseille vom 2. Januar 1255 [2]), wonach er vorher in Tarascon dem
Seneschall Odo de Fontanis den Treueid für alle Besitzungen und
Rechte seines Klosters in der Provence geleistet hat. Diese Verbindung Karls mit der berühmten Abtei — deren altersgraue,
mehr einer Festung als einer Kirche gleichenden Reste noch heute
das hervorragendste mittelalterliche Monument in Marseille repräsentieren — konnte nicht ohne Eindruck auf die angrenzende
Vicekomitalstadt Marseille bleiben, welche der Graf nun immer
enger umschlofs.

Von weiteren Erfolgen der weltlichen Nobilität gegenüber ist
besonders hervorzuheben die Huldigung des Wilhelm von Baux
für seine Besitzungen in der Diözese Gap [3]), wodurch Karl sich
dem andern Zweige des mächtigen Hauses der Baux, dem in Orange
sitzenden, nähert und zugleich im nördlichsten Teile der Provence,
an der Grenze der Dauphiné, festen Fufs fafst [4]) Er zahlte dem
neuen Vasallen für seine Abtretung 10 000 Sous [5]). Auch für
eine Reihe anderer Kaufverträge, durch die der Graf sein Gebiet

---

[1]) Die Urkunde (Orig. in Mars.) ist vom 7. Februar, Embrun, aber ohne
Jahr. Da jedoch aufser Philipp von Aix (1251—1256) noch deutlich Hu als
Anfangsbuchstaben des Namens des Seneschalls zu lesen sind, so kann die
Urkunde nur in die Jahre 1251 bis 1253 fallen, denn Oktober 1253 ist Odo
schon Seneschall; vielleicht wird man sich für 1252 entscheiden, da Heinrich
von Embrun, der damals in Deutschland ist, nicht unterschrieben hat.

[2]) in monasterio predicto, IV. Non. Jan. anno 1254 (Orig. in Mars.),
s. den Abdruck Anhang n. XI.

[3]) aufser Mélan und Le Poët, unweit Sisteron.

[4]) Orange, Kal. Aug. 1256 (Orig. in Mars.), s. Barthélemy n. 398; der
Seneschall Odo empfängt die Hulde.

[5]) Turnosen, ca. 8000 Mark.

abrundete, haben wir Belege [1]). Danebeu nahmen die Untersuchungen der Beamten Karls über strittige Rechtstitel ihren Fortgang [2]).

Den Städten gegenüber verfolgte der Graf auch ferner seine Politik, welche ihnen ihre republikanischen Institutionen nahm, aber auf ihre reellen Vorteile bedacht war. Die kleineren Kommunen fingen an, von selbst ihre schattenhafte Freiheit aufzugeben. So leistete die von Tarascon am 21. Dezember 1256 vor dem Seneschall Odo Verzicht auf ihr Konsulat und ihre eigene Jurisdiktion [3]). Die grofsen Städte Aix [4]), Avignon [5]), Arles befinden sich in vollkommener Ruhe. Nur in Arles scheint sie zeitweise gestört worden zu sein, einmal durch den Streit der Bürger mit dem Erzbischof über den Zehnten [6]), sodann durch die Übergriffe, welche sich die Beamten Karls zu Schulden kommen liefsen. Die Stadt wandte sich nämlich 1254 an den Grafen mit einer Reihe von Beschwerden über seinen Vikar [7]), der z. B. den Vornehmen alles Mafs überschreitende Strafgelder auferlegte [8]). Aber Karl zögerte nicht, der Stadt einen ehrenvollen Beweis seines Wohlwollens zu geben. Anfang Januar 1255 schickte er zwei seiner Vertrauten nach Arles, und diese verkündeten im März den Bürgern, dafs der Graf ihre Klagen geprüft habe und die Mifsstände abschaffen wolle. Im Vereine mit Barral de Baux, dem Erzbischof von Aix und dem Seneschall Odo beschlossen sie, die

---

[1]) I. Karl kauft einen Teil der Herrschaft Ourgon (bei Cavaillon) s. Nostradamus l. c. 218 zu 1252.

II. 13. Febr. 1257 Verdière: Der Seneschall Odo kauft von Eduarda. Tochter des Fulco de Pontevès, ihren Besitz in 5 angeführten Orten (Or. in Mars.).

[2]) I. 13. Oktober 1253: Der Seneschall Odo stellt eine Enquete an über die Lehnbarkeit von Ferrage im Gebiete des Erzbistums Aix (Or. in Mars.).

II. 17. Juli 1256; Les Baux: Barral de Baux entscheidet einen Streit zwischen dem Prior von Frigoulet und dem Bailli Karls (Or. in Mars.).

[3]) XI. Kal. Jan. 1256, Tarascon (Or. in Mars.).

[4]) 9. Sept. 1256, Aix: Der Rektor der Stadt wird beauftragt, von Karl einige alte Freiheiten wiederzuerlangen; Nostradamus 219.

[5]) Februar 1255 lassen die Grafen Alfons und Karl ein Inventar ihrer Güter und Einkünfte in Avignon aufnehmen, de Maulde 273.

[6]) S. o. S. 113 A. 2.

[7]) 1253, 1. Sept. finden wir als Vikar Hugo Stacha, einen auch später bewährten Beamten (Blancard, monnaies 451).

[8]) penas immoderatas ultra quadruplum et plus quam sors sit, pro qua nae imponuntur.

auferlegten Strafen zu mildern und auch andere Forderungen der Bürger zu bewilligen [1]).

Waren dies nur vorübergehende Störungen des Friedens zwischen Karl und seinen Unterthanen, so führten andere Streitigkeiten zu Konflikten viel schwererer Art. Zwei Mächte gab es noch in der Provence, welche sich neben Karl in einer gewissen Unabhängigkeit behaupteten: seine Schwiegermutter Beatrix und die Vicekomitalstadt Marseille. Konnte Karl seinem Charakter gemäfs keine selbständigen Mächte in seinem Lande ertragen, so mufste gerade sein Verhältnis zu Beatrix und zu Marseille, welche im Norden und Süden seine Souveränetät einengten und beeinträchtigten, allmählich zu unerträglichen Zuständen und endlich zum Kriege führen.

Es ist bedauerlich, dafs die uns erhaltenen Dokumente nur in geringem Grade gestatten, die Differenzen zwischen Karl und Beatrix zu verfolgen. Anfänglich scheint man die früher besprochenen Verträge von 1248 [2]) beobachtet zu haben; auch die Camargue gab der Graf, getreu seinem Versprechen [3]), nach der Unterwerfung von Arles seiner Schwiegermutter zurück, denn im Oktober 1251 trifft ihr Statthalter daselbst schon wieder Anordnungen in ihrem Namen [4]). In Forcalquier schaltet sie frei und umsichtig an der Spitze ihrer Vasallen [5]), gestützt auf eine ge-

---

[1]) Karls Vollmacht datiert: Apud Neffliam (wohl Neauphle westl. von Paris) Montag post octavas natal. Dom, also 6. Januar; das Edikt der beiden Gesandten, Wilh. de Pinquiniaco und Simon Bagotus: Arles, 9. März 1254 (Orig. in Mars. und ein zweites im Rathaus zu Arles). — Vgl. Anibert III, 243 u. 231 f., der wohl diese Urkunde meint, wenn er sie auch zu 1256 setzt.

[2]) S. o. S. 30.

[3]) S. o. S. 67.

[4]) Bestimmung über das Wertverhältnis der Raimondins zu den Tournois durch G. de Tarascon, locum tenens der Beatrix in Camargis. (Blancard, Monnaies 453.)

[5]) I. 8. Nov. 1255: Beatrix entscheidet den Streit zwischen Herren und Bürgern von Reillane über ihr Konsulat. (Papon II, pr. n. 79.)

II. 30. Nov. 1255. Forcalquier: Huldigung der Agnes von Cadenet (an der Durance zwischen Aix und Apt). (Nostradamus 219; leider fehlt uns das Original zur Prüfung des von ihm angeführten wichtigen Satzes über das Entscheidungsrecht des Kaisers in Streitigkeiten zwischen den Paciscenten; seine Angabe, „dafs Beatrix für Karl lieutenant général der Provence war", zeigt, wie wenig man ihm trauen darf. Auch Bouche l. c. II, 270. verwechselt hier Beatrix mit ihrer gleichnamigen Tochter.)

regelte Verwaltung [1]), unter dem Beirate des bewährten Bischofs von Sisteron; neben diesen tritt seit 1253 [2]) Robert de Laveno, „professor juris" aus Marseille [3]), der später im Dienste Karls eine so bedeutende Rolle spielen sollte.

Schon 1255 mufs es dann aber zu ernsten Verwicklungen zwischen dem Grafen und Beatrix gekommen sein, deren Veranlassung uns ein Brief Heinrichs von England an den Kardinal von St. Angelo aufhellt [4]). Im November 1255 war Graf Thomas von Savoyen von den aufständischen Städten Turin und Asti gefangen worden. Die Könige von England und Frankreich, deren Gemahlirnen Nichten des Thomas waren, ergriffen Repressalien und arretierten eine Anzahl von Bürgern jener Städte, welche sich in ihrem Gebiete aufhielten [5]). Auch Beatrix, die Schwester des Grafen, nahm sechs Astenser, die sich in Forcalquier befanden, fest. Nun aber wurde sie von Karl angegriffen, weil die Stadt Asti mit ihm befreundet war. Ist diese Angabe Heinrichs richtig, so würden wir einen sonst nicht weiter zu belegenden Hinweis darauf haben, dafs Karl schon damals in ein freundschaftliches Verhältnis zu piemontesischen Städten getreten war, wie wir es im Jahre 1259 in gröfserem Mafsstabe beobachten werden. Jedenfalls ist es für ihn bezeichnend, dafs er ohne Rücksicht auf die Wünsche seines Bruders und des Papstes [6]) gegen den Oheim seiner Gattin Partei nimmt, als es ihm für seine Politik förderlich erscheint. Heinrich von England wandte sich nun an den Papst

---

III. 26. Januar 1256: Humbert von Lincel hat dem Bischof von Sisteron die Huldigung verweigert und wird deshalb von Beatrix verurteilt. Louvet l. c. II, 261.

[1]) Ihr Bailli bestätigt 1253 einen Kaufvertrag der Konsuln von Sisteron. (Blancard Invent. I, 398.)

[2]) Er und Humbert von Sisteron entscheiden auf Befehl der Beatrix über die Zollrechte in Forcalquier. (Louvet l. c. 261.)

[3]) 1255, 11. Mai huldigt er in Sisteron der Gräfin für seinen Besitz in ihrem Gebiete. (Or. in Mars.; Blancard (Invent. I, 105) hat diese Urkunde fälschlich zu 1250 angeführt.)

[4]) Undatiert bei Shirley, Royal and other hist. lett. ill. of Henry III., II, 122, vgl. Wauters l. c. V. 171; er kann nur zu Anfang 1256 gesetzt werden, da Anfang April 1256 der Papst schon den von Heinrich III. gewünschten Erlafs absendet.

[5]) S. Nain IV, 85 f.

[6]) Dieser hatte zur Gefangennahme der Turiner und Astenser aufgefordert, s. Math. P. V, 564 f.

und den Kardinal Romanus mit der Bitte, Karl dazu zu bewegen, seinen Streit mit Beatrix durch König Ludwig IX. entscheiden zu lassen und zunächst die Feindseligkeiten gegen die Gräfin einzustellen. Aus dem darauf erlassenen Schreiben des Papstes an Karl vom 5. April 1256[1]) geht aber hervor, dafs es sich nicht allein um die Differenz wegen der Astenser, sondern überhaupt um Verletzung des Friedens 1248 handelte. Beatrix hatte sich über ihren Schwiegersohn beim Papste beklagt, und dieser gebot dem Bischof von Belley, den Grafen durch Kirchencensur zur Beobachtung des von den Kardinälen von Alba und Sabina ehemals erlassenen Schiedsspruchs zu zwingen[2]). Der Bischof verkündete am 13. August diesen Befehl und setzte den Parteien einen Termin zum Vergleich auf Ostern 1257 fest[3]).

Am 6. November 1256 kam aber bereits durch Ludwig IX. ein Vergleich zu stande[4]), nicht lange nachdem der allzeit vermittelnde König zu Péronne die Fehde seines Bruders mit den Avesnes durch seinen Schiedsspruch beendigt hatte. Aus der Vertragsurkunde ersehen wir erst, welche Dimensionen der Konflikt zwischen Karl und Beatrix angenommen hatte: Parteiungen, Plünderungen und offener Kampf war das Resultat gewesen, bedeutende Edle, wie die ehemaligen Grafen von Forcalquier und Bonifaz von Castellane — der nun zum erstenmale gegen Karl die Waffen erhebt, — hatten sich auf die Seite der Gräfin gestellt.

Auch hier konnte Karl mit dem Ausgang des Streites wohl zufrieden sein: er erreichte sein Ziel, denn Beatrix verzichtete auf die Souveränetät und liefs sich mit einer Summe von 5000 Pfd. und einer jährlichen Rente von 6000 Pfund abfinden; 4000 Mark Sterling[5]) erhielt sie überdies, um jene 4 Burgen auszulösen, welche, wie wir wissen[6]), 1244 von Raimund Berengar dem Könige von England für ein Darlehn von 4000 Mark verpfändet waren. Auf den Besitz dieser Festungen hatte es Karl von jeher abgesehn, und auch jetzt bedang er sich aus, dafs der Vertrag nur giltig

---

[1]) S. o. S. 114.
[2]) S. o. S. 30.
[3]) Belley 1256 (nicht Beauvais 1257, wie Blancard (Invent. I, 106) hat.
[4]) Paris. Layettes III, 329, vgl. Nain IV, 93, Papon II, 336.
[5]) ca. 164 000 Mark, cf. Blancard monnaies 210.
[6]) S. o. S. 29.

wäre, wenn sie ihm vor Februar 1257 übergeben seien. Die gefangenen Lombarden sollte die Gräfin ihm ausliefern.

So war Karl mit einemmale auch im Norden der Provence Herr geworden; im Januar 1257 wurde der Friede in Forcalquier publiziert [1]), und nun hörten alle Reibungen und Kämpfe sogleich auf, den Anhängern der Beatrix wurde Amnestie gewährt, sie selbst zog sich vom politischen Leben gänzlich zurück [2]). Auch die Bezahlung der festgesetzten Entschädigungssumme drückte den Grafen nicht allzuschwer, da Ludwig IX. sie vorerst für ihn auslegte; im Februar erklärte der König, dafs er die Rente von 6000 Pfund für seinen Bruder zahlen wolle [3]), und im April hatte die Gräfin von ihm schon 7000 Pfd. der Entschädigungssumme erhalten [4]): vermutlich zog er das Geld von dem Jahrgehalt Karls in Raten ab [5]). Heinrich von England stimmte dem Vertrage zu und verzichtete auf die 4 Burgen, betonte aber ausdrücklich die Rechte seiner Gemahlin und seiner Schwägerin Sancia [6]) auf die Provence.

Mit diesem raschen Erfolge Karls aber war eine weitere Aussicht auf noch gröfseren verbunden, den er im Norden seines Gebietes erringen konnte: dem Dauphin von Vienne gegenüber. In dem besprochenen Vertrage finden wir nämlich festgesetzt, dafs man „de facto Dalphini" zwei Schiedsrichter erwählt hätte, für den Dauphin den Erzbischof von Vienne, für Karl Barral de Baux, welche von Ostern 1257 an vier Jahre Frist zur Entscheidung empfingen; bis dahin sollte Karl verboten sein, den Dalfin anzugreifen — woraus wohl zu schliefsen ist, dafs der Graf schon vorher die Offensive ergriffen hatte. —

Zu gleicher Zeit und nicht ohne Zusammenhang mit diesen Streitigkeiten in der Nord-Provence, entstanden neue Verwicklungen im Süden zwischen Karl und der Kommune Marseille; aber hier wurde der Erfolg nicht so mühelos errungen.

---

[1]) Mense Januario 1256, in castro Forcalquerii. (Or. in Mars.)

[2]) Ihr Testament ist in Amiens am 22. Februar 1264 gemacht; sie hinterläfst ihrer Tochter Beatrix 100 Mark Silber. (Wurstemberger l. c. IV, n. 639.)

[3]) Martene ampl. coll. I, 1343, Del Giudice l. c. I, 276, Anm. 1.

[4]) Layettes III, 354.

[5]) Darauf deuten die Worte des Pariser Vertrages.

[6]) Merton, 1. Januar 1257. Rymer l. c. I, 1, 352.

Nach dem Frieden von 1252 war auch für Marseille die Zeit
der Ruhe und Ordnung zurückgekehrt; ungestört nun breitete das
mächtige Emporium seinen Handel und seine kommerziellen Verbindungen nach allen Richtungen aus. Damals wurde das Livre
rouge angelegt, in welchem alle Rechte, Gebräuche und Ordnungen der Stadt aufgeschrieben wurden, gleichsam als wenn man
noch einmal die ganze Verfassung, wie sie in den Jahrhunderten
der republikanischen Freiheit ausgebildet war, sich vergegenwär-
tigen wollte, kurz, bevor die Republik selbst für immer zusammen-
fiel [1]). Die einzelnen Kapitel dieser Statuten wurden dem grofsen
Rate vorgelegt und von ihm bestätigt [2]). „Sie galten nicht nur für
die Bürger innerhalb der Stadt, sondern auch für die auf dem
Meere und in den grofsen Häfen, wie Alexandria, Akkon, Ceuta
befindlichen; auch sie stehen unter Männern, welche die heimische
Munizipalobrigkeit repräsentieren und dieser verantwortlich sind [3]).“
In Akkon hatten die Kaufleute von Marseille ein besonderes
Quartier inne, welchem von der Mutterstadt eingesetzte Konsuln
vorstanden; denn gerade damals, als die religiöse und politische
Seite der Kreuzzüge ganz zurücktrat, nahm der Handel nach der
Levante hier einen immer höheren Aufschwung; die Bedürfnisse
und Gewohnheiten einer verfeinerten Kultur wiesen die Nationen
des Westens mehr und mehr auf eine rege Verbindung mit dem
Orient hin. Frankreich vor allem hatte durch die Kreuzzüge des
13. Jahrhunderts Beziehungen zum heiligen Lande gewonnen,
welche auch nach der Niederlage der Christen nicht aufhörten;
und nach wie vor war es der Hafen von Marseille, der durch seine
unvergleichliche Lage der Ausgangspunkt des ganzen Verkehrs

---

[1]) So war auch in Arles und Avignon (1243) die Verfassung in der Zeit
aufgeschrieben, welche dem Untergang der städtischen Freiheit voranging,
wie denn im Mittelalter meistens solche Rechtsaufzeichnungen als das Ergeb-
nis längerer Rechtsanwendung aufzufassen sind.

[2]) Méry giebt aus dem Jahre 1253 eine Reihe von Daten:

30. Januar: Über notarielle Akte (III, 81),

2. April: Über den judex palatii (II, 139),

26. April: Vorlesung und Bestätigung der 1. Abteilung des 2. Teiles
(III, 71),

29. August: Über das Erbrecht verheirateter Frauen (III, 186),

17. Oktober: Über Beamtengehalte und über die Clavaires (II, 368
und 372).

[3]) Heydt, Levantehandel I, 363.

zwischen Frankreich, Burgund und den Mittelmeerküsten blieb. Nur eine Rivalin konnte sich neben der Phokäerstadt behaupten, das benachbarte zu Aragon gehörige Montpellier, und so ist es zu erklären, dafs von jeher zwischen den beiden Städten erbitterte Handelseifersucht — die schlimmste, die es in der Politik giebt — herrschte. Wiederholte Verträge — der letzte im Dezember 1254 [1]) — hatten zu keiner dauernden Einigkeit geführt. Nun nahm sich Karl der Sache an, indem er Montpellier dazu bewog, ihn als Schiedsrichter in dem Streite mit Marseille über die Rechte in der Stadt Akkon anzuerkennen. Zugleich aber trat er in enge Beziehungen zu Montpellier [2]). Er gewährte den handeltreibenden Bürgern Schutz in seinem Lande, mit Ausnahme des Gebiets von Marseille. Wenn seine Verträge mit Jacme von Aragon ihm gebieten würden, Montpellier anzugreifen, so sollten die in der Provence sich aufhaltenden Bürger mit ihrer Habe unverletzt aus dem Lande ziehen dürfen. Dafür hatte ihm die Stadt 1500 Pfd. gezahlt und von jedem Pfund (240 Denare) importierter Waren 1 Denar Eingangszoll zu geben versprochen [3]).

Es läfst sich denken, dafs diese Annäherung des Grafen an die verhafste Rivalin, wennschon sie formell durchaus keine Schädigung des Handels von Marseille involvierte, dennoch in dieser Stadt sehr übel aufgenommen wurde. Nimmt man dazu den schon oben erwähnten Vertrag Karls mit der Abtsstadt und die später zu besprechenden, in dieser Zeit unzweifelhaft schon bestehenden Mifshelligkeiten zwischen der Kommune und den gräflichen Beamten, so wird es erklärlich, dafs die Gegensätze zwischen Karl und der Stadt sich aufs neue zu verstärken anfingen. Die Zustände, wie sie der Vertrag von 1252 geschaffen hatte, waren auf die Dauer unhaltbar; eine starke Faktion in der mächtigen Stadt blickte mit Unwillen auf die demütigende Teilnahme des Grafen an der Regierung; aber auch die Friedenspartei sah voraus, dafs dieser nicht auf halbem Wege stehen bleiben, sondern, sobald er sich stark genug fühlte, der Freiheit der Stadt ein Ende machen würde. So war man darauf bedacht, für den unvermeidlichen Entscheidungskampf Bundesgenossen zu gewinnen.

---

[1]) Germain, Commune de Montpellier II, 477.

[2]) 1255, 2. Juni, apud Essarca (wenn richtig gelesen, wohl an les Essarts bei la-Roche-sur-Yon in der Vendée zu denken). Germain, l. c. 519.

[3]) Vigilia Beati Barnabae apostoli (10. Juli) 1255, Montpellier Germain l. c. II, 520, (eine Ausfertigung in Mars., aber verdorben).

Der natürliche Schützer der provençalischen Nation, König Jacme von Aragon, dem von jeher die Sympathieen derselben gehörten, war durch Freundschaftsverträge an Karl gefesselt [1]). Aber sein Schwiegersohn, Alfons von Kastilien, fing um diese Zeit an, in die Geschicke Mittel-Europas einzugreifen; der nicht lange vorher auf den Thron gekommene, ehrgeizige Fürst fühlte sich, als Urenkel Kaiser Friedrichs I., zu einer entscheidenden Rolle im römischen Reiche berufen; und er war es, der durch die Erneuerung des ghibellinischen Gedankens auch in der Provence noch einmal die Reichsidee, die alte Zugehörigkeit zu Deutschland in Erinnerung brachte.

Am 18. März 1256 huldigte in Soria (am oberen Duero) der Gesandte von Pisa dem Könige Alfons, nachdem dieser vorher von der Stadt zum römischen König und Kaiser erwählt war [2]). Hieraus geht hervor, daſs die grundlegenden Verhandlungen bereits in Pisa stattgefunden hatten [3]), daſs also schon lange vor dem Tode König Wilhelms (28. Januar) Alfons nach der Kaiserkrone strebte. Unzweifelhaft sind auch die ersten Schritte von ihm ausgegangen. Denn es wäre wunderbar, daſs Pisa plötzlich ohne jeden Anlaſs die Initiative zu einem so neuen und merkwürdigen Akte, wie diese Wahl, ergriffen haben sollte. War die Stadt stets stauſisch gesinnt, so konnte sie diese Neigung am besten durch engen Anschluſs an Manfred — der jetzt gerade in Unteritalien erfolgreich vorging [4]) — bethätigen; ihre Handelsverbindungen mit Spanien wiesen sie andererseits doch zuerst auf Aragon, nicht auf das fern von der Küste gelegene Kastilien hin. Alfons dagegen zeigt in der Folgezeit, daſs es ihm vor allem auf Italien, nicht auf Deutschland ankommt; immer wieder will er später nach der Lombardei ziehen. Daher knüpft er zuerst mit der kaiserlich gesinnten Hafenstadt Verbindungen an, und es gelingt ihm, durch groſse Vergünstigungen, die er dem Handel der Pisaner gewährt, und durch das Versprechen, gegen ihre alten Feinde, die Genuesen und Florentiner Hilfstruppen zu schicken, Pisa zu einer Wahl zu bewegen, deren Ungewöhnlichkeit und Ungiltigkeit niemand ver-

---

[1]) Wir haben von ihnen nur durch den oben erwähnten Vertrag mit Montellier Kunde. (S. 122).

[2]) Ficker, Reg. 5484—5487; seinen Ansichten (5484) wird man nicht durchweg beistimmen; wir besprechen sie im folgenden.

[3]) Von Marseille werden wir unten das Gleiche beweisen.

[4]) Ficker, l. c. 4652 e.

borgen sein konnte [1]). Aber Alfons bestand vermutlich auf dieser formellen Wahl — denn eine solche ist doch ganz deutlich in der Urkunde ausgesprochen, — um dann in Deutschland von derselben Gebrauch zu machen; und die Pisaner hätten sehr gegen ihr Interesse gehandelt, wenn sie ihm dabei nicht zu Willen gewesen wären.

Und genau so steht es mit der am 13. September 1256 in Segovia vollzogenen Erwählung des Königs Alfons durch die Boten [2]) der Vizekomitalstadt Marseille [3]). Hier wissen wir aus den erhaltenen Schriftstücken [4]), dafs im Juni 1256 bereits durch die Bürger die Wahl zum römischen König und Kaiser vollzogen war, nachdem der Gesandte Alfons', Garcias Petri, die Bedingungen seines Herrn überbracht hatte. Aber weit früher schon müssen Verhandlungen mit Marseille geführt worden sein, denn aus dem Vertrag mit Pisa geht deutlich hervor, dafs ein Zutritt Marseilles zum Bündnis bereits gesichert war. Es heifst dort: man will sich gegen alle diejenigen verbünden, welche Feinde des Königs seien, oder Pisa und Marseille angreifen würden; warum sollte gerade Marseille hervorgehoben sein, wenn nicht auch dort schon vorher — also ungefähr anfangs 1256 — kastilische Gesandte erfolgreich gewirkt hätten? Alfons wird also damals in Marseille und Pisa die ersten Versuche gemacht haben, diese Städte, welche ihm den Zugang nach Burgund und Italien öffneten, für sich zu gewinnen; die Unzufriedenheit mit dem wachsenden Drucke der Regierung Karls und bedeutende Zugeständnisse — zwar nicht überliefert, jedoch unzweifelhaft anzunehmen — werden den Anschlufs an Alfons in Marseille begünstigt haben; zu einer förmlichen Kaiserwahl, auf welcher der König vermutlich bestand, hat man sich hier aber erst nach langen Verhandlungen und durch

---

[1]) Man hat vielfach angenommen, dafs in Spanien keine Kenntnis vom deutschen Staatsrecht herrschte; konnte diese Unkenntnis aber so grofs sein, dafs man eine Königswahl in Pisa und Marseille für hergebracht oder giltig erachtete?

[2]) 3 Syndici der Stadt, darunter Peter Vetuli, der bald darauf (S. u. S. 128) als einer der Führer der Opposition gegen Karl erscheint, und Albert von Lavagna, einstiger Podesta von Arles, dann bischöflicher Richter in Marseille, später 1263 Haupt der Verschwörung gegen Karl.

[3]) Ficker l. c. 5488, Böhmer act. imp. sel. n. 973. Ruffi l. c. 123.

[4]) Orig. in Mars., wo sich folgende Daten der Verträge finden:
Marseille: 16. Kal. Julii,
Segovia: Idus Sept., 13. Kal. Oct., 3. Non. Oct.

das Beispiel Pisas bewogen[1]) herbeigelassen. Denn selbst wenn alle ghibellinischen Ideeen, von denen das Diplom erfüllt ist, mehr als blofse Redensarten waren, konnte doch „die Sehnsucht, die lange Vakanz des Thrones zu beendigen“, und „die hohe Abstammung Alfons' aus römischem und byzantinischem Kaisergeschlccht“ die Bürger von Marseille unmöglich darüber hinwegtäuschen, dafs sie zu der von ihnen ausgeübten Wahl durchaus keine Berechtigung hatten. Wohl aber mufsten sie sich dessen bewufst sein, dafs sie einen bedenklichen Schritt gewagt hatten, als sie die Regierung ihrer Stadt plötzlich einem fremden Herrscher übertrugen: von seiten Karls von Anjou durften sie auf keine Billigung dieser eigenmächtigen Politik rechnen. Zwar hatte man die übliche Rechtsverwahrung zu Gunsten des Grafen nicht vergessen[2]), auch hatte die Stadt volle Befugnis, nach Belieben Bündnisse einzugehen — aber wie sehr mufste es Karl doch verletzen, dafs nach allen seinen Bemühungen, die Zugehörigkeit der Provence zum Reiche in Vergessenheit zu bringen in der mächtigsten Stadt seines Gebiets nun plötzlich die Reichsidee wieder auftauchte, und von den Bürgern mit aller Entschiedenheit betont wurde, dafs Marseille „im Imperium gelegen und demselben unterthan sei“.

Vorerst blieb aber abzuwarten, ob Alfons sich mit der Wahlceremonie begnügen oder ob er auch versuchen würde, auf die inneren Verhältnisse thätig einzuwirken. Und dieser Fall trat sogleich ein. Bei einem Streite zwischen Marseille und Barral de Baux, der alte ererbte Rechte in der Stadt geltend machte, warf Alfons sich zum Vermittler auf; „da er von den Differenzen gehört hätte, schicke er zwei Gesandte zur Beilegung derselben“, heifst es am Anfange des im Dezember 1256 abgeschlossenen Vertrages[3]); sein Vertrauter Laurentius, Pönitentiar des Papstes, wurde von den Parteien als Schiedsrichter anerkannt, und er setzte fest, dafs Barral gegen 600 Pfd. auf seine Ansprüche verzichten und sich von jetzt mit einer jährlichen Summe von 50 Pfd. begnügen sollte, welche mit Karls Erlaubnis aus den gemeinsamen

---

[1]) electionem de ipso per alios factam nomine imperii approbamus...

[2]) salvis juribus et convencionibus quae et quas comes et comitissa Provinciae in civitate Mass. et circa eam habent aut habere dignoscuntur.

[3]) 5 Urkunden vom 17. und 23. Dezember (Or. in Mars.) vergl. Barthélemy l. c. n. 402 u. Supplement n. 14. Ruffi 130 f. Unter den Zeugen finden wir Bonifaz von Castellane, der sich also jetzt der Opposition in Marseille zu nähern scheint.

Einkünften des Grafen und der Kommune zu zahlen sei. Auch sonst sind die Bestimmungen des Schiedsspruches durchaus von der Zustimmnug Karls abhängig gemacht: Barral hätte sich auch kaum auf eine Entscheidung eingelassen, welche die Rechte seines Herrn nicht genau beachtete. — Von einer weiteren Verbindung zwischen dem kastilischen Herrscher und Marseille ist uns nichts berichtet; er war in der nächsten Zeit zu sehr mit seiner Wahl in Deutschland beschäftigt, um Beziehungen weiter pflegen zu können, die er wohl nur jener Wahl wegen angeknüpft hatte. In Marseille wird man bald gemerkt haben, dafs der Anschlufs an Alfons, statt wirksamen Schutz zu gewähren, nur das Mifstrauen Karls wachgerufen hatte; und, wenn dieser auch unter den Motiven zu dem Kriege des kommenden Jahres die Wahl des Kastiliers nicht anführt, so wird man sie doch mit Recht [1]) als eine der Ursachen des Konflikts bezeichnen können.

So standen die Dinge in der Provence anfangs 1257. Karls Streit mit seiner Schwiegermutter hatte mit einem grofsen Erfolge geendigt, offenbarte indes, dafs auch im Herzen der Provence seine Herrschaft noch auf Gegner stofsen könnte, und drohte ihn überdies in einen neuen Kampf mit dem Dalfin von Vienne zu verwickeln. Sein Verhältnis zu Marseille war mehr und mehr getrübt, auf beiden Seiten sah man der unvermeidlichen Entscheidung entgegen. Während aber die Stadt trotz ihres Anschlusses an Alfons schliefslich ohne Bundesgenossen war, hatte Karl, wie wir sehen, überall Verbindungen angeknüpft: mit Aragon, Montpellier, wohl auch schon mit einigen italienischen Städten und mit dem Grafen von Vintimiglia[2]); dann aber erlaubten ihm die Fortschritte seiner inneren Verwaltung, es auf einen Krieg ankommen zu lassen, von dessen Resultat die Zukunft seiner Herrschaft abhängen mufste.

---

[1]) S. Méry l. c. V, v.

[2]) 23. Januar 1256 (1257?) vernichtet die Stadt Genua ihren Vertrag mit demselben (von 1249) wegen vielfacher Rebellion der Grafen: Gioffredo (Hist, mon. Patr. Script. II, 587) meint, dafs Wilh. von Vintimiglia schon im Einverständnis mit Karl gewesen sei, was 2 Jahre später unter seinem Sohne offenbar wurde. In einer Urkunde (Or. in Mars.) über einen Vergleich zwischen den Herren und Bürgern von La Turbie (bei Monaco) vom April 1256 treten in Nizza die später oft genannten 2 Admirale Karls, Jacob Caissius und Wilh. Olivarius als Zeugen auf, woraus man auf die Anfänge einer Flotte des Grafen schliefsen könnte.

Wo sich Karl in den Jahren 1254 bis 1257 aufhielt, ist nicht
möglich, genauer zu verfolgen; er war vermutlich entweder am
Hofe · Ludwigs oder in Anjou anwesend. Auch hier war sein
Streben nach Stärkung seiner Macht und seines Besitzes vom Erfolg gekrönt [1]), zugleich aber beginnen auch schon die Versuche,
sein Erbland als Geldquelle für seine auswärtige Politik auszunutzen und auszupressen [2]), was bald zu Mifshelligkeiten mit dem
Bischof von Angers und dann mit dem Hofe von Paris führte. —

Wir haben oben erwähnt, dafs dem Grafen 1248 auf Cypern
ein Sohn geboren war; es fehlen über diesen aber alle weiteren
Nachrichten: wahrscheinlich ist er bald gestorben [3]). Im Jahre
1254 gebar Beatrix einen zweiten Knaben, den späteren Thronfolger und König Karl II. [4]), und auch dieses Ereignis mag dazu
beigetragen haben, Karl so lange im Norden zurückzuhalten.

---

[1]) 17. Dez. 1256. Augers: Guido von Laval verspricht, seine Burg an
Karl zu übergeben. Layettes III, 339.

[2]) Bericht des Kaplan von St. Maurille an den Bischof von Angers
(1256) über seine Untersuchung der Gewaltthaten der Offiziere Karls gegen
die Bewohner von Douce bei Erhebung der Steuer „à l'occasion de guerre"
(doch wohl des flandrischen Krieges). Port Invent. des arch. de dép. Maine-
et-Loire Serie G, S. 67.

[3]) Minieri Riccio Genealogia di Carlo d'Angio läfst ihn nach wenigen
Tagen sterben, hat aber unzuverlässige Quellen.

[4]) Diese Nachricht des Nostradamus (219) wird durch das oben (S. 91.)
angeführte Privileg Innocenz IV. bestätigt.

VIII. Die Unterwerfung von Marseille und ihre Folgen in der Provence (1257—1258).

Wenn wir die der Ankunft Karls und seinem Angriffe auf Marseille vorangehenden Ereignisse im folgenden schildern wollen, so stehen uns dafür die Berichte einiger Historiker des 13. Jahrhunderts, sodann die ausführlichen Abschnitte der Vertragsurkunde von 1257[1]), welche die Ursachen des Krieges aufzählen, zu Gebote. Beide Gattungen unserer Tradition haben aber das Gemeinsame, daſs sie durchaus die nordfranzösische Anschauung der siegreichen Partei wiedergeben; und wenn es im Vertrage, nachdem alle Vorwürfe des Grafen gegen Marseille des längeren auseinandergesetzt sind, heiſst: „was die andere Partei unbeschadet der Ehre des Grafen, keineswegs zugab“[2]), so wird man mit Recht die Anklagen Karls in Zweifel ziehn oder doch annehmen dürfen, daſs auch auf seiner Seite und von seiner Partei manches geschehen ist, was die Katastrophe herbeiführen muſste, vielleicht auch sollte. Es läſst sich dies sogar beweisen.

Die Annalen von St. Victor, diese einzige, nur zu kümmerliche Aufzeichnung aus der Provence selbst, erwähnen am 5. Mai 1257[3]), „daſs Brito, ein vornehmer und weiser Bürger von Marseille, durch die wachsende Bosheit seiner Feinde aus der Stadt vertrieben und seiner Güter beraubt wurde.“ Hierüber giebt nun die Vertragsurkunde Aufschluſs. Durch sie werden nämlich Brito und mit ihm sein Bruder Anselm, Petrus Vetuli — einer der 1256 zu Alfons gesandten — und ihre Anhänger allein von allen Bürgern

---

[1]) S. Anhang n. XII.
[2]) quod altera pars . . . minime fatebatur.
[3]) M. G. S. XXIII, 6.

für ewige Zeiten verbannt; sie bleiben ohne Recht und Besitz; alle aber, welche sich seit Ostern 1257 [1]) mit den Waffen gegen sie erhoben hatten, sollten ohne jede Strafe ausgehen, da sie diesen Aufstand mit Erlaubnis des gräflichen Hofes gemacht hätten [2]).

Hieraus geht hervor, daſs es im April in Marseille zu offenen Kämpfen gekommen war und daſs diejenigen, welche sich gegen Brito und seine Partei erhoben hatten, von der Regierung Karls unterstützt wurden; wahrscheinlich hat diese sogar die Insurrektion angestiftet, denn es ist doch zweifellos, daſs Brito der Angegriffene war. Er selbst, aus altem Geschlechte, einer der zwei Syndici, welche 1252 mit Karl verhandelt hatten, wird keinen Anlaſs gesucht haben, den Frieden zu brechen, wenn er auch gewiſs allen Bürgern als das Haupt der republikanischen Partei bekannt war.

Wenn nun aber diese nach wenigen Wochen den Gegnern erlag, indem ihre Führer schon anfangs Mai vertrieben wurden, so kann man ferner schlieſsen, daſs die französische Partei damals bereits die Oberhand hatte und es keiner groſsen kriegerischen Anstrengungen Karls bedurfte, um die Stadt zu erobern. Und dies stimmt auch mit den überlieferten Daten, denn der Vertrag ist schon am 31. Mai 1257 im groſsen Rat formuliert, „nachdem viele Verhandlungen vorhergegangen waren"; auch kann eine solche Fülle von Artikeln, wie sie das Friedensinstrument enthält, nicht in wenigen Tagen verfaſst sein; die Belagerung der Stadt kann daher weder langwierig noch gefahrvoll gewesen sein.

Danach werden nun die übrigen Berichte zu prüfen sein.

Die von Karl im Vertrage aufgeführten Beschwerden sind folgende:

Verletzung des Friedens von 1252 durch Zurückbehaltung der dem Grafen zustehenden Einkünfte im Werte von 40 000 Pfund

---

[1]) 8. April.

[2]) maxime cum dictus conflictus factus sit de consensu curiae domini comitis (Art. 23). Da am 1. Mai die neuen Beamten gewählt wurden, kann man vermuten, daſs hierbei die republikanische Partei unterlegen ist und ihre Führer nun am 5. Mai vertrieben wurden. Denn wir finden als neue Rektoren des Jahres 1257 (bis 1. Mai 1258) 5 entschiedene Anhänger Karls (Einleitung des Vertrags), 1256 aber drei Syndici (s. o. Vertrag mit Alfons), von denen wenigstens der eine, Petrus Vetuli, unter den im Mai Exilierten ist.

Turnosen, die Beamten, welche sich dieser Unterschlagung schuldig gemacht, hätten bestraft und zu Schadenersatz verurteilt werden sollen.

Mifsachtung der Ladungen, durch welche das Hofgericht des Grafen in Aix die Regierung der Kommune vor sich citiert hatte: trotz aller Aufforderungen sind die Rektoren, Syndici etc. nicht erschienen und haben auch die deshalb verhängten Strafen nicht gezahlt.

Bewaffnete Landung der Marseiller in den Häfen Toulon und Bouc, die dem Grafen gehörten; hier seien Getreideschiffe gekapert und nebst Besatzung nach Marseille geschleppt; jeden Schadenersatz hätte die Stadt dann verweigert.

Hierfür forderte Karl 50 000 Pfd. Strafgelder, sodann die widerrechtlich zurückbehaltenen Einkünfte und den dritten Teil des Besitzes aller, die seit 1252 Beamte der Kommune gewesen waren, endlich Auslieferung der Angreifer der oben genannten Häfen an das Gericht zu Aix. Auch behauptete er, dafs ihm Regiment, Jurisdiktion und Einnahmen der Stadt anvertraut seien. und beanspruchte die Überlassung aller dieser Rechte [1]).

Es liegt auf der Hand, dafs Karl seine Forderungen absichtlich so hoch geschraubt hatte, um eine Befriedigung derselben unmöglich zu machen und nun Grund zur Kriegserklärung zu haben. Was die Anklagen selbst anbetrifft, so können wir die Richtigkeit derselben nicht prüfen. Aber einen positiven Inhalt hat doch nur die, welche von dem Angriff auf die Häfen spricht; die andern, welche der Stadt Übervorteilung des Grafen und Nichtachtung seines Gerichts vorwerfen, sind ganz allgemein gehalten. Wir haben schon hervorgehoben, dafs diese Konflikte von Anfang an durch den Frieden von 1252 gegeben waren: nicht ohne Absicht hatte Karl einer dualistischen Verfassungsform zugestimmt, welche mit Notwendigkeit zu Kompetenzstreitigkeiten führen mufste.

Gehen wir nun endlich auf die Quellen ein, ans welchen fast allein die späteren Darstellungen geschöpft haben, Primat und Nangis, so müssen wir leider ihren Bericht fast ganz zurückweisen, und dies giebt zugleich eine Gelegenheit, gestützt auf unsere Ur-

---

[1]) Omnia quae commune habebat in civitate Mass. et districtu vel alibi in comitatu Provinciae sibi et uxori suae fore commissa etc. Diese Forderung ist kaum verständlich; mit „commissa“ kann doch nicht eine Übertragung gemeint sein; wann sollte diese stattgefunden haben?

kunden, die Glaubwürdigkeit dieser fast gleichzeitigen Geschichtsschreiber in Bezug auf eine ihrer ausführlichen Erzählungen zu
prüfen.

Die Biographie Ludwigs IX. von Wilhelm von Naugis[1]) hat
den schlechtesten Bericht, denn sie giebt zum Jahre 1257 auch
den Aufstand von 1262, indem sie die Erzählungen des Primat
zusammenzieht. Durch sie sind fast alle Darstellungen falsch geworden, besonders in der Behauptung, dafs Bonifaz von Castellane
1257 gegen Karl aufgetreten sei, und dafs dieser viele Bürger
hätte enthaupten lassen.

Das spätere Chronikon des Naugis[2]) berichtigt den Fehler
der Gesta und giebt zwei kurze Stücke zu 1257 und 1262, indem
es Primat excerpiert, ohne 1257 die Ermordung gräflicher Beamten zu erwähnen.

Primat[3]) selbst hat eine ausführlichere Erzählung, wie immer,
wenn er auf den von ihm vielbewunderten Karl von Anjou zu
sprechen kommt[4]). Aber sie ist wenig authentisch. Schon der
Anfang, welcher die Rückkehr Ludwigs IX. aus Palästina und den
Zug Karls gegen Marseille zeitlich zusammenrückt, klingt bedenklich. Dann aber sagt er, in seiner Parteilichkeit für Karl, dafs
die Beamten des Grafen in Marseille verjagt und getötet seien;
und das ist durchaus falsch, weil der Vertrag davon nichts erwähnt: diesen Vorwurf hätte sich Karl nicht entgehen lassen.
Ebenso wenig glaubwürdig ist es, dafs der Graf in Frankreich ein
grofses Heer gesammelt habe, denn in keiner Zeugenreihe der Urkunden von 1257 erscheint ein französischer Name[5]). Sehr ausgeschmückt ist die ganze Belagerung: wir haben gesehen, wie

---

[1]) M. G. 26, 682. Der Herausgeber Brosien hat den auffallenden
Fehler begangen, dem Nostradamus zu glauben, und zwar nicht nur seine
aus den Gesta des Nangis geschöpfte Nachricht über Bonifaz im Jahre 1257,
sondern auch die ganz aus der Luft gegriffene von seiner Hinrichtung.
(M. G. 26, 641 Anm.) Jeder Zweifel wird dadurch beseitigt, dafs Bonifaz in
2 Urkunden Karls vom August und September 1257 (s. u. S. 142) als Zeuge
erscheint.

[2]) Bouquet 20, 557, 559.

[3]) ibid. Band 24, Kapitel 6 und M. G. 26, 641 f.

[4]) Auch hier sagt er von ihm: car il était prince subtil et avisé en
ses faits.

[5]) Abgesehen natürlich von den ständigen und immer erwähnten Räten
und Beamten.

sie viel zu kurze Zeit dauerte, als daſs an eine Aushungerung zu denken ist, selbst wenn man Primat die auffallende Thatsache glaubt, daſs die Zufuhr zur See abgeschnitten war. Endlich sind die Strafen, die Karl über die Rebellen verhängt haben soll, übertrieben, da in der Vertragsurkunde nur von Verbannungen die Rede ist. Wir würden Primat unrecht thun, wollten wir ihm absichtliche Unwahrheit vorwerfen; aber es ist lehrreich, nachzuweisen, wie wenig ein mittelalterlicher Historiker, selbst wenn ihm reichliche Nachrichten zuflieſsen, im stande ist, Ereignisse, denen er fern steht, richtig darzustellen. —

*　　*
*

Um Ostern 1257 brach Karl von Anjou mit seiner Gemahlin nach der Provence auf. Vielleicht wollte er ursprünglich die Verhältnisse in Forcalquier, nachdem seine Schwiegermutter ihm dort Platz gemacht hatte, prüfen und ordnen. Die Einigung mit dem Dalphin war wohl nicht perfekt geworden, denn am 28. März gebot Papst Alexander den Prälaten von Vienne, Embrun, Grenoble und Gap, jenem beizustehen gegen alle Angreifer seines Landes[1]). Aber der Ausbruch des Bürgerkrieges in Marseille im April bewog den Grafen, sich zuerst nach Süden zu wenden. Anfang Mai schon hatte seine Partei, gestützt auf die Regierung in Aix, in der Stadt die Übermacht gewonnen; bald fingen Unterhandlungen an und am 31. Mai beschloſs das Parlament, den Syndikus der Stadt, Raolin Draperins, nach Aix zu senden, um Karl die vorher vereinbarten Artikel[2]) vorzulegen. Am 2. Juni[3]) ratifizierte er sie, am 6. war er mit Beatrix in Marseille[4]) und hier wurde im Par-

---

[1]) Lateran. V. Kal. Apr. (Or. in Mars.) S. Blancard Inv. 106, der fälschlich noch den Erzbischof von Aix hinzusetzt.

Der Bischof von Gap verkündet am 28. Mai den Erlaſs (IV. Kal. Junii. vacante Imperio). (Or. in Mars.)

Blancard (ibid. 47) hat ein Regest, daſs Karl das Eigentum mehrerer Länder in Prov. und Forc., die der Dalphin besetzt hielt, reklamiert; dies würde hierher zu setzen sein.

[2]) S. Anhang n. XII vergl. Bouche II, 271, Papon II, pr. p. 93. Ruffi 126.

[3]) Aquis in prato castelli seu palatii d. comitis.

[4]) Massiliae, in domo militiae templi; Beatrix stimmt bei, indem sie auf das beneficium minoris aetatis verzichtete, d. h. sie war noch nicht 25 Jahre alt.

lamente [1]) der Vertrag verlesen und von den Paciscenten feierlich beschworen [2]).

Wahrlich staunenswert war der Erfolg, den der Graf in so kurzer Zeit errungen hatte, und Nangis sagt mit Recht, dafs sein Name bei den fremden Nationen in hellstem Ruhme erstrahlte, nach einem Vertrage, der ihm die mächtigste Seestadt des Westens zu eigen gegeben hatte. Wir werden uns aber die an sich so wunderbare Thatsache, dafs er dies ohne grofse Anstrengung erreichte, dadurch erklären können, dafs, wie 1251 in Arles, auch in Marseille eine mächtige Partei auf seiner Seite stand, dafs seine Regierung kein Mittel gescheut hatte, der kriegerischen Entscheidung vorzuarbeiten, dafs den Bewohnern der alte republikanische Sinn verloren gegangen oder doch nur bei wenigen noch zu finden war, und dafs die militärische Kraft — wie es in reichen Handelsstädten zu geschehen pflegt — sehr vernachlässigt war; die Ausbildung der Flotte hatte alles andere zurückgedrängt. Da man wufste, dafs Karl den Verkehr in jeder Weise begünstigen würde, scheute man einen langen Krieg, der den Handel der Stadt schwer geschädigt hätte, und verzichtete auf die alte Freiheit, die auf die Dauer garnicht oder nur mit den schwersten Opfern zu erhalten war.

Gehen wir nun in aller Kürze auf den enorm langen, über 60 Artikel umfassenden Vertrag ein, so führen wir zuerst die wichtigste Bestimmung an, welche ausspricht, dafs an Karl, seine Gemahlin und ihre Nachfolger [3]) in der Provence Dominium, Sig-

---

[1]) In cimiterio B. Mariae de Acoulis (les Accoules heute noch nördlich vom alten Hafen).

[2]) Die bedeutenderen Zeugen sind folgende:

a) Franzosen: Odo de Fontanis, Seneschall; Wilh. v. Beaumont; Heinr. de Lusarchis, Kaplan Karls.

b) Provençalen: Bischof v. Fréjus; Erwählter von Aix; Barral de Baux; Rostang d'Agout; Isnard d'Entrevesnes; Robert de Laveno, juris professor; Joh. de Bonamena, major judex Provinciae; Hugo Stacha.

c) Marseiller: Andreas de Portu; Wilh. Chabert; Joh. Vivaudi; Hugo Vivaudi; Jacob Gantelmi; Sordellus; G. Cornntus.

Die genannten Bürger von Marseille waren die Stützen der gräflichen Partei und bewährten sich stets als treue Diener Karls (s. u. Kap. XII.), Chabert und Johann Vivaudus waren schon 1252 unter den vom Grafen mit Pensionen Belohnten.

[3]) et heredes eorum succedentes eisdem in comitatu Provinciae; 1252 hiefs es noch heredes ejus, d. h. der Beatrix. Dies ist nicht zufällig, son-

norie und Jurisdiktion der Vicekomitalstadt und aller ihrer Besitzungen übertragen werde. Karl hat alle Einkünfte zu eigen und bestreitet aus ihnen die offiziellen Gesandtschaften und Schiffsausrüstungen sowie die Ausgaben der drei Beamten, denen die Sorge für den Hafen anvertraut ist[1]).

Er läfst die Stadt durch einen jährlich wechselnden Vikar regieren. Dieser beruft das consilium generale nur im Namen des Grafen[2]).

Die Rektoren und capita misteriorum werden abgeschafft. Es bleibt nur das consilium generale und secretum, deren Mitglieder der Vikar mit Beihilfe von sechs dazu Erwählten ernennt, die consilia wählen nun im nächsten Jahre im Verein mit dem neuen Vikar die consilia des folgenden Jahres und so fort. Sie wählen auch die Richter[3]), Notare und sonstigen Beamten, mit Ausnahme der obersten: des Vikars, des Subvikars, des judex palatii, der beiden judices appellationum und der Clavaire, welche der Graf jährlich erwählt[4]).

Die Stadt leistet die Calvalcata einmal im Jahre 40 Tage lang im ganzen Gebiete von Provence und Forcalquier; sie stellt auf ihre Kosten 500 Knechte oder 50 bewaffnete Rosse. Bei einem Kriege in diesem Gebiete aber soll statt dessen jeder Herd einen Mann stellen.

Eine Amnestie festgesetzt für alle, mit Ausnahme der Partei des Brito, die geächtet wurde.

Man gelobt sich gegenseitigen Schutz. Der Graf soll keine Klagen gegen die Stadt anhören, auch nicht von seiten der Montpellienser.

Alle Abgaben, Verkehrserschwerungen jeder Art zu vermeiden: die Weineinfuhr verboten.

Die Stadt behält ihre Kriegsmaschinen und ihre Mauern.

---

dern zeigt, dafs die staatsrechtliche, durch Raimund Berengars Testament geschaffene, Fiktion, welche Beatrix zur Besitzerin der Provence machte, nun dem thatsächlichen Verhältnisse gewichen war.

[1]) Sie erhielten jährlich 300 Pfd. Reg. cor. (ca. 4000 Mr.) ad curandum portum Mass.

[2]) 1252 im Namen des Grafen und der Kommune.

[3]) Ihr Gehalt beträgt 60 Pfd. Reg. cor. (ca. 800 Mr.)

[4]) d. h. nicht die Clavaire und ihre Notare, welche länger als 1 Jahr fungieren.

Sie darf im Orient Verträge schliefsen mit Erlaubnis des Grafen. Er soll dahin wirken, dafs die Besitzungen der Stadt in Akkon, Cypern und anderen überseeischen Häfen wiedererlangt würden[1]); die Einkünfte daselbst, nach Abzug der Ausgaben für das Salair der dortigen Beamten, soll ebenfalls der Graf haben.

Wir begnügen uns mit diesem Auszuge, der doch schon darlegt, dafs Karl seinem Grundsatze treu blieb, die Bürger für den Verlust ihrer Freiheit durch reichliche Gnadenerweise und durch bedeutende Handelsvorteile zu entschädigen. So fügte er auch noch am Tage, wo er in Marseille den Vertrag beschwören liefs, drei weitere Artikel hinzu[2]), welche der Stadt eine grofse Erleichterung ihrer Abgaben und eine bedeutende Summe zur Reparatur ihres Hafens aus seinen Mitteln gewährten. Er wufste wohl, dafs es auch seinem Interesse zu gute kam, wenn der Verkehr und Reichtum der Stadt auf der Höhe blieb, und hütete sich, die Bürger durch Kontributionen und Strafen zu erbittern, um nicht der noch immer mächtigen republikanischen Partei Grund zur Verschwörung zu geben. Andererseits aber beseitigte er rücksichtslos alles, was seiner Herrschaft irgendwie im Wege stand. Aus der Wahl der Beamten und des Rats konnten nur seine Anhänger hervorgehen, und, wie 1251 in Arles, wurde auch in Marseille jetzt durch das Verbot der capita misteriorum die unruhige Demokratie von der Regierung ausgeschlossen. —

Wie gewaltig mufste aber der Eindruck sein, den die Unterwerfung der Stadt in Europa hervorrief! Wie berühmt der Name des Siegers, als man nun auf allen Meeren über dem wohlbekannten Schiffszeichen von Marseille sein stolzes Banner wehen sah[3])! Mit einem Schlage waren die Versuche fremder Mächte, an der Rhone Einflufs zu erlangen, vereitelt; wie so oft vorher, zeigte es sich von neuem, dafs das persönliche Eingreifen eines thatkräftigen Territorialherrn die diplomatischen Erfolge auswärtiger Gewalten mühelos hinwegfegte. Vor allem aber in der Pro-

---

[1]) Heydt, Levantehandel I, 363 sagt, es sei nicht klar, was dies wäre. Gewifs ist hier wieder auf den Streit mit Montpellier bezug genommen, der in Akkon zur Beeinträchtigung der Macht Marseilles geführt hatte.

[2]) a. Zur Cura portus gab der Graf aus seinen Mitteln noch 100 Pfd.
 b. Die Abgabe von 2 Denaren für den Scheffel Getreide, der zum Mahlen gebracht wurde, auf 1 Denar herabgesetzt;
 c. Zollfreiheit für Warentransporte der Stadt in der Provence.

[3]) in loco honorabiliori s. d. Vertrag Art. 47.

vence selbst offenbart sich nun die Wirkung des überraschenden Ereignisses in einer Reihe von weiteren Erfolgen der gräflichen Hoheit. Karl von Anjou hielt es für angemessen, nach der Einnahme Marseilles seinen Aufenthalt in der Provence auszudehnen, um überall selbst die Fortschritte seiner Regierung zu inspizieren, Widersacher zu strafen, alte Anhänger zu belohnen und neue zur Huldigung zuzulassen. Eine grofse Masse uns erhaltener Diplome wird uns nun davon ein deutliches Bild geben, wie sehr ihm überall die Eroberung von Marseille zu statten kam.

Noch während Karls Aufenthaltes in der Stadt im Juni[1]) begannen die Verhandlungen mit dem Bischof von Marseille, die nach einigen Monaten zur Übergabe der Episkopalstadt an den Grafen führten. Im Juli finden wir diesen in seinem Palast zu Brignoles auf dem Wege nach dem Osten der Provence. Hier kam am 9. Juli[2]) der Friede zwischen Marseille und Montpellier zu stande, der den langwierigen Zwistigkeiten[3]) ein Ende machen sollte. Eingedenk seines Versprechens verurteilte Karl Montpellier zum Ersatz des den Marseillern zugefügten Schadens, während die Montpellienser keine Vergütigung erhielten[4]). Wie grofs mufs auch bei ihnen die Furcht vor dem Grafen gewesen sein, wenn sie auf diesen unbilligen Schiedsspruch eingingen und in der That die 60 000 Sous Strafgeld zahlten[5])! Den alten Streit über das Konsulat, das Marseille zu Schiffe über Montpellier zu haben behauptete, liefs Karl unentschieden; neue Differenzen hierüber sollten dem Urteile seines Hofgerichts unterliegen[6]).

---

[1]) Die Ann. von St. Victor (l. c.) sagen, am Tage nach der Übergabe der Vicekomitalstadt. Die Urkunden sind aber erst vom August.

[2]) Vaisséte (neu) hist. de Languedoc VIII, 1413. Unter den uns meist bekannten Zeugen ist auch der Seneschall von Beaucaire, was auf eine Beteiligung Frankreichs schliefsen läfst.

[3]) Auch der Papst und Ludwig IX. (4. Jan. 1257) hatten in den Streit eingegriffen und zwar zu Gunsten Montpelliers. Germain Commerce de Montp. I, 222.

[4]) Sie waren in Aigues mortes von den Marseillern angegriffen worden, wie diese selbst zugestehen.

[5]) Erlafs der Stadt an ihre Kaufleute, dies Geld zu zahlen. Germain ibid. II, 34.

[6]) Und zwar in loco communi (d. h. auf neutralem Boden): in Avignon. St. Rémy. Tarascon, quando curia sua cognosceret; quando comes per se, apud Sallouem, vel ubi comiti placeret. Die Beeinträchtigung Jacmes, des Herrn von Montpellier, wurde mit der Formel „salvis conventionibus, quas habet cum rege Aragonum" verwischt.

In Brignoles leistete dann der Abt von Montmajour (bei Arles) dem Grafen den Treueid für Castellet, Graveson und Pertuis [1]); der Bischof von Riez erhielt die Bestätigung einer Klosterstiftung [2]); zwei andere Vergabungen erwähnen wir, um das System zu kennzeichnen, nach welchem sich Karl mit den kleineren Vasallen auseinandersetzte. Mit Eduarda von Pontevès war der Seneschall Odo einen Tausch eingegangen, den der Graf nun bestätigt [3]): für einige Burgen erhielt sie entsprechende Einkünfte Karls daselbst aus der Calvacata und Alberga angewiesen. Gilbert von Baux empfing [4]) einen Teil der Einkünfte von Pavie [5]) in der Höhe von 10 Pfund Turnosen jährlich; was darüber war, behielt der Graf sich vor nebst der Oberhoheit, der Cavalcata (12 Denare für den Herd) und einer Generalsteuer in besonderen Fällen; Gilbert leistete Homagium für seinen Besitz in Marignane. Beidemale also erwarb Karl gegen eine jährliche Rente feudale Rechte, ein Verfahren, das zwar eine Stärkung seiner Souveränetät, aber auch eine Steigerung der jährlichen Ausgaben mit sich brachte.

Von Brignoles [6]) ging Karl nördlich hinauf, wir finden ihn am 17. Juli in Riez und hier kamen die Verträge zu stande [7]), welche den Streitigkeiten zwischem dem Grafen und dem Dalphin von Vienne, die beinahe zum Kriege geführt hätten, ein Ziel setzten. Sie waren entstanden, nachdem Karl von seiner Schwiegermutter Forcalquier erhalten hatte und die in diesem Lande belegenen Besitzungen des Dalphins [8]) nun ebenfalls für sich in Anspruch nahm. Es waren dies die Gebiete in Gap, welche Marie von Sabran, die Nichte Wilhelms von Forcalquier, ihrem Gatten Guigues André von Vienne zugebracht, und die Kaiser Friedrich II.

---

[1]) 8. Juli. Gall. christ. I, 610. Carranrais l'abbaye de M. 60. Das vielumstrittene Pertuis ist also nun definitiv Lehen des Grafen geworden.

[2]) Louvet l. c. II, 304.

[3]) 10. Juli. (Or. in Mars. Reg. B. 1065.)

[4]) Auf Bitten Barrals. 12. Juli. Barthélemy l. c. n. 413.

[5]) Bei Marignane nordwestl. von Marseille.

[6]) Aus dem Vertrag mit dem Dauphin geht hervor, daſs hier in Brignoles auch Dragonet von Montauban an Karl den Treueid leistete.

[7]) Dienstag und Mittwoch vor Maria Magdalena. Or. in Mars. Del Giudice l. c. I, Anhang LXI. ff. Papon II, pr. 81. Chevalier Inventaire des arch. des Dauph. 2. Lieferung, St. Jean de Grénoble n. 43.

[8]) Beide waren durch ihre Frauen nahe verwandt, welche Geschwister-Kinder aus savoyschem Hause waren.

1245 dem Sohne des letzteren, Guigues VIII., konfirmiert hatte[1].
Es ist durchaus nicht zu sehen, mit welchem Rechte Karl hierauf
Ansprüche machte; in der Urkunde behauptet er aber, dafs
Guigues dies Gebiet „indebite et injuste“ ihm vorenthielte; leider
wissen wir nicht, ob das von Ludwig IX. 1256 eingesetzte
Schiedsgericht schon gesprochen hatte. Der schwache Dalphin
fürchtete nur zu sehr die Waffen seines Gegners[2]) und liefs sich
herbei, seinen Besitz in Forcalquier an Karl abzutreten und von
ihm zu Lehn zu nehmen; wenn er ohne Nachfolger stürbe, sollte
das Land wieder an die Provence kommen. Dafür erhielt Guigues
die Hoheitsrechte Karls über Galburga von Medouillon und Dragonet von Montauban[3]); doch durften diese in einem Kriege nicht
dem Dalphin, sondern nur Karl Hilfe leisten. Im Beisein des Grafen
Guido von Forez und aller Räte Karls wurde der Dalphin in Riez
neu investiert. Damit hatte Karl einen weiteren grofsen Triumph
errungen: ohne Schwertstreich war es ihm gelungen, den mächtigen Nachbarn von sich abhängig zu machen und sein Gebiet
nach Norden hin abzurunden; seinen Grundsatz, auf dem Boden
der Provence keine selbständigen Herren zu dulden, hatte er auch
hier rücksichtslos durchgeführt.

Von Riez zog Karl wieder westwärts, über St. Rémy[4]) kehrte
er nach Marseille zurück. Hier kamen die Gesandten von Apt
vor ihn — der sich nun „dominus Massiliae“ nennt — und er-
kannten an, dafs sie ihre Konsuln stets dem Bischof der Stadt zur
Bestätigung zu präsentieren hätten, da sie von ihm abhängig seien.
Im Jahre 1239[5]) hatte Kaiser Friedrich II. der Stadt Apt ein
Privileg gegeben, welches ihr Konsulat unmittelbar unter das

---

[1]) Huill. Bréh. V, 542. Auf Gap selbst machte Karl erst 1271 Anspruch und zwar als Nachfolger der Kaiser in der Prov. (Gall. chr. I, 87);
vgl. Hüffer (Burgund 98), der Gap fälschlich als Suffraganbistum von
Embrun, statt von Aix, anführt.

[2]) „quod nolebat contendere cum Karolo“ sagt er selbst.

[3]) Aber nur, wenn Dragonet zustimmte. Die beiden Orte lagen nicht
im eigentlichen Forcalquier, sondern in dem Gebiete zwischen Provence,
Venaissin und Dauphiné, das früher reichsunmittelbar gewesen war. (Die
Herren von Medouillon und Montauban hatten von den deutschen Kaisern ihre
Belehnung empfangen.)

[4]) Hier gewährt er am 4. August einem Bürger von Piacenza Zollfreiheit für seine Waren in der Provence. Del Giudice l. c. I, Ahg. LXVII.

[5]) Huill. Bréh. V, 341, Sternfeld, Arelat 110.

Reich stellte: er plante damals eine Stärkung der Kommunen gegenüber den ihm feindlichen Bischöfen. Karl hatte von der Episkopalgewalt nichts zu fürchten; er beanspruchte ihre Rechte, ebenso wie die der Kommunen, für sich allein: schon nach wenigen Wochen — Ende August[1] — traten die Behörden von Apt ihr Konsulat an den Grafen ab und gelobten, den Treueid und die Cavalcata zu leisten. Was Friedrich II. angestrebt hatte, — „sacramentum und servicia“, — das fiel dem Grafen von selbst zu: die Erlasse einer Politik, welche ihren durchaus zweckmäfsigen Gedanken keinen Nachdruck verleihen konnte, zerfielen in nichts vor der starken Territorialmacht.

Das zeigte sich noch weit deutlicher, als Karl gegen Ende des August nordwärts nach Orange zog und hier von Raimund von Baux alle Rechte erhielt[2], welche ihm aus einer Schenkung Friedrichs II. an seinen Vater, Wilhelm von Baux, zustanden. Dieser hatte 1215 vom Kaiser das Königreich Vienne und Arles empfangen[3], jetzt trat sein Sohn dasselbe an Karl von Anjou ab, weil „durch ihn Friede und Gerechtigkeit daselbst besser geschützt werden könne“.

Wir wissen, wie wenig reellen Wert jene Verleihung des Arelats an Wilhelm von Baux gehabt hat, wie dieser und sein Sohn niemals den Königstitel geführt oder irgend welche Hoheitsrechte kraft des kaiserlichen Diploms ausgeübt haben; auch Karl täuschte sich nicht über die geringe Bedeutung desselben und verschmähte es, aus ihm eine schattenhafte Würde für sich abzuleiten[4]. Ihm kam es nur darauf an, dafs das Abhängigkeitsverhältnis der Fürsten von Orange, welches Barral de Baux angebahnt hatte, nun durch die Cession jenes Privilegs ausgesprochen und somit auch hier der Schein einer selbständigen Herrschaft neben der seinigen beseitigt würde: eine zweite, am selben Tage ausgestellte Urkunde[5] sprach es noch besonders aus, dafs Raimund

---

[1] V. Kal. Sept. St. Rémy. (Or. in Mars.) Papon II, n. 82. Unter den Zeugen: der Seneschall Odo, Barral, Beaumont, Jacob Gantelmi.

[2] IX. Cal. Sept. Aurayce.. Blancard, Revue des sociétés savantes VI. 440 Winkelmann actes 740, schlecht bei Papon III, pr. 6.

[3] Sternfeld l. c. 44 f.

[4] Daher ist auch die Ansicht Winkelmanns unrichtig, dafs Raimund 1257 die Urkunde gefälscht habe, um den Preis der Abtretung zu steigern. Karl liefs sich durch Titel nicht blenden, er hatte die Macht in Händen, die Cession zu erzwingen.

[5] Barthélemy l. c. n. 419.

von Baux die Oberhoheit Karls in der Provence anerkannte und ihm den Lehnseid leistete.

Es ist ein merkwürdiges Zusammentreffen, dafs genau in jenen Tagen Alfons von Kastilien als römischer König einem burgundischen Edleu, Albert de la Tour [1]), „de regno Arlatensi et Viennensi noster fidelis“ die Würde des Seneschalls verlieh [2]). Dort die Erneuerung der alten Illusionen, traumhaften Titel und Privilegien durch einen römischen König, der in Spanien weilt, hier die zielbewufste Zerstörung derselben durch einen französischen Prinzen, der im Laude regiert: wie sehr bezeichnet dies doch die verhängnisvolle Entwicklung der deutschen Geschichte im Mittelalter! —

In den letzten Augusttagen residierte Karl wieder in St. Rémy — zwischen Tarascon und Les Baux, — und hier kam nun der Vertrag mit dem Bischof von Marseille zum Abschlufs, über den im Laufe des Sommers eifrig verhandelt worden war. Benedikt von Alignauo, der Nestor der burgundischen Prälaten, hatte seit 30 Jahren den Bischofssitz und die Regierung der Episkopalstadt Marseille inne. Wenn auch stets auf der Seite des Grafen von Provence stehend, war er doch jeder Abhäugigkeit ausgewichen; er hatte es 1245, mit Hilfe des Papstes, gewagt, Raimund Berengar das Homagium zu verweigern [3]). Aber nach der Unterwerfung der Vicekomitalstadt waren auch die Tage seiner Freiheit gezählt. Am 9. August teilte er dem Kapitel den Vertrag mit dem Grafen mit [4]); dieses stimmte bei, ebenso wie der Metropolit des Bischofs, der zu völliger Bedeutungslosigkeit herabgesunkene Johann von Arles, welcher in Tarascon nach sorgfältiger Prüfung erklärte, dafs das Abkommen der Kirche von Marseille von Nutzen sei [5]). So konnte dasselbe denn am Ende des Monats ratifiziert werden [6]).

---

[1]) La Tour du Pin zwischen Rhone und Isère in der nördl. Dauphiné.

[2]) 9. Sept. 1257, Burgos. Valbonnais hist. de Dauphiné I, 121. Ficker 5489.

[3]) Belsunce l'Antiquité de l'église de Marseille II, 175.

[4]) ibid. 211, Marseille, im Beisein Roberts von Laveno, des gräflichen Vikars.

[5]) mense Aug., in castris comitis, Zeuge u. a. Barral (Orig. in Mars. Reg. Bd. 2, S. 28).

[6]) St. Rémy, 3. Kal. Sept. (Or. in Mars., Belsunce l. c. 213 hat falsch 30. Oktober). vergl. Gallia. christ. I, 654. Bestätigung nochmals 4. Non. Sept.

Es heifst in demselben, der Bischof hätte bei der Ausübung der
weltlichen Gerichtsbarkeit von jeher mit dem Widerstand der
Kommune Marseille zu kämpfen gehabt; damit nun jetzt, wo diese
dem Grafen gehöre, aller Zwist und Krieg aufhöre, und in Zukunft
Eintracht zwischen den Städten herrsche, übergebe er Karl die
Herrschaft und Jurisdiktion der Stadt; der Graf aber gewährte
ihm dafür eine Anzahl von Burgen und Ländereien, deren Ertrag
jährlich 500 Pfd. Regalen einbrachte, während die Gerichtseinkünfte des Bischofs nur auf 400 Pfund abgeschätzt waren [1]); indes
behielt sich Karl die Hoheit und die Cavalcata in jenen zwölf genannten Burgen vor. So vertauschte er auch in diesem Falle
wieder einen pekuniären Gewinn mit einem politischen; für eine
geringe Geldeinbufse hatte er den grofsen Vorteil, nun das ganze
Marseille — die 3 Städte, welche sich um den alten Hafen auf-
bauen, — unter seiner Botmäfsigkeit zu sehen [2]).

Am selben Tage [3]) bestätigte der Graf die Freiheiten der Stadt
Sisteron, wobei es nun wichtig ist, sein Verhältnis zu einer der
gröfseren Landstädte kennen zu lernen. Im wesentlichen war es
dasselbe, wie unter seinem Vorgünger, jedoch erhöhte er die kriegerische Leistung der Stadt um das Doppelte, indem früher 100
Knechte und 5 Reiter, jetzt ein Mann für jeden Herd oder 200
Mann, davon ein Viertel Bogenschützen, gestellt werden mufsten.

Damals, in St. Rémy, stand Karl auf der Höhe seiner Erfolge.
Um ihn waren seine Räte und Beamten versammelt, die Seneschalls
von Venaissin und Provence — hier jetzt Girard de Saciac, während der noch im August fungierende Odo de Fontanis als miles
angeführt ist — die Vikare von Forcalquier und Marseille, die

---

[1]) d. h. von drei Räten Karls: dem Electus von Aix, Bisch. von Fréjus
und Barral.

[2]) Wie diese von der Regierung Karls ausgedehnt wurde, zeigt ein
interessanter Vertrag vom 4. September (André Hist. de l'abbaye de
St. Sauveur de Marseille 41 f.). Da im Vertrage von 1257 die Weineinfuhr
nach Marseille verboten war, fragten die Nonnen von St. Sauveur, deren
Weinberge in der Umgebung der Stadt lagen, den Rat von Marseille an, ob
diese Quartiere zum Distrikte der Stadt gehörten. Die Antwort lautete: das
Kloster solle dem Grafen huldigen und seinen Beamten dort Jurisdiktion gestatten, dann würde man die Besitzungen zur Stadt rechnen und die Weineinfuhr gestatten: das Kloster ging hierauf ein!

[3]) 3. Kal. Sept. apud S. Remigium. Laplane Hist. de Sisteron I, 456;
S. 96 erwähnt er (1257) eine Amnestie für die Stadt, von der nur die Aufständischen ausgeschlossen waren.

geistlichen Herren von Aix, Fréjus und Nizza, Barral, der Kaplan Heinrich und viele andere; auch Bonifaz von Castellane, der tapfere, der neuen Regierung abgeneigte Troubadour, hatte sich eingefunden; es schien, als könne sich niemand aus der provençalischen Nobilität der Gewalt des Grafen entziehen.

Dies zeigte sich auch im September und Oktober 1257, wo Karl in Tarascon weilte, in zahlreichen weiteren Belehnungen. Ademar von Grignan leistete ihm das Homagium für sein Schloſs Grignan gegen eine jährliche Pension von 50 Pfd. Regalen, die er aus den Einkünften von Marseille erhalten sollte[1]). Ihm folgten die Herren von Sault[2]); somit machte die Macht Karls auch in jenem nördlichen, an das Venaissin grenzenden Gebiet, dessen Herren früher Vasallen des deutschen Kaisers waren, immer weitere Fortschritte.

In dieselbe Zeit fällt ein Kompromiſs zwischen dem Grafen und dem Bischof von Digne, welches die Besitzverhältnisse in der Stadt Digne nach dem Spruche juristischer Schiedsrichter regelte[3]). Am 2. Oktober wurden dann zu Tarascon die Beziehungen des Metropoliten von Aix zum Grafen neu geordnet.

Nach dem Tode Philipps von Aix, des langjährigen, treuen Dieners der neuen Herrschaft, hatte das Kapitel Hugo Alanus von Sisteron zum Erzbischof gewählt. Karl aber, der von Anfang an bei den kirchlichen Wahlen das Zustimmungsrecht in Anspruch nahm, welches seinem Bruder Ludwig einen so bedeutenden Einfluſs auf die Besetzung der vakanten Bischofswürden gewährte, verhinderte beim Papste die Bestätigung des Alanus. Dieser war auch durchaus nicht gewillt, gegen seinen Souverän aufzutreten. So wurde eine Neuwahl vorgenommen und in dieser Vicedominus, der Probst von Grasse und Staatsrat des Grafen, gewühlt[4]). Nachdem der Papst ihn bestätigt hatte, leistete er nun dem Grafen die

---

[1]) Tarascon. 21. Sept. Blancard monnaies 209; derselbe Inhalt in einer Urkunde aus Avignon, 29. Sept. (Or. in Mars.), vgl. Bouche 1, 902, Nostradamus 223, Louvet Abrégé I, 161.

[2]) Diese führt nur Louvet (l. c.) an; aber seine Nachricht ist sehr wahrscheinlich, da sich die Herren von Entrevesnes und Agout, denen Sault gehörte (Huill. Bréh. V, 1234), unter den Begleitern Karls befinden.

[3]) Tarascon, Sonntag vor und Mittwoch nach Michaelis (30. September, 3. Oktober 1257). Urk. in Mars. Reg. B. 2, S. 54. vgl. Gall. christ. III. 1121, Gioffredo l. c. 591, Louvet II, 437 (hier falsch 1258).

[4]) Haitze, Hist. de la ville d'Aix 260.

Huldigung für seine Temporalien, für eine Anzahl Burgen und für die Ländereien, welche Bertrand van Baux von der Kirche Aix zu Lehen hatte [1]). Zugleich gab Karl dem neuen Erzbischof den Besitz von Chateauneuf bei Grasse.

Am 15. Oktober kam ein Vertrag mit den Herren von Foz, den Besitzern von Hyères und der anliegenden Inseln, zu stande [2]). Karl warf ihnen vor, dafs sich ihre Vorfahren rechtswidrig derselben bemächtigt hätten; ein Schiedsspruch des Bischofs von Nizza und Roberts von Laveno stimmte ihm bei und so mufste sich Roger von Hyères dazu verstehn, seine Hoheitsrechte an Karl abzutreten, wofür dieser ihm 9 Güter im Werte von 500 Pfd. jährlicher Einnahme abtrat [3]).

Im Oktober hat dann Karl mit seiner Gemahlin die Provence verlassen [4]). Nur ein halbes Jahr war er hier gewesen, aber diese kurze Zeit hatte genügt, um die Eroberung des Landes zu vollenden; von Erfolg zu Erfolg schreitend, hatte er ohne Gewalt, ohne Blutvergiefsen seine Widersacher gedemütigt und seine Macht im ganzen Bereiche der Provence aufs neue befestigt. Wenn er jetzt nach Frankreich zurückging — vielleicht, um bei den Verhandlungen Ludwigs mit England zugegen zu sein [5]) — so wufste er, dafs seine Beamten, die er sich ausgesucht und herangebildet hatte, alles von ihm Begonnene sorgsam und getreu in seinem Sinne fortführen würden. Von den in die nun folgende

---

[1]) Or. in Mars. Tarascon, Dienstag nach Michaelis (Blancard, Arch. I, 107, nennt hier auch irrtümlich den Bischof von Riez und die Coseigneurs von Ménerbes) vgl. Gall. christ. I, pr. p. 68.

[2]) Nostradamus 224, Bouche II, 273, Louvet I, 163.

[3]) Nach Louvet soll Hyères 5 Monate belagert sein. — Am 11. Dezember 1257 führt der Seneschall Girard de Saciac den Vertrag aus, indem er die Einkünfte der Burg Bormes, welche von der Kirche Aix abgetreten waren, im Werte von 50 Pfd., an Roger von Hyères giebt. Gall. chr. I, pr. p. 69.

[4]) Dies geht daraus hervor, dafs die Urkunden vom November nicht mehr von Karl ausgestellt sind; aber auch eine Vergabung für Raim. von Cotignac vom Oktober (Urk. in Mars.) zeigt uns (undeutlich) den Ausstellungsort Alesterium (?), was wohl Alestum (Alais) heifsen soll; schon 1250 geht Karl über Alais nach Frankreich. Bei ihm sind Barral, der Seneschall Girard, Laveno, Bonamena, Heinrich und zum erstenmale Wilhelm Estendard.

[5]) Um diese Zeit kamen englische Gesandte zum König, denen er freundlich, seine Brüder sehr hart antworteten. Math. V, 649 f., 659 f.

Zeit fallenden Maßnahmen der gräflichen Regierung seien nur die wichtigsten erwähnt [1]).

Zu diesen gehören vor allem die Verträge des Seneschalls Girard v. Saciac mit den Grafen von Vintimiglia, durch welche der Macht Karls nach Osten hin eine weitere Abrundung zu teil wurde. Eine Annäherung Wilhelms von Vintimiglia an Karl war schon früher erfolgt: durch sie hatte sich jedenfalls Genua zur Ächtung des Grafen veranlaßt gesehen [2]). Jetzt — anfangs 1258 [3]) — unterwarfen sich die Brüder des Hauses von Vintimiglia ganz dem westlichen Nachbarn. Gegen andere Besitzungen, welche jedem 5000 Sous jährliche Rente abwarfen, gaben sie nacheinander ihre Rechte auf die Grafschaft und das Thal Lantosque an Karl dahin. So gewann er leichten Kaufs wichtige Gebiete an den Straßen nach Oberitalien, wobei ihm allerdings nicht entgehen konnte, daß er damit der mächtigen Rivalin Genua den Fehdehandschuh hinwarf [4]). Aber schon war die Zeit gekommen, wo die großen Emporien Italiens mit der Macht des provençalischen Grafen auch

---

[1]) Weniger bedeutend sind folgende hierher gehörige Akte. (Orig. in Mars.)

1257. 20. Okt. Thorame (Basses Alpes), Wilh. v. Moustiers giebt an Andreas, einen Beamten Karls, seine Herrenrechte ab.

1257. 13. Nov. Grasse. Verurteilung des Jausserand von St. Auban durch den Bailli Karls zur Abtretung einiger Besitzungen.

1257. 21. Dez. Nic. und Bermund (nicht Bertrand, wie im Inv. I, 107) von Chateauneuf klagen gegen Wilh. v. Baux; der von diesem vorgeschlagene Schiedsrichter Imbert de Auronio scheint ihnen zwar sehr tauglich, sed nimis distabat a terra ista, cum haberet bajuliam seu vicariam Forcalquerii, et magua et ardua negotia domini comitis trahebant eum.

[2]) S. o. S. 126, Anm. 2.

[3]) a. Vertrag mit Wilhelm II. nach Gioffredo (l. c. 591) 19. Jan. 1257 (d. h. 1258), Zeugen Bischöfe von Nizza und Glandevès, Barral, Laveno. Hiervon wohl eine Ratifikation Sonnabend in crastino Cathedrae St. Petri 1257 (23. Jan. 1258, Reg. B. 2, S. 64, Mars.). Vgl. Bouche II, 273.

b. Vertrag mit Bonifaz, Sohn des verstorbenen Manuel, Donnerstag nach Ostern 1258 (28. März), Zustimmung seines Bruders Georg, Montag nach Pfingsten 1258, schon unter Seneschall Walter von Alneto. (Reg. B. 1378 Mars.; vgl. A. d. B-du-Rh. I, 404).

[4]) Auf weitere Verbindungen in dieser Gegend weist der Vertrag hin, den Tissérand (Hist. de Vence 43) zu 1257 setzt: „Karl kauft den Erben Romeos von Villeneuve einige Besitzungen ab (u. a. Cagnes westlich von Nizza), um sie an die Grimaldi von Monaco zu geben, die ihm ganz ergeben waren."

zur See rechnen mufsten. So zeigt uns ein Vorfall aus dieser Zeit, dafs er gegen die Piraterie der Pisaner im Golf du Lion wirksame Mafsregeln ergriff. Cogorla, einem Bürger von Montpellier, waren zwei Barken von pisanischen Seeräubern abgejagt und nach Hyères geschleppt worden; die Piraten versprachen gegen ein Lösegeld alles zurückzugeben, widrigenfalls der Graf von Provence ihre Güter mit Beschlag belegen sollte [1]. Da sie aber die Herausgabe des Gestohlenen verweigerten, liefs sie Karl auf ihren Schiffen ergreifen und nach Nizza bringen, wo am 4. Juni 1258 von dem gräflichen Richter gegen sie entschieden wurde [2].

Erwähnenswert sind auch die Verhandlungen zwischen dem Papste und Karl, welche durch die Übertragung der Bischofsstadt Marseille an den Grafen veranlafst wurden: sind sie doch weitere Belege für das gespannte Verhältnis zwischen ihm und der Kurie. Jener Vertrag mit Benedikt von Marseille war im Juni 1258 dadurch perfekt geworden, dafs Karl seine Vasallen in allen Burgen, mit denen er den Bischof für seine Cession entschädigt hatte, ihres Eides entband: sie sollten dem Bischof schwören und dem Grafen nur die Cavalcata leisten [3]. Unterdes aber hatten sich einige mit dem Vertrage unzufriedene Geistliche des Bistums bei dem Papste beklagt, und ihrer Beschwerde die Insinuation hinzugefügt, dafs die Verwandten Benedikts durch Geschenke gewonnen worden seien. Alexander befahl hierauf dem Bischof, den Vertrag, welcher ohne seine Erlaubnis die Jurisdiktion der Stadt veräufsert hätte, zu widerrufen [4], und beauftragte zwei Geistliche aus Maguelonne, nähere Informationen einzuziehen über das, was Karl empfangen und dafür gegeben hätte [5], indem er sich weitere Beschlüsse vorbehielt. Die beiden Bevollmächtigten überschritten indes ihre Befugnis: sie exkommunizierten den Bischof, trotz seines Appells an den Papst. Nun beschwerte sich Karl bei Alexander und forderte dringend die Aufhebung des Edikts. Anfang Dezember 1258 entsprach der Papst diesem Wunsche, indem er durch den Bischof von Cavaillon Benedikt absolvieren liefs [6]. Die

---

[1] 18. April 1258. Germain, Commerce de Montpellier I, 229.

[2] Vor Hugo Stacha, „Vikar von Nizza, Grasse und der Grafschaft Vintimiglia“, und den 2 Admirälen Karls; ibid. 236 (unvollständig).

[3] Aix, 1258. III. Id. Junii, Belsunce l'antiquité de Mars. II, 218.

[4] Viterbo, 7. Aug., ibid. 219, Potthast 17300.

[5] IV. Cal. Sept. ibid. 221.

[6] Non. Dec. ibid. 223.

Hauptssache aber war, daſs die Seigneurie der Bischofstadt ferner unangefochten bei Karl verblieb[1]); auf die Gefahr hin, es mit der Kurie zu verderben, hielt er an seinem Grundsatz fest, in der Regierung der Provence ganz selbstständig zu Werke zu gehen und sich von niemand dabei beschränken zu lassen.

---

[1]) Erst 1268 nahm der neue Bischof die Beschwerde wieder auf. Ibid. 269.

IX. Erste Verbindungen mit Ober-Italien (1259—1260).

Mannichfaltiger Art waren die Angelegenheiten, welche
Karl von Anjou im Laufe des Jahres 1258 in Nord-Frankreich
beschäftigten[1]). In den Verhandlungen, welche zwischen Ludwig IX. und dem Könige von England über die Gebietsabgrenzung
im Westen Frankreichs geführt wurden und dann 1259 durch den
Frieden von Abbeville zum Abschlufs kamen, hatte er eine wichtige Stimme, welche sich mit Entschiedenheit der Nachgiebigkeit
des königlichen Bruders widersetzte, ohne die Abtretung bedeutender Besitzungen an England verhindern zu können. Von gröfserem
Interesse für ihn waren jedoch die Verträge mit König Jacme,
nicht nur, weil sie das Verhältnis Frankreichs zu Aragon in
Languedoc endgültig regelten, sondern weil sie auch seine Stellung in
der Provence unmittelbar berührten. Am 17. Juli 1258 trat nämlich
Jacme die Rechte, welche ihm seine Verwandtschaft und das
Testament Raimund Berengars auf dieses Land gaben, an die
Königin Margarethe von Frankreich ab[2]) und damit beginnen nun
aufs neue die schon früher bemerkbaren Anzeichen dafür, dafs die
älteste Tochter des letzten Grafen aus aragonischem Geschlecht
die Zurücksetzung hinter die jüngste Schwester noch nicht ver-
wunden und die Hoffnung auf ihr Geburtsland nicht aufgegeben hatte[3]). Durch die energische Art ihres Schwagers und
durch die Erfolge, welche er soeben in der Provence errungen
hatte, mufste ihre Besorgnis gesteigert werden, dafs Karl das
Erbe seiner Gemahlin für immer an sein Geschlecht bringen

---

[1]) Über seinen Aufenthalt haben wir erst wieder Nachrichten vom Februar
1258, wo Karl in Paris mit Margarethe von Flandern einen neuen Vertrag
zur Abwicklung der vom Hennegauer Kriege stammenden Geldgeschäfte
schliefst. (S. Urk. Anh. No. XIII).

[2]) Layettes III, 420.

[3]) Vgl. Boutaric Marg. de Prov. (Revue des questions hist. III, 44)
u. Brequigny (Académie des inscriptions et belles lettres Bd. 43, 1780).

10*

würde, ohne die Rechte der älteren Schwestern zu beachten. Charakteristisch für den Umschwung der Dinge und nicht zufällig ist der Wortlaut der beiden Verträge mit Marseille von 1252 und 1257. Im ersteren heifst es: „dominus comes et domina comitissa et heredes dictae dominae succedentes eidem in comitatu Provinciae"; in dem zweiten: „comes et comitissa et heredes eorum succedentes eisdem in comitatu Provinciae". Wenn man dort noch an den Bestimmungen des Testaments festhält, dafs die Erben der Beatrix succedieren sollen, ist hier schon von den Erben Karls und der Gräfin die Rede. Trat der Fall ein, dafs diese und ihre Söhne vor Karl starben, so war zu befürchten, dafs dieser die Provence behalten und sie etwa einem Sohne aus einer zweiten Ehe hinterlassen würde, statt sie rechtmäfsig dem Sohne der Sancie oder, wenn dieser nicht mehr wäre, dem Sohne Jacmes von Aragon abzutreten. War der letztere Fall auch wenig wahrscheinlich, da doch sowohl Beatrix wie Sancie [1]) einen Sohn hatten, so nahm Margaretha, die durch das Testament ihres Vaters gänzlich ausgeschlossen war, doch die Gelegenheit wahr, durch den angeführten Vertrag mit Jacme in die Reihe der zur Nachfolge Berechtigten einzutreten. Es kam hinzu, dafs Karl noch nicht an die Zahlung der ihr vom Vater vermachten Summe gegangen war und sie somit allen Grund hatte, die einseitige Ausführung des Testaments anzufechten. Auf der anderen Seite bemühte sich Karl, ihren Absichten zuvorzukommen: beide Parteien wandten sich an den Papst, und hatte dieser zuerst die Sache des Grafen begünstigt, so bewog ihn nun (1258) seine wachsende Abneigung gegen diesen, der Bitte Margarethens zu willfahren [2]). Wir werden bald sehen, zu welchen Folgen die durch Karls herrisches Wesen genährte Feindschaft Margarethens gegen den Grafen führte. Der Vermittlung König Ludwigs gelang es nicht, die Streitenden zu versöhnen; wurde doch sein eigenes Verhältnis zu Karl durch das eigenmächtige Vorgehen des Bruders getrübt.

---

[1]) Edmund, 1249 geboren.

[2]) Hierüber bei Raynald (1258, 20) ein leider unvollständiges Regest: Margaritam ... cum non levia in paternam hereditatem successionis titulo in Provinciam jura contenderet (unzutreffend his 1258), ne litteris aliquibus apostolicis labefactari viderentur, ab Alexandro obtinuisse, ne quibuscumque ab adversariis (kann nur Karl sein) elicitis diplomatibus praejudicii alicujus ratio causae suae aequitati crearetur. Also waren frühere für Karl günstige Diplome vorhanden.

Aus dem Jahre 1258 haben wir nämlich Nachrichten über Ereignisse in Anjou, welche uns den Grafen im Zwist mit dem dortigen Klerus zeigen. Im November verhängte der Bischof von Angers, Michael von Villoiseau, das Interdikt über mehrere Kirchen, deren sich Karl bemächtigt hatte, um aus dem Erlös des geraubten Gutes seinem Heere den Sold zu zahlen[1]. Das Kapitel hatte dagegen protestiert, dafs der Graf die Leute des Bistums zu den Kosten seiner Kriege aufserhalb Aujous heranzöge, da dies gegen die Rechte der Kirche wäre, und Schadenersatz verlangt; als Karl diesen nicht leistete, erliefs der Bischof das Interdikt, mit der Drohung, es auf die ganze Diözese auszudehnen[2].

Wir werden von nun an öfters über die ungesetzmäfsigen Schritte Karls in Anjou zu reden haben, die um so mehr zu Reibungen mit seinem königlichen Lehnsherrn führen mufsten, als das Parlament desselben zu Paris das Urteil in diesen Dingen hatte, welches selten zu Gunsten des Grafen ausfiel[3]. Die Stände von Anjou waren nicht, wie die der Provence, zu unbedingtem Gehorsam zu zwingen; Karl mufste doch nachgeben, wenn er sie verletzt hatte[4] oder in endlosen Prozessen sein oft zweifelhaftes Recht verfechten; seine Hauptaufgabe sah er daher immer in der Verwaltung der Provence, während er Anjou mehr als eine Geldquelle betrachtete, um die Mittel für jene zu beschaffen.

---

[1] „ratione exercitus" (Layettes III, 475).

[2] Gall. christ. XIV, 575, Bodin Recherch. hist. sur l'Anjou I, 346. Erste Nachricht darüber bei Port, Inv. des arch. du départ. Maine-et-Loire, Série G, 67 zum Jahre 1256.

[3] Schon 1258. 15. Sept. hatte das Parlament in einer anderen Sache gegen Karl entschieden. Nach dem Tode der Johanna, der Erbin Philipps von Boulogne und Clermont (1252), wollte Blanca Clermont (bei Compiègne) für die Krone nehmen, weil Ludwig VIII. 1224, als er es seinem Bruder gab, bestimmt hatte, dafs es nach Aussterben seines Geschlechts an den König zurückfiele. Alfons und Karl aber protestierten und verlangten, Clermont solle nach der gewöhnlichen Successionsordnung unter sie und Ludwig IX. geteilt werden. Damals liefs Blanca diese Frage unentschieden, jetzt gab das Parlament Clermont an die Krone (Boutaric, actes du parl. de Paris 23, vgl. Nain, l. c. IV, 132).

[4] Vgl. den Vertrag zwischen ihm und der Kirche Angers über den Zehnten und die Jurisdiktion von Beaugey, (Layettes III, 457, 459, 485,) der wohl eher zu (13.—30.) April 1259. als zu April 1258 zu setzen ist, da die Bestätigung des Erzbischofs von Tours vom Sept. 1259 herrührt.

Nach der Provence brach er auch wieder im Frühjahr 1259 auf[1]), als die Streitigkeiten mit England durch den Frieden von Abbeville beigelegt waren. Die Zustände im Süden hatten sich seit seinem Weggange wenig verändert: mehrere Dokumente beweisen uns, dafs der neue Seneschall Walter von Almeto, der schon im Mai 1258 auf Girard von Saciac gefolgt war, mit Geschick in den Bahnen seiner Vorgänger weiterschritt[2]). Wir wollen nur eine Urkunde hervorheben, welche uns zeigt, dafs neben dem Seneschall damals auch ein Rat der Grofsen sich versammelte und im Namen des Grafen Gesetze erliefs. „Archiepiscopi, episcopi, barones et totum consilium . . . Caroli . . . constituti“ verkündeten nämlich im Mai 1259 zu Sisteron ein Dekret[3), welches das ganze Notariatswesen in der Provence aufs genaneste regelte und das Honorar der Notare je nach der Art und dem Material der Urkunde festsetzte. Die Form des Erlasses ist ganz ungewöhnlich; wir wissen nicht, dafs Adel und Geistlichkeit in der Provence sich zu solchen Akten vereinigten, selbst von einem „consilium“, das während der Abwesenheit des Grafen fungierte, ist sonst nicht die Rede[4]). Es liegt die Vermutung nahe, dafs Karl damals schon in Sisteron anwesend war und das Gesetz durch seine Räte und die dem Hoftag beiwohnenden Grofsen ausarbeiten und publizieren liefs.

Vom 20. Juni 1259 haben wir dann die erste Urkunde, welche uns von seinem Aufenthalte in der Provence sichere Nach-

---

[1]) In diese Zeit (Ende April oder Mai 1259) fällt wohl sein Aufenthalt in Poitiers, wo er dem Wilh. de Pinconio 30 Tur. jährliches Lehen gab (Layettes III, 510).

[2]) Auch der Vikar von Forcalquier, Raynaud von Croyac, hatte Erfolge aufzuweisen:

a) 1258. 8. Id. Maji, Forcalquier. Verkauf der Burg Mane durch den Herrn von Beaumont an den Vikar. (Or. in Mars., Lasteyrie Bibl. des trav. hist. I, 65.)

b) 1259. 7. Kal. Marcii, Reillane. Die Stadt Reillane tritt dem Vikar für Karl ihr Konsulat ab und verspricht, jährlich 1 Sou und 1 Scheffel Hafer pro foco zu zahlen. (Or. in Mars., Papon II. pr. 99, III. 552.)

[3]) Or. in Mars. (Reg. Bd. 206). Blancard (Inv. I, 67) sagt, dafs wir aus dieser Urkunde ersehen, dafs die Archive von Aix damals noch nicht existierten und dafs die Befugnis, die Urkunden und selbst die bedeutendsten einzutragen und auszufertigen, allein den Notaren vorbehalten war.

[4]) Die undatierte Urk. bei Del Giudice I, Anhg. n. 5, worin Bischof Matheus von Riez in den Rat Karls aufgenommen wird, ist aus viel späterer Zeit (1275 c.).

richt giebt; in Draguignan bestätigt er einen Tauschvertrag des Baillifs dieser Stadt[1]). Bei ihm sind die Prälaten von Aix, Fréjus, Sisteron, Heinrich von Lusarches und der Seneschall Walther. Im Juli[2]) zog der Graf westwärts über Pignan und Brignoles und kam im August nach Aix. Ist die Zahl der uns erhaltenen Dokumente aus dieser Zeit auch nur spärlich, so reicht sie doch aus, uns ein Bild zu geben von der unermüdlichen Bemühung des Grafen, neue Verbindungen anzuknüpfen und sich weitere Einnahmequellen zu verschaffen.

Zu den letzteren gehörte vor allem auch das Salzmonopol. An 7 Stellen der Provence, in Arles, S. Marie, Berre (nebst Istres und Vitrolles), Toulon, Hyères, Grasse und Nizza waren die Magazine, wo von gräflichen Beamten zu bestimmten Preisen Salz verkauft wurde. Dorthin wurde es von den Salinen Berre, Toulon und Hyères, wo das Salz durch Verdampfung des Meerwassers gewonnen wurde, transportiert. Es war nun sehr wichtig für Karl, von den Besitzern dieser drei Salinen das Salz zu einem äufserst geringen Preise zu kaufen, um am Verkauf möglichst viel zu verdienen. Und dieses war der Zweck der drei unmittelbar aufeinanderfolgenden Verträge mit den Bürgern von Hyères[3]) und Toulon[4]), sowie mit Wilhelm von Baux[5]), dem die Herrschaft Berre gehörte. Karl erhielt das Recht, alles Salz der Salinen von Hyères und Toulon allein zu kaufen, zum Preise von 8 Denaren für die Olla[6]). Da aus den Rechnungsbüchern hervorgeht, dafs die Olla in den Gabellen des Grafen $4\frac{1}{2}$ bis 5 mal so teuer verkauft wurde[7]) und der Verkauf sich in den gröfseren jährlich auf ca. 15 000 Ollae belief, so ist ersichtlich, wie bedeutende Er-

---

[1]) Mit den Edlen von Rocha und Flayosc (bei Draguignan) de toto affari et jure eorum in castro et territorio de Marsens et de Modio et in affari de Rocha, in Albergo de Flayostro (Or. Mars. Reg. B. 1065).

[2]) Eine Urk. ohne Ort vom Juli 1259 erwähnt noch Gall. christ. I, 691: es ist ein Tauschvertrag zwischen Karl und dem Kloster S. Victor in Marseille.

[3]) 19. Juli 1259, Brignoles. Or. Mars. Vergl. Notradamus 226. Unter den Zeugen: Barral, Beaumont. Caplan Heinrich, Ritter Sordellus.

[4]) 11. August, Aix. Or. Mars.

[5]) 11. August, Aix. Or. Mars. vgl. Barthélemy l. c. n. 442. Blancard, Invent. I, 46.

[6]) Nach Blancard (Monn.) ca. 1 Hektoliter.

[7]) z. B. in Hyères: 3 Sol. (36 Den.) pro olla.

träge Karl aus dem Salzmonopol zog [1]), selbst wenn man die Unkosten, welche die Beamten und die Transporte verursachten, ab-
rechnet. Mit Wilhelm von Baux war eine Einigung nicht sogleich
zu erzielen; aber auch er ging dann auf die Wünsche des Grafen
gegen eine jährliche Pension von 170 Pfd. ein; daneben wurde
ihm erlaubt, seinen und seiner Leute Bedarf an Salz kostenlos
aus den Salinen von Berre zu beziehen. —

Aufser diesen Verträgen gehören aber in den Sommer 1259
andere, welche von weit gröfserer politischer Bedeutung sind:
damals kamen die Verhandlungen zum Abschlufs, welche der
Herrschaft Karls von Anjou den Eintritt nach Ober-Italien eröffneten.

Es war nicht das erste Mal, ¡dafs der Graf seine Blicke auf
die Nachbarländer richtete, welche seinen Besitz im Osten be-
grenzten. Aber während er bis jetzt mehr auf Erwerbungen an
der Riviera nach Vintimiglia zu bedacht gewesen war und nur
vorübergehend in den Streit zwischen Thomas von Savoien und
seinen Feinden Turin und Asti eingegriffen hatte, boten sich ihm
jetzt jene vom obern Po und seinen Zuflüssen durchströmten Gebiete dar, welche man zuerst zu passieren hat, wenn man von
den Pässen der West-Alpen in die lombardische Ebene hinab-
steigt.

Wie so oft in der Geschichte, war es auch hier der Streit
einiger kleiner, aufeinander eifersüchtiger Dynasten und Kommunen, welcher dem mächtigen Nachbarn Gelegenheit bot, unter
der Maske des unparteiischen Schiedsrichters sich ihre Uneinigkeit
zu nutze zu machen, in ihre Verhältnisse einzugreifen und schliefslich beide Teile zu unterwerfen. Einmal war es der Zwist
zwischen der Stadt Cuneo und der nahen Abtei S. Dalmazzo, sodann die hartnäckige Fehde der Städte Alba und Asti, welche
Karl den willkommenen Anlafs zur Einmischung gab. Vom September 1258 haben wir zwei Urkunden [2]), durch welche der Abt
Thomas von Borgo S. Dalmazzo von seinem Kloster Vollmacht
erhielt, beim Papst und bei beliebigen Fürsten Klage zu führen
und Schutz zu suchen gegen die frevelhaften neuen Satzungen der

---

[1]) z. B. 1203 jährlicher Überschufs in Hyères: 1813 Pfd.
           in Toulon: 1923 „
           in Berre: 1895 „
[2]) 14. u. 25. Sept. Or. in Mars., s. Mon. hist. patr. Chart. II, 1561.

Kommune Cuneo, welche allen Rechten des Klosters Hohn sprächen. Im November desselben Jahres war die mächtige Stadt Asti über die südliche Nachbarin Alba hergefallen und hatte sie durch Verrat einer Partei bezwungen; man beschlofs und begann sogleich die Zerstörung der Rivalin[1]).   -

In beiden Fällen konnte nur ein starker Arm von auswärts Rettung bringen. Die kräftige Aufsicht, welche Kaiser Friedrich II. auch in Piemont geführt hatte, war unter Manfred verschwunden; im Ganzen blieben hier die kleinen Dynasten und Kommunen sich selbst überlassen; ohne Schutz waren sie den Übergriffen der Mächtigeren preisgegeben, unter denen jetzt besonders Turin und Asti nebst einem Anhange von kleineren Städten und Markgrafen hervortraten. Vor diesen hatte sich selbst der bedeutendste Herr des Nordwestens, der Graf von Savoien, beugen müssen. An eine Hülfe von seiten Manfreds war nicht zu denken; seine Hauptstütze in der Lombardei, der Markgraf Pallavicini, hatte Mühe, sich gegen Ezzelino di Romano zu behaupten. König Alfons von Kastilien allerdings fing um diese Zeit an, in die Angelegenheiten Italiens einzugreifen und plante sogar einen Zug nach der Lombardei; aber die hülfesuchenden Städte hatten allen Grund, sich statt an den fernen, bis dahin ohne alle politischen Erfolge operierenden König lieber an den benachbarten, oft bewährten Grafen der Provence zu halten.

Wir sind ohne Zweifel berechtigt anzunehmen, dafs gegen Anfang 1259 die geheimen Verhandlungen Karls mit Cuneo und Alba schon begonnen haben; leider geben uns unsere Dokumente stets nur über die vollendete Thatsache, nicht über die Vorbereitungen Aufschlufs. Aber wie der Graf gerade um diese Zeit sich den Zugang nach Piemont sicherte, zeigt uns die Mission seiner beiden, oft erwähnten Admirale von Nizza, Olivarius und Caissius, welche im Januar 1259 den Treueid der Bewohner der Alpenorte von Lamanon und Saorge — dieses an der wichtigen, von Nizza nach Cuneo führenden Col di Tenda - Strafse gelegen — entgegennahmen[2]).

Cuneo war denn auch die erste Kommune Piemonts, welche sich entschlofs, die Oberhoheit Karls anzuerkennen; sie sah sich dazu

---

[1]) Ann. Januenses M. S. XVIII, 241. „Unde secutum est, quod Alb. reddiderunt se comiti Prov. in aestate proxime tunc ventura (1259) et sic evaserunt, quod Astenses non destruxerunt totam Albam, quam ceperant.

[2]) Gioffredo l. c. 593 f.

vermutlich dadurch gezwungen, daſs dieser den Beschwerden des Abtes von Dalmazzo geneigtes Ohr geliehen hatte [1]). Am 10. Juli gab der Rat von Cuneo 6 Gesandten Vollmacht, mit Karl abzuschlieſsen. Sie trafen den Grafen zwei Wochen darauf in Pignan, und hier kam im Beisein Barrals, des Seneschalls und der Admirale der Vertrag zu stande, welcher die volle Herrschaft über Cuneo und sein Gebiet an Karl von Anjou übertrug [2]). Er erhält den Treueid, die Jurisdiktion, die Einkünfte und die Befugnis, Beamte jeder Art nach Belieben einzusetzen. Jährlich am Martinstag hatte ihm jeder Haushalt eine Abgabe nach Maſsgabe seines Besitzes zu zahlen, und zwar 2 Sol. von einem Vermögen von 100 bis 300 Pfd., 3 Sol., wenn darüber, 1 Sol., wenn darunter [3]). Zur Cavalcata war die Stadt 40 Tage im Jahre auf eigene Kosten verpflichtet, aber nur in Piemont und der Grafschaft Vintimiglia. Für alle diese Zugeständnisse versprach Karl der Stadt Schutz in jeder Hinsicht, Zollfreiheit in seinen Gebieten und Beseitigung der Verträge mit Asti und Alba.

Die Bedeutung dieses Abkommens lag weniger in den groſsen Zugeständnissen, als in dem Beispiel, welches Cuneo nun den anderen Kommunen Piemonts gab. Schon vier Wochen später beschlossen die beiden wenige Meilen unterhalb Cuneo am Tanaro gelegenen Städte Alba und Cherasco an Karl je 2 Gesandte zu schicken, welche die Bedingungen ihrer Unterwerfung feststellen sollten [4]). Doch verliefen hier die Unterhandlungen nicht so rasch: am 8. September [5]) meldet man dem Grafen die Sendung der Be-

---

[1]) Blancard (Inv. I, 107) führt zu 1259 einen Schenkungsvertrag zwischen Karl und S. Dalmazzo an, und er ist zweifellos auch geschlossen (s. die Bestätigung Mon. hist. patr. Chart. II, 1606), aber im Archiv zu Marseille (Liasse 359) ist er nicht vorhanden, auch in den Mon. hist. patr., wo diese Urk. aus Mars. alle abgedruckt sind, nicht dabei. also ist er wohl verloren gegangen.

[2]) Del Giudice l. c. I Anh. 74, schlecht bei S. Priest l. c. II. 707 — In der Cronaca di Saluzzo (M. H. P. III, 906) steht: „esso conte tolse Cunio da le many dei Milanesi“ (auch bei Schirmacher, Hohenstaufen 223) was ebenso falsch ist, wie die Notiz (ibid.), daſs Raim. Ber. noch eine fünfte Tochter Johanna hatte, die Phil. v. Navarra heiratete.

[3]) Es sind Refortiati, s. Urk. K.'s für Cazolo Inv. I, 46 u. Promis monete del Piemonte inedite o rare I, 19.

[4]) 23. Aug., Alba. 24. Aug. Cherasco, Mon. hist. patr. Chart. II, 158 bis 1591, S. Priest, l. c. 316.

[5]) Alba, ibid.

vollmächtigten, am 14.[1]) werden aber zwei neue aus Alba abgeschickt, und erst am 13. November 1259[2]) wurde vor Karl und seinem Hofe zu S. Rémy der Vertrag mit den beiden Städten geschlossen. Auch hier wurde völlige Unterwerfung zugestanden, der Graf erhält alle Länder und Burgen. zahlt aber für letztere 3000 Pfd. Turnosen, um sie auszulösen. Er hat alle Einkünfte für sich, aber auch alle nötigen Ausgaben zu leisten; er darf keine neuen Steuern erheben, nur eine jährliche Abgabe von jedem Haushalt, welche bei einem Vermögen von 100 bis 300 Pfd. 3 Sol.[3]), wenn darüber 5, wenn darunter 2 Sol. betrug. Die Cavalcata aufserhalb der Lombardei ging auf Kosten des Grafen.

Diese beiden Verträge sind die einzigen, welche uns über das rechtliche Verhältnis Karls zu den neuen lombardischen Unterthanen unterrichten; wie sie sich untereinander, so werden ihnen auch die übrigen geglichen haben. Man sieht leicht. dafs die Kommunen vor allem das Bestreben hatten, Ruhe und Gedeihen wiederzuerlangen, und dafs sie dabei das Opfer ihrer Freiheit nicht scheuten. Konnten sie ihre Unabhängigkeit nicht behaupten, so wollten sie lieber einem mächtigen Herrn des Auslandes, als einer grausamen Nachbarstadt dienstbar sein. Von dieser durften sie nur Unterdrückung, von jenem Förderung und Verteidigung erwarten. Mit Recht nennt der Genueser Annalist neben der potentia vicinorum als Grund der Unterwerfung: quia erant in malo statu[4]). Sie waren verschuldet, und so mufste ihnen eine so bedeutende Summe, wie sie ihnen Karl zur Einlösung des Verpfändeten zahlte, und sein Versprechen, ihre Verluste wiederzuerobern, sehr verlockend erscheinen. Überdies waren die Bedingungen nicht allzudrückend: wie so oft in der Provence enthielt sich der

---

[1]) Alba, ibid. 1593.

[2]) Ohne Datum und nur unvollständig (ibid. 1594. ganz schlecht bei S. Priest ibid. 376). Das Datum (Donnerstag nach Martini) geht aber aus den folgenden Verträgen (z. B. Cherasco 10. Dez.) hervor, wo auf diesen Vertrag Bezug genommen ist. Er ist vom Notar Martin von Paris verfafst; vgl. Gioffredo (Mon. P. H. Script. II. 595).

[3]) Hier Astenses, s. Promis l. c. II, 21.

[4]) M. G. S. XVIII, 241. Vgl. auch Thomas]Tuscus (ibid, XXII, 520)· ... Lombardi, sperantes a convicinis Astensibus marchionibusque quibusdam potentibus per eum ad plenum posse defendi, suo se dominio commiserunt, omagium facientes eidem, tributum annis singulis illi reddere promittentes, salvis juribus omnium. qui ab eis aliquod recipere de jure deberent. Thomas zeigt sich hier, wie auch sonst, gut unterrichtet.

Graf aller drückeuden Steuern, brachte sogar seinerseits noch
Geldopfer, um nur seineu politischen Machtbereich auszubreiten.
Im ganzen schliefsen sich diese Verträge auch genau den früheren
an; die feudalen Ordnungen und Gewohnheiten machen sich
ebenso wie im Westen der Alpen geltend: auch hier ähnliche Bestimmungen über die Cavalcata, auch hier eine Steuer „pro foco“ [1]),
auch hier die Einsetzung und Besoldung der Beamten, welche nach
den bestehenden Gesetzen regieren sollten u. s. f. Man wird
daher der Meinung Fickers nicht zustimmen können, dafs in diesen
Verträgen eine Kontinuität der Administration Friedrichs II. zu
erkennen sei, von welcher auch Karl nicht abwich [2]). Die Analo-
gieen erklären sich durch die Ähnlichkeit der feudalen Verwaltung
im allgemeinen; aber mafsgebend für das Verhältnis des Grafen
zu den italienischen Unterthanen waren nicht die früheren kaiserlichen, sondern die gewohnten provençalischen Institutionen. —

Mit dem Abschlufs der Stipulationen betraute Karl nun den
Erzbischof Vicedominus von Aix und den Seneschall Walter
von Alneto, die auch zugleich als seine „locum tenentes“ in der
Lombardei Vollmacht zu weiteren Verhandlungen erhielten. Im
Verein mit den beiden Admirälen nahmen sie am 5. Januar 1260
in Alba den Huldigungseid der Städte Alba und Cherasco entgegen [3]). Hier nennt sich Karl „dominus Albae, Claraschi, Cunei,
Saviliani et districtuum eorundem“. Ist also jetzt schon Savigliano in seinem Besitz, so tritt am 21. Februar noch Bene und
Cornigliano hinzu [4]), woraus man auf die Erfolge der beiden Gesandten schliefsen darf. Sie setzten an jenem Tage einen Waffenstillstand [5]) durch, welcher die Parteien — auf der andern Seite
steht Asti mit seinem Anhang, Turin, Chieri, Piossasco, Fossano
— verpflichtete, die Feindseligkeiten bis zum kommenden Michaelis
einzustellen, die Gefangenen gegen eine Kaution freizulassen und
sich jeder weiteren Eroberung auf dem Gebiete des Gegners bei
einer Strafe von 1500 Mark Silber zu enthalten. Die ausführlichen Bestimmungen der Urkunde lassen deutlich erkennen, eine

---

[1]) In Apt und Reillane z. B. 1 Sol. pro foco.

[2]) Ital. Reichs- und Rechtsgesch. II, § 418.

[3]) Mon. H. P. ibid. 1599. Bestätigung des Vertrags in Cherasco
10. Dezember 1259, in Alba 23. Februar 1260.

[4]) Die Geschichtschreiber geben noch andere Erwerbungen: Busca
(Cron. de Saluzzo M. H. P. III, 906). Mondovi (Thom. Tusc. l. c.). Planum
(Ann. Jan. l. c.).

[5]) Castagneto (zwischen Alba und Turin), M. H. P. II, 1600.

wie gewaltige Stellung Karl nach so kurzer Zeit in Piemont einnahm. Neben den genannten Städten steht auch der Graf von Biandrate schon auf seiner Seite, ebenso die Markgrafen von Saluzzo, Cravesane und Ceva, soweit ihr Besitz Lehn von Karl oder Alba ist, und eine lange Reihe kleiner Herren; der Markgraf von Busca durfte sogar von Karl innerhalb der Treuga angegriffen werden, wenn er ihm den Treueid verweigern sollte.

Hatte somit der Graf seinen Unterthanen vorläufig die ersehnte Ruhe verschafft, so konnte er nun ungestört den rasch gewonnenen Besitz mit seinem gewohnten Verwaltungsgeschick ordnen. Wenn wir unter den Zeugen des Stillstandstraktates seine bewährten Räte Wilhelm Porcellet, Jakob Gantelmi, Bertrand von Lamanon nebst vielen andern Edlen der Provence finden, so zeigt dies zur Genüge das Interesse, welches er und seine Umgebung der neuen italienischen Politik entgegenbrachte und den wohlerwogenen Plan, die mannigfachen und zerstreuten Eroberungen jenseits der Alpen seiner provençalischen Administration zu assimilieren. Bald finden wir denn auch schon Beamte des Grafen in den Städten: in Cuneo hat er 1260[1]) bereits seinen Clavaire, der in seinem Palaste urkundet; Handelsbeziehungen werden angeknüpft, welche bei der Nähe und guten Verbindung Nizzas mit Piemont von Genua nicht ohne Neid betrachtet werden mochten[2]); ja selbst in geistiger Beziehung blieb die Herrschaft Karls nicht ohne Folgen, wenn man den Worten seines späteren Geschichtschreibers Thomas glauben darf, welcher die vorzüglichste Frucht der neuen Regierung in der Beseitigung der Ketzerei sieht: wie Wachs vor dem Feuer, so seien die Ketzer dieser Gegenden, welche bis dahin ungestört mit gröfstem Erfolge ihre Irrlehren verbreiteten, vor dem Angesichte Karls dahingeschwunden[3]).

Während nun jene provençalische Kommission, an deren Spitze der Seneschall Walter als „procurator et tenens locum Karoli comitis in partibus Lombardiae" stand, fortfuhr, die Verträge von

---

[1]) 15. Sept. 1260. Or. in Mars. Blanc. Inv. I, 108.

[2]) 1260. 5. Febr. Die zwei Admiräle verlesen in Nizza einen Vertrag Karls mit Cuneo (Blancard, Inv. hat fälschlich Genua) über den Preis des Salzes daselbst.

[3]) Thomas Tuscus. M. S. XXII, 520.

den einzelueu Schutzbefohleuen bestätigen zu lassen [1]), empfing Karl
selbst einige derselben bei sich iu Salon, um ihre Huldigung ent-
gegenzunehmen. Es waren der Graf von Biandrate [2]) und die
Herren von Monzano [3]), welche von ihm mit einigen, bisher von
der Stadt Alba zu Lehn gegaugenen Besitzungen investiert wurden. Von den Kommunen hatte sich noch Mondovi dem neuen
Bunde angeschlossen [4]).

Damit waren die lombardischen Annexionen fürs erste zum
Stillstand gekommen. Im Norden hemmte der Vertrag mit Asti [5],
im Süden die genuesische Macht weitere Fortschritte; im Osten
stiefs Karl auf die Macht der für die Sache Manfreds siegreich
kämpfenden Pallavicini, die sich 1260 in Alessandria festgesetzt
hatten, und des damals mit ihnen verbundenen mächtigen Markgrafen von Montferrat. Somit erklärt es sich, wenn uns aus den
folgenden 2 Jahren fast jede Nachricht über die piemontesischen
Dinge fehlt. Die Zeit für weitere Erfolge war für Karl noch
nicht gekommen. Gerade damals hatte die Macht Manfreds einen
neuen Aufschwung genommen, sowohl durch den Sieg Pallavicinis
über Ezzelino von Romano im September 1259, als auch ein Jahr
darauf durch die Niederlage der Florentiner Guelfen bei Montaperto. Wurde durch jenes Gefecht Alfons von Kastilien seiner
Stütze in Oberitalien beraubt und von seiner Absicht, selbst dorthin zu kommen, zurückgebracht [6]), so sah sich der Papst durch
die Schlacht bei Montaperto aufs schwerste bedroht. Aber wir

---

[1]) 26. März 1260, Cuneo: die Mönche von S. Dalmazzo bestätigen vor
Walter den Vertrag vom 13. Nov. 1259. (Or. in Mars.)

[2]) 23. April 1260, Salon; er huldigt für S. Stephano d'Asti. Walter ist
schon nach der Prov. zurückgekehrt. Mon. hist. P. Chart. II, 1609.

[3]) Undatiert erwähnt Bianchi, Carte d. Arch. Piem. S. 283.

[4]) Karl im April „dominus Montisregalis". — Bouche (l. c. II, 273) und
nach ihm Louvet (l. c. I, 164) nennen noch Fossano, Mont, Centallo, Rocca-
Sparvera, dann Alessandria, Parma, Piacenza unter den Bundesgenossen,
ohne jeden Beweis, sie setzen auch den Vertrag mit Cuneo schon ins
Jahr 1253. (!)

[5]) Asti unterläfst nicht, sich zu neuem Kampf zu stärken: 18. Juni 1260
Vertrag mit Chieri, welches an Asti einige Burgen überläfst: diese zurückzugeben, quod si infra II annos commune Astense venerit ad pacem cum
comitibus Sabaudiae et K. com. Prov. (Wurstemberger l. c. IV, 275.)

[6]) Ficker, Reg. 5504.

wissen, dafs bei seiner Abneigung gegen Karl[1]) der Gedanke, diesen jetzt auch schon in Italien begüterten Fürsten gegen die Feinde der Kirche zu Hilfe zu rufen, nicht aufkommen konnte. Er hielt an der Belehnung Edmunds von England mit Sizilien fest und erhoffte eine Besserung seiner Lage von dem lange geplanten Erscheinen Richards von Cornwallis, dem im Frühjahr 1261 auch die römische Senatorwürde zu teil wurde[2]). Eine Änderung der Dinge trat erst ein, als Alexander am 25. Mai 1261 plötzlich starb. Unter seinem Nachfolger zeigte sich dann die Bedeutung jener piemontesischen Eroberungen Karls von Anjou: während die Zustände in Italien immer verwickelter wurden, während die Ansprüche des Papstes, Richards und Alfons', Manfreds und Konradins sich kreuzten und bekämpften, ohne zu entscheidendem Siege gelangen zu können, hatte im Nordwesten die provençalische Macht rasch, mühelos und in der Stille reelle Erfolge errungen, welche in der Folgezeit trefflich zu statten kommen mufsten.

*　　*　　*

Aus der nächsten Zeit haben wir über den Aufenthalt des Grafen nur dürftige Nachrichten. Im Frühjahr und Sommer 1260 hielt er sich noch in der Provence auf[3]); den letzten Nachweis dafür giebt uns eine Verhandlung, die von ihm Mitte August zu Tarascon zwischen dem Bischof und der Kommune von Digne über ihre Rechte in der Stadt geführt wurde[4]). Dann ist er vermutlich nach Frankreich zurückgekehrt[5]) und dort im Laufe des

---

[1]) Diese tritt auch jetzt wieder in einem Briefe Alexanders an das Kloster S. Victor bei Marseille hervor (13. Januar 1262, Cartul. d. S. V. II, 338); er nennt es „ad Rom. eccl. nullo medio pertinens" und verbietet, dafs irgend ein Besitz des Klosters alicui clerico seculari übertragen werde.

[2]) Ficker, Reg. 5386 b.

[3]) Am 16. April 1260 läfst er in Aix den Streit der Söhne Romeos von Villeneuve durch den Erzbischof von Aix entscheiden. Gioffredo 1. c. 596. Am 1. Mai bewilligt er dem Giraud de Moret die lebenslängliche Leitung der Münzprägung für Forcalquier in Sisteron. Blancard. Monn. 5.

[4]) Or. in Mars. Reg. B. 1401. Karl hat das furnagium. (Ofengebühren.)

[5]) Die Gall. christ. I, 818 erwähnte Huldigung des Isnard de Pontevès, Sohn des Isnard d'Entrevesnes, für den dritten Teil der Stadt Apt und der Burg Agoult ist wohl nicht von Karl persönlich empfangen worden.

Jahres 1261 geblieben, ohne dafs wir Näheres von ihm wissen[1].
Wenn wir der Entschuldigung glauben dürfen, welche er für sein
Nichterscheinen auf mehreren Pariser Parlamenten dieser Zeit anführt, so war er durch Krankheit verhindert, der Ladung zu folgen.
Mehr aber noch wird ihm sein Stolz verboten haben, persönlich
den jetzt gegen ihn eingeleiteten Untersuchungen beizuwohnen,
welche für ihn äufserst peinlich und demütigend waren.

Wir haben schon mehrmals von den gewaltsamen Übergriffen
gehört, die sich seine Beamten in Anjou zu Schulden kommen
liefsen. Aber die bedrückten Stände fanden am Hofe seines
Bruders Gerechtigkeit; das Parlament von Paris zögerte nicht, den
Grafen, der es für unwürdig erachtete, sich dem Gericht zu
stellen, zu verurteilen.

Im Jahre 1259 waren gegen ihn zwei Prozesse angestrengt.
Während aber der eine, welchen er mit Robert von Bommiers über
Schlofs Mirabel führte[2], durch einen Vergleich beigelegt ward[3],
wurde der andere, mit Gaufrid de Trou[4], mehrere Jahre lang
fortgesetzt. Viermal liefs Karl die Entscheidung aufschieben, indem er Krankheit vorschützte; schliefslich wurde seine Entschuldigung verworfen und er verurteilt, die Burg Trou herauszugeben.
Als aber Gaufrid anfangs 1261 dieselbe in Besitz nehmen wollte,
wurde sein Beamter von Soldaten des Grafen gefangen. Sogleich
liefs König Ludwig untersuchen, ob dies auf Befehl seines Bruders
geschehen sei; er gebot ihm, den Gefangenen herauszugeben. Im
September 1261 erschien Karl persönlich in Paris, um vor dem
Parlament den Prozefs über den Besitz von Trou zu erneuern.
Weitere Nachrichten darüber stehen aus. Dagegen ist uns aus
demselben Jahre eine Klage des Johann von Vendôme erhalten,
welcher den Grafen beschuldigte, ihm seinen ererbten Besitz vor-
enthalten zu haben[5]. Karl erschien wiederum nicht zur Verhandlung, diesmal, weil er behauptete, dafs der Streit vor seinem
Gerichtshof in Anjou zu entscheiden sei. Das Parlament wies

---

[1] 1261, 29. Juni, macht Beatrix ihr Testament, worin sie ihren Sohn
Karl zum Erben einsetzt. [Nach Nostradamus (226), der nicht den Ort an-
giebt und vielleicht das Testament der Beatrix vom 30. Juni 1266 (Del
Giudice I n. 50) hierher bringt.]

[2] Beugnot, les Olim 1, 400, Boutaric Actes du Parl. de Paris 33.

[3] Layettes III, 558.

[4] Beugnot 452, 480, 131, 515, Boutaric 30, 42, 50, 153.

[5] November 1261. Beugnot I, 524, Boutaric 56.

diesen Einwurf zurück und lud Karl zum nächsten Tage vor. Der
weitere Verlauf ist aus den Akten nicht zu ersehen; aber ein Bericht, den uns der „Confesseur de la reine Marguerite" giebt[1]),
schildert ihn so: Karl, erzürnt über die Appellation, hatte seinen
Gegner gefangen setzen lassen, trotzdem dessen Freunde Bürgschaft
versprachen. Dies wird von Ludwig IX. heftig getadelt: Karl
solle nicht glauben, als Bruder des Königs sich über jedes Recht
hinwegsetzen zu dürfen. Zur Verhandlung in Paris muſs nun Karl
den Herrn von Vendôme freigeben; er selbst erscheint mit glän-
zendem Gefolge, so daſs die Gegenpartei eingeschüchtert ist. Sie
bittet den König um Rechtsbeistand; er giebt ihnen Verteidiger,
die ihm geschworen haben, dem Ritter redlich zu helfen. Nun
wird die Entscheidung des Gerichts von Anjou kassiert und Karl
zur Herausgabe des strittigen Besitzes verurteilt. Diese Erzählung, wenn auch von parteiischem Standpunkte ausgehend, zeigt
jedenfalls, wie man am Hofe Ludwigs, besonders in der Umgebung
der Königin Margarethe, über Karl dachte; das Benehmen des
Grafen war nicht geeignet, ihm hier Beliebtheit zu verschaffen;
und es fehlt nicht an weiteren Anekdoten[2]), die uns schildern,
wie er ohne Rücksicht und Scrupel verfuhr, wenn es galt, seinen
Vorteil durchzusetzen. Der milde König hatte hier nur immer zu
vermitteln, um die schlimmsten Folgen zu verhüten; aber es läſst
sich denken, daſs ein gutes Einvernehmen zwischen den Brüdern
nach solchen Vorfällen kaum noch herzustellen war.

------

[1]) Bouquet 21, 115 f. Unzweifelhaft meint er diesen Zwist, denn sowohl der Name (Oheim des Grafen von Vendôme), als auch der Kompetenz-
streit des Gerichts von Anjou und Paris stimmt überein.

[2]) Jemand klagt bei Ludwig, daſs der Graf ihn zwinge, eine Besitzung,
die er in Anjou habe, ihm zu verkaufen; der König verhindert dies. —
Bürger und Kaufleute von Paris klagen, daſs Karl geliehene Summen nicht
zurückzahle, gekaufte Waren schuldig bleibe; Ludwig befiehlt ihm, zu bezahlen; als Karl zögert, droht er mit Einziehung der Lehen. ibid.

X. Neuer Aufstand in Marseille (1262). Anfänge der sizilischen Verhandlungen.

Gegen den Anfang des Jahres 1262 kamen aus der Provence beunruhigende Nachrichten zu Karl, welche ihn bewogen, schleunigst wieder nach dem Süden zu eilen. In Marseille war eine Empörung ausgebrochen, welche nicht nur seine Herrschaft in der Stadt zu vernichten, sondern auch die ganze Provence zu insurgieren drohte.

Über die Ursachen der Rebellion ist uns nichts bekannt, da wir über die Zustände in Marseille seit dem letzten Frieden von 1257 nicht unterrichtet sind[1]). Aber deutlich geht aus den Ereignissen der nächsten Zeit hervor, dafs eine im geheimen erstarkte nationale Partei damals den Mut fand, noch einmal die Herstellung der alten republikanischen Zustände zu versuchen und in der Hoffnung auf Unterstützung durch das stammverwandte Aragon das verhafste Joch der Franzosen abzuschütteln. Sie wufste das leicht bewegliche Volk zu überreden, sich plötzlich gegen die Regierung des Grafen zu erheben, seinen Vikar und alle Beamten festzunehmen und seine Rechte und Einkünfte zu usurpieren. In raschem Anlauf wurde die starke Burg St. Marcel, welche die Stadt von der Landseite beherrschte, der Besatzung Karls entrissen und gegen eine Belagerung befestigt. Die Bürger der oberen wie der unteren Stadt beschlossen im Verein, die alten Institutionen des Podesta und der capita misteriorum', deren demokratische Namen ihre Wirkung auf das niedere Volk nicht

---

[1]) Wie Karl fortwährend für den Handel der Stadt und ihrer Bürger im Orient sorgte, zeigt eine Urkunde vom Oktober 1259, worin der Doge Zeno von Venedig, auf Wunsch des Gesandten Arnold von Marseille, den Freundschafts-Vertrag ratifiziert, der vorher in Akkon zwischen den Venetianern und dem „nuntius et ambaxator“ Karls und Konsul der in Akkon weilenden Marseiller geschlossen war. (Docum. inéd. sur l'hist. de France, Mél. hist. III, 11.)

verfehlen mochten, wiederherzustellen ¹). Vorsichtiger, wie 1257,
hatten die Häupter der Verschwörung aber diesmal auch für
Allianzen aufserhalb der Stadt gesorgt. Hugo von Baux, der
tapfere Sohn Bertrands von Baux und Meyrargues, kam nach
Marseille, schlofs sich den Empörern an und übergab ihnen seine
Burg Roquevaire, östlich von der Stadt gelegen, zur Verteidigung
gegen Karl, unbeirrt durch die dringenden Abmahnungen seines
Vaters ²). Wichtiger noch war, dafs in diesen Tagen auch Bonifaz,
der berühmte, sanges- und kriegskundige Herr der starken, nördlich von Draguignan nach den Alpen zu gelegenen Burg Castellane, aufstand und mit Marseille gemeinschaftliche Sache machte.
So viele Jahre hatte er die neue Herrschaft ertragen, voller
Groll war er beiseite geblieben, während die Ritter und Sänger
seiner Nation mit dem Franzosen Frieden machten; nur selten
finden wir ihn am Hofe des Siegers. Jetzt endlich glaubte er die
Zeit gekommen, die so lange verborgenen Freiheitspläne durchzusetzen und im Bunde mit der mächtigen neuerstandenen Republik
die Selbständigkeit der Nation wiederherzustellen ³). Gewifs rechneten die Genossen darauf, dafs sich ihnen viele andere Edle der Provence nach dem ersten Erfolge anschliefsen würden, aber es wäre
doch kaum erklärlich, wie sie damals noch, nach 15 Jahren eines
straffen und strengen Regiments, die Hoffnung auf neu zu er-
ringende Unabhängigkeit hegen konnten, wenn man nicht in Betracht ziehen würde, dafs die nationale Insurrektion jetzt auch
vom Auslande her Unterstützung sicher erwartete. Hatte man

---

¹) Dies ist nirgends ausdrücklich berichtet, da aber im Unterwerfungs-
traktat diese alten 1257 abgeschafften Institute vorkommen, so ergiebt sich
die Thatsache zweifellos.

²) quod, cum Hugo de Baucio ... intrasset civitatem Massiliae et se
opposuisset nobis Karolo ... juvando Massilienses rebelles et proditores
nostros, qui contra nos et nostrum dominium insurrexerunt et ejusdem civitatis dominium et jurisdictionem nobis de facto abstulerunt, vicarium et alios
officiales nostros de Massilia nequiter capiendo. et eisdem promisisset idem
Hugo de Baucio eosdem juvare contra nos personam suam propriam in communis subsidium exponendo, castrum Rocavariam contra nos et nostros in
Massiliae subsidium muniendo . . . . S. die Urk. S. 165, A. 1. Im Testament des Vaters Hugos, Bertrands de Baux, (Barthélemy l. c. n. 515) ist die
Rebellion Hugos ähnlich bezeichnet.

³) Es mufs dahingestellt bleiben, ob Bonifaz und Hugo sich erst nach dem
Aufstande in Marseille empörten oder schon vorher diesen veranlafst und begünstigt hatten.

sich 1256 an Alfons von Kastilien gewandt, ohne bei ihm energischen Schutz gefunden zu haben, so knüpfte man jetzt mit Aragon an, dessen Stammverwandtschaft immer noch am ehesten einen festen Anschlufs zu begünstigen schien. Indes durfte der Aufstand auf König Jacme nicht zählen. War er überhaupt niemals ernstlich gewillt gewesen, die Neugestaltung der provençalischen Verhältnisse zu verhindern, so hatte er ja 1258 endgiltig auf seine Ansprüche zu Gunsten der Königin Margaretha verzichtet. Und als sich jetzt seine Tochter Isabella mit dem französischen Thronfolger Philipp vermählte, zögerte er nicht, Ludwig IX. zu versprechen, weder Marseille noch Bonifaz von Castellane gegen Karl Beistand leisten zu wollen[1]). Aber seine Söhne Peter und Jacme fangen in dieser Zeit an, wohl ohne Wissen des Vaters, die nationale Opposition gegen Karl zu begünstigen und sich in die Angelegenheiten der Provence einzumischen. Der ältere Infant, Peter. heiratete damals Konstanze, die Tochter König Manfreds[2]), gerade in der Zeit, als der neue Papst, Urban IV., Karl von Anjou die sizilische Krone anbieten liefs; so wurde in denselben Tagen eine Feindschaft begründet, welche dann 20 Jahre später nach der sizilischen Vesper ihre bedeutungsvollen Folgen offenbarte. Der jüngere Sohn Jacme aber, dem 1262 durch einen Teilungsvertrag der aragonische Besitz in Languedoc übertragen ward[3]), trat jetzt schon den Ereignissen in Marseille näher; vielleicht bestärkte ihn die Erinnerung an die ihm einst im Testamente Raimund Berengars zugedachte Erbfolge in der Absicht, einen Einflufs auf die Dinge in der Provence zu gewinnen. Haben wir auch keine Beweise für die Teilnahme der Prinzen an der Konspiration von 1262, so werden wir für ihre Einmischung weiterhin manchen Beleg finden.

Mitten im Winter brach Karl nach der Provence auf. Die ausgiebige Unterstützung nordfranzösischer Grofsen, von welcher einige Quellen reden, ist nicht gerade in Abrede zu stellen; urkundlich finden wir in der Folgezeit den Erzbischof von Tours

---

[1]) 28. Mai 1262, Clermont (oder erst Juli?) s. Nain de T. IV, 251. Dafs er dies Versprechen auch in wirksamer Weise ausführte. zeigt sein Brief an Karl (s. u. S. 171.).

[2]) 23. April 1262, Übergabe der Constanze zur Ehe mit Peter; 13. Juni Hochzeit in Montpellier. Ficker Reg. 4734 a.

[3]) Tourtoulon l. c. II, 329.

und den Grafen von Vendôme bei ihm. Am meisten aber hatte
er doch wieder Barral de Baux zu verdanken. Dieser hatte sogleich den Widerstand gegen die rebellische Stadt begonnen und
sich in Aubagne in ihrer nächsten Umgebung festgesetzt. Hier
gelang es ihm am 21. März mit Bertrand de Baux, dem Vater
des Empörers Hugo, einen für Karl sehr günstigen Vertrag zu
schliefsen [1], in welchem sich Bertrand von seinem Sohne gänzlich
lossagte und dem Grafen die Übergabe der Burg Roquevaire bis
zur Beendigung des Krieges gegen Marseille versprach. Dieses
Abkommen, welches 4 Tage darauf von Karl selbst in Aix bestätigt wurde, war von ungünstiger Vorbedeutung für die Sache
der Aufständischen, denn einmal sicherte es dem Gegner die Umgegend von Marseille, sodann zeigte es, dafs dieser auch jetzt noch
auf die Treue seiner Vasallen zählen konnte; es wurde bald deutlich, dafs das tollkühne Beginnen der Empörer in der Stadt und
ihrer zwei Verbündeten auf keinen weiteren Beistand zu rechnen
hatte. Eine Ausdehnung des Aufstandes zu verhindern, war auch
vorerst nur die Aufgabe Karls; denn es scheint, als wenn er zur
Offensive im Frühjahr 1262 noch zu schwach war. Wahrscheinlich war die Kriegshilfe aus Frankreich noch nicht sogleich zur
Stelle [2], und der Graf pflegte stets sicher zu gehen. Gewifs liefs
er durch Barral die Stadt und Umgebung beunruhigen; auch half
es ihm nicht wenig, dafs die Kirche sogleich das Interdikt über
die rebellische Stadt verhängte [3]; er selbst besorgte indes die Geschäfte des Landes. Ende April finden wir ihn in Brignoles, wo
er mit dem Kloster Isle-Barbe bei Lyon einen Lehnsvertrag
schliefst. Im Jahre vorher hatte die Abtei ihm nämlich ihren
Besitz in Embrun und Die — das Thal der Oule nordöstlich von
Vaison, mit den Orten Cornillon und Remuzat — übergeben [4]; er
belehnte sie nun damit und erhielt eine jährliche Getreide-Abgabe,
wofür er 50 Pfund Roy. Coron. zahlte [5]. Erweiterte er somit sein
Gebiet bis zum südlichen Teile der Dauphiné, so wandte er auch

---

[1] Congrès archéologique de France, Séanc. gén. Paris 1877, S. 408.

[2] Der Erzbischof von Tours und der Graf von Vendôme, wie auch Wilhelm Estendard sind noch nicht in der Urkunde vom März, sondern erst in
denen des Juli als Zeugen genannt.

[3] S. den Friedensvertrag gegen Ende.

[4] 1261, VI. Cal. Maj. Insul. Barb. Bouche I, 907.

[5] ibid. 908. Or. in Mars. sehr zerrissen.

Forcalquier und Provence seine gewohnte Sorgfalt zu, wie uns
mehrere Verträge vom Mai 1262 mit der Kommune Reillane[1])
und den Herren von Hyères[2]) zeigen. Auch eine wichtige Münz-
urkunde aus diesem Monat ist uns erhalten, worin der Graf zweien
Unternehmern aus Alba und Tours das Vorrecht gewährt, in
St. Rémy die Münzfabrikation für die Provence auf 5 Jahre in
Pacht zu nehmen[3]).

In den Sommer 1262 fällt dann noch die Beilegung eines
Streites, der schon längere Zeit zwischen dem Grafen und den
Johannitern betreffs ihrer Rechte in Manosque an der Durance
herrschte. Sie hatten hier, an der lebhaften Strafse von Aix nach
Forcalquier, durch eine Schenkung Guigues' von Forcalquier von
1149 reichen Besitz erhalten; Karl benutzte nun ihren Zwist mit
der Kommune von Manosque, um ihre Vorrechte zu beschränken[4]):
ein Schiedspruch des Erzbischofs von Aix bestätigte ihnen jedoch,
dafs sie von den Wege- und Salzzöllen eximirt bleiben sollten;
nur die Cavalcata hatten sie zu leisten[5]).

Wichtiger als diese Anordnungen im Innern ist der Vertrag
mit Genua vom Juli 1262. Über die Beziehungen Karls zur
Lombardei fehlen uns aus jener Zeit fast alle Nachrichten; wir
wissen allein, dafs im Februar 1262 die Stadt Asti Gesandte zu
ihm schickte mit der Weisung, Frieden zu schliefsen, aber nur
unter der Bedingung, dafs der Graf vorher dem Bischof von Asti
seinen Besitz wiedergeben sollte[6]). Während es aber hier zu
keinem befriedigenden Abschlufs kam, gelang es Karl, mit Genua
eine Übereinkunft zu treffen, welche nicht nur den alten Grenz-
streit in der Grafschaft Vintimiglia ausglich, sondern auch durch
neue Bestimmungen über das Verhältnis der beiden rivalisierenden
Nachbarn zu einander für die Zukunft von hoher Bedeutung

---

[1]) Aix. 10. Mai. Karl giebt den Streit der Ritter und der Kommune
Reillane dem Wilhelm von Villeneuve zur Entscheidung. Or. in Mars.

[2]) Aix, 14. Mai. Bertrand de Foz vertauscht einige Güter mit Karl.
Or. in Marseille.

[3]) Aix. Mittwoch nach Pfingsten (31. Mai). Blancard. monnaies (S. 455.
S. 6 falsch 23. Mai).

[4]) Féraud, Hist. de Manosque 197.

[5]) 1262, Freitag nach Maria Magdalena (22. Juli) Aix. (Or. in Mars.
vgl. Gall. christ. I, 433, Arch. d. B. - d. - Rh. I. 46.) Unter den Zeugen:
Burchard von Vendôme und der neue Seneschall Estendard.

[6]) 1262. 8. Febr. Asti. Cod. Astensis No. 1021 (Atti dell' acad. dei
Lincei, Ser. II, 7, 1880).

wurde. Freilich scheint Karl seine früheren Ansprüche herabgesetzt zu haben, denn er überläfst den Genuesen neben Vintimiglia auch Rocabrunna und Monaco; dafür aber behält er die
an der Tenda-Strafse gelegenen Orte Castillon und Briga, was
für die neue Phase seiner Politik bezeichnend ist: er giebt die
Küstenplätze an Genua, um den Zugang zu seinen piemontesischen
Erwerbungen ganz in seine Hand zu bekommen. Des weiteren
garantieren sich die Paziscenten ihren Besitz und geloben sich
und ihren Schiffen gegenseitig Beistand, ausgenommen, wenn die
Stadt gegen Frankreich und Aragon, der Graf gegen König
Manfred zu Felde ziehen würde[1]).

Diese letztere Eventualität bringt uns nun sogleich auf die
Verhandlungen zu sprechen, welche in dieser Zeit aufs neue
zwischen dem Papste und Karl angeknüpft waren und jetzt im
folgenden vor allem unsere Beachtung verdienen werden.

Am 29. August 1261 war auf Alexander IV. Urban IV. gefolgt, aus Troyes gebürtig und, wie es ein bald nach der Weihe
geschriebener Brief an Ludwig IX. zeigt, von. französischem
Nationalstolz erfüllt. Von Anfang an ohne Zaudern dem verhängnisvollen Entschlusse zugeneigt, das Reich Sizilien und die
Vernichtung der Staufer einem französischen Prinzen zu übertragen[2]), hat der neue Papst wohl sogleich die Krone dem jüngeren Sohne Ludwigs angeboten[3]). Aber er fand bei dem vorsichtigen und rechtlichen König kein Entgegenkommen[4]). Was
diesen später seinem Bruder gegenüber bedenklich machte, die
Verletzung der Rechte Konradins und Edmunds von England,
mufste ihm eine Kandidatur seines Sohnes verleiden. So kam

---

[1]) Stipulation 21. Juli 1262 zu Aix (Zeugen: Erzb. von Tours und Aix,
Graf von Vendôme, Wilh. Estendard, Rob. de Laveno, Notar Martin von
Paris). Ratifikation in Genua 11. August. nachdem die vier Gesandten Karls
(Vikar von Hyères, Kanoniker von Aix und die beiden Admirale) den Ver-
trag verlesen hatten. Or. in Mars., vgl. M. H. P. Ch. II, 1618; ibid. Script.
II, 102; hier zugefügt, dafs die Genuesen Karl nicht an der Unterwerfung
von Marseille hindern wollen, was im Originale nicht steht. Nostradamus
226 und Bouche II, 273 haben fälschlich das Jahr 1260.

[2]) Mattheo Giovenazzo (M. G. 19, 487, apokryph) sagt: Urban liefs sogleich erkennen, dafs er „altro stomaco" hatte, als sein Vorgänger.

[3]) Raynald zu 1264 § 2, vgl. Brief Urbans an Margarethe (Duchesne,
Franc. script. V, 869).

[4]) Verum a rege super hoc responso devoto sed non pro voto accepto.

denn Urban im Anfange des Jahres 1262 auf den Plan zurück
den Innocenz zehn Jahre vorher nicht hatte ausführen können
er bot Karl von Anjou die sizilische Krone an. Und wieder, wi
damals, war es der Notar Albert von Parma, dessen gewandte
Händen man das schwierige Geschäft anvertraute; er erhielt a
23. März den Auftrag[1]), nach Frankreich zu gehn und dem Grafe
das Königreich Sizilien[2]) gegen einen jährlichen Zins v
2000 Goldunzen anzubieten[3]).

Aber wie viel fehlte noch, daſs dieser bedeutungsvolle Pl
zur Ausführung kam!

Karl, in seiner vorsichtigen Weise, war weit davon entfern
einen so ungeheuren Entschluſs zu fassen, besonders jetzt, wo e
einem gefährlichen Aufstand in der Provence gegenüber alle sein
Kräfte zusammenhalten muſste. Am Hofe seines Bruders abe
war man weniger, als je, geneigt, ihm so bedeutenden Macht
zuwachs zu gönnen: denn gerade um diese Zeit hatte die Ab
neigung der Königin Margarethe gegen ihren Schwager einen be
denklichen Grad erreicht. Sie, die in anderer Hinsicht wenig An
teil an der groſsen Politik nahm, ging in ihrem Hasse so weit
daſs sie den siebzehnjährigen Thronerben Philipp schwören lieſs
niemals ein Bündnis mit Karl einzugehen und, um sich ihren Ein
fluſs nach dem Tode ihres Gemahls zu sichern, dem Sohne ferner
das Versprechen abnahm, bis zu seinem dreiſsigsten Jahre unter
ihrer Tutel bleiben zu wollen[4]). Ludwig IX. wurde durch diesen
Zwist im Schoſse seiner Familie tief betrübt. Er bot alles auf,
um ihn zu schlichten, und so erhoffte er sich gerade damals viel
von der Vermittlung der Erzbischöfe von Embrun und Narbonne,
von denen besonders der letztere, Guy Fulcodii, der im Süden alt
bewährte Staatsmann, sehr geeignet war, eine Versöhnung anzu
bahnen. Wie sehr dem König hieran gelegen war, zeigen seine
Briefe an den Papst, in welchen er um Urlaub für die Erz-

---

[1]) Leider ist uns hierüber nur ein Regest (Muratori, Antiqu. Ital. VI,
105) erhalten, das man aber wohl mit Capasso (l. c. 305) zu den Vollmachten
rechnen darf, welche Albert erhielt.

[2]) Regnum Siciliae, ducatum Apuliae, Capitanatae et Calabriae ac totius
terrae, quae est citra Pharum.

[3]) 2000 Goldunzen sind (nach Blancard, Une page inédite de l'hist.
du Ch. d'A., Bibl. de l'éc. d. ch. 1869,) 100 000 Mark oder ca. 1½ Millionen
Mark relativer Wert.

[4]) Boutaric, Revue des quest. hist. III, 422.

bischöfe bittet; leider konnte Urban diesen nicht gewähren, da er
beide zu Kardinälen ernannt und für wichtige Geschäfte ausersehen
hatte [1].; indes beklagte auch er lebhaft das Familienzerwürfnis.

Andererseits hielt der Papst aber an der Kandidatur für den
sizilischen Thron fest. Gerade in diesen Monaten, wo er auf die
von Manfred in aufrichtiger Absicht kundgegebenen Friedensvor-
schläge einzugehen schien [2]), ließ er durch seinen Notar alles auf-
bieten, um am französischen Hofe für seine Pläne Boden zu gewinnen. Als Albert ihm die Bedenken Ludwigs mitteilte, die
Rechte Konradins oder, wenn sie diesem abgesprochen seien,
Edmunds von England zu verletzen, beschwichtigte er das Gewissen des Königs und ließ klugerweise durchblicken, daß Sizilien
in den Händen eines französischen Prinzen der beste Rückhalt für
jede Expedition sei, welche man von Frankreich aus gegen Pa-
lästina unternehmen würde [3]). Er wußte wohl, daß die neuesten
Ereignisse in der Levante — die Vertreibung der Lateiner aus
Konstantinopel und die Fortschritte des Sultans Bibars im heiligen
Lande — mehr wie je im Gemüte des frommen Königs den
Wunsch weckten, aufs neue für die Christenheit und die heiligen
Stätten das Schwert zu ziehen.

Jedenfalls überzeugte sich Urban bald, daß der Widerstand
des Königs durch kluge Unterhandlungen zu besiegen war; bei
weitem die Hauptsache blieb, die Einwilligung Karls von Anjou
selbst zu erlangen, und daran war nicht zu denken, bis er nicht
über die Empörung in der Provence Herr geworden war.

Und hieran ging nun der Graf mit der größten Entschlossen-
heit. Um die Mitte des Jahres 1262, nachdem die nordfranzösischen Hilfstruppen zu ihm gestoßen waren, begann er die Operationen [4]). Aber bevor er gegen den Herd der Empörung, Mar-

---

[1]) 21. Oktober 1262. Rayn. Ann. 1262 § 45—51.

[2]) 18. Januar 1262: Manfred läßt für seine Krönung zum siz. König
300 000 Goldunzen anbieten und 10 000 Goldunzen
jährlich (Karl sollte nur 2000 geben).
6. April 1262: Urban ladet Manfred zum 1. Aug. zur Besprechung
ein.
Herbst 1262: Manfred an die Grenze des Kirchenstaats zur Verhandlung.

[3]) Raynald 1262 § 21.

[4]) Alles folgende schildert Primat wieder sehr ausführlich (M. G. 26,
642 ff.). Aber wenn man auch vieles als Ausschmückungen des auf die Er-

seille, zog, wandte er sich gegen Bonifaz von Castellane. Er durfte keine Belagerung der Stadt wagen, wenn ihr gefährlicher Alliirter seinen Rücken bedrohte; einen Angriff von Marseille aber hatte er nicht zu befürchten, da die Bürger zum Kriege aufserhalb ihrer Mauern niemals Neigung zeigten. Auch wird Barral von Roquevaire aus jede Verbindung mit Bonifaz verhindert haben. Der letztere, statt seine Kräfte der Verteidigung Marseilles zu weihen, vertraute auf die uneinnehmbare Lage seiner Burg, welche er durch eine starke Besatzung und reichliche Vorräte auf eine lange Einschliefsung vorbereitet hatte [1]). Und in der That schien es, als wenn die Anstrengungen Karls, die Burg zu nehmen, vergeblich sein sollten; umsonst liefs er seine Maschinen gegen die Seite vorrücken, welche durch ihre ebenere Lage einen Sturm begünstigen mochte. Da kam er auf den Gedanken, auf den scheinbar unzugänglichen, gebirgigen Teil des Schlosses seinen Angriff zu richten. Durch eine furchtbare Beschiefsung glückte es ihm, die Magazine zu zerstören und das Getreide durch Steine und Staub unbrauchbar zu machen. Die Furcht vor dem Hunger und dem Zorn des Siegers bewog die Belagerten nun zur Kapitulation. Nur mit Mühe gelang es Bonifaz, zu entfliehen [2]); der letzte Troubadour der Provence, der sein Vaterland über alles geliebt hatte, dessen Sang dem Preise der Kühnheit und des Kampfes geweiht war — er mufste, von den verhafsten Franzosen besiegt und seiner Güter beraubt, ins Exil gehen: so spiegelt sich in seinem Geschick das unabänderliche Verhängnis seiner Nation wieder.

---

folge des Prinzen Karl stolzen Verfassers verworfen wird, so sind doch die Thatsachen durch Urkunden bezeugt: der Herausgeber des Primat in den Monum. Germ. hat daher sehr Unrecht gethan, den Märchen des Nostradam mehr Glauben zu schenken, als der Chronik des fast gleichzeitigen Primat. So hält er an der Hinrichtung des Bonifaz nach 1257 fest und bezweifelt ohne jeden Grund die Belagerung von Castellane. Zum Beleg des Primat dienen folgende Angaben des Rechnungsbuches von 1264: Zweimal die Rede von guerra d. Bonifacii. Dann: Pro portis aptandis in rupe Castellane. Pro operibus factis in castro Castellane et lapidibus ingeniorum deferendis in roquam 8 Pfd. Pro postibus missis apud Castellanam pro reficienda capella.

[1]) Nach Méry (V, zu 1257) hat er alle seine Leute von Castellane und Riez für frei erklärt.

[2]) „et eum a finibus Provinciae fugere compulit." (Bei Nangis (zu 1257), nicht bei Primat.) Féraud (Hist. du dép. des Basses-Alpes 449) fügt ohne Quelle hinzu: Bonifaz — (sehr mächtig, im Besitz von 40 Städten und Burgen) — sei durch einen engen Gang entflohen. Sein Gebiet sei nun von Karl konfisziert, er selbst 16 Jahre später ohne Nachkommen gestorben.

Der Eindruck der glänzenden Waffenthat des Grafen war gewaltig; mit der Flucht des mächtigen Verbündeten entschied sich auch die Unterwerfung Marseilles. „Wie ein brüllender Löwe“ eilte Karl nun gegen die Stadt. Die Versuche der Bürger, zur See sich Lebensmittel zu beschaffen, wurden durch erfolgreiche Überfälle des Grafen vereitelt [1]), die Befestigungen der Umgegend erobert, in die Mauern der Stadt selbst Bresche gelegt [2]). Jetzt machte der Infant Jacme von Aragon Versuche, der Stadt durch seine Vermittlung zu Hilfe zu kommen; Bonifaz und Hugo von Baux, die Häupter der Rebellion waren nach Montpellier auf sein Gebiet vor der Rache Karls entwichen; ebenso war eine Anzahl Fahrzeuge von Marseille nach Lattes, dem Hafen von Montpellier, geflüchtet, und in den Küstenstrichen, westlich des kleinen Rhone, hatten sich Abteilungen der Aufständischen festgesetzt. In seiner rücksichtslosen Art eilte Karl mit Fußtruppen und Reitern ihnen nach und scheute sich nicht, sie auf aragonisches Gebiet zu verfolgen. Hiergegen verwahrte sich König Jacme in einem höchst würdigen Schreiben an Karl, in dem er ihn aufforderte, die fremden Grenzen zu respektieren. Karl wisse wohl, daſs Aragon den Empörern nicht Vorschub leiste, sondern streng verboten habe, Marseille irgendwie zu unterstützen; nur die in den Häfen Gelandeten und die westlich des Rhone Angegriffenen müsse es beschützen. Karl dürfte doch überzeugt sein, daſs Jacme keine Absichten mehr auf die Provence hege; er hätte sie besitzen können, da sie seiner Nation angehöre, aber freiwillig, aus Liebe zu Ludwig und Karl, habe er darauf verzichtet [3]). Solche Ermahnungen werden ihre Wirkung auf den Grafen nicht verfehlt haben; er ging auf die Vermittlung des Infanten ein, und am 31. Oktober wurde in Maguelonne beschlossen [4]), sogleich Gesandte — je zwei von Karl, Jacob und von den in Lattes befindlichen Marseillern — nach Gardanne bei Aix zu senden, um einen Vertrag zwischen

---

[1]) Es is nicht glaublich, daſs die wenigen Monate. welche zwischen der Einnahme von Castellane und der Kapitulation von Marseille liegen (ungefähr von Mitte August bis Mitte November), genügten, die Stadt auszuhungern. Wenn Primat also von einer langen Belagerung spricht, so ist eben anzunehmen, daſs Barral die Stadt schon lange vorher eingeschlossen hatte, bevor Karl selbst von Castellane gegen Marseille zog.

[2]) Méry I, 148.

[3]) Tourtoulon l. c. II. 592 (ohne Datum, aber nur zu 1262 zu ziehn).

[4]) Germain Commerce de Montpellier I, 149.

den Kriegführenden anzubahnen und über das Schicksal der Flücht-
linge zu verhandeln. Schon jetzt verpflichtete sich Karl bei 2000
Mark Strafe, die letzteren alle frei nach Marseille zurückkehren
zu lassen, mit Ausnahme der· Herren von Castellane und Baux,
ihrer Familie und Habe. War es die nachdrückliche Fürbitte von
aragonischer Seite¹), oder war es die richtige Berechnung des
Politikers — Karl zeigte sich sehr bald geneigt, auf die einzige
Bedingung, welche an die Übergabe der Stadt geknüpft wurde,
auf das Verlangen nach völliger Indemnität für alle an der Empörung beteiligten Bürger, einzugehen²). Es kam ihm sehr darauf
an, rasch zur Entscheidung zu kommen; durch harte Forderungen
riskierte er sowohl, die Belagerten aufs äußerste zu treiben, als
auch auswärtige Verwicklungen hervorzurufen. So gelang es den
Unterhändlern schon Anfang November 1262, den Vertrag zu
stipulieren; am 12. schickte die Stadt Gesandte an Karl zur Ratifikation, diese wurde in Aix eine Woche später vollzogen und damit unterwarf sich die Stadt zum drittenmale der Herrschaft des
Grafen.

Das Friedensdokument³) schafft keine neuen Zustände, sondern
im allgemeinen ist immer wieder der Vertrag von 1257 als Grundlage des Verhältnisses zwischen dem Grafen und der Stadt angenommen; undeutliche Punkte desselben sollen durch Schiedsrichter
erläutert werden. Nur in wenigen Teilen ist er modifiziert, und
es ist bezeichnend, daß seine Bestimmungen gemildert sind überall,
wo es sich um Kriegsbeute, Strafen, Verbannungen und Konfis-
kationen handelt, verschärft dagegen, wo es gilt, fernere Aufstände
unmöglich zu machen und die Stadt zu militärischen und pekuniären Leistungen heranzuziehen. So versprach Karl nicht nur
vollkommene Amnestie, — ausgeschlossen war nur Bonifaz und
Hugo⁴) — Restitution alles Geraubten, Fürbitte für die geschädig-

---

¹) mediantibus nunciis ... destinatis a Jacobo ... et a consulibus Montispessulani. S. Eingang des Vertrags (Anhang n. XIV).

²) ibidem.

³) S. Anhang n. XIV. Unter den Zeugen sämtliche Anhänger und Räte
Karls, nur vermißt man den Seneschall Estendard, während der frühere
(W. de Alneto) und der künftige (P. de Vicinis) unterzeichnen.

⁴) Im Rechnungsbuch von 1264 hat Karl die Einkünfte der tota terra
Castellane (Rechnung der Vicarei Grasse); den Besitz des Hugo von Baux
— „faiditus, eo quod intravit Massiliam" — und seine Fischerei in S. Genet
verwaltet ein Bailli (Rechnung der Ballei Aix).

ten Bürger bei Ludwig IX. und dem Papste, sondern erlaubte sogar der 1257 verbannten Partei des Brito [1]), nach der Stadt zurückzukehren und alle ihre Güter wiederzunehmen. Andererseits aber mufste die Kommune sich dazu verstehen, die Befestigungen niederzureifsen, die Gräben auszufüllen, die Kriegsmaschinen herauszugeben; die Juden in Marseille sollten nicht mehr frei sein, sondern dem Grafen gehören, der sie nach Belieben besteuern durfte. Vor allem wurde das Kriegskontingent der Stadt verdoppelt, statt 500 hatte sie nun 1000 Kriegsknechte zu stellen. Alles, was dem Grafen und seinen Beamten in Marseille und St. Marcel geraubt war, mufste restituiert, für die während des Krieges fälligen Einkünfte eine Summe von 3000 Pfd. Turnosen gezahlt werden. Ferner sollte sich das gräfliche Salzmonopol nun auch auf Marseille erstrecken, ein nicht zu unterschätzender Vorteil.

Im ganzen aber tritt auch hier wieder hervor, was wir schon bei den früheren Unterwerfungs-Traktaten bemerkt haben: Karl thut alles, um die Bürger den Verlust ihrer Freiheit so wenig wie möglich fühlen zu lassen, er legt keine schweren Kontributionen auf, vermeidet jede Beschränkung der Handelsfreiheit; wenn er diesmal Anordnungen trifft, um fernerhin offenen Widerstand zu vereiteln, so erfüllt er nur die dringendste Pflicht des Staatsmanns. Vor allem aber mufs betont werden, dafs er auch jetzt, nachdem die Stadt oder doch eine starke Partei in ihr, zum dritteumale gegen ihn die Waffen erhoben hatte, über keinen der Insurgenten die Todesstrafe verhängte; entgegen dem Berichte des Primat, der spätere Ereignisse vorwegnimmt, ist im Vertrag Nachsicht und Versöhnung gelobt und die Behauptung, alle Verdächtigen hätten ihr Vergehn mit dem Leben gebüfst, auch sonst durch nichts bestätigt. Erinnert man sich des peinlichen Verfahrens, welches Heinrich VI. und Friedrich II. gegen ihre Feinde nicht selten anwandten, und bedenkt man ferner, dafs damals die Zeit war, wo in Italien ein Ezzelino di Romano sein Wesen trieb, so wird die Thatsache, dafs in der Provence bis 1264 keinerlei Hinrichtungen aus politischen Gründen vorkamen, doch sehr geeignet sein, den durch spätere Handlungen verdunkelten Charakter Karls in das richtige Licht zu rücken.

---

[1]) S. o. S. 134.

Karl konnte auch diesmal mit seinen Erfolgen zufrieden sein; mehr als je ist Primat berechtigt, von dem leuchtenden Ruhme des jetzt in voller Manneskraft stehenden Grafen und dem Aufsehn, das seine Thaten erregten, zu sprechen. Und er hatte sie vollbracht, auf seine eigene Macht gestützt; Nordfrankreich hatte ihm nur geringe Subsidien an Geld und Truppen gewährt[1], das meiste hatte die Verwaltung der Provence aufgebracht. Allerdings war dieselbe nun gewaltig belastet — waren doch die Kosten eines Krieges damals ganz enorm —, aber dafür liefs der gesicherte Besitz der reichen Handelsstadt[2] und der friedliche Zustand des Landes in der Folgezeit gesteigerte Einkünfte erwarten. — —

Bald nach der Einnahme Marseilles hat der Graf vermutlich die Provence verlassen. Uns fehlen alle Nachrichten über seinen Aufenthalt im Anfange des Jahres 1263. Erst Ende Mai erfahren wir aus einem Schreiben seines Bruders Alfons an König Ludwig[3], dafs er sich in der Nähe von Paris befand und um diese Zeit mit dem Grafen von Poitou eine wichtige Besprechung hatte. Handelte es sich hier zunächst um eine Beilegung des Streites, den Karl seit mehreren Jahren mit der verwitweten Vicegräfin von Thouars (Deux-Sèvres, südlich von Saumur) über ihre Erbansprüche führte[4], so war auch das sizilische Geschäft wiederum der Gegenstand eifriger Überlegungen.

Wenn wir über den Fortgang der sizilischen Verhandlungen in dieser Zeit wenig unterrichtet sind, so erklärt sich dies daraus,

---

[1] Daraus, dafs die zwei im Juli erwähnten franz. Grofsen (s. o.) nicht mehr unter den Zeugen des Nov.-Vertrags sind, ist zu schliefsen, dafs sie schon nach Hause zurückgekehrt waren.

[2] In der That zeigen die Rechnungen des Jahres 1264 (6. Exc.), dafs der Ertrag der Stadt Marseille allein ungefähr ein Fünftel der ganzen Landeseinnahmen betrug.

[3] Dieser hatte ihn 28. Mai 1263 zu einer Konferenz nach Paris bestellt. Boutaric Alf. 112. Alfons hielt sich gewöhnlich in Vincennes auf.

[4] Dies ist daraus zu schliefsen, dafs Alfons mit Karl, dem Grafen von Boulogne und dem Vicegrafen von Thouars zu verhandeln beabsichtigt (Boutaric ibid.), und 1262 die Vicegräfin sich an den König von England gewandt hat (Rymer I, 415) mit der Bitte, er solle ihr das früher gewährte Lehen wiedergeben; sie leide Not, da sie seit 5 Jahren vor Alfons mit Karl und dem Vicegrafen von Thouars einen Prozefs habe, der ihren Besitz verschlinge. Die Beilegung des Streites erwähnt 1268 im Rechnungsbuch von Poitou (Arch. hist. du Poitou VIII. 36).

dafs Karl damals Gesandte nach Orvieto zu Urban IV. geschickt
hatte, welchen die Darlegung seiner Bedingungen anvertraut war;
das Resultat ihrer Besprechungen liegt erst in einer Anzahl von
Dokumenten vom Juni und Juli 1263 vor. Von Anfang an treten
hier die Prinzipien auf, welche in den mehrjährigen Verhandlungen
die Richtschnur beider Teile abgeben: auf seiten Karls die nüch-
ternste Überlegung, mit der er, ungeblendet durch seine eben er-
rungenen Erfolge oder durch die Vorspiegelungen der Kurie, allein
das Gelingen des Unternehmens und die Sicherung seiner Vorteile
ins Auge faſst — auf seiten des Papstes die feste und ernstliche
Absicht, den Grafen gegen Manfred auszunutzen, aber daneben
auch die Angst vor der zukünftigen Übermacht des erwählten
Kämpfers und die mit diesem Widerstreit verbundene Inkonse-
quenz, welche die höchsten und lästigsten Bedingungen stellt, um
sie bei energischem Widerspruche des Grafen fallen zu lassen.
Und da es sich bei diesen Dingen vor allem um Geld handelt, so
entsteht jenes ermüdende Feilschen, welches nicht nur in der
Natur der Sache lag, sondern auch, — ein charakteristisches Merk-
mal der Politik des Interregnums, — damals durchaus nicht ungewöhnlich ist.

So haben die Päpste Urban und Clemens in den nächsten
zwei Jahren wohl an hundert Dekrete und Briefe in betreff der
Übertragung Siziliens erlassen, bis man endlich so weit war, daſs
der Graf seinen Kriegszug antreten konnte. Es wird nun unsere
Aufgabe sein, diese rastlosen Verhandlungen zu verfolgen.

Vorerst muſste Urban das Terrain sondieren, auf dem er zu
operieren hatte; er wuſste wohl, daſs seine Idee noch nirgends an
den maſsgebenden europäischen Höfen — selbst nicht in Paris —
Anklang finden würde. Daher schickte er — nachdem er schon
am 21. Mai 1263 an Alfons von Poitou die inständige Bitte gerichtet hatte, bei Karl für die Annahme der Krone zu wirken[1]
— am 5. Juni den oft erprobten Erzbischof von Cosenza ab, um
in Frankreich und England durch Geld[2] und Überredung[3] die
Bedenken gegen seinen Plan zerstreuen zu lassen[4]. Am Pariser

---

[1] Boutaric Alf. 114.

[2] Potthast 18 557: Anweisung an die Pariser Orden, dem Erzb. eine
Summe zu zahlen.

[3] ibid. 18 564: Vollmacht für Ludwig betreffs der Kreuzzug-Steuern.

[4] ibid. 18 558: Die „gewissen Geschäfte“ können sich nur auf Sizilien
beziehen; vgl. 18 603.

Hof stellte sich der Haſs der Königin gegen den Grafen als Haupt-
hindernis entgegen; in dieser Sache wendet sich Urban am
6. Juli an den Thronfolger und entbindet ihn in einem äuſserst
klugen Schreiben des Eides, den er früher seiner Mutter geschworen,
jede Verbindung mit seinem Oheim zu vermeiden [1]). Bei König
Heinrich von England hatte er eine noch schwerere Aufgabe:
galt es doch alle jene jahrelangen Verhandlungen und Versprechungen
der Päpste Innocenz und Alexander für ungiltig zu erklären, alle
Hoffnungen zu vernichten, mit denen der schwache König sich so
lange getragen und für welche er so viel reiche Mittel seines
Landes vergendet hatte. Ihm teilte Urban am 28. Juli seinen
festen Entschluſs mit, über Sizilien nach seinem Ermessen verfügen zu wollen; in der schmeichelhaftesten Form zwar, aber sehr
deutlich spricht er dem Prinzen Edmund jedes Recht auf das
Königreich ab, da die Bedingungen der Übertragung nicht erfüllt
seien [2]). Im Grunde hatte die Kurie Recht, wenn sie endlich eine
Kandidatur beseitigte, welche jetzt, bei dem traurigen Zerwürfnisse
der englischen Krone mit ihren Groſsen, weniger wie je ihrer
italienischen Aufgabe gewachsen war.

Unterdes hatte der Notar Albert auch schon von Urban die
Bedingungen empfangen [3]), welche die Grundlage für die weiteren
Verhandlungen bilden sollten. Die Gesandten Karls hatten den
Papst nicht darüber im Unklaren gelassen, daſs der Graf auf die
von der Kirche zuerst gestellten Forderungen nicht eingehen
würde, und so bezeichnete Urban auch sogleich einige der Artikel,
von denen sein Unterhändler abgehen dürfe, wenn der Abschluſs
des Geschäfts durch sie verzögert werden sollte.

Es handelt sich vor allem um die Grenzen des neuen Besitzes
und um den jährlichen der Kirche zu zahlenden Zins. Um diesen,
der zuerst auf 2000 Goldunzen festgesetzt war, zu steigern, hatte
Urban, auſser Benevent, vom Königreiche plötzlich ein reiches und

---

[1]) Boutaric Marg. de Prov. (Revue des quest. hist. III, 422).

[2]) Rymer I. II, 80.

[3]) Diese ersten ausführlichen Artikel sind vom 17. Juni 1263, gedruckt
bei Martene Thes. anecdot. II, 9 ff. mit manchen Fehlern (z. B. Art. 27
statt comitatibus civitatibus) und 2 Lücken ;am Anfang, die nach Tutini
(Discorsi de 7 oſficii del regno di Napoli 1664 I, 69, mit falschem Datum:
VII. statt XV. Kal. Jul) zu ergänzen sind:

    a) terrae, quae est citra Pharum usque . . .

    b) quae ipsi ecclesiae remanebit.

wichtiges Stück — dessen Grenzen durch die Städte Sorrent, Neapel, Suessa, Fundi, Sora, S. Germano. Galluzzo, Capua, Nola bezeichnet sind — der Kirche vorbehalten [1]), während doch schon 1252 dem Grafen und dann auch Edmund das ganze Reich angeboten war; wohl wissend, dafs Karl hierauf nicht eingehen würde, benutzte Urban diesen Vorbehalt auch nur, um ihn gegen eine Erhöhung des Zinses fallen zu lassen. Die Gesandten Karls hatten in eine solche eingewilligt; aber nun forderte der Papst sogleich 10 000 Goldunzen jährlich und aufserdem nach der Eroberung des Reichs eine einmalige Zahlung von 50 000 Mark Sterling [2]). In Anbetracht dessen, dafs Manfred im Jahre vorher für die sizilische Krone einen gleich hohen Jahreszins, daneben ein Geschenk von 300 000 Goldunzen versprochen hatte, war dies Verlangen Urbans nicht allzuhoch, aber was dem reichen Staufer nicht schwer fiel, war für den Grafen von Anjou eine unerschwingliche Leistung.

Ein zweites Zugeständnis sollte Albert machen, wenn die Bedingung, dafs beim Fehlen legitimer Leibeserben des Grafen Sizilien der Kirche wiederzufallen sollte, auf Schwierigkeiten stofsen würde. Es wurde gestattet, dafs in jenem Falle Alfons von Poitou oder, wenn dieser vor Karl gestorben wäre, der zweite Sohn des französischen Königs nachfolgen sollte, aber sie nur persönlich, nicht ihre Erben; nach ihrem Tode trat die Kirche wieder in den Besitz des Reiches ein.

Sodann wurde die Forderung, dafs das Reich nie geteilt werden solle, so erläutert, dafs einzelne Teile wohl vergabt werden dürften, ihr Lehnsherr aber stets der König bleiben mufste.

Die übrigen der 30 Artikel sind fast ganz denen des Jahres 1252 analog. Die Kirche wahrt sich aufs strengste ihr Recht als Oberlehnsherrin und verlangt von dem König plenum et ligium vasallagium [3]). Alle ihre Besitzungen in Italien — darunter Benevent — werden ihr garantiert, allen ihren Dienern ausgedehnte Freiheiten versprochen; der König verzichtet auf einen Einflufs bei den Wahlen, auf die Einkünfte vakanter Kirchen, auf die Jurisdiktion und Besteuerung der Geistlichen; alles, was die Staufer zum Schaden der Kirche, ihrer Anhänger und Güter beschlossen

---

[1]) „Gemäfs den Stipulationen zwischen Manfred und dem Kardinal Oktavian", die doch aber für Karl gar nicht mafsgebend sein konnten.

[2]) Über 2 Mill. Reichsmark.

[3]) Als Zeichen dafür hat er alle 3 Jahre einen weifsen Zelter zu stellen

hatten, sollte rückgängig gemacht werden. Wiederum ist die Personal-Union mit dem römischen Kaisertum und Königtum, die Annahme einer Wahl zum deutschen König oder zum Herrn von Ober-Italien und Tuscien bei Verlust Siziliens verboten; neu hinzugefügt aber ist, dafs Karl auch in keinem Lande der Kirche (Rom, Campanien, Maritima, ducatus Spoleti, Marchia Anconitana, Patrimonium Petri in Tuscia) irgend ein Amt — Konsulat, Podestariat, Senatorie — bekleiden darf. Über die militärischen Leistungen wurde bestimmt, dafs der Graf ein Jahr nach vollzogenem Vertrag mit mindestens 1000 Rittern[1]) und 300 Wurfschützen die Grenzen der Provence überschreiten und nach drei weiteren Monaten an den Grenzen Siziliens stehen sollte, wenn er nicht in Italien von seinen Feinden aufgehalten wäre. Auf Wunsch des Papstes sollte der König von Sizilien auch auf drei Monate im Jahre 300 Ritter in den Dienst der Kirche auf ihren italienischen Gebieten zu stellen haben: also eine Cavalcata, die genau dem ganzen Lehnsverhältnis entsprach.

Schliefslich wurde noch ein alle 10 Jahre zu wiederholender Eid der sizilischen Unterthanen stipuliert, welcher sie verpflichtete, von ihrem Könige abzufallen, wenn die Kirche ihn seines Reiches für verlustig erkläre. Auch sonst überall war der Papst eifrig bemüht gewesen, die Erfüllung der einzelnen Artikel durch Strafandrohungen verschiedener Art zu sichern. In dem richtigen Gefühl aber, dafs der ganze Vertrag für den Grafen viele lästige und gefährliche Bestimmungen enthielt, verfehlte Urban nicht, durch eine Reihe von Vergünstigungen den Bitten Karls zu entsprechen und die Vorbereitungen des Unternehmens kräftig zu fördern[2]). Vor allem versprach er ihm den Zehnten aller Einkünfte der Kirchen von Frankreich, Provence und Burgund[3]) auf 3 Jahre; dann wollte er hier und in Italien gegen Manfred und seine Sarazenen das Kreuz predigen lassen und allen Teilnehmern der Kreuzfahrt dieselben Gnaden, wie den Kämpfern für das heilige Grab gewähren; die Erträge der Absolutionen von dem

---

[1]) Jeder mit 4 Pferden und Knechten.

[2]) 26. Juni 1263, Martene S. 21: petitiones, quaspropter comes per suos nobis porrexit nuntios.

[3]) d. h. der Erzbistümer Lyon, Vienne, Embrun, Tarentaise, Besançon: also mufste z. B. das Bistum Basel dem französischen Prinzen zum Krieg gegen die Staufer Steuer zahlen!

Gelübde des Kreuzzugs sollte ebenfalls der Graf erhalten. Seine Anhänger wollte die Kirche schützen, seine Feinde exkommunizieren und der Güter, die ihnen die Kirche gegeben hatte, verlustig erklären, Manfred selbst seinen Besitz in Italien absprechen. Konradin und jeder Staufer, der auf Sizilien Ansprüche erhöbe, sollte von der Kaiserwürde ausgeschlossen werden.

So waren die Verpflichtungen der Paciscenten vorläufig abgegrenzt, und es kam nun darauf an, sowohl Karl zur Annahme der Bedingungen zu bewegen, als auch seinen Bruder Ludwig von der Rechtmäfsigkeit des Unternehmens zu überzeugen. Der friedliebende König war noch durchaus nicht darüber im Klaren, dafs eine Verständigung zwischen der Kurie und Manfred unmöglich sei; er wollte gewifs nichts unversucht lassen, bevor Karl eine Heerfahrt begann, welche Frankreich gewaltige Opfer an Menschen und Geld kosten mufste und die Errettung des heiligen Grabes für lange Zeit vereitelte. Die Gesandten des Papstes aber konnten die Bedenken Ludwigs allein dadurch beseitigen, dafs sie die Aufrichtigkeit der Versuche Manfreds, zum Frieden mit Urban zu kommen, verdächtigten und ihn hinterlistiger Ränke ziehen. Diese Stimmungen am Hofe von Paris kommen in einem Briefe des Kaisers Balduin von Konstantinopel zum Ausdruck, der nach seiner Entthronung umherreiste, um die europäischen Herrscher für seine Sache zu interessieren. Er meldete Manfred, dem er kurz vorher in Italien nahe getreten war, dafs sich am französischen Hofe gegen ihn schlimme Dinge vorbereiteten, und dafs er alle Verleumdungen nur zerstreuen könne, wenn er schleunigst einen Boten zu Ludwig schicke, der das Verhalten Manfreds der Kurie gegenüber und die Gründe des Scheiterns einer Verständigung auseinandersetzen solle. Dieses Schreiben wurde vom Podesta von Rimini aufgefangen, dem Papst übermittelt und von diesem mit einer Warnung vor den Intriguen Balduins an Albert und Karl gesandt [1]).

Aber während so am Pariser Hofe dem Vorhaben des Grafen mächtige Widersacher erstanden — auch der Herzog von Burgund war darunter, — während der Papst in derselben Zeit die Bereitwilligkeit Karls, die sizilische Krone anzunehmen, schon zur Grundlage einer veränderten Politik den deutschen Gegenkönigen Richard

---

[1]) 28. Juli, Martene 23.

und Alfons gegenüber machte [1]), trat plötzlich ein Ereignis ein, welches die Sachlage bedeutsam veränderte und das Gelingen des Vertrages wieder in Frage stellte, indem es einen wichtigen Artikel desselben, nämlich das Verbot, ein städtisches Amt mit der sizilischen Krone zu vereinigen, über den Haufen warf und dem Papste die Gefahr, welche die Berufung Karls der Kirche selbst bringen konnte, drohend vor Augen führte.

---

[1] Busson, Die Doppelwahl des Jahres 1257, S. 46.

XI. Wahl Karls zum römischen Senator. Verschwörung in Marseille (1263—64).

Man hat es oft hervorgehoben, dafs das römische Papsttum, welches sich die Weltherrschaft erobert hatte und Königen wie Völkern des Erdkreises seine Gesetze vorschrieb, im eigenen Hause, in der Stadt Rom, machtlos und wehrlos war. Zwar Innocenz III. hatte die Parteien Roms gebändigt, aber seine Nachfolger waren wieder gezwungen worden, vor dem rebellischen Volke zu fliehen und in unbedeutenden Städten ihren wechselnden Aufenthalt zu nehmen. Andererseits war die Obrigkeit der Stadt, so prunkvoll sie sich auch mit den Namen von Senatoren und Prokonsuln bezeichnete, ohnmächtig gegen die Gewalt der Adelshäupter; in ihrer Schwäche und Bedeutungslosigkeit bildete sie einen traurigen Gegensatz zu den gefestigten Beamtungen der anderen italienischen Kommunen. Endlich gab das Beispiel der letzteren den Anlafs zur Wahl eines fremden Senators, zuerst auf 3 Jahre; man berief Andalo Brancaleone aus Bologna, und er begründete 1252 eine starke und thätige Herrschaft, die sich, obwohl längere Zeit unterbrochen, bis 1258 hielt. Nach seinem Tode bekleideten wieder einheimische, dem Papst ergebene Adelige die Senatorie, bis 1261 ein neuer Gedanke auf die Wahl einwirkte; der Herr der Weltstadt sollte kein gewöhnlicher fremder Adeliger sein, sondern ein mächtiger auswärtiger Fürst. Der Stolz auf den alten Ruhm ging dabei Hand in Hand mit kluger Berechnung, man emanzipierte sich so vom Papste und hatte doch keine wirkliche Herrschaft zu fürchten, insofern der neue Senator nicht in der Stadt weilte, sondern in der Ferne von seiner Würde nicht viel mehr, als den Namen genofs.

So wurde 1261 von der staufischen Partei Manfred, von der guelfischen durch die Bemühungen des englischen Kardinals Johannes, König Richard, und zwar auf Lebenszeit, gewählt. Aber der neue Papst Urban widersetzte sich sogleich dieser Wahl, denn erstens betrachtete er die Besetzung der Senatorie als ein Recht der Kirche, zweitens wollte er eine Berufung auf Lebenszeit überhaupt nicht zulassen, selbst wenn der Erwählte ein Günstling der Kurie war [1]).

So blieb die Angelegenheit unentschieden; weder Richard noch Manfred hatten die Macht, aus ihrer Wahl Nutzen zu ziehen. Und nun haben wir plötzlich die Nachricht, dafs Anfang August 1263 Karl von Anjou zum Senator von Rom gewählt ist.

Über die näheren Umstände dieser Wahl ist nichts bekannt. Wir hören von ihr in einem Schreiben Urbans an seinen Gesandten Albert vom 11. August 1263 [2]).

Aber es ist bezeichnend, dafs der Papst selbst nichts Näheres weifs [3]), dafs man also nicht für nötig gehalten hat, ihm eine offizielle Mitteilung zu machen; vermutlich war das erste Angebot an den Grafen seitens der Regenten, welche damals die Verwaltung der Stadt in Händen hatten [4]), absichtlich vor Urban geheim gehalten und ihm nur gerüchtweise zugetragen worden. So war ihm auch gemeldet, dafs, wenn Karl ablehne, der König von Aragon zum Senator vorgeschlagen sei, während man doch in Wahrheit dessen Sohn ins Auge gefafst hatte [5]); vor allem aber blieb Urban darüber im unklaren, auf wie lange man dem Grafen die Senatorie übertragen hatte; und dies war es doch, was ihn am meisten anging.

Es ist nicht daran zu zweifeln, dafs der Papst durch die Wahl aufs höchste überrascht worden ist; wie geschickt mufs Karl die vorbereitenden Schritte geheim gehalten haben! Wir wissen nicht, wie er die Majorität der Regenten gewann, ob nicht vielleicht dieselbe Gesandtschaft, welche zu Urban geschickt war, auch nach Rom ging — jedenfalls wird man nicht ganz von selbst auf den Grafen verfallen sein, sondern ihn erst berücksichtigt haben, nachdem er sich den Boden durch kluge Unterhandlungen gesichert hatte [6]). Wie Richard durch einen der Kardinäle Senator gewor-

---

[1]) Martene l. c. S. 26.

[2]) ibidem

[3]) „dicitur“ und „dicuntur“.

[4]) boni homines, qui Urbem ad praesens regere ipsiusque statum reformare dicuntur.

[5]) Vallicolor (Muratori III b 413) vgl. Ficker Reg. 4730a, Capasso 395.

[6]) Gregorovius (V, 332) sagt auch, dafs geschickte Agenten in Rom die Wahl betrieben, ohne dafür Belege zu geben.

den war, so hatte auch Karl unter ihnen Gönner. Richard Annibaldi, der Kardinal von S. Angelo, dessen Geschlecht bis dahin stets auf ghibellinischer Seite gestanden hatte, agitierte fleifsig für den Grafen [1]), und Guy Fulcodii von S. Sabina war ihm von alters her befreundet. Aber auch sachliche Gründe machten sich für seine Wahl geltend. Wollte man einmal einen der bedeutenderen europäischen Fürsten wählen, so bot sich für diejenigen, welche Manfred feindlich gegenüber standen, kein Geeigneterer dar, als Karl. Die englische Partei war machtlos, seitdem Richard von Cornwallis alle Erwartungen getäuscht und wohl in seinen „Handsalben" nachgelassen hatte; auch konnte man hoffen, dafs das Provisorium endlich aufhören würde, da der Papst die Bestätigung des Grafen, den er selbst soeben nach Italien berufen hatte, unmöglich verweigern durfte. Für die mächtigen und zahlreichen guelfischen Geschlechter wird aber besonders die Aussicht mafsgebend gewesen sein, nun einen Herrn zu erhalten, der die verhafsten staufischen Gegner zu Boden schlagen konnte, ohne doch ein zu gefügiges Werkzeug in der Hand des Papstes zu sein; der drohende Verlust der eigenen Freiheit und der Freiheit Roms kümmerte sie wenig, wenn sie ihre Parteileidenschaft befriedigen durften.

In dem uns erhaltenen Schreiben, worin die Regenten der Stadt dem Grafen die Senatorie anbieten [2]), finden wir nichts, was uns über die Vorgeschichte der Wahl aufklärt; nur ganz allgemein ist gesagt, dafs mit Zustimmung der Bürgerschaft Karl, „der Mann von grofser Macht und grofsem Ruf", als der Geeignetste

---

[1]) Malaspina II, 9 (Muratori VIII, 807).

[2]) Dieses (S. Priest II, 330, aus dem livre trésor des Brunetto Latini) ist bis jetzt für unecht gehalten. Es ist undatiert, altfranzösisch abgefafst, weil man dem Grafen in seiner Muttersprache schreiben wollte. Eine Vergleichung mit dem wenig späteren Brief des Gautelmi (u. Kap. XIII) ergiebt eine Anzahl ähnlicher Wendungen, die Zeitbestimmungen stimmen genau, auch die Münzart der Provenienses (s. den Brief Urbans 1264. Theiner I, 163) Verdächtig ist nur, dafs von einer Wahl auf ein Jahr die Rede ist, während Malaspina vom „perpetuus senator" spricht (ibid.). Aber es ist sehr möglich, dafs unser Schreiben das erste ist, das in dieser Sache an Karl abging und daher das anfänglich gebräuchliche Angebot auf ein Jahr enthält. Vor allem mufs man doch fragen, wann und wozu eine Fälschung dieser Art hätte gemacht werden können, die doch für niemand vorteilhaft war. Für eine Stilübung sind alle Bestimmungen zu genau. Also wird man sich für die Echtheit entscheiden können.

befunden sei, die Stadt zu beherrschen, die Guten zu schützen,
Recht und Gerechtigkeit gegen die Übelthäter walten zu lassen.
Er soll das Amt vom 1. November auf ein Jahr haben mit einem
„Salair" von 10 000 Pfund und auf seine Kosten 10 Richter und
12 Notare mitbringen und unterhalten. Daſs man es sehr eilig
hat, zeigt die Bestimmung, daſs der Graf sich innerhalb dreier
Tage nach Empfang des Briefes entscheiden und schon am 8. Sep-
tember[1]) in Rom erscheinen solle.

Wollte man durch diese Eile auf Karl eine Pression ausüben,
so irrte man sich; wie konnte er sich herbeilassen, auf ein Jahr
anzunehmen, was dem Brancaleone schon auf 3 Jahre, Richard gar
auf Lebenszeit übertragen war? Er wuſste, daſs man ihn in Rom
zu nötig brauchte, um ihn so rasch fallen zu lassen. Auſserdem
bewiesen ihm sogleich die Instruktionen, die Albert vom Papste
erhalten hatte, daſs dieser sogar ein Angebot der Senatorie auf
Lebenszeit argwöhnte.

Urban verhehlte sich nicht, daſs durch Karls schlaue Politik
die seinige plötzlich überholt war; dennoch konnte er nicht anders,
als wenigstens scheinbar die Erwählung seines Günstlings freudig
begrüſsen; muſste sie doch auf den Fortgang des sizilischen Geschäfts fördernd wirken, während der andere Kandidat, Peter von
Aragon, nur hinderlich sein konnte. Daher war der Papst sogleich bereit, jenen Artikel, der dem Grafen die Verwaltung jedes
kommunalen Amtes in Italien verbot, aufzuheben. Nur sollte er die
Senatorie nicht auf Lebenszeit bekleiden, denn dies könne die
Kirche, zu deren Rechten die Wahl gehöre, selbst einem ergebenen
Freund nicht gestatten; auch würde Richard, dem die Annahme
in demselben Falle verweigert war, sich schwer beleidigt fühlen.
Daher sollte Albert durchsetzen, daſs der Graf ihm heimlich
schwöre und bescheinige, auf Befehl des Papstes jederzeit die
Senatorie niederlegen zu wollen; ja auch, wenn er den Römern
schon die Annahme auf Lebenszeit beschworen hatte, durfte Albert
ihn von diesem Eide absolvieren[2]).

Was Karl vorausgesehen hatte, fand er durch dieses An-
erbieten bestätigt: daſs seine neue Würde nicht nur die beste
Vorbereitung zu seiner Heerfahrt, sondern auch eine sehr bequeme
Handhabe sein würde, die Forderungen des Papstes herabzudrücken

---

[1]) le jour de Notre Dame.
[2]) Orvieto, 11. August 1263. Martene II, 26.

und ihn zu weiteren Konzessionen im sizilischen Vertrage geneigt
zu machen. Seine fernere Politik war jetzt gegeben: er brauchte
nur die Entscheidung über die Dauer seines Amtes in der Schwebe
zu lassen, um auf diese Weise den Papst und die Römer gegen
einander auszuspielen. Und das hat er nun meisterhaft verstanden: denn auch, nachdem er schon einen Vikar nach Rom geschickt, also die Senatorie bereits angenommen hat, läfst der Papst
noch im Laufe des folgenden Jahres immer weiter über die Zeit-
frage verhandeln, woraus klar hervorgeht, dafs Karl sich absichtlich hütet, einen festen und deutlichen Entschlufs kund zu thun.
Er durfte dies nicht. Denn nahm er auf Lebenszeit an, so über-
warf er sich gänzlich mit der Kurie; entschied er sich für wenige
Jahre, so gab er das Mittel aus der Hand, auf jene noch weiteren
Druck auszuüben.

So gingen die Unterhandlungen fort, sowohl die Senatorie, als
auch das sizilische Geschäft[1]) bildeten den Gegenstand eifriger
Vorschläge. König Ludwig liefs sich die Prüfung der einzelnen
Artikel sehr angelegen sein, und Karl, nicht zufrieden mit den
Berichten des Notars Albert, schickte den Kaplan Johann de Monciac
nach Orvieto, um dem Papst seine Wünsche mitteilen zu lassen.
Aber während die sizilischen Erörterungen einen guten Fortgang
nahmen, erhielt Urban die Gewifsheit, dafs der Graf die Senatorie
angenommen habe, ohne dem Nuntius die Sicherheiten zu geben,
die er verlangt hatte[2]). So schrieb er denn am 25. Dezember
1263 an Albert[3]), dafs er nach wie vor auf den Garantieen betreffs der Senatorie bestehen und, bis diese nicht gegeben seien,
auf die Fortführung des sizilischen Geschäfts verzichten müsse,
damit er nicht „aus der Scylla in die Charybdis gerate“.

Im Kardinal-Kollegium sei man geteilter Ansicht. Die Mino-
rität hätte sich für folgende Erklärung entschieden: man solle
Karl eine Amtsdauer von drei Jahren vorschlagen und diese auf
dringenden Wunsch bis auf höchstens 5 Jahre verlängern: hätte
der Graf in dieser Zeit das Königreich oder doch den gröfsten
Teil desselben erobert, so müsse er — bei Strafe des Banns, dem-
nächst des Verlustes der Senatorie und dann des Reichs Sizilien —

---

[1]) 18. November 1263, Regest, welches von Änderungen spricht, die Urban
dem Grafen zugehen liefs (Analecta juris pontific. Serie XI, 1075.).

[2]) cautione tibi non (nicht nos, wie Martene II, S. 30 hat) praestita,
quam tu nosti.

[3]) ibid.

auf Befehl des Papstes von der Senatorie zurücktreten. Die Majorität zog diese Kaution ebenfalls vor, nur wollte sie dem Grafen, wenn er sich darauf nicht einliefse, noch einen anderen Modus freistellen: er sollte nämlich versprechen, nicht auf Lebenszeit, sondern für einen beliebigen Zeitraum sich den Römern zu verpflichten und dann nach 5 Jahren sein Amt niederlegen: könne er sie aber nicht dazu bewegen, ihm die Verpflichtung auf Lebenszeit zu erlassen, so sollte er versprechen, dennoch in jedem Falle die Senatorie abzugeben, wenn der Papst dies befehle und den Eid, weil zum Schaden der Kirche geschworen, für ungiltig erkläre. Daneben hatte er zu geloben, nach seinem Rücktritte sich zu bemühen, dafs die Senatorie wieder der Kirche zufiele, und als Senator die Rechte und Freiheiten derselben zu achten. Vergleicht man die zwei Kautionen, unter denen Karl zu wählen hatte, so liegt der Unterschied weniger in dem Inhalte als in der Form; denn beidemal mufs der Graf sein Amt niederlegen, im zweiten Falle unter Umständen noch vor der im ersten fixierten Frist von 5 Jahren. Nur, dafs im ersten Falle offen und ehrlich ein Termin bestimmt war, der allen Beteiligten Klarheit gewährte, im zweiten dagegen die Römer getäuscht wurden. Bestanden sie auf der lebenslänglichen Amtsdauer, so waren nach dem ersten Modus die sizilischen Verhandlungen zu Ende, nach dem zweiten konnten sie ruhig weiter gehen. Und dies blieb dem Papste die Hauptsache, so sehr, dafs er seiner Instruktion den höchst bezeichnenden Schlufs hinzufügt: auch wenn Karl keine der beiden Kautionen annimmt, soll Albert doch nicht den diplomatischen Verkehr abbrechen, sondern nur erklären, er reise ab, um dem Papste über alles persönlich zu berichten.

Also neben der Angst vor der zukünftigen Übermacht des Grafen immer wieder die Besorgnis, die Übertragung Siziliens könne nicht perfekt werden!

Wie viel Urban hieran lag, zeigen auch seine weiteren Nachrichten: er will nach Frankreich zum Abschlufs des Traktats Kardinäle schicken, er will eine Einigung zwischen der Königin Margaretha und ihrem Schwager zur Zufriedenheit Ludwigs herstellen, er beruhigt Karl über den Erfolg der Zehntenerhebung in den Kirchenprovinzen des Westens, über den Widerspruch, den England erhoben hätte[1], über den Zwiespalt der Kardinäle in

<hr>

[1] nec timeat negotium Angliae ist auf den Einspruch des in seinem Recht auf Sizilien geschädigten Edmund, nicht auf den Streit Heinrichs mit

seiner Angelegenheit; wenn er erst angenommen hätte, würden
sie ihm alle zu Willen sein, ebenso wie die Römer nicht auf der
lebenslänglichen Amtsdauer bestehen würden, wenn er seine Abneigung dagegen entschieden kundgegeben habe. Aber eine un-
umwundene Erklärung lag eben nicht in dem Plane Karls. Noch
waren die Abänderungen des sizilischen Traktats, die er vorgeschlagen hatte, vom Papste nicht bewilligt; er mußte die Bedrängnis Urbans benutzen, um sie durchzusetzen, denn sie betrafen
äußerst wichtige Artikel [1]). Vorerst wollte der Graf die Geldforderungen verringert wissen. Zufrieden mit dem Vorschlag Urbans, daß statt des zuerst von der Kurie verlangten Gebietes in
Kampanien der Zins auf 10 000 Unzen erhöht wurde, wünschte
er vollständigen oder partiellen Erlaß desselben, wenn seine Einkünfte bei der Verteidigung des Königreichs und der Kirche erschöpft sein würden. Ebenso protestierte er, wie auch König
Ludwig gegen die einmalige Zahlung von 50 000 Mark, und endlich wollte er die Steuerbefreiung der Geistlichen auf die Kirchen-
güter beschränken.

Urban aber hielt diese Forderungen aufrecht, die er für sehr
mäßig erachtete. Großen Widerwillen hatte ferner bei Ludwig
das Verlangen erregt, daß die sizilischen Unterthanen alle zehn
Jahre jenen Eid im Interesse der Kirche schwören sollten: diese
Verpflichtung, von ihrem Könige abzufallen, wenn die Kirche ihm
die Herrschaft nehme, sei schmachvoll, mehr für Heiden als für
Christen passend, predige Aufruhr und Verrat. Urban bestritt
dies; zur Ehre Karls aber wollte er gestatten, daß unter seiner
Regierung die Bewohner nur einmal zu schwören brauchten;
unter seinen Nachfolgern indes sollte der Artikel wieder in Kraft
treten. Ebensowenig billigte er den Zusatz des Grafen, welcher
die Mahnungsfrist vor der Aberkennung des Königreichs verlängerte
und dem Satze „wenn er nicht der Mahnung gehorchte" hinzu-
fügte: „oder wenn er sich nicht der Rechtsentscheidung unter-

---

seinen Baronen zu beziehen: diesen versucht Urban durch Guy Fulcodii zu
schlichten, der damals (November 1263) nach England gesandt wurde (Potthast 18 717); den Protest gegen das neue Angebot Siziliens zu beschwich-
tigen, war dagegen die Aufgabe des Erzbischofs von Kosenza, der, wie unsere
Urk. zeigt, damals an den Höfen von London und Paris abwechselnd für Karl
wirkte. (Über Englands Zurückweisung u. Kap. XIII, Urk. 26. Febr. 1265).

[1]) 9. Januar 1264, Martene n. 17, S. 35. Hier sind die Forderungen des
Grafen und dann der Bescheid des Papstes auf jede derselben aufgezählt; im

werfen wolle." [1) Auf diese wollte sich offenbar der Papst nicht einlassen. In betreff der Erbfolge machte der Papst ziemlich bedeutende Konzessionen, ohne doch so weit zu gehen wie Karl, der legitime Nachkommen jeder Art berechtigt wissen wollte. Dann hatte der Graf verlangt, daſs, wenn ein Erbberechtigter dem Throne entsage, weil er das Imperium erhalte habe, der nächste legitime Erbe in Sizilien folgen sollte; Urban erwiderte, der also den Thron Verlierende müsse, wenn er einen unmündigen Sohn hätte, diesen bis zum 18. Jahre in die Obhut des Papstes geben; erbe aber eine Tochter, so sollte das Reich an die Kirche zurückfallen. Von Wichtigkeit sind auch die Differenzen betreffs der militärischen Leistungen. Karl will sich hier in keiner Weise Vorschriften machen lassen; er weist sowohl die Angabe der Rossezahl, als auch die Festsetzung seiner Truppenmacht auf 1000 Ritter zurück, denn wenn er selber nach Italien komme, würde er viel mehr als 1000 mitbringen. Der Papst aber hält an der Fixierung der Pferde fest, wenn er sie auch auf drei für jeden Ritter ermäſsigt. Endlich will der Graf von dem pünktlichen Antritt seiner Heerfahrt befreit sein, wenn er durch triftige Gründe verhindert würde; Urban wahrt sich das Recht, dann die Schenkung zu widerrufen,

So die wesentlichsten Unterschiede zwischen den Wünschen Urbans und seines Erwählten. Zwar verfehlte der erstere nicht, weitere Gnadenbeweise zu erteilen: er dehnte den Zehnten auf die Länder der Gräfin von Flandern aus, versprach den besonderen Schutz der Kirche, wenn Karl stürbe, auch seiner Gemahlin und seinen Kindern, wollte alle nach 1245 erlassene Statuten der Staufer aufheben[2) — aber das sizilische Geschäft konnte nicht fortschreiten, solange noch jene Differenzen in den wichtigsten Punkten bestanden. Nicht nur die pekuniären Forderungen muſsten ausgeglichen werden, auch jene prinzipiellen Vorbehalte, durch welche Karl eine unbedingte und wenig ehrenvolle Abhängigkeit von der Kirche vermeiden wollte, mochten bei der Vorsicht des Papstes leicht zu einem Bruche führen. Merkwürdig ist dabei, daſs gerade König Ludwig, der er-

folgenden Brief n. 18 die Motive für die Entschlieſsungen Urbans. Sehr zu beachten ist, daſs in der Numerierung der Artikel eine Differenz zwischen den Verhandelnden ist, die leicht irreführt.

[1) vel si noluerit stare juri.
[2) 7. Januar 1264, Martene n. 16.

gebene Diener der Kirche, als er nun einmal auf die Berufung seines Bruders eingegangen war, fest und genau die Vorrechte desselben wahrt, wo dieser sich vielleicht allzu nachgiebig zeigt. Wenigstens wundert sich Urban, dafs, nach dem Berichte Alberts, Karl allen übrigen Artikeln zugestimmt, der König dagegen gewünscht hatte, mit einigen Kardinälen noch weitere Änderungen zu verabreden: daher hätte der Graf entweder ohne den Rat seines Bruders gehandelt, oder dieser wolle mehr auswirken, als Karl selbst. Der Papst teilte deshalb dem Gesandten seinen Entschlufs mit, keine Kardinäle zu schicken, bis man nicht die Ansichten des französischen Hofes über die vorliegende Antwort der Kurie und seine Bereitwilligkeit zur Annahme der nun genügend modifizierten Artikel festgestellt habe. Albert sollte mit gröfster Vorsicht die Ablehnung mancher Forderungen motivieren und ferner über die Geneigtheit der Königin zu einer Versöhnung mit Karl, wie auch über die Aussichten des Zehnten bei der Geistlichkeit schleunigst berichten. —

Wir halten hier still, denn in den Verhandlungen tritt jetzt eine Pause ein. Oder vielmehr, Urban wartete nun ab, was sein Gesandter in Frankreich ausrichten würde; daher haben wir ein Vierteljahr lang keine Nachrichten über das sizilische Geschäft. Aber es ist nicht zu bezweifeln, dafs in den ersten vier Monaten des Jahres 1264 am Pariser Hofe die Heerfahrt des jüngsten Prinzen den Gegenstand eifrigster Diskussionen bildete. Zu einer Entscheidung konnte man jedoch noch nicht kommen, schon weil die Ereignisse in England jetzt im Mittelpunkte des Interesses standen.

Nachdem die übermächtigen Barone hier seit Jahren die Regierung an sich gerissen hatten, machte nun der schwache König neue Anstrengungen, sein Ansehen wiederherzustellen. Im November hatte der Papst den Kardinal Guy Fulcodii nach England geschickt, aber der Einflufs der Kurie war jenseits des Kanals bei Freund und Feind in Mifskredit geraten, auch deshalb, weil man einsah, dafs die ungeheuren Opfer für die sizilische Krone vergeblich gebracht waren. Man verwehrte dem Kardinal den Eintritt in das Land und rief Ludwig IX. zum Richter an. Er entschied am 23. Januar 1264 zu Gunsten König Heinrichs. Auch hier wieder stand er im Gegensatz zu seinem Bruder, der, wie wir sehen werden, zu den aufständischen Vasallen, besonders zum Grafen von Leicester, Beziehungen hatte. Vielleicht kam es Karl gelegen, dafs Heinrich III. und sein Sohn Edmund durch innere

Unruhen gänzlich verhindert waren, ihre berechtigten Ansprüche auf Sizilien trotz der Überredungskünste des Papstes aufrecht zu erhalten.

Boten so die europäischen Verhältnisse des Jahres 1263 mancherlei ernste Verwickelungen, durch welche die französische Regierung gehemmt wurde, sich mit einer neuen bedenklichen und tiefeingreifenden Unternehmung zu befassen, so waren auch in dem Lande, welches Karl stets am meisten am Herzen lag, Ereignisse eingetreten, die seine Thätigkeit voll und ganz in Anspruch nahmen. In dem berechtigten Glauben, die Rebellion in der Provence erstickt zu haben, hatte der Graf gegen Anfang 1263 das Land verlassen; und in der That zeigen uns die wenigen Akte, die wir aus der folgenden Zeit haben, besonders aber das uns erhaltene grofse Rechnungsbuch, welches Weihnachten 1263 beginnt [1]), dafs unter der tüchtigen Leitung des Seneschalls Peter de Vicinis Ruhe und Ordnung in die insurgierten Gebiete zurückgekehrt war, während in den anderen Teilen die Verwaltung auf dem wohlgeebneten Wege weiterschritt [2]).

Auch in Marseille war man des Widerstandes müde. Wir haben bemerkt, dafs schon 1257, wie auch 1262, die Empörung gegen Karl von einer kleinen nationalen und republikanischen Partei ausging, welche durch ihre Energie, vielleicht noch mehr durch das Versprechen materieller Erleichterungen und Bereicherungen die Bürgerschaft mit sich fortrifs; was den Mifserfolg ihres Vorhabens veranlafste, war nicht nur die entschlossene Abwehr des Grafen, die wirksame Arbeit seiner zahlreichen Freunde in der Stadt, sondern noch mehr die Müdigkeit und Abneigung des Volkes, Verkehr und Erwerb immer länger den freiheitlichen Ideeen hintanzusetzen. Als nun nach dem letzten Frieden die Beamten Karls zurückkehrten, als man die Wunden fühlte, welche Kontributionen und Brandschatzungen zu Wasser und zu Lande

---

[1]) Excurs n. VI; es heifst Liber rubeus (L. rub.).

[2]) Von Dokumenten sind zu verzeichnen:

I. 12. April 1263, Mison: Beatrix von Mison verkauft dem Seneschall Peter die Seigneurie Mison für 1500 Pfd. Vienn. Or. in Mars.

II. 10. Juni 1263: Wichtige Gerichtsentscheidung in Forcalquier (S. Anh. n. XV.

III. 22. Sept. 1263; Strophanias, Witwe des Ponce von Aramon (rechts des Rhone) giebt dem Vikar von Tarascon die Hälfte der Rhone-Insel Barnouin (bei Boulbon) Or. in Mars.

dem Wohlstand geschlagen hatten, da war es zu erwarten, daſs nicht nur die Furcht vor dem Zorne des dreimal Siegreichen, sondern auch das Bedürfnis nach Ruhe, die Sorge für Hab und Gut, die Lust an ferneren Rebellionen entgültig benehmen würde.

Aber immer noch gab es eine Anzahl von Männern, welche die Hoffnung nicht sinken liefsen „auf die Wiederkehr des alten Glückes der Stadt". An Stelle offener Auflehnung sollte heimliche Verschwörung treten; gefiel sich das Volk nun in der Knechtschaft, so sollte es wider seinen Willen befreit werden, und dazu mufste die Hilfe von auswärts kommen. Wie so oft, richtete man die Blicke auch jetzt auf den aragonischen Bruderstamm, auf die Söhne König Jacmes. Peter, der Schwiegersohn des von Karl so schwer bedrohten Manfred und der jüngere Sohn, Jacme, der während des letzten Krieges sich der aufständischen Stadt mit Rat und That angenommen hatte — sie mufsten für kräftigen Beistand der nationalen Sache gewonnen werden.

Die Seele der neuen Konspiration war abermals Hugo von Baux. Vom Vater verstofsen, von der Regierung geächtet, wagte er einen letzten verzweifelten Schritt. Er schlich sich nach dem Friedensschlufs in Marseille ein und hielt sich heimlich im Hause des Notars Payna auf. Neben ihm taucht plötzlich Albert von Lavagna auf, den wir in den vierziger Jahren als Richter Raimunds von Toulouse in Marseille, dann des Bischofs ebendaselbst, zur Zeit der letzten Revolution in Arles als Podesta und endlich 1256 als Gesandten von Marseille bei Alfons von Kastilien getroffen haben. Vielleicht ging ihm 1257 durch Karl seine Stellung als Beamter der Bischofstadt verloren — jedenfalls hatte er seit Jahren keine politische Rolle gespielt, sondern als Privatmann in Marseille gelebt[1]. Und dies gilt nun auch von allen übrigen, die uns als die Häupter der Verschworenen genannt werden: Bertrand de S. Victor, Assaud de Quillan, Johann d'Acre, der Notar Payna: keinen von ihnen finden wir jemals in der langen Reihe der Zeugen, welche die Marseiller Urkunden unterschrieben[2]; auch unter den Feinden des Grafen sind sie bis dahin

---

[1] Juli 1260 wird er als jurisperitus in Mars. erwähnt (Blancard Commerce 217).

[2] Eine Ausnahme würde allein Hugo Vivaud machen, dessen Name in der Liste der den Gebannten konfiszierten Güter genannt ist (Blancard, In-

nicht hervorgetreten. Wie konnten sie nun im stande sein, die Bevölkerung mit fortzureißen, während sich die angesehenen Bürger fernhielten? Sie mußten sich darauf beschränken, in geheimen Zusammenkünften Anhänger zu werben, denen sie die Hülfe des Prinzen von Aragon in Aussicht stellten. Aber sie kamen hierbei nicht vorwärts: denn während der Prinz erst Beweise von der genügenden Anzahl Verschworener haben wollte, ehe er Hilfe sandte, wünschten die meisten der von den Anführern ins Vertrauen Gezogenen vorher die Unterstützung Aragons sicher vor Augen zu haben, ehe sie an dem Komplott teilnehmen mochten.

Bei der Unzuverlässigkeit der Mitwisser war es daher nicht zu verwundern, daß gegen Anfang 1264 die Verschwörung entdeckt wurde. Aber alle jene Männer, die man als die Anstifter bezeichnete, Hugo und Lavagna an der Spitze, hatten Zeit zur Flucht gefunden; diejenigen, welche man jetzt verhaftete und sogleich nach Aix zur Untersuchung brachte, scheinen bei dem Komplott keine wichtigen Rollen gespielt zu haben, so wenig, wie sie sonst irgendwie politisch genannt sind. Wenigstens gilt dies von Johann de Manduel, dem einzigen, über den wir vor und während des Prozesses genauere Nachrichten haben [1]).

Manduel [2]) war einem sehr reichen Kaufmannshause entsprossen, dessen Güter und Geschäfte wir in einer großen Menge uns erhaltener Rechnungen und Dokumente seit 1200 genau verfolgen können. Der Vater Stefan hatte besonders das Wechseln ausländischer Geldsorten in Syrien, Ägypten, Tunis, Algier und Marokko besorgt; seine Söhne Bernhard und Johann vergrößerten ihr Geschäft durch einen ausgedehnten Warenhandel, welcher die Produkte und Manufakturen Frankreichs nach den Mittelmeerstaaten, die des Orients dagegen nach Paris und London auf den Markt brachte [3]). Daneben machten sie in Marseille selbst Geldgeschäfte und hielten streng auf die genaue Regelung all' ihrer

---

vent. I, 109): aus der alteingesessenen Familie der Vivaudi entstammt, tritt er gerade in den Jahren vorher öfters hervor, so auch als Vertrauensmann der Stadt in den Verhandlungen mit Karl (Nov. 1262).

[1]) Blancard Doc. inéd. sur l'hist. de Mars. (Bibl. de l'éc. d. ch. 1860, S. 512); Inv. II, 1 ff.; le commerce de Mars. en XIII. siècle, Introd.

[2]) Nach Blancard ist Mandolium der Ort Manduel, östl. von Nimes.

[3]) Nach der Berberei, Syrien, den Balearen: Wein, Getreide, Mehl, Flachs, Seide, Leinwand, Burgunder Garn, Schafleder, starkes Tuch von Arras und Douai; nach Paris: Alaun von Aleppo und Korduanleder.

Schuldverhältnisse, wobei sie eine grofse Anzahl von Prozessen
und Untersuchungen nicht scheuten, um ihre Ansprüche durchzusetzen. So wurde Manduel einer der reichsten Handelsherren
von Marseille, ihm gehörte bedeutender Grundbesitz in der Stadt,
auch in Majorka ein weiter Güterkomplex. Trotzdem hatte er
sich niemals an der Politik beteiligt, und es mufste berechtigtes
Aufsehen erregen, als er nun plötzlich wegen Majestätsverbrechens
gefänglich eingezogen wurde.

Alsbald begann der Prozefs vor einem Tribunal, welches, aus
Richtern, Vikaren und Notaren zusammengesetzt, unter dem Vorsitz Johanns de Bonamena, Oberrichters der Provence, stand. Die
Untersuchung dauerte weit über 6 Monate. Nur das Verfahren
gegen Manduel, und auch dies nur in einigen Teilen, ist uns bekannt.

Aber dieser unvollkommene Bericht läfst doch keinen Zweifel
darüber, dafs die Beweise für die Schuld des Angeklagten auf
äufserst schwachen Füfsen standen. Denn neben den Behauptungen mehrerer Zeugen, neben dem Geständnisse Manduels, dessen
Inhalt wir aber nicht kennen, zog man auch das öffentliche Gerede ¹) zur Belastung heran! Und so kommt es denn, dafs die
Aussagen ganz verschieden sind. Eine Äufserung kehrt zwar
immer wieder, welche für den Angeklagten besonders gravierend
sein sollte, „wenn 10 (oder 12 oder 20) bewaffnete Galeeren des
Fürsten zu Hülfe kämen, dann könnte man die alten Zustände der
Stadt wieder zurückführen“ ²); aber wenn anfangs nur unbestimmt
gesagt wird, dafs diese Worte im Hause des Lavagna gesprochen
sind, während Manduel dabei war, werden sie dann dem Assaud
de Quillan, darauf Lavagna und zuletzt erst Manduel selbst in
den Mund gelegt. Auch sonst kann man ihm nichts als die Anwesenheit bei einigen Versammlungen der Verschworenen vorwerfen. Er war dabei, als Bertrand von S. Victor an seinen Eid
im Hause Lavagnas gemahnt wurde. Er war dabei, als im Hause
des Notars Payna, wo sich Hugo von Baux seit dem Friedens-

---

¹) per famam publicam.

²) si revenria ancaras totz lo fatz d'esta ciutat oder si poiria revenir
lo fatz de Marseilla ancaras, si venirent decem galeae Principis. Niemals
ist aber gesagt, wer der Princeps ist, daher ist Blancard auch nicht berechtigt, Peter von Aragon als diesen zu bezeichnen; man kann ebenso an seinen
Bruder Jacme denken.

schlufs versteckt hielt, die Listen der Teilnehmer an dem Komplott aufgesetzt wurden, welche man vermutlich dem Fürsten senden wollte. Er war oftmals dabei, wenn bei Lavagna immer wieder von der Ankunft der rettenden Schiffe gesprochen wurde. Hier bot dann Lavagna seine Überredung auf, um die Mutlosen und Unschlüssigen anzufeuern. Als Johann d'Acre meinte, man würde doch nicht zu den alten Zuständen kommen, wenn man auch 10 bis 12 der hervorragendsten Gegner töte. als Quillau an der Landung der 20 Galeeren des Fürsten zweifelte, rief Lavagna: „Bei Gott, Galeeren, Fahrzeuge und Schütze werdet ihr haben. so viel ihr wollt, wenn ihr nur Genossen findet und euch bemüht. neue zu werben." [1] Aber während so den Häuptern bestimmte Äulserungen vorgeworfen werden, sind die Anklagen gegen Manduel ganz allgemein. Er sei dem Lavagna ergeben gewesen, hätte ihm gegen den Grafen Karl und seine Freunde, die Marseiller, geholfen, und wenn die Verschwörer vermocht hätten, ihre Pläne durchzusetzen, welche die Stadt dem Grafen entreifsen und dem Fürsten geben wollten, so würde er sich nicht von ihnen getreunt haben.

Endlich war er auch zugegen gewesen, als einige der Verhafteten im Franziskanerkloster zu Aix ihre angeklagten Genossen aufforderten, brüderlich zusammenzuhalten, nichts voneinander zu verraten und sich nicht zu Aussagen hinreifsen zu lassen, wenn die Untersuchungsrichter auch vorgeben würden, andere hätten bereits gravierende Geständnisse gemacht.

So gering war das Belastungsmaterial, welches man mit dem Aufgebot so vieler Zeit und Thätigkeit und gewifs mit allen juristischen Mitteln und Künsten gegen Manduel zusammenbrachte; das gegen die anderen in den Gefängnissen von Aix, Hyères und Sisteron Schmachtenden wird nicht besser gewesen sein. Aber die Richter fanden die Zeugnisse genügend, um daraufhin das Schuldig auszusprechen. Das Urteil lautete auf Todesstrafe und Konfiskation aller Güter gegen Johann de Manduel, Joh. Guigues, den Herrn von Gignac, Gibelin, Peter de Barri, zwei Brüder del Valenzas und viele andere[2]. Am 22. Oktober 1264

---

[1] Per deum (noch heute sagt der Provençale „Pardi") et galeas et naves et ligna et thesaurum, quoscunque volueritis: solummodo amicos habeatis . . .

[2] L. rub. hat Raim. France (?), Joh. Guig. G. Caminali. In der Steuerliste von 1265 noch Ugo Vivaud, Gruec.

wurden sie in Marseille auf der Anhöhe von S. Michel ent-
hauptet[1]).

Es war zum erstenmale, daſs Karl von Anjou wegen politischer
Vergehen die Todesstrafe verhängte; dies muſs betont werden, sowohl den Chroniken gegenüber, welche fälschlich schon nach den
früheren Rebellionen von Hinrichtungen erzählen, als auch der
späteren Bluturteile wegen, welche das Andenken Karls beflecken
Langmütig hatte der Graf bis jetzt die wiederholten Aufstände
gedämpft, ohne die schwersten Strafen anzuwenden; weniger aus
Milde, als aus Klugheit lieſs er Gnade walten. Nun aber fühlte
er die dringende Notwendigkeit, durch äuſserste Strenge ein für
alle Mal die Miſsvergnügten von weiteren Verschwörungen abzu-
schrecken. Er muſste ein Ende machen mit der Unsicherheit der
provençalischen Eroberungen, wenn er sich auf neue, entferntere
einlassen wollte. Es würde daher auch falsch sein, wollte man
annehmen, er hätte Unschuldige verurteilt, nur, um sich ihrer
Besitzungen zu bemächtigen. Gewiſs war es ihm in seiner Geldverlegenheit sehr willkommen, als er nun die kolossalen Reichtümer Manduels, Lavagnas und ihrer Genossen konfiszieren konnte[2]),
gewiſs waren seine Richter nicht mit voller Unparteilichkeit verfahren, aber nichts berechtigt dazu, Karl so offenbarer Ungerech-
tigkeit zu beschuldigen; hätte er seine Geldgier schrankenlos
walten lassen, wozu bedurfte es da einer so genauen Untersuchung
und der Heranziehung so vieler Richter und Zeugen?[3]) Aber
daran ist nicht zu zweifeln, daſs die Verschwörung ihn ganz
auſserordentlich verbittern muſste. Dieser Versuch, unter den
Augen seiner Beamten Aufruhr zu predigen und ihn an einen

---

[1]) L. rub.: pro expensis factis in radafalco facto in plano S. Michaelis
et justicia ibi facienda de proditoribus 108 sol. (Blanc., Doc. inéd., hat
falsch 1203.)

[2]) L. rub.: de bonis captorum de Mars., qui detinebantur in prisione
Aquis et postmodum fuerunt justiciati Marsiliae, venditis.

Steuerliste 1265 (Inv. I, 199): Aiso son las possessionatz dels faidits e
dels condempnatz: Premieramentz Aubert de Lavainna . . . .

Aber dies sind nur Immobilien; die den Verurteilten geschuldeten
Summen einzutreiben, war schwerer; noch 1291 und 1293 darüber Nachfor-
schungen, aus denen wir überhaupt unsere Nachrichten schöpfen.

[3]) Bis aus Montpellier. L. rub.: pro avocatis vocatis per inquisi-
tores.

fremden Fürsten zu verraten [1]), diese fortgesetzten Bestrebungen, seine Herrschaft abzuschütteln, werden nicht verfehlt haben, sein Regiment härter und drückender werden zu lassen und sein Gemüt zu verdüstern.

*   *   *

Indem so die Aufdeckung der Verschwörung in Marseille die Thätigkeit des Grafen in den ersten Monaten des Jahres 1264 in Anspruch nahm, hatte er auch die Verhandlungen über Sizilien und die Senatorie nicht unterbrochen.

Aber während Albert sich vergeblich bemühte, einen Abschluß zu stande zu bringen, schickte Karl Ende März eine Galeere, deren Bemannung unter dem Befehl des Magisters Rudolf stand, nach Rom [2]), und that damit einen wichtigen Schritt weiter auf der Bahn seiner großen Entwürfe. Es wird nicht klar, ob er mittlerweile mit den Römern über die Senatorie Bestimmtes vereinbart hatte, aber jedenfalls gedachte er mit dieser ersten Sendung nicht nur die Verhältnisse in Rom zu erforschen, sondern auch wieder auf den Papst eine Pression auszuüben, um ihn zu Konzessionen zu nötigen. Und in der That gelang ihm dies sogleich.

Am 25. April, in der Osterwoche, teilte Urban IV. in feierlicher Ansprache zu Orvieto den Kardinälen seinen Entschluß betreffs weiterer Verhandlungen mit Karl mit [3]). Nicht aus Norden käme alles Unglück, wie Jeremias gesagt hat, sondern von Sizilien, ob dessen Reichtümern die Welt verderbt, die Kirche zer-

---

[1]) Was für Maßregeln Karl gegen den „Princeps" ergriff, ist nicht zu ersehen, nur L. rub.: galea pro capiendis nunciis Principis, also wollte er die Boten Aragons wohl fangen; dann Gesandtschaften nach Montpellier erwähnt. Er war nicht der Mann, sich die Einmischung gefallen zu lassen.

[2]) L. rub: Galea, cum Radulfus magister et servientes (aus Mars.) missi sunt Romam in quadragesima praeterita. Im Briefe des Vikars vom April 1265 (s. u. S. 229) unter den Ausstellern: Raoul, ses clers in Rom (bezeichnend, daß der erste Führer, den Karl abschickt, ein Kleriker ist). Es läßt sich nicht ganz sicher behaupten, ob die Sendung des Rudolf der des Gantelmi, die wir in den April setzen (s. u. S. 202), voranging, oder ob dieser nicht schon zu gleicher Zeit von Nizza abfuhr (L. rub.), wie Rudolf von Marseille.

[3]) Martene ibid. n. 49. Theiner Cod. dipl. dom. temp. S. Sed. I, 159: Dies die sog. „diffinitio".

fleischt würde. Um diesen Gefahren zu begegnen, müsse man
manches erdulden, was bei normalen Zuständen unerträglich wäre.
In diesem Sinne wird die Berufung Karls als ein notwendiges
Übel hingestellt, und die Erlaubnis zur Annahme der Senatorie
mit der bedrückten Lage der Kurie entschuldigt, der es daran
liegen müsse, dem Grafen damit die Bahn nach Sizilien zu
ebnen. Deshalb hätte sie sich entschlossen, den Bitten Karls und
seines königlichen Bruders zu willfahren und zur Durchführung des
Begonnenen den Kardinal Simon von S. Cäcilia nach Frankreich zu senden. Und keinen Geeigneteren dazu konnte der Papst
finden; Simon war Franzose, in unmittelbarer Nähe von Paris (in
Brie bei Corbeil) geboren und aufgewachsen; als früheres Mitglied
des königlichen Rates wußte er am besten mit den Strömungen
am Hofe Ludwigs Bescheid und mußte diesem ganz besonders
willkommen sein.

Sein Auftrag bezog sich erstens auf die Regelung der Senator-
wahl. Daß man hier seit Dezember nicht weiter gekommen war,
beweist die Wiederholung jener zwei Vorschläge betreffs der
Dauer des Amtes. Wiederum wird dem Gesandten dringend eingeschärft, den Grafen zur Annahme des ersten Modus zu bewegen,
nach welchem er schwören sollte, die Senatorie nach einer bestimmten Zeit (höchstens 5 Jahren) niederzulegen. Auch in spe-
ziellem Schreiben an Ludwig und Karl[1]) wird diese Form des
Amtes vom Papste angelegentlich empfohlen. Nur im Notfalle
wurde der zweite Modus erlaubt, wonach der Graf entweder einen
Schwur auf Lebenszeit den Römern gegenüber vermeiden, oder,
wenn er sich doch dazu verstanden hätte, eidlich versprechen
sollte, nach Eroberung des Königreichs oder seines Hauptgebietes
oder auch, wenn es feststände, daß ihm die Eroberung unmöglich
sei, auf Befehl des Papstes von der Senatorie zurückzutreten, wo-
ran ihn sein den Römern geleisteter Schwur, weil der Kirche zum
Schaden gereichend, nicht hindern sollte[2]). Außerdem hatte er
die nötigen Kautionen zu geben, welche die Senatorie als eine

---

1) 3. Mai 1264. Theiner l. c. 161.

2) Winkelmann Acta II, 732, hat ein undatiertes Stück, welches einen
anderen Modus vorschreibt. Es ist dies aber kein „in der Mitte zwischen den
2 formae stehender Entwurf", sondern die schließliche, in dem großen Vertrag Karls mit Clemens IV. (26. Febr. 1265 s. u. S. 223) zu findende Art der
Annahme der Senatorie, also nicht hierher zu ziehen.

vom Papste zu besetzende und in seinem Interesse zu verwaltende Würde kennzeichneten. Wenn Karl beide Vorschläge zurückweise, war die Mission des Kardinals beendet.

Dies alles aber war nur in der Voraussetzung beschlossen, daſs die Schenkung Siziliens perfekt werden würde. Zerschlug sich die Übertragung, so waren auch die Konzessionen hinsichtlich der Senatorie ungiltig.

Für die sizilischen Angelegenheiten nun wurde dem Kardinal-Legaten ebenfalls die Direktive gegeben [1].

Von den Abänderungen, welche der Graf durch Albert erbeten hatte, werden sechs zur weiteren Diskussion gestellt: 1) die Herabsetzung des Zinses, 2) die Ausdehnung der Erbfolge auf die Collateralen bis zum 4. Grade, ohne Einschränkung, 3) die Hinzufügung des Wortes „wissentlich“ wo von dem Verbot, den gröſseren Teil von Tuscien oder Lombardei zu beherrschen, die Rede ist: da der Graf sich über die Gröſse des Gebiets irren könne, so solle der Papst die Entscheidung haben, 4) die Erbfolge einer Frau, wenn der eigentliche Erbe dem Königreich entsagt, weil er die Kaiser- oder Königs-Würde annimmt, 5) die Normierung der Truppenmacht durch den Grafen selbst [2]), 6) die Aufhebung des alle 10 Jahre zu wiederholenden Eides der sizilischen Unterthanen an den Papst. Diese Konzessionen hatte besonders König Ludwig beantragt, und Simon sollte nun mit ihm darüber verhandeln. Im allgemeinen wird ihm dabei freie Hand gelassen, nur durfte er den Zins höchstens um 2000 Goldunzen herabsetzen, und zwar nur allmählich. Überhaupt wird ihm Feilschen zur Pflicht gemacht; nur sehr schwierig solle er von dem abhandeln lassen, was der Kirche vorteilhaft sei [3]).

Wenn man sich über alles geinigt hätte, solle Simon das Reich an Karl übertragen, mit Vorbehalt der endgiltigen Investi-

---

[1]) Martene l. c. n. 40: am 0. Mai an Simon berichtet.

[2]) Die Gründe, hieran festzuhalten, wollte Karl nicht brieflich, sondern erst dem Legaten mündlich mitteilen. Diesem wird aber eingeschärft, die Fixierung der Zahl nicht aufzugeben, aufser wenn Karl zeige, quod id expediens sit negotio potius, quam personae.

[3]) cum deliberatione morosa stet pro utilitate ecclesiae. Ergötzlich ist dies für das juramentum regnicolarum (Punkt 6) ausgeführt. Simon soll nämlich 1) an dem Eid festhalten, 2) ihn erlassen für Karls Regierung, 3) auch für die seines ersten Nachfolgers, 4) ihn erlassen, aber andere Sicherheit dafür erlangen, 5) ihn überhaupt erlassen, wenn er den einzigen Differenzpunkt bildet.

tur durch den Papst; aber zuvor waren auch noch drei Geschäfte
zu erledigen, von denen der Erfolg des Unternehmens abhing:
erstens die gutwillige Zahlung des Zehnten seitens der französischen Kirchen, zweitens die Vereinbarung der Kurie mit Edmund
von England, endlich die Aussöhnung zwischen Karl und Margaretha [1]).

Man sieht, die Verhandlungen waren in den Anfangsmonaten
des Jahres 1264 nicht wesentlich vorgerückt; aber es lag in der
Natur dieses diplomatischen Spiels, dafs die französische Politik
ohne Schaden auf ihren Forderungen bestehen konnte, während
die Kurie durch den Aufschub des Vertrags zu viel verlor, um
nicht nach längerem Sträuben nachzugeben [2]). Es war falsch, dafs
Urban es für seine Herzenspflicht hielt, erst alle Versuche zu er-
schöpfen, ehe er Zugeständnisse machte: er mufste sich sagen,
dafs ein so kluger Diplomat, wie Karl, die gefährdete Stellung
des Papsttums in Italien viel zu gut durchschaute, um nicht voraus zu wissen, dafs die Kurie es nicht bis zum Abbruch der Beziehungen dürfe kommen lassen; sie hatte zu grofse Hoffnungen
auf den Grafen gesetzt, um noch zurück zu können.

So mufste Urban jetzt auch den Wunsch Ludwigs IX. erfüllen
und einen Kardinal zu ihm senden. Dies hatte er so lange ver-
mieden, in dem richtigen Gefühl, dafs damit das sizilische Geschäft in ein ganz offizielles Fahrwasser gelenkt und dem Abschlufs
nahe geführt würde, was er doch hatte vermeiden wollen, bevor
Karl auf die Bedingungen der Kirche eingegangen wäre.

Jetzt aber, wo der Graf doch schon in die Verhältnisse Roms
eingegriffen hatte, ohne der Kurie die geforderten Garantieen zu
geben, begriff Urban die Notwendigkeit, den Verhandlungen in
Frankreich neuen Impuls zu geben.

Daher versäumte er nicht, seinen Legaten mit allen Vollmachten [3]) auszurüsten, die den Erfolg seiner Legation verbürgen

---

[1]) In einem Empfehlungsschreiben des Legaten an Ludwig (Duchesne,
Hist. Fr. S. V. 873, 3. Mai) wird dieser Punkt wieder hervorgehoben, ein
Beweis, wie tief die Kluft zwischen den beiden war und wie sehr sich Mar-
garetha gegen eine Erhöhung ihres Schwagers sträubte.

[2]) Urban jammert in diesen Briefen, dafs Manfred, den er vieler Ver-
brechen anklagt, jetzt einen Angriff auf Orvieto beabsichtige und ein Heer
nach Spoleto schicken wolle.

[3]) Orvieto 1264, 27. April bis 15. Mai. Martene l. c. S. 59—81.

konnten. Neben den Aufgaben, welche ihm am Hofe gestellt waren[1]), erwarteten ihn die Unterhandlungen mit der Geistlichkeit über den 3 Jahre zu gewährenden Zehnten, dessen Bewilligung, wie Urban sich nicht verhehlte, auf grofse Schwierigkeiten stofsen mufste. Daher erliefs er nun an die gallischen Prälaten einen beweglichen Aufruf[2]), der ihnen alles Böse, das der Papst durch Manfred erlitten hatte, vorführte und sie ermahnte, dem wackern, rührigen, treuen französischen Prinzen, der, würdig seines grofsen Vorfahren Karl, die Unbilden der Kirche zu rächen eile, mit ihren Einkünften zu helfen. In dem bedrückenden Gefühl, wie sehr der Klerus des Westens der unaufhörlichen Steuern für die Zwecke der Kurie überdrüssig sei, glaubt Urban versprechen zu können, dafs das Papsttum später nicht mehr so oft durch seine Forderungen lästig fallen würde, wenn es nämlich durch den Zins des zukünftigen Königs von Sizilien reichere Einkünfte erlangt hätte. Die Sammlungen für das heilige Land sollten übrigens aufhören, da das sizilische Geschäft ganz in die Stelle eines Kreuzzuges eintrat: wenigstens versuchte Urban davon zu überzeugen, dafs die Befreiung Palästinas und Konstantinopels von dem Gelingen des neuen Unternehmens abhinge und dafs es daher besonders gottgefällig sei, jetzt gegen Manfred und seine Sarazenen das Kreuz zu nehmen. Seiner Zusage getreu liefs er auch für Karl und seine Streiter den gleichen Ablafs verkünden, den Innocenz III. einst den Kämpfern für das heilige Grab gewährt hatte. Aufserdem aber erhielt Simon unbeschränkte Befugnisse, im Interesse seiner Mission zu belohnen und zu strafen, zu dispensieren, zu absolvieren und zu exkommunizieren, Koncile zu berufen und die Dienste der Geistlichen, besonders der Predigerorden, in jeder Weise in Anspruch zu nehmen; und als er nun Mitte Mai 1264 nach Frankreich abging, konnte Urban mit Recht die Hoffnung auf baldige erfreuliche Nachrichten hegen. Es war ein bedeutsames Geschick, dafs dieser Mann, der, unbekümmert um die

---

[1]) Wobei ihm die oben besprochene „diffinitio" Urbans zur Richtschnur dienen sollte (Martene n. 44).

[2]) Ibid. n. 26 (vergl. n. 29), dazu Schreiben an Erzbischof von Auch (n. 46). Martene hat den Fehler: 3. März statt 3. Mai, ihm folgt Potthast (18813) u. a.

Folgen, die Übertragung Siziliens an Karl von Anjou zu seiner
Lebensaufgabe gemacht hatte, nun drei furchtbare Monate voll
banger Erwartung in bedrängtester Lage erdulden mußte, und
dann, als die ersten besseren Berichte einen Ausweg aus dem
Dunkel erhoffen ließen, durch plötzlichen Tod jeder Frucht seiner
aufreibenden Bemühungen beraubt wurde.

XII. Erste Kämpfe der Provençalen in Rom. Urbans IV. Tod. Vorbereitungen zur Heerfahrt in Provence und Lombardei (1264).

Der ersten Galeere, welche Karl vor Ostern 1264 nach Rom geschickt hatte, folgte im April[1]) eine gröfsere Sendung provençalischer Truppen: zum Zeichen, dafs er die Senatorie annehme und von der Regierung der Stadt Rom Besitz ergreife, hatte der Graf einen Vikar ernannt und ihm die Führung seiner Sache übertragen, bis er selbst nach Italien kommen konnte.

Seine Wahl war auf Jacob Gantelmi gefallen, und, wie immer, ist es auch hier einer der seit vielen Jahren in den Händeln und Geschäften der Provence thätigen und erfahrenen Politiker, den das Vertrauen Karls auf den wichtigen Posten seines ersten Statthalters in Rom berufen hatte. Bereits unter seinem Vorgänger Raimund Berengar hatte Gautelmi eine wichtige Rolle gespielt — so ist er schon 1241, als Avignon zu jenem übertrat,

---

[1]) Man hat bisher die Sendung des Vikars Gantelmi in die letzte Zeit des Jahres 1263 gesetzt und zwar jenes Papstbriefes an die Terracinenser wegen (s. u. S. 205) der, mit Id. Januar. datiert, den Vikar bereits erwähnt. Aber wenn es schon sonst durchaus nicht zu erklären war, dafs Gantelmi bereits Dezember 1263 nach Rom kam, da der Papst nirgends davon spricht auch nicht in der Diffinitio (April 1264), sondern ihn erst am 30. Mai nennt, so giebt der Lib. rub., der Weihnachten 1263 erst beginnt und doch Gantelmis Anwesenheit in der Provence öfters bemerkt, den Ausschlag. Jener Brief mufs falsch datiert sein. Und es liegt die Konjektur nahe, statt Id. Jan. zu schreiben Id. Jun., dann schreibt Urban am 13. Juni 1264 an Terracina und alles pafst sehr gut. (Zu korrigieren demnach Capasso 246; Gregorovius 336 und Schirmacher 235 setzen die Ankunft Gantelmis richtiger zum Mai, aber weil sie jenen Brief übersehen haben.) Da nun Gantelmi am 30. Mai von Urban aus Orvieto eine Antwort auf seine während der Belagerung von Vico ausgesprochenen Wünsche erhält, da er vorher Sutri genommen hat und auch für seine Installation in Rom einige Zeit zu rechnen ist, so war er Ende Mai doch mindestens 5 Wochen in Italien, ist also ungefähr Mitte April angekommen; (wenn nicht schon früher, mit Rudolf zusammen, s. o. S. 106).

neben den vornehmsten Räten, Villeneuve und Cotignac, als dritter
Bürge des Grafen genannt[1]) — und später giebt es wenig grofse
Akte, unter denen wir nicht seinen Namen finden; in den Ver-
handlungen mit den Piemontesen 1260 hatte sich Karl auch von
seiner Brauchbarkeit als Gesandter überzeugen können[2]). Und
ebenso erprobt waren die Begleiter, die er seinem Vikar mit auf
den Weg gab, gewissermafsen als die „Familia“, welche der
Senator oder der Podesta in die fremde Stadt bringen durfte:
Isnard Hugolin, Ferrier von S. Amant, Gancelm von Tarascon, der
Marschall Chabert, die Richter Marescot und de Portu[3]). Die
meisten von ihnen sind seit Jahrzehnten für die Regierung des
Grafen in der Provence thätig gewesen. Was aber besonders zu
beachten ist: sie sind alle geborene Provençalen, die Karl hier als
erste Kämpfer nach Italien abschickt, nicht Nordfranzosen, wie er
sie sonst stets in den obersten Beamtenstellen der Provence ver-
wendete; ja zwei von ihnen, Chabert und de Portu, sind Bürger
von Marseille, allerdings seit 1252 zu denen gehörend, welche seine
Sache immer treu und erfolgreich vertreten hatten. Wohl erwartete der Graf, dafs gerade diese vielgewandten, in Krieg und
Frieden erfahrenen, zum Teil mit juristischer Routine ausgestatteten
Männer aus der Provence seine Geschäfte am besten führen würden[4]). Der Vikar selbst hatte nicht verfehlt, vor der Abreise die
genauesten Instruktionen seines Herrn einzuholen[5]); aber man wird
auch annehmen dürfen, dafs geheime Verhandlungen ihm schon in
Rom den Weg geebnet hatten.

---

[1]) S. Anhang n. II.

[2]) S. o. S. 157.

[3]) Diese sind nebst Radulf April 1265 in Rom (s. den Brief u. S. 229);
die drei ersten jedenfalls schon 1264 (L. rub.), die anderen wohl auch. Die
Nachricht Malaspinas (Murat. VIII. 810), dafs vor Gantelmi schon ein anderer,
bald gestorbener Vikar (Gantelinus ibid. 593) gewesen sei, der Vitale l. c.
136 und Gregorovius V, 337 folgen, hat bereits Capasso 246 richtig als durch
korrumpierten Text entstanden bezeichnet; an einen Vorgänger Gantelmis
ist gar nicht zu denken.

[4]) Vallicolor (Murat. IIIb, 414) nennt sie sensibus electi et probi-
tate viri.

[5]) L. rub: pro expensis cujusdam scutiferi Jacobi Gantelmi venientis de
Francia usque in Provinciam; dann: pro J. Gantelmi apud Albaronem; dann:
pro loquerio bestiae pro Isnardo Hugolino, qui duxit usque ad Niciam, cum
ivit Romam, ebenso pro Gancelmo de Tarascone et Ferrerio de S. Amantio.
Also diese drei sind von Nizza abgesegelt.

Denn als die kleine Schar nun, vom Volke ehrenvoll empfangen, in Rom einzog, und der Vikar das Banner seines Herrn auf dem Kapitol aufpflanzte, versuchte auch nicht einer von den vielen Freunden Manfreds, ihm offen entgegen zu treten. Allerdings hatten wohl die Eifrigsten vorher die Stadt verlassen, wo sie sich jetzt nicht mehr sicher fühlten. Unter ihnen war der Prokonsul Peter von Vico, schon lange als gefährlicher Feind der Kirche und ihrer Hauptstütze in Rom, des Grafen Pandulf von Anguillaria [1]), bekannt. Von Jordan de Anglano, dem Vikar Manfreds in der Mark Ancona, mit 600 deutschen Reitern unterstützt, hatte er um diese Zeit Sutri besetzt und das Gebiet dieser Stadt bewältigt. Sowohl die Guelfen in Rom, als auch der Papst im benachbarten Orvieto, mußten von diesem Parteigänger des Staufers das Schlimmste fürchten.

Aber sogleich nach seiner Ankunft beschloß Gantelmi, im kühnen Angriffe gegen Peter den Römern Luft zu machen. Einmütig, wie seit Jahren nicht mehr [2]), scharte sich das Volk um das neue Lilienbanner, und ein rascher Erfolg krönte die erste Waffenthat [3]); von den Guelfen in Sutri unterstützt, nahm man diese Stadt ein. Nun floh Peter mit geringen Überresten der Seinen und verschanzte sich in seiner Burg Vico. Gantelmi rückte ihm nach und schickte sich zur Belagerung an. Da es ihm an Geld fehlte, sandte er zu Urban nach Orvieto mit der Bitte, ihm die nötigen Maschinen zu bezahlen. Der Papst ließ ihm durch zwei Kleriker alsbald die geforderte Summe zusagen — da aber war die Erntezeit gekommen, Regengüsse hatten die Felder überschwemmt, und Gantelmi war gezwungen, die Römer auf ihr Verlangen nach Hause zurückzuführen. Viel trugen aber zum Abbruch des so glücklich begonnenen Feldzuges — nach der Meinung des Papstes — die Ränke einiger mit Peter befreundeter Großen in der Stadt und die gewohnte Unbeständigkeit der Römer bei; auch die Nachricht, daß Manfred ein großes Heer aufbiete, um endlich energisch gegen die Kirche und ihre Anhänger vorzugehen, mochte die Römer für ihre Stadt fürchten lassen. Denn

---

[1]) Ihre Gebiete waren benachbart (n. von Rom).

[2]) Diese ungewohnte Eintracht wird von Urban, wie von Malaspina hervorgehoben.

[3]) Briefe Urbans vom 17. Juni und 17. Juli (Martene S. 81 f.). Malaspina (Mur. VIII, 808 f.). Vallicolor (Mur. III b, 415.).

es beginnen nun die Versuche des Staufers und seiner Parteigänger, mit Gewalt oder heimlichem Überfall in Rom einzudringen,
wobei sie auf die versprochene Hilfe der Ghibellinen in der Stadt
vertrauten.

Hatte man dann den Vikar Karls vom Kapitol verjagt, so
konnte sich Manfred zum Senator machen und im Besitze der
ewigen Stadt, die sich gerade damals wieder stolz „Caput mundi"
nannte, die Entwürfe des Papstes und seines neuen Schützlings
vereiteln. Darum beruhte nun die Zukunft der guelfischen Politik
auf der Festigkeit der Provençalen in Rom.

Aber wenn diese es hieran nicht fehlen liefsen, so stellte sich
doch bald ein anderer Mangel ein: das Geld ging ihnen aus.
Karl mufste damals seine Einkünfte ängstlich zusammenhalten,
um alle jene Rüstungen und Vorbereitungen, die er jetzt mit
Ernst und Eifer in Provence, Piemont und Frankreich begann,
bestreiten zu können; so hatte er wohl seinem Vikar keine glänzenden Mittel mitgegeben, in der Hoffnung, dafs er sich selbst
Geld verschaffen würde, sei es aus den Erträgen seines Amtes
oder den Reichtümern der Guelfen; im Notfalle mufste der Papst
seine Hand öffnen. Und dies letztere zeigte sich bald als das
einzig Erfolgreiche. Anfangs gab Urban auch gern, so als er am
30. Mai zugleich mit der Zusage seiner Geldhülfe seinen lebhaften
Dank für die Erfolge des Vikars aussprechen konnte[1]). Und —
trotzdem er mit dem Vorgehen Gantelmis gegen die Bewohner
von Terracina, denen dieser ihr altes Recht auf die Salzdouane
nehmen wollte, sich nicht einverstanden erklärte[2]) — gewährte er
auch im Juni weiteren Zuschufs. Damals hatte sich Percival
Doria, der Feldherr, dem Manfred den Oberbefehl der starken, in
Kampanien zum Angriff gegen den Papst konzentrierten Truppenmacht anvertraut hatte, Tibur gegenüber in der Burg Celli festgesetzt, um die Gelegenheit zu einem Handstreich auf Rom abzuwarten. Gantelmi fühlte, dafs er selbst zur Defensive nicht
stark genug sei; auf sein Ansuchen bot ihm Urban die Mittel dar,
200 Söldner aus Kampanien, das damals treu gegen Manfred zur
Kirche hielt, anzuwerben[3]). Nachdem Doria über einen Monat

---

[1]) Theiner l. c. I, 163, vgl. Brief vom 17. Juli (Martene S. 82).

[2]) 13. Juni 1264. Vitale, Senatori di Roma 136. Dieses ist nun der oben
(S. 202) erwähnte Brief, der Id. Janr. datiert ist.

[3]) Brief Urbans vom 17. Juli (Martene 82). Man mufs bei der Darstellung die Papstbriefe stets zu Grunde legen und die Chronisten nur neben-

vergeblich auf eine That seiner Partei in Rom gehofft hatte, zog er nach dem Ducat Spoleto weiter, fand aber gleich darauf im Juli in den Fluten des Arro seinen Tod[1].

Grofs war die Freude über dies Ereignis auf kirchlicher Seite[2], aber nicht lange konnte man sich ihr hingeben. Denn von nun an verdüsterte sich das Schicksal der Guelfen. Im August unterwarf sich Lucca dem mächtigen Vikar Manfreds in Tuscien, Guido Novello; um dieselbe Zeit kam es bei Vetralla unweit Sutri zu einem Treffen zwischen Peter de Vico, der wieder zu Kräften gelangt war, und dem Kreuzheer, das aus Truppen des Papstes, des Vikars und des Grafen von Anguillaria bestand[3]. Die Päpstlichen erlitten von den Deutschen Peters eine schwere Niederlage, Graf Pandulf selbst und viele Römer gerieten in Gefangenschaft. So sah sich der Papst jetzt wieder aufs schwerste bedrängt; trotz enormer Ausgaben fühlte er sich nicht einmal in seiner Residenz mehr sicher, zumal die Ghibellinen auch von Norden, von Siena her, Orvieto bedrohten. Mehr als je wandte er seine Augen nach Frankreich, von wo allein ihm Hülfe kommen konnte und in dieser Zeit auch fest versprochen war.

*　　*　　*

Es ist nicht daran zu zweifeln, dafs Karl von Anjou, nachdem er seinen Vikar nach Rom vorausgeschickt, den festen Entschlufs gefafst hatte, ihm so bald wie möglich nach Italien zu folgen. Er hegte die bestimmte Zuversicht, dafs er mit dem Legaten Simon zu einem befriedigenden Abschlufs kommen würde. und so leitete er seine Vorbereitungen ein, auch als jener, nach

---

bei vorsichtig heranziehn; während diese nicht gleichzeitig sind, werden die Briefe fast immer durch andere Urk. bestätigt. So finden wir die kampanischen Reiter auch 1265 bei Gantelmi in Rom (s. seinen Brief S. 230).

[1] Die schwierigen Zeitbestimmungen scheinen so am besten zu ordnen: April: Gantelmi nach Rom, Manfred nach Kampanien (Ficker Reg. 4752a): Anfang Mai: Gantelmi nimmt Sutri; Mitte Mai: belagert Vico; Ende Mai: nach Rom zurück, denn Doria nach Celli; Juni: Doria in Celli; Anfang Juli: nach Reate weiter, stirbt.

[2] Capasso 256; Martene l. c.

[3] Malaspina ibid. II, 12.

seiner Ankunft diesseits der Alpen von schwerer Krankheit befallen, vom Beginnen seines Geschäftes ferngehalten wurde.

Von Anfang an war sich der Graf bewufst, dafs der Angriff auf Italien zu Wasser und zu Lande zugleich geschehen müsse, wenn er auf Erfolg rechnen wollte. Ein Marsch zu Lande allein war den furchtbaren Beschwerden des Terrains und den langwierigen Kämpfen in zahlreichen feindlichen Gebieten ausgesetzt, eine Landung in Mittel- oder Unter-Italien aber hatte auf die Dauer keine Sicherheit, wenn von Norden nicht freier Zugang für Hülfstruppen offen war. Daher war es vorerst unabweisbar, zu gleicher Zeit eine gröfsere Anzahl Schiffe mit Bemannung und Proviant in den Häfen der Provence auszurüsten und für ein Landheer den Durchzug durch die Lombardei durch Verträge mit den Fürsten und Städten vorzubereiten. Beides nun nahm Karl in diesen Tagen mit der gröfsten Energie in Angriff. Glücklicherweise haben wir gerade für das Jahr 1264 jenes oft erwähnte Rechnungsbuch der Provence, wo wir einen deutlichen Begriff von der regen und angestrengten Thätigkeit, die damals bei der Regierung des Grafen entfaltet wurde, und von der gewaltigen Bewegung erhalten, welche, durch den Gedanken der Schenkung Siziliens hervorgerufen, ihre Wellenkreise nun immer weiter über die Länder des Westens auszubreiten begann. Die Rechnungen jener Monate sind voll von Ausgaben für Boten und Gesandtschaften nach Rom, nach Orvieto, nach Genua, nach Piemont, nach Frankreich, für den Bau der Schiffe und die Verproviantierung der Häfen. Vom 18. Juni ist uns noch aufserdem ein Erlafs des Vikars von Nizza und Vintimiglia erhalten, der den Transport von Schiffsholz und Balken für die Werft von Nizza anordnet[1]). Auch in Anjou liefs der Graf es an Vorbereitungen nicht fehlen, obschon es hier mehr auf Eröffnung pekuniärer Quellen ankam[2]).

---

[1]) Gioffredo in Mon. hist. patr. Scr. II, 609.

[2]) Das Kloster S. Florent hatte 1162 von Heinrich II. von England den Brückenzoll bei Saumur erhalten, wenn es die Brücke aus Stein baue. Dies war nicht geschehen, aber der Zoll erhoben. Karl befiehlt nun dem Abt, er solle entweder sofort die Brücke bauen oder 10 000 Pfd. für das ganze Jahrhundert nachzahlen. Am 2. Juni 1264 einigt man sich: der Abt will bis zur Beendigung des Baues 500 Pfd. in vier Jahren zahlen (Marchegay, Archives d'Anjou II, 172). Karl sorgt auch sonst für Anjou: so läfst er 1262 die Kathedrale in Angers vergröfsern (Grandet, Notre Dame Angevine 51).

Schon vorher hatte Karl dann auf dem anderen Gebiete seiner Operationen, in der Sicherung des Durchzugs durch die Lombardei, einen entscheidenden Erfolg errungen. — Über die Zustände und Ereignisse in den von dem Grafen seit 1259 eroberten Gebieten Piemonts haben wir in dieser Zeit fast keine Nachricht, doch kann die Thatsache, daſs wir seit 1263 einen Seneschall Karls „in partibus Lombardiae" antreffen, darauf hinweisen, daſs seine Macht dort immer mehr erstarkt ist. Jener, Raimund Isnard, schloſs 1263 mit der Stadt Asti, welche noch 1262 als unversöhnte Gegnerin des Grafen erschien [1]), einen Stillstand auf 3 Jahre, welcher die Bestimmungen des früheren von 1260 [2]) vielfach erneuert und Karl vorschreibt, die Astenser, welche er in der Provence gefangen hielt, gegen Kaution frei zu lassen. Im nächsten Jahre nun gelang es demselben Isnard, der jetzt Bailli von Cuneo und Centallo war, im Verein mit dem damaligen Seneschall der Lombardei, Bertrand de Pugeto, eine wichtige Defensiv-Allianz mit dem Markgrafen Wilhelm von Montferrat zu schlieſsen. Wilhelm hatte bis dahin eine abwartende Stellung eingenommen; es ist sehr möglich, daſs die Übermacht seines Nachbarn Pallavicini ihn auf die Seite Karls trieb. Er gelobte am 14. Mai [3]), den Grafen im Kriege gegen Manfred und Pallavicini zu unterstützen und ihm freien Durchzug durch seine Staaten zu gewähren. Dieser Vertrag führte Karl wieder ein gutes Stück vorwärts; nicht nur war das feindliche Asti nun von allen Seiten umstellt, sondern es öffnete sich so auch die beste Straſse nach der Emilia längs des Po dem zukünftigen Einmarsch des Kreuzheeres. Wie einst der junge Friedrich II. durch einen Wilhelm von Montferrat die Möglichkeit erhielt, seinen Feinden in Ober-Italien zu entgehen und in Deutschland seine Krone zu gewinnen [4]), so sollte Karl durch einen Nachfolger jenes Markgrafen den Weg finden, auf dem er zur Vernichtung des staufischen Reichs und Geschlechts vorschreiten konnte.

Auf diesem neuen Erfolg fuſsend, hat nun Karl im Juni 1264 einen Vertrauten, Dionys von Essarts, an Urban nach Orvieto ge-

---

[1]) S. o. S. 166.

[2]) S. o. S. 156.

[3]) Alba 1264, Mur. l. c. XXIII, 390 (bei Gioffredo l. c. 608 falsch zu 24. Mai 1263); hier heiſst der Seneschall: de Goyeto.

[4]) 1212; derselbe Wilh. von Montferrat wurde dann 1220 Statthalter des Arelats.

schickt, der ihm melden sollte, dafs er sich verpflichte, bis Michaelis, also bis **Ende September**, persönlich mit angemessener Truppenzahl in Italien zu erscheinen [1]). Noch am 19. Juni [2]) hatte der Papst dem Legaten befohlen, seinen Auftrag schleunigst auszuführen und über die Bereitwilligkeit des Grafen zu baldigem Handeln zu berichten, da die Kurie sonst durch die Not gezwungen sein würde, ihre grofsen Ausgaben einzustellen und ihren Sitz in Orvieto zu verlassen, weil sie dort durch die Bosheit der Bewohner in jedem Thun gehindert sei. Am 17. Juli [3]) kann Urban an Simon das unterdes eingetroffene Versprechen Karls, bis Michaelis anzurücken, mitteilen; aber offenbar glaubt er noch nicht daran und bittet den Legaten, von dem er seit seinem Abgang noch keinen Bericht erhalten hatte, ihm umgehend zu schreiben, was er mit Karl verabredet hat; oder, wenn noch nichts Bestimmtes fixiert sei, ob er meine, dafs der Graf wirklich vor Oktober kommen, oder, ob er Verlängerung der Frist fordern werde. Wiederum jammert er über die riesigen Ausgaben der Kirche, welche sich schon auf 200 000 Pfund beliefen; dennoch wolle er noch mehr leisten, um sein Gebiet bis Oktober behaupten zu können; aber wenn Karl dann nicht käme, müsse er es aufgeben und auf anderes sinnen, um sich und die Kirche aufrecht zu erhalten. Und dieselben Worte braucht er 10 Tage später in einem Briefe [4]) an den Grafen selbst, worin er ihn vor den Nachstellungen Manfreds warnt. Dieser hätte, wie er von guten Freunden des Fürsten gehört, einen Apostaten des S. Jakobordens nebst 2 Assassinen und 50 Arten Gift unter dem Schutz des Herzogs von Burgund [5]) nach Frankreich gesandt, um Karl zu ermorden, wie er dies so oft bei Urban selbst versucht habe. Der Hauptzweck des Schreibens scheint aber wieder, den

---

[1]) Diese Annahme ist deshalb berechtigt, weil Urban am 19. Juni dem Legaten noch nichts von diesem Versprechen zu berichten weifs, am 17. Juli aber davon Mitteilung macht und am 28. Juli (an Karl) die Zurücksendung des Dionys erwähnt. In L. rub. heifst es: cuidam nuntio magistri Dionysii venienti de Roma et eunti in Franciam. Also war er auch in Rom.

[2]) Martene S. 81.

[3]) Martene S. 82.

[4]) 28. Juni 1264. Martene n. 86. Wir hören hier von einer Geheimschrift, die Dionys dem Papst für weitere Nachrichten empfohlen, dieser aber vergessen hatte.

[5]) L. rub.: nuncio ducis Burgundiae capto pro restitutione 20 Pfd. Karl hat also einen Boten des Herzogs von Burgund, der ihm, wie wir schon sahen, feindlich gesinnt war, abfangen, dann aber in Freiheit setzen lassen.

Grafen zum Einhalten des Termins zu ermahnen und die ungeheuren Anstrengungen der Kurie, die ihm durch ihre Mittel den
Weg nach Italien ebne, ins rechte Licht zu rücken.

Aber trotz des guten Willens auf französischer Seite ging
doch der Verlauf der Sache nicht so glatt, wie der Papst es
wünschte. Bevor der Legat überhaupt seine Geschäfte beginnen
konnte, hatte sich in England vieles ereignet, was den französischen
Hof ganz in Anspruch nahm. Am 14. Mai wurde König Heinrich III.,
sein Bruder Richard und sein Sohn Eduard vom Grafen von Leicester bei Lewes geschlagen und gefangen. Nicht als ob diese
Wendung Karl von Anjou nun allzunahe gegangen wäre. Wir
hören im Gegenteil, daſs er der einzige Fürst gewesen sei, der
für Leicester Zuneigung gehabt habe, da er ihm, wie man erzählte, durch einen Eid verpflichtet war[1]. In der That konnte
es ihm nur willkommen sein, wenn Heinrich durch seine aufständischen Barone ganz auſser stand gesetzt wurde, dem neuesten
Umschwung in der sizilischen Frage entgegenzutreten. Aber König
Ludwig wurde durch die Dinge in England völlig in Anspruch
genommen; sein Gewissen verbot ihm auch, die üble Lage seines
Schwagers zu benutzen, um in einer Angelegenheit Vorteile zu
erlangen, wo das Recht, trotz der Beschwichtigungen des Papstes,
auf seiten Heinrichs zu stehen schien. Er gedachte damals mit
bewaffneter Hand die englischen Groſsen zu zwingen, den König
freizulassen. Aber der furchtsame Heinrich scheute vor dieser
Hülfe zurück; er besorgte mit Recht, daſs der englische Nationalstolz sich gegen eine fremde Invasion empören würde. Und nun
ist es bedeutsam, daſs er sich an Karl von Anjou wendet und um
seine Fürsprache bei Ludwig bittet, damit dieser von einem Angriff auf England abstehe[2]. Als dann bald darauf Heinrich und
seine Groſsen einen Friedensentwurf gemacht haben, ist Karl neben
dem Bischof von London und dem Justiziar von England der
einzige, den das Vertrauen der Paciscenten zur Prüfung und Kor-
rektur beruft[3].

* * *

---

[1] Nain de Tillemont IV, 318.
[2] 2. Aug. 1264. Shirley, Lettres II, 266.
[3] 11. Sept. 1264, Canterbury. Rymer I, 446.

Erst im August konnte der Legat in wirksamer Weise vorgehen. Vor allem suchte er die Königin Margaretha, welche Urban
auch brieflich zur Nachgiebigkeit ermahnt hatte[1]), mit ihrem
Schwager auszusöhnen. Es gelang ihm dies wenigstens insoweit,
als sie mit Rücksicht auf die Bedrängnis der Kirche erklärte, daſs
ihr Zwist mit Karl den Abschluſs des sizilischen Traktats nicht
hindern sollte[2]).

Am 15. August folgten dann in Boulogne wichtige Ab-
machungen. Zuerst entschied sich Karl, die Senatorie unter den
Bedingungen anzunehmen, welche ihm der zweite Vorschlag der
Kurie auferlegte[3]).

Ferner eröffnete Simon, daſs der Papst auf die von dem Grafen
erbetenen Abänderungen zum Teil eingegangen sei, wie es ihm
Urban am 6. Mai näher auseinandergesetzt hatte[4]), und vereinbarte
dann mit Karl, daſs der jährliche Zins 8000 Unzen betragen, der
Eid der Unterthanen ganz erlassen werden sollte, daſs auch die
übrigen Forderungen des Grafen zu bewilligen seien, bis auf den
Artikel über die Truppenzahl, der unverändert bleiben muſste[5]).
Somit waren denn die gröſsten Hindernisse aus dem Wege ge-
räumt, und auch in der heiklen Zehntenforderung siegte die Überredung des Legaten. Am 24. August waren die Erzbischöfe
Frankreichs in Paris versammelt, und nachdem er ihnen alles auseinandergesetzt hatte[6]), entschlossen sie sich, ihm den Zehnten
ihrer Kirchen-Einkünfte auf 3 Jahre, von Johannis 1264 an ge-

---

[1]) Wenn man den undatierten, von Duchesne (Hist. Franc. Script. V,
869) Urban IV. zugeschriebenen Brief hierher zieht. Der Papst bedauert,
daſs die beiden Schwäger durch contrarietas animorum so verfeindet seien,
und erwähnt, daſs er Sizilien zuvor einem Sohne Margarethens angeboten
habe, und erst, als der Vater dies ablehnte, dem Grafen.

[2]) 5. Aug. 1264. Paris. Winkelmann acta II, 733.

[3]) ibid. 734 n. 1048, doch sollte alles nur gelten, wenn der siz. Traktat
zu stande käme.

[4]) S. o. S. 198.

[5]) ibid. n. 1049. Hierzu kommt noch eine dritte Urk., die bei Winkelmann fehlt, wonach Simon erklärt, daſs er kraft des eingerückten päpstlichen
Schreibens (worin ihm erlaubt war, im Sinne der oben S. 198 angeführten
Direktive zu handeln), mit dem Rate Ludwigs die Änderungen getroffen
habe, wie sie in seiner anderwärtigen Verbriefung für Karl enthalten seien.

[6]) „ubi proposuit et exposuit multa pro habenda decima per triennium
pro successu eccl. Rom. ad opus comitis Andeg. Registrum visitationum
arch. Roth. Eude Rigaud 495.

14*

rechnet, für die Unternehmung des Grafen zu gewähren. Nun durfte auch der Klerus im Süden nicht nachstehen: am 11. September zu Clermont und am 25. zu Lyon erbot er sich dem Kardinal zu denselben Zusagen[1]).

So konnte der Papst mit Recht der Diplomatie Simons reiches Lob spenden, als er am 4. September wieder an ihn schrieb[2]) und ihn zu weiteren Bemühungen anspornte; allerdings läfst er einfliefsen, dafs man wohl für die Kirche günstigere Bedingungen betreffs Siziliens erlangt hätte, wenn Karl nicht durch gewisse Personen voreingenommen gewesen wäre[3]). Zugleich giebt er dem Notar Albert, der noch immer neben Simon in Frankreich wirkte, strengen Befehl[4]), nach Italien zurückzukehren, denn er wolle, dafs der gallische Klerus, der in den letzten Zeiten durch so zahlreiche Boten der Kurie beunruhigt sei und daher auch die Abberufung des für Palästina sammelnden Erzbischofs von Tyrus mit Freuden begrüfst habe, durch keine anderen Geschäfte, als die des Kardinals Simon belastet werde. So spitzte sich jetzt in Frankreich alles auf die sizilische Heerfahrt zu: sie einzig und allein sollte von nun an das Interesse aller Kreise in Anspruch nehmen.

Und schon betrieb auch Karl mit allem Eifer die Vollendung seiner Rüstungen. Er wufste, dafs die Augen der Christenheit auf ihn gerichtet waren, dafs man die wunderbare Erscheinung eines Kometen, die damals beobachtet wurde, ahnungsvoll auf sein Unternehmen bezog. Zwar, das wird ihm bald klar geworden sein, dafs dieses auch bei der gröfsten Anstrengung bis Ende September nicht begonnen werden konnte; dazu war die Zeit zu weit vorgerückt. Aber wir werden sehen, dafs die Vorbereitungen in der Provence doch sehr nachdrücklich und sorgfältig fortgesetzt wurden und daher vor Ende des Jahres der Anfang der Opera-

---

[1]) Avignon, 13. Okt. 1264 beurkundet Simon dies alles (Winkelmann II. 735). Nur die Bischöfe des Venaissin hatten sich geweigert, ad quos se nostra legatio, ut asserunt, non extendit. Dem Wortlaut nach hatten sie Recht, denn da die Aufforderung Urbans nur an die Diözesen Lyon, Vienne, Embrun, Tarentaise, Bisanz, dann an den Klerus in den Ländern Karls erging, so waren sie nicht inbegriffen. 1265 gaben sie aber nach (s. u. S. 239).

[2]) Martene S. 87.

[3]) si comes non fuisset ab aliquibus . . super negotii conditionibus praemunitus.

[4]) Martene S. 88.

tionen zu Wasser und zu Lande möglich war [1]). Im September
eilte Karl nach der Provence [2]), um nun selbst die Rüstungen zu
leiten; ihm folgte der Legat [3]), dem jetzt überall der Kirchenzehnte zugesagt war — da kam plötzlich die Nachricht, dafs
Papst Urban gestorben sei. In Orvieto von den Sanesen bedroht,
hatte er im September die Stadt verlassen, um weiter nördlich,
vielleicht sogar jenseits der Alpen, eine sichere Residenz zu finden;
aber sein von den furchtbaren Lasten und Enttäuschungen der
letzten Zeit geschwächter Körper konnte diesen neuen Anstrengungen nicht widerstehen. Urban kam nur bis Perugia, und
hier verschied er am 2. Oktober.

*　　*　　*

Noch einmal tritt nun wider Erwarten in dem mit allen
Kräften beschleunigten Unternehmen eine Pause ein, gleich der
atemlosen Stille, bevor der Sturm losbricht; noch einmal verzögert sich der Zweikampf, der das Schicksal Europas entscheiden
sollte. Vier Monate dauert die Vakanz des päpstlichen Stuhles,
und fast ebensoviel Zeit vergeht noch, bis der erwählte Kämpfer
der Kirche zu Hülfe eilt.

Für Karl war der Tod Urbans kein allzuschwerer Schlag;
er gewann mehr, als er verlor. Denn dafs der neue Papst alles,
was sein Vorgänger durch namenlose Mühen angebahnt und
schon zum Teil durchgeführt hatte, verwerfen und rückgängig machen konnte, war doch unmöglich [4]). Es war kaum jemals vorgekommen, dafs die Kontinuität der päpstlichen Politik
so ganz durchbrochen wurde. Und selbst, wenn der Nachfolger
Urbans zu jener Richtung im Kardinal-Kollegium gehörte, welche
dem neuen Senator und zukünftigen König mifstrauisch gegenüberstand, weil sie von seiner ehrgeizigen Kraft eine Unterdrückung

---

[1]) Notizen des Lib. rub., wie: cum comes debuit ire Romam (Nizza)
oder cum comes condidit ire Romam (Mars.), besagen doch deutlich, dafs die
Heerfahrt vor Weihnachten 1264 offiziell in der Prov. angesagt war.

[2]) Blancard (Page inédite, Bibl. de l'éc. des ch. 1869) läfst ihn am
22. Sept. in Castellane sein, ohne Angabe der Quelle; übrigens sitzt Bonifaz, ihm zufolge, damals noch als mächtiger Herr in Castellane (!).

[3]) 13. Okt. in Avignon.

[4]) Gregorovius V, 341 sagt, es sei eine Partei unter den Kardinälen gewesen, die mit Karl brechen und mit Manfred sich vergleichen wollte; doch
ist nicht zu sehen, woraus er diese Nachricht schöpft.

des Papsttums fürchtete — er konnte sich doch nicht mehr auf
die Seite Manfreds stellen und mit diesem Frieden schliefsen:
denn mehr, als je, galt jetzt wohl jenes, Friedrich II. zugeschriebene,
Wort: „Kein Papst kann ein Ghibelline sein." Höchstens mochte
sich Karl darauf gefafst machen, dafs nun noch einmal die Verhandlungen anfangen und die ihm gewährten Erleichterungen der
Gegenstand neuen Streites werden konnten. Dem gegenüber aber
hatte er doch einen wohl sehnlichst erwünschten Aufschub gewonnen und konnte diesen zu weiterer Stärkung seiner Macht benutzen. Gehen wir nun näher auf die Thätigkeit ein, die er in
den letzten Monaten des Jahres 1264 diesseits und jenseits der
Alpen entfaltete. [1]).

Die Provence war ruhig; auf den Resten einer einst so mächtigen kirchlichen und weltlichen Nobilität hatte sich die genaue
und harte Verwaltung des Grafen aufgebaut[2]); seine Herrschaft
hatte jede freiheitliche Regung unterdrückt, aber auch alle Fehden
und Übergriffe der Mächtigen; eine Reihe von Friedensjahren
hatte Wohlstand und Ordnung wiedergebracht. Eine grofse Zeit
ging zur Ruhe, als jetzt am 22. Oktober in Marseille die Teilnehmer an der letzten Verschwörung hingerichtet wurden[3]); ihr
Versuch, die alten Zustände der Stadt zu erneuern, konnte nicht
gelingen; die städtische Freiheit, um welche die Bürger fast ein
Jahrhundert lang blutig gekämpft hatten, war für immer verloren,
die Selbständigkeit der südlichen Nationalität gebrochen. Auch
die Ketzerei fand an Karl einen unermüdlichen Gegner, hören wir
doch noch 1264 von den Ausgaben für die Inquisition, von den
Einnahmen aus dem Verkauf von Gütern der eingekerkerten Waldenser[4]). Ob bei alledem die Begeisterung der Bewohner für

---

[1]) Quelle fast allein der L. rub.

[2]) Ein Kauf des Gebiets Mison (bei Sisteron) von Galburga de Mévouillon (Dezember 1264) vervollständigt die Reihe jener Abkaufungen, durch
die Karl seinen Besitz vergröfserte. Hier betrug die Kaufsumme 1000 Pfd.
(Barthélemy n. 494 hat 2000, aber Blancard, (Invent. I, 108) 1000 und L.
rub.: Quista pro emptione terrae de Misone 700 Pfd.; 300 gingen ab als
Bufse an Karl für Gewaltthaten der Vasallen Galburgas: vgl. Nostradam
231.) Sehr merkwürdig, dafs in der Vikarei Nizza, zufolge dem L. rub.,
die quista für einen Kauf in Sisteron erhoben wurde.

[3]) S. o. S. 195. Karl wohl nicht anwesend.

[4]) Pro inquisitoribus hereticae pravitatis; recepta bonorum venditorum
Waldensium incarceratorum (L. rub.).

den Kreuzzug ihres Grafen sehr grofs gewesen ist, mag dahingestellt bleiben. Die Nachricht, dafs die Stadt Aix sogleich 20 000 Goldgulden (?) hergegeben habe, ist zu schlecht bezeugt [1] und zu vereinzelt, um daraus weiteres zu schliefsen. Anderseits scheint es unzweifelhaft, dafs Karl die Provence zu keiner Steuer für die Heerfahrt herangezogen hat, wie es z. B. 1249 für sein Lösegeld, noch jetzt in geringerem Mafse für das Geld zum Kaufe von Mison geschah; war ihm in vielen Verträgen mit den Kommunen eine solche Umlage überhaupt versagt, so wollte er auch seine Vasallen nicht durch neue Forderungen drücken. Daher werden die Kosten für die Rüstungen bis Ende 1264 allein von den Erträgen der Verwaltung bestritten.

Zunächst kam es darauf an, Fahrzeuge zu beschaffen und mit allem Nötigen zu versehen. Karl sah ein, dafs es nicht genüge, sich der Transportschiffe aus Marseille zu bedienen, wie dies früher die Kreuzfahrer gethan hatten; er brauchte eine Anzahl Kriegsschiffe, um der Flotte Manfreds gewachsen zu sein. Und durch rastlose Anstrengungen hatte er es erreicht, dafs im Herbst 1264 15 Galeeren in Marseille, 7 in Nizza und Arles, teils gekauft, teils neu gebaut, fertig standen, alle gerüstet und verproviantiert. Die bewährten Seeoffiziere Olivarius und Caissius hatten in Nizza ein Admiralschiff zur Verfügung mit einer Besatzung von über 100 Mann. 500 Sack Schiffszwieback, 50 Ladungen Wein, Eier, Käse, Mehl, 2000 Krüge ungelöschten Kalks, über 2000 Waffenstücke jeder Art, waren in den Hafenmagazinen bereit; die Wechsler hatten die fremden Münzsorten besorgt für die ersten Ausgaben im fremden Lande [2]). Wichtiger noch ist die Mobilisierung, welche schon vollständig im Gange war. 600 Armbrustschützen waren in Nizza zusammengezogen, je 100 aus Draguignan, Hyères, Seyne, Brignoles, Digne und Puget-Théniers, um dann nach Piemont zu marschieren.

. Einen grofsen Raum nehmen die Ausgaben ein, welche durch Gesandte und Truppensendungen nach der Lombardei veranlafst waren. Es ist begreiflich und aus den Rechnungen ersichtlich, dafs damals ein unaufhörliches Hin- und Hergehen von Boten und Bevollmächtigten zwischen Rhone und Po stattfand; selbst so vornehme Edle, wie der später vielgenannte Wilhelm Estendard und

---

[1]) Haitze, Hist. de la ville d'Aix 267.
[2]) Blancard, page inédite l. c.

der Erzbischof von Aix, wurden zu Missionen verwendet. Dazu kommen die Nuntien Ludwigs und Karls nach Orvieto; dann finden wir Gesandtschaften von und nach Genua, so den Bischof von Avignon und Johann Jordanus, diesen als Schiedsrichter zwischen Provençalen und Genuesen. Auch nach Mailand gehen schon Boten ab.

Sodann haben wir eine Fülle von Notizen über Truppen, die bereits nach der Lombardei gerückt waren. Der Seneschall de Vicinis führte selbst Schützen dorthin, ebenso die Baillis von Digne und Barcelonnette. In letzterem Bezirke hatte der Graf eine strenge Bewachung der Grenzpässe und Berge angeordnet, damit niemand ohne Erlaubnis die Lombardei betrete [1]).

Dabei war die Befestigung der Burgen im Innern nicht vernachlässigt; sie sollten in Abwesenheit Karls in gutem Verteidigungszustand sein. Auch an Geldmitteln ließ er seine Vertreter in der Lombardei nicht Mangel leiden. Der Seneschall de Pugeto empfing dort 2000 Pfd. und ebensoviel der Vikar von Nizza, de Croyac, als er um Martini über die Alpen geschickt wurde.

Um diese Zeit hatte sich nämlich ein noch intimerer Verkehr zwischen den Nachbarländern eröffnet. Der neue Alliirte, Wilhelm von Montferrat, und mit ihm die Markgrafen von Saluzzo und Cravesane, kamen persönlich über die Alpen[2]), um Karl von Anjou zu begrüßen und weitere Verabredungen zu treffen. Veranlaßt war dieser Besuch wohl durch die Differenzen, welche zwischen Karl und Thomas von Saluzzo über den Besitz des Sturathals und der Stadt Busca ausgebrochen waren; der erstere behauptete, daß diese Gebiete zur Provence gehörten, der Markgraf dagegen hatte seit langer Zeit die Lehnshoheit über dieselben ausgeübt[3]). Am 4. November 1264 kamen sie nun in Forcalquier überein, sich dem Schiedsgericht Montferrats zu unterwerfen, der den Rechtsstreit durch Sachverständige untersuchen lassen und bis

---

[1]) ne quis intraret Lomb. (L. rub.)

[2]) Ihr Weg ist nach dem L. rub. zu verfolgen: er ging über Barcelonnette und Sisteron, zurück über Seyne; überall reisen sie auf Kosten Karls. Des letzteren Weg ging über Castellane, Valensole nach Forcalquier. Hier oder in Sisteron fand die Begegnung statt, wahrscheinlich im November.

[3]) 1187 Kauf des Sturathals von Saluzzo durch König Heinrich VI. (Toeche. Jahrb. H's. VI. 288, 3). 1201 Markgr. von Busca huldigt dem von Saluzzo. (Hist. mon. Patr. III, 906).

zum nächsten August entscheiden sollte ¹). Jedenfalls aber wurde
bei dieser Begegnung manches Wichtigere abgemacht, was das
Unternehmen Karls fördern und den Durchzug seiner Truppen
durch Piemont erleichtern konnte. Er versäumte nicht, den Markgrafen mit allen Ehren zu empfangen, die Reise aus seiner Kasse
zu bezahlen, die Begleiter zu beschenken ²) und so das Freund-
schaftsbündnis noch enger zu knüpfen.

Der Anfang des neuen Jahres wurde durch einen ferneren
glückverheißenden Vertrag mit den Lombarden bezeichnet; nicht
vergebens hatte Karl so zahlreiche diplomatische Missionen für
Oberitalien angeordnet. Am 23. Januar 1265 ³) erhielt er in Aix
von Accursius, dem Vikar von Como, die Zusage, dafs die Städte
Mailand, Bergamo, Como, Novara, Lodi und die Herren von La
Turre, — deren einer, Philipp, sich Herr und Podesta dieser Städte
nennt und als Urheber des ganzen Traktats erscheint ⁴) — bereit
seien, zu ihm in ein enges Freundschaftsverhältnis zu treten.
Dieses wurde sogleich stipuliert, beschworen und auch auf die
beiderseitigen Freunde, besonders den Markgrafen von Montferrat,
ausgedehnt ⁵). So entstand ein Offensivbündnis, welches vor allem
den Truppen Karls und den Kreuzfahrern, wenn sie zur Eroberung Siziliens durch die Lombardei rücken würden, Sicherheit und
Unterstützung versprach; alle jene Städte und Edle, besonders
„das Volk von Mailand", mit den weiten Territorien, welche stets
den Kern der Lombardei bildeten, verbürgten sich für die gute

____

¹) Wursteinberger l. c. IV. n. 667.

²) L. rub: jaculatori marchionis Montisferrati.

³) „et dicitur in Provincia 1264" (S. Urk.)

⁴) Er war in Mailand nach Unterliegen des Pallavicini Anführer der
Guelfen, s. Mur. XI, 692 f.

⁵) S. Priest (II, 320) hat diesen Vertrag, aber in seiner gewohnten
kläglichen Weise abgedruckt. In Marseille finden sich zwei abweichende
Originale; das ursprüngliche (s. Anhg. n. XVI) ist der Akt, der in Aix am
23. Januar stattfand, mit provenç. Datierung, grofser Zeugenanzahl; das
andere (s. Anmerkungen zu dem vorhergehenden) ist mit ital. Datierung, ohne
Ort und Zeugen und unterscheidet sich besonders dadurch vom ersten, dafs
überall der Markgraf von Montferrat eingeschoben ist; es war also wohl zur
selben Zeit aufgesetzt, sollte aber dem Markgrafen erst vorgelegt und von
ihm gebilligt werden, (de quo marchione condictum est inter partes, quod
debeat omnia, quantum ad ipsum pertinet, confirmare et incartare).

Aufnahme der Fremden, welche Italien zu überschwemmen drohten, wollten alle Feinde derselben bekämpfen, neue Genossen auf
ihre Seite ziehen und den Bundeseid jährlich wiederholen. Karl
seinerseits sagte den Alliirten nur in allgemeinen Worten seine
Hilfe zu und stellte die Sendung eines Prokurators zu ihnen in
Aussicht. Und bald darauf sandte er dann seine beiden ersten
Räte, den Seneschall Peter und Barral de Baux, die schon diesen
Vertrag unterschrieben hatten, in die Lombardei, zum Zeichen.
wie hohen Wert er auf die Verbindung mit Ober-Italien legte.
Fragt man aber, wie es kam. dafs diese grofsen Kommunen, ohne
Furcht vor dem mächtigen ghibellinischen Nachbarn Pallavicini.
vertrauensvoll mit Karl sich verbanden, obwohl der Ausgang seines
geplanten Krieges gewifs mehr, als zweifelhaft war, so wird neben
dem guelfischen Parteihafs auch die Zuversicht mitgewirkt haben.
dafs er den Sieg erringen oder mindestens doch Manfred gewachsen sein würde; und dies mufs man immer bedenken, bevor
man über die Abenteuerlichkeit seiner Heerfahrt aburteilt.

Diese klugen Italiener, bei denen allerdings faktiöse Leiden-
schaften jedes Nationalgefühl erstickt hatten, wufsten sehr gut.
warum sie Karl zu ihrem Senator und Alliirten erwählten: seine
Kraft und Energie verbürgte ihnen gute Erfolge in der Zukunft.
Wir haben einen Brief aus jener Zeit, worin ein Mailänder Schriftsteller, Bottatus, dem Grafen ein naturwissenschaftliches Werk
widmet[1]; und er giebt wohl die Meinung seiner Landsleute wieder, wenn er sagt: „der Ruf verkünde und der Erdkreis bezeuge
es, dafs Karl an ausgezeichneten Tugenden alle Fürsten des Jahrhunderts weit überrage."

Aus der früheren Zeit des Grafen ist uns eine charakteristische
Erzählung erhalten[2]. Als er einen Lombarden nach der Natur
seiner Heimat fragte und dieser den Volkreichtum, die Fruchtbar-
keit und Schönheit derselben rühmte, soll Karl seufzend gesprochen
haben: „Wollte sich nur ein mutiger und tüchtiger Mann in der
Welt finden, er würde sich das ganze Land in kurzer Zeit unterwerfen können." Es waren noch nicht 6 Jahre verflossen, seitdem
der Graf die ersten Verbindungen jenseits der Alpen angeknüpft

---

[1] Undatiert, von Papon (II. n. 74) ohne Grund zu 1250 gesetzt, liegt
in Marseille unter anderen Urkunden von 1264.

[2] Thomas Tuscus, M. G. XXII, 524.

hatte, und schon suchte die vornehmste Stadt der Lombardei seine
Gunst, schon beugten sich die Machthaber des Landes seinem Gebot. Aber, was er früher für allein erstrebenswert gehalten hatte,
eine Gebietserweiterung nach Oberitalien hin, war ihm jetzt nur
noch Mittel zum Zweck, eine Brücke, auf der er sicheren Fußes
nach Süden, in das reiche Sizilien und in die ewige Stadt, hin-
überschreiten wollte.

XIII. Guy Fulcodii wird Papst. Karl erhält Sizilien und segelt nach Rom ab (1265).

Mit Vorliebe verweilen die Historiker des 13. Jahrhunderts bei der Vorgeschichte des Papstes Clemens IV.; und in der That, die Laufbahn dieses Mannes ist von hohem Interesse, so recht bezeichnend für seine Zeit. Guy Fulcodii, zu S. Gilles, westlich vom Rhonedelta, geboren, hatte sich der Rechtsgelehrsamkeit, dann, wie damals so mancher tüchtige Jurist, ganz den Staatsgeschäften seiner Heimat gewidmet. Aber plötzlich hatte er nach dem Verlust der Gattin seine Familie verlassen und den geistlichen Stand gewählt. In diesem war er bald zu hohen Würden gelangt. Bischof von Puy, dann Erzbischof von Narbonne, wurde er von Urban IV. zum Kardinal von S. Sabina berufen und bald darauf mit der wichtigen Mission nach England betraut. Nach dem Tode Urbans lenkte sich der Blick der Kardinäle sogleich auf ihn, und wenn er auch erst nach einer Vakanz von vier Monaten, am 5. Februar 1265 formell gewählt wurde, wahrscheinlich. weil es längere Zeit dauerte, ehe er nach Perugia gelangen konnte, so war doch wohl von Anfang an kein anderer neben ihm ernstlich in Frage gekommen[1]). Denn wenn im Kollegium die Meinung, daſs man von den Verhandlungen mit Karl nicht mehr gut zurücktreten könne, zweifellos von der groſsen Mehrzahl der Kardinäle geteilt wurde, so war niemand geeigneter, als Guy Fulcodii, das mit so viel Mühe und Zähigkeit Begonnene zu glücklichem Ende zu führen. Durch Geburt und Erziehung der Languedoc angehörend, hatte er seit Jahrzehnten den leitenden Persönlichkeiten des Südens nahe gestanden. Treu hatte er als Freund und Berater bis zu Ende bei dem letzten Tolosaner Raimund VII. ausgehalten, dann war er zu Alfons von Poitou übergetreten.

---

[1]) Potthast II, S. 1543 meint, die Wahl hätte schon im Oktober stattgefunden, sei aber erst im Februar öffentlich verkündet worden.

Auch zu Karl und seinem Lande kam er in Beziehung, so schon 1251, als er dem ersten grofsen Erfolge des Grafen, der Übergabe von Arles und Avignon, beiwohnte [1]. Später gelangte er auch in dem Rate König Ludwigs zu hoher Bedeutung und wurde von diesem 1262 mit der schwierigen Aufgabe bedacht, den Streit zwischen seiner Gattin und Karl zu schlichten [2]. So war er in den Geschäften des Westens vorzüglich bewandert, die Charaktere und Stimmungen der Fürsten und Staatsmänner waren ihm wohl bekannt, seine Umsicht und Erfahrung befähigte ihn dazu, die grofse Politik der Kurie würdig fortzusetzen; von seiner Strenge und Gerechtigkeit liefs sich andererseits auch erwarten, dafs er, obwohl Franzose und Förderer der französischen Hoffnungen auf Sizilien, die Vorrechte und Ansprüche des päpstlichen Stuhls stets nachdrücklich gegen alle Übergriffe des Schützlings der Kirche verteidigen würde. Aber ein dornenvolles Amt und eine schwere Aufgabe voll furchtbarer Verantwortlichkeit erwartete ihn, und es mag bei ihm mehr, als die gebräuchliche Ceremonie gewesen sein, wenn er nur durch die dringendsten Bitten der Brüder sich bewegen liefs, die höchste Würde der Christenheit auf seine Schultern zu nehmen.

Schon einen Monat vor seiner Wahl, doch bereits in dem Bewufstsein des künftigen Amts hatte er an Karl geschrieben; und seine ersten Mahnungen betreffen eine Angelegenheit, die jetzt in der That von der gröfsten Wichtigkeit war, nämlich die Stellung des Vikars Gantelmi und seiner Provençalen in Rom. Immer mehr hatte sich das Schicksal dieses Häufleins tapferer Krieger umdüstert; von allen Seiten bedrängt, ohne Mittel, täglich Verrat und Überfüllen ausgesetzt, hatte der Vikar vergebens seinen Herrn um Hülfe gebeten. Karl mufste seine Streitkräfte zusammenhalten; ein Landheer hätte niemals bis Rom vordringen können, und seine wenigen Kriegsschiffe durfte er nicht der Gefahr einer Niederlage durch Manfreds Flotte überliefern. Vor allem hatte er kein Geld; die erste Zehntenzahlung, welche Weihnachten 1264 fällig war, wird sicher nicht prompt eingegangen sein. So blieben seine Leute in Rom sich selbst überlassen, und wir werden bald sehen, wie bedenklich und traurig ihre Lage sich nun gestaltete. Mit Recht konnte daher Fulcodii in seinem ersten Briefe an

---

[1] S. o. S. 72.
[2] S. o. S. 168.

Karl[1]) auf die Gefahren hinweisen, die seinem ganzen Unternehmen durch die Vernachlässigung seiner Leute in Rom drohten. Er macht ihn auf den Widerspruch aufmerksam, in dem die geringe Anzahl und die dürftigen Ausgaben der Provençalen auf dem Kapitol zu den Ansprüchen stünden, welche die eitlen und prunkliebenden Römer an ihre höchsten Beamten stellten. Gantelmi thäte seine Schuldigkeit nach Kräften, aber diese seien ganz unzulänglich. Überdies erachteten seine Genossen ihn nicht als über ihnen stehend, es gäbe Streit unter ihnen, wer mehr zu sagen hätte. Daher solle Karl unverzüglich andere Ritter schicken, welche dem Vorgesetzten in Demut gehorchten. Dieser aber sei fortan ein Mann, der nicht knausere, sondern verstünde, am richtigen Orte auszugeben. Jedenfalls würde der drohende Verlust von Rom die übelsten Folgen haben; denn nirgend anders als hier könne man die Eroberung Siziliens ins Werk setzen; und selbst, wenn Karl auch wegen der Härte der Bedingungen das Angebot des Königreichs ablehnen sollte, so dürfe er doch Rom nicht plötzlich aufgeben, da das Volk, wenn es sich getäuscht sehn würde, den Seinigen große Gefahren bereiten könnte.

Dieser Mahnung, Rom zu halten, wird es bei Karl kaum bedurft haben; wie konnte ihm entgehen, was hier auf dem Spiele stand? Aber wie sollte er mit verschwenderischer Hand den Eigennutz der Römer befriedigen, während es ihm selbst an den nötigsten Mitteln zu seiner Unternehmung gebrach? Wir werden sehen, daß er das Schreiben des designierten Papstes mit der Sendung des Vikars von Marseille, Tancred, beantwortete, welcher in Perugia nachwies, daß es Karl unmöglich sei, Geld zur Erhaltung der römischen Besatzung aufzutreiben, wenn ihm nicht die Kurie für den noch ausstehenden Zehnten Kredit verschaffe[2]). War der Kirche an dem Besitz von Rom ebensoviel gelegen, wie dem Grafen, so durfte er auch ihre Schütze in Anspruch nehmen, wenn die seinigen versagten. Wenig tröstlich mußte es überdies für ihn sein, daß der deutliche Wortlaut jenes Briefes die Annahme Siziliens von seiner Seite noch in Zweifel zog und von allzu drückenden Bedingungen sprach. Es war doch bereits unter Urban im August 1264 eine Einigung erzielt; wollte der

---

[1]) Giudice l. c. I, n. 1.

[2]) Martene l. c. S. 103.

neue Papst die Verhandlungen unter neuen Bedingungen wieder beginnen?

Lange genug mufste er über diese Fragen im Ungewissen bleiben. Erst am 22. Februar 1264 fand die Weihe Clemens' IV. in Perugia statt, und wir wissen nicht, ob dieser in den sechs Wochen vorher dem Grafen schon weitere Anweisungen übersandte. Endlich am 26. Februar erliefs Clemens drei Befehle, welche die grofse Sache wieder in Flufs brachten. Zuerst, wie sein Vorgänger, eine Erklärung an Heinrich III., dafs die Vergabung Siziliens an Edmund durch Innocenz und Alexander ungültig sei, weil von seiten Englands niemals eine Gegenleistung geboten worden wäre[1]); wenn Urban dem Könige vier Monate Zeit gewährt hätte, seine Ansprüche auf Sizilien vor dem päpstlichen Stuhl zu erhärten[2]), so habe er sich doch dabei die Freiheit gewahrt, über das Schicksal des Reichs nach Belieben Anordnungen treffen zu dürfen. Und diese Befugnis nehme auch jetzt die Kurie in Anspruch, indem sie erkläre, dafs England auf Sizilien kein Recht mehr habe.

Vom selben Tage ist dann die grofse Zusammenfassung aller Bedingungen datiert, unter denen die Kurie dem Grafen von Anjou das Königreich übertrug und die Annahme der Senatorie erlaubte[3]). Aber während die 34 Artikel von der Schenkung Siziliens nur endgültig das fixieren, was in jahrelangen Verhandlungen zwischen den Parteien vereinbart war, ohne dafs Clemens noch die Belebnung von neuen Vorschriften abhängig machte, hatte der letzte Artikel über die Senatorie eine andere Gestalt angenommen[4]), welche ihn wesentlich von den oft erwähnten zwei Vorschlägen Urbans unterschied. Obwohl sich doch Karl im August 1264 bereits auf die zweite Form verpflichtet hatte, kam Clemens nun wieder auf die erste, und zwar in ihrer strengsten Abfassung, zurück, indem er bestimmte, dafs der Graf nicht nach 5, sondern

---

[1]) Capasso n. 438, vgl. den Traktat (s. u.).

[2]) Dies ist also die oft von Urban gegen Albert und Simon erwähnte Angelegenheit (s. o. S. 186, 199).

[3]) Lünig, cod. dipl. Ital. II, 946, Saint Priest II, 332.

[4]) Das ist bisher unbemerkt geblieben, auch von Winkelmann (Acta II, 732), der diesen Artikel als Entwurf zu der diffinitio vom 25. April 1264 bezeichnet. Und doch geht aus mehreren Stellen des Endtraktats (S. Priest II, 341) deutlich hervor, dafs Clemens über die Senatorie neue Anordnungen getroffen (et acceptata ab ipso ordinatione a nobis facta super senatus articulo; dann s. den Abschnitt „super pred. ejus senatus articulo").

nach 3 Jahren die Senatorie niederlegen mußste. Anderseits hat
der neue Papst das Gaukelspiel mit dem Eide, den Karl den
Römern schwören, aber nicht halten sollte, verschmäht: er sagt
nur, der Graf soll sich eidlich verpflichten, aufrichtig danach zu
streben, den Schwur auf Lebenszeit zu vermeiden. Dabei blieb
allerdings die Frage offen, was geschehen würde, wenn die Römer
auf der lebenslänglichen Amtsführung bestehen blieben. Vielleicht
aber wußte Clemens von den Absichten der Römer mehr, als der
über ihre Verabredung mit Karl stets unaufgeklärte Urban; er
mochte einsehen, daß schließlich doch nicht der Wille der Römer,
sondern der des Grafen über Annahme und Abgabe der Senatorie
entscheiden würde. Daher fügte er auch noch vorsorglich eine
Reihe von Kautelen hinzu, welche dem Grafen befahlen, nach
Niederlegung des Amtes die freie Disposition über dasselbe der
Kirche wiederzugeben.

Die übrigen Bedingungen des Traktats lauten kurz folgender-
maßsen:

1. Die Stadt Benevent und ihr Gebiet gehört der Kirche.

2. In den italienischen Territorien der Kirche darf der König
und alle seine Nachkommen weder irgend einen Besitz, noch irgend
ein Amt erwerben.

3. Die Stadt Benevent erhält Baumaterial zur Reparatur, sodann alle Rechte und Freiheiten der anderen Unterthanen des
Königs.

4. Stirbt ein König von Sizilien ohne legitimen Erben, so hat
die Kirche wieder freie Verfügung über das Reich. Indes darf
auf Karl, wenn er keine Erben hat, sein Bruder Alfons, oder,
wenn dieser schon tot, ein Sohn Ludwigs IX., und zwar der
älteste nach dem Thronfolger, succedieren. Lebt dieser auch nicht
mehr beim Tode Karls, so fällt Sizilien an die Kirche. — Bestimmungen über die Nachfolge der Kollateralen beiderlei Geschlechts,
wenn ein König ohne Kinder stirbt.

5. Der jährliche Zins beträgt 8000 Goldunzen, am Peterstag
zahlbar. Strafen bei Versäumnis der Zahlung von 2 zu 2 Monaten
zu verschärfen — bis zum Verlust des Reichs.

6. Zahlung von 50 000 Mark Sterling an die Kirche nach
Eroberung Siziliens; doch wird bei glücklicher Durchführung des
Unternehmens eine Ermäßigung in Aussicht gestellt.

7. Alle 3 Jahre erhält der Papst einen weißen Zelter zum
Zeichen der Vasallität.

8. Die Kirche hat Anspruch auf ein Kontingeut von 300 geharnischten Kriegern (jeder mindestens mit 3 Pferden), einmal im Jahre auf 3 Monate in ihren italienischen Territorien vom Könige auf seine Kosten zu stellen. Statt dessen auch Flottenleistung.

9. Verbot der Teilung des Reichs. Wortlaut des Treueids bei der Belehnung mit Sizilien und allem Gebiete „citra Farum" bis zu den Grenzen der Kirchenterritorien.

10. Verbot der Annahme irgend einer Wahl zum römischen Kaiser und deutschen König, zum Herrn der Lombardei oder Tusciens oder des gröfseren Teils dieser Gebiete bei Strafe des Verlustes Siziliens.

11. Dieselben Würden sind auch jedem Erben verboten; behält er sie nach Antritt seiner Regierung, so fällt Sizilien an die Kirche.

12. Erbt beim Fehlen männlicher Nachkommen eine Frau, so darf sie niemals den Besitzer einer der vorhergenannten Würden heiraten.

13. Kein König darf jemals eine dieser Würden selbst oder durch andere zu erwerben oder zu erobern suchen.

14. Wird ein König von Sizilien zum Kaiser gewählt, bevor er noch den Besitz des Königreichs angetreten hat — z. B. vor der Investitur — so darf er die Kaiserwürde annehmen, wenn er auf Sizilien verzichtet und seinen Erben, gleich ob Sohn oder Tochter, der Kirche übergiebt; ist dieser Erbe unter 18 Jahren, so bleibt er und das Reich unter der Obhut der Kirche bis zur Grofsjährigkeit.

15. Bleibt eine Frau als Nachfolgerin zurück, die zu Lebzeiten ihres Vorgängers einen Kaiser geheiratet hat, so darf sie nicht erben; heiratet sie als Königin einen Kaiser, so fällt Sizilien an die Kirche.

16. Erbt eine unverheiratete Frau das Reich, so darf sie nur einen Mann heiraten, welcher der Kirche genehm ist.

17. Nur legitime Kinder dürfen das Reich erben.

18. Niemals darf Sizilien dem Kaisertum unterthan werden, noch ihm durch Personal-Union verbunden sein; dasselbe gilt für Deutschland, Lombardei und Tuscien.

19. Verbot jeder Occupation oder Schädigung der päpstlichen Territorien in Italien bei Verlust Siziliens.

20. Restitution aller der Kirche und ihren Dienern genommenen Immobilien und Mobilien.

21. Freiheit aller geistlichen Wahlen; kirchliche Prozesse vor kirchlichen Richtern zu entscheiden. Treueid und Regalien des Klerus hat der König da, wo alter Gebrauch dafür spricht.

22. Alle Statuten der Staufer gegen die Freiheit der Kirche zu widerrufen; Verbot, solche Statuten selbst jemals zu erlassen.

23. Ein Geistlicher weder in Kriminal- noch in Civilsachen von weltlichen Richtern zu richten, aufser bei lehnsrechtlicher Entscheidung.

24. Alle Kirchen und Kleriker sind steuerfrei.

25. Bei Vakanz der Kirchen hat der König keine Einkünfte.

26. Alle weltlichen Bewohner geniefsen ihre Freiheit und Rechte wie zur Zeit König Wilhelms II. (1166—1189).

27. Alle aus Sizilien Verbannten sind auf Befehl der Kirche zurückzurufen und in ihrem Besitz zu restituieren.

28. Verbot jeder Allianz zum Schaden der Kirche.

29. Alle in Sizilien gefangen gehaltenen Italiener sind freizulassen. Rechte und Eigentum aller der Kirche Getreuen (besonders der Nachkommen des Grafen Richard von Sora) bleiben ungefährdet.

30. Karl mufs mindestens 1000 Reiter (jeder mit 4 Pferden) und 300 Armbrustschützen mitbringen, dazu andere Bewaffnete gemäfs seines Bedarfs.

31. So gerüstet soll er spätestens 1 Jahr nach Übertragung des Reichs aus der Provence ziehen und 3 Monate nachher an den Grenzen Siziliens stehen, wenn ihn nicht die Übermacht der Feinde in Italien aufhält. Geschieht dies nicht, oder tritt irgend ein anderes Hindernis ein, was den Grafen von der Heerfahrt abhält, so darf der Papst die Schenkung widerrufen.

32. Was für Karl gilt, ist auch für die Nachfolger gültig.

33. Nach Abschlufs des Traktats sind von beiden Parteien Urkunden darüber auszustellen.

So das Resultat aller Verhandlungen.

In den praktischen Fragen hatte Karl unstreitig grofse Vorteile errungen: Erlafs von 2000 Goldgulden jährlichen Zinses, Zusicherung partieller Ermäfsigung der 50 000 Mark; auch in allen Erbangelegenheiten hatte die Kirche die weitesten Konzessionen hinzufügen müssen. Dafür war sie in ihren Hauptprinzipien festgeblieben; mit allen juristischen Mitteln hatte sie sich die Erfüllung der 3 Ansprüche gesichert, auf welche die Staufer niemals eingehen wollten und konnten: unbedingte Lehnshoheit des

Papstes[1]), ewige Trennung Siziliens von Deutschland und dem übrigen Italien[2]), vollständige Unabhängigkeit der Kirche und des Klerus vom weltlichen Herrn.

*   *   *

Es war nicht zu bezweifeln, daß der Graf alle diese Bedingungen annehmen würde; selbst die neue Fassung des Artikels über die Senatorie konnte ihn jetzt, wo er sich mitten in den Rüstungen befand, nicht mehr wankend machen. In dieser Voraussetzung bestimmte nun Clemens auch, daß Karl bis zum Peter-Pauls-Tag (29. Juni) persönlich zum Empfang der Investitur nach Italien kommen sollte. Waren es somit nur noch 4 Monate bis zu diesem Termin, so galt es nun, rasch alle Schwierigkeiten zu überwinden. Daher schrieb der Papst noch . am 26. Februar an den Legaten Simon[3]), er solle sofort aus Frankreich nach der Provence abreisen, damit die Gesandten, die er zur Abschließung des Traktats schicken werde, ihn dort bereit fänden. Diese sollten ihn auch über die Verwendung des Zehnten, welchen Karl von Simon dringend forderte, unterrichten.

Die Zehnten-Angelegenheit ist es nun, um die es sich in den folgenden Monaten hauptsächlich handelt. Karl brauchte Geld; seine Mittel reichten kaum zu den militärischen Vorbereitungen aus, geschweige denn zur Unterstützung seiner Leute in Rom; er beansprucht daher von Clemens Vorschüsse. Aber die päpstlichen Kassen waren durch die Kämpfe in Italien, durch dauernde Soldzahlungen erschöpft; nur die Erträge des Zehnten standen also den Alliierten zu Gebote. Was von diesen bisher eingegangen war, konnte jedoch die laufenden Ausgaben nicht decken; deshalb war es nicht zu vermeiden, im voraus den Zehnten gegen bare Darlehne zu verpfänden; und um diese zu schaffen, muß sich der

---

[1]) Allerdings war der Artikel vom Eide der Sizilier gestrichen (siehe oben Seite 211), aber es bedurfte dessen nicht.

[2]) „cum prorsus intentionis sit Rom. Eccl., ut regnum et terra predicta nullo unquam tempore imperio uniantur (XIX). Daher waren aus einem Artikel über die Möglichkeiten einer Verbindung nun sechs geworden (XI bis XVI).

[3]) Martene S. 101.

Papst nun an Ludwig IX. [1]) und Alfons von Poitou [2]), an Kaufleute von Florenz und Siena wenden.

Die letzteren, welche schon unter Urban dem Vikar Gantelmi 2000 Pfund Turnosen zinsfrei geliehen hatten, zeigten sich auch jetzt am hilfreichsten. Als Karl im Februar den Vikar Tancred nach Perugia schickte [3]) mit der Meldung, dafs er trotz aller Mühen kein Geld mehr auftreiben könne und daher die römische Besatzung verloren sei, streckten sie sogleich 7000 Pfund vor, wofür ihnen Clemens den Zehnten und die päpstliche Kammer verpfändete [4]).

Es war hohe Zeit, denn schon griff Gantelmi zu verzweifelten Mitteln, um seine Ausgaben zu bestreiten. Er hatte die Lateran-Kirche erbrochen, worüber ihn Clemens ernst zur Rede stellt: und als er darauf immer wieder um Geld bat, antwortet ihm der Papst ärgerlich, dafs Karl, der die Einkünfte der Stadt beziehe. auch die Kosten des Regiments tragen müsse. Er selbst hätte, wie allen bekannt, die päpstliche Kasse leer gefunden; trotzdem habe er soeben den Gesandten Isnard Hugolin [5]), Dionys und Tancred 5000 Pfund verschafft, mit dem Bemerken, er thäte es zum letztenmale. Aber davon seien schon 3000 Pfund Anderen zur Verfügung gestellt worden, und man hätte ihn nun wieder um erneuten Vorschufs gebeten. Er könne nicht die römische Kirche verpfänden; aber auf die Gefahr, sich das Mifsfallen Karls

---

[1]) Duchesne (V. 870 f.) hat 2 undatierte Briefe Urbans IV. über diese Sache. Es läfst sich aber leicht nachweisen. dafs sie von Clemens IV. herrühren. Denn in dem Briefe des letzteren an Simon (31. März 1265, Martene S. 119 n. 40), worin er sagt, dafs er Ludwig IX. um Darlehn gebeten habe, finden sich dieselben Worte, wie bei Duchesne (nosti, comiti grande negotium imminere). Auch alle anderen Bestimmungen (verzögerter Eingang der Decima. Gefahr in Rom), passen nur hierher. Also sind die Briefe bei Duchesne an Ludwig zum März 1265 zu setzen. (Auch der nächste, S. 872, ist verdächtig; jedenfalls ist die Überschrift falsch: von der Provence ist keine Rede.)

[2]) Vgl. Boutaric, l. c. 114 f.

[3]) Diese Gesandtschaft ist auch im Traktat erwähnt (S. Priest 334): cardinalis et comes, transmissis propter hoc solemnibus nuntiis . . . supplicarunt . . .

[4]) 28. Februar, Mart. S. 103. Simon sollte das Geld an die 4 Sanesen sofort in Frankreich zurückzahlen.

[5]) S. o. S. 203) wohl von Gantelmi geschickt, bei dem wir ihn im April finden (s. u den Brief S. 229); Dionys und Tancred dagegen von Karl gesandt.

zuzuziehen, wolle er ihm auf den Ertrag des Zehnten hin noch
einmal Geld verschaffen [1]).

Bald jedoch sollte in Rom ein Ereignis eintreten, welches
dem Papste und dem Grafen zeigte, daſs die Klagen des Vikars
nicht übertrieben waren und daſs die Besatzung ohne Hülfe dem
furchtbarsten Geschick erliegen muſste. Der folgende Brief vom
10. April[2]) kann am besten die ganze Situation in der Stadt veranschaulichen:

„An den sehr hohen und ihren sehr teuren Herrn, den Grafen
von Anjou und Provence, Jakob Gantelmi, sein Vikar in Rom,
Isnard Hugolin, Ferrier von S. Amant, Gancelm von Tarascon,
seine Ritter, Chabert, sein Marschall, Wilhelm Marescot und
Andreas de Portu, seine Richter, und Rudolf, sein Kleriker, aller
seiner Befehle gewürtig.

Sire, wir zeigen Euer Hoheit an, daſs Donnerstag nach
Ostern[3]) Wilhelm Cornutus, Euer Bürger von Marseille, auf einer
Galeere in Rom angekommen ist und ein Schreiben brachte,
welches von Euch an Herrn Philipp von Montfort gerichtet war;
wir öffneten es auf sein Geheiſs, und weil wir Gefahr fürchteten,
wenn es nicht geöffnet würde; so erfuhren wir seinen Inhalt.
Was uns nun betrifft, unsere Kräfte und Absichten, so antworten
wir Euch folgendes:

Wisset, daſs die Armbrustschützen, die Ihr uns geschickt
habt, uns groſse Freude bereitet haben, denn es war sehr nötig
und ist es noch, daſs Eure Hülfe ankam, wie wir Euch ja schon
mehrmals angezeigt haben; und Ihr wiſst wohl, welchen Plan Ihr
habt und könnt nicht dem Zufall anheimgeben, was Ihr beabsichtigt[4]). Sodann, weil Ihr uns aufragt, wie viel Armbrustschützen
zu Fuſs Ihr nötig habt, wenn Ihr nach Rom kommen wollt, so-
antworten wir Euch, daſs wir nicht wissen, welches Geschäft Ihr
unternommen habt; aber Ihr wiſst es, und gemäſs dem Geschäft,

---

[1]) Martene n. 12, S. 107, undatiert, aber nur zum März 1265 zu setzen
Wer die 3000 Pfd. erhalten hatte, ist nicht klar; auch nicht, warum Clemens
hier von 5000 Pfund spricht, während doch 7000 gezahlt waren (s. o. S. 228).
Übrigens scheint Gantelmi nicht viel von dem bekommen zu haben, was
eigentlich für ihn geborgt war; die Schluſsworte deuten vielleicht darauf hin,
daſs Karl das Geld lieber für sich behielt.

[2]) Or. in Mars.; s. Blancard, page inédite l. c. Da er ihn aber fälschlich zu 1264 zieht, kommt er zu unrichtigen Resultaten.

[3]) 9. April.

[4]) Ne vous ne li pourrez parmetre par aventure, quant vous voudriez (?).

das Ihr unternommen habt, kommt mit so viel Leuten versehen, wie Ihr nötig zu haben glaubt. Aber wir raten Euch, dafs, wenn Ihr hierher kommt, Ihr so stark kommt, dafs man Euch fürchtet: denn kommt Ihr schwach, so werdet Ihr manche gegen Euch haben, die mit Euch wären, wenn Ihr stark kommt. Wurfgeschosse [1]) haben wir gut an mehrere 1000, aber wir fürchten, dafs wir sie alle aufbrauchen müssen, bevor Ihr kommt; und wenn wir keine verbrauchen, so ist dies nicht im Sinne des Geschäfts, das Ihr vorhabt, wie man sagt; und wir glauben, dafs es gut wäre, wenn Ihr so viele mitbrächtet, wie Ihr haben könnt, denn hier werdet Ihr keine beschaffen können, es sei denn, dafs wir fünf Leute haben, die wenig anderes thun. Maschinen haben wir keine, Armbrustschützen zu Pferd haben wir gut 80, und 70 andre Bewaffnete aus Frankreich und Provence, und 22 Armbrustspanner aus Rom, und ungefähr 500 Reiter aus Kampanien. Aber unsrer Leute aus Frankreich und Provence und unsrer Armbrustspanner können wir uns nicht gut bedienen, denn alle ihre Waffen und Armbrüste sind verpfändet. Und wir haben wohl ungefähr 800 Leute und mehr zu Fufs an den Thoren und an den Befestigungen, der eine Teil Armbrustschützen, der andere ohne Armbrüste, welche alle ihre Waffen verpfändet haben, worüber in Rom grofses Gerede ist. Armbrüste mit Winde und auf zwei Füfsen haben wir bis 7, von solchen mit Bügel keine [2]), aber die Armbrustschützen haben die ihrigen, welche verpfändet sind.

Von der Ankunft des Herrn Philipp wissen wir nichts, trotzdem wir viele Boten an ihn geschickt haben, aufser, dafs er uns Dienstag nach Ostern (7. April) durch einen Brief mitgeteilt hat, dafs er in Mailand wäre und wenn er einige Geschäfte abgemacht hätte, so schnell wie möglich nach Rom kommen werde. Wisset aber, dafs die Römer, weil er nicht kommt, von Euch verspottet zu sein glauben und Eure ganze Sache für Hohn halten, weshalb wir kaum wagen, Eure Ankunft zu erwähnen, weder in privater Beratnng, noch zu irgend einem lebenden Menschen, bevor Herr Philipp angelangt ist; ja, wir fürchten mehr, als jemals, dafs wir Rom nicht bis zur Ankunft des Herrn Philipp halten können,

---

[1]) Carriaux.

[2]) Über die arbalètes à tour u. estrief s. La Curne, Dictionnaire hist. de l'ancien langage Français II, 103 u. VI, 115.

denn es heifst allgemein, dafs das eine schöne Hülfe sei, die eine Galeere, die Ihr uns geschickt habt, die hierher gekommen ist, um uns wieder davonzuführen und die wir brauchten, um jede Nacht fliehen zu können. Wir haben Euch mehrmals den Stand der Dinge berichtet; wenn die Stadt verloren geht, so ist es nicht unsere Schuld, denn wir verlieren unser Leben mit ihr.

Wir teilen Euch noch mit, dafs Montag nach Palmsonntag[1]) die Feinde um Mitternacht an den Thoren Roms waren, wohl mit 1000 Reitern und 500 Armbrustschützen zu Fufs, und in Rom durch ein Thor einzudringen gedachten, das ihnen für Geld übergeben werden sollte. Aber wir wufsten von ihrer Ankunft, waren die ganze Nacht gerüstet auf unsern geharnischten Pferden und hatten unsre Reiter aus Kampanien bei uns und einige unsrer Freunde aus Rom (jedoch das war wenig), und unsre Soldaten aus Frankreich und Provence, deren gröfster Teil aber ohne Waffen war. Und als die Feinde uns merkten, zogen sie ab, ohne mehr zu thun. Wisset aber, dafs, wenn sie eingedrungen wären, mit Hülfe der Partei, die sie in Rom haben und des Geldes, das sie nach Belieben zum Ausgeben haben, unsre Sache nicht lange mehr gewährt haben würde, denn nicht jetzt, noch in Zukunft können wir einen einzigen Römer zu Fufs haben ohne Sold; und Gott weifs, ob wir Mittel haben, sie zu besolden! Und gerade jetzt strengen sie sich mehr als je an, um einzudringen, und täglich wächst ihre Kraft, während unsere abnimmt[2]), denn wir haben die Herzen der Römer verloren.

Sire, was Euren Befehl betrifft, Reiter in Sold zu nehmen und den Papst und die Kardinäle um Unterstützung anzugehn, so wifst, dafs wir es versucht haben, aber noch bis jetzt keine Hülfe haben erlangen können. Auf Bartholomäus Crescentii und Paul Segnori ist unsere einzige Zuflucht. Sire, schickt ohne Aufschub die Barke zurück, denn die Galeere kann nicht zurückkehren, bevor die Barke wiedergekommen ist, und wir haben Wilhelm Cornutus zurückgehalten, bis wir Herrn Philipp oder andre Hülfe haben! Sire, um Gott, denkt an Hülfesendung zu Meer, denn wir haben gröfseres Vertrauen und schnellere Hoffnung auf Unterstützung, die zu Meere kommt, als auf die,

---

[1]) 30. März 1265.
[2]) lies apetuice für apetinée.

welche in der Lombardei ist! Sire, bedankt Euch brieflich bei Graf Pandulf, Bartholomäus Crescentii und Paul Segnori für das Gute, was sie an Euch thun! Unser Herr behüte Euch! Gegeben Freitag nach Ostern[1]).“

So lautet der merkwürdige Brief, den uns ein gütiges Schicksal aufbewahrt hat. Wir haben wenige seinesgleichen aus der damaligen Zeit aufzuweisen. Inmitten des Wustes diplomatischer Schreiben und Erlasse, die uns über die Vorgänge nur magere Ausbeute gewähren und auch über die Motive der Verfasser meist im unklaren lassen, hier eine Fülle von Thatsachen, ein Einblick in das Getriebe der handelnden Mächte. Einfach, aber ergreifend sind die Worte dieser tapferen Ritter, welche ihr Herr abgeschickt hat, allein mit der Weisung, Rom zu besetzen und aufs äufserste zu verteidigen, ohne sie in seine weiteren Pläne einzuweihen. Und sie thun ihre Pflicht, mutig, geduldig, wachsam, getreu, auch in höchster Gefahr. Wie hatte sich doch ihre Lage verändert in dem Jahre ihres Aufenthaltes! Zuerst siegreich an der Spitze der vereinigten Römer, weithin die Umgebung von ihren Feinden säubernd, jetzt in der Stadt eingeschlossen, von offenen und geheimen Gegnern umringt, von den Römern verspottet und verachtet, ja durch Mangel gezwungen, ihre Waffen zu versetzen. Wie sie trotz der Summen, die der Papst ihnen geliehen hatte, zu diesem verzweifelten Schritt genötigt wurden, ist schwer zu sagen; gewifs reichten jene nur zur Bestreitung der täglichen Ausgaben und des Soldes der Kampanischen Reiter aus; seit Wochen hatte auch der Papst nichts mehr geschickt. Was Wunder, dafs die wankelmütigen und eitlen Römer — bis auf wenige guelfische Edele, darunter der bewährte Graf von Anguillaria[2]) — sich von den Provençalen abgewandt hatten. Wie konnten sie noch Vertrauen haben auf die Ankunft und wirksame Thätigkeit eines Senators, der nicht einmal die Mittel besafs, eine kleine Schar in Rom zu unterhalten?

Und dann war das Ereignis eingetreten, das Gantelmi seit langer Zeit täglich erwartet hatte. In der Nacht vom 30. März 1265 hatten die Feinde, im Bunde mit bestochenen Verrätern in

---

[1]) 10. April 1265. Rom.

[2]) Da er hier in Rom anwesend ist, so ist jene Nachricht des Malaspina von seiner Gefangenschaft (s. o. S. 206) vielleicht unbegründet.

Rom, versucht, in die Stadt einzudringen[1]). Nur der wachsamen Vorsicht des Vikars, welcher alle seine Truppen aufgeboten hatte, um das Verderben abzuwehren, hatte Karl es zu verdanken, daſs die Angreifer abzogen und Rom ihm erhalten blieb. Es läſst sich gar nicht ausdenken, welche bedeutsamen Folgen es gehabt hätte, wenn die Ghibellinen damals in den Besitz der Stadt gekommen wären, aber es bleibt auch stets ein gerechter Vorwurf gegen Manfred, daſs er diese überaus wichtige Position nicht mit Aufgebot aller seiner reichen Mittel energisch erstrebt hat.

In der Schlacht bei Benevent, als sich die Truppen Manfreds zur Flucht wandten, soll ein alter Kriegsmann dem unglücklichen König zugerufen haben, jetzt räche sich an ihm seine Liebhaberei für Kunst und Gesang, der er vor der kriegerischen Sitte der Väter den Vorzug gegeben habe[2]).

Man hat es in unserer Zeit versucht, ihn von dieser Anklage zu reinigen. Und wirklich, würde die letzte Schlacht allein zum Beweise dienen, so möchte dieser kaum stichhaltig sein; denn

---

[1]) Es ist wohl zweifellos, daſs dieser Angriff mit dem nächtlichen, von Malaspina (II, 13, 14) und Descriptio Victoriae (M. G. 26, 563) geschilderten, identisch ist. Denn unser Brief und die Briefe der Päpste zeigen, daſs vorher keiner stattfand; einen zweiten nach diesem anzunehmen, der der Schilderung der beiden Quellen mehr entspricht, ist auch kaum zulässig wegen der Kürze der Zeit (Mitte April bis Mitte Mai) und des in diese fallenden Gefechts des Ferrerius (s. u. S. 241 f.). Nimmt man also nur diesen einen Überfall an, so hat man eine Gelegenheit, die Glaubwürdigkeit des Malaspina zu prüfen. Sind seine Berichte auch sonst recht konfus, so sehen wir hier, wie er eine Begebenheit, die im März stattfand, vor die Wahl Clemens' setzt (ihm folgen alle Historiker, da sie den Brief bei Blancard übersehen haben, und setzen den Angriff zu Ende 1264, z. B. Capasso n. 433), und sie zu einem gefährlichen Gefecht in der Stadt aufbauscht, trotzdem die Feinde vor den Thoren ohne Schwertstreich abzogen. Bezeichnend ist, daſs er die Provençalen fliehen und durch die Römer retten läſst; der von ihm hervorgehobene Savello wird von Gantelmi gar nicht erwähnt. Malaspina schreibt erst um 1284, so daſs er selbst mit dem besten Willen, den man ihm nicht abzusprechen braucht, keine genauen Nachrichten über Details erhalten konnte. (Vgl. Frenzel, De Sab. Mal. et R. Muntan. scriptis; er übergeht die oben erwähnten Dinge.) Wenn selbst die sonst sehr gut unterrichtete „Descriptio Victoriae" in einem Nachtgefecht den Vikar „wie einen Löwen" kämpfen läſst, so muſs man sich dies so erklären, daſs jener Angriff im Dunkeln sehr bald in Rom ausgeschmückt und den später ankommenden Franzosen gegenüber zu einer groſsen Waffenthat gemacht wurde.

[2]) Ficker, Reg. 4770 h; Schirmacher 495 verteidigt Manfred.

von wie vielen Zufällen ist nicht das Schlachtenglück abhängig!
und bei Benevent kam noch Verrat hinzu. Aber weit schwerer
fällt doch die Thatsache ins Gewicht, dafs Manfred ein ganzes Jahr
lang fast nichts gethan hat, um jene kleine Schar in Rom ernstlich anzugreifen, sie aus der Stadt zu werfen, um von dieser aus
den Papst in die Enge zu treiben und die Ankunft der Franzosen
zu verhindern. Wir haben gesehen, wie er im Frühjahr 1264
einen Versuch machte, von Kampanien aus Rom zu nehmen und
zugleich die Kurie in Orvieto zu umzingeln. Aber wie bald war
er wieder nach Apulien zurückgegangen! Und dann hören wir
nichts mehr von nachdrücklichen Kriegsthaten. Es fehlte ihm
nicht an tüchtigen Führern, war doch Peter von Vico, der auch
den nächtlichen Überfall geleitet hatte, unermüdlich in Unternehmungen gegen Rom; an Geldmitteln zur Besoldung gröfserer
Truppenmassen war ebenfalls kein Mangel bei dem reichen König,
dessen üppiger Hofhalt immer gerühmt wird. Ein energischer
Vorstofs mit den Sarazenen und den zahlreichen deutschen Reitern
mufste die Provençalen in der Stadt vernichten; aber dazu konnte
sich Manfred nicht aufraffen. Erst jetzt im März 1265 hat er,
wie wir hören, 600 Reiter aus Apulien in die Lombardei geschickt
und zugleich den Sold für 1000 dort anzuwerbende Mietlinge [1];
auch eine Flotte liefs er im tyrrhenischen Meer kreuzen, aber wie
später Karl selbst, so entging ihr jetzt schon sein Vorbote Cornutus auf seiner Galeere. Es ist nicht anzunehmen, Manfred hätte
seinen Gegner so verachtet, dafs er eine kräftige Anstrengung
wider ihn noch nicht für nötig hielt. Seine Ehre gebot es, dem
Häuflein in Rom, dessen klägliche Lage ihm nicht unbekannt war,
den Garaus zu machen. Aber es ist für den Lauf der Dinge ver-
hängnifsvoll geworden, dafs dem glänzenden, schönen und mit
allen Vorzügen des Geistes und Herzens ausgestatteten Fürsten die
rauhen, kriegerischen Tugenden fehlten, die seinem nüchternen
Gegner den Beinamen „bellator egregius“ erwarben [2]. Wenn man

---

[1] Ficker Reg. 4757 a. Jenen Brief, (Giudice I, 101) in dem Clemens
auf ein nicht vorhandenes Schreiben Manfreds antwortet und der bis jetzt
zum Januar 1266 gesetzt ist, den aber Ficker (4758) mit guten Gründen zum
Frühjahr 1265 zieht, möchte man am liebsten für eine Stilübung halten: die
ganze Sprache ist von der des Papstes abweichend, und Etymologieen, wie
Karolus = carus und $\delta\lambda o\varsigma$, wird man ihm nicht zutrauen.

[2] Martin. Chron. M. G. S. XX, 474. Vgl Villani (VII, 1): savio, di sano
consiglio, pro in armi, und die bedeutsamen Züge bei Tuscus (M. G. 22, 524).

ihn mit Recht in seiner strahlenden Erscheinung und in seinem
tragischen Schicksal mit dem letzten Ostgoten-König Totila vergleicht [1], so bleibt doch der Unterschied, dafs dieser auf eine
Reihe der ruhmvollsten Siege zurückblicken konnte, Manfred aber
niemals einen namhaften Erfolg im Felde davongetragen hat. Er
zeigte darin die Züge seiner grofsen staufischen Vorgänger, von
denen allen man behaupten mufs, dafs ihre militärische Kapazität
nicht auf der Höhe ihrer diplomatischen und administrativen stand,
und dafs sie die Schätze ihrer sizilischen Verwaltung nicht zur
Organisation einer schlagfertigen Truppenmacht verwandt haben.
Vermied man in jener Zeit so lange wie möglich grofse Schlachten
und lange Belagerungen, besonders, weil sie enorm viel kosteten,
so liefsen sie sich doch nicht ganz umgehen und vernichteten dann
rasch wohl alles, was eine kluge Politik langsam gewonnen hatte.
Die Namen Legnano, Brescia, Frankfurt, Parma, Tagliacozzo bezeichnen das Mifsgeschick der Staufer, welches ihre Heereskraft
jedesmal lähmte und versagen liefs, wenn ein letzter grofser militärischer Sieg das Gebäude der diplomatischen krönen sollte.

*　　*　　*

So wurden die Soldaten Karls in Rom durch die Unthätigkeit
der Gegner und ihre Ausdauer vor dem Schlimmsten bewahrt.
Der Graf, an den sie vorher eine Barke mit der Bitte um Succurs
geschickt hatten, sandte ihnen eine Galeere mit Armbrustschützen
unter der Führung des Cornutus, eines in der Verwaltung von
Marseille seit Jahren bewährten Handelsherrn [2]). Sodann hatte er
seinem Bevollmächtigten in der Lombardei, Philipp von Montfort,
schon früher den Befehl zugehen lassen, nach Rom zu eilen; es
war nicht seine Schuld, dafs dieser in Mailand durch Geschäfte
bis zum 8. April zurückgehalten war; aber der gute Erfolg der
Verhandlungen [3]), welche Karl jetzt wieder eifrig in der Lombardei
führen liefs, entschuldigte seine Verspätung. Neben Montfort, der
nun zum erstenmale im Dienste des Grafen hervortritt, wirkte da-

---

[1]) Gregorovius V, 375.

[2]) 1257 ist er unter den 5 Rektoren (s. o. S. 129).

[3]) Primat (M. G. 26, 646) erwähnt sie ebenfalls in zutreffender Weise.

mals der Seneschall Peter de Vicinis in Oberitalien[1]): am 27. März
schloß er mit der aus Brescia vertriebenen Partei ein Bündnis,
welches dem Heere seines Herrn freien Durchzug durch das Gebiet der Stadt gewährte[2]). Man sieht, wie trefflich dem Grafen
die Parteiungen, durch welche jede der lombardischen Republiken
im Innern gespalten war, zu statten kamen. Endlich aber schickte
Karl im März seinen berühmtesten Diener, Barral de Baux, mit
300 Bewaffneten nach Mailand[3]); und die Stadt, in welcher die
guelfische Partei unter dem Bundesgenossen des Grafen Philipp
von La Turre ganz die Oberhand gewonnen hatte, schickte sich an,
die Provençalen würdig zu empfangen[4]). Barral war dazu ausersehen, Podesta Karls in der mächtigen Kommune zu werden[5]) —
er, der noch vor 15 Jahren als Podesta von Arles und Avignon sein
größter Gegner in der Provence gewesen war!

Aber so glücklich sich auch die Dinge für Karl in der Lombardei anließen[6]), die Rettung seiner römischen Besatzung konnte
von hier nicht ausgehen. Als er Mitte April jenes dringende
Schreiben Gantelmis erhielt, da wird der Rat des erprobten
und erfahrenen Mannes nur das bestätigt haben, was der Graf
selbst sich sagen mußte, daß nur zur See der Stadt Rom Entsatz
zugehen könne, nicht zu Lande. Was bis jetzt von Truppen im
Alpengebiet versammelt war, reichte nicht aus, um angesichts der
mächtigen Gegner Pallavicini und Novello über den Apennin zu
ziehen, und selbst wenn dies ohne Gefahr möglich war, kam doch
diese Hilfe für die Bedrängten zu spät. Für die französischen
Kreuzfahrer war überdies der Beginn des Zugs erst auf Michaelis

---

[1]) Die Brüder de Brayda, schon lange für Karl wirkend, liehen ihm
damals bedeutende Summen für die Rüstungen Karls, wofür Peter ihnen vier
Schlösser verpfändete. (Giudice I, 228.)

[2]) Schirmacher 270.

[3]) Ann. Plac. M. S. XVIII, 514.

[4]) M. S. XIX, 187. Mur. XI, 693.

[5]) Papstbrief vom 22. September 1265 bei Barthélemy l. c. n. 505; un-
begreiflich, wie dieser verdienstvolle Forscher 3 Urkunden vom Januar und
Dezember 1264 und Januar 1265 aufführen kann (n. 481, 496, 502), worin
Barral Großjustiziar des Königreichs Sizilien genannt wird, deren erste sogar
Karl als König in Neapel ausstellt!

[6]) Daß er sich nicht scheute, dieselbe für seine Zwecke zu besteuern,
zeigt die ernste Mahnung des Papstes (Martene n. 9, S. 105, undatiert), er
solle von der Brandschatzung des Bistums Asti ablassen, die großen Unwillen hervorrufe und ihm, dem Kämpfer der Kirche, nicht zieme.

festgesetzt [1]), und in der That langten sie nicht vor Dezember in Rom an. Der Papst hatte seinem Streiter schon Ende Juni zu erscheinen befohlen; hielt Karl diesen Termin nicht ein, so konnte die Kurie Schwierigkeiten machen. Aber das eigene Interesse des Grafen gebot es auch, dem Abwarten und Zaudern ein Ende zu setzen; seine Ehre erforderte es, endlich den Römern gegenüber ernsten Willen zu zeigen, damit sie den Glauben an die Aufrichtigkeit seiner Absichten nicht ganz verloren; sein Vorteil erheischte es, von seinen Rüstungen in der Provence Gebrauch zu machen, deren Unterhaltung täglich grofse Summen verschlang.

Unter diesen Erwägungen reifte der grofse Entschlufs in der Brust Karls, sein Geschick dem Meere anzuvertrauen und auf der Flotte, die in Marseille und Nizza bereit lag, den Zugang nach Italien zu gewinnen.

Nur so konnte er, wenn anders er dem Feinde entging, in wenigen Tagen in Rom sein und, wenn einmal in der Stadt, sich mit geringer Truppenzahl hinter den starken Türmen behaupten, bis das Kreuzheer daselbst anlangte. Aber auch bei einem Zusammentreffen mit der Flotte Manfreds, dem gerade damals die oft erprobte Hülfe der Pisaner versagte [2]), durfte er auf seine wohlgerüsteten, gut bewaffneten Schiffe zählen, und selbst wenn die Tibermündung gesperrt war, konnte er anderswo seine Truppen ausschiffen und, ohne ernstliche Angriffe zu besorgen, nach Rom führen.

War daher die Überfahrt nicht entfernt so tollkühn und abenteuerlich, wie man sie immer dargestellt hat, so blieb sie doch ein Wagnis, bei dem sehr viel von den Mafsnahmen des Gegners, weit mehr noch von der Gunst des Schicksals, von Wind und Wetter abhängig war. Der Graf aber fühlte in sich den Mut, unerschrocken den Gefahren des Zufalls zu trotzen, wenn er einmal erkannt hatte, dafs der gefahrvolle Weg der richtige und notwendige sei und allein zu Glück und Ruhm führen könne.

Als er um diese Zeit (Ende April) den Römern versprach [3]), schon zu Pfingsten unter ihnen zu erscheinen, war damit

---

[1]) M. G. XXVI, 438.

[2]) Sie hatten der Überredung der Kurie Gehör geschenkt (Martene n. 10, Anfang März).

[3]) Descriptio Victoriae (M. G. 26, 562) und der Papstbrief vom 20. Mai (n. 62) bezeugen dies Versprechen. Dafs es erst jetzt gegeben, ist daraus zu schliefsen, dafs Gantelmi am 10. April nichts davon weifs, dafs auch Clemens es jetzt zum erstenmale erwähnt.

seine Absicht ausgesprochen, zu See nach Italien zu kommen¹). Aber es blieb noch viel zu thun übrig, ehe Karl sein Vorhaben ausführen konnte.

Vor allem hatte er noch gar nicht den Traktat unterzeichnet, den ihm Clemens gesandt hatte, und zwar deshalb, weil sich die Ankunft der mit dem Abschlufs betrauten Bevollmächtigten, des Erzbischofs von Kosenza und des Notars Peter, in unbegreiflicher Weise verzögert hatte. Wir hatten gehört, dafs der Papst Ende Februar den Legaten Simon eiligst nach der Provence befohlen hatte, um dort seine Boten zu treffen. Am 27. März aber benachrichtigt er Simon erst, dafs er die genannten beiden Überbringer des von den Kardinälen festgesetzten Vertrags abgeschickt habe²); und endlich erfahren wir, dafs Peter erst am 12. April von Genua weggereist war³). Vielleicht ist dieser Aufschub so zu erklären, dafs Karl selbst nicht vor dieser Zeit nach der Provence kam. Wir haben nämlich eine Nachricht, dafs er Ostern (5. April) in Paris war und nach dem Feste gen Süden aufbrach⁴); und es ist ja auch sehr wahrscheinlich, dafs er vor seiner Heerfahrt noch einmal persönlich mit seinem Bruder Ludwig, welcher den Verhandlungen stets volles Interesse zugewandt hatte, konferierte⁵). Leider gab es noch andere, wenig erfreuliche Dinge zwischen ihnen zu besprechen. Damals war nämlich ein ernster Grenzkonflikt zwischen den beiden ausgebrochen, weil Karl am Rhone bei Tarascon eine Zollstätte hatte, welche von dem aus Frankreich kommenden Salz eine Abgabe erhob. Ludwig war darüber sehr ungehalten, ohne doch von dem Grafen, der in solchen Dingen auch dem königlichen Bruder gegenüber hartnäckig blieb, die Abstellung des Mifsbrauchs erlangen zu können⁶).

---

¹) Alsbald sendet auch Manfred eine Flotte gegen Marseille aus, um ihn aufzuhalten (Ann. Sic. M. G. XIX, 499).

²) Martene n. 34 S. 115, ebenso n. 35: Petrus, quem ad eum mittimus.

³) Brief Clemens' vom 25. April, ibid. n. 52.

⁴) Ricordano Malespini (Mur. VIII, 990) zeigt sich in diesem Kapitel genau unterrichtet. Auch seine Notiz, dafs Karl in Paris schon mit den Edlen, welche er zu Führern des Kreuzheers ausersehen hatte, Verabredungen traf und Guy von Montfort, dem Bruder Philipps, auftrug, mit 1500 Reitern durch die Lombardei nach Rom zu ziehen, ist durchaus glaubwürdig.

⁵) Karl ist also wohl Ende Januar von Aix an den Hof des Königs gegangen.

⁶) Diese Sache spielte schon lange, Ludwig hatte darüber früher in Paris mit dem jetzigen Papst Clemens, also 1264, gesprochen (Martene S. 138.

Währenddes fuhr Simon im März fort, eifrig das Kreuz gegen Manfred zu predigen und Mittel für das sizilische Geschäft aufzutreiben. Clemens hatte ihm zu diesem Zwecke alle Vollmachten seines Vorgängers bestätigt und neue, weitgehende hinzugefügt [1]. Keine Verlockungen und Indulgenzen wurden gespart, um Soldaten und Geld zu beschaffen, der Papst zeigte den aufrichtigsten Willen, alles aus dem Wege zu räumen, was ein gutes Einvernehmen mit dem Grafen stören konnte. So bittet er am 16. März den Legaten, Karl zu besänftigen, wenn er darüber zürne, daſs die Cisterzienser, Templer und Johanniter ihren Privilegien gemäſs keinen Zehnten zahlten [2]; vierzehn Tage später aber hebt er dieses Vorrecht auf, damit der Abschluſs des Traktats durch den Unwillen des Grafen nicht verzögert werde [3]. Am 11. April ordnet er an, daſs die in den Diözesen Cambrai und Tournay liegenden Länder der Gräfin von Flandern ebenfalls zahlen müſsten, auch wenn sie zu Hennegau gehörten, d. h. vom Reiche zu Lehn gingen [4]. Die anfangs widerwilligen Bischöfe des Venaissin hatte der Legat ebenfalls zum Zehnten verpflichtet [5], und so schwand ein Hindernis nach dem andern. Ende März gab Clemens Befehl zum formellen Abschluſs des Traktats; gemäſs den Vorschriften desselben sollte Karl seine Zustimmung zu der Senatsformel vor glaubwürdigen Personen eidlich erhärten und dann dem Legaten oder dem Notar Peter authentische Dokumente ausstellen, welche die Annahme des Vertrags mit allen Bedingungen feierlich erklärten; sei dies geschehen, so durfte Simon nicht zögern, dem Grafen nach Maſsgabe seines nötigsten Bedarfs hinreichenden Zuschuſs aus dem Zehnten zu gewähren [6]. Die

---

8. Mai 1265. Clemens an Ludwig); als Karl in Italien ist, währt der Streit fort (Giudice I, 38, August 1265, Clemens an Karl: er solle Ludwig deswegen besänftigen); endlich im Januar 1266 (Giudice 36) hören wir von Clemens den Grund des Zwistes (gabella, quam percipis de sale terrae ipsius) vgl. Tillemont VI, 49 f.

[1] Über 20 Urk. vom 1. März bis 11. April (Martene n. 6 bis 44 passim, Cherrier, Lutte des papes IV, 521).

[2] Martene n. 22.

[3] ibid. n. 38: jetzt, wo negotium videtur iam in consummatione consistere. Bei den enormen Reichtümern dieser Orden, bes. der Templer, war dies Dekret von hoher Wichtigkeit.

[4] ibid. n. 44.

[5] ibid. 42.

[6] 27. u. 28. März 1265 Perugia. Martene n. 34—36. An Karl ebenso n. 37.

Barmittel dazu sollte er von König Ludwig erhalten und diesem dafür die künftigen Erträge der Kirchensteuer verpfänden [1]).

Die Nachricht von dem nächtlichen Angriff der Ghibellinen auf Rom, welche jetzt — Anfang April — nach Perugia kam, verfehlte auch hier auf die Kardinäle nicht ihre Wirkung und führte ihnen deutlich vor Augen, dafs die Frist der unfruchtbaren Verhandlungen, die nun schon drei Jahre währte, vorbei sei und entschlossenem Handeln weichen müsse. Der Eindruck der drohenden Katastrophe in Rom auf die Kurie war gewaltig, wie wir aus einem Briefe des Papstes vom 14. April ersehen [2]). Wenn er aber dem Legaten hier wiederum die Beschleunigung der Heerfahrt Karls dringend ans Herz legt, so ist damit die Zögerung seines Bevollmächtigten Peter kaum zu vereinbaren. Dieser war erst am 12. April von Genua nach der Provence abgegangen, und am 25. April hatte Clemens noch keine Nachricht über seine Ankunft [3]). Er befiehlt ihm deshalb, umgehend zu berichten, ob und wie er den Grafen getroffen habe, was dieser beabsichtige, wie weit er gerüstet sei, auf welchem Wege er kommen wolle, ob Simon in der Provence sei [4]) und was er mit diesem bei Karl ausgerichtet habe. Was dem Grafen durch Gantelmi selbst schon berichtet war, wiederholt der Papst, und wir hören die eigenen Worte des Vikars, wenn Clemens schreibt, die Römer würden bald den Senator verachten, der sie selbst durch Vernachlässigung zu verachten scheine. Rom dürfe nicht verloren gehen, sonst möchten sich die Gefahren und Ausgaben der Eroberung Siziliens unermefslich steigern.

Selten wohl hat sich das Papsttum in so bedrängter Lage befunden, wie im April 1264. Noch immer vollkommen im unklaren, ob und wann Karl nach Italien kommen würde, durfte

---

[1]) ibid. n. 40; Bitte an Ludwig bei Duchesne l. c. s. o. S. 228 Anm. 1.

[2]) Martene n. 45. Ferner ordnet Clemens wieder die Bezahlung der zur Unterstützung Gantelmis geborgten Gelder aus der Decima an. Dies erneut er vierzehn Tage später (ibid n. 48, 51, 54, 55), indem er die Schulden der Kurie bei Florentinern auf 3000 Pfd., bei Sanesen auf 2000 Pfd. (abgesehen von den 7000 unter Urban geliehenen), bei Perusinern auf 1000 Pfd. angiebt. Es sind dies aber keine neuen Anleihen, sondern die oben (S. 228) erwähnten, denn auch hier wieder der Prokurator Dionys genannt.

[3]) ibid. n. 52, 25. April 1265.

[4]) Dieser war also dem Befehle, sogleich Anfang März in die Provence zu kommen, nicht gefolgt; vermutlich, weil er die Zeit bis zur Ankunft Karls in der Provence zur Sammlung des Zehnten benutzen wollte.

Clemens gewärtigen, dafs Manfred, in der Gewifsheit, man wolle ihm seinen Thron nehmen, dem Angriff zuvorkommen und alle Pläne der Kurie vereiteln könne. Ihre Widerstandskraft war ganz gebrochen. Auf die unaufhörlichen und dringenden Gesuche des Vikars und der Edlen von Rom um Unterstützung hatte Clemens Ende April nur die eine Antwort, dafs er selbst weder Geld noch Truppen habe, dafs er von Ludwig IX. und anderen Hülfe erwarte, vor Allem aber sicher annehme, dafs Karl zur festgesetzten Zeit eintreffen werde; nur bis dahin sollten sie in ihrer Bedrängnis ausharren und fortfahren, unter Beschwerden und Gefahren bei Tag und Nacht, umgeben von äufseren und inneren Feinden, die Sache Roms und des Grafen zu verteidigen ¹).

So blieb die Besatzung allein ihrem Schicksal überlassen. Und gerade jetzt, im letzten Moment, machten die Anhänger Manfreds verzweifelte Anstrengungen, um die Stadt zu nehmen. Zu dem energischen Peter von Vico hatten sich die Brüder Annibaldi und Jacob Napoleon, eifrige Ghibellinenhäupter, gesellt, um mit den Deutschen über Vicovaro und Tibur gegen Rom vorzudringen. Da fafste einer der provençalischen Ritter, welche mit Gantelmi übers Meer gekommen waren, Ferrier von S. Amant ²), ausgezeichnet durch Körperstärke und Verwegenheit, den heroischen Entschlufs,

---

¹) Diese Antwort des Papstes auf die Bitten der Edlen von Rom und Gantelmis, ist bei Martene (n. 11 und 12; die Überschrift ist, wie bei Potthast 19505, falsch) undatiert, aber leicht zu fixieren, denn Clemens sagt zuletzt, der Notar Peter hätte ihm geschrieben, dafs er oder Simon ihn bis Sonntag über das Resultat ihrer Verhandlungen mit Karl unterrichten würden. Da nun am 25. April in Perugia noch keine Nachricht von Peter eingetroffen war (s. o S. 240), so kann dieser Brief frühstens zum 26. gesetzt werden, so dafs jener Sonntag dann der 3. Mai sein würde; es kann aber auch der 10. sein.

²) Auch hier haben wir Gelegenheit, Malaspina zu prüfen. Er erzählt (II, 16), dafs Ferrerius mit einigen Franzosen vorausgeschickt war und sogleich nach Ankunft in Rom sich auf die Feinde warf. Aufser Lau (Untergang der Hohenst. S. 389) hat niemand bemerkt, dafs an einen Durchzug weniger Soldaten durch Italien bis Rom damals nicht zu denken war. Würde man sonach den Bericht verwerfen, so wissen wir doch (L. rub. und Brief Gantelmis o. S. 229), dafs Ferrerius mit dem Vikar nach Rom kam und April 1265 noch dort war; er kann also nur gemeint sein; aber sein Ausfall geschah mit römischen Besatzungstruppen, nach Mitte April. So hat Malaspina auch hier eine Nachricht, der Wahres zu Grunde liegt, die aber im Laufe der Zeit undeutlich geworden ist.

der Stadt durch einen Ausfall Luft zu machen. Unzufrieden mit der vorsichtigen Verteidigung des Vikars und wohl wider dessen Willen[1]), stürmte er mit einer kleinen Abteilung gegen die Feinde, wurde aber total geschlagen und gefangen zu Manfred geschickt. Der Vikar konnte von Glück sagen, dafs dieser und seine Anhänger den leichten Sieg, als glückliche Vorbedeutung, mit glänzenden Festen feierten, statt ihn energisch gegen die schwach verteidigte Stadt auszunutzen. Aber schon war der Helfer auf dem Wege, vor dessen Nahen jene Scharen Peters von Vico in der Sabina eilig auseinanderstoben[2]). —

In der zweiten Hälfte des April[3]) war Karl in der Provence angekommen und in Aix eingezogen. Sogleich begannen die Verhandlungen mit Simon, dem Erzbischof von Kosenza und dem Notar Peter, welche die Bedingungen der Kurie überbrachten. Das Resultat konnte nicht zweifelhaft sein. Über das meiste war ja eine Einigung längst erzielt; was noch strittig war — so die Senatsformel — wog gering im Vergleich zu den Interessen, welche jetzt auf dem Spiele standen. Sollten alle Rüstungen vergeblich gewesen sein, sollte die tapfere Besatzung in Rom umkommen?

So wurde nun der Vertrag unterzeichnet, welcher jenes grofse und reiche Gebiet beider Sizilien der deutschen Fremdherrschaft nahm, die es kaum 75 Jahre besessen hatte, um es der französischen zu übertragen. Karl, umgeben von den Grofsen der Provence, den Erzbischöfen von Arles und Aix nebst vielen ihrer Suffragan-Bischöfe, den Edlen von Baux, Agout und Sabran, tritt mit seiner Gemahlin Beatrix auf den Balkon seines Palastes; dort ruft der Legat Simon der versammelten Menge zu, dafs der heilige Vater dem Grafen das Königreich Sizilien übertragen habe, und der brausende Jubel des Volkes antwortet mit lautem „Es lebe der König!"[4])

---

[1]) Malaspina läfst Ferrerius natürlich durch die Römer warnen (absque commilitonum latinorum consilio); man möchte Ungehorsam gegen Gantelmi annehmen, weil schon im Januar (s. o. S. 222) von Unbotmäfsigkeit der Ritter gegen den Vikar die Rede ist.

[2]) ad odorem adventus comitis recesserunt (Clemens am 20. Mai, Giudice 2).

[3]) Papon (III, 15) hat fälschlich den 25. April für die Abreise aus Paris.

[4]) Haitze, Hist. d'Aix 267 aus Cart. de Montmajour. Er hat auch die Nachricht von der Schenkung von 20 000 Goldgulden durch die Stadt Aix

Von Aix kamen Karl uud Beatrix Anfang Mai nach Marseille, um die letzten Anordnungen für die Heerfahrt zu treffen. Sie nahmen ihre Wohnung im Hause des Bischofs [1]), von wo aus man den Hafen bequem überwachen kann. Es folgten Tage mühsamer Thätigkeit, sorgenvoller Spannung.

Der Entschlufs, Pfingsten (24. Mai) in Rom zu sein, wie es den Römern versprochen war, stand jetzt fest. Den Papst hatte man davon durch den Erzbischof von Kosenza und Gottfried von Beaumont, jenen oft bewährten Berater Karls, benachrichtigt. Clemens war überrascht durch die Beschleunigung der Abfahrt, hatte er doch gefürchtet, dafs der Graf den von der Kirche bestimmten Termin, den 29. Juni, kaum einhalten würde. Aber Karl hielt es für besser, früher aufzubrechen; der Vorteil, einen Monat für die Rüstungen zu gewinnen, wurde reichlich aufgewogen durch die Aussicht, Rom noch retten zu können. Überdies war alles geleistet, was Erfahrung und Fürsorge nur immer nützlich erscheinen liefs, um ein glückliches Gelingen zu sichern. Wenn etwas fehlte, so war es stets das Geld, und aus vielen Andeutungen geht allerdings hervor, dafs Karl mehr als je daran Mangel litt [2]). Jede fernere Zögerung aber verschlang neue Summen, und deshalb galt

---

und von dem Verkauf des Geschmeides der Hofdamen, welche dem Beispiel ihrer Herrin Beatrix folgten. Dies stammt aus Malespini (Mur. VIII, 997), und dieser hat auch die unendlich oft wiederholte Anekdote, dafs die Heerfahrt durch die gekränkte Eitelkeit der Beatrix veranlafst sei, welche durch das Hofceremoniell tiefer, als ihre königlichen Schwestern, zu sitzen gezwungen war. Die Entstehung dieser Fabel ist so natürlich, dafs man sich nur wundern könnte, wenn sie nicht erfunden wäre. Wir haben keinen Anhalt dafür, dafs Beatrix von besonders ehrgeizigem Charakter gewesen ist.

[1]) 1265. 7. Mai. Mars. in domu episcopi: Karl und Beatrix empfangen Homagium vom Erzb. von Aix für neue Schenkungen, die sie ihm für seine Dienste gewähren; es sind Einkünfte in Grasse. Dafür fallen jene 50 Pfund aus der Gabella von Nizza (s. o. S. 87, August 1252) nun fort. (Orig. in Mars.)

[2]) Nicht nur schreibt Clemens kurz nach Ankunft Karls in Rom an Simon, dafs dieser ohne Geld sei (Giudice I, 34), sondern er war auch schon vorher durch den Legaten darauf vorbereitet (Brief Clemens' an diesen, 19. Mai, Martene n. 60: hat gehört von der indispositus adventus comitis, erwartet aber meliorem exitum principii debilis). Wenn man Clemens recht versteht, so hat Karl sogar, um Geld zu erhalten, Piraterie getrieben (zu Meer: ipsius comitis promptae manus ad bona transeuntium capienda, ibid.); vielleicht hat er an der Küste fleifsig gegen Manfreds Flotte kreuzen lassen, wobei dann auch neutrale Schiffe für gute Prise erklärt werden mochten.

es eiligen Aufbruch, zumal der Legat erklärte, er könne auch
bis zum zweiten Termin noch kein Geld schaffen [1]). Andere Quellen
flossen nicht mehr, denn alles, was nur Erträge lieferte, wurde in
Anspruch genommen; wer immer ein Darlehn geben konnte, war
zu Vorschüssen herangezogen [2]). Am meisten hatten sich hierbei
Bürger von Marseille ausgezeichnet [3]); und im Hinblick auf die
Dienste, welche sie ihrem Herrn jetzt und fernerhin leisteten,
wird man es nicht einzig für Schmeichelei halten müssen, wenn
Primat sagt, der Graf hätte die Stadt zuerst mit Gewalt, dann
mit Liebe bezwungen [4]). Die unvergleichliche Tüchtigkeit und
Gewandtheit der Seeleute von Marseille, die sich in so zahlreichen
Kreuzfahrten erprobt und den Handel dieses Emporiums über die
Meere ausgebreitet hatte, stand dem Herrn der Stadt ganz zur
Verfügung; war doch die Besetzung von Rom im Jahre vorher
und die Verbindung mit der Stadt zur See zum grofsen Teil ihr
Werk gewesen. Wilhelm Cornutus, der erfahrenste Schiffer,
welcher alle Strafsen und Eugen des Meeres kannte [5]), war soeben
aus Rom zurückgekehrt [6]); ihm teilte Karl seine Absicht mit, ganz
heimlich dorthin zu fahren, und er war sogleich bereit, ihn „mit
Gottes Hülfe" über das Meer zu geleiten. Um dem Geschwader
Manfreds zu entgehen, wurde beschlossen, immer längs der Küste
zu fahren, von wo man sich vor der Übermacht leicht in einen
der zahlreichen Häfen zurückziehen konnte.

---

[1]) Die Descriptio Victoriae (M. G. 26, 539 f.) hat hier ganz genaue und
gute Nachrichten; man sieht, dafs der Verfasser Fühlung mit der Politik
hatte. Waitz (ibid.) hat schon mit Recht den Angriff von Gregorovius gegen
die Schrift zurückgewiesen; sie ist sehr brauchbar.

[2]) Wie sehr auch die Kirchen belastet waren, sieht man aus späteren
Zeugnissen und Konflikten, z. B. mit Arles (Saxi, Pont. Arelat. 282).

[3]) Hugo de Conchis, ein reicher Bürger (stammt aus Montpellier), hatte
z. B. 263 Pfd. pro armamento galearum vorgestreckt (Giudice I, 56). Über
die Kosten der Schiffsausrüstung hat Blancard (Monnaies 389) interessante
Notizen.

[4]) M. G. 26, 646. In einer Privilegien-Bestätigung vom März 1267
(Giudice I, 296) sagt Karl von ihr, sie sei inter alias civitates nobis sub-
iectas specialis et praecipua carissima.

[5]) Chron. de S. Dénis (Bouquet 21, 121). Mit ihm Robert de Baux genannt, der sich aber nirgends findet, so dafs bestimmt an Verwechslung mit
Barral zu denken ist.

[6]) Da Philipp von Montfort unterdes wohl in Rom eingetroffen war,
hatte Gantelmi, seinem Briefe gemäfs, Cornutus zurückgeschickt. (S. o. S. 231).

Die Zahl der Kriegsschiffe, welche zur Abfahrt bereit waren, kann man mindestens auf 20 schätzen; vermutlich lag auch in Nizza noch ein Geschwader vor Anker, welches auf dem Wege zu der Hauptmacht stofsen sollte; diese wurde aufserdem von einer Menge kleinerer Schiffe begleitet [1]). Eine stattliche Besatzung von Rittern und Armbrustschützen, ungefähr 1500 Mann stark, aber fast ganz ohne Pferde, schiffte sich auf dieser Flotte ein [2]). Nach glücklicher Ankunft in Rom sollten die Fahrzeuge zurückkehren [3]) und die Gräfin Beatrix [4]) mit neuen Truppen nach Italien führen.

So nahte die Stunde der Abfahrt. Der Himmelfahrtstag (14. Mai 1265) war dazu ausersehen [5]). Ein günstiger Wind schwellte die Segel, als man im Hafen der alten Phokäerstadt in aller Frühe die Anker lichtete und die verhängnisvolle Fahrt nach Rom antrat, nach jenem Ziel, das von jeher reizend und verlockend den Völkern des Nordens vorgeschwebt hatte, an dessen Erreichung sie seit Jahrhunderten ihre Kraft und ihr Leben setzten, dem nun auch — zum erstenmale — französische und provençalische Krieger zusteuerten, kühn den furchtbaren Gefahren

---

[1]) Wenn alle Nachrichten (bei Capasso 271, 4 zusammengestellt) zwischen 20 und 30 Schiffen variieren, die an Clemens berichtenden Leute von Lucca dagegen am 15. bei Porto Venere ca 80 sahen (Giudice I, 3), so kann man diesen Widerspruch wohl so erklären, dafs bei Nizza, wo, wie wir sahen, viele Schiffe gerüstet waren, die übrigen hinzugekommen sind.

[2]) Die Zahl aus Ann. Gen. M. G. 18, 252; sie mufs grofs gewesen sein, wenn selbst Clemens sagt (Giudice I, 34) „cum decenti comitiva" (aber sine equis et pecunia) Die Namen der Mitfahrenden sind nicht zu ermitteln, denn das Verzeichnis bei Nostradamus (238), dem alle folgen, ist offenbar unrichtig. Auch Papon (III pr. 1) giebt nur Namen von später in Sizilien befindlichen Franzosen. Diese jetzt vollständig bei Durrieu, Archives angevines de Naples II, 216.

[3]) Ann. Gen. ibid.

[4]) Im Beisein der Bischöfe von Sisteron, Avignon, Riez, Toulon macht sie am 9. Mai ihr Testament (Gall. christ. I, 316, vgl. Giudice I, 154). Damals hatte sie von Karl 5 Kinder: Karl, Philipp, Blanche (mit Robert von Flandern verheiratet), Beatrix und Isabella, welche sie der Reihe nach bedachte.

[5]) Ann. Gen. ibid. Dabei aber bleibt es schwer zu glauben, dafs die Flotte schon am nächsten Morgen ganz früh bei Porto Venere, 50 geogr· Meilen von Marseille, gesehen ist (Giudice I, 3). Selbst bei günstigstem Winde wäre das eine enorme Geschwindigkeit.

trotzend, wo sich ihnen die Aussicht auf Ruhm, Ehre und Besitz, auf reichen Lohn im irdischen und künftigen Leben eröffnete.

*　*　*

Es waren gerade 30 Jahre verflossen, seitdem ein mächtiger Graf der Provence, Raimund Berengar, der letzte seines Stammes, nach Deutschland gezogen war, um dem Kaiser Friedrich II., welcher damals, siegreich nach aufsen und innen, im Besitz der Reichtümer Siziliens, als mächtigster Fürst der Welt auf der Höhe seines Ruhmes stand, demütig die Vasallen-Huldigung zu leisten.

Und jetzt war der Nachfolger jenes Grafen, nachdem er längst jeden Rest der Abhängigkeit seines Landes vom Reiche beseitigt hatte, auf dem Wege, um dem Sohne und dem Enkel des grofsen Kaisers entgegenzutreten und ihre Herrschaft in Italien zu vernichten.

Die Kirche hatte es durchgesetzt, mit jener unüberwindlichen, rastlosen Energie, welche vor keinem Hindernisse zurückscheut, dafs ihr Todfeind, der Staufische Stamm, endlich an dem Punkte getroffen wurde, wo er ihr immerfort Gefahr und Beunruhigung geschaffen hatte, in Unter-Italien. Aber bange und besorgnisvoll mochte sie wohl auch auf ihren Günstling blicken, als dieser nun, kühn und ehrgeizig, in rüstigster Manneskraft, — er war 39 Jahre alt — zu ihrem Beistand herbeieilte, um das herrliche Reich zu erobern, welches sie in ihren eigenen Besitz zu bringen nicht im stande gewesen war. Der gepriesene „Athleta Christi“, der „verus Pugil ecclesiae“ war oft genug unter den vier letzten Päpsten mit der Kurie in Berührung gekommen, und sie kannte seine eigenwillige Herrschernatur zu gut, um nicht mit Angst und Sorgen an den Ausgang des furchtbaren Kampfes zu denken, den sie selbst, in unermüdlicher Arbeit und Hingabe, mit Aufgebot aller ihrer Mittel und Künste, heraufbeschworen hatte.

———

ANHANG.

A. Exkurse.

Exkurs I.

Über das Geburtsjahr Karls.

Über die Geburt Karls werden bei den Neueren die verschiedensten
Angaben gemacht. Dieselben schwanken zwischen 1220 und 1227[1]), ja nach
Villani[2]) ist Karl 46 Jahre alt, als er nach Italien kommt, also 1219 geboren. Ohne uns bei den einzelnen Behauptungen aufhalten zu können, stellen
wir fest, dafs überhaupt nur die Jahre 1226 und 1227 in Betracht kommen.

Nain de Tillemont[3]) ist für das Jahr 1227 und stützt sich auf eine
Notiz im Chronicon S. Dionysii ad Cyclos Paschales[4]), wo es, nachdem 1226
der Tod Ludwigs VIII. und die Krönung seines Sohnes erzählt ist, heifst:

Hoc anno natus est Carolus filius Ludovici regis in exitu Martii.

Hiernach müfste in der That Karls Geburt ins Jahr 1227 fallen, da
der März 1227 nach französischer Rechnung zu 1226 gehört. Dennoch kann
diese Stelle nichts beweisen, denn gegen das Jahr 1227 spricht erstens der
Umstand, dafs Karl nirgends posthumus genannt wird, was doch zu erwarten
wäre, zweitens die Thatsache, dafs Ludwig VIII. schon um Mitte Mai 1226
seine Gemahlin verlassen hatte, um in den Krieg zu ziehen, und sie nicht
mehr wiedergesehen hat.

Andererseits sprechen viele wichtige Momente für das Jahr 1226.

1) In Chron. Turonense auctore anonymo[5]) heifst es, nach genauer
chronologischer Erzählung mehrerer Ereignisse des Jahres 1226 und nachdem
vorher der 21. und 28. März erwähnt ist: per hos dies natus est Stephanus
(am Rande: alias Carolus) Ludovici regis Franciae filius et a Romano
(päpstlicher Legat) de sacro fonte levatus apud Parisius baptizatur.

---

[1]) S. St. Priest l. c. II, 11.
[2]) VII, 1, ihm folgen die meisten Späteren.
[3]) Vie de St. Louis I, 430.
[4]) Bouquet XIX, 423.
[5]) Bouquet XVIII, 313.

2) Das Testament Ludwigs VIII. vom Juni 1225 nennt 5 Söhne, mehrere Quellen[1] sagen aber übereinstimmend, dafs bei seinem Tode 6 Söhne vorhanden waren.

3) Karl, nach Mathaeus Paris. Januar 1246 natu minor, wird Pfingsten 1246 zum Ritter geschlagen[2]), also 20 Jahre alt, im anderen Falle wäre er erst 19 gewesen.

So ist wohl ohne Zweifel, da der März von beiden Chroniken genannt wird, die Geburt Karls zu Ende März 1226 zu setzen[3]).

Exkurs II.
Über die Grenzen der Grafschaft Provence.

Es ist nicht leicht, die Grenzen des Besitzes anzugeben, den Karl von Anjou zwischen Rhône und Alpen inne hatte. In den früheren Verträgen wurden gewöhnlich das Meer, der Rhône, — und zwar „antiquus Rhodanus", d. h. der westliche, schmälere Arm des Delta, — der Var, die Alpen und die Durance als Grenzen angegeben[4]), aber es ist offenbar, dafs dadurch noch keine genaue Bezeichnung ausgesprochen ist; zudem vergröfsert sich später das Land des Grafen, besonders durch die Verträge von 1256 und 1257. So mufs Marseille 1252 die Cavalcata leisten: zwischen Rhône, Durance und Var, 1257 dazu: ultra Varum usque Turbiam et in comitatu Forcalquerii usque ad pontem altum et usque ad portum Rostagni. Leider können wir diese beiden Punkte nicht bestimmen.

Versuchen wir nun, die Grenze nach der Landseite hin zu fixieren[5]), so beginnen wir im Westen, wo der westliche Rhône-Arm die Camargue für die Provence abschneidet. Die Grenze folgt dem Rhône bis zum Einflufs der Durance; von dort bildet diese die Grenze gegen Venaissin (das jenseitige Avignon besafs Karl bekanntlich mit Alfons von Poitou gemeinsam), aber nur bis oberhalb Cavaillon; dann geht die Grenze gerade nordwärts, so dafs

---

[1]) Chron. Albr. trium Fontium M. S. XIII, 919. Chron. Tur. Bouquet XVIII, 317.

[2]) So wird auch sein Bruder Alfons Sommer 1241, d. h. nachdem er im Winter vorher 20 Jahre alt geworden, zum Ritter geschlagen und erhält seine Länder.

[3]) St. Priest hat mit Recht an diesem Jahr gezweifelt, indem er nach Ruffi (H. d. Mars., 122) einen Artikel des Vertrags Karls mit Mars. von 1252 citiert: „Karl solle den Vertrag bestätigen, wenn er 25 Jahre alt geworden wäre." Er wäre aber doch schon 1251 25 Jahre gewesen. Ruffi jedoch hat hier ganz falsch übersetzt. Im Vertrage steht: Karl versichert, er sei bereits 25 Jahre gewesen (s. Anhang n. X); daher fällt dieser Widerspruch fort

[4]) z. B. 1251 (S. o. S. 78): von der Durance bis zum Meer und von den Alpen bis zum antiquus Rhodanus.

[5]) Wobei das Besitzverzeichnis der Grafen von Provence (Mars. Reg. Pergam. S. 43, s. Bouche l. c. I, 208) gute Dienste leistet.

Mérindol schon zur Provence gehört, zwischen S. Saturnin und Vénasque
hindurch östlich vom Mont Ventoux. Rechnen wir das ganze frühere reichs-
unmittelbare Gebiet des Herrn von Sault, Mévouillon, Montauban, Grignan
und Orange, dessen Oberhoheit Karl 1257 erworben hatte, dazu, so war
Venaissin fast vollständig von Ländern Karls eingeschlossen. Im Norden
ist die Grenze schwer zu bestimmen. Über Rémuzat[1]) östlich ging sie
längs der Buech, dem westlichen Zuflufs der Durance, verfolgte die Buech
bei Gap vorbei, näherte sich wieder der Durance und lief dann in der Mitte
der Gabel zwischen Durance und Ubaye (so dafs Embrun ausgeschlossen
wird[2]) den Alpen zu. Hier wird das obere Stura-Thal zur Provence gerech-
net, die Grenze geht südlich über den oberen Tinée (Nebenflufs des Var)
hinaus, schliefst Lantosque ein, weiter zwischen Col di Tenda und Saorge
und dann gerade südlich über la Turbie ins Meer, da der Teil der Grafschaft
Vintimiglia zwischen Monaco und dem Var zur Provence gehört. (S. oben
S. 167.)

Exkurs III.

Aufstellung aller Rechte, Güter, Zölle etc. der Provence aus der ersten Zeit Karls von Anjou.

Diese findet sich im Reg.-Bd. 170 des Arch. zu Mars.; es sind 190
Blätter (Blatt 82 fehlt) in schlechter Abschrift. Die 18 ersten Blätter davon sind·ediert im Répert. de travaux de la société statist. de Mars. 1877,
XXXVI, 8. série, Ib. In Paris (Nat.-Arch. Cod. 9889) findet sich eine
zweite, vielfach abweichende Abschrift, was aus dem kurzen Stück hervorgeht, welches im Cartul. de S. Victor de Mars. (Préface, Chap. XI) abgedruckt ist.

Aus den mehrfach vorkommenden Daten geht hervor, dafs Karl am
ersten Weihnachtsfest seiner Regierung (1246), — wo gewöhnlich die Feudal-
Abgaben gezahlt wurden, — eine allgemeine Statistik der Besitzverhältnisse
angeordnet hat[3]), die dann in den nächsten Jahren fortgeführt[4]) und nach
der Einnahme von Arles und Avignon (1251) auf diese Städte ausgedehnt
wurde[5]). Von der dabei beobachteten genauen Prüfung aller Rechte und
der darüber geführten Klage der Troubadours[6]) haben wir oben (S. 41) gesprochen. Auffallend sind die vielen forestati und banniti, woraus su sehen,

---

[1]) S. o. S. 165.
[2]) Spruner-Menke (n. 52) zieht viel zu viel zu Forcalquier.
[3]) S. 31: Grasse, in natale Domini (1246?), S. 43: 1246, 25. Dezember,
Kapitel über Fréjus.
[4]) S. 128: Quista für Lösegeld des in Ägypten gefangenen Grafen
(1249) S. 156: Neubau der Brücke zwischen Tarascon und Beaucaire, 1251.
[5]) S. 157: 1251, 10. Oktober: Karl läfst durch seinen Prokurator in
Avignon Inventur aufnehmen.
[6]) S. 89 auch Bonifaz von Castellane erwähnt.

wie furchtbar schon vor Karls Zeit das Land von inneren Kämpfen beunruhigt war.

Folgende Bezirke sind nun der Reihe nach aufgenommen und in ihnen folgende Zollstätten besonders angeführt:

Bezirke:	Zollstätten:
Vintimiglia	Saranon (Fréjus)
Bistum Nizza	Aix
„ Vence	Les Pennes
„ Grasse	Barcelonnette
Ballei S. Auban	S. Paul (Digne)
„ Fréjus	Castellane
„ S. Maximin	La Bréole
Erzbistum Aix	Stadt Digne (2)
Bistum Marseille	Mézel
Ballei Digne	Valensole
Bistum Glandevès	Quinson
„ Avignon	S. Gabriel (Avignon)
Stadt Tarascon	Tarascon (Rhône)
„ Arles.	Orgon u. S. Andéol
	La Trouille (Arles)
	Trinquetaille
	Levant (?)
	Stadt Arles
	Mérindol.

Wir geben noch ein Beispiel der Anlage dieser Rechtsaufstellungen:

1246, 25. Dez. Cartularium albengarum, cavalcatarum, et omnium aliorum serviciorum, quae d. comes habet in Forojuliensi bajulia et de terris et pratis et molendinis et furnis.

(Nun fangen die einzelnen castra an:)

In castro de Figaneria habet:

Pro alberga 11 Pfd 10 sol Reg.

Item pro cavalcatis 2 Pfd. 10 sol Reg., vel militem cum equo armato et duos servientes

   „ furnum valens per annum —

   „ molendina —

   „ habet ibi bannum —

   „ justicias —

   „ 6 sesteradas de prato

   „ citra 60 sesteradas de terris

   „ forfaradas de vinea

   „ ortum —

Item habet in castro homines et servicia infrascripta:

Nun folgen die Namen der Lehnsmänner und ihrer Abgaben in Geld und Naturalien, schliefslich die Summen gezogen:

   Summa denariorum

   „ cuparum vini

   „ de blado

   „ animalium.

Exkurs IV.

Die Aufstellung von 1319 über die Cavalcata in der Provence.

Im Reg.-Bd. 171 und 172 des Arch. zu Mars. finden sich genaue Enqueten, welche König Robert 1319 durch den Archivisten Hugo Honorat über die Cavalcata in der Provence anstellen liefs. Da nun seit den Tagen Karls I. keine Veränderung in dieser Hinsicht geschehen war, so gewinnen wir einen wichtigen Überblick über die militärischen Leistungen, welche die Provence ihrem Grafen schuldete.

Gemäfs den Privilegien konnte nun die Cavalcata in folgenden verschiedenen Arten geleistet werden:

A) In Truppen.

I. Equi armati[1]) oder non armati. Summa: 243 armati, 113 non armati (davon allein auf Marseille — nach dem Frieden von 1202 — 100 armati). Unterschieden nun a) loca, quae tenentur facere cavalcatas ad arbitrium (und zwar für 50 Herde 1 equus non armatus, für 50—70 Herde 1 equus armatus, im Ganzen 56 Ortschaften); b) loca, quae tenentur facere cavalcatas secundum posse (25 Ortschaften).

II. Loca, quae tenentur facere cavalcatas in servientibus. Summa: 2144 Fufssoldaten, davon auf Marseille 1000, Orange 500, Stadt Sisteron 200[2]), Johanniter 100, Nizza 100 (aber zu beachten, dafs Marseille die Wahl hatte, entweder 1000 servientes oder 100 equi armati zu stellen, und wohl die andern auch nach Belieben 1 equus oder 10 servientes zu leisten hatten).

B) In Geld.

I. Loca, quae tenentur facere cavalcatas censuales. Summa: 713 Pfd. (in vielen Fällen macht es 12 Denare für jeden Herd aus, was an 15 000 Wohnstätten ergeben würde).

II. Loca, quae tenentur facere cavalcatas in pecunia prout reperitur per Rationes Clavariorum. Summa: 250 Pfd. (z. B. Nizza[3]), Castellane, Vintimilia, Forcalquier).

C. Loca, in quibus non exprimitur cavalcata in equis, servientibus vel pecunia. Et quae exprimuntur guerrae valencia tantum. Et quae dicuntur esse immunes ex privilegiis. Endlich Aix, Avignon, Arles mit besonderen Verträgen.

Bei fast allen Verträgen ist die Dauer der jährlichen Cavalcata auf 30—40 Tage bemessen und dieselbe auf die Provence und Forcalquier begrenzt[4]). Somit war eine wirkliche kriegerische Leistung durch diese Art der Miliz sehr erschwert, sie galt nur für Friedenszeiten und wurde von den Grafen als Steuer angesehen; daher auch ihr Bestreben, die Cavalcata dort, wo sie in Truppen geleistet wurde, in eine Geldabgabe umzuwandeln,

---

[1]) „miles cum equo armato ita intelligitur armatus lorica et caligis, albergo, porpunto, scuto et capello ferreo" (Laplane, Sisteron I, 453).
[2]) pro quolibet foco unum hominem (ibid. I. 461).
[3]) Im Lib. rub. (1264) allein 173 Pfd.
[4]) Im Vertrag mit Arles 1251 heifst es: per viginti leucas ubicumque voluerit (comes) in Imperio; 1 leuca gleich c. 5 Kilometer, also die Verpflichtung für Arles auf etwa 13 Meilen von der Stadt nach Osten zu beschränkt.

wogegen sich die andere Partei stets verwahrt. Für den Kriegsfall (cum generalis exitus fiet in Provincia) waren die Vasallen zu stärkeren Leistungen verpflichtet (quod tunc tota villa exeat totaliter ad suum efforcium in auxilium domini comitis). Im allgemeinen sind fast alle Verträge hinsichtlich der Cavalcata verschieden; die unten gedruckten 3 Verträge mit Marseille sind hierfür besonders lehrreich[1]).

Exkurs V.

Das Rechnungsbuch von 1249 und 1250.

Der Reg.-Bd. im Dep.-Arch. zu Mars. enthält von Seite 21 an:

I. Computus Raimundi scriptoris de tempore d. Joh. de Cornillione, 1249, ab. octav. S. Joh. usque ad octav. S. Andr. eodem anno.

II. Computus de omnibus, quae ego Raim. scriptor recepi a computo Candelose 1250 citra.

I.

Wir haben hier Notizen des Schreibers Raimund über Ausgaben und Einnahmen von Anfang Juli bis Anfang Dezember 1249. Auf einige wichtige Posten in den Ausgaben haben wir bereits oben S. 65 hingewiesen, Blancard (Monnaies) hat alle Angaben für seine Aufstellungen herangezogen[2]). In der Berechnung der Einnahmen hat er jedoch (Invent. II, 1) mehrfache Irrtümer, indem er erstens die Expleta (Bußen) auf S. 25 b des Manuskripts für die ganzen Einnahmen hält, während sie nur einen Teil, die cavalcatae und albergae etc. dagegen noch mehr ausmachen, zweitens seine Summen für die Jahreseinnahme ansieht, obwohl sie sich kaum auf ein Halbjahr beziehen.

Es sind in der Rechnung nirgends die Summen gezogen (anders 1264); ich thue dies für die Ballei Aix (die bedeutendste; die andern, Autevès, S. Maximin, Draguignan, Nizza und Grasse, Digne bringen weniger; besonders aufgeführt noch die Zollstätten von Tarascon, S. Gabriel und La Penne).

Bajulia Aquensis:

I.	Pedagium Aix[3]):	295, 14, 9 Prov. u.	5, 9, 0 Reg.		
II.	Cavalcata:	38, 13, 0 „			
III.	Alberga:	46, 16, 6 „			
IV.	Expleta:	346, 16, 0 „	u. 72, 16, 10 „		

Summa: 728, 0, 3 Prov. u. 78, 5, 10 Reg.

Also 728 Pfd. Provençaux (d. sind Turnosen) und 78¼ Pfd. Royaux coronats (1 Roy. = $^6/_7$ Turn.) = 67 Pfd. Turn. Im Ganzen daher Summe

---

[1]) Vgl. Laplane, l. c. I, 450.

[2]) So für die ersten Münzprägungen unter Karl (S. 1—4), dann für die Bestimmungen des Gehalts der prov. Beamten.

[3]) Das Pedagium Les Pennes (143 Pfd.) ist hierbei nicht mitgerechnet, weil besonders aufgeführt.

der Einnahmen in der Ballei Aix für 5 Monate 795 Pfd. Turnosen, also im Jahre ungefähr 1900 Pfd.[1]), das sind ca. 30 000 Mark unseres Geldes.

II.

Die Zeitdauer dieser Rechnung ist nicht zu bestimmen, denn nur der Anfang (Candelose, 2 Febr.), ist genannt, nicht das Ende; überhaupt merkwürdig, dafs nach 2 Monaten (Andreas 1249) schon wieder ein neuer Termin der Rechnungen beginnt. Hier sind nun folgende Einnahmen:

I.	Ballei	Aix	916	Pfd.
II.	„	S. Maximin	670	„
III.	„	Draguignan	450	„
IV.	„	Le Luc[2])	300	„
V.	„	Grasse	211	„
VI.	„	Nizza	958	„
VII.	„	Digne	1090	„

Die Summe (ca. 4600 Pfd. Turn. = ca. 70 000 Mark) würde, wenn für ein halbes Jahr angenommen, auf eine jährliche Einnahme von ca. 10 000 Pfd. schliefsen lassen, eine gewifs recht unbedeutende Summe im Vergleich zu · den Ausgaben.

Exkurs VI.
Der Liber Rubeus.

Das Rechnungsbuch von 1264 (Reg.-Bd. 1501 in Mars.) ist im Verlaufe der Darstellung von uns in seiner historischen Bedeutung oftmals gewürdigt worden. Es bleibt nur noch übrig, auf seine äufsere Einrichtung und seine wirtschaftlichen und finanziellen Resultate einen Blick zu werfen.

Der ganze Liber Rubeus existiert nur in einer sehr schlechten und ungenauen Abschrift. Der Schreiber läfst Zahlen aus und weifs oft selbst nicht, was er abschreibt. Man mufs daher die Rechnungen nachprüfen. — Die ersten 4 Seiten fehlen. Dann folgt:

A) Computus Vicariae Avenionensis de tempore Guil. de Gonessa vicarii dicti loci, von Himmelfahrt 1263 bis Himmelfahrt 1264 (jetzt G. de Moysiac Vicar).

Einnahmen: 900 Pfd.   Ausgaben: 507 Pfd.
Überschufs: 394 Pfd.

---

[1]) Ein Vergleich mit den Einnahmen 1264 ist lehrreich (wobei die von 1249, weil kaum für ein Halbjahr geltend, mehr wie verdoppelt sind):

	1249	1264
Pedagium Aix	(296) 600	896
Pedagium Les Pennes	(143) 300	222
Ballei Aix	(490) 1000	1632
	(930) 1900 Pfd. T.	2750 Pfd. T.

So sind die Einkünfte um ein Drittel gewachsen, wenn anders man überhaupt aus den so gewonnenen Summen Schlüsse ziehen darf.

[2]) östl. von Brignoles, jetzt wohl für Antevès genannt; Nizza und Grasse nun besonders aufgeführt.

Davon kommt die Hälfte, 197 Pfd., auf Karl, woraus zu ersehen, daſs der Ertrag in Avignon zwischen den Grafen von Provence und Toulouse geteilt wird. Ihre Verwaltung aber wechselt von Jahr zu Jahr zwischen ihnen ab, der Clavaire führt die Gelder an die Kurie der Grafen ab[1]).

B) Computi Bajuliarum Provinciae von Weihnacht 1263 bis Weihnacht 1264, domino Petro de Vicinis existente Senescallo.

I. Vikarei Arles (jetziger Vikar G. de Gonessa[2]).

Einnahmen:	Ausgaben:
a) de censu scolae Judeorum (30 Pfd.) Häuservermietungen, Mühlen, de incantu pillariae, albergae, piscariae, censuales comitis, de peso bladi (67 Pfd.); b) **Expleta** auf den Parlamenten, deren jeder Vikar drei abhielt (also sechs reguläre Parlamente): condemnationes, trezena, banni, mandamenta non servata, de judicaturis curiarum (zusammen 593 Pfd.). Sa.: 690 Pfd.	Beamte: Vicar, Clavarii, 2 trompatores, 1 pulsator campanae, nuncii curiae, 2 Richter, 2 Notare derselben. 2 Notare inquisitionum, Sa.: 429.

Überschuſs: 261 Pfd.

II. Vikarei Tarascon.

Einnahmen: 976.	Ausgaben: 442.
(Bonagium, census annualis, barriada (?), boagium, tasca, saumatae, facheriae, avena, ordeum, annone, scola Judeorum, pascheria, lesda vinearm de furno).	Beamte, wie oben. Noch 4 correrii

Überschuſs: 534 Pfd.

III. Vikarei Marseille.

Einnahmen:	Ausgaben:
a) de expeditione tabulae 968; b) de expeditione navium 1124 (z. B. de navi templi quae vocatur Falco venienti de Accon 137, de ripagio ejusdem navis 12). c) Redditus 2224 (carnium salsarum, sagiminis, habena, gabella ligni, census).	Pro inquisitoribus haeretice pravitatis 2 Pfd. (Nun viele hist. Not., welche wir für die Darstellung benutzt haben.) Elemosinae an 18 Klöster 11 Pfd Reg. u. 336 Pfd. Pfeffer (10 Pfd kosten 1 Pfd. Reg.). Jährliche Pensionen an:

---

[1]) Die Beamten erhalten jährlich: der Vikar 200 Pfd., der Clavaire 30 Pfd., ein Subvikar 20 Pfd., 8 Läufer 32 Pfd., ein Richter 70 Pfd.

[2]) Er ist vorher Vikar in Avignon und wohl Himmelfahrt 1264 als Vikar nach Arles gekommen.

d) Expleta 970 Reg. u. 1548 Turn. (recepta bonorum venditorum Waldensium incarceratorum nebst Vermietung ihrer Häuser 576).

e) 100 Scheffel Getreide, 726 milleroles Wein.

Adémar v. Grignan 100, Barral de Baux 150, eidem pro communi 25 Wilhelm de Baux 100, Bertrand de Baux 50, Ranfortiat 25.

Beamte: Vikar 200, judex palacii 80, judex primarum apellationum 70, judex secund. apell., zugleich judex villae superioris 70, 2 judices curiae inf. à 60.

Sa.: 5864 Pfd. Reg.[1]) und 1548 Pfd. Turn.. d. h. 6574 Pfd. Turn.

Sa.: 2145 Pfd. Turn.[2]) u. 2912 Pfd. Reg., d. h. 4641 Pfd. Turn.

Überschufs: 1933 Pfd. Turn.

IV. Ballei Draguignan.

Einnahmen:
Molendina, tasca, lesda, recepta denariorum etc. 377, Cavalcata 285, Alberga 314, Expleta 662.

Ausgaben:
100 balistarii missi apud Niciam mandato Senescalli 7 Tage: 29, 3, 4 (1 balist. pro Tag 10 Denare). Berald de Castellane bajulo pro ambass. quam fecit mandato Senesc. apud Montemferratum et alibi in Lombardia pro 35 Tage 8, 5, 10 (also pro Tag 5 Solidi).

Sa.: 1638.

Sa.: 599.

Überschufs: 1039 Pfd.

V. Vikarei Hyères.

Einnahmen:
Verkäufe von Getreide und Wein; Recepta denarior., cavalc. 323, Expleta apud Arcas und apud Tholonum (351).

Ausgaben:
100 balistarii (wie oben) Expensa prisionum et captorum de Massilia et custodia eorum 15; Baj. von Toulon 18.

Sa.: 674.

Sa.: 397.

Überschufs: 277 Pfd.

VI. Balleien Brignoles u. S. Maximin.
(Rechnungen zusammen, aber 2 Ballis.)

Einnahmen:
Recepta Denariorum 111, Alberga 102, Cavalcata 208, Expleta 325.

Ausgaben:
Balist. wie oben.
2·Kühe für Beatrix gekauft 4½; Uxori Guigonis de Baucio faiditi, quod intravit Massiliam, super restitutione dotis mandato Senescalli 10.

Sa.: 747.

Sa.: 337.

Überschufs: 410 Pfd.

---

[1]) Angegeben: 2951⅓ Reg. quae valent 2529⅔ Tur., also 1 Pfd. Reg. gleich ⁶/₇ Pfd. Tur.

[2]) Blancard (Ind. II, 1) liest falsch 2734.

VII. Vikarei Grasse.

Einnahmen:

Expleta (de debitis, quae debentur d. Maurello, quae celata fuerant curiae propter guerram Bonifacii; de averi commisso d. comiti propter guerram d. Bonifacii).

De servicio tablarum macelli in minutione roquae Castellane.

Sa.: 452.

Ausgaben:

Pro portis aptandis in rupe Castellane.

Pro operibus factis in castro Cast. et lapidibus ingeniorum deferendis in roquam.

Judici Grass. pro judicatura Castell·

Sa.: 122.

Überschufs: 330 Pfd.

VIII. Ballei Digne.

Einnahmen:

servicia, quista annalis etc. 733, cavalcata, alberga 427, expleta 579. De episcopo Dign. pro parte solutionis officialium curiae 20.

Sa.: 1975.

Ausgaben:

Expensa judicis, clavarii et notariorum eundo per bajuliam pro inquisitionibus et condemnationibus faciendis. Pro quodam bannerio de armis comitis empto per bajulum Dign., quando duxit milites in Lombardiam. Pro postibus missis apud Castellanam pro reficienda capella. — Pro exp. judicis et missorum in Lomb. pro quadam inquisitione mandato comitis per L dies, quibus fuerint tam ibidem, quam sequendo curiam comitis per Prov. — Balistarii nach Nizza (wie oben), missi in Lomb., cum Senesc. illuc ivit, cum habuisset gadium in Lomb.

Sa.: 527.

Überschufs: 1448 Pfd.

IX. Ballei La Seyne[1]).

Einnahmen:

Census annonae, Cavalcata 03, Alberga 88 etc. Expleta.

Sa.: 320.

Ausgaben:

Balist. nach Nizza (wie oben). Für zwei in La Seyne gefangene Marseiller, die durch einen Kurier nach Aix gebracht wurden, 7 Pfd. Pro exp. march. Montisferrati apud Seden. quum recessit a d. comite 10 Pfd.

Sa.: 75.

Überschufs: 245 Pfd.

---

[1]) Die Ballei Gap, welche noch 1245 erwähnt wird (s. Anhg. n. III) findet sich jetzt 1264 nicht mehr.

X. Ballei Barcelonnette.

Einnahmen:
(de censu terrarum comitis 5 Pfd.)

Ausgaben:
Pro nunciis cuntibus et redeuntibus de Lomb. in Prov. — Nunciis cum litteris comitis. — Pro custodibus montium, ne aliquis intraret Lomb. mandato comitis. — Pro exp. march. Montisferrati et Salutiarum et Cravesanc 13 Pfd. — Boveto pro suis gadiis et suo venire Aquis, pro via quam fecit in Lomb. mandato Senesc. ducendo servientes.

Sa.: 312.

Sa.: 111.

Überschufs: 201 Pfd.

XI. Ballei Sisteron.

Einnahmen:
Von Getreide (sextaria: annona, conseg., silig., ord., civat., legumina, nuces, amigdalae, vinum, fenum, faissiae. (Vom Wein aber an den Markgrafen v. Montf. 35 cupae; an Karl in Forcalquier 38; an Erzb. v. Aix u. Senesch., cum ibunt in Lombard 21 cupae). Recepta denar. 220 Pfd. Viann.[1) n. 91 Pfd. Turon., Cavalcata 144 Viann. Alberga 59 Viann., Expleta 429 Viann., 100 Tur.

Sa.: 950 Viann. u.
192 Tur.

Ausgaben:
Pro exp. Mass. captorum et detentorum. Für Karl 32, für march. Montf., Salut., Craves. 24. Öl für Beatrix. Roberto de Laveno pro suo redditu de novo dato eidem per comitem in Clavaria Sister. annuatim 50 Pfd.

Sa.: 242 Viann. u.
202 Tur.

Überschufs: 597 Pfd.

XII. Ballei Aix (Hugo Stacha ist Bailli).

Einnahmen:
Pedagium Gontardi.
In insula S. Genesii super piscariis G. de Baucio. — De bonis Andreae sartoris, qui interfecit uxorem suam, Aquis venditis. — Expleta per Fulcetum de G. de Baucio. — De bonis captorum de Massilia .... venditis[2) etc.

Ausgaben:
Pro balistis et armaturis portatis de Aquis usque Albaronum. — Nuncii in Franc. et Lombardiam. — Für Gaufr. Blancus, der als Bailli gesetzt ist ins Land des Hug. de Baux. — Wohlthätigkeits-Gaben (für die Minoriten wöchentlich nur 2½ Sol.). — Für Stacha, der vom Sen. nach Frkr.

[1) Viannenses dasselbe wie Regalen (Royaux coronats).
[2) S. o. S. 195, A. 2.

| Strafen pro furto pedagii. | geschickt ist. — Expensa in mittendis Massiliensibus per castra. — Pro custodes Mass., qui justiciati fuerant, cum exp. servientium Aqu. ductorum bis apud Mass. pro eadem causa 47. Item diversis notariis pro inquisitoribus et mandato eorundem; item pro avocatis vocatis per eosdem 6. |
| Sa.: 1631. | Sa.: 792[1]). |

Überschufs: 839 Pfd.

XIII. Ballei Apt.

Einnahmen:	Ausgaben:
	Pro quodam homine capto Mass. ducendo Aquis. — Pro quibusdam Lom. detentis apud Aptam pro eorum custodia et pro eundo Clavario apud Castellanam pro eodem negotio ad comitem.
Sa.: 181 Viann. u. 65 Tur.	Sa.: 27 Viann. u. 76 Tur.

Überschufs: 121 Pfd. Tur.

XIV. Ballei Puget-Théniers.

Einnahmen:	Ausgaben:
Iesda nundinarum etc.	8 Lomb. detenti. — 100 Servientes missi Niciam mandato Senesc.
Sa.: 790.	Sa.: 200.

Überschufs: 590 Pfd.

XV. Computus fratris Petri de Modio
(Über die gräfliche Landwirtschaft in Le Muy bei Draguignan.)

Grofse Getreidecernte:	
3800 sextaria Weizen	Nuntius missus in Franciam.
500 „ Roggen	
1200 „ Gerste und Hafer.	
aber wohl nicht verkauft, denn Einnahme nur 36 Pfd.	Ausgaben: Sa. 191.

Deficit: 155 Pfd.

XVI. Computus Ric. de Credulio.
(Über die Fischerei des Grafen in S. Rémy.)

| Auch hier keine Einnahme, also verkaufte Karl die Erträge seiner Fischerei nicht. | Ric. selbst hat jährlich 45 Pfd. Pro apenticiis factis juxta S. Rem. super Pischaria 41 Pfd. |
| | Sa.: 597[2]). |

Deficit: 597 Pfd.

---

[1]) Im Or. falsch addiert 712, Blancard folgt.
[2]) Im Orig. falsch 197, Blancard l. c. folgt.

XVII. Computus magistri Petri Gabellarii.
(Salzverkauf in S. Marie-au-mer.)

Einnahme:	Ausgabe:
1526 Scheffel Salz à 39½ sol. ver-kauft.	Mag. Peter 47½ Pfd.
	Pro d. Jac. Gantelmi apud Albaronum.
Sa.: 3014.	Sa.: 82 [1]).

Überschufs: 2932 Pfd.

XVIII. Computus Thomae de Berrone.
(Zollstätte und Salzverkauf in Arles.)

Einnahme:	Ausgabe:
Pedag. Arelat. quod recipitur ratione dominii Trolliae 1358. De Gabella salis ibidem (40 sol. pro modio). 2183.	4 Galeeren und 1 Barke repariert in Arles 548. Brot und Wein bei der Armatur 44, sonstige Armatur 280.
Sa.: 3783.	Sa.: 1008.

Überschufs: 2775 Pfd.

XIX. Computus Guil. Fulcherii
(Zollstätten bei Tarascon.)

Einnahme:	Ausgabe:
De grosso pedag. 416	G. Estendardo pro suo redditu 30. —
de minuto pedag. 46	19 Scheffel und 11 Barral Wein zur
de ponte pro parte comitis 46	Ausrüstung der Galeeren nach Mar-
Pedag. S. Gabrielis 23.	seille 96. — Der Steuereinnehmer
	hat 8. —
Sa.: 542.	Sa.: 210.

Überschufs: 332 Pfd.

XX. Salzverkauf in Berre.

Einnahme:	Ausgabe:
Verkauf in Berre, Vitrolles, Istres (3500 Scheffel) und Ausfuhr über Meer (450 Scheffel).	Salzkauf: 541 Pfd. Reg. (469 Tur.) (ungefähr der 6. Teil des Verkaufs).
	Andere Ausg.: 377 Pfd. Tur.
Sa.: 2736.	Sa.: 841.

Überschufs: 1895 Pfd.

XXI. Zollstätten von Les Pennes.

Einnahme:	Ausgabe:
Ped. gross: 150 Pfd.	
Sa.: 222.	Sa.: 24 [2]).

Überschufs: 198 Pfd.

---

[1]) Blancard l. c. führt den Überschufs von 2932 Pfd. als Ausgaben an. Man sieht nun hier, wie im folgenden, welch' enormen Gewinn das Salzmonopol bei ganz geringen Ausgaben brachte.

[2]) Im Orig. (u. bei Blancard) wieder der Überschufs für die Ausgaben genommen.

XXII. Zollstätten von Aix.

Einnahme:

Ped. gross: 626
Ped. min: 102
Ped. salis: 106
    Sa.: 896.

Ausgabe:

Salzkauf.

    Sa.: 125.

Überschufs: 771 Pfd.

XXIII. Salzverkauf in Toulon.

Einnahme:

Salzverkauf (5mal so grofs, als der Kauf.)
    Sa. 2586.

Ausgabe:

Salzkauf 523.

    Sa.: 663.

Überschufs: 1923 Pfd.

XXIV. Salzverkauf in Hyères.

Einnahme:

Die olla[1]) Salz kostet im Verkauf 3 sol, also bei der Gabella ein Verdienst von 450 pCt.

16 000 ollae verkauft.

    Sa.: 2526.

Ausgabe:

Die olla Salz kostet im Kauf $^2/_3$ sol. also beim Verkauf $4^1/_2$ mal so teuer.

    5154 ollae gekauft, 4548 ollae von der Saline Hyères nach der Gabella geschafft, wobei 46 Pfd. Transportkosten.

    Sa.: 713.

Überschufs: 1813 Pfd.

XXV. Salzverkauf in Grasse.

Einnahme:

Salzverkauf.

    Sa.: 512.

Ausgabe:

Salzkauf.

    Sa.: 381.

Überschufs: 131 Pfd.

XXVI. Salzverkauf in Nizza.

Einnahme:

Salzverkauf ca. 15 050 ollae.

Ausgabe:

Salzkauf: 8320.

    Nuntius nach Frankr. — Armatur einer Barke für Erzb. v. Cosenza. — Armatur einer Galeere, als Karl bei Castellane war. — do. andere Galeeren. — Item de den. liber. ad ta-

---

[1]) ca. 1 Hektoliter.

bulam campsorum pro conducendis ...
et aliis gentibus necessariis ad galeas,
cum comes debuit ire Romam. —
Redditus et Salaria.

Die Admirale Olivarius und Caissius jeder 30 Pfd. — 369 Pfd.

Sa.: 3287.   Sa.: 3859.

Deficit: 572 Pfd.

XXVII. Ausgaben des Seneschall Peter de Vicinis.

1) **Nuntii missi in Franciam** (ein Bote zu Karl, bei dem er 22 Tage bleibt; — cuidam nuntio magistri Dionysii venienti de Roma et eunti in Franciam).

2) **Andere Ausgaben:** (nuntio ducis Burgundiae capto pro restitutione 20 Pfd.).

3) **Mutuum per eundem:** d. G. de Braysilva; castellano Forcalquerii 20 Pfd., V. de Insula servienti d. comitis 25 Pfd.; d. B. de Pugeto, Senesc. Lombardiae missa et portata durch 2 Leute 2000 libr., d. Rayn. de Croyaco, cum ivit in Lombardiam circa fest. S. Martin 2000 libr., 3 Leute pro operibus galearum 200 Pfd., Barralo de Baucio 230 Pfd.

4) **Equi restituti.**

5) **Dona.** R. de Aurayson de 50 Pfd., quas ei dederat Karolus, cum fuit in Lombard. cum d. G. Estend. 30 Pfd., jaculatori march. Montisferrati 40 sol.

6) **Denarii traditi.** Barralo de Baucio super suo redditu 35, Abt Mich. v. Cluse 489, Beatrix von Mison 15.

Sa. der Ausgaben (nicht angegeben): 5437 Pfd.

XXVIII. Vikarei Nizza.

(Weihnacht 1263 bis Weihnacht 1264, sed de quibusdam bis Mai 1265;
R. de Croyac Vicar.)

Einnahmen:	Ausgaben:
1) Recepta bladorum	Nuncii in Lomb., Januam, Franc. 20. — Pro exp. d. Joh. Jord. venientis in Prov. pro arbitrio Provincialium et Januensium 11. — Pro exp. Jac. Caissii et clavarii venientium ad Karolum apud Valanzolam 3½. — Pro barcha locata pro nuncio Regis Franciae revertenti Roma. — Balistarii in mehreren Burgen. — Vikar hat 90 Pfd. jährlich.
2) Recepta denariorum 148	
3) alia Recepta (de peso bladi 33, de molendinis de mari 33, de Firma Ysiae 55) 360	
4) redemptio albergarum 43	
5) Cavalcatae 173	
6) Albergae 200	
7) Quista pro emptione terrae de Misone 700	
8) Albergae in comitatu Vintimiliae 130 Pfd. Januenses[1]), quae valent 87½ Pfd. Tur.	

---

[1]) Im Orig. falsch 128.

) Expleta: in bajulia Nic. 564, in
com. Vint. 282 Pfd. Januens, quae
valent 189¹/₂ Pfd. Tur.

Sa.: 2530 Pfd. Tur.

Sa.: 557:

Überschufs: 1973 Pfd.

Bilanz der Provençal. Verwaltung 1264:

Summa der Einnahmen:	41 120 Pfd. Tur.
	(ca. 615 000 Mk.)
Summa der Ausgaben:	24 120 Pfd. Tur.
	(ca. 360 000 Mk.)
Summa des Überschusses:	17 000 Pfd. Tur.
	(ca. 255 000 Mk.)

B. Urkunden.

*1. Friedrich II. verbietet dem Podesta und der Kommune von Arles, auf
Bitten des anwesenden Hugo von Baux, von den Leuten desselben un-
rechtmäfsige Zölle und Steuern zu erheben und den Kaufverkehr derselben
mit den Bürgern von Arles zu stören. Tarent, 2. Juni [1228].*

Fredericus, dei gratia imperator semper augustus, Jerusalem et Siciliae
rex, Potestati et universitati Arelatensibus fidelibus suis graciam suam et
bonam voluntatem. Constitutus in presentia nostra Hugo de Baucio, fidelis
noster, humiliter supplicavit, ut ab hominibus suis vel ab aliis pro eis pedagia,
citas et exactiones indebitas, quae a nobis vel antecessoribus nostris statuta
non fuerant, non permitteremus auferri; praeterea idem addidit postulando,
ut homines suos res proprias vendere sive alias emere a civibus Arelatensibus et extrahere de civitate Arelatensi res suas non prohiberetis, nec exi-
geretis ab eisdem hominibus ea, quae rationabiliter non potestis etiam nec
debetis. Quapropter justis petitionibus ejusdem Hugonis, fidelis nostri, aures
favorabiles exhibentes, fidelitati vestrae precipiendo mandamus, quatenus pedagia supradicta, citas et alias exactiones indebitas, quae a nobis vel antecessoribus nostris statuta non fuerant, ab hominibus ejusdem Hugonis, fidelis
nostri, vel ab aliis pro ipsis non praesumatis auctoritate propria extorquere,
ut iterato exinde praefatus Hugo, fidelis noster, juste conqueri non cogetur.
Datum Tarenti, II. m. Junii, primae indictionis [1]).

----

[1]) Dieses unbekannte Kaiser-Diplom, obwohl nicht mit der Arbeit zu-
sammenhängend, sei hier abgedruckt. Es hat kein Jahr, nur die Indiktion,
gehört jedenfalls zu 1228. Regest bei Barthélemy (Inv. des Baux n. 225),
dessen Güte die Abschrift zu danken ist. Wenn er aber (ib. n. 428) dieselbe
Urkunde mit derselben Datierung zu 1258 setzt und auf Richard von Cornwallis bezieht, weil in einem Transsumpt R für F. geschrieben ist, so ist
daran natürlich nicht zu denken, sondern allein Nachlässigkeit des Schreibers
anzunehmen.

*2. Vertrag zwischen Raimund Berengar V. von Provence und dem Podesta
und Kommune von Avignon, unter Vermittlung des Zoën, Erwählten von
Avignon, gegen alle Feinde des Papstes und der Kirche, zugleich Defen-
sivbündnis. Avignon, 11. Juli 1241.*

Notum sit omnibus, quod anno domini MCCXLI scilicet V. Id. Jul. existente
in civitate Avinione potestate domino Isnardo Audegerio. In nomine sanctae
et individuae trinitatis, et ad honorem dei et gloriosae Beatae Mariae virgi-

nis et omnium sanctorum et sanctarum, ad honorem pariter sanctae Romanae
ecclesiae et. ut status illustris viri domini Raimundi Berengarii, dei gratia
comitis et marchionis Provinciae et comitis Furcalquerii, et ecclesiae et civitatis Avinionis ad servicium sanctae matris ecclesiae de bono in melius re-
formetur, confederationem, convencionem seu pactum in modum infra anota-
tum fecerunt contra inimicos et persecutores ecclesiae et ad honorem et exaltationem amicorum et defensorum ejusdem sub hac forma.

Nos Raimundus Berengarius dei gratia comes et marchio Provinciae et
comes Furcalquerii bona fide et sine omni fraude et malo ingenio promittimus per stipulationem sollempnem vobis domino Zoen Avinionis electo
nomine ecclesiae Avinionis recipienti et vobis Isnardo Audegerio potestati
Avinionensi nomine civitatis Avinionensis recipienti et per vos eidem civitati et omnibus et singulis de dicta universitate: quod nos toto posse nostro
cum armis et sine armis juvabimus et manutenebimus ecclesiam Avinionis et
terram et jurisdictionem ipsius et civitatem Avinionis et ejus districtum et
jurisdictionem et omnes et singulos cives ejusdem civitatis contra omnes inimicos et persecutores Ecclesiae; intelligimus ut persecutorem et inimicum
ecclesiae, quem dominus Papa aut legatus illius terrae de speciali mandato
ipsius domini Papae aut dominus Zoen Avinionensis electus, quandiu fuerit
electus et etiam cum fuerit consecratus et factus Episcopus, denunciabit aut
· dicet absque aliqua causae cognicione. Dicto autem electo decedente aut ex
aliqua causa ab Avinionis ecclesia discedente promittimus et tenemus ex
pacto inter nos et vos habito in communem convenire personam, cujus arbitrio
stet, quis fit persecutor aut inimicus ecclesiae. Item promittimus vobis electo
et potestati praedictis et per vos ecclesie et universitati praedictis, quod si
dicta ecclesia aut civitas guerram habet cum aliquo eut aliquibus, qui etiam
non esset aut non essent persecutor aut persecutores aut inimicus aut inimici ecclesiae, non juvabimus illum aut illos, qui haberet aut haberent
guerram cum ecclesia et civitate praedictis, nec permittemus, quod subvenia-
tur illi aut illis de personis aut rebus de terra nostra, in quibus jurisdictionem habemus aut posse aliquod; immo quantum poterimus impediemus
et disturbabimus quod per totum posse nostrum nullus transeat nec per terram nec per aquam cum armis aut sine armis contra ecclesiam et civitatem
praedictas. Item promittimus vobis et per vos ecclesiae et universitati praedictis, sicut vos potestas nomine dictae universitatis et ipsa universitas nobis
promisistis, praedictas promissiones seu convenciones de triennio in trienium
sacramento de novo praestito innovare.

Quod autem omnia supradicta universa et singula firma et irrevocabilia
habeamus et teneamus et verbo aut tacto contra non veniamus supra sancta
dei evangelia a nobis corporaliter tacta vobis juramus et ad majorem rei
firmitatem juratores infrascriptos vobis et per vos dictae universitati damus:
scilicet Cotingnacum. Romeum de Villanova Jacobum Gantelmum. B. de
Alamannone. R. de Aligno. de Aqueria. Ermengardum Dardium. Isnar-
dum Aicardum. Motetum. Vigonem Bonardum. Petrum Ganfridum. Isnar-
dum Ugolinum. Florencium. Petrum Fulconem. Raimundum Gantelmum.
Amicum de Tarascone. Alfantium de Tarascone. Gaufridum Arlatanum.
Bonafilium. Raim. Dalmacium de S. Georgio¹). et nos Romeus, Cotingnacus
et ceteri supradicti promittimus bona fide vobis potestati praedicto et per

vos dictae universitati civitatis Avinionis nos curaturos et effecturos, quod dominus comes praedictus omnia supradicta et singula compleat firmiter et attendat et contra non veniat, et super sancta dei evangelia vobis domino electo et potestati praedictis juramus.

Et nos Isnardus Audegerius potestas Avinionis nomine ipsius universitatis et nos de ipsa universitate congregati in publico parlamento ad sonum campanae et tubae more solito similem promissionem in omnibus et simile sacramentum vobis domino comiti praedicto fecimus, quo promisimus et juravimus quod quemlibet Rectorem aut Rectores Civitatis Avinionis promissiones seu convenciones praedictas in principio sui regiminis jurare faciemus et inviolabiliter observare; praeterea nos dictus Comes et potestas praefatus ad perpetuam rei memoriam jussimus praesentem cartam sigilli nostri et bullae civitatis Avinionis munimine roborari. Factum fuit hoc in stari domini Avinionis Episcopi in praesencia domini electi praedicti . . . (Folgen Zeugen und Notariatsformel[2]).

---

[1]) Wir heben nur die wichtigeren Namen hervor.
[2]) Für den Zusammenhang vgl. Sternfeld, Arelat 125, 130 u. o. S. 9.

3. *Der Bailli von Aix schwört der Beatrix, Wittve des eben verstorbenen Raim. Ber. von Provence, im Namen der Kommune von Aix, ihre Rechte, Länder und Einkünfte zu schützen und ihre Tochter Beatrix nicht gegen ihren Willen verheiraten zu lassen. (Aix), 12. September 1245.*

Anno domini MCCXLV, Pridie Idus Septembris. Notum sit omnibus tam praesentibus quam futuris quod ego Perissolus Bajulus civitatis Aquensis promitto vobis bona fide dominae B. comitissae et marchionissae Provinciae et comitissae Forcalquerii nomine meo et nomine promilitum (sic) et proborum hominum civitatis Aquensis, personam vestram et honorem vestrum et terram et redditus vobis per d. Raim. Ber. comitem et march. Prov. et c. Forc. clare memorie quondam maritum vestrum datos seu relictos, scilicet tam comitatum Forc. quam terram Vapicensis bajulie a castro Scale[1] supra, et generaliter alios redditus seu castra et res alias quae et quas habetis et possidetis infra comitatum Provinciae ab omni homine et hominibus, Principibus baronibus, seu aliis quibuscunque universitatibus communibus seu singularibus personis vobis salvare defendere et tueri et vobis in omnibus consulere bona fide et auxilium impertiri; et quod dominam B. filiam vestram non maritabimus nec maritari patiemur, quin vestrum consilium primitus requiramus, et in antea quando dictam dominam B. filiam vestram maritus futurus habeat in posse . . . securitate seu . . . . datione vobis per juramentum et bonos fidejussores praestita, secundum quod melius ex parte vestra dictari potest, ... praemissis omnibus vobis in pace sine contentione vel injuria aliqua ad vitam vestram defendendis dimittendis . . . salvandis et vobis facto juramento a decem baronibus comitatus Provinciae, quos eligere volueritis, qui . . . . . . supradictorum omnium vel aliquo ipsorum ipso jure sint absoluti a fidelitate mariti filiae vestrae et vobis sicut vassalli tenentur adhaerere. Supradicta autem universa et singula ad majorem firmitatem juro super sancta evangelia bona fide . . . . . . observare attendere et complere . sigillum proprium praesenti cartae apponi feci in testimonium ...... anno et die praedictis[2]).

---

[1]) L'Escale a. Durance, unterh. Sisteron.
[2]) Von dieser zerrissenen und beschädigten Urkunde findet sich ein Bruchstück bei Papon (II pr. n. 69); die zweite Hälfte läfst sich kaum restituieren. Vgl. o. S. 15.

4. *Papst Innocenz IV. erlaubt dem Prinzen Karl auf seine Bitte, sich mit einer Frau, die ihm im 4. Grade verwandt sei, zu verheiraten. Lyon. 28. Dezember 1245.*

Innocentius episcopus servus servorum dei dilecto filio nobili viro Carolo Germano Carissimi in Christo filii nostri illustris Regis Francie salutem et apostolicam benevolentiam. Cum summus pontifex, collatis sibi in persona beati Petri ab eo, qui eterna providentia celestia simul et terrena disponit, clavibus Regni celestis ligandi obtineat pontificium et solvendi, nonnunquam supra jus de jure dispensans necessitatis vinculum, quo ad ipsius juris observantiam cuncti tenentur, laxat provide de sue potestatis plenitudine circa quosdam, cum urgens necessitas exigit vel evidens utilitas maxime publica persuadet, nulla interveniente acceptione indebita personarum, quia non est reputandum deferri persone, cum pro loco et tempore non privati sed publici commodi gratia et presertim ......[1]) consideratione servicii quicquam alicui sine juris injuria indulgetur. — Hinc est quod nos, tuis supplicationibus inclinati, tecum, ut cum aliqua nobili muliere, quae de quarto consanguinitatis vel affinitatis gradu contingat, matrimonium licite contrahere valeas, gradu hujusmodi non obstante, auctoritate apostolica dispensamus. Nulli ergo omnino hominum liceat hanc paginam nostrae dispensationis infringere vel ei ausu temerario contraire. Siquis autem hoc attemptare praesumpserit indignationem omnipotentis dei et beatorum Petri et Pauli Apostolorum ejus se noverit incursurum. Datum Lugduni. V. Kal. Januarii Pontificatus nostri anno tertio[2]).

[1]) Fleck.
[2]) Vgl. o. S. 22.

5. *Der Rat von Marseille sendet 10 Gesandte an Karl, welche Vollmacht haben, über die Rechtsansprüche, die der Graf betreffs der Stadt erhoben hatte, mit ihm zu unterhandeln. Marseille, 19. März [1246]').*

Illustri ac potenti domino Karolo dei gratia comiti et marchioni Provinciae ac comiti Forcalquerii Consilium Massiliense tam consiliariorum quam capitum misteriorum civitatis Massiliensis salutem et cunctorum successuum largissimam hubertatem.

Cum ex narratione nobilis viri Raynaldi de Sancto Medardo nobis ex parte Vestrae magnificentiae destinati, sicut in Vestris litteris de credentia continetur, intelleximus manifeste, quod apud Aquas pro recognoscendo jure, quod in civitate Massiliensi noscimini vos habere, sufficientes nuntios , ...[2]), nos vero nobilitati vestrae honorem quam plurimum facere intendentes ...[3])

discretos et nobiles cives nostros ante nobilitatis vestrae praesentiam ob hoc
elegimus transmittendos. verbis quorum ex parte universitatis Massiliensis
propositis coram vobis fidem plenissimam dignemini adhibere et sicut nostris
propriis habeatis, quia, quicquid ab ipsis supradictis exit, actum ratum habebimus perpetuo atque firmum. Massiliae, XIV Kal. Apr.

---

[1]) Ohne Jahr, vgl. o. S. 35 A. 2.
[2]) Lücke.
[3]) Folgen 10 Namen. darunter Albert von Lavagna.

*6. Karl einigt sich mit seiner Schwiegermutter Beatrix über die Einkünfte
der Grafschaft Provence so, dafs er zwei, sie ein Drittel derselben erhalten soll; im übrigen soll das Testament R. Berengars V. gelten. Pontoise, 9. März 1248.*

Karolus filius Regis Franciae, Andegaviae et Provinciae comes. Notum
facimus universis praesentes litteras inspecturis quod cum Nobilis mulier et
Karissima domina et mater nostra B. comitissa Provinciae a nobis peteret
usumfructum terrae tocius comitatus Provinciae sicut in testamento bonae
memoriae R. Berengarii quondam comitis Provinciae continetur tandem inter
dictam dominam Comitissam et nos fuit compositum amicabiliter in hunc
modum:

Videlicet quod nos tenebimus dictam terram excepto doario ipsius dominae comitissae et excepta terra quam ipsa tenebat quando dominus comes
defunctus decessit, et de qua ipsa tunc erat in possessione vel sesina. Et
habebimus duas partes omnium proventuum terrae praedictae et dicta domina
Comitissa terciam partem. Ita tamen quod expensae, quae fient pro custodia
castrorum pro Senescallo, Judicibus, Ballivis et aliis officialibus dictae terrae
nostrae et etiam quae fient pro guerra et pro conservatione et pro defensione
terrae seu recuperatione jurum terrae, fient de communi obventione proventuum terrae. Super quibus omnibus credetur bonae fidei nostrae et dicto
nostro vel juramento senescalli aut illius qui loco nostri (sic) fuerit pro
tempore si presentes non essemus in terra.

De toto autem residuo proventuum et gausidorum terrae debet habere
dicta domina comitissa terciam partem exceptis donis quae fient gratis nobis
vel comitissae Provinciae filiae suae uxori meae. ita tamen quod communes
obventiones terrae propter hoc non dimittantur. et exceptis etiam questis
quae fient in istis sex casibus: videlicet si iremus in subsidium terrae
Sanctae. si nos essemus novus miles vel filius noster novus miles fieret. si
filiam nostram maritaremus. si emptionem terrae faceremus excedentem
summam mille marcharum argenti. si iremus ad imperatorem vel si imperator veniret in terram Provinciae. Verumptamen de questa tantummodo
quae fiet ad praesens pro cruce nostra debet habere dicta domina comitissa
duo milia librarum Viennensium hoc tamen salvo quod solutio istius pecuniae non possit nocere nobis alias in casu consimili, vel aliis sex casibus
supradictis, quia ipsa domina comitissa de cetero in isto casu seu aliquo
praedictis casibus nihil percipiet in dictis questis; pro supradictis autem expensis non tenetur eadem domina comitissa nisi in quantum se extendent

fructus tertiae partis quam ipsa debet habere quolibet anno, ut est dictum. In dicta vero tertia parte nichil percipiet eadem domina comitissa si ipsam maritari contingat.

Ceterum nos ponemus senescallum Judices Ballivos et alios officiales dictae terrae, quoscumque voluerimus, et jurabit Senescallus, quod jura dictae dominae comitissae ad terciam partem quam ipsa habebit, ut supra dictum est, pertinentia fideliter servabit, et reddet eidem ipsam terciam partem sicut est superius ordinatum terminis inferius annotatis. Videlicet ad festum Nativitatis beati Johannis Baptistae et ad sequens festum St. Michaelis. et ad festum purificationis beatae Mariae proximo subsequentis. Praetera nos non tenemur reddere dictae dominae comitissae aliquid pro omnibus arreragiis proventuum dictae terrae usque ad tempus istius praesentis compositionis· Insuper debita legata forefacta et extorsiones dicti comitis defuncti quae legitime probari poterunt solventur secundum quod in testamento ipsius comitis continetur. In cujus rei testimonium praesentes literas sigillo nostro fecimus sigillari. Actum apud Pontisaram anno domini millesimo ducentesimo quadragesimo septimo die lunae post dominicam qua cantatur Invocavit me [1]).

[1]) S. o. S. 30.

7. *Der Rat von Marseille bestätigt den Vergleich, der durch Vermittlung des Kardinallegaten von Alba zwischen der Stadt und dem Seneschall des Grafen von Provence geschlossen war.*

S. Victor bei Marseille, 20. Dezember 1249.

Universis praesentes literas inspecturis Raimundus Capellerius major judex communis Massiliensis et consilium generale tam consiliariorum quam capitum misteriorum civitatis Massiliensis salutem et cunctorum successuum largissimam hubertatem. Noveritis quod nos compositionem inter communem Massiliensem seu cives ejusdem ex una parte et nobilem virum dominum Johannem de Cornillione senescalcum Provinciae et discretum virum Magistrum Philippum capellanum domini Comitis Provinciae ex altera factam, prout in litteris reverendi patris in Christo domini Albanensis Episcopi sigillo ejus proprio sigillatis continetur, approbantes et laudantes eam pro communi Massiliensi et eam ratam et firmam tenere, observare et contra non venire bona fide promittimus prout in ipsis litteris continetur. In cujus rei testimonium praesentes litteras sigillo communis roboratas domino senescalco et magistro Philippo pro dicto domino comite Provinciae recipientibus duximus concedendas. Datum Massiliae in monasterio Sancti Victoris anno MCCXLIX XIII. Cal. Januarii [1]).

[1]) S. o. S. 65.

8. *Karl erhält auf die Dauer seines Krieges mit Arles die Camargue und 2 Burgen von seiner Schwiegermutter Beatrix.*

Alais, 13. November [1250][1]).

Nos Karolus filius Regis Franciae Andegaviae et Provinciae comes notum facimus universis tam praesentibus quam futuris quod nos castrum de

Albaroni, castrum Beatae Mariae Maris et terram de Camergiis, quae castra et quam terram Karissima domina et mater nostra B. marchionissa et comitissa Provinciae ac Forcalquerii comitissa nobis . . . .[2]) et tradidit, contra inimicos nostros tenemus et promittimus nos eidem penitus reddere ac etiam deliberare [quando] guerra nostra Arelatensis finietur. In cujus rei testimonium praesentes literas sigillo nostro fecimus roborari. Datum apud Alestum die Jovis proximo post festum beati Martini hiemalis.

---

[1]) Ohne Jahr, s. o. S. 67.
[2]) Lücke.

9. Vertrag, durch den sich die Republik Arles der Herrschaft des Grafen Karl unterwirft. Tarascon, 30. Aril 1251.

Noverint universi praesentes pariter et futuri, quod, cum inter virum illustr. Karolum d. gr. comitem Andegaviae et Provinciae ex parte una et cives Arelatenses ex altera longa fuisset discordia, tandem dicti cives saniori ducti consilio eidem d. c. reconciliari cupientes ad plenam [satisfactionem] miserunt ad ipsius presentiam viros providos et discretos concives suos sollempnes nuntios infrascriptos videlicet: Raymundum Ferreolum, Poncium Gailhardum, una cum Bertrando Rostagno rectores civitatis ejusdem, Bertr. de Monteolivo, Petrum Aurellam et Petrum Gaufridi milites, Bernardum Chabertum, Audebertum de Besossa et Natalem probos homines civitatis ejusdem, qui publicum instrumentum d. comiti praesentaverunt factum per manum Guilelmi Hespinelli notarii Arel. et sigillo communis Arel. nihilominus roboratum, cujus tenor hic est:

Anno ab inc. d. MCCLI scilicet tertio Kal. Maji d. Bertr. Rostagno Raymundo Ferreolo et Poncio Gailhardo existentibus rectoribus Arel.: Nov. univ. praes. paginam inspecturi, quod universo consilio tam generali quam capitum misteriorum Arel. ad sonum campanae in aula palatii communis Arel. more solito congregato placuit ex deliberatione communi, qnod, quicquid cum ill. d. K. d. G. comite P. et And. super concordia et pace facienda firmanda et habenda R. Ferreolus, Poncius Gailhardus, Rectores praedicti, Petrus Aurella, Bertr. de Monteolivo, Petrus Gaufridus milites, Bernardus Chabertus, Audebertus de Besossa, et Natalis ambaxatores communis Arel. dixerint tractaverint fecerint seu firmaverint, ratum atque firmum per pred. consilia et universitatem Arel. perpetuo habeant et dederunt eisdem ambaxatoribus pred. consilia plenam et commodam potestatem disponendi et conveniendi de civitate et juribus communis Arel. cum d. d. comite sicut eisdem ambaxatoribus videbitur expedire. Et ad maj. rei firmitatem ambo cons. suprad. pres. cartam jusserunt sigillo communis Arel. munimine roborari. Acta fuit hoc in aula palatii communis Arelatis (et) hii testes interfuerunt: (10 Namen) et quamplures alii. Et ego Guill. Hespinelli publ. Arel. notarius, qui de expresso mandato utriusque consilii suprad. hanc cartam scripsi et signum meum apposui.

1) Post multos ergo tractatus cives Arel. sollempnes nuntii suprad. videntes, sibi et suis expedire communibus ejusdem d. comitis gratiam nec sub alio vel per alium de parte sua posse consistere civitatem praesertim

propter bella intestina et strages retroactis temporibus commissa pluries de eadem, et deliberato consilio non inducti terroribus sive minis, sed ejusdem d. comitis firmum habentes guidaginm euudo stando et libere redeundo, nullo dolo vel circumventione seducti, nulla vi metuve compulsi sed gratis et salutis suae civitatis intuitu, tam suo quam totins universitatis Arel. nomine ultra omne jus quod in Arelate d. d. comes habere poterat aut debebat, se et concives suos omnes tam civitatis quam burgi et ipsam civitatem et burgum ejusdem domini comitis et heredum suorum in perpetuum dominio, jurisdictioni mixto et mero imperio subjecerunt, omnia bona et jura communis civitatis ejusdem quae in praesentia aut habet aut possidet vel alius ejus nomine aut habere aut possidere debet seu potest nunc et in posterum iu eundem d. comitem et suos heredes in perpetuum, ex causa donationis gratuite transtulerunt. Et nominatim quicquid habet commune dictae civitatis infra civitatem aut burgum aut suburbia in financiis aut justiciis domibus censibus et usaticis, quicquid etiam habet in toto suo districto scilicet jurisdictione et banno pascuis piscationibus aquis et aquarum decursibus stagnis paludibus nemoribus et venationibus et terris cultis aut incultis et in castro Auriculae et in toto ejus districtu et in castro Castelleti Montis majoris et alibi ubicumque. Hec autem omnia d. comiti et suis heredibus in perpetuum libere concesserunt, salvis suis libertatibus et privilegiis inferius annotatis et per eundem d. c. approbatis.

2) Juraverunt etiam eidem d. c. et suis heredibus in perpetuum fidelitatem et vitam et membra ipsius et suorum officialium et jura ejusdem bona fide totis viribus defendere et salvare, et dampna ei cohercere pro posse et ea si scirent eidem vel locum suum tenentibus revelare.

3) Juraverunt insuper quod super hiis que ad pacem pertinent civitatis et specialiter super emendis seu satisfactionibus, si quas ipse d. c. fieri jusserit quibuscumque personis aut alii quibus idem d. c. vices suas commiserit in hac parte stabunt mandato et mandatis ejusdem d. c. aut eorum quibus istud commiserit uno aut diversis temporibus proferendis. Juraverunt etiam se bona fide curaturos et effecturos quod haec omnia tam consilia civitatis quam ipsa universitas approbabunt et juramento confirmabunt. Libertates vero seu privilegia seu liberalitates retentae a dictis civibus et ab eodem d. c. ipsis et per eos universitati Arelatensi indultae sunt haec:

4) In primis siquidem debet d. comes in civitate predicta vicarium suum ponere extraneum et non civem ibi per annum continue moraturum nisi ex causa justa eum exire contingat. Similiter et duos judices; et tam vicarius quam ipsi judices jurabunt in publico parlamento in principio sui regiminis jus reddere sine personarum acceptione tam civibus quam extraneis in eorum curia conquerentibus seu etiam litigantibus et ab omni munere manus suas excutere exceptis esculentis et poculentis a jure concessis.

5) Justicias autem curiae seu condempnationes vel bannum d. c. aut ejus vicarius non poterit vendere nec vicarium seu judices ibi continue ultra unum annum tenere.

6) Item debet ipse aut ejus vicarius in principio sui regiminis consiliarios juratos eligere tam milites quam probos homines ita, quod tot eligat de militibus, quot de probis hominibus; qui omnes jurabunt fidele ei dare consilium et secretum tenere quando et quotiens fuerint requisiti.

7) Item debet d. c. vel ejus vicarius levatarios cives Arelatenses eligere pro levatis aptandis et faciendis et etiam custodiendis, et existimatores ad dandum bona debitorum creditoribus in solutum, et alios officiales scilicet notarios et aparitores quos consuetum est fieri in curia Arelatensi.

8) Item d. d. c. vel aliquis curialis ejus non poterit facere interdictum civibus Arelat. de blado extrahendo de Arelate; illud tamen vendere non poterunt hostibus d. comitis; et si immineat guerra civitati Arel. retinebunt bladum ad sufficientiam civitatis Arel. et districtus; vel si d. c. eat in perigrinationem transmarinam poterit facere interdictum.

9) Item d. c. vel ejus vicarius vel aliquis curialis de curia Arel. non poterit facere questam vel toltam in Arel. a civibus Arel., nec etiam eos compellere ad mutuum faciendum, nec aliquam exactionem novam seu superindictionem vel pedagium novum facere.

10) Item d. d. c. vel ejus vicarius, qui pro tempore fuerit in Arelate non poterunt aliquem civem Arel. causa ostagiorum extra civitatem mittere

11) Item quod capti qui sunt in Arelate vel in terra d. d. comitis hinc inde restituantur. Et si qua manulevatio hincinde esset facta, quae adhuc soluta non esset, hincinde remittatur.

12) Item dom. comes absolvit fidejussores datos a communi Arel. vel ejus nomine domino Amalrico de Tureyo quondam senescallo Provinciae in tribus milibus librarum occasione insultus facti in Cravo.

13) Item concedit d. c. civibus Arel. quod sint liberi et immunes in pedagiis de Trolia, Sancti Gabrielis et de Albarone.

14) Item cives Arel. communiter debent facere cavalcatas semel in anno eidem d. c. ad quadraginta dies per viginti leucas, ubicumque voluerit in Imperio, nec poterunt dicti cipis compelli ad cavalcatam in pecunia redimendam; milites autem et probi homines equos cum armis habentes, quandocumque ibunt cum d. comite vel ejus locum tenente, habebunt ab eo stipendium sive vadia et tantum habebit de stipendio probus homo quantum miles.

15) Item promittit d. d. c. salvare et defendere personas et possessiones et jura civitatis Arel. quaecumque habent dicti cives et ubicumque sint infra civitatem vel extra. Ita quod nomine alicujus commissi praeteriti usque in praesentem diem d. c. seu ejus curia non possit gravare aliquem civem Arel. vel dampnum inferre in personis vel rebus; etiam si forestati fuerint seu banniti, immo possint in civitatem redire liberi et a banno et condemnatione immunes, nisi pro proditione vel homicidio fuerint forestati.

16) Item balistae et alia arma quae pertinent ad commune Arel. non exeant de Arelate, sed ibi remaneant ad defensionem civitatis Arel.

17) Item siqui cives Arel. eligerentur per d. c. vel ejus curiam ad eundum in ambaxariam, d. d. c. vel ejus curia provideant eis in expensis.

18) Item de venditionibus seu alienationibus reddituum communis Arel. factis ad tempus, quod nondum est completum, per potestates seu rectores quondam Arel. ordinatum est, quod d. c. eas ratas habeat si voluerit, alioquin. eis irritatis, conservet emptores indempnes in pretio quod inde solverunt, ita tamen quod fructus inde perceptos sibi computent in solutum. De debitis vero quae d. Raim. Berengarius debebat ut dicitur civibus Arel. Provinciae

quondam comes necnon et de debitis quae commune civitatis ejusdem debere dicitur quibuscumque personis, remanet in cognitione Albae de Tharascone militis et Vicedomini camerarii Biterrensis et Guidonis Fulcodii; et quae ipsi solvenda cognoverint, d. c. supradictus persolvat.

19) Item concedit d. c. quod sisa eminarum pro manutenendo ponte a civibus constituta cesset omnino; si tamen pontis redditus ad ipsum manutenendum non suppeterint cives providere debent quod manuteneant sine ipsius d. c. sumptibus sen expensis.

20) Ne autem super praemissis interpretatione sinistra dubitatio oriatur declarat d. c. quod venationes et nemora pascua et paludes quorum usus cuilibet de populo Arel. vel personis aliquibus competebat non intelligit ex donatione praedicta sibi appropriata nec in jus suum translata, sed illis utantur libere quibus utendi jus antea competebat.

21) Quia vero dampna plurima faiditis Arel. a suis concivibus in domibus et in rebus aliis illata noscuntur, quibus d. c. vult fieri competentem et moderatam emendam, actum est et concorditer ordinatum, quod quicquid invenietur de bonis faiditorum penes quamcumque personam Arel., dum tamen nec affixum sit hedificio nec injunctum, restituatur eisdem. De aliis vero fiat eis emenda arbitrio bonarum personarum quas d. c. eliget moderanda. In quarum erit arbitrio quot et quibus faiditis et quibus ex causis et a quo tempore et per quos terminos fiet emenda, quae siquidem fiet de communi tallia, in qua illorum patrimonia nihil conferent quibus fiet emenda.

22) Item rapinas factas tam in trossello quam in rebus aliis in stratis publicis terrae vel aquae a festo St. Andree citra emendent si qui eas inter se diviserunt; alioquin solvantur de tallia communi. Paci autem civitatis et securitati personarum d. c. providebit ad plenum. Et vult, quod de raubaria, quam Barralus de Baucio habuit et pro qua bona sua communi Arel., ut dicitur, obligavit, satisfiat de bonis ejusdem Barrali quae a d. d. comite non tenebat nec ab aliis quae tenebat ab ipso d. c. memorato.

23) D. igitur comes praedictus haec omnia et singula laudans approbans et confirmans dictos cives in suos recipiens eisdem et per eos universitati praedictae gratiam suam restituit, dimittens eis rancorem et offensam et dampna sibi et terrae suae data per eos, salvis mandatis per ipsum adhuc proferendis, nominatim excipiens ab omnibus supradictis Barralum de Baucio sive cives sit Arel. sive non, et totam terram ipsius.

Ad horum autem perpetuam firmitatem d. c. praesentem paginam sigilli sui praecepit munimine sigillari. Acta fuerunt haec in castro Tarasconis in solio novo. Anno domini incarnationis MCCLI pridie Kal. Madii. Testes interfuerunt d. Guil. d. g. Episcopus Aurelianensis, Henricus de Solliaco Theobaldus d. Blassonis, Petrus de Bellaco miles. Garinus de Dinis, Guido miles dominii Lupi, Beraldus de Mala miles, Hugo de Arcissis senescalcus Provinciae, Guido Fulcodii, Vicedominus capellanus d. Papae camerarius Biterrensis, G. de Villanova judex Tarasconis, Mag. Egidius de Pichineriis. Adam Esculanus clerici d. comitis, d. Landrecus Fabianus, d. Riccardus de Blano, Alba miles, Girardus de Saciaco, Hugo decanus S. Petri, virorum Arelatensium. Et ego Raym. Condominus notarius Tarasconis omnibus praed.

testis interfui et mandato d. c. et civium Arel. praed. hanc cartam scripsi et
signo meo signavi[1]).

---

[1]) Die Numerirung der Artikel stimmt mit der in der Übersetzung bei
Anibert (l. c. III, 210) überein. - Die Zeugenreihen bieten beim Lesen er-
hebliche Schwierigkeiten. — Vgl. o. S. 74.

*10. Erster Friedens-Vertrag Karls mit der Stadt Marseille. Aix, 26. bis
30. Juli 1252.*

A.

I. nom. d. n. I. Chr. Amen. — A. inc. ejusdem millesimo ducentesimo
quinquagesimo secundo, septimo Kalendas Augusti. Indictione decima. Cum
esset guerra et discordia inter illustrissimum virum d. K. f. R. Franc., Prov.
And. et Forcalquerii comitem et march. Prov. et illustrem dominam Beatricem
uxorem ejus, filiam et heredem d. Raimundi Berengarii bone memorie quondam
comitis P. et Forc. et marchionis Prov. ex una parte, et commune et universitatem civitatis vicecomitalis Massilie ex altera, super eo quod — cum
dicta civitas esset in comitatu Prov., prout continetur in duobus instrumentis
ejusdem tenoris compositionis factae inter d. d. R. B. et civitatem predictam,
quorum unum scripsit Raimundus scriptor notarius d. d. R. Berengarii et
alterum Bertrandus de Pavia notarius Mass. — petebant firmantiam d. d.
comes d. d. comitissa a d. communi et officialibus d. communis nomine d.
communis secundum usum et consuetudinem curie Prov. offerre syndico d.
communis judicem et curiam suspicione carentes, super multis et diversis injuriis et rancuris quas dicebant idem d. comes et d. c. dictum commune com-
misisse videlicet confederando se inimicis capitalibus Arelatensibus Avenio-
nensibus et quibusdam aliis, balistas et arma transmittendo ad eos contra
d. d. c. et d. c., recipiendo etiam quosdam in civitatem Mass. tunc inimicos
capitales d. d. c. et d. c. contra inhibitionem eorum, nec eos voluerant eis
reddere super hoc inquisiti nec detinere donec misissent pro ipsis, castra
etiam de Albanea et de Rocaforti et de Sancto Marcello de feudo eorum
contra voluntatem et assensum eorum detinendo pignorum obligata, veniendo
etiam contra aliqua de pactis et conventionibus initis inter d. d. R. B. et d.
commune in instrumentis pred. contentis; quosdam etiam mercatores in gui-
dagio et conductu predictorum d. c. et d. c. capiendo et rebus suis eos spo-
liando; castrum etiam de Castelleto, cujus dominium et proprietatem d. d. c.
et d. c. ad se pertinere dicebant, eis inconsultis sub pignore recipiendo et
multas alias injurias, rancuras et gravamina contra eos committendo; syndico d.
communis et universitate Mass. tunc respondente ad praed. firmantiam se
non teneri.

Tandem post multos et varios tractatus habitos pacem et concordiam
firmam et perpetuam fecerunt in modum infrascriptum pred. d. c. et d. c. ex
una parte et Britonus (sic) Anselmus et Nicholaus Guitelmus syndici d. communis et universitatis Mass. nomine d. communis et pro eo ex altera ad hoc
specialiter constituti, prout in instrumento syndicorum ipsorum continetur
scripto per manum Giraldi Mauritii publ. not. Mass. cujus tenor talis est:

I. n. d. n. I. C. Amen. A. inc. ejusdem MCCLII. Ind. X, octavo Kal. Aug. Manifestum fiat p. et fut., quod d. Lantelmus Praealonus potestas Mass. universitas consilii generalis Mass. tam consiliariorum quam capitum misteriorum veterum et novorum ad sonum campanarum et voce preconis more solito in aulam viridi palacii Mass. congregati et omnes et singuli de eodem consilio in hoc unanimiter concordantes nomine communis et univ. civitatis vicecom. Mass. creaverunt ordinaverunt et constituerunt Nobiles viros Britonum Anselmum et Nicholaum Guitelmum cives Mass. presentes et infrascriptum syndicatum recipientes, syndicos ¦ actores seu procuratores communis et univ. Mass. ad faciendum pacem et recipiendum et ineundum pacta et conventiones et obligationes stipulationes interponendas et condiciones super facto pacis cum illustri d. Kar. d. g. c. et march P. et comite And. et Forc. et cum ill. d. B. uxore d. d. c. dei gratia c. et marchionissa P. c. Forc. filia et herede d. R. B. quondam bone mem. comitis et march. P. et c. Forc., et ad recipiendum sacramentum a d. d. c. et a d. d. c. super dicta pace firmanda et incartanda ex parte communis et univ. Mass. et jurandam d. pacem et omnia et singula capitula quae in tenore et serie d. pacis continentur, et ad obligandum commune et univ. Mass. et omnia bona ipsius communis et pro dicta pace rata habenda et tenenda et in perpetuo observanda, et ad omnia alia super hiis facienda quae necessario fuerunt peragenda, promitten·tes nomine communis et univ. Mass. ratum et firmum habere perpetuo et tenere quicquid per dictos syndicos super praedictis vel occasione predictorum aliquo modo actum fuerit sive gestum. Qui prenominati syndici praedictum syndicatum et ejusdem officium recipientes promiserunt d. d. potestati et omnibus et singulis de dicto generali consilio et etiam tactis sacrosanctis dei evangeliis juraverunt, se d. syndicatum et ejusdem officium fideliter pro posse suo procurare et agere et perducere ad effectum. Ad majorem autem pred. omnium firmitatem pred. d. potestas et generale consilium jusserunt praesens instrumentum sigilli communis Mass. munimine roborari. Acta fuerunt haec in aula viridi d. palacii comm. Mass. anno et die quibus supra. In praesentia et testimonio Johannis Blanchi, Guillelmi Chaberti, Alberti de Lavania, jurisperitorum, Andree de Portu, judicis curie com. Mass., Raimundi de Pavia, Guillelmi Lurdi, Berengarii Mercerii notariorum com. Mass., Bernardi Gaschi, Hugonis Audoardi, Hugonis Sardi, Petri Vetuli, Petri de Templo, et Guill. Aurioli, syndicorum comm. Mass., Aycardi Sarracene militis. Et mei Giraudi Mauricii publ. not. Mass. qui mandato d. d. potestatis et d. generalis consilii hanc cartam scripsi et signo meo signavi et sigillo com. Mass. sigillavi.

1) In primis placuit et convenit inter pred. d. d. c. et d. c. ex una parte et pred. syndicos nomine d. comm. et un. civitatis vicecom. Mass. ex altera, quod idem d. c. et d. d. c. et heredes dictae dominae succedentes eidem in comitatu Prov. habeant perpetuo et teneant dominium civitatis vicec. Mass. sub condicionibus conventionibus pactionibus et modis infrascriptis videlicet quod pro dominio et ratione dominii sui predicti habeant d. d. c. et d. c. et heredes ejus in Massilia et comm. Mass. ea tamen quae inferius in hoc praesenti instrumento expressim conceduntur et reservantur eisdem. D. comes et d. c. predicta et heredes ejusdem domine succedentes eidem in comitatu Prov. habebunt et tenebunt perpetuo in pred. civitate vicec.

Mass. bajulum et judicem ob causas infrascriptas; videlicet, quod si per Rectorem vel Rectores consulem vel consules vicarium vel vicarios, bajulum vel bajulos d. communis Mass. vel per eorum judicem vel judices aliquis fuerit condempnatus in scriptis vel sine scriptis ad mortem vel membri mutilationem vel ferri signationem vel fustigationem vel jussus a predictis vel aliquo predictorum per officium hujusmodi penas pati, Bajulus predictus d. comitis predictas sententias et jussiones exequi teneatur ad ipsorum vel alicujus eorum admonitionem vel denuntiationem seu requisitionem, nec eam vel eas poterit remittere vel mutare, nec etiam d. c. vel d. c. aut ejus heredes aut etiam aliquis eorum locum tenens. Immo eam vel eas sicut lata vel latae fuerant sine mora et dilatione et sine aliqua alia cognitione d. bajulus d. comitis et non alius exequatur, omni ejusdem bajuli excusatione et contradicione remotis. Petet etiam et recipiet ac exercebit d. bajulus dom. comitis et d. c. et heredum ejus in dicto comitatu succedentium jura quae d. c. et d. c. et h. ejus habent in Massilia in ista compositione expressa eidem bajulo commissa; singulis autem annis mutabitur d. bajulus per d. c. vel ejus locum tenentem in Prov. Qui Bajulus in principio sui regiminis jurabit, consules vel rectores, quocumque nomine de predictis nominatos, consulatum vel regimen, capita misteriorum et consilium et officiales cives et res eorum ac libertates eorum et omnia contenta in pace ista bona fide defendere et salvare ad honorem et commodum d. d. comitis et communis. Jurabit etiam non recipere munera secundum quod rector communis jurabit. Judex vero d. c. predictus cognoscet de causis appellationum ad eum delatis prout inferius continetur et jurabit secundum formam, qua jurabit judex appellationum communis Mass., et mutabitur de anno in annum per d. c. vel ejus locum tenentem in Prov. Et in principio suae judicaturae jurabit in forma praedicta, qua jurabit d. bajulus d. d. c. Qui bajulus et judex p. d. comitis alia pertinentia ad jurisdictionem et regimen civitatis Mass. non exercebunt nisi ea quae ex ista compositione sunt eis expresse concessa. Qui bajulus et judex p. d. comitis non erunt tempore, quo ponentur in regimine suo in Mass., inimici manifesti ipsius civitatis vel communis.

2) Item omnes cives Mass. mares et puberes praesentes pariter et futuri jurabunt in Massilia d. comiti et d. c. et h. ejus in comitatu Provinciae succedentibus vel aliquo recipienti nomine eorum personas eorum et officialium suorum quos habebunt in Massilia et familias eorum et jura eorum, quae habent in Mass., defendere et salvare in Mass. et ejus districtu et ubicunque essent Massilienses perpetuo bona fide. Heredibus autem in comitatu Prov. succedentibus fiet hoc sacramentum vel alii nomine eorum infra mensem postquam per heredem vel heredes fuerint requisiti illi qui erunt praesentes in Mass., absentes vero idem sacramentum facient infra XV dies postquam venerunt in Mass. Ita tamen quod ratione hujus sacramenti non teneantur de Massilia exire, salvis hiis quae in capitulo de cavalcatis continentur. Et specialiter jurabunt hanc pacem et omnia quae in hac pace contenta sunt et conventa et quod contra ipsos aliquid non tractabunt in Mass. vel extra, nec tractari permittent quod possint impedire, immo pro viribus disturbabunt in Mass. vel ejus districtu vel ubicumque essent Massilienses, et si disturbare non possent, d. comiti si esset in Prov. vel ejus locum tenenti in eadem Prov. vel Massiliae quam citius poterunt commode bona fide revelabunt. Et

istud juramentum fiet de quinquennio in quinquennium ab hiis qui aetatem
non haberent et qui alias non jurassent.

3) Item crida fiet in Mass. et ejus suburbiis nomine d. comitis et communis Mass. vel d. comitis et rectoris vel rectorum communis et de mandato
consulum vel rectorum, quocumque nomine ut supra appellentur, et non alterius mandato.

4) Item cavalcatae fient d. d. c. et d. c. et ejusdem comitissae succedentibus in comitate Prov. per triginta dies, semel tamen in anno in comitatu Prov. et citra aquas tantummodo Rodani Durentiae et Vari sine redemptione pecuniae et tunc demum fient cum generalis exitus fiet in Prov. per
Provinciales sive per homines comitatus Prov., et fient ad expensas communis
in numero tamen quingentorum servientium peditum, de quo numero centum
erunt balistarii ad minus et quadringenti servientes; eo acto et dicto quod
si commune vel consilium Mass. elegerit pro voluntate sua et maluerit dare
pro singulis decenariis quingentorum servientium predictorum u n u m equum
armatum, quod possit facere illud pro voluntate sua, ita quod praestando, ut
dictum est, dictos equos dictum commune sit quitum et d comes sit contentus
de servientibus supradictis seu de cavalcata supradicta.

5) Item conventiones olim factae de facto monetae inter bone memoriae
d. R. Berengarium pred. quondam comitem Prov. et commune Mass. serventur
in posterum prout sunt incartatae; moneta tamen grossa quae vulgariter
appellatur Marseilles non tollatur nunc vel in posterum, sed prout nunc
currit in Massilia currat. Cujus monetae custodiam committat d. c. vel alius
locum ejus tenens alicui vel aliquibus civitatis vicecom. Mass. tantum.

6) Item commune Mass. sive syndici sive rector vel rectores ejusdem com·
munis civitatis sive univ. teneantur firmare de parendo juri in manu d. d.
comitis vel in ejus curia in casibus expresse contentis in instrumentis compositionis superius nominatis. videlicet de rancuriis et querimoniis, et pro
dampnis in futurum datis vel dandis a dicta universitate hominibus d. d.
comitis, ubicumque dampna passi fuerunt in futurum per dictam universitatem
vel per aliquem loco vel nomine d. universitatis, vel extraneis qui dampnum
passi fuerunt vel passi fuerunt in futurum in terra d. d. comitis per d. universitatem per aliquem loco vel nomine d. universitatis, excepta dicta civitate Mass. et ejus territorio, quoad personas extraneas quas dampnum pati
contingeret in civitate Mass. vel ejus territorio; extra vero terram ipsius d.
comitis in Massilia seu in ejus territorio personis extraneis dampnum passis
vel quae in futurum paterentur per d. universitatem, seu per aliquem loco seu
nomine d. universitatis non teneatur d. universitas vel aliquis pro ea in
curia d. d. comitis respondere seu juri parere. Extraneae vero personae intelliguntur, quae non essent de terra d. d. comitis. De terra vero d. d. c.
intelliguntur qui habent in terra d. d. c. domicilia seu domicilium et illi qui
habitant cum illis qui domicilium seu domicilia habent, utpote mercenarii vel
etiam sine mercede servientes. Quae quidem firmantia supradicta praestetur
et debeat prestari in casibus supradictis, in quibus praestari debet a d. universitate vel a syndico seu rectore vel rectoribus d. universitatis vel civitatis
quocumque nomine censerentur de querimoniis quae fuerunt ab . . . .
communi seu universitate Mass. vicecomitali in hunc modum: videlicet quod
pro pred. firmantia non teneatur d. univ. seu d. commune vel aliquis pro ea

d. d. comiti seu ejus curiae dare pignora vel hostagia vel sportulas vel
spensas aliquas vel justiciam aliquam pretii XII denarios pro libra, quos
solvere teneantur finita causa si vincerentur in causa. Si vero contingeret
lite contestata et jurejurando de calumpnia a partibus praestito quod partes
componerent inter se vel compromitterent in aliquem vel aliquos seu aliter
de posse curiae exirent, curia p. d. comitis possit postea totam dictam justiciam exigere. Ita quod quaelibet persona solvat medietatem scilicet VI denarios pro libra; quod sacramentum calumpniae supradictum curia d. d. c.
possit et debeat exigere porrecto libello et lite contestata et quae etiam firmantia non excedat quantitatem querimonie vel petitionis expositae vel factae;
et quae etiam firmantia tunc demum praestetur, cum exposita fuerit querimonia seu petitio, propter quam d. firmantia exigeretur querimonia vel peti-
tione exposita praesente syndico vel rectore civitatis Mass.; et quae querimonia seu petitio seu causa inde vertens in curia d. d. c. apud Aquas debeat
agitari. In principio vero querimonie vel petitionis expositae seu factae, antequam d. firmantia praestetur, qui conquireretur de pred. communi seu universitate libellum vel petitionem in scriptis syndico vel Rectori communis vel
univ. Mass. vel actori porrigere teneatur. Et si reconveniat dictus conquerens
a. d. universitate vel ejus rectore vel syndico vel actore vel alio nomine d.
civitatis vel universitatis similem satisfactionem prestare teneatur de parendo
jure. Si vero aliquis de terra d. d. c. vel aliunde insultum fecerit in civitate Mass. vel ejus territorio et tenemento vel predam vel latrocinium vel
aliquid maleficium, si illi malefactori vel delinquenti dampnum dederit vel
fecerit d. universitas vel aliquis pro d. universitate, persequendo illum vel
illos flagranti crimine infra civitatem Mass. vel ejus territorio (sic) vel extra
ubicumque, quod d. univ. vel alius pro eo non teneatur juri parere coram
d. d. c. vel ejus curia. In nullo autem alio casu qui possit evenire vel ex-
cogitari commune Mass. civitas et universitas ejusdem civitatis syndicus seu
rector vel aliquis pro ea teneatur firmare vel juri parere coram d. d. c. vel
d. d. c. vel ejus heredibus in comitatu Prov. eidem succedentibus vel eorum
curia sive aliquo alio locum eorum tenente vel judice ab eis dato vel delegato
vel coram paribus curiae aliquibus taciti intellecti vel expressi vel juris seu
facti rationis seu consuetudinis interpretatione vel aliqua alia occasione vel
causa presenti praeterita vel futura.

7) Item medietas omnium reddituum et obventionum communis et univ.
Mass. ubicumque et undecumque et qualitercunque provenientium praesentium
pariter et futurorum et condempnationum futurarum pro futuris injuriis et
maleficiis vel qualitercunque fierent sive pro civilibus negotiis sive pro crimi-
nalibus et etiam praeteritis, de quibus accusatio vel dimicatio seu inquisitio
non est adhuc incepta, erit d. c. comitis et d. ¡d. c. et heredum ejus eidem
dominae c. in comitatu Prov. succedentium quitta et libera ab omni onere
civitatis praeter illa, ad quae teneatur expresse ex tenore hujus compositionis; alia vero medietas erit communis et universitatis Mass., de quibus
redditibus obventionibus et intratis et condempnationibus communibus d. d.
comiti et communi antequam dividantur solventur per clavarios debita quae
non debet commune civitatis vicecomitalis Mass. . . . . Pred. vero comes
de parte sua predictis bajulo suo et judici quos habebit in Mass. salaria sua
solvet, commune autem Rectori vel rectoribus et uni judici rectoris vel recto-

rum solvet similiter salaria sua de parte sua. Salaria autem aliorum judicum syndicorum clavariorum notariorum et aliorum officialium communis, qui consueverunt recipere salaria a communi. solventur de pred. communibus redditibus d. d. comitis et d. communis; et de pred. etiam communibus redditibus solventur elymosine locis religiosis assignate, et redditus et census anni, quos praestare tenetur d. commune Mass., et ex eis fient similiter expensae utiles et necessariae pro redditibus et obventionibus et condemnationibus colligendis et conservandis et pro curiis ordinandis; ad usum vero portus curandi remanent quitii et liberi redditus mensarum numulariorum et redditus bragiorum et redditus lacuum ... et lignorum nec poterunt in alios usus poni nec per commune nec per alium recipi nisi per illum vel illos tantum qui fuerint ad colligendos dictos redditus deputati.

8) Item confiscationes bonorum quae per summam vel alio modo commune de facto reciperet pertinebunt ad commune, ita quod d. c. habebit medietatem omnium gausidorum provenientium et si venderentur. medietatem pecuniae d. c. habeat, tamen non compelletur commune ad vendendum et .... quae fierent in futurum vel pro praeteritis de quibus accusatio vel denuntiatio vel inquisitio nondum est incepta.

9) Civitas vero Mass. et univ. ejusdem civitatis vicec. habebit perpetuo per se suum commune et regimen suae civitatis et territorii ac tenementi et districtus terrae et maris et insularum et portuum et castrorum suorum, et habebit eadem civitas sive commune ejusdem civitatis consulem vel consules, vicarium vel vicarios rectorem vel rectores, bajulum vel bajulos, quocumque nomine predictorum ipsi cives ipsum nominare voluerunt, de corpore ipsius civitatis vel de terra d. d. c. vel d. d. c., ipsorum civium propria et libera electione, nullius personae requisito assensu, nisi esset vel essent manifesti inimici d. d. c. vel d. d. c. vel ejus heredum succedentium in comitatu Prov. Si tamen vellent alios eligere denuntiabunt d. comiti vel d. c. vel heredi d. comitissae in comitatu Prov. succedenti vel eorum locum tenenti in Prov. vel eorum bajulo in Massilia, de qua terra vel civitate vel loco vellent eligere, et si d. c. vel ejus heres vel tenens locum ejus in Prov. vel bajulus eorum in Massilia .... terram illam civitatem vel locum vel personas aliquas suspectas sibi propter inimicitias et hoc dixerunt bona fide et sine fraude, personas illas vel de terra seu civitate seu etiam loco praedictis non possint eligere et d. c. et d. c. vel ejus heres vel locum ejus tenens, ut supra, infra VIII dies, postquam eis denuntiatum fuit, ut supra, teneantur praestare assensum electioni faciendae ut dictum est supra de aliena terra; alioquin habeant liberam potestatem eligendi de locis et personis aliis ob causam pred. non suspectis. Et similiter denunciatio et requisitio fiat, quotiens ut supra dictum est rector est eligendus de aliena terra, cujus civitatis. et universitatis commune consulatum et regimen d. c. et d. c. per se et suos heredes eidem civitati et universitati laudaverunt et approbaverunt et ea rata et firma habuerunt hoc presenti instrumento; et predicti consules. rector vel rectores, bajulus vel bajuli, vicarius vel vicarii d. communis eligentur de anno in annum perpetuo per commune Mass. vel consilium vel per electores a consilio statutos seu etiam secundum statuta facta vel facienda, seu prout ipsi cives voluerint; hoc non fiat contra hanc pacem. Qui consul vel consules, rector vel rectores, vicarius vel vicarii, bajulus vel bajuli communis

Mass. tam ipsi quam eorum judices communis et officiales, qui pro tempore fuerint, tenebit vel tenebunt et reget vel regent curiam communis Mass. et habebit vel habebunt curam rei publicae Mass in Mass. et ejus districtu terrae et maris .... et castris consules vel rectores consueverunt .... ; et castellanos et rectores instituere in castris et locis, quae nunc tenet vel tenebit in posterum. et. ille vel illi audient et diffinient in civitate Mass. omnes causas civiles et criminales ordinarias et extraordinarias, et plenissimam et omnem jursisdictionem habebunt et exercebunt, et creabunt notarios et generaliter omnia habeant et exerceant libere et plene quae sunt meri et mixti imperii, exceptis tamen biis, quae expresse et nominatim retinentur d. comiti et d. c. et ejus h. ex hac pace et compositione ; verum si per consulem vel rectorem communis Mass., quocumque nomine, ut supra nominatum, vel per judicem aliquem ordinarium vel delegatum ejusdem communis et universitatis sententia diffinitiva lata fuit in aliqua causa principali civili vel criminali jure ordinario diffinita et ab illa sententia partes duxerint appellandum illorum per cujus appellationes ad judicem appellationum communis Mass. deferantur et deferri debeant posteaquam si eadem sententia revocatio vel appellatio injusta pronunciata per judicem comm. Mass. de appellatione cognoscente et ab illius sententia partes seu altera eorum duxerint vel duxerit appellandum, hujusmodi appellatio deferatur et deferri debeat ad judicem pred. d. c. et d. c. vel ejus h., quem, ut supra dictum est habebunt in Mass., examinanda difinienda secundum jura et maxime secundum statuta civitatis Mass. facta et facienda siqua in posterum fierent, quae non essent in praejudicium d. d. c., d. c. et ejus heredis vel hujus pacis; cujus judicis d. c. et d. c. et ejus heredis sententiam in causa appellationis per eum lata vel per ejus delegatum curia communis Mass. exequi teneatur, secundum jura et maxime secundum statuta civitatis Mass., cum a parte vel partibus, pro qua vel quibus lata fuerit, fuerit requisita. Quae causae appellationum agitentur et terminentur infra Mass. tamen et infra tempora infra quae causae appellationum debent vel debebunt terminari secundum statuta Mass. facta seu facienda in consilio generali Mass. more solito siqua fient quae non essent in prejudicium d. d. c. et d. c. vel ejus heredum vel hujus pacis, et nihil plus pro justicia vel sportulis curie exigatur a curia seu judice d. c. quae a curiis com. Mass. exigitur; poterit et d. judex d. c. inter partes amicabiliter componere vel inter eas mandamentum praeferre, si partes ejus mandamento se supponant. Ab impositionibus vero penarum et mulctarum et jussionibus judicum quae fiunt vel fierent seu dicerentur per officium appellari non possit, sicut non hodie appellatur. nec ab aliis a quibus hodie non appellatur in curiis comm. Mass. secundum consuetudinem et statuta civitatis ejusdem.

10) Item consul vel consules, rector vel rectores, vicarius vel vicarii, bajulus vel bajuli comm. quocumque nomine predictorum appellentur, judices, capita misteriorum, consilium generale, syndici clavarii et omnes alii officiales curiae et comm. Mass. qui pro tempore fuerint in principio sui regiminis jurabunt in Mass. d. comitem d. c. et h. ejus et omnes eorum familiares et officiales qui non essent manifesti inimici civitatis Mass. et specialiter bajulum et judicem quos habebunt ut supradictum est in Mass. et familias eorundem, jura etiam eorum omnia et dominium quod et quae habent in Mass. d. d. c. et d. c. et ejus successores bona fide defendere et salvare et pacem

istam et omnia quae in ea continentur et inviolabiliter observare. Ita tamen quod ratione hujus sacramenti non teneantur de Massilia exire, salvis hiis, quae in capitulo de cavalcatis continentur. Judices vero et capita misteriorúm et consilium generale ac secretum, syndici et clavarii et alii officiales curiae et comm. Mass. singulis annis eligentur per ipsos cives nomine communis et mutabuntur secundum statuta com. Mass. · Qui clavarii jurabunt in palatio comm. Mass. bajulo d. comitis quem, ut supra habebit in Mass. vel alicui nomine ejus et rectori comm. Mass., quocumque nomine nominato, fideliter suum officium exercere et d. c. et d. c. et ejus heredibus ac communi Mass. utrique scilicet reddere partem eos contingentem et reddere fideliter rationem d. bajulo d. c. vel alio pro eo et rectori communis Mass. vel syndicis comm. Mass. vel aliis pro communi.

11) Item d. c. et d. c. et ejusdem dominae h. succedentes in comitatu Prov. conservabunt servabunt et defendent commune et homines civitatis vicec. Mass. et ejus districtus universis et singulis eorum, jura omnia et omnes libertates et immunitates et consuetudines scriptas et non scriptas, quae contra pacem istam non essent; ita quod d. commune et pred. homines utentur libere in Mass. et extra rebus suis, juribus et libertatibus et immunitatibus sicut hactenus consueverunt et personas et bona eorum salvabunt et defendent intra Mass. et extra, citra mare et ultra mare ubicumque bona fide et sicut alios homines de terra sua et de comitatu Prov. et etiam ipsum commune et regimen ipsius communis et ejusdem communis officiales omni fraude et macbinatione remotis omni tempore in futurum; et quod nunquam ipsi d. c. et d. c. et ejus dominae heredes aliqua facient nec procurabunt nec procurari mandabunt per se vel per alios nec procurantibus hoc in eo auxilium praestabunt, quominus d. commune et d. univ. habeat perpetuo suum regimen et suas libertates sine omni diminutione reductione et impedimento salvis conventionibus expressis in hoc instrumento pacis.

12) Item quistam, toltam, tailliam, collectam, exactionem, rogam vel adempne vel aliquid hujusmodi, quocumque modo vel nomine censeatur, facere non poterit nec fieri a suis officialibus permittet d. c. et d. c. nec ejus succ. in Mass. nec in hominibus aliquibus civitatis ejusdem nec in habitatoribus vel commorantibus in ea civibus vel extraneis christianis vel judeis . . . . alicujus juris, rationis vel occasionis praesentis praeteritae vel futurae: pro bonis autem quae haberent in Prov. vel in alia terra sua facient et servient praed. d. c. et d. c. et ejus heredibus sicut alii homines de terra sua. in qua bona illa essent sita.

13) Item hostagia seu obsides nunquam petent sibi dari de Mass. aliqua ratione, occasione vel causa, nec inde extrahent aliquem vel aliquos nec ibidem vel alibi aliquos cives Mass. invitos detinebunt nec detineri permittent a suis vel ab alio nomine suo vel suorum nomine vel occasione hostagiorum.

14) Item ad faciendum mutuum comm. Mass. vel ejusdem civitatis homines universos vel singulos vel etiam quoscumque homines in Mass. commorantes, cives vel extraneos christianos vel judeos non compellent aliqua occasione ratione vel causa nec ad jura sua vel bona vendenda vel quocumque modo alienanda, nec imponent eis aliquam servitutem vel eorum rebus in Mass. vel ejus territorio et tenemento maris et terrae et insularum et portuum.

15) Item devetum victualium aliquorum et lignorum et lignaminum vel
rerum etiam aliquarum non facient nec fieri consentient d. c. et d. c. vel
successores ejus in com. Prov. vel in alia terra sua vel locum eorum tenens
vel tenentes in Prov. vel aliqui officiales eorum, nisi vellent personaliter
transfretare d. c. vel d. c. vel ejus heredes succedentes in comitatu Provincia.

16) Item fortalicium sive castrum vel munitionem vel aliquid quod fortalicium vel munitionem esse videatur non facient nec fieri facient d. c. et
d. c. nec ejus h. infra civitatem Mass. scilicet in villa inferiori vel superiori
nec in ejus territorio, nec muros civitatis diruent nec dirui patientur a suis
officialibus nec mandabunt dirui nec etiam mandabunt fossata distrui vel
corrumpi.

17) Item d. c. et d. c. vel successores ejus non possint vendere vel per-
mutare alicui redditus suos quos habent vel habebunt in Mass. ad annum,
perpetuo vel ad tempus.

18) Item occasione aliquarum rerum quae a comm. vel civibus Mass.
possidentur in Mass. vel ejus territorio pecuniam vel aliquid non exigent
nec exigi a suis officialibus patientur.

19) Item ut concordia fiat inter comm. Mass. et monasterium S. Victoris
Mass. dabunt d. c. et d. c. et heredes ejus operam bona fide scilicet ut d.
commune habeat et retineat jus quod monasterium in Mass. habere intendit;
et comm. det monasterio de redditibus d. comitis et communis certam pecuniae quantitatem et idem fiat si quis heres dominorum quondam Mass. aliquid
jus in Mass. vendicaret vel vendicare posset vel aliquid petet in dominio vel
segnoria ipsius civitatis.

20) Item si domini quondam Mass. vel heredes ipsorum redditus suos
quos habent a communi Mass. vendere vel alienare voluerint emantur a
communi de communibus redditibus obventionibus et intratis d. c. et communis. Res vero et redditus possessae et possessi a communi sine titulo
simili modo emantur ab illis qui in predictis rebus et redditibus jus habent.
Et quia d. c. et d. c. et ejus heredes in casibus quibuscumque recuperaret
vel acquireret d. comm. debent habere medietatem reddituum et emolumen-
torum omnium si pro eis recuperandis vel acquirendis seu defendendis
aliquae expensae fierent cum consilio vel voluntate d. c. vel locum ejus
tenentis in Prov. vel ejus bajuli in Mass. predictae expensae fiant de pred.
redditibus communibus pred. d. comiti et communi. Si vero d. c. vel d. c. vel
ejus heredes requisiti personaliter a communi ad aliqua recuperanda vel
acquirenda partem expensarum facere noluerunt partem non habeant in taliter
acquisitis.

21) Item nullum hominem guidabunt in Massilia vel ejus territorio sine
assensu offensi, nec a suis officialibus guidari permittent. qui civem Mass.
offendat vel offenderet in persona vel rebus, d. c. vel d. c. vel sui, ex quo
denuntiatum erit d. c. vel d. c. vel ejus heredi seu bajulo eorum quem
habebunt in Mass., vel nisi offensa facta esset in guerra de qua pax esset
secuta.

22) Item si civibus Mass. datum est vel daretur laudum super aliquos
qui non sint de jurisdictione vel dominio d. c. d. c. vel heredum ejus, res
eorum non guidabunt d. c. vel d. c. neque sui heredes in civitate vel terri-

torio seu mari Mass. nec laudi executionem impedient in locis predictis; si vero illi qui sunt de jurisdictione vel dominio d. c. vel d. c. et heredum ejus Massiliensibus injuriam facient extra Mass. vel ejus territorium d. c. vel ejus curia faciet jus eorum cum celeritate decidi.

23) Item cives Mass. presentes pariter et futuri liberi erunt perpetuo ab praestatione illius denarii quem pro libra praestabant, ita quod nihil prorsus dabunt ad tabulam maris; extranei vero ad eandem tabulam dabunt unum denarium tantum pro libra, quem antiquitus dare consueverunt, alio denario quem iidem extranei praestabant ad arcam extraneorum penitus de cetero revocato. Et sint et erunt liberi d. cives a praestatione gabellarum carnis salsae cepi et sagiminis et olei 'ac mellis ita quod ipsorum occasione nihil petetur vel recipietur a. d. civibus Mass., ab extraneis vero aliquid ultra consueta non exigetur nec recipietur occasione predictorum.

24) Item dominia et proprietates aliquarum possessionum civitatis vicec. Mass. seu tenementi ejus seu possessiones civium d. civitatis vel aliorum in d. civitate a dictis civibus vel aliis non ement d. c. d. c. vel ejus heredes, nisi ement plateas vel domos ad aedificandas domus sibi et familiae suae competentes ita quod non sit fortalicium vel munitio nec palacium nomine; salvo d communis dominio et jure et jurisdictione quod et quam in d. plateis et domibus d. commune habet vel haberet vel aliquis de communi. Si vero contingeret quod ex quacumque alia causa in Mass. vel ejus territorio d. c., d. c. vel successoribus ejus aliquid acquireretur jus et jurisdictio quod et quam habet vel haberet ibidem d. commune vel cives, communi et civibus semper salva remaneant.

25) Item pars castri Arearum quam comm. Mass. ante guerram tenebat et habebat et aliae possessiones et res ablatae singularibus civibus civitatis Mass. vicecom. et episcopalis per d. c. vel suos et per eos captae et detentae tempore seu occasione hujus guerrae libere restituantur d. communi et civibus memoratis cum juribus et pertinentiis suis et etiam debita civium Mass. in eorum terra saisita et detenta; Massilienses autem faciant e converso. Capti vero et manulevationes eorum liberentur hicinde. In hujusmodi autem restitutionibus non possint intelligi castra quae tenet d. Barralus.

26) Item balistae, quae dantur communi Mass. a dominis navium seu a nautis qui et quae de ultramarinis partibus veniunt seu venient vel ab aliis quibuscumque et quas nunc comm. Mass. habet, sint propriae et sine diminutione perpetuo ipsius communis et universitatis ad conservationem et defensionem ipsius civitatis, ita quod d. c. et d. c. et ejus h. in eis nullum jus habeant.

27) Item capitula omnia et conventiones pacis suprad. olim factae inter d. R. Ber. quondam comitem et march. P. ex una parte et comm. Mass. ex altera, quo non sunt contraria et contrariae expressim aliquibus capitulis hujus pacis seu quibus etiam expressim per hujus pacis capitula non derogantur perpetuo firma et firmae consistant.

28) Item omnem injuriam et rancorem petitionem et quaestionem quaerimoniam et querelam et actionem si quas habent d. c. et d. c. contra comm. Mass. vel comm. Mass. habet contra ipsos quacumque occasione ratione vel causa sibi ad invicem finiunt et remittunt et de omnibus dampnis datis usque

in hodiernum diem fit modo pax et finis et remissio inter eos in perpetuum.

29) Item pred. d. c. et d. c. per se et suos faciunt finem de omnibus dampnis datis et remittunt omnem injuriam et rancorem petitionem et quaestionem, quaerimoniam et querelam et actionem si quas habent in hodiernum diem contra cives Mass. vel aliquos ex eis quacumque occasione ratione vel causa. Econtra pred. cives et habitatores omnes et singuli faciunt finem de omnibus dampnis datis usque in hodiernum diem d. c. et d. c. et ejus heredibus, et eis remittunt omnem rancorem et injuriam quam habent vel habere possunt contra ipsos usque in hodiernum diem.

30) Item remittunt d. c. et d. c. habitatoribus et valitoribus et hominibus districtus comm. Mass. universis et singulis omnem injuriam et rancorem et dampna data et impositiones penarum occasione istius guerrae vel occasione Massiliae.

31) Item eodem modo comm. et cives Mass. universi et sing. habitatores et valitores et homines sui districtus remittunt d. c. et hominibus et valitoribus suis omnem injuriam et rancorem et omnia dampna data et impositiones penarum occasione d. comitis vel istius guerrae et fuit remissio injuriarum et rancurarum dampnorum datorum et impositionum penarum seu mulctarum occasione hujus guerrae et Mass., et habebunt litteras d. c. cives et habitatores Mass. inferioris et sup. civitatis et homines ejus districtus sigillatas sigillo d. c. pred. Et econverso homines et valitores d. c. habebunt litteras a communi.

32) Item non teneantur comm. et cives Mass. evitare mercatores et navigatores undecumque sint ad portum et districtum et civitam Mass. venientes; et econtra non teneantur d. c. et d. c. et heredes ejus evitare mercatores et navigatores undecumque sint ad portum et districtum terrae suae venientes.

33) Predictis autem omnibus contenti sint et erunt d. c. et d. c. et ejus h. succ. in com. Prov. ita videlicet quod occasione vel ratione dominii vel segnoriae et pro dominio vel segnoria et ejus practextu d. d. c. et d. c. et ejus h. predicti in futurum ex aliquo tacito et expresso intellectu nec ex aliquo juris vel facti vel rationis vel consuetudinis interpretatione nihil aliud petere possint; nec petant nec exigant a communi et hominibus Mass. sive occasione communis sive occ. personarum vel rerum aliquarum de communi, nec aliud jus nec aliam jurisdictionem potestatem cohercionem nisi tantummodo quam et quid et quale et quantum de tenore et forma hujus pacis superius sunt expressa et d. comiti et d. c. et ejus h. pred. sunt reservata et concessa. nec exercebunt nec usurpabunt aliquam terram aliqua occ. ratione vel causa in Mass. vel ejus territorio quae pertineant vel pertinere et videantur ad aliquam aliam jurisdictionem nec ad merum seu mixtum imperium vel ad aliquod aliud regimen ipsius civitatis, praeter quod ad illam vel ad illud, quae et quod in forma et tenore hujus pacis et compositionis expresse habet d. d. c. vel d. c. vel ej. h. et eis expresse competunt ex hac compositione. Econtra pax firma et vera et concordia perpetua sit inter predictos d. c. et d. c. et h. ejus universos et singulos de terra sua ac etiam valitores eorum ex parte una et cives et habitatores Mass. et ejus districtus et valitores eorum univ. et sing. ex altera salvis et retentis actionibus super debitis quam hominibus terrae d. c. et d. c. debentur a singularibus

personis Mass. et quae singularibus personis Mass. debent homines terrae d. c. et d. comitissae.

34) Pred. pacem et omnia supradicta et singula laudaverunt et approbaverunt d. d. c. se majorem XXV annis asserendo et d. d. c. se majorem XVIII annis affirmando ex una parte sub obligatione [bonorum suorum] et pred. syndici scilicet Britonus Ancelmi et Nicholaus Guitelmi nomine comm. et univ. Mass. ex altera sub obligatione bonorum d. communis, et promiserunt sollempni stipulatione interposita sibi ad invicem attendere et observare et complere et in nullo contravenire aliqua juris vel facti subtilitate in jure vel extra jus. Et d. d. comitissa renuntiavit sua sponte et ex certa scientia beneficio minoris aetatis in integrum institutionis ac velleiani senatus-consulti et legis Juliae de fundo dotali quae ei·competunt et d. d. c. pro d. d. comitissa .... et syndici pred. pro universitate renuntiaverunt omni juri scripto et non scripto et rationi per quod et quam contra predictam vel aliquid de predictis venire possent et ea infringere vel revocare; et ad majorem firmitatem omnium pred. et singulorum predicta omnia attendere et inviolabiliter observare bona fide et contra in aliquo non venire sua sponte tactis corporaliter sacrosanctis dei evangeliis juraverunt, tam d. d. c. et d. c. quam syndici pred. nomine d. communis et univ. et pro ea, et simile sacramentum heredes d. d. comitissae in com. Prov. succ. facient in Mass. si commode poterunt, si autem alibi ubi erant infra XV dies postquam a. d. communi vel ejus certo nuntio fuerunt requisiti; et sibi ad invicem stipulantes promiserunt bona fide procurare quod pax pred. et compositio et concordia et omnia suprad. in presenti instrum. contenta per futurum pontificem confirmentur et d. c. et d. c. promiserunt sollempni stipulatione interposita d. syndicis recipientibus nomine d. communis se·curatores et effecturos bona fide quod d. Rex Franciae et d. Regina Fr. laudabunt et approb. omnia suprad. et singula supra in hoc instr. contenta. Et ad majorem praecedentium firmitatem tam d. d. c. et d. c. ex parte sua quam syndici superius nominati ex parte comm. Mass. jusserunt praes. cartam sigillis tam d. d. c. et d. c. quam d. communis Mass. munimine roborari.

Acta sunt haec in castro Aquis in retrocurte, anno et die et indictione quibus supra. In praes. et testimonio venerab. in Christo patrum dominorum Henrici Archiep. Ebredunensis, Benedicti ep. Mass., Bonif. ep. Dign., F. ep. Reg., Beatr. ep. Foroj.. nobilis viri Lantelmi Praealoni potestatis Mass.. d. Henrici de Soliaco, Guidonis de Meliaco, Barral. d. Baucii, Viced. praepositi Grass., de Agouto, Albeta de Tharascone, Pontii de Lamannono Bertrandi de Lamannono, Sordelli, Bonif. de Castellana. Bonif. de Galberto, G. de Pichiniaco, G. de Sparrono, Alani, canonici de Luzargis, Landerici de Floriaco, Symonis Bagoti, Ancelmi Feri, G. Chaberti causidici, Joh. Blanchi causidici. Petri Vetuli, Andreae de Portu, judicis curiae comm. Mass., Joh. Vivaudi. Philippi Ancelmi, G. Diende, Joh. magistri Andreae, Raolini draperii, Pontii Bonifacii, Hugonis Ricavi militis, Hugonis Rostagni militis, Bernardi Gaschi capsoris, Petri Bonivini, G. Thomasii, Carbonelli capsoris, Guitelmi de Tharascone, Nicholai de Castronovo notarii Mass., et Bern. Raimundi not. Aqu. et plurium aliorum. Et mei G. Lurdi not. publ. Mass. qui mandato pred. d. c. et d. c. et pred. B. A. et N. G. syndicorum oom. Mass. de predictis hanc cartam scripsi et feci et signo meo signavi.

B.

6. Kal. Aug. Der Podesta Lant. Praealonus und das Cons. gen. tam capitum mist. quam ceterorum de consilio empfangen von Karl Boten (Guido de Miliaco, Barral de Baux und K.'s Clericus Viced. Probst von Grasse), welche den Eid für ihn annehmen sollen. K's. Vollmacht datiert: Aix 1252 in crastino festivitatis S. Jacobi Apost.

Der Eid wird geleistet, Urk. darüber von allen consiliarii und capita unterzeichnet.

C.

3. Kal. Aug. In Anwesenheit K.'s läfst der Podesta in publico parlamento die Konvention verlesen und billigen. Zeugen wie oben, noch dazu Erzb. Phil. von Aix[1]).

---

[1]) Das Original dieses Vertrags in Mars. ist durch Flecken am Rande vielfach unleserlich geworden. Von den ursprünglich daranhängenden Siegeln ist nur noch eins vorhanden, das des Erzb. Phil. von Aix.

11. *Der Abt von S. Victor bei Marseille bekundet dem Seneschall der Provence, Odo de Fontanis, dafs er in Tarascon dem Grafen Karl den Treueid für sein Kloster geleistet habe. S. Victor. 2. Januar 1255.*

Noverint universi quod nos St., miseratione divina Sancti Victoris abbas, recognoscimus nomine monasterii nostri vobis domino Odo de Fontaniis militi, senescalci (!) Provincie, nos fecisse fidelitatem et omagium nomine monasterii nostri illustri domino Karolo dei gratia Comiti Provinciae apud Tharasconem in praesentia plurium Praelatorum et baronum Provinciae de omnibus, castris villis fortaliciis hominibus dominiis jurisdictionibus et ceteris temporalibus omnibus quae in comitatu Provinciae habemus sive possidemus nomine quo supra, salvo jure Romanae ecclesiae [in] privilegiis et libertatibus nostris, exceptis sacris locis et religiosis, salvo jure domini Comitis supradicti. Recognoscimus etiam vobis nomine, quo supra, nos tenere ab eodem domino comite sepedicto, sicut praedictum est, tamquam a majori domino omnia supradicta. In cujus rei testimonio sigillo nostro praesentes litteras fecimus sigillari. Datum in monasterio praedicto IV Nonas Jan. a. MCCLIV[1]).

---

[1]) S. o. S. 115. Jenes Homagium an Karl wird wohl im August 1252 gewesen sein, s. o. S. 87.

12. *Zweiter Vertrag Karls mit der Stadt Marseille. Aix, 31. Mai bis 6. Juni 1257[1])*

A.

I. n. d. n. I. C. a.

Anno i. e. MCCLVII ind. XV, VII Non. Junii.

N. s. cunctis praes. et f., quod inter nob. et illustriss. d. Karolum f. R. F., A. P. et Forc. comitem et march. P. nomine suo et uxoris suae d. B. illustriss. comitissae A. P. et F. et marchionissae P., filiae et heredis quondam d. R. Ber. c. et march. P; et c. Forc. ex una parte et Rectores et commune et univ. civitatis vicec. Mass. nomine d. univ. et homines singu-

lares d. civitatis ex altera parte plures quaestiones et discordiae verte-
bantur et verti sperabantur quae erant variae et diversae pro multis variis
et diversis causis. Dicebat etenim d. c. nomine suo et pred. uxoris suae,
quod rectores civ. pred. nomine d. univ. et ipsa univ. et homines sing. d.
univ. non servaverant sibi et uxori suae pred. pacem, quam fecerunt cum eis
super guerra et discordia quae fuerat inter eos, immo in multis venerant
contra pacem, specialiter retinendo redditus qui ad ipsum et d. ux. suam secundum formam d. p. dicebantur ad eos de parte reddituum Mass. jure et
ratione segnorie et dominii pertinere, quos redditus existimabat XL milia
librarum turonensium, et quod officiales d. civ. graviter peccaverant rationem
subvertendo malo modo redditus predictos et eos indebite retinendi, propter
quae d. officialis erant graviter puniendi inde condempnandi sibi et uxori suae
in restitutionem pred. reddituum subtractorum et etiam in amissionem terrae
partis omnium bonorum suorum ipsi d. c. et d. comitissae applicanda.

Et super eo etiam quod rectores d. univ. et consiliarii et syndici, per
quod d. civitas regebatur, fuerant pluries citati et moniti per Aqu. curiam et
a senescalco Prov. requisiti, ut venirent in Aqu. curiam firmare secundum
formam pacis pred. parere et cognitioni d. curiae obedire propter questiones quae
fiebant contra eos variae ac diversae, de quibus questionibus oblati libelli in
curia fuerant et eis tradita a curia suprad. et cum nollent firmare, ut tenebantur, curia pred. ut firmarent, magnas ei imposuit penas, quae omnia con-
tempta fuerunt, et in penas eis impositas inciderunt, et multa alia fecerunt
contra pacem pred. communiter et divisim specialiter super hoc, quod mille
homines de Mass. et ultra de mandato d. communis et Rectoris de Comm.
cum lignis armatis portum Tholoni et de Buic, qui sunt d. comitis, cum armis
et magna violentia intraverunt, ibidem ligna onerata blado et homines qui
in lignis erant per violentiam capientes et quosdam ex d. hominibus graviter
vulnerantes, quae omnia ad civ. Mass. reduxerunt et moniti a senesc. Prov.
et Aqu. curia pluries requisiti, ut emendam et restitutionem facerent de predictis; in hoc specialiter, quod delinquentes ad locum ubi deliquerant secun-
dam formam juris remitterent puniendos, praeter quae et multa alia d. d. c.
nomine quo supra dicebat: omnia quae comm. habebat in civ. Mass. et
districtu, vel alibi in comit. Prov., sibi et uxori suae fore commissa, et specialiter jurisdictionem quam tenebat civitas suprad. et regimen ipsius civ. et
redditus et intratas ipsius civ. tam in terra quam in mari. Et omnia
pred. petebat ab ipsis sibi et uxori suae tanquam commissa restitui et dimitti,
et ultra hoc petebat ab eis L milia £ tur. pro penis eis juste impositis, quas
contempserant et redd. suos, quos retinuerant in debite et injuste, et tertiam
partem omnium bonorum illorum, qui fuerant officiales d. civitatis a tempore pacis citra et quod invasores d. portuum remitterentur ad ejus curiam
legaliter et legitime puniendi, quae omnia d. d. c. vera esse et debere fieri
asserebat. Quod altera pars salvo honore d. c. minime fatebatur.

Tandem cum super hiis inter pred. partes fuisset diutius altercatum et
plures fuissent tractatus pacis habiti inter eos, placuit Rectoribus et consilio
civ. pred. constituere Syndicum et procuratorum et actorem Raolinum
Draperium civem Mass. ad faciendum compos. et concordiam et pacem in
predictis nomine d. comm. et univ. Mass. cum pred. d. c. et d. c. De cujus
syndicatu constat per publ. instr. factum manu Alfanti Boisserie publ. notarii

Mass. et Arelatis sigillatum sigillo pendenti civ. Mass., in quo erant ab una parte litterae actibus inmensis urbs fulget Mass., et ab alia Mass. vere victor civesque . . . ., et erat in d. sigillo ab una parte sculptura facta ad modum civitatis super mare constructae et ab alia ymago Beati Victoris super equo cum ense in manu et sub pedibus sculptura colubri, cujus instrumenti tenor talis est:

I. n. d. n. I. C. a.

A. i. e. MCCLVII ind. XV pridie Kal. Junii circa Nonam.

Manif. fiat pres. et fut., quod d. Symeon Lagetus, Andreas de Portu, Bertr. de Bucco, Guill. Cornutus et Hugo Audoardi, rectores comm. Mass. et universitatis consilii generalis Mass. tam consiliariorum quam capitum mist. ad sonum campanarum et voce preconia more sol. in aula viridi palacii Mass. congregata et omnes et sing. de eodem consilio in hoc unanimiter concordantes nomine et univ. vicec. Mass. creaverunt et ordinaverunt et constituerunt Raol. Drap. civem Mass. hic praesentem et infrascript. syndicatum recipientem syndicum actorem seu procuratorem comm. et univ. Mass. ad faciendum pacem et recipiendum et iniendum pacta et convent. et oblig. et stipul. interponendas et condic. super facto donationis et regiminis civ. vicec. Mass. et jurium communis ejusdem civ., prout pred. donationem et pacta et convent. circa eandem donationem pred. syndicus duxit contrahendum cum illustri d. R. d. g. c. et march. Prov. et c. A. et Forc. et cum ill. d. B. uxore d. d. c. d. g. comitissa et m. P. et c. Forc. filia et herede d. R. B. quondam bonae mem. com. et march. Prov. et c. Forc. et super facta pacis et concordie et compos. et pactorum et convencionum iniendarum circa d. donationem et pacem cum pred. d. c. et d. c. et ad recipiendum sacramentum a. d. d. c. et a. d. d. c. super d. pace et pactis et quaestionibus firmandis et incartandis e ad inquirendum ab eisdem promissiones et cautiones secundum capitula quae inserentur in tenore d. donationis et pacis et comp. et circa ea. Et ad omnia alia exercenda recipienda firmanda et explicanda quae super hiis et circa haec necessaria et utilia fuerint peragenda. Item et ad faciendum et recipiendum pacem et concordiam et finem perpetuam pro comm. Mass. et univ. ejusdem civitatis cum d. d. c. et d. d. c. secundum formam et pactum et conventiones d. pacis et don. et compos. et ad firmandam et incartandam ex parte comm. et universitatis Mass. et jurandam d. pacem, don. et comp., et omnia et sing. quae in tenore et serie d. pacis, don. et comp. continebuntur, et ad omnia alia super hiis facienda quae necessaria vel utilia fuerint peragenda, promittentes nomine comm. et univ. Mass. ratum et firmum habere perpetuo et tenere quicquid per Syndicum super predictis vel occasione pred. quocumque modo actum fuerit sive gestum; qui praenom. syndicus pred. syndicatum et ejusdem officium recipiens promisit d. Rectoribus et omn. et sing. de d. gen. consilio et factis sacros. dei evang. juravit se d. syndicatum et ejusdem officium bene et fideliter pro posse suo procurare et agere et perducere ad effectum. ad majorem autem pred. omnium firmitatem pred. d. Rectores et gen. consilium jusserunt praes. instr. sigilli comm. Mass. munimine roborari. Acta fuerunt haec in aula viridi d. palatii com. Mass. anno et de quibus supra, in praes. et test. G. Chaberti, G. de Burgala jurisperitorum, G. de Avinione not., Petri Isnardi vicarii, Petri Lica Argey et mei Alfanti Boisserie publ. not. Mass. et Arelatis, qui mandato d. d. rectorum et totius d. consilii gen. et d. Raol. hanc cartam scripsi et signum meum apposui. Quod instrumentum ego G. de Avinione[1]) publ. Mass. not. vidi et legi sanum et integrum et in nulla parte abolitum viciatum sigillatum pred. sigillo sano et integro. Qui syndicus nomine d. univ. et hom. singularium de consilio sapientum Mass. Andreae de Portu, Bertr. de Bucco et G. Cornuti, rectorum d. civ. et G. Chaberti et Bernardi Gasqui et Philippi Anselmi et Montolivi et Joh. Vivandi fecit pacem et concord. super d. discordiis et omnibus aliis cum ipso d. c. nomine suo et uxoris suae pred. prout inferius continetur:

1) Inprimis d. Raol. Synd. d. comm. et univ. Mass. nomine civ. pred. et univ. et singularium hominum Mass. voluit et consensit ipsi d. comiti, quod idem d. c. et d. c. et heredes eorum succ. eisdem in com. Prov. habeant perpetuo et teneant et possideant et quasi possideant ex causa transactionis et conc. factae cum d. syndico nomine d. univ. et ex causa donationis eis factae a d. Syndico nomine d. univ. Mass. dominium et segnoriam et dominationem et regimen et omnem jurisdictionem civ. vicecom. Mass. et ejus territorii et omnia jura quae d. univ. habet et habere potest tam in ipsa villa vicec. Mass. et in ejus territorio, et mari Mass., quam in castris Arearum et Bragansoni et alibi ubicumque in com. Prov. quae pertinent ad comm. Mass. vel aliquo jure pertinere possint salvis tamen ipsa civitat. et civibus d. civ. et exceptatis hiis quae inferius scripta sunt seu concessa tacite vel expressim ipsi syndico pro d. civ. et univ. et per eum d. civ. vel civibus ipsius civ. univ. et singulis.

2) Item omnes redditus et introytus curiarum et dominationis com. Mass. sint jure proprio d. comitis et d. c. et heredum eorum et Vicarius d. c. in Mass. teneatur de d. redditibus facere expensas ambassatorum et nuntiorum et navium galearum et lignorum quae mittentur vel armabuntur de consilio et juxta consilium et requisitionem illorum qui erunt de consilio Mass. vel majoris partis sanioris consilii et consilio d. Vicarii vel locum ejus tenentis.

3) Item quod ad curam portus Mass. eligantur ut ceteri officiales tres probi viri, quibus Vic. annis singulis dabit ter centum libr. Regalium coronatorum vel Mass. minutorum, scilicet C libr. post ingressum, et hec in hoc anno; in futuris singulis annis solvantur eis in Marcio C libr. et in Aprili C libr. et in Madio C libr. ab ipso Vic. de quibus facient expensam ad curandum portum Mass., et venient in computum de sex mensibus in sex mensibus comm. Vic. d. civ. et consilio vel probis viris.

4) Habebunt etiam et tenebunt perpetuo pred. d. c. et d. c. et h. ipsorum in com. Pr. succedentes eisdem Vicarium unum bonum et legalem in pred. civ. Vicc. Mass. causa regendi pred. comm. et univ. pred. civ. et homines singulares de Mass. vel aliunde ibi stantes vel venientes, et pred. Vic. qui pro tempore ibi erit mutabitur de anno in annum.

5) Habebit etiam curia d. c. pred. civ. in Mass. perpetuo campanam consilio generalis et in palatio esquillam sicut esse consuevit ad quorum pulsationem in d. civ. congregabuntur in palatio per tempora congrua ad requisitionem aliquorum proborum de consilio ex mandato curiae d. c. in Mass. predictae civitatis consilia generalia et officiales qui pro tempore erunt secun-

dam formam convencionis, qui ad sonum hujusmodi campanaram consueverunt
convenire in palatio.

6) Crida vero quae fiet in d. civ. fiet nom. d. c. tantum et sui Vic. qui
pro eo pro tempore in d. civ. erit et ad mandamentum ejus; et eodem modo
fiat crida nom. heredum d. c. et d. c. succ. eisdem in com. Prov.

7) Item d. c. ponet hoc anno usque ad Kal. Madii Guill. Chabertum et
Magistrum Bernardum de Mossiano judices curiae Mass. et syndicos et
omnes notarios, qui modo sunt in officiis. et officiales alios et omnes consiliarios et capita misteriorum ponet de consilio, sed non remanebunt capita
misteriorum, et ponet d. Raolinum et d. Andream de Portu, et d Bertr.
de Bucco, et d. Symeonem et d. G. Cornuti, et d. Hugonem Audoardi qui
nunc erant rectores Mass. specialiter consiliarios Vicarii sui, ita etiam, quod
ipse Vic. de consilio ipsorum eligat VI probos homines de d. civitate vicecom., cum quorum consilio in anno futuro eligat officiales omnes et consilium
generale et secretum pro numero consueto, cum consilio quorum sic electorum
Vic. qui fuerit in sequenti anno eligat et teneatur eligere Officiales et consilium generale et secretum et sic de anno in annum, et ad faciendum tene-
buntur Vicarii d. c. in Mass. proprio juramento, quod facient quando intra-
bunt regimen in praesentia cons. gen. Mass. et ab hodie in antea non sint
Rectores aliqui in Mass. excepto Vic. d. c. nec sint ibi capita misteriorum aliquo tempore; et ab · hodie in antea ponet unum Judicem in
palacio et in appellationibus duos Judices quos voluerit et unde voluerit, et
illi sex cum quorum consilio tenebatur Vic. eligere officiales et cons. gen. et
secretum remanent de consilio, et non sint ibi ab hoc anno in antea sex spe-
ciales consiliarii, sed solummodo ad hoc, ut eorum consilio fiant electiones
officialium et consilii ut dictum est.

8) Judices vero et notarii et ceteri omnes officiales Curiae d. civ. vicec.
erunt de pred. civ. vicecom. Mass. et eligentur, ut suprad. est in capitulo
de officialibus eligendis, exceptis Vic. et Subvicario et Judice palatii et Judicibus appellationum qui pro tempore ibi erunt et exceptis Clavariis et Notariis Clavariorum; qui Judices scilicet appellationum et palatii et Clavarii
et eorum Notarii et Vic. et Subv. eligentur et statuentur p. d. d. c. vel per
quem ipse d. voluerit de Mass. vel aliunde, prout ipse d. c. voluerit et omnes
cujuscumque nominis erunt officiales mutabuntur de anno in annum exceptis
Clavariis et notariis Clavariorum.

9) Salaria vero Judicum et notariorum dict. curiarum prestabuntur et
solventur de redditibus et obvent. quae d. c. habebit in Mass in tanta quan-
titate quanta ab hoc anno in antea taxatum fuerit per Vic. et Jud. et duos
probos viros Civ. Mass., et illi qui modo sunt officiales habebunt salarium
consuetum et Jud. qui eligentur annis singulis de Mass. habebunt salarium
consuetum quod est LX libr. Reg. Cor. uniuscujusque.

10) Omnes autem causae seu lites tam principales quam appellationum
quae in curiis Mass. movebuntur per quemcunque modum de eis cognoscantur
sive per modum agendi vel accipiendi vel accusandi vel inquirendi per officium vel denuntiandi, infra civit. Mass. tractabuntur examinabuntur et ter-
minabuntur, ita quod nullus litigantium cogatur exire propter hujusmodi
causam civitatem Mass. Pro Judicaturis causarum praestabuntur pignora ad
rationem XII denariorum pro libra tantum et tunc demum lite contestata et

juramento calumpnie praestito et secundnm modum quo exigi consueverunt in Mass. et secundum quod usitatum est illam Judicaturam solvet qui succumbet pro rata quantitatis illius existimationis litis in qua succumbet.

11) Item quando fient condemnationes preconizetur per civ. Mass. per XV dies antequam fiant, quod quilibet possit facere defensionem suam recipiatur defensio cujuslibet et dentur acta cum nominibus testium volentibus habere et condemnationes fient per Judicem palatii et judices Curiarum Mass electos de Mass.. ut suprad. est, et pronuntientur in parlamento in persona Vic. et sub ejus nomine et praesentibus notariis et possit appellari a condemnationibus factis per officium semel tantum de LX Solidis ad L supra ita tamen quod illa talis appellatio finiatur infra duos menses et condempnationes debeant recitari et fieri in parlamento mor. sol. per curiam Mass. m. s. congregato. A sententiis vero quae in futurum proferentur in civitate Mass. in causis jure ordinario ventilatis quae erunt a C Sol. supra liceat unicuique appellare in omni casu, in quo secundum leges non prohibitum est appellare et hujusmodi appellatio infra sex menses utiles a tempore interpositae appellationis computandos debeat ventilari et terminari infra civ. Mass. et non extra, a C Sol. infra non liceat appellari in causa ordinaria nisi esset causa censualis seu de censu cujus existimatio excederet summam C Sol.

12) Civitas Mass. debet facere cavalcatam per XL dies semel tantum in anno in comitatu Prov. per terram citra aquas Rhodani Durenciae et Vari et ultra Varum usque ad Turbiam et in comitatu Forcalquerii usque ad pontem altum et usque ad portum Rostagni et sine redemptione pecuniae, et tunc demum, cum generalis exitus fiet in Prov. per Provinciales seu per homines comitatus Prov., et fient ad expensas universitatis Mass. in numero tantum quingentorum servientium peditum, de quo numero erunt ad minus 100 balistarii, eo acto et dicto, quod si universitas vel consilium Mass. elegerit pro voluntate sua et maluerit habere et ponere pro singulis decenariis quingentorum servientium predictorum unum equum armatum, quod possint illud facere pro voluntate sua, ita, quod praestando, ut dictum est, dictos equos dicta universitas sit quita, et d. comes sit contentus de servientibus supradictis seu de cavalcata pred. Et per mare armabunt Mass. ad expensas d. comitis, et si contingeret quod d. c. vel ejus heredes in com. Prov. et Forc. sperarent secundum suam conscienciam habere bellum campestre ubi ipse personaliter interesset in com. Pr. vel Forc., tunc communiter univ. Mass., videlicet de qualibet domo ubi fieret focus de qua posset haberi unus homo secundum facultates domini vel dominae illius domus mittat hominem ad servicium d. c. et suorum heredum in com. Prov. et Forc. in d. bello, et tunc milites et alii equites cum armis ibunt ad expensas etemendam d. c. ad d. bellum et in hoc casu cum fiat hujusmodi cavalcata de uno homine pro quolibet foco non debeat fieri cavalcata illa quae superius est taxata de d. servientibus vel militibus supradictis.

13) De nullo autem maleficio vel maleficiis crimine vel criminibus, quae commissa sunt hinc retro vel dicerentur commissa per civem seu cives Mass. quoscumque vel per aliquem Mass. usque in diem praesentem, ubicunque et qualitercunque, nulla fiat inquisitio vel condempnatio seu vindicta de cetero per d. c. vel d. Vic. per quemcumque Jud. vel ejus curiam seu aliquem ejus Offi-

cialem nec aliquis super hujusmodi conquerens ullatenus audiatur et si facta
est vel cepta fuerit inquisitio vel condempnatio per aliquem nulla decetero
fiat executio vel condemnatio, excepto quod si aliquis conquereretur de aliquo
homine speciali Mass., qui sine mandato communis vel Rectoris vel curiae
Mass. vel sine guerra comm. Mass. dedisset vel fecisset dampnum ei et super
hoc vellet agere jure ordinario ad simplum et non ad penam pecuniariam vel
corporalem, quod curia d. c. audiat ipsum et inde jus ordinarium reddat quo
ad simplum si tantum conquerens fuerit de Segnoria vel loco ubi Mass.
codem modo jus invenient et aliter non.

14) Item quod curia d. c. in Mass. in nullo casu exiget vel recipiet
pignora ab aliquo, qui satisdare possit et velit vel fidejubere nisi fuerit
condempnatus ordinarie vel per officium a qua condempnatione non fuerit
appellatum vel si appellatum fuerit succubuerit.

15) Item quod nunquam curia d. c. capiet aliquem in persona vel ponet
in carcere nec aliter detinebit invitum, qui satisdare possit et velit et satisdet
nisi criminis qualitas hoc exegerit, scilicet quod non fuerit fidejussoribus com-
mittendus.

16) Item quod de injuriosis verbis nunquam fiet inquisitio nec condempnatio nisi denuntiatio precessit facti ab injuriam passo, de verbis vero injuriosis si ad denunciationem injuriati fiat inquisitio et infra X dies computandos
exquo scripta fuerit denuntiatio partes composuerint cesset inquisitio ita
quod nulla fiat condempnatio nisi injurie dictae fuerint coram Vicario vel
judicibus in curia.

17) Item moneta grossa, qui vulgariter appellatur Marseilles, vel etiam
minuta, que similiter vulgariter appellatur Marseilles non tollatur nunc in
posterum, sed, prout nunc, currant perpetuo; et utramque predictam monetam
confirmat nunc pred. d. c., nomine suo et nomine d. d. comitissae; quae
quidem moneta grossa et minuta fiant per homines Mass. tantum in Mass. et
non alibi et cuciantur et monetentur in Mass. et non alibi per homines
villae vicecomitalis Mass., quandocunque voluerunt et quotienscunque voluerint
Mass. Et de predictis monetis, quae fiant in Mass., habeat d. c. XII d.
massiliensium minutorum tantum pro marcha argenti fini, quae operabantur
seu fient, et de moneta minuta habeat d. c. XII d. massiliensium minutorum,
de qualibet marcha argenti fini operata in dicta moneta.. Et eodem modo intelligatur de moneta Milliarensium[3]). Operarii vero et alii omnes, qui neces-
sarii sunt ad faciendum pred. monetas possint esse undecumque magister
Mass dictae monetae voluerit. Item custodiam monetarum committet d. c. vel
alius ejus locumtenens alicui civi villae vicecomitalis Mass. tantum, et hunc
custodem et magistrum monetae eligat vicarius d. comitis infra X dies quantum ad praesens tempus, et de intrata, quam habebit d. c. de dictis monetis,
fient expensae[4]) domus, ubi dicta moneta, et custodis seu gardae dictae
monetae constituti per d. comitem vel ejus locum tenentem in Mass Et
dicta moneta tam grossa, quam minuta massiliensium fiat de pondere et lege
sicut modo est illa, quae nunc currit in Mass. Moneta vero Milliarensium
fiat de lege et pondere prout consilium Mass. cum vicario et magistro
monetae duxerit statuendum[5]).

18) Item quod loca publica et omnia quae consueverunt ad usum publ.
concedi et patua et carreriae in terra et juxta mare in Mass. et in ejus terri-

torio non artentur nec occupentur nec modo aliquo minuantur sed libere concedantur et perpetuo usibus consuetis intelligantur ipso jure concessa.

19) Item quod inquisitiones quae fient in Mass. de invasionibus vel offensis fiant coram duobus tabellionibus ad hoc constitutis, et d. inq. examinentur per omnes Judices curiarum Mass. et palatii et praesentibus pred. judicibus exceptis judicibus appellationum.

20) Item quod Brito et Anselmus frater ejus et P. Vetulus qui turbatores magni extiterunt civ. Mass. et qui ad ponctum mortis qui et destructus civ. Mass. et cives diversis maliciis excogitatis via multiplici adduxerint. perpetuo banniantur et banniti existant de Mass. et de toto districtu Mass. de tribus leucis longe, ita quod nunquam restituantur et si offenderentur in Mass. vel infra tres leucas propr. Mass. offendentes non teneantur; Guigo frater Britonis remanet banniendus ad voluntatem d. c., et quod Raolinus teneat bona d. Guigonis pro dote quam ei dedit pro filia sua et pro debitis solvendis d. Guigonis ad voluntatem d c.; alii vero eorum secaces banniti sint vel in eo statu. secundum quod consil. Mass., vel major pars consilii praesentis vel futuri cum Vic. duxerit faciendum.

21) Item fidejussores qui se obligaverunt pro Britone Anselmo pro castro S. Marcelli in concessione quae fuit facta eidem Britoni in consilio gen. Mass. de dicto castro sint inde immunes et liberi ita quod nihil inde solvere teneantur.

22) Item quod d. c. et sui teneantur perpetuo conservare civ. pred. et cives et bona civium civ. Mass. pred. in eo statu, in quo fuerunt cum ecclesia vel personis ecclesiasticis pro viribus et pro posse, 'et si forte ullo unquam tempore per aliquem vel aliquas personas eccl. vel alias aliquas, laycos vel clericos, aliquid praeter quod usitatum est et sicut usitatum est in Mass. vel ejus territorio exigentur ab aliquo seu quibuscumque hominibus totius civitatis Mass vel ejus districtus. quod eos cives Mass. super hoc teneatur d. c. et ejus succ. et ejus curia juvare et fovere 'defendendo quantumcumque de jure poterit et contra eosdem cives nullum adminiculum vel praesidium alicui personae praestare.

23) Item quod omnes cives Mass. et singuli, qui contra Britonem et partem suam vel contra complices seu fautores a pasquate citra et specialiter illi, qui in conflictu et bello et occasione ejusdem contra eos insurrexerunt. de omni eo, quod factum fuit in pred. conflictu et occasione ejusdem et postea usque in diem hodiernum, sint liberi et perpetuo absoluti, maxime cum d. conflictus factus fuerit de consensu curie d. c. ita quod de hiis quae acta fuerunt contra predictos nemo inde conquerens audiatur.

24) Item quod d. c. et sui teneantur perpetuo servare custodire et defendere cives Mass. et res eorum ubique et siquis eos offenderet in personis vel rebus d. c. teneatur eos juvare et inimicos eorum persequi et se opponere pro Mass. universis et singulis ubique; et marchamenta seu gaiamenta facere secundum quod de jure vel consuetudine fuerit faciendum et hoc intelligatur sicut bonus dominus tenetur defendere et juvare suos fideles homines et devotos.

25) Item quod nullam querimoniam querelam petitionem seu demandam fieri patietur ab aliqua universitate seu singularibus personis seu collegio contra quoscumque cives villae vicec. Mass. seu universitatem ipsius villae nomine vel occasione aliquorum dampnorum datorum vel factorum usque in

hodiernum diem, ab univ., aut a singulis vel a quolibet de d. univ., aliquibus personis vel locis vel collegiis, et quod non audiat nec audiri patiatur in sua curia nec alibi pro suo posse hominem vel homines de Montepessulano aut aliunde conquerentes de communi seu universitate Mass seu de aliquo cive de d. civitate occasione quorumlibet dampnorum eisdem datorum alicubi in terra vel mari, salvis hiis quae d. sunt superius in capitulo „de nullo autem maleficio“.

26) Item quod d. c. et d. c. seu eorum locumtenentes in futurum vel eis succ. in com. Prov. nullum impedimentum praestabunt hominibus villae vicec. Mass. et ejus districtus, quominus ipsi possint habere et habeant libere et absque aliqua praestatione, exceptis hiis, pro quibus dare consueverunt, in Mass. et burgetis et districtu Mass., tabulas ante domos suas et juxta ubi voluerint constructas et construendas, et quominus ipsi habeant et facere et fieri possint in domibus suis, prout solitum est in Mass., postas e auans (?) et crotas sub viis et huiserias pro velle suo et fenestras; et quominus ipsi possint construere et aedificare prout eis visum fuerit et voluerint et arcus in quarreriis coopertis.

27) Item quod nullam petitionem nec demandam facient d. c. aut succ. eisdem in comit. Prov. hominibus de d. villa vicec. et ejus districtu occasione bonorum et possessionum quas predicti nunc⁴) tenent seu possident in Mass. vel ejus territorio eo salvo quod d. c. et d. c. et heredes eorum habeant redditus communis, ut pred. est.

28) Item quod nova vectigalia non imponent hominibus villae vicec. Mass., nec aliqua usatica, nec in eorum bonis in Mass. nec ejus districtu, nec in terra⁷). quam nunc habent vel habebunt in inturum d. c. aut d. c, vel eorum succ. nec requirent ab eis, quomodo tenent seu possident pred. bona sed ea bona permittent eos pacifice tenere et possidere.

29) Item quod muri civ. Mass. vicec. et episc. perpetuo in suo statu permaneant et quod non diruantur in toto seu in parte et quod licitum sit et liceat hominibus villae vicec. Mass. etiam pred. muros augere seu ampliare seu alios de novo construere et vallata habere et etiam de novo facere quandocumque ipsi voluerint et quocienscumque pro sua voluntate; de novis autem intelligatur quae d. c. vel ejus locumtenens concesserit.

30) Item devetum victualium aliquorum vel lignorum vel lignaminum seu rerum etiam aliquarum portandarum ferendarum seu ducendarum apud Mass. de terra d. comitis Prov. vel Forc. vel d. c. seu suorum heredum per homines Mass. seu quoscumque alios per mare seu per terram non facient hominibus Mass. vel ullis aliis apportum facientibus vel volentibus facere de rebus suprad. nec fieri consentient nec fieri sustinebunt ullo tempore d. c. vel d. c. vel succ. eorum in com. Pr. vel in comitate For. vel alibi in terra eorum vel aliquis locum eorum tenens vel tenentes in Prov. vel alibi in terra sua vel aliqui eorum officiales non facient nec fieri sustinebunt ullo unquam tempore impedimenta aliqua dictis vel factis, quominus pred. apportum fiat apud Mass., ut superius d. est, nec a personis facientibus vel volentibus facere apportum apud Mass., de dictis rebus seu victualibus aliquid novi exigere vel exigi patientur; ita tamen, quod si quaristia esset in Prov., quod Mass. vel aliquis alius non posset extrahere bladum de Mass. per mare postquam devetum factum fuerit in Prov. per d. c. vel per curiam d. c. salvis

victualibus necessariis ad usus navigantium in navibus et aliis lignis, et non possint portare aliqua victualia vel aliqua alia ad inimicos d. c., postquam eis erat denuntiatum per d. c. vel suos, nisi de licentia d. c. vel sui Vic. in Mass.

31) Item vinum factum vel uvas natas extra territorium Mass. praesente tempore vel quae in posterum fient vel nascentur ullo unquam tempore non patientur d. c. vel d. c. vel e. succ. in com. Pr. vel alibi in terra sua vel aliquis eorum locum tenens in Prov. vel in Mass. apportari, vehi, adduci, ferri apud Mass. nec in ejus territorio vel districtu, ita quod etiam nec in villam vicec. nec episcopalem nec ecclesiae sedis Mass. vel eorum territorii per mare vel per terram. In hoc autem, quod d. est de vino non afferendo apud Mass., non intelligatur vinum, quod aliquem contingerit superare in aliquibus navibus vel lignis de vino misso in navibus vel lignis causa bibendi in ipsis navibus vel lignis ab hominibus navigantibus seu itinerantibus in eisdem navibus vel lignis causa veniendi ad portum Mass.; et excepto vino. quod ferretur pro d. c. et d. c. et eorum familia ad bibendum quando venirent apud Mass. et ibi morarentur, ita quod non vendatur.

32) Item nullum hominem guidabunt in civ. Mass. vel ejus territorio sine assensu offensi nec a suis officialibus guidari permittent, qui civem Mass. offenderit vel offenderet in persona vel rebus d. c. vel d. c. vel sui, ex quo denuntiatum fuerit d. c. vel d. c. vel eorum heredi seu Vic. eorum, quem habebunt in Mass. vel curiae Mass. vel nisi*) offensa facta esset in guerra et pro guerra de qua pax esset secuta, nisi ille qui offendisset in rebus aliquem Mass. vellet firmare quod pareret juri curiae Mass.; quod autem d. est de firmantia et parendo juri intelligatur tantum de offenso in rebus et non in persona.

33) Item hostagia seu obsides nunquam petent sibi dari de Mass. nec capient d. c. vel d. c. vel eorum successores vel aliquis locum eorum tenens in Prov. vel in Mass. vel alibi in terra eorum, nulla ratione, occasione vel causa nec inde extrahent vel extrahi patientur aliqua vel aliquos nec ibidem vel alibi aliquos cives Mass. invitos detinebunt nec detineri permittent a suis vel ab alio nomine suo vel suorum nomine vel occasione hostagiorum vel obsidum.

34) Item quicumque homines in Mass. vel in ejus territorio sunt vel in futurum erunt habentes seu possidentes vel quasi possidentes aliquas possessiones vel jura aliqua libere, id est sine censu vel alia praestatione censuali seu servicio in Mass. vel ejus territorio, nullatenus per d. c. vel d. c. vel eorum h. vel per aliquem l. eorum tenentem in Mass. vel alibi vel per aliquem nomine ipsorum nunc vel in futurum seu per curiam Mass. seu per officiales ipsius curiae compellentur aut teneantur titulum sive cansam libertatis dictarum rerum seu possessionum allegare vel ostendere vel probare, et quia saepe contingit et contingere potest, quod hujusmodi res sic possessae seu possessiones vel jura seu predicta rustica vel urbana alienantur seu de persona in personam transferuntur, d. c. vel d. c. vel eorum successores vel aliquis nomine ipsorum vel pro eis seu aliquis locum eorum tenens in Mass. vel alibi non exigent nec possint nec debeant exigere vel recipere nunc vel in futurum aliquid nomine laudemii vel trezeni vel census seu servicii vel cujuscumque alterius causae occasione alienationis seu translationis pred. rerum

seu etiam occasione ipsarum rerum a pred. alienante seu recipiente vel a
quacumque alia persona nec ullatenus teneantur alienantes seu transferentes
vel recipientes facere denuntationem ullam de sua translatione alienatione
seu receptione pred d. c. vel d. c. vel eorum successoribus vel eorum locum-
tenent·bus in Mass. vel alibi vel curiae Mass.

35) Item balistae, quae dantur univ. civitati Mass. a domini navium seu
a nautis qui et quae de ultramarinis partibus venerant jam seu venient vel
ab aliis quibuscumque et quas universitas nunc habet, sint propriae et sine
diminutione perpetuo civitatis vel universitatis civitatis vicecom. Mass. ad
conservationem et defensionem ipsius civit. vicec., et ad ipsas balistas custo-
diendas annis singulis inter ceteros officiales eliguntur duo probi viri de civ.
vicec. Mass. pro d. balistis custodiendis, qui etiam claves custodiae balistarum seu perticarum in quibus balistae custodiuntur teneant et in fine anni
rationem de eis reddant Vic. et illis qui in illo officio pro temporibus fuerint
subrogati.

36) Item quod de redditibus d. comitis quos habebit in Mass. solvantur
elemosine et census et aliae annuae praestationes quae solvi consueverunt,
de aliis vero debitis, quae debebat comm. Mass. usque modo fiat ad voluntatem d. c. et quod univ. Mass. non teneatur nec d. c. compellat universitatem civium Mass. vel singulares personas d. debita solvere nec patiatur eos
inquietari nec controversiam aliquam eis moveri ab aliqua vel aliquibus
personis.

37) Item ad faciendum mutuum sive donum universitatem Mass. vel
ejusdem civ. homines universos et singulos vel etiam quoscumque alios in
Mass. commorantes cives vel extraneos, Christianos vel Judeos vel Sarra-
cenos non compellent d. c. nec d. c. nec eorum h. nec aliquis locum eorum
tenens nunc vel in futurum seu ejus curia aliqua ratione, occ. seu causa, nec
ad jura sua vel bona vendenda vel quocumque modo alienanda aliquem
compellent, nec imponent eis aliquam servitutem vel eorum rebus in Mass. vel
ejus territorio aut tenemento maris et terrae et insularum et portuum.

38) Item quistam, toltam, talliam, collectam, exactionem vel adempne
vel aliquas expensas pro emendis tenendis vel habendis equis vel aliqua alia
de causa vel aliquid hujusmodi, quocumque modo vel nomine censeatur, facere
non poterunt ullatenus nec fieri a suis officialibus aliquo modo permittent
d. c. vel d. c. nec eorum succ. in Mass. nec in hominibus aliquibus civitatis
ejusdem vicec nec in habitantibus nec commorantibus in ea, civibus vel
extraneis, Christianis Judeis vel Saracenis, nulla ratione, occ. vel causa praesenti practerita vel futura contra voluntatem civium civit. vicec. universorum
et sing. aut aliquorum, rogare tamen possit eos et Mass. possint negare
si voluerint absque dampno et timore aliquo.

39) Item statuta quae nunc sunt in Mass. continentia penas curiae et
portui Mass. vel curiae tantum vel portui tantum applicandas sint cassa et
omni robore destituta de cetero, quantum ad capitula continentia impositiones
penarum curiae vel portui applicandarum, salvis tamen manentibus penis
statutis pro facto banni, ita etiam, quod ratione praeteriti temporis vel futuri
nihil petatur, nihil exigatur, nihil recipiatur.

40) Item annis singulis inter alios officiales eligentur aliqui probi viri
usque ad sex, inter quos sit aliquis Jurisperitus et unus Notarius, qui omnes

sint de civitate vicec. Mass. ad componendum statuta, sicut moris est in civ Mass., faciendo de novo statuta vel alia quae facta essent mutando vel emendando vel augendo vel minnendo, vel in totum tollendo, salvo tamen eo quod per illa statuta non minuatur dominium honor vel segnoria d. c. nec ejus redditus.

41) Item quod homines Mass. possint lingnerare et frustacare et furnos calcis facere, animalia sua pascere in locis, in quibus hec facere consueverunt et predicta faciant sine inquisitione et contradictione cujuscumque personae.

42) Item quod intratae et redditus quae et qui provenient in futurum de judicaturis causarum et condempnationibus non vendentur ullo unquam tempore per d. c. vel d. c. seu per quemcumque alium locum ejus tenentem et quod nullus det pecuniam pro officio habendo in curia Mass. nec pro pecunia ad aliquod officium recipiatur.

43) Item quod admirallus seu admiralli, quem seu quos constituent d. c. vel ejus Vic. in Mass. super facto maris erit vel erunt de Mass. cives et habitatores villae vicec. Mass.

44) Item quod univ. Mass. possit inire treugas et pacem facere cum omnibus Saracenis et communibus sive civitatibus pro negotiis marinis, sicut facere consuevit, et hoc de consensu d. c. vel sui Vicarii quem habebit in Mass.

45) Item quod Vicarius d. c. cum consilio illorum sex qui eligent alios officiales poterit facere et constituere et faciet et constituet ad requisitionem consilii Mass. consules in viagiis extra Mass., sicut facere consuevit, qui consules extra Mass. et ejus territorium regent illos, qui erunt sub consulatu eorum, in Massilia vero et in ejus territorio nullum regimen habeant vel exerceant.

46) Item quod d. c. et d. c. dabunt operam bona fide, quod Mass. recuperent et retineant et habeant et retineant (sic) illas franquesias et libertates et possessiones et jura, quas et quae olim habuerant et tenuerant et possederant in Acone et in aliis locis ultra mare et Cypro et in aliis locis ubicumque extra Mass. et com. Prov. et quod factis expensis consulum et aliorum officialium nunciorum in d. locis utilium redditus d. locorum sint d. c. et d. c. et heredum eorum in com. Prov. succedentium eisdem, sicut ceteri redditus communis Mass., et consules teneantur juramento reddere bonum computum Vicario d. civ. et quod illi consules habeant, quantum habere consueverunt pro suo salariis pro condempnationibus, quas facient in locis supradictis.

47) Item quod homines Mass. in terra et in mare, in navibus, galeis et lignis portabunt in viagiis vexillum d. c. et vexillum communis, ligna scilicet quae vexillum portabunt, ut consuetum est et sicut consuetum est, et vexillum d. c. ponetur in loco honorabiliori.

48) Item quod d. c. vel d. c. aut eorum h. vel eorum l. tenentes in Mass. vel alibi vel curia Mass. aut nullus alius pro d. c. curia vel pro eis non petent vel exigent aliquid nec ullam monebunt quaestionem aliquibus personis nomine vel occ. domorum quae sunt conjunctae muris veteribus civ. vicec. Mass. seu occasione illorum (onerum) quae dictae domus habent in dicto Barrio veteri vel occasione edificiorum constructorum super dicto muro seu barrio aliqua jura ratione seu causa, et quod illa edificia juncta de barrio

vel quae sunt vel fient super d. barrio erunt perpetuo sine aliqua inquietatione illorum quorum sunt, sicut modo sunt.

49) Item p d. c. et curia sua faciat restitui civibus Mass. possessiones et jura quae et quas d. d. c. vel alius in Prov. indebite detinet, si quae vel si quas detinet occupata, et debita quae debentur d. civibus solvi faciat et si inde esset dubitatio, quod brevem inde faciat fieri inquisitionem salvo jure late (?) dummodo non fiat contra jus.

50) Item quod nullus cives vicec. Mass. seu habitator ejusdem civ. per curiam Mass. nec per personam regentem curiam Mass., neque per d. c. vel d. c. nec per eorum successores nec per aliquem officialem d. curiae puniatur pro maleficio alieno seu delicto ita quod penae suos tantum teneant actores.

51) Item quod si pro recuperandis juribus bonis seu libertatibus bonis et franquesiis quas et quae univ. Mass. seu homines Mass. universi seu singuli olim habuerunt ultra mare in Accone vel alibi ubicumque contingeret quod homines Mass. facerent ullas expensas, illas quidem expensas debeant Massiliae recuperare de intratis pred. rerum recuperatarum, priusquam d. c. vel d. c. vel eorum successores vel aliquis alius pro eis percipient aliquid de proventibus seu intratis vel gausidis pred. rerum, quae cum expensis Mass recuperarentur, et solvantur illae expensae solummodo de redditibus illius loci ubi recuperabitur libertas seu bona predicta recuperabuntur.

52) Item quod homines singulares Mass. qui vel quorum antecessores olim consueverunt bannigare et banna exigere in locis illis, quae ipsi tenent seu tenebant eorum antecessores seu alii pro eis, possint in eisdem locis bannigare et banna exigere, prout olim soliti sunt facere ipsi aut eorum antecessores.

53) Item quod homines singulares Mass. qui vel quorum antecessores olim consueverunt habere casses in Insulis Mass. et les aigres des falcons(?) ea habeant prout ipsi et antecessores eorum habere consueverunt.

54) Item quod tabulae campsorum Mass. debeant locari sive ascensari perpetuo sicut hoc anno locatae fuerunt scilicet pro qualibet tabula triginta Solidos.

55) Item quod cives Mass. tam pres. quam futuri sint perpetuo quitti et liberi de facto lacnum navium et galearum et aliorum lignorum et hoc usque ad L libr. per annum et siquid esset ultra illud, sit d. comitis.

56) Item quod occasione lacuum navium seu galearum vel aliorum lignorum nihil solvere teneantur et hac perpetuo gaudent libertate sicut supra concessum est.

57) Item quod cives Mass. praes. pariter et futuri liberi erunt perpetuo a praestatione illius denarii quem pro libra praestabant ita quod nihil prorsus dabunt ad tabulam maris; extranei vero dabunt ad eandem tabulam unum denarium tantum pro libra, quem antiquitus dare consueverunt. alio denario quem iidem extranei praestabant ad archam extraneorum penitus decetero revocato, et sint et erunt perpetuo liberi dicti cives a praestatione gabellarum, carnis salsae, sepi, sagiminis, olei ac mellis. Ita quod ipsorum occasione non petetur vel recipietur aliquid a d. civibus Mass., et omni alia iidem cives gaudebunt libertate, prout illa consueta in praes. tempore Mass. observantur, ab extraneis vero aliquid ultra consueta non exigetur vel recipietur occasione predictorum.

58) Item quod occasione cessationis praeteritae censuum, qui debebant
prestari communi non petent d. c. vel d. c. nec eorum h. vel alius pro eis
nec possuut petere aliquas possessiones tanquam commissas occasione census
seu servicii non soluti usque ad hodiernum diem ab aliqua persona; qui
tamen voluerit solvere, solvet censum pred. usque ad festum nativitatis
domini.

59) Item quod d. c. nomine suo et d. c. pred. et succ. suorum remisit d.
Raolino syndico d. univ. recipienti nomine et vice d. univ. et omnium hominum singularium d. univ., exceptis Britone Ancelmi et fratribus suis et Petro
Vetulo et aliis bannitis ex hac causa, omnem injuriam, quam eis fecissent, et
omnem raucorem et malam voluntatem eis finiunt et omnem petitionem et
quaestionem et querimoniam et querelam et actionem, quem haberent vel
habere possunt in praes. vel in futuro ex praeteritis causis superius enarratis,
propter quas faciebant petitiones supradictas, vel ex aliquibus aliis causis
vel causa contra predictos vel aliquem predictorum quacumque occasione vel
causa, ipsi syndico nom. d. univ. et sing pers. recipienti dimisit et desem-
peravit et remisit et pactum de non petendo d. syndico et per eum Mass
fecit eo modo, quod melius et utilius ad utilitatem d. civitatis et civium
d. civ. dici vel intelligi potest, salvo, quod officiales qui fuerint a tempore
pacis quam fecit d. d. K. c. cum Mass. venient ad rectum computum, et
reddent simplum tamen, de quo non poterunt rectum computum reddere, de
aliqua alia pena non teneantur, officiales autem qui fuerunt ante propedictam
pacem sint penitus absoluti sine aliqua retentioue.

60) Item quod d. d. c. et d. c. et successores ejusdem d. comitissae,
succedentes eidem in com. Prov. teneantur praestare juramentum et praes'ent
de observandis omnibus in praes. instrumenta contentis tacite vel expressim
et omnes Vicarii pred. civ., qui pro tempore fuerint, in d. civitate in principio sui regiminis jurabunt in d. civitate observare omnia et singula capitula in hoc instrumento contenta et post finem sui regiminis remanebunt in
d. civitate per quindecim dies continnos, causa respondendi et juri parendi
et satisfaciendi prout debebunt de eis conquerentibus.

61) Item quod d. c. et d. c. h. eorum sint absoluti ab omnibus factis
et conventionibus, quae et quas ipse d. c. K. f. Reg. Franciae pred. et d. d.
comitissa, et d. R. Ber. bonae mem. et eorum antecessores fecerunt cum
univ. et com. Mass., salvis et retentis pred. civitati et hominibus univ. et singulis de civitati et etiam aliis hominibus libertatibus et franquesiis et omnibus
aliis in hoc instrum. contentis tacite vel expressim, ita quod eis non obstantibus d.
d. c. et d. d. c. et h. eorum succedentes in com. Prov. habeant et retineant in
Mass. et ejus districtu et aliis locis supranom. omnia suprad. et inde d. syndicus nom. d. univ. Mass. eos absolvit, ita enim quod omnes habitantes in
Mass. et ejus districtu et alibi ultra mare, qui sunt et esse consueverunt
sub districtu consulum Mass. jurent super sancta dei evang. salvare et custodire et defendere omnia suprad. d. d. c. et d. d. c. et eorum heredibus et
fidelitatem, et hoc intelligatur de puberibus masculis usque ad septuaginta
annos, quandocumque fuerint requisiti, et d. sacramentum renovetur de quinqu.
in quinqu., et absentes jurent infra XV dies postquam venerint Mass. et
fuerint requisiti vel dictum erit in parlamento; ita quod occ. hujus sacramenti non teneantur exire de Mass.. et in hoc sacramento intelligantur omnia,

quae continentur in sacramento fidelitatis ac si essent ibi expressa. Ita quod
propter hoc sacram. fidelitatis non teneatur civ. Mass. seu homines pred. civ.
univ. et sing. aut aliquis vel aliqui ad alia quam in pres. instrum. continentur, de quibus omnibus supra donatis et concessis d. d. comiti et d. c. et
successoribus suis a d. syndico nomine d. univ. et hominum singularium voluit et concessit d. syndicus nomine d. communis, quod ipse d. c. et d. c.
per se vel per alium possint sua auctoritate intrare possessionem vel quasi
possessionem omnium predictorum et ipsam apprehendere et adipisci, quandocumque de eorum fuerit voluntate, et ipse syndicus nom. d. univ. et pro ipsa
univ. volens transferre possessionem et quasi poss. predictorum in dictis d.
c. et d. c. constituit se et d. universitatem pred. omnia supradonata et concessa nomine ipsorum d. c. et d. c. tenere et possidere et quasi possidere.
Et haec omnia superius in hoc instrum. scripta ambae partes sibi adinvicem
attendere et observare per stipulationem sollemniter promiserunt per se et
suos successores; ita quod d. d. c. lectis et recitatis sibi omnibus capitulis
suprad. et eis cum diligentia intellectis promisit ipso syndico stipulanti nom.
univ. Mass. et civium singulorum d. civitatis, quod ipse omnes libertates
supra ipsi civit. vel civibus de civ. concessas et omnia capitula alia in hoc
instrum. contenta facientia ad utilitatem et favorem pred. civium vel aliorum
per se et succ. suos integre d. civitati et civibus d. civ. perpetuo observare
et nullo tempore contravenire; et promisit pred. syndico recipienti nom. univ.
Mass. et singulorum hominum d. civitatis per sollemnem stipulationem inter-
positam, se facturum et curaturum ita, quod d. d. comitissa pred. omnia et
singula per se et heredes suos rata et firma habebit in perpetuum et ea con-
firmabit ipso syndico pred. nom. d. civ. et civium recipienti per publ. instrumentum promissionibus et sacramento vallatum ad dictamen d. Joh. de Bonamena majoris judicis d. comitis et d. Roberti de Laveno legum Professoris
et Andreae de Portu et Guillelmi Chaberti jurisperitorum, et d. syndicus
promisit ipsi d. comiti se facturum et curaturum, ita quod consilium et par-
lam. et homines singulares d. civ. pred. omnia confirmabunt ot adimplebunt
et rata habebunt et in contrarium non venient et hoc jurabunt super s. dei
evangelia et incartabunt ad consilium pred. sapientum. Et in continenti haec
omnia superius contenta tacite seu expressim d. d. c. super s. d. evang. ab
eo corporaliter manu tacta bona fide attendere et observare juravit et d.
syndicus similiter juravit nom. d. univ. et suo et hominum sing. d. c. super
s. dei evang. pred. omnia attendere et complere et in contrarium non venire;
quibus omnibus interfuerunt d. Bertr. Foroj. ep. et d. Viced. praep. Grass.
Electus in Archiep. Aqu., qui pred. omnia intelligentes et considerantes utilitatem utriusque partis et etiam totius Regionis propter magnam pacem et
concordiam et tranquillitatem quae ex pred. pactionibus sequebantur, et tolle-
batur exinde magna discordia, quae magnifice parabatur (?), pred. pactiones et
transactiones et concordias et donationes ad requisitionem partium actibus
insinuaverunt, et tam d. c. et d. d. ep. et d. electus et d. Rostagnus de
Agouto et d. Barralus dom. Baucii hanc pref. cartam sigillorum suorum
munimine sigillari praeceperunt et d. syndicus sigillo civit. Mass. praecepit
munimine roborari in testimonium rei gestae.

De quibus omnibus dicti d. c. et d. synd. praeceperunt et rogaverunt
fieri publica instrum., ita quod utraque pars, servato pred tenore possit inde

habere tot instrumenta quot voluerint. Acta sunt haec Aquis in prato castelli seu palatii d. comitis in praes. et testimonio d. Odonis de Fontanis senesc. Prov. et Forc. et domini Rob. de Laveno legum Professoris et d. Joh. de Bonamena maj. jud. Prov. et d. Isnardi de Antravenis de Tholono, Jacobi Gantelmi, et d. Sordelli, d. B. de Alemannono, d. Imberti de Auronis, d. Sanctonii jurisperiti, Poncii Coisini archid. Mass., et Rostagni Begueti, Petri Balbi, Tergavaire, Joh. Vivaudi, Vivaudi Dalmatii, Hugonis Vivaudi, Nicolai Bouverii, Philippi Ancelmi, Bernardi Pontevenis clerici, domini Baralli Provinciae notarii, Guill. de Avinione not. Mass., Poncii Ancelmi, not. publ. Prov., testium rogatorum et in presentia plurium aliorum, et mei Joh. de Mafleto, clerici domini Senesc. et notarii publ. Prov. et Forc., qui predictis interfui et rogatus a partibus hoc publ. instr. scripsi et signo meo signavi.

B.

Octavo Idus Junii (6. Juni) Massiliae in domo militiae Templi. Beatrix bestätigt alles. (Sie verzichtet auf das beneficium minoris aetatis.)

C.

I. n. d. n. I. C. amen.

A. i. e. MCCLVII ind. XV, VIII Id. Junii.

Sit notum cunctis pres. et fut., quod d. K. filius quondam R. Fr., A., P. et F. illustris comes et march. Pr., facta restitutione pacis et donationis et concessionis factae (?) dominii, segnoriae et jurisdictionis et jurium et intratarum, quas et quod comm. Mass. habeat vel habere debeat in civ. Mass. et extra et Raol. syndico univ. d. civit. nomine d. civ. ipsi d. c. recipienti nom. suo et comitissae uxoris suae et heredum suorum in publ. parlamento Mass. prout de d. pace et donatione plenius constat per instr. publ. inde scriptum per me Guill. de Avinione, not. Mass.

Idem d. c. ad requisitionem d. syndici et eorum de Parlamento, dedit concessit et assignavit ad opus curae portus Mass. de redditibus et intratis, quos et quas d. d. c. et d. d. c. habent et habere et percipere debent in Mass. et quos et quas ipsi vel eorum heredes percipient in Mass. in futurum C libr. Regal. coron. ultra illas CCC libr. Reg., quas jam d. d. c. in instrumento d. pacis concesserat et assign. ad opus curae portus Mass. et ipsius portus curationis annis singulis perpetuo expendendas, pred. quidem C libr. Reg. voluit et concessit d. d. c. dari et solvi annis singulis per suum Vic., quem habebit in Mass., operariis d. portus de suis intratis quos et quas habebit in Mass. per tres terminos, scilicet in mense Marcii tertiam partem et in mense Aprili tertiam partem, et in mense Madii tert. partem secundum quod in instrum. d pacis et donationis et de pred. CCC libr. plenius ordinatum.

Item dedit et concessit d. d. c. in eodem parlamento civibus Mass. omnibus et singulis ab hodie inantea imperpetuum per se et suos heredes franquesiam libertatem et immunitatem unius denarii de illis duobus tantum denariis, quos cives Mass. consueverant solvere ad pondus laureti (?) pro singulis saumatis bladi, quae ad molendina causa terendi seu molendi portabuntur ita quod unum solum denarium tantum pro saumata bladi ad d. pondus solvere teneantur, altero denario penitus revocato.

Item in eodem parl. concessit d. d. c. nomine suo et d. d. c. et heredum suorum civibus Mass. omnibus et sing. franquesiam libertatem et immunitatem

perpetuo per totam terram suam com. Prov. et Forc. de omnibus bonetis seu
trosseriis seu de pedagio quod solvebatur seu consuetum erat solvi occasione
bonetarum seu trosseriarum ipsi vel d. comitissae seu alii eorum nomine ita.
quod ratione bonetarum seu trosseriarum seu eorum quae in bonetis seu
trosseriis portabuntur. nihil solvere teneantur et hac perpetuo gandeant libertate. Actum Mass. in cimiterio Beatae Mariae de Acoulis, ubi d. parl. fuit
congregatum.

D.

I. n. d. n. I. C. a. A. i. e. MCCLVII, ind. XV, VIII Id. Jun.

Parlament (wie oben), wo alles verlesen wird; niemand widerspricht.
Feierliches Gelöbnis von beiden Seiten und Schwur.

Actum (wie vorher) in praes. et testimonio d. B. Foroj. ep., d. Viced.
praep. Grass. Elect. in Aqu. Arch., d. Barrali d. B., d. G. de Bellomonte,
d. Rostagni de Agoto, d. Henr. Capellani d. c., d. Rob. de Lav. jurisprofes-
soris, d. Tentorii (oben Sanctonii), Hugonis Stachae, Symeonis Lageti, B. de
Bucco, G. Cornuti, Andree de Portu, G. Chaberti, Magistr. Joh. Clerici d.
Senesc., Alfanti Boisserie, Poncii Ancelmi notarii, Et mei G. de Avinione
notarii etc.

---

¹) Diese Urkunde ist in Mars. sowohl im Original (mit noch erhaltenen
Siegeln Karls, Barrals de Baux und der Stadt Mars.), als auch in einer Abschrift (Reg. B. 2) vorhanden; das erstere hat nur den grofsen Vertrag A
und ist vom Notar Joh. de Mafleto geschrieben, die letztere hat noch die
3 Zusätze B, C, D und ist vom Notar G. de Avinione gefertigt.

²) Johannes de Mafleto im Original.

³) Bei Blancard (Monnaies, S. 454), der den Abschnitt n. 17 abdruckt,
fehlt dieser Satz.

⁴) Blancard (ib. 455) hat falsch: expresse.

⁵) Dieser Satz fehlt bei Blancard.

⁶) Im Orig. falsch non.

⁷) Original hat cetera.

⁸) Abschrift hat ubi.

*13. Margaretha, Gräfin von Flandern, und Karl von Anjou treffen ein
Abkommen über die Bezahlung mehrerer Summen, welche sie sich von
den Zeiten des Hennegauschen Krieges her gegenseitig schulden.*
Paris, 24. Februar 1258.

Margareta Flandrie et Haynoie comitissa universis presentes literas
inspecturis salutem in domino. Noveritis quod tria milia marcharum argenti
ad pondus Trecense, quas a Domino consanguineo nostro Karolo filio Regis
Franciae Andegaviae et Provinciae comite petebamus, de quibus habebamus
litteras patentes ejusdem, remisimus comiti memorato, et ipse vice versa de
summa decem milium librarum Turonensium, in quibus eidem tenemur solvendis die dominica proxima ante festum Beati Michaelis proximo venturum
discomputari vult quinque milia librarum Turonensium et deduci. Necnon
quicquid de proventibus Comitatus Haynoie percepimus a die quo eidem
dictum contulimus comitatum usque ad diem quo praedicta donatio apud
Valencenas extitit puplicata; tria etiam milia librarum alborum quae exe-

cutores bonae memoriae Johannae quondam Flandriae comitissae sororis nostrae de vendicione boscorum de Visconia — tempore quo dictus comes praedictum tenebat Haynoie comitatum — perceperunt; praeterea Nongentas et vigintiquinque librarum Parisiensium, quas pro stipendiis quatuor milium servientium peditum idem comes pro nobis solverat, ut dicebat, quae omnia idem comes a nobis sibi petebat restitui. nobis duxit totaliter remittenda. In cujus rei testimonium praesentibus litteris sigillum nostrum fecimus apponi. Datum Parisius. dominica ante mediam Quadragesimam. Anno domini MCCLVII ¹).

---

¹) S. o. S. 147, vgl. S. 97 u. 110.

14. Dritter Vertrag Karls mit der Stadt Marseille. Aix, 12.—22. November 1262.

A.

In nomine domini nostri J. Chr. Amen.

A. I. ejusdem MCCLXII Ind. VI die Lunae post octavas S. Martini Hyemalis. Notum sit cunctis pr. et fut. quod cum discordia orta esset inter illustrem virum d. Karolum fratrem Regis Franciae Andegaviae Provinciae et Forcalquerii comitem et marchionem Provinciae et d. Beatricem ejus uxorem eorundem comitatuum comitissam et marchionissam P. ex parte una et cives civitatis villae inferioris et superioris Massiliae et illam civitatem ex altera pro eo, quod dicti cives sive aliqui ex eis nomine communis d d. comitem et d. comitissam spoliaverant possessione vel quasi possessione d. civitatis et castrum (!) S. Marcelli et redditibus et juribus eorundem, in quorum pacifica possessione vel et quasi fuerant vel steterant dicti d. comes et d. comitissa secundum formam contentam in instrumento pacis olim factae inter dictos d. comitem et d. comitissam ex parte una et Raolinum civem Massiliae Syndicum dictae civitatis et universitatis et dictam civitatem ex altera: postmodum pred. cives Mass. volentes redire ad dominium et segnoriam d. d. comitis et d. comitissae et heredum suorum et ad pacem et concordiam et gratiam et amorem eorundem, elegerunt d. Guill. de Lauris, Guig. Anselmi, G. de Monteolivo, Hugonem Vivaudi, Augerium de Mari, Raym. Ancelinum. Hug. de Jerletum (?), Joh. Blancum, Andream de Porta, G. Feraudi, B. de Bucco, G. Botam. Giraud. Alammannum, B. Gasqueti. Ferrerium Curaterium, Gnirannum, et Guill. Bascelinum Not. ad tractandum et faciendum pacem inter d. d. c. et d. comissam et d. civitatem et cives ejusdem, dantes eisdem plenariam potestatem faciendi ipsam pacem sicut plenius continetur in instrumento facto, cujus tenor talis est:

I. n. d. amen. A. I. e. MCCLXII, Ind. VI. pridie Idus Novembris. Noverint universi pr. pariter et fut. quod d. Columbus de Petra Sancta Potestas communis Massiliae et consilium generale ejusdem civitatis tam consiliariorum quam capitum misteriorum ad sonum campanae et voce praeconia more solito congregatum fecerunt et constituerunt tractatores pacis cum d. com. Prov. seu cum ejus tractatoribus nobiles viros . . . . . . ¹) quibus tractatoribus dederunt et concesserunt liberam potestatem super capitulis propositis de quibus omnibus tractatum est inter tractatores d. d. comitis et tractatores

Communis Massiliae, mediantibus nunciis seu tractatoribus destinatis a d. Jacobo filio d. Regis Aragonum et a consulibus Montispessulani, et etiam super omnibus aliis quae tractanda fuerint super pace facienda et reformanda inter d. d. c. et civitatem Mass., quibus supranominatis tractatoribus dederunt liberam potestatem et plenum posse tractandi et complendi et perficiendi et pacem reformandi et faciendi, ita tamen quod nullus civis Mass. intus vel extra nunc existens de civitate M. expellatur nec dampnum aliquod in personis vel rebus patiatur, sed generaliter et specialiter omnibus fiat plena remissio a. d. comite, si specialem remissionem habere voluerint, promittentes nomine communis et universitatis Mass. et pro eis, se ratum et firmum habere perpetuum quicquid in predictis et circa predicta cum d. d. comite et cum tractatoribus actum fuerit sive gestum. In cujus rei testimonium presentem cartam jusserunt sigillo pendenti cereo communis Mass. munimine roborari. Actum in palatio Mass. in praesentia . . . .[2]) septimaniorum et dicti consilii generalis et mei G. Lurdi notarii publ. Mass., qui mandato d potestatis et d. consilii generalis de praedictis hanc cartam scripsi et signo meo signavi:

Praed. igitur tractatores, recognoscentes dictas spoliationes factas fuisse per cives Mass. sive per aliquos .ex eis, sicut supradictum est, et volentes satisfacere pred. d. comiti et d. comitissae de praefatis spoliationibus dictorum civitatis et castri S. Marcelli necnon et de cunctis inimicitiis et dampnis datis per homines Mass. omnes et singulos eisdem d. comiti d. comitissae tractando de facienda satisfactione et pace, obtulerunt praenominatis d. comiti et d. c. praedicta satisfactione et bono pacis ea quae inferius subsequuntur:

1) Inprimis supranominati tractatores Mass. nomine universitatis et suo voluerunt et concesserunt, quod d. civitas Mass. et castrum S. Marcelli cum hominibus et juribus et proventibus eorum restituantur d. d. c. et d. c., qui habeant et teneant pacifice et quiete sicut ea habebant et tenebant ante initium hujus guerrae et promiserunt ea restituere, cum d. c. venerit vel miserit nuntios suos. Voluerunt insuper et petierunt, quod pax quae fuit ultima facta inter dictos d. c. et d. comitissam ex una parte et praefatum Raolinum Syndicum d. universitatis et civitatis Mass. et ipsam civitatem ex altera a. d. MCCLVII Ind. XV, IV. Nonas Junii, pax inquam praedicta sit firma et stabilis et in nullo debeat mutari exceptis hiis, quae inferius exprimuntur, a quibus infra expressis et mutatis praedicti Massil. dictos d. c. et d. comitissam et eorum heredes nomine dicte universitatis penitus absolverunt, salvis hiis, quae per arbitros, qui a partibus eligentur, super capitulis d. pacis contingerit (!) declarari, quorum declarationi et ordinationi stetur ita, quod eorum declarationes observentur et firmae sint sicut alia capitula pacis.

. 2) Item promiserunt destruere et explanare fortalitia facta in confiniis et ipsa confinia et eorum fossata explanare ita tamen, quod ligna et lapides et tota materies d. confiniorum remaneant d. Massiliensibus ad solvendum debita pro d. confiniis contracta vel ad faciendum fontes vel aqueductus vel hujusmodi.

3) Item promiserunt iis tradere et ex numero donare pro emenda praedicta et bono pacis omnes balistas que erant communis Mass. tempore motae guerrae et illas quae postea ad d. commune pervenerunt ad faciendum volun-

tatem suam absolute, ita quod si aliquis occultaret d. ballistas curia d. d. comitis possit inquirere et recuperare ab illis qui eas occultassent, hoc posito in pacto, quod cives Mass sint liberi de cetero in perpetuum a praestatione et deportatione balistarum non obstante statuto de praestandis et portandis balistis; ita, quod nec mercatores Mass. nec domini navium de Mass. nec alii cives Mass de cetero teneantur praestare vel apportare balistas de partibus transmarinis vel aliunde, quas communi Mass. olim deportare tenebantur, alii vero nunc cives Mass., quicumque sint vel fuerint, teneantur portare balistas d. comiti et d. c, et heredibus eorum, sicut antea deportabant communi Mass., de quibus possent d. d. c. et d. c. suam facere voluntatem et heredes eorum.

4) Item voluerunt et concesserunt pred. tractatores nomine suo et d. universitatis, quod d. d. c. et d. c. et heredes eorum habeant in perpetuum Judeos et Judeas Mass. existentes praesentes et futuros: ita quod ad voluntatem suam in ipsis Judeis et bonis eorum possint quistam et talliam facere et exigere trahere et habere ab eisdem, nonobstante capitulo pacis pred. loquentis de libertate eorum. Ita tamen quod d. Judei et Judeae contribuant in expensis quae fient d. c. et d. c. et heredibus eorum faciendis sicut alii cives Mass. Christiani et in nullo alio contribuant communi Mass., sed ex toto remaneant d. d. c. et d. c. et heredibus eorum.

5) Item concesserunt et promiserunt quod cavalcatae quingentorum servientium vel quinquaginta equorum armatorum quos tenebantur facere secundum capitulum pred. pacis ol.m factae de cetero duplicentur. Ita quod de cetero mittantur in cavalcata d. d. comitis et d. c. et h. eorum mille servientes vel 100 equi armati secundum formam et modum contentum et contentam in d. capitulo pred. pacis de cavalcata.

6) Item promiserunt d. d. comiti et d. c. solvere tria milia libr. Tur. pro restitutione reddituum Mass. pertinentium ad. d. d. c. et d. c. quos a tempore motae guerra usque ad praesentem diem percepisse potuissent d. c. et d. c. ita quod dicti redditus pro tempore praedicto sint Mass. libere et absolute.

7) Item promiserunt eis d. comiti et d. c. restituere res mobiles quas habebant in castro S. Marcelli quando captum fuit per Mass.

8) Item quod res ablatae in Massilia et in castro S. Marcelli officialibus d. comitis in Mass. et castro S. M. et servientibus in eodem castro vel familiis eorundem tempore motae guerrae restituantur illis quibus fuerunt ablatae, et hac ab illis qui eas habuerunt similiter solventur sive aut commune Mass. restituere teneatur; eisdem modo et forma fiat restitutio bladi et aliarum rerum ablatarum et acceptarum per Mass., quas habebant in Massilia homines de Provincia sive clerici sive laici tempore mote guerrae, et debita solventur hominibus d. d. comitis ab eis qui eis debent. et hec intelliguntur de illis rebus et debitis quae in Massilia debebantur et habebantur tempore mote guerrae; simili modo restituantur damna data a Massiliensibus vel ab aliis commorantibus Massiliae tempore motae guerrae d. Philippo Anselmi et fratri ejus et Roberto Gantelmi et aliis faiditis de Massilia occasione praed. guerrae in rebus mobilibus vel immobilibus infra Mass. contentis et hoc ab eis, qui res eorum ceperunt vel damna eisdem dederunt, predicti si sint sol-

ventes, alioquin commune Mass. satisfaciat eisdem et de predictis sciatur veritas per officium curiae.

9) Item actum est quod nomine victualium intelligatur sal, eo salvo quod d. d. c. et d. c. et h. eorum non teneantur dare vel concedere sal Massiliae nisi pro illo pretio pro quo darent aliis hominibus de Provincia in ga_ bellis d. comitis.

10) Item promiserunt d. tractatores, quod ipsi curabunt et facient, quod civitas Mass. et homines ac cives ejusdem p. omnia ratificabunt et jurabunt et incartabunt prout melius et utilius et firmius poterit fieri ad utilitatem et honorem d. c. vel d. c. et eorum heredum.

Post hoc praedicti tractatores Mass. rogaverunt supplicantes d. d. comiti et d. c. quod predicta satisfactione contenti remitterent civibus Mass. universis et singulis omnem injuriam et omnem rancorem et omnia damna data eis et concederent pro bono pacis quaedam quae inferius exprimuntur; ad hec d. d. c. et d. c. eorum precibus et multorum scilicet praelatorum et baronum et religiosorum inclinati concesserunt eisdem tractatoribus recipientibus nomine suo et nomine universitatis et civitatis predictae et cuilibet de d. civitate ea quae inferius sequuntur:

11) In primis d. d. c. et d. c. pro se et h. suis acceptaverunt omnia suprad. quae d. Massilienses superius promiserunt et dederunt eisdem, et praed. satisfactione contenti fuerunt, remiserunt penitus pro se et h. et omnibus valitoribus suis univ. et singulis civibus civitatis Mass. villae inferioris et superioris omnem injuriam rancorem et querimoniam, quam habent vel habere possunt contra homines Mass., omnes et singulos ex quacumque causa occasione praesentis guerrae et oblationum d. civitatis et castri S. Marcelli et turbationis Regiminis d. civitatis et omnium offensionum factarum in personis officialium suorum Mass. et castri S. M. et servientium d. castri et familiae eorum et omnium hominum suorum et valitorum, et omnia dampna, quae data durante guerra fuerunt, et remiserunt penitus eisdem, et gratiam suam et bonam voluntatem eis reddiderunt et eos in sua protectione et custodia receperunt salvis hiis, quae in praesenti instrumento superius concessa sunt d. d. com.ti et d. c. et h. eorum.

12) Item concesserunt d. d. c. et d. c., quod possessiones et jura et bona immobilia et debita a curia d comitis non extracta et res mobiles non occupatae, quae cives Mass. clerici et laici villae inf. et superioris Mass. habebant et possidebant vel quae tempore initii hujus guerrae in terra d. comitis et d. c. et suorum eis ablata tempore hujus guerrae, eis restituantur qui ea ante habebant et tenebant, et promiserunt quod facient restitui, a quocumque detinerentur et hoc bona fide sine fraude, lite et controversia.

13) Item d. d. c. et d. c. ex mera liberalitate et gratia volunt quod Guigo Anselmi possit morari in Mass. et tota terra d. comitis et d. c. et suorum sicut alii cives Mass., et ad preces et requisitionem dictorum Massiliensium volunt et concedunt quod alii faiditi, qui sunt de Mass. per d. comitem vel suos tempore alterius pacis vel postea occasione partis Britonis, possint morari in Mass. et in tota terra d. comitis et d. c. et suorum sicut alii cives Mass., et quod predicti Guigo et alii syndici recuperent et habeant omnia bona immobilia et de hereditatibus Britonis et aliorum syndicorum

defunctorum audiantur in jure suo de plano, et sine cujuscumque injuria fiant quae praedicta sunt de d. Guigone et faiditis.

14) Item d. c. ante hanc discordiam de gratia concesserat Massiliensibus, quod vicarii d. comitis tenentur recipere libere et sine contradictione homines extraneos, qui non essent de comitatibus Prov. et Forc. nec inimici ejus manifesti, in cives Mass. secundum consuetudinem Mass. cum ea libertate, in qua sunt alii cives Mass. — voluerunt et concesserunt nunc d. d. c. et d. c. ex illa concessione inde facta, quod vicarii sui qui pro tempore fuerint teneantur juramento ad pred. cives recipiendos secundum formam superius dictam, quod juramentum praestent initio sui regiminis.

15) Item convenerunt d. d. c. et d. c. et d. Mass. quod capti ab utraque parte, cujuscumque conditione stent, dimittantur libere a carcere et liberentur et reddantur utrique parti solvendo expensas eorum et gardias moderatas.

16) Item quia d. c. consenserat ante hanc discordiam quod eligerentur arbitri ad cognoscendum, utrum pax predicta non esset servata, et ad declarandum capitula obscura in dicta pace, voluerunt nunc et concesserunt d. d. c. et d. c. ex dicta occasione. quod eligantur arbitri, qui possint predicta facere et faciant bona fide et possint ordinare ad utilitatem et honorem d. comitis et commodum civitatis Mass. securitatem mercatorum extraneorum et res suorum veniendo stando et redeundo custaria a civibus non solvenda praeter usum civitatis Mass., et eorum declarationi et ordinationi stetur et illorum ordinatio et declaratio observentur [sicut] capitula pacis.

17) Item Senesc. Prov. qui nunc est juret servare et servari facere istam pacem et aliam supradictam bona fide et contra non venire et idem jurabunt alii Sen. qui pro tempore fuerint in initio suae Senescalliae.

18) Item pred. Mass. dabunt litteras suas patentes, quod ipsi concesserunt, quod d. Rex Franciae, qui nunc et qui pro tempore fuerit absque alia diffidatione possit eos licenciare de Regno suo, ita quod non habeant securitatem aliquam in Regno suo nec in personis nec in rebus, si contingeret eos contra d. d. comitem vel d. c. vel h. suos alios rebellare et quod d. Rex pro se et herede suo Rege d c. comiti et d. c. pro se et suis heredibus, comitibus Prov., super hoc litteras suas concedat patentes.

19) Item voluerunt q. d. c. et d. c. et s. h possint ipsos Mass. et bona sua capere per se et suos sine forefacto, ubicumque essent, si eos sicut dictum est contingeret rebellare,

20) Item promiserunt pred. tractatores, quod ipsi et alii cives Mass. rogabunt et requirent ad voluntatem d. comitis d. papam, qui pred. omnia confirmet et omnia singula sup. scripta et specialiter pacem suprad. cum Raolino quondam factam; d. d. c. et d. c. pro se et h. suis ex una parte et d. Mass. sup. notati pro se et universitate communi et civitate Mass. ex altera voluntarie acceptaverunt et voluerunt et sibi ad invicem attendere et observari facere bona fide promiserunt sicut sup. sunt expressa et etiam omnia suprad. et singula; d. d. c. et d c. et supra nominati Mass. nomine suo et universitatis civium civitatis Mass. juraverunt supra sancta dei evangelia attendere et observare bona fide et attendi et observari facere et contra non venire. In quorum omnium testimonium et perp. firmitatem pred. d. c. et d. c. jusserunt pres. paginam sigillorum munimine roborari.

Insuper praesentes Vicedominus d. g. Aqn. arch., B. d. g. ep. Foroj., et Alanus eadem gratia Sist. ep. et religiosus vir frater Josselinus minister fratrum minorum in Prov. et frater Petrus de Varedis prior praedicatorum de Massilia, et nobiles viri Johannes de Acciaco de comitis militibus et Barralus dominus Bancii, Petrus de Vicinis d. Limosii, G. de Bellomonte ad requisitionem d. d. c. et d. c. et supranom. Mass. in test. omnium praed. sigilla sua pres. cartae apponi fecerunt. De quibus omnibus pred. partes jusserunt fieri plura instrumenta ejusdem tenoris. Acta sunt haec Aquis in prato palacii d. d. c. et d. c. coram pred. praelatis, religiosis et nobilibus viris et fratre Petro Blancardo et Johanne de S. Claro, Simone Forojuliense, G. Vento cive Januae, Rob. de Laveno juris professore, G. Porcelleto, B. Gerantelmo bajulo Aquensi, Theobaldo de Fronayo, Janfrido Chandaron, Burgondione de Tretis, Richifolio fratre (ejus), Guiranno de Sumaria, Alfanto de Sancto Almantio, Galterio de Alneto, Symeone de Foresta, J. de Braisilva, Fulcone de Podio, Theobaldo de Vicinis militibus, Rostagno Begneto, Martino de Dordano capellano ejusdem d. c. et pluribns aliis et me Martino de Magdalena Paris. Canonico S. Maudi Audegavensis publ. notario ejusdem d. c. qui mandato ejusdem d. c. et d. c. et praenom. Mass. hanc cartam scripsi.

B.

K. f. R. Fr. A. P. et F. c. e. m. P. universis praes. litteras inspecturis salutem. Cunctis volumus esse notum quod nos promittimus bona fide G. de Lauris et cunctis tractatoribus Mass., quod nos rogabimus carum dominum et fratrem nostrum Ludovicum d. G. Regem Fr. illustrem et alios de Regno Fr. et ejus districtus pro expeditione Rerum et personarum Mass., si aliquae captae vel detentae sint in ejus terra vel suorum, exceptis galeis et barchis et sarciis earum, quae nobis debent restitui ab hominibus Montispessulani; et rogabimus bona fide pro absolutione excommunicationis in eis factae (et) interdicti in ipsam civitatem illos qui habent potestatem absolvendi; et ipsas absolutiones et expeditiones rerum et personarum facere curabimus bona fide; et quod judices nostri, quos in Mass. ponemus, videbunt, quando fuerint requisiti, ea quae acta sunt in curiis Mass. vel per aliquos gerentes se pro officialibus; et si cognoverint, quod sit factum aliquid contra jus, eo, quod officiales de jure ibi non erant, facient de novo ea sine litigio firma sub eorum nomine; de contractibus et testamentis factis extra curiam volumus, quod sint firma sicuti de jure facta erant, salvo tamen quod praedicta non sint facta in nostrum praejudicium vel nostrorum valitorum. In cujus rei test. pres. litt. sig. nostrum duximus apponendum[3]).

[1) Hier folgen die vorher genannten Namen.
[2) Hier folgen 8 Namen.
[3) Vergl. hierzu o. S. 172.

*15. Entscheidung des Richters von Forcalquier über das Recht des Grafen,
die öffentliche Polizei auszuüben. Forcalquier, 19. Juni 1263.*

In nomine domini nostri J. Chr. Amen. Anno inc. ejusdem MCCLXIII,
XIII. Kal. Jul.

Notum sit tam praesentibus quam futuris quod in curia Forcalquerii coram judice curiae d. comitis fuit orta quaestio ex eo quod dicta
curia d. comitis sive judex ejusdem condempnaverunt Bertrandum Ruffum de
Petra Rua hominem d. Raymbaudi de Villamuris in C librarum Turonensium solvendis curiae d. comitis pro eo quod in ecclesia Petre Rue fecerat
tumultum turbando officium domini et ipsum impediendo, cum excommuni-
catus esset et contra voluntatem sacerdotis divinum officium celebrantis vellet
in ecclesia remanere. Quam condempnationem d. d. Raymbaudus dicebat ad
ipsum et non ad curiam pertinere, cum haberet plenam et universalem jurisdictionem in dicto castro secundum quod continebatur in quodam instrumento
concessionis sibi factae a. d. Raymundo Berengario bone memoriae comite et
marchione P. et comite F. Ex adverso d. Bertrandus Lotus procurator d.
comitis asserebat curiam d. comitis esse in possessione vel quasi possessione
puniendi in dicto loco et in aliis omnibus locis tocius comitatus Forcalquerii
ad quemcunque pertineant delinquentes in ecclesiis et turbantes officium divinum et etiam insidiatores camini publici et etiam offendentes clericos et
personas religiosas et familiam et res eorum et officiales curiae, ubicunque
hoc fiat in terra d. comitis sive in terra baronum vel militum quae tenetur
ab ipso d. comite; et etiam dicto procuratore asserente, non solum curiam d.
comitis esse in possessione et quasi possessione puniendi praedictos malefactores, sed etiam de jure communi et de consuetudine dicti comitatus et
per cartam inde compositam et sigillatam inter comites Provinciae et comitem antiquum Forcalquerii scilicet dominum Guillelmum bone memoriae et barones corumdem comitatuum jure perpetuo et proprietatis et majoris Segnorie
et Regaliae ad d. comitem pertinere. Super quibus tam possessione quam
quasi possessione et etiam proprietate fuerunt citati aliqui nobiles comitatus
Forc., scil. d. Sancherius d. Sesereste et d. Bertrandus Raymbaudus et d.
Guiranni d. de Sumiana et quidam alii, qui dicebant praedicta omnia quando
sunt commissa in eorum territoriis ad eos et non ad curiam pertinere. Super
quibus omnibus placuit d. comiti, quod d. Matheus de Papia judex Forcalquerii de consilio et mandato venerabilis patris d. Alani dei gratia episcopi
Sistaricensis et d. Roberti de Laveno juris civilis professoris inquireret et
pronunciaret seu summaret super praedictis pro d. comite et supradictis nobilibus et omnibus aliis dicti comitatus plenarie veritatem, et diffiniret, ad
quem pertinet et pertinere debet ratione possessionis vel quasi possessionis
et proprietatis et perpetuae Segnorie inquisitio et cohercio praedictorum.
De consilio et mandato d. d. episcopi et d. Roberti facta inquisitione dili-
genti considerans omnibus hinc inde propositis ego Matheus de Papia judex
praedicti comitatus, deum habens pro oculis, praesentibus nobilibus supradictis
et multis aliis, praepositis coram me sacrosanctis evangeliis, de consilio et
mandato praedictorum dominorum et aliorum peritorum consilio, praedicta
omnia summando in his scriptis diffinio et cognoscendo discerno et judico:
d. comitem et ejus curia esse in possessione et quasi possessione inquirendi
de praedictis omnibus et in praedictis omnibus et puniendi malefactores, ubicum-

que delinquerint (sic) in ecclesiis vel contra clericos vel personas religiosas vel res vel familiares eorum vel officiales curiae, et insidiatores viarum publicarum et spoliatores euntium per easdem; et praedicta omnia universa et singula ad d. comitem et ejus curiam jure proprietatis et Regaliae et majoris Segnoriae perpetuo pertinere. A qua summa . . . . d. Raymbaudus de Villamuris appellavit et dixit, dictam sententiam nullam esse, et, si qua erat, appellavit ab ea viva voce petens nihilominus appellos sibi tradi et, si denegentur eidem, dicebat se gravatum et ob hoc solum similiter appellabat. Dictus vero d. Judex appellationem praed. d. Raymbaudi non admisit, quantum ad possessionem, quantum vero ad proprietatem admisit praed. domini appellationem, si de jure admitti debet. Actum in curia Forcalquerii in praesentia et testimonio testium infrascriptorum ad haec specialiter vocatorum . . . . .

16. Vertrag Karls von Anjou mit dem Volk von Mailand, den Herren von Laturre und den Städten Bergamo, Como, Novara und Lodi, betreffs des freien Durchzugs der französischen Truppen. Aix, 23. Januar 1265.

I. n. d. n. I. C. Amen. A. dom. inc. MCCLXIV. Indict . . . . (sic!)[1]. Notum sit o. p. et f. quod illustris princeps d. Karolus, filius Regis Franc., Senator alme Urbis, And. P. et Forc. comes et marchio P. dominus Albe Cunei Saviliani Carasci[2] Montis Regalis et locorum circumstantium suo nomine et filiorum suorum et filiorum filiorum suorum[3] ex una parte et nobilis homo Accursius Cutica Vicarius civitatis Cumarum pro nobili viro Philippo de Laturre nomine et vice nobilium virorum scilicet dicti Philippi perpetui domini populi Mediolani et potestatis ac domini communium Pergami Cumarum Novare et Laude et Napolionis et Francisci dominorum de Laturre quorum nobilium est ipse Accursius[4] procurator et dictorum communium Syndicus et nomine filiorum et heredum dictorum dominorum de Laturre et nepotum et agnatorum suorum et nomine dictorum communium et omnium valitorum suorum ex altera: ad honorem Dei beate Marie semper virginis et sacrosancte Romane ecclesie et ad exaltationem et honorem praedicti d. comitis et filiorum suorum et filiorum filiorum suorum et dictorum d. de Laturre et dictorum communium et valitorum suorum et hominum singulorum dictorum communium praesentium et futurorum[5] et ad acquirendum amorem et valentiam perpetuo inter eos fecerunt societatem et obligationes et pactiones et juramenta inter se nominibus supradictis prout inferius continetur:

In primis dictus Accursius nomine dictorum de Laturre et filiorum suorum et filiorum filiorum suorum et populi Mediolan. et communium suprad. scilicet Med. Perg. Cum. Nov. et Laude et omnium amicorum s. quos habent et in futurum habebunt promisit sollempniter ipsi d. comiti recipienti suo nomine et nomine f. s. et f. f. s. et sacrosancte Rom. ecclesie[6] quod pred. domini de Laturre et f. s. et f. f. s. et populus Med. et homines d. populi et communia d. civitatum scilicet M. P. C. N. et L. et homines d. civitatum et districtuum eorundem et amici et valitores eorum quos habent et in futurum habebunt parti Rom. ecclesie et d. d. comitis et f. s. et filiis f. s. perpetuo adherebunt et ipsam Rom. ecclesiam et d. comitem pred.[7] et terram et homines eorum perpetuo adjuvabunt et defendent toto suo posse et d. d. comiti et f. f. s. servient perpetuo bona fide contra omnes suos inimicos et ipsum d. comitem et f. s. et f. f. s. et milites eorum et balistarios et omnes alias gentes eorum venientes cum eis et sine eis ad dictas civitates et earum districtus cum armis et sine armis quandocumque et quotienscumque et undecunque venerint recipient honorifice et decenter et eos tractabunt amicabiliter et decenter ad honorem et commodum d. comitis suprad. et f. s. et f. f. s. Promisit etiam d. Accursius nomine praedictorum d. d. comiti recipienti nomine quo supra. quod d. d. de Laturre et d. communia civitatum Med. P. C. N. et L. et homines d. civitatum et districtuum eorundem qui sunt et futuri sunt amici eorum dabunt consilium et auxilium toto suo posse ipsi d. comiti et f. s. et f. f. s. et militibus suis et balistariis et aliis gentibus suis euntibus et redeuntibus et existentibus[8]) et morantibus cum eis et sine eis[9]) per Lombardiam causa conquirendi Regnum Sicilie et Apulie vel alia de causa ut ipsi cum eorum comitiva per Lombardiam habeant liberum transitum et securum quandocumque et quotienscumque d. d. comes et heredes ejus[10]) ire, mittere et redire voluerint opponendo se toto suo posse[11]) omnibus impedientibus et contradicentibus dictum transitum in Lombardiam vel contra facientibus; sic ut ipsemet d. comes et sui se opponerent et facerent. Versa vice predictus d. comes pro se et filiis suis et f. f. s.[12]) promisit d. Accursio recipienti nomine et vice d. dominorum de Laturre et f. s. et heredum s.[13]) et d. communium et amicorum s., quod. d. d. comes et f. s. et. f. f. s[14]) perpetuo adjuvabunt et defendent per se et suos milites et balistarios d. dominos de Laturre et f. eorum et f. f. s. et communia predicta et populum Mediolanensem contra omnes suos inimicos et quod manutenebunt et defendent[15]) d. d. de Laturre et communia pred. et populum Med. in omnibus suis honoribus et possessionibus et in omni statu in quo sunt. Eo acto etiam inter eos quod si aliqua communia civitatum ultra alias[16]) quinque superius notatas vel dominus alicujus[17]) castri vel burgi vel villae vellent venire ad istam societatem vel ad amorem ecclesie Romane vel ad amorem d. d. comitis vel f. s. vel f. f. s. quod d. d. comes possit eos et eas recipere exceptis malefactoribus seu bannitis civitatis Med. et aliis inimicis dominorum de Laturre et civitatis et populi Med. qui sunt et fuerunt de civitate seu districtu Med., excepto Roberto de Laveno domino Valerne[18]) juris civilis professore, qui non intelligitur de bannitis nec malefactis (sic!)[19]). Et sciendum est, quod per praedicta d. comes vel heredes ejus non tenentur aliquid facere contra d. Regem Franciae vel comitem Pictaviae fratres suos nec contra dilectos amicos suos et affines comitem Sabaudiae et Electum Lugdunensem vel contra heredes comitis Thomae de Sabaudia nec contra pacem Januensem[20]). Quae omnia praedicta dictus Accursius nomine pred. promisit d. d. comiti quod consilia[21]) dict. civitatum et d. domini de Laturre et judices et Rectores communium d. civitatum confirmabunt et ratificabunt in adventu quem facient ad d. civitates procurator seu procuratores d. d. comitis[22]) procuratoribus recipientibus nomine d. comitis supradicti et f. s. et f. f. s. et jurabunt et incartabunt et sigillabunt sigillis d. civitatum omnia supradicta et quolibet anno quando mutabuntur dicti judices vel Rectores vel potestates vel consiliarii omnes novi rectores judices et potestates et consiliarii pred. omnia quando jurabunt officium suum jurabunt praed. convenciones et pactiones attendere et observare, et etiam in adventu praed. procuratorum congregabitur populus cujuslibet d. civitatum ad parlamentum sive arengum prout moris est et evidente populo[23]) unus homo promittet et jurabit d. procuratoribus in animabus singulorum de populo d. civitatum[24]) et omnium hominum qui in d. arengo erunt, quod pred. omnia per ipsum populum et singulos homines populi observabuntur et complebuntur et fient perpetuo sicut dictum est supra. Quod sacramentum in quolibet parlamento d. civitatum fiet et etiam, si d. d. c. vel heredes[25]) s. requisiverint rectores qui pro tempore erunt in d. civitatibus, renovabitur de quinquennio in quinquennium. Quae omnia d. d. c. suo nomine et f. s. et f. f. s. et d. Accursius nomine suo et d. d. de Laturre et f. s. et f. f. s. et de communium et hominum singulorum d. communium sibi ad invicem attendere et complere bona fide promiserunt et supra sancta dei evangelia juraverunt. Ita quod d. Accurcius in animabus p. dominorum de Laturre et consiliariorum d. civitatum juravit ipsi d. comiti pred. omnia attendere et observare[26]). In cujus rei testimonium praesenti cartae[27]) pred. d. comes et pred. Accursius sigilla sua apponi jusserunt[8]).

Actum Aquis in camera pred. d. comitis praesentibus et vocatis testibus infrascriptis videlicet fratre Bertrando priore fratrum Praedicatorum Massilie, fratre Fulcone Aycardi de ordine fratrum Praedicatorum, fratre Petro Guffredo preceptore domorum militie Templi Nicie et Grasse, et fratre Boucardo preceptore domus militie Templi de Rua., d. Barrallo de Baucio, Petro de Vicinis d. Limosii et Senescalli Prov. et Forc., Guillelmo de Baucio, Gauchero de Rupe, Bertrando de Baucio, Bonifacio de Gamberto, d. Sordello de Sadio, Fulcone de Podio Riccardi, Symone Bagoto, Eustachio de Omentorio (?), Thoma de Castellane, Petro Rogerii, Raymundo de Turcho loco vicarii Massilie et Sperone de Bigio, Petro de Laverrunei Guillelmo de Tarascone militibus; Guillelmo Corun (?) cive Massilie et Ottone de Brayda cive Albae, Bertrando de Beza cive Avinionensi, d. Joh. de Bonamena majore Judice Prov. et Forc., Guill. de Villanova, Nicolao Farnell judice Tharasconis, Petro Gortati, Petro Sardine, Frederico et Aquarato de Alba, et Hugone Stagna bajulo Aquensi et juris perito, Agoto de Balmis, Fremundo Berengerii, Egidio de Bonirivis bajulo Sistoriciensi, Guill. Mastarone cive Mediolanensi notario, et me Milone de Meldis clerico, publico notario d. d. comitis, cui praedicti d. c. et Accursius praesens instrumentum et plura alia ejusdem tenoris conscribere jusserunt et qui praesentem cartam sive instrumentum scripsi de ipsius comitis mandato et ad instantiam et requisitionem praed. Accursii et hoc meo signo signavi. Anno domini praedicto mense Januarii die Veneris in crastino beati Vincentii[29]).

---

[1]) Die 2. Fassung hat: A. inc. MCCLXV Indictione VIII, et dicitur in Provincia MCCLXIV, die Veneris vigesimo tertio die mensis Januarii.

[2]) umgestellt.

[3]) et nobilis viri Guilelmi Marchionis Montisferrati Karissimi nepotis sui et Vassalorum et hominum suorum.

[4]) ipse Accursius fehlt.

[5]) et specialiter populi Mediolan.

[6]) et dicti marchionis Montisferrati et hominum et valitorum suorum.

[7]) et marchionem Montisferrati, quoad dominus et heredes ejus perseveraverint in provicio et amore d. d. comitis et f. s. et f. f. s.

⁸) existentibus fehlt.

⁹) cum equis (!) et sine.

¹⁰) et filios suos et filios f. s. (!).

¹¹) fehlt.

¹²) et nomine march. Montisferrati vassallorum et hominum s.

¹³) et f. f. s.

¹⁴) et d. march. Montisf.

¹⁵) fehlt.

¹⁶) illas.

¹⁷) civitatis vel.

¹⁸) statt dessen: milite.

¹⁹) qui non est bannitus.

²⁰) nec contra convencionem. quam habet d. d. c. cum marchione Montisf., de quo marchione condictum est inter partes quod debeat praedicta omnia quantum ad ipsum pertinet confirmare et incartare et jurare; et si nollet hoc facere, quod praed. communia et domini de Laturre et filii in aliquo non tenentur. Verumtamen convenciones praedictae quantum ad omnia alia excepto marchione praedicto in sua nihilominus remaneant firmitate.

²¹) consiliarii.

²²) ipsis.

²³) et consenciente.

²⁴) dafür et omnium earum.

²⁵) vel s. vel f. f. s.

²⁶) et complere.

²⁷) praesentem cartam (?).

²⁸) bis hierher geht die zweite Fassung.

²⁹) S. über d. Vertrag und seine zweite hier in den Anmerkungen notirte Fassung o. S. 217.

Bibliographie.

(Verzeichnis der abgekürzt citierten Werke.)

———

Analecta juris Pontificii. Dissert. sur diff. sujets d. droit canon. Rom
1852 ff.
André, Hist. de l'abbaye des rélig. de S. Sauveur de Marseille. Paris
1863.
Anibert, Mém. hist. sur la républ. d'Arles. 3 Bd. Yverdon 1779.
Annales monastici s. Luard.
Astensis, Codex (In Atti dell', acad. dei Lincei, Ser. II, 7. 1880).
Bahlsen, Adam de la Halés Dramen. Marburg 1885.
Barthélemy, Inventaire des chartes de la maison de Baux. Marseille
1882.
 — Recherch. hist. sur la maison des Baux (In Congrès archéol. de France,
    Séanc. gén. 43, S. 372. Paris 1877).
Belsunce, Antiquité de l'église de Marseille. 3 Bd. Marseille 1747.
Berger, Les registres d'Innocent IV. Paris 1881 ff.
Beugnot, Les Olim. ou registre des arrêts rendus par la cour du Roi.
Paris 1839.
Bianchi, Le carte degli archivi Piemontesi. Turin 1881.
Blancard, Essai sur les monnaies de Charles I, comte de Prov. Paris
1868 ff.
 — Inventaire des archiv. départ. d. Bouches-du-Rhône. 3 Bd. Marseille
    1865. Paris 1875, 1884.
 — Docum. inéd. sur l'hist. de Marseille (In Bibliot. de l'éc. des chart.
    1860, 516).
 — Docum. inéd. sur le commerce de Marseille en moyen age. Marseille
    1884.
 — Privil. de Frédéric II etc. (In Revue des sociét. savantes des dép. VI,
    2, 436).
 — Une page inéd. de l'hist. de Charles d'Anjou (In Bibl. de l'éc. des
    chart. 1869, 559).
Bodin, Recherches hist. sur l'Anjou et ses monum. 2 Bd. Saumur 1821.
Böhmer, Acta imperii selecta. Urkk. dtsch. Könige und Kaiser. Inns-
bruck 1870.

Bouche, Chorographie ou description de Provence. 2 Bd. Aix 1664.

Boulaeus, Hist. universitatis Parisiensis. Paris 1665.

Bouquet, Recueil des Histor. des Gaules et de la France. 23 Bd. Paris 1738—1876.

Boutaric, Actes du Parlement de Paris; Invent. et Doc. 2 Bd. Paris 1863—1867.

— S. Louis et Alfons de Poitiers. Paris 1870.

— Marguerite de Provence (In Revue des quest. hist. III).

Bréquigny, Mém. touchant la réclamation de Marg., Reine de France etc. (In Acad. des inscript. et belles lettres, Bd. 43, 449).

Busson, Die Doppelwahl von 1257 u. d. röm. Kgt. Alfons' X. von Kast. Münster 1866.

Capasso, Hist. diplom. Regni Siciliae 1250—1266. Neapel 1874.

Carranrais, Marin de, L'abbaye de Montmajour. Mars. 1877.

Cartulaire de l'abbaye de S. Victor de Marseille. ed. Guérard. 2 Bd. 1857.

Cherrier, Hist. de la lutte des papes et des emp. de la mais. de Suabe. 4 Bd. Paris 1841.

Chevalier, Inventaire des archiv. Dauphinoises. Lyon 1878.

Docum. inéd. sur l'hist. de la France. Mélang. hist. 5 Bd. Paris 1873 bis 1886.

Duchesne, Hist. Franc. Script. 5 Bd. Paris 1636.

Durrieu. Les archiv. angévines de Naples. 2 Bd. Paris 1886.

Eude Rigaud s. Registr. visit. Rothom.

Fabre, Hist. de Provence. 4 Bd. Mars. 1833.

Fantoni-Castrucci, Istoria della citta d'Avignone. 2 Bd. Venedig 1678.

Felten, Papst Gregor IX. Freiburg 1886.

Féraud, Hist. de Manosque. Digne 1848.

— Hist. du départ. des Basses-Alpes. Digne 1861.

Ficker, Neue Edition der Kaiser-Regesten Böhmers 1198—1273. Innsbruck 1881.

— Vom Reichsfürstenstand. Innsbruck 1861.

— Forschg. zur Reichs- und Rechtsgeschichte Italiens. 4 Bd. Innsbruck 1868

— Erörterg. zur Reichsgesch. des 13. Jahrh. (In Mitteilg. d. Instit. für östr. Gesch.-Forschg. IV, 337).

Frenzel, De Sabac Malaspinae et Raim. Muntanerii scriptis. Berlin 1853.

Gallia christiana in prov. eccles. distributa. Paris 1716, ed. alt. 1870.

Gaufridi, Hist. de Provence. Aix 1694.

Germain, Hist. de la commune de Montpellier. 3 Bd. Montpellier 1851.

— Hist. du commerce de Montpellier. 2 Bd. Montp. 1861.

Gioffredo s. Monum. hist. patr.

Giudice, del, Codice diplom. del regno di Carlo I. u. II. d'Angio. Neapel 1863.

Grandet, Notre-Dame Angévine. ed. Lemarchand. Angers 1894.

Gregorovius, Gesch. der Stadt Rom im Mittelalter. 8 Bd. Stuttgart 1859.

Guibal, Le Poëme de la croisade contre les Albigeois. Toulouse 1863.

Guichenon, Hist. généal. de la maison royale de Savoye. 2 B. Lyon
    1660.
Guise, Jaques de, Chroniques de Hainaut. ed. Fortia d'Urban. 19 Bd.
    Brüssel 1826—33.
Haitze, Hist. de la ville d'Aix. Aix 1880.
Hasse, Wilhelm von Holland. Strafsburg 1885.
Heyd, Gesch. des Levantehandels im Mittelalter, 2 Bd. Stuttgart 1879.
Hintze, Das Königtum Wilhelms von Holland. Leipzig 1885.
Hüffer, Das Verhältnis des Kgr. Burg. zu Kaiser u. Reich. Paderborn
    1874.
  — Die Stadt Lyon u. d. Westhälfte des Erzbist. 879—1312. Münster
    1878.
Huillard-Bréholles, Hist. diplom. Friderici II. 6 Th. Paris 1852.
Inventaire s. Blancard, Chevalier, Port.
Inventarium des Besitzes des Graf. der Provence von 1246 (In Rép. des
    trav. de la société. stat. de Mars. 1877, 8.
Joinville, Vie de S. Louis. Grofse Ausg. von de Wailly. Paris 1874.
Labbe, Conciliorum gener. hist. 17 Bd. Paris 1661.
La Curne, Diction. hist. de l'anc. lang. Franç. 10 Bd. Paris 1875.
Langlois, Une Lettre adressée à Alfonse de Poitiers (In Bibl. de l'école
    des chartes 1885, S. 589).
La Plane. Hist. de Sisteron, tirée de ses arch. 2 Bd. Digne 1843.
Lasteyrie, Bibliogr. des travaux hist. de la France. Paris 1885.
Lau, Untergang der Hohenstaufen. Hamburg 1856.
Layettes du trésor des chartes (Invent. et doc. des arch. nat.). Bd. 2. ed.
    Teulet. Paris 1866. Bd. 3. ed. de Laborde. Paris 1875.
Le Glay, Hist. des comtes de Flandre. 2 Bd. Paris 1843.
Leibniz, Mantissa cod. jur. gentium. 2 Bd. Wolffenbüttel 1747.
Louvet, Abrégé de l'hist. de Prov. 2 Bd. Aix 1676.
Luard, Annales monastici. 4 Bd. London 1864 ff.
Lünig, Cod. Ital. diplom. 2 Bd. Frkft. u. Leipzig 1725.
Marchegay, Archiv. d'Anjou. Rec. des. doc. inéd. 2 Bd. Angers 1843.
Martene et Durand, Amplissima collectio veterum script. et mon. 9 Bd.
    Paris 1724.
Martene et Durand. Thesaurus anecdotorum novus. 5 Bd. Paris 1717.
Martin, Hist. de France. 16 Bd. Paris 1855.
Mathaeus Parisiensis, Chron. maj. ed. Luard. 7 Bd. London 1872 ff.
Méry et Guindon, Hist. de la commune de Mars. 8 Bd. Marseille 1841.
Millot, Ed. der Hist. litt. des Troubadours von La Curne. 3 Bd. Paris
    1774.
Minieri Riccio, Genealogia di Carlo I. d'Angio, prima generaz. Neapel
    1857.
Molinier, A. u. E., Najac en Rouergue (In Bibl. de l'école des chartes 1881,
    361).
Monumenta Germ. Hist. Scriptores (M. S). Hannover 1826.
Monumenta Hist. Patriae. Chartae Bd. I—II; Scriptores. Turin 1846.
Monumenta histor. ad provincias Parmensem et Placentinam pert. 4 Bd.
    Parma 1857.

Muratori, Rerum Italic. scriptores. Mailand 1723.

— Antiquitates Italicae. 6 Bd. Mailand 1738.

Nain de Tillemont, Vie de S. Louis, ed. de Gaulle. 6 Bd. Paris 1847.

Nostradamus, Hist. et chronique de Provence. Lyon 1614.

Nougier, Hist. chronolog. de l'église d'Avignon. Avign. 1660.

Papon, Hist. génér. de Provence. 3 Bd. Paris 1770.

Poitou, Comptes d'Alfonse de (In Arch. hist. du Poitou VIII).

Port, Diction. du départ. Maine-et-Loire. 3 Bd. Paris 1874.

— Inventaire des arch. du départ. Maine-et-Loire. 5 Bd. Angers und Paris 1863.

— Invent. des arch. anc. de l'hôpital S. Jean d'Angers. Paris 1870.

Potthast, Regesta Pontificum Romanorum. 2 Bd. Berlin 1874.

Promis, Monete del Piemonte inedite o rare. Turin 1852.

Prud'Homme, Essai sur la chron. des comtes de Hainaut (In Mém. de la société des Hainaut 1882. IV, 7).

Raumer, Geschichte der Hohenstaufen und ihrer Zeit. 6 Bd. Leipzig. 4. Aufl. 1871.

Raynaldi, Ann. eccles. ed. Theiner. Bar le Duc 1870.

Registrum visitationum archiep. Rothomag. Eude Rigaud. ed. Bonnin. 1847.

Ruffi, Hist. de la ville de Marseille. Marseille 1642.

Rymer, Foedera, conventiones inter reg. Angl. et alios imp. London 1816.

Saint-Génois, Droits primitifs des anc. terres d. comté de Flandre (Monum. anc.). Bd. 1 Paris 1782. Bd. 2 Brüssel 1806.

Saint Priest, Hist. de la conquête de Naples par Ch. d'Anjou. Paris 1849.

Sardou, Archives de la ville de Grasse. Paris 1865.

Sattler. Die flandr.-holländ. Verwicklungen unter Wilh. von Holland. Göttingen 1872.

Saurel, Diction. des villes d. départ. Bouches-du-Rhône. 2 Bd. Marseille 1877.

Saxi, Pontific. Arelatense seu hist. primatum S. Arel. eccl. Aix 1629.

Schirmacher, Die letzten Hohenstaufen. Göttingen 1871.

Schwann, Ludwig d. Heil. v. Frankr. u. s. Beziehungen zu Kaiser und Papst (Zeitschr. für allgem. Gesch., Kultur- Litter.- und Kunstgeschichte). Stuttgart 1887.

Scholten, Geschichte Ludw. IX. des Heiligen. 2 Bd. Münster 1850.

Shirley, Royal and other hist. lettr. ill. of the reign of Henry III. 3 Bd. London 1862.

Sismondi, Hist. des Français. 29 Bd. Paris 1872.

v. Spruner-Menke, Hist. Hand-Atlas. 9. Aufl. Gotha 1885.

Sternfeld, Das Verhältn. des Arelats zu Kaiser und Reich 1190—1250. Berlin 1881.

Theiner, Cod. dipl. dominii tempor. S. Sedis. 3 Bd. Rom 1861.

Tissérand, Hist. de Vence. Paris 1860.

Toeche, Jahrbücher Kaiser Heinrichs VI. Leipzig 1867.

Tourtoulon, Jacme I, roi d'Aragon. 2 Bd. Montpellier 1873.

Tutini, Discorsi de 7 officii del regno di Napoli . . . . 1664.
Ulrich, Gesch. des röm. Kgs. Wilh. v. Holland. Hannover 1882.
Vaissète, Hist. de Languedoc. Neue Ausg. 10 Bd. Toulouse 1872 ff.
Valbonnays, Mém. pour servir à l'hist. d. Dauphiné. Paris 1711
Vitale, Storia dipl. dé senatori di Roma. 2 Bd. Rom 1791.
Vredius, Genealog. comitum Flandriae. Brügge 1642.
Wauters, Tabl. chronol. des chart. conc. l'hist. de la Belgique. Brüssel
    1866.
  — Henri III, duc de Brabant (In Bullet. de l'acad. de Bruxelles. Bd.
    38 u. 39).
Wilken, Gesch. der Kreuzzüge. 7 Bd. Leipzig 1807.
Winkelmann, Acta imp. inedita. Innsbruck 1880, 1885.
Wurstemberger, Peter II. v. Savoyen. 4 Bd. Bern 1854.

Register.

(Die Eigennamen der kleineren Nobilität sind beim Geschlechts- resp. Orts-
namen, die der grofsen souveränen Fürsten, Prinzen und Könige beim Vor-
namen zu finden.)

Alost 95.
Amadeus von Savoyen 33. 38. 60. 61.
S. Amant, Ferrerius von 203. 229. 233. 241. 242.
Amiens 98. 120.
Anconitana, Marchia 178. 214.
Andreas 144.
S. Angelo, Kardinal von 118. 119. 183.
Angers 91. 113. 127. 149. 207.
Anglano, Jordan von 204.
Anguillaria, Pandulf von 204. 206. 232.
Anjou 20. 21. 42—46; Thätigkeit Karls daselbst 68—69. 108. 112. 127; von Karl gedrückt 149. 160. 161.
Annibaldi, Brüder 241.
Anselm 128.
Antwerpen 101. 108.
Apennin 236.
Apt 65. 117; huldigt Karl 138—139. 150. 159.
Apulien 88. 168. 234.
Aragon 4. 6. 7; im Testament Raim. Berengars bevorzugt 12. 18. 122. 126; Friede mit Frankr. 147. 162. 164. 167; von Karl angegriffen 171. 172. 192. 196.
Aramon, Ponce, Strophanias von 190.
Arcissis, Hugo von 27. 76. 114. 115.
Arelat (vgl. Burgund) 5. 6. 24. 33; Beziehungen zu Friedr. II. 36 bis 40. 57. 68. 70; Beziehungen zu Wilhelm von Holland 76. 139. 140. 208.
Arles 5. 6. 9. 22; Anfang der Unruhen 31. 35. 40. 42; Revolution 54—64. 67—69; Vertrag mit Karl 70—73. 75. 76. 78. 91. 113; Beschwerden bei Karl 116—117. 121. 124. 133. 135. 151. 191; Rüstungen 215. 221. 236. 242. 244; Rechnung der Vikarei 254; der Zollstätte 259; Erzb. von s. Johann.
Arnold 102.
Arras 98. 102.
Arro 206.
Asche 102.
Aschmum 47.
Asnières 98.
Assassinen 209.
Asti 118. 119; Stellung in Piemont 152—154. 154. 158. 160; Stillstand mit Karl 208. 237.
Ath 101. 108. 109.
Aubagne 165.
S. Auban, Jausserand 144.
Auch 200.
Auronio, Imbert von 144.

Auteves 65.
Auvergne 20.
Auzet 29.
Avesnes, Balduin 95; Burchard 95; Johann von 94—97. 99; erhält von Wilh. v. Holland Hennegau 102 bis 104. 106. 107; nennt sich Graf von Hennegau 109. 110. 112.
Avignon 3. 5. 6. 9; Verbindung mit Barral de Baux 31. 35. 40. 47. 54 bis 56; Revolution 58. 62—64. 69; Kapitulation 70. 72. 73. 75. 116. 121. 136. 142. 202; Legat Simon daselbst 212. 213. 216. 221. 236; Rechnung der Vikarei 253; vgl. Zoën.
Avignonet 8.

Bagotus, Simon 117.
Balduin v. Hennegau 19.
Balduin v. Konstantinopel 42. 179.
Balthen 32.
Balearen 192.
Bar, Raimund von 104.
Barcelona, Grafen von 4.
Barcelonnette 41. 210.
Barnouin 190.
Barri, Peter von 191.
Basel 178.
Baux, les 33. 75. 116. 140.
Baux, Barral de 6. 27; Verbündeter der 3 Kommunen 32—35. 40. 55. 58. 61; Vertrag mit Königin Blanca 62. 63. 69—71; Friede mit Karl 75 u. 78. 80. 110. 114. 116. 120; Streit mit Marseille 125—126. 133. 139. 144. 151. 154; greift *1262* Marseille an 165. 170. 171; Gesandter in der Lombardei 218 u. 236. 242. 244.
— Bertrand de 43. 143. 162. 165.
— Cäcilie de 6. 33. 61.
— Gilbert de 137.
— Hugo de 99; mit Marseille *1262* gegen Karl verbündet 164. 165. 171. 172; in der Verschwörung *1264* 191-193.
— Raimund de 139.
— Wilhelm de 33. 139.
— Wilhelm de (der jüngere) 20. 115. 144. 151. 152.
Bayeux, Paul von 88. 91.
Beatrix, Gemahlin Raim. Berengars 11—18; stimmt der Heirat ihrer Tochter mit Karl zu 22. 23; Streit mit Karl 28. 30. 44. 65. 67. 107. 114; Krieg u. Einigung mit Karl 117-120. 126. 132. 137.
— Gemahlin Karls von Anjou 10; Erbin der Provence 11—18; Hoch-

Cornillon 165; Joh. von 27. 65.
Cornutus, Wilhelm 133; Bote Karls nach Rom 220—231 u. 234—235. 244.
Corbeil 197.
Cotignac, Raimund von 143; Wilhelm von 11. 15. 203.
Crandelain 98. 99.
Craon, Isabella von 60.
Crau 57.
Cravesane 157. 210.
Crépy-en-Laonnais 98.
Crépy-en-Valois 98.
Crescentii, Bartholomäus 231. 232.
Crèvecoeur 99.
Croyac, Reynaud de 150. 210.
Cuneo, Vertrag mit Karl 152—154. 156. 157. 208.
Cypern 47. 127. 135.

Dagobert s. Philipp.
S. Dalmazzo 152. 154.
Damiette 47. 49.
Dampierre 94—97. 107. 108. 110.
Dauphin (Dalfin) 38. 57. 120. 126; Vertrag mit Karl 137—138.
Dauphiné 38. 115. 138. 165.
S. Dénis 42. 85.
Deutschland 104. 105. 108. 109; Verbindung mit Provence durch Alf. v. Kast. erneuert 123 - 124. 120. 178. 198. 208; Trennung von Sizilien 80. 225. 227. 242. 246; Deutsche Reiter 204. 206. 234. 241.
Deux-Sèvres 174.
Die 165.
Digne 20. 41. 115; Vertrag mit Karl 142. 150. 215. 216; Rechnung der Ballei 256.
Doria, Percival 205. 206.
Douai 102.
Douce 127.
Draguignan 151. 163. 215.
Dragonet 40.
Duero 123.
Durance 4. 11. 20; Grenze der Provence 70 u. 248. 166.

Edmund von England 103. 113. 150. 167. 169; seines Rechts auf Siz. durch Urban IV. verlustig 176. 177. 180. 189. 199; sein Anrecht auch von Clemens IV. verworfen 223.
Eduard von England 210.
Eleonore von England 5. 11. 29. 107. 120.
Elisabeth von Hennegau 97.
Embrun 115. 138.
Emilia 208.

Enghien 100. 109. 110.
England 2. 21. 50. 66. 68; Angebot Siziliens daselbst 81—88. 105. 109. 143; Friede mit Frankr. 147. 175. 186. 187; innere Wirren (1264) 189 u. 210. 220. 223.
Entrevesnes, Isnard d' 133. 142. 159.
l'Épau 106.
Escantillis, Peter von 27. 57. 65.
Essarts, les 122; Dionys von 208. 209. 228. 240.
Estendard, Wilhelm d' 27. 143; Senesch. der Provence 165—167. 172; Gesandter in d. Lomb. 215.
Èze 41.

Faro 168. 170. 225.
Ferrage 116.
Ferrerius s. S. Amant.
Flandern 91. 92. 94. 99; Lehnsverhältnis 108—110; Robert von 245; s. Margaretha.
Flayosc 151.
S. Florent 207.
Florenz 123. 228. 240.
Foix 8.
Fontanis, Odo von 27; Senesch. der Provence 114—116. 133. 137. 139. 141.
Fontevrault 28.
Forcalquier 4. 11. 15. 20; Besitz der Beatrix von Karl angefeindet 117 bis 120. 132. 134. 138. 141. 150. 159. 160. 190; Zusammenkunft Karls mit Montferrat daselbst 216; Grafen von 77. 119; Guigues von 166; Wilhelm von 137.
Forez, Guido von 138.
Fossano 156. 158.
Fourques 59.
Foz 143; Bertrand von 166.
Francigenac 59. 60.
Frankfurt a/M. 95. 108. 109. 235.
Frankreich 2—8. 14; Absichten auf die provençalische Erbfolge 15 bis 24. 27. 53. 77; von Innocenz zur Verbindung mit Siz. ausersehen 82. 88. 95—100. 108. 121. 143; Verträge mit England u. Aragon 147. 159. 165. 167—169. 174; von päpstl. Legaten des siz. Geschäfts wegen durchzogen 175. 178. 179. 186. 192. 199; Urbans IV. Aufruf an den Klerus 200. 203. 206. 207. 210; Wirken des Legaten Simon 210—212. 221. 227. 228; Franz. in Rom 230. 231. 233. 234. 236. 242. 245.
Fréjus 11. 20. 41. 133. 141. 142. 151.
Friedrich I. 123.

Friedrich II. 3. 5. 9; will die Provence für seinen Sohn Konrad 17 bis 19. 22. 24. 27. 32. 33; Beziehg. zu Burgund in s. letzten Jahren 36—40. 44. 53. 57. 58. 61. 64. 67; Tod 68. 70. 78. 80—82. 85. 89; s. Anordnungen i. d. Provence von Karl beseitigt 137—139; s. Verwaltung in Piemont 153 u. 158. 173. 208. 214. 246.

Friesen 101. 103. 105.

Frigolet 110. 116.

Fulcodii, Guy (Papst Clemens IV.) 72; Erzb. von Narbonne 168. 175. 183. 187; nach England 189. 197; Papst 220—224. 227—229. 231 bis 234. 236—239; bedrängte Lage 240 bis 243. 245.

Fundi 177.

Galluzzo 177.

Gancelm s. Tarascon.

Gantelinus 203.

Gantelmi (Jacob) 133. 139. 157. 183. 196; Karls Vikar in Rom 202 bis 208. 221. 222. 228; sein Brief an Karl 229—232 233. 236. 237; Bedrängnis und Geldmangel 240 bis 242. 244.

Gap 15. 26. 115. 132. 138.

Garcias Petri 124.

Gardanne 171.

Geldern 104.

S. Genez 30. 66. 172.

Gent 99. 100.

Genua 17. 40. 41. 123; Gegensatz zu Karl 126 u. 144. 155. 157. 158; Vertrag mit Karl 166. 167. 207; Verbindung mit der Provence 207 u. 218. 238. 240.

S. Germano 177.

Ghibellinen 123. 125. 183; in Rom 205—206. 214; wollen Rom besetzen 233. 240.

Gibelin 194.

Gignac 194.

S. Gilles 3. 23. 220.

Gironde 3.

Glandevès 87. 144.

Gontardi, Portus 4.

Grasse 26. 41; Privileg Wilhelms von Holland 70. 87. 142. 145. 151. 243; Rechnung der Vikarei 250.

Graveson 137.

Grénoble 132.

Gregor IX. 7. 9. 81.

Grignan 142.

Grimaldi 141.

Guelfen 39. 183; mit Karls Vikar in Rom verbündet 204—205. 217. 218. 222.

Guigues André von Vienne 137.

Guigues VIII. von Vienne 138.

Guigues von Forcalquier 166.

Guigues, Johann 194.

Guise, Jaques de 97. 99. 100. 102.

Hadria 91.

Hagenau 30.

Hâpres 99. 101.

Haussi 99.

Heinrich VI. 81. 173.

Heinrich II. von England 207.

Heinrich III. von England 5. 7. 8; hat Ansprüche auf provençalische Burgen 20. 68. 81. 85. 88. 104. 107. 109; beschwert sich beim Papst über Karl 118. 120. 174. 176. 186; Streit mit s. Baronen 189 u. 210. 223.

Heinrich, Sohn Friedrichs II. 68. 82. 85.

Heinrich, Gesandter 106.

Hennegau 91. 94—96; kommt an Karl 97. 98—112. 147. 239.

Holland 94. 103. 109.

Hugolin, Isnard 203. 228. 229.

Hyères 105; Vertrag mit den Herren 143. 145. 151. 166. 167. 194. 215; Rechnung der Vikarei 255.

Jacme von Aragon 7. 11; will in der Provence *1245* eingreifen 16. 18. 22. 53; Vertrag mit Karl 122. 123. 136. 147. 148. 164; Klagebrief an Karl 171. 182. 191.

Jacme der Jüngere von Aragon 161. 171. 191—194.

Jacob von Präneste 6. 7.

S. Jacob-Orden 209.

S. Jean d'Angers 41.

Jerusalem 44.

Imperium 70. 178. 225. 239.

Innocenz III. 181. 200.

Innocenz IV. 9. 10; ordnet die provençalische Erbfolge 13—19. 22. 29. 35—40. 42. 44—46. 50.; vermittelt *1248* in der Provence 56 bis 58. 60; will Venaissin occupieren 61. 63. 64. 66. 68. 70. 72. 73; verläßt Lyon und geht nach Italien zurück 75—77. 79; will Sizilien vergeben 81—93. 95—97. 103. 110; Tod 112. 114. 127. 140. 168. 170. 223.

Interregnum 175.

Johann, Sohn Ludwigs VIII. 20.

Johann (Baussan), Erzb. v. Arles 10. 34. 54—59; aus Arles vertrieben

rascon 69; antiquus Rh. 78. 79. 135. 171. 215. 220. 238.

Richard von Cornwallis 10; lehnt Siz. ab 81 - 85. 100. 150. 179; röm. Senator 181—184. 210.

S. Richer 98.

Riez 11; Aufenthalt Karls *(1257)* 137—138. 170; Bischof 143. 150. 245.

Rimini, Podesta von 179.

Robert von Artois 20. 44. 47; Tod 48. 49. 51. 81; Charakter 112.

Roca Sparvera 158.

Roche-sur-Yon, la 122.

Roeulx 104.

Rom 84. 88. 150. 178; Senatorie 181 bis 187. 196. 199; Provençalen dorthin 202—207. 208. 213. 219 bis 224; Angriffe der Ghibellinen 227 bis 238. 240—245.

Romano, Ezzelino di 153. 158. 173.

Romanus, Kardinal 10.

Roquebrunne 167.

Roquevaire 163. 165. 170.

Rotundi 100.

Rostang, Bertrand 55.

Rouen 98.

Rovergue 80.

Roye 98—100.

Rudolf, Mag. 196. 203. 220.

Rupelmonde 108.

Sabina 242; Kardinal von 119. 220.

Sabran 77. 137. 242.

Saciac, Girard von 27. 141. 143. 144. 150.

Saignon 65.

Salimbene 40.

Salon 75. 130. 158.

Saluzzo 157. 210.

Sancia von Aragon 6. 7.

Sancia von Provence 7; heiratet Rich. v. Coruw. 10. 11. 107; Rechte auf Provence 120. 148.

Saorge 151.

Sarazenen 47. 48. 178. 200. 234.

Sardinien 73. 90.

Sault 142.

Saumur 9. 28. 43; Aufenthalt Karls *(1251)* 60. 174. 207.

S. Sauveur 141.

Savello 233.

Savigliano 150.

Savoyen 16. 22. 137.

Savona 17.

Schelde 94. 99. 108.

Seeland 108.

Segnori, Paul von 231. 232.

Segnoria 124.

Senatorie (römische) 181—186; Ver-

handlg. zw. Papst u. Karl 196 bis 198. 202. 211; Schlufsbestimmung 223. 224. 227.

Seneschall 26. 140.

Seyne, la 215. 216. Rechnung der Ballei 256.

Sizilien, Angebot *(1252)* 81—93. 96. 101. 112. 150. 164; neues Angebot 167—169. 174—180. 184—186; Eid der Unterthanen 178 u. 187. 188 bis 190; weitere Verhdlg. 196 bis 201. 207. 210; erste Einigung zw. Karl u. Papst 211-212. 217. 219. 221—223; Traktat 224—227. 235. 237. 239. 240; Karl König 242. 245. 246.

Siena 87. 206. 213. 228. 240.

Simiane 65.

Simon, Kardinal v. S. Cäcilia, Legat in Frankr. 197—200. 206; erste Erfolge mit Karl 209—213. 223. 227. 228; schliefst mit Karl ab 238 bis 244.

Siponto 82.

Sisteron 10. 29; Diplom Wilhelms v. Holl. 76—77. 118; Vertrag mit Karl 141. 142. 150. 159. 194. 214. 216; Rechnung der Ballei 257; Bisch. 151. 245.

Soignies 100.

Soissons 69. 72. 98.

Solliac 91. 107.

Sora 177. 226.

Sordellus 133. 151.

Soria 123.

Sorrent 177.

Spanien 24. 123. 124.

Spoleto, Ducat von 178. 199. 206.

Stacha, Hugo 116. 133.

Staufer 85. 89. 95; Urban IV. gegen sie 167. 178. 179; Absichten gegen Rom 201. 208. 226; Mifsgeschick im Kriege 235. 240.

Stephanus 10.

Stephanus, Kaplan 68.

S. Stephano d'Asti 158.

Stura 216.

Suessa 177.

Sutri 202. 204. 206.

Syrien 50. 192.

Tagliacozzo 235.

Tancred, Vikar 222. 228.

Tarascon 66. 67; Residenz Karls 69. 70. 87. 115. 116. 136. 140; Aufenth. Karls *(1257)* 142—143. 159. 190. 238; Rechnung der Vikarei 254; Albert von 15. 42; Gancelm von 203. 220.

Tarentaise 178. 212.

Druck von Leonhard Simion, Berlin SW.

Mailand
Savara
Paria
Po
Turin
Chieri
Asti
Tanaro
Alessandria
MONTFERRAT
Cornegliano
Alba
Savigliano
Cherasco
Sasso
Fossano
Bene
Centalle
Canro Mondovi
S Dalmasso
Genna
Tanaro
Orona
Col di Tenda
Lantosque
Alais
Saorgio
Porto Maurizio
Grimaglia
Fium
Vonaro
franche
Lunel
Montpellier
Aiguet Mor
Atex
Lattes
PROVENCE
und
PIEMONT.
Die Hauptstädte der prov. Balleien sind einfach,
die der Vicareien doppelt unterstrichen.
Die 3 Erzbistümer der Provence sind mit 8, ihre
Suffragune mit 8 bezeichnet.
R.Gaertner's Verlag
Lith.Anst.v F Kayser in Berlin